W0311379

ANNA KARÉNINE
Tome II

Paru dans Le Livre de Poche :

ANNA KARÉNINE (2 tomes).
LA SONATE À KREUTZER.
ENFANCE ET ADOLESCENCE.
GUERRE ET PAIX (2 tomes).
NOUVELLES.
RÉSURRECTION (2 tomes).
RÉCITS.
JEUNESSE *suivi de* SOUVENIRS.
LA MORT D'IVAN ILLICH.

LÉON TOLSTOÏ

Anna Karénine

Tome II

PRÉFACE DE ANDRÉ MAUROIS

COMMENTAIRES DE MARIE SÉMON

LE LIVRE DE POCHE

Marie Sémon, agrégée de l'Université, est assistante à l'Université de Paris X, à Nanterre.

© Éditions Stock pour le texte et la Préface.
© Librairie Générale Française pour les Commentaires, 1972.

CINQUIÈME PARTIE

I

La princesse Stcherbatzkï considérait comme impossible de célébrer le mariage avant le carême; d'ici là, en effet, il ne restait que cinq semaines et ce délai ne serait pas même suffisant pour la confection de la moitié du trousseau. Toutefois – et, sur ce point, Lévine partageait son avis – elle estimait qu'il serait excessif d'attendre la fin du carême. La vieille tante du prince Stcherbatzkï était très malade; d'un instant à l'autre elle pouvait mourir et ce deuil eût entraîné un nouveau retard. On résolut donc de préparer le trousseau en deux fois et, quand même, de célébrer le mariage avant le carême. La princesse décida de ne s'occuper tout d'abord que de la lingerie, et d'envoyer le complément par la suite. Elle eut à ce sujet de grandes discussions avec Lévine. Celui-ci ne pouvait se décider à lui déclarer solennellement qu'il acceptait ou qu'il refusait cette combinaison, pourtant d'autant plus recommandable que les jeunes mariés devaient, aussitôt après la cérémonie, partir pour la campagne où ils pourraient se passer de l'autre partie du trousseau, comprenant les vêtements.

Lévine, toujours aussi affairé, continuait à croire que sa personne et son bonheur constituaient l'unique but de la Création. Il ne pensait à rien, ne se préoccupait de rien, persuadé que les autres le suppléeraient en tout.

Il n'arrêtait même aucun projet, n'assignait aucun but à sa vie future; il s'en remettait entièrement aux autres, certain d'avance que tout irait bien. Son frère Serge Ivanovitch, Stépan Arkadiévitch et la princesse étaient ses guides. Son rôle se bornait à acquiescer à tout ce qu'on lui proposait. Son frère empruntait pour lui de l'argent; la princesse lui conseillait de quitter Moscou après le mariage; Stépan Arkadiévitch l'engageait à partir pour l'étranger. Il consentait à tout. « Faites tout ce que vous voudrez, pensait-il, je suis heureux et mon bonheur est de ceux auxquels, quoi qu'il arrive, rien ne saurait porter atteinte. »

Quand il fit part à Kitty du conseil que lui donnait Stépan Arkadiévitch, il fut très étonné de la voir s'y opposer; constatant ainsi avec surprise qu'elle avait sur leur vie future des plans à elle, bien arrêtés.

En réalité, Kitty savait que Lévine avait à la campagne une occupation qu'il aimait. Ces affaires, que non seulement elle ne comprenait pas mais qu'elle ne cherchait pas à comprendre, lui apparaissaient cependant comme très importantes.

Sachant qu'ils devaient habiter la campagne, elle n'éprouvait nullement le désir d'aller à l'étranger, préférant se rendre immédiatement à l'endroit où elle était destinée à vivre.

Cette décision, exprimée d'une façon très ferme, étonna Lévine, mais sans beaucoup troubler son universelle euphorie. Il pria donc Stépan Arkadiévitch, lui en faisant presque une obligation, d'aller chez lui à la campagne et de présider, avec son bon goût habituel, à l'installation de la maison.

– A propos, dit un jour à Lévine Stépan Arkadiévitch – à son retour de la campagne, où il avait tout organisé pour l'arrivée des jeunes mariés – as-tu ton billet de confession?

– Non, pourquoi?

– Mais c'est indispensable pour se marier!

– Aïe! Aïe! s'écria Lévine. Voilà neuf ans que je ne me suis confessé. Je n'y avais pas encore songé.

– Tu es inouï! fit en riant Stépan Arkadiévitch. Et c'est toi qui me traites de nihiliste!... Voyons, il faut t'occuper de cette affaire. Tu dois te confesser.

– Quand?... Nous n'avons plus que quatre jours.

Ce fut encore Stépan Arkadiévitch qui arrangea les choses. Et Lévine commença ses dévotions.

Pour lui, comme pour tout incrédule qui, cependant, respecte les croyances des autres, l'obligation d'assister à des cérémonies religieuses de toutes sortes était très pénible. Dans l'état d'attendrissement où il se trouvait en ce moment, cette nécessité de feindre lui était non seulement désagréable, mais odieuse. Comment, en ce temps où il se sentait en pleine gloire, en pleine joie, comment lui serait-il possible de dissimuler, de se moquer des choses saintes?

Il demanda à Stépan Arkadiévitch s'il n'y avait pas moyen d'obtenir le billet sans être obligé de se confesser. Hélas, il lui fallait en passer par là!

– Qu'est-ce que cela te fait? C'est l'affaire de deux jours. Tu verras, je t'ai trouvé un très bon vieillard, très intéressant. Il t'arrachera cette dent sans même que tu t'en aperçoives.

Pendant la première messe, Lévine s'efforça de faire revivre en lui les impressions juvéniles de ce vif sentiment religieux qu'il avait éprouvées entre seize et dix-sept ans. Mais il ne tarda pas à se convaincre que c'était impossible. Il essaya alors de considérer ces cérémonies comme une coutume ordinaire et sans importance; comme celle, par exemple, de rendre des visites. Mais, à cela, il ne réussit pas davantage. Ainsi que la plupart de ses contemporains, Lévine se trouvait, au point de vue religieux, dans l'incertitude la plus grande. Il ne parvenait pas à croire, et cependant il n'allait pas jusqu'à douter d'une façon absolue. C'est pourquoi, partagé entre son manque de foi et l'impuissance où il se trouvait de considérer ces cérémonies comme de vagues formalités, il éprouva, pendant tout le temps que durèrent ces dévotions, autant d'embarras que de honte. Sa conscience ne cessait de lui reprocher de commettre de ce fait un acte mensonger, c'est-à-dire mauvais.

Pendant les offices, tantôt il écoutait les prières, en s'efforçant de leur attribuer une signification conciliable avec ses opinions; tantôt, se sentant incapable de les comprendre et obligé de les critiquer, il tâchait de ne les pas écouter, et se laissait aller à ses pensées, à ses observations, ou aux souvenirs qui lui revenaient avec une vivacité particulière pendant ces heures d'oisiveté passées dans l'église.

Il entendit ainsi la messe, les vêpres et les prières du soir; le lendemain matin, levé plus tôt qu'à l'ordinaire, il se rendit à jeun, dès huit heures du matin, à l'église, pour entendre les prières et se confesser.

Dans l'église déserte il n'y avait qu'un soldat qui mendiait, deux vieilles femmes et les desservants.

Un jeune diacre vint à sa rencontre et, aussitôt, s'approchant d'une petite table, placée près du mur, se mit à lui lire les prières. Tandis qu'il lisait, et surtout au moment où il répétait avec précipitation les mots : « Ayez pitié de nous, Seigneur! » Lévine sentait sa pensée s'égarer; mais il ne songeait même pas à réagir, de crainte de provoquer en lui-même une confusion plus grande encore. Debout derrière le diacre, sans écouter ni juger, il pensait à ses propres affaires.

« Ses mains ont vraiment beaucoup d'expression », pensait-il, se rappelant la soirée de la veille qu'il avait passée avec Kitty, près de la table du coin. Ils n'avaient rien à se dire, comme il arrive toujours en cette période; elle s'amusait à poser sa main sur la table, l'ouvrant et la fermant tour à tour, et riait elle-même de ces mouvements. Il avait baisé la main et en avait examiné les lignes...

« Encore un « ayez pitié de nous, Seigneur! » pensa Lévine, se signant et s'inclinant, tout en regardant le mouvement rapide du diacre qui faisait de profondes génuflexions.

« Ensuite, elle a pris ma main et en a examiné les lignes : Tu as une très jolie main », m'a-t-elle dit. Il regarda sa main, puis celle du diacre, qu'il trouva très courte. « Je crois que nous approchons de la fin...Non, on dirait que ça recommence... pensa-t-il, écoutant les prières. Mais si, c'est la fin... Le voilà qui salue jusqu'à terre. C'est toujours ainsi que cela se termine. »

Le diacre reçut un billet de trois roubles qui lui fut glissé discrètement dans la main, puis, disant à Lévine qu'il allait l'inscrire, il disparut derrière l'autel en faisant claquer ses chaussures neuves sur les dalles de l'église déserte. Une minute après il reparut et invita Lévine à le suivre. Une pensée qu'il s'était efforcé jusqu'alors de refouler obsédait de nouveau Lévine, mais il se hâta de la chasser. « Cela s'arrangera d'une façon ou de l'autre », pensa-t-il; et il se dirigea vers l'autel. Il gravit les marches. Tournant à droite, il aperçut le prêtre. C'était un vieillard à la barbe rare, presque toute blanche, au regard doux, mais fatigué. Debout devant le lutrin, il feuilletait un missel. Il salua légèrement Lévine et aussitôt, d'une voix lasse et monotone, se mit à lire les prières. Quand il eut fini, il s'inclina très bas puis, se tournant vers Lévine :

– Le Christ assiste, invisible, à votre confession, dit-il en désignant le crucifix. Croyez-vous en tout ce que nous enseigne la saint Église apostolique? continua le prêtre. Et détournant les yeux du visage de Lévine, il mit sa main sous l'étole.

– J'ai douté et je doute de tout, prononça Lévine, d'une voix dont le timbre sonna désagréablement à ses propres oreilles. Puis il se tut.

Le prêtre garda le silence quelques secondes, attendant que Lévine dît autre chose. Fermant les yeux, il reprit, avec son accent de la province de Vladimir, en appuyant sur les *o* :

– Le doute est propre à la faiblesse humaine, mais il faut prier le Dieu miséricordieux pour qu'il nous fortifie... Quels sont vos principaux péchés? ajouta-t-il sans s'arrêter à cela, comme s'il avait craint de perdre du temps.

– Mon principal péché c'est le doute. Je doute de tout; et presque toujours je suis dans l'état de doute.

– Le doute est propre à la faiblesse humaine, répéta le prêtre. De quoi, principalement, doutez-vous?

– Je doute de tout. Parfois même, je doute de l'existence de Dieu, dit malgré lui Lévine.

Et il s'effraya de l'inconvenance de ses paroles.

Mais elles parurent ne produire aucun effet sur le prêtre.

– Comment peut-on douter de l'existence de Dieu? dit-il vivement, avec un sourire à peine perceptible.

Lévine se tut.

– Comment pouvez-vous douter de l'existence du Créateur, quand vous voyez partout ses œuvres, continua le prêtre, de sa voix ordinaire et rapide. Qui a créé la voûte du ciel et les étoiles? Qui a embelli la terre? Comment tout cela serait-il possible sans Créateur? prononça-t-il en jetant un regard interrogateur sur Lévine.

Lévine sentit qu'il serait inconvenant d'engager avec le prêtre une discussion philosophique et il répondit simplement à la question :

– Je ne sais pas.

– Vous ne savez pas? Alors comment pouvez-vous douter que Dieu ait créé tout cela, dit le prêtre, joyeusement étonné.

– Je ne comprends rien, dit Lévine en rougissant. Il sentait que ses paroles étaient stupides, mais que, s'il se rétractait, elles le seraient tout autant.

– Priez Dieu; suppliez-le. Les saints eux-mêmes ont eu des doutes, et ils ont prié Dieu d'affermir leur foi. Le démon est puissant, mais nous devons lui résister. Priez Dieu; suppliez-le. Priez Dieu... répéta-t-il très vite.

Il se tut un moment et parut réfléchir.

– J'ai entendu dire que vous avez l'intention d'épouser une de mes paroissiennes, ma fille spirituelle : la princesse Stcherbatzkï? dit-il avec un sourire. C'est une charmante jeune fille.

– Oui, fit Lévine, rougissant pour le prêtre.

« Pourquoi me demande-t-il cela en confession? » pensa-t-il.

Répondant à sa pensée, le prêtre lui dit :

– Vous vous préparez au mariage, et peut-être Dieu vous accordera-t-il une postérité. Eh bien, quelle éducation pourrez-vous donner à vos enfants si vous ne réussissez pas à vaincre en vous les tentations du démon qui vous incite à l'incrédulité?

dit-il d'un ton de doux reproche. Si vous aimez vos enfants en bon père, vous ne souhaiterez pas uniquement pour eux la richesse, le luxe et les honneurs, mais aussi leur salut; vous voudrez voir luire en eux la lumière de la vérité. N'est-il pas vrai? Que répondrez-vous à l'enfant innocent qui vous demandera : « Père, qui est-ce qui a créé tout ce qui m'enchante en ce monde : la terre, les eaux, le soleil, les fleurs, les herbes? » Lui direz-vous : « Je ne sais pas »? Cela, vous ne pouvez l'ignorer, parce que Dieu, dans sa grande bonté, vous l'a révélé. Et si votre enfant vous demande : « Qu'est-ce qui nous attend après cette vie? » que lui direz-vous, si vous ne savez rien? Comment lui répondrez-vous? L'abandonnerez-vous aux séductions du monde et de Satan? Ce n'est pas bien! dit-il. Et il s'arrêta, inclinant la tête de côté et regardant Lévine de ses yeux bons et doux.

Lévine ne répondit rien. Non qu'il craignît de discuter avec le prêtre, mais parce que personne encore ne lui avait posé de pareilles questions, et parce qu'il pensait qu'avant que ses enfants fussent en âge de lui poser ces questions, il aurait le temps de réfléchir à la réponse.

— Vous abordez une phase de la vie où il faut choisir sa voie et s'y tenir, reprit le prêtre. Priez Dieu, afin que dans sa bonté, il vous aide et vous pardonne, conclut-il : « Notre Seigneur Dieu, Jésus-Christ, dans ta bonté et ta magnanimité, par ton amour pour l'humanité, pardonne à cet enfant... » Et le prêtre, achevant les formules de l'absolution, le bénit et le congédia.

Ce jour-là, Lévine, rentrant chez lui, se sentit heureux d'être sorti de sa situation fausse sans avoir été obligé de mentir. En outre, il lui restait l'impression que ce bon et charmant vieillard n'avait pas dit des choses aussi sottes qu'il semblait tout d'abord; et certaines même méritaient d'être approfondies. « Sans doute, pas maintenant, pensait Lévine. Mais plus tard! »

En ce moment, il y avait en son âme des points obscurs; sous le rapport religieux, il se trouvait dans ce même état qu'il remarquait si clairement chez les autres; état qu'il déplorait et dont il faisait reproche à son ami Sviageskï.

Lévine passa la soirée avec sa fiancée, chez Dolly. Il fut très gai; et pour expliquer à Stépan Arkadiévitch l'état de surexcitation dans lequel il se trouvait, il lui dit qu'il se sentait gai comme un chien auquel on aurait appris à sauter à travers un cerceau, et qui, ayant enfin compris ce qu'on exigeait de lui, pousserait des cris, agiterait la queue, et dans sa joie bondirait sur la table et sur la fenêtre.

II

Le jour du mariage, Lévine, selon la coutume (la princesse et Daria Alexandrovna se montraient très strictes sur ce point) ne vit pas sa fiancée. Il dîna à son hôtel, en compagnie de trois célibataires, réunis chez lui par hasard : Serge Ivanovitch; Katavassov, son camarade de l'Université, maintenant professeur de sciences naturelles que Lévine avait rencontré par hasard, dans la rue, comme il rentrait chez lui; enfin Tchirikov, qui serait témoin, juge de paix à Moscou et compagnon de chasse de Lévine.

Le dîner fut très gai. Serge Ivanovitch, d'excellente humeur, s'amusait fort de l'originalité de Katavassov.

Celui-ci, sentant que son originalité était appréciée et comprise, se mit en frais. Tchirikov mettait en toute chose de la bonne humeur.

– Ah, notre ami Constantin Dmitritch, disait Katavassov, en appuyant sur les mots à la manière des professeurs, quel garçon capable c'était! Je parle au passé, car il n'existe plus. Il aimait la science quand il sortit de l'Université; il s'intéressait à l'humanité; et maintenant une partie de ses capacités lui sert à se tromper lui-même, et l'autre à donner à ses fictions une apparence de vérité

– Je ne connais pas d'ennemi du mariage plus convaincu que vous, remarqua Serge Ivanovitch.

– Non, je ne suis pas l'ennemi du mariage, je suis l'ami de la division du travail. Les hommes qui ne sont capables de rien faire doivent propager l'espèce; et les autres, contribuer au développement intellectuel, au bonheur de l'humanité. Telle est mon opinion. Nombre de gens prétendent cumuler ces deux fonctions; pour ma part, je ne suis pas de ce nombre.

– Comme je serais heureux d'apprendre que vous êtes amoureux! dit Lévine. Je vous en prie, invitez-moi à votre noce.

– Mais je suis déjà amoureux.

– Oui, des lézards... Tu sais, dit Lévine s'adressant à son frère, Mikhaïl Sémionovitch écrit un ouvrage sur la nutrition, et...

– Allons, ne bafouillez pas! Peu importe ce que j'écris. Mais il est vrai que j'aime les lézards.

– Cela ne vous empêcherait pas d'aimer une femme.

– Non, mais une femme m'empêcherait de les aimer.

– Pourquoi cela?

– Vous verrez. Tenez, maintenant vous aimez l'agriculture, la chasse; eh bien, vous verrez!

– Aujourd'hui j'ai vu Archip, dit Tchirikov. Il m'a dit qu'à Proudnoié il y a beaucoup d'élans et deux ours.

– Eh bien, vous les chasserez sans moi!

– Tu vois bien! dit Serge Ivanovitch. Et dorénavant, dis adieu à la chasse à l'ours : ta femme ne t'y laissera pas aller.

Lévine sourit. L'idée que sa femme ne l'y laisserait pas aller lui était si agréable qu'il était prêt à renoncer pour toujours au plaisir de la chasse à l'ours.

– C'est tout de même dommage, qu'on chasse sans vous ces deux ours, dit Tchirikov. Vous souvenez-vous, à Kopilovo, la dernière fois?... Quelle belle chasse ce serait!

Lévine ne voulait pas le désenchanter, ni lui dire que sans Kitty il n'y avait pour lui rien de bon nulle part. C'est pourquoi il se tut.

– Cette habitude d'enterrer la vie de garçon n'est pas dépourvue de sens! dit Serge Ivanovitch. Quelque heureux que l'on soit, on regrette toujours sa liberté.

– Avouez que, semblable au fiancé de Gogol, on éprouve l'envie de se sauver par la fenêtre.

– Certainement, mais il ne l'avouera pas, dit Katavassov, riant à gorge déployée.

– Eh bien, la fenêtre est ouverte!... Partons pour Tver? Il y a un ours, on peut aller le surprendre. Allons, il y a un train à cinq heures! Et ici, à la grâce de Dieu! dit Tchirikov en riant.

– Je vous jure, dit gaiement Lévine, que je ne puis trouver dans mon âme la moindre trace de regret pour ma liberté perdue!

– Oui, votre âme est actuellement un tel chaos que vous n'y pouvez rien trouver, dit Katavassov. Mais attendez qu'un peu d'ordre y soit rentré et alors vous trouverez!

– Non... Je le sentirais, si à côté de mon sentiment... de bonheur (il ne voulut pas dire devant eux, d'amour) je regrettais ma liberté... Or j'éprouve au contraire une très grande joie à la pensée de perdre la liberté.

– Ça va mal! Voilà un malade dont le cas est désespéré! dit Katavassov. Eh bien, buvons à sa guérison! Ou au moins souhaitons-lui la réalisation d'une centième partie de ses rêves; et ce sera déjà un bonheur tel qu'il n'en existe pas sur terre!

Peu après le dîner, les convives se retirèrent, afin d'avoir le temps de s'habiller pour la cérémonie.

Resté seul, Lévine, se rappelant la conversation de ses amis, se demanda de nouveau s'il y avait en son âme ce sentiment de regret de la liberté dont ils parlaient. Et cette idée le fit sourire : « La liberté? Pourquoi la liberté? Le bonheur pour moi, c'est d'aimer Kitty, de vivre de ses pensées, de ses désirs à elle, sans aucune liberté. Voilà le bonheur! »

« Mais puis-je connaître ses pensées, ses désirs, ses sentiments? » lui murmura tout à coup une voix intérieure. Le sourire disparut de son visage et il devint pensif.

Soudain, un sentiment étrange l'envahit : la peur et le doute. Toujours le doute!

« Et si elle ne m'aimait pas? Et si elle m'épousait uniquement pour se marier? Si elle agissait ainsi sans même en avoir conscience? » se demanda-t-il. « Elle peut reconnaître plus tard son erreur. Après le mariage seulement, comprendre qu'elle ne m'aimait pas et ne pouvait m'aimer... » Et des pensées étranges, blessantes même pour elle, lui venaient en tête. Il se reprenait, comme un an auparavant, à éprouver pour Vronskï un vif sentiment de jalousie; il se souvenait, comme d'une chose arrivée la veille, de cette soirée où il les avait vus ensemble; il soupçonnait Kitty de ne lui pas avoir tout avoué.

Il se redressa brusquement.

« Non, je ne puis en rester là! se dit-il avec désespoir. J'irai chez elle, je lui parlerai une dernière fois... Nous sommes encore libres... Ne vaudrait-il pas mieux briser là? Tout vaut mieux que le malheur de la vie entière, la honte, l'infidélité!... »

Le désespoir dans le cœur, et plein de haine envers tous les hommes et envers lui-même, il sortit de l'hôtel et courut chez Kitty. Il la trouva dans une chambre reculée.

Elle était assise sur un coffre et donnait des ordres à sa femme de chambre, en faisant un choix parmi quantité de robes claires, étalées sur le dos des chaises et sur le parquet.

– Ah! s'écria-t-elle, toute rayonnante de joie, en l'apercevant. C'est toi, c'est vous! (Jusqu'à ce jour, elle lui disait tantôt toi, tantôt vous.) Je ne comptais pas vous voir... Vous voyez, je distribue mes robes de jeune fille...

– C'est très bien! fit-il en jetant un regard sombre sur la femme de chambre.

– Va-t'en, Douniacha, je t'appellerai, dit Kitty.

– Qu'as-tu? demanda-t-elle, en le tutoyant résolument, dès que fut sortie la femme de chambre.

Elle avait remarqué son visage bouleversé et se sentait prise de peur.

– Kitty, je souffre! Je ne puis souffrir seul, dit-il, le désespoir dans la voix, en s'arrêtant devant elle et fixant sur elle un regard suppliant.

Il voyait bien, au visage aimant et sincère de la jeune fille, que ses craintes étaient vaines; cependant, il avait besoin de le lui entendre dire.

– Je suis venu te dire qu'il n'est pas encore trop tard... que tout peut encore être conjuré...

– Quoi? Je ne comprends pas. Qu'as-tu?

– Ce que je me suis dit, ce que j'ai pensé des milliers de fois..., que je ne suis pas digne de toi... Tu n'as pu consentir à m'épouser... Réfléchis bien... Tu ne peux pas m'aimer... Non... mieux vaut l'avouer... dit-il en la regardant... Je serai malheureux, qu'importe!... Qu'on dise ce qu'on voudra... Tout vaut mieux que le malheur... Maintenant, il en est encore temps...

– Je ne comprends pas, répondit-elle, effrayée. Qu'est-ce à dire? Quoi? Tu veux reprendre ta parole?... Rompre?...

– Oui, si tu ne m'aimes pas.

– Tu es fou! s'écria-t-elle, en rougissant de dépit.

Mais la vue du visage désolé de Lévine arrêta sa colère. Repoussant les robes qui pendaient sur la chaise, elle s'assit plus près de lui.

– Qu'est-ce que tu penses? Dis-moi tout.

– Je pense que tu ne peux pas m'aimer. Pourquoi m'aimerais-tu?

– Mon Dieu, que puis-je faire! dit-elle. Et elle fondit en larmes.

– Ah, qu'ai-je fait? s'écria-t-il. Et se jetant à ses genoux, il lui couvrit les mains de baisers.

Quand la princesse, cinq minutes plus tard, entra dans la chambre, elle les trouva déjà complètement réconciliés. Kitty non seulement avait affirmé à Constantin qu'elle l'aimait, mais même lui avait expliqué pourquoi.

Elle l'aimait, lui avait-elle dit, parce qu'elle le comprenait à fond, parce qu'elle savait ce qu'il devait aimer et que tout ce qu'il aimait était bon et bien. Et Lévine trouva cette explication tout à fait claire.

Quand la princesse entra donc, ils étaient assis sur le coffre, examinant les robes et discutant sur leur destination. Kitty voulait donner à Douniacha la robe brune qu'elle portait le jour où Lévine l'avait demandée en mariage; lui, ne voulait pas que cette robe fût donnée à personne et insistait pour que Douniacha reçût la bleue.

– Mais comment ne comprends-tu pas qu'étant brune le bleu ne lui ira pas? J'y ai déjà pensé...

Apprenant pourquoi Lévine était venu, la princesse le gronda en riant et le renvoya s'habiller. D'ailleurs, Charles allait venir coiffer Kitty.

– Elle est assez excitée sans cela. Elle ne mange rien. Aussi elle enlaidit. Et toi, tu viens encore la troubler avec tes bêtises, dit-elle. Allons, mon cher, va-t'en!

Lévine honteux et confus, mais rassuré, rentra à l'hôtel. Son frère, Daria Alexandrovna et Stépan Arkadiévitch, tous habillés, l'attendaient déjà pour le bénir avec les icônes. Il n'y avait pas de temps à perdre. Daria Alexandrovna devait encore aller chez elle pour prendre son fils, qui, pommadé et frisé, devait porter l'icône avec le fiancé. Ensuite il fallait prendre une autre voiture pour aller chercher les témoins, et renvoyer celle qui prendrait Serge Ivanovitch. En général, un jour de mariage, il y a beaucoup de combinaisons très compliquées. Une seule chose était indiscutable, c'est qu'il ne fallait pas perdre de temps, car il était déjà six heures et demie.

La cérémonie de la bénédiction avec l'icône manqua de sérieux. Stépan Arkadiévitch prit une pose solennelle et comique auprès de sa femme; il leva l'icône et obligea Lévine à se prosterner, pendant qu'il le bénissait avec un sourire affectueux et railleur. Puis il l'embrassa trois fois; Daria Alexandrovna fit de même; elle était pressée de partir et s'embrouillait dans les arrangements des voitures.

– Eh bien, voilà ce que nous allons faire : tu vas aller le chercher dans notre voiture. Serge Ivanovitch aura sans doute la bonté de partir tout de suite et de renvoyer la sienne.

– Très volontiers.

– Et nous deux nous viendrons ensemble. Tes bagages sont expédiés? demanda Stépan Arkadiévitch.

– Oui, répondit Lévine. Et il appela Kouzma, qui devait l'aider à s'habiller.

III

UNE foule, composée surtout de dames, emplissait l'église, brillamment éclairée pour la cérémonie nuptiale. Les personnes qui n'avaient pas pu entrer se bousculaient aux fenêtres, se disputant les places qui permettaient de jeter un regard à travers les vitraux.

Plus de vingt voitures étaient déjà rangées à la file dans la rue. Un officier de paix, malgré le froid, se tenait, en grand uniforme, près de l'entrée. Des équipages arrivaient sans cesse et déposaient tantôt des dames en chapeaux à plumes, qui relevaient les traînes de leurs robes, tantôt des messieurs qui enlevaient leurs képis ou leurs chapeaux hauts de forme en entrant à l'église. Les deux lustres étaient allumés, ainsi que tous les cierges devant les images des saints. L'éclat de l'or sur le fond rouge de l'iconostase, les ciselures d'or des icônes, l'argent des lustres et des candélabres, les mosaïques du sol, les petits tapis, les bannières du chœur, les degrés de l'autel, les vieux missels noircis, tout cela était inondé de lumière.

Dans la foule qui occupait le côté droit de l'église, parmi les habits et les cravates blanches, parmi les uniformes, parmi les toilettes de velours et de soie, parmi les fleurs, les épaules et les bras nus haut gantés, se tenaient, à mi-voix, des conversations animées qui résonnaient étrangement sous les hautes coupoles. Chaque fois que la porte s'ouvrait en grinçant, les conversations s'apaisaient et l'on se retournait, pensant voir paraître les mariés. La porte s'était ouverte déjà plus de dix fois, mais toujours pour livrer passage à quelque retardataire qui se joignait au groupe des invités, à droite, ou à quelque curieux qui avait réussi à tromper ou à amadouer l'officier de service et qui allait se placer à gauche, parmi les étrangers.

Invités et curieux avaient déjà traversé toutes les phases de l'attente. D'abord on n'avait attaché aucune importance au retard des mariés; puis on s'était retourné de plus en plus souvent vers la porte, en se demandant s'il n'était pas survenu quelque chose. Enfin le retard était devenu gênant; les parents et les invités, feignant de ne pas se préoccuper des mariés, s'absorbèrent dans leurs conversations. Le diacre, comme pour rappeler qu'il perdait un temps précieux, toussait avec impatience, en faisant trembler les vitres. Dans le chœur, les chantres ennuyés essayaient leur voix ou se mouchaient. Le prêtre envoyait à chaque instant tantôt le sacristain, tantôt le diacre, pour savoir si les mariés n'étaient pas arrivés; et lui-même, en soutane violette et ceinture brodée, se montrait de plus en plus souvent à l'une des portes latérales, pour guetter l'arrivée du cortège. Enfin une dame regardant sa montre s'écria : « Cela devient étrange! » Et tous les invités, pris d'inquiétude, commencèrent à exprimer tout haut leur surprise et leur mécontentement. Un des témoins alla aux nouvelles.

Pendant ce temps, Kitty en robe blanche, long voile et couronne d'oranger, prête depuis longtemps, attendait au salon avec sa marraine et sa sœur madame Lvov, et regardait à la fenêtre si le témoin – qui devait lui annoncer que le fiancé avait fait son entrée à l'église – n'arrivait pas.

De son côté, Lévine, en pantalon, mais sans gilet ni habit, arpentait sa chambre, ouvrant à chaque minute sa porte pour regarder dans le couloir. Mais il ne voyait pas venir celui qu'il attendait, et il rentrait désespéré. S'adressant alors à Stépan Arkadiévitch, qui fumait tranquillement :

– A-t-on jamais vu, disait-il, un homme dans une situation plus absurde?

– Oui c'est vrai! confirmait Stépan Arkadiévitch en souriant. Mais calme-toi, on va l'apporter tout de suite.

– Non, non! disait Lévine avec une fureur contenue.

Combien sont stupides ces gilets ouverts! Rien à faire! disait-il en regardant le plastron froissé de sa chemise. Et si les bagages sont déjà expédiés? criait-il avec désespoir.

– Tu prendras la mienne.

– J'aurais dû commencer par là!

– Que c'est donc ridicule... Mais, attends! *Tout s'arrangera.*

Quand Lévine avait appelé Kouzma pour l'aider à s'habiller, son vieux serviteur lui avait apporté son habit, son gilet, et tout ce qu'il fallait.

– Et la chemise! s'était écrié Lévine.

– Elle est sur vous, avait répondu Kouzma avec un sourire tranquille.

Kouzma avait oublié de mettre de côté une chemise propre. Suivant l'ordre qu'il avait reçu, il avait fait porter tous les bagages chez les Stcherbatzkï, d'où les jeunes mariés devaient partir le soir; il n'était resté que l'habit. La chemise que Lévine avait prise le matin était froissée, et il ne pouvait la garder avec un gilet très ouvert.

Envoyer chez les Stcherbatzkï, on n'y pouvait songer, c'était trop loin. D'autre part, impossible d'acheter une chemise; le dimanche, tous les magasins étaient fermés. On fit prendre une chemise chez Stépan Arkadiévitch. Elle se trouva trop large et trop courte. Enfin, on se décida à envoyer chez les Stcherbatzkï, où il fallut ouvrir les malles.

Tandis qu'on attendait le marié à l'église, lui, comme une bête en cage, arpentait sa chambre, regardant à tout moment dans le couloir et songeant avec effroi et désespoir à ce qu'il avait dit à Kitty et à ce qu'elle pouvait s'imaginer.

Enfin le coupable Kouzma accourut tout essoufflé, apportant une chemise.

– Je suis arrivé juste à temps, dit-il. On emportait les malles à la gare.

Trois minutes après, Lévine se précipitait dans le couloir sans regarder l'heure pour ne pas s'irriter davantage.

– Tu n'y changeras rien, lui disait Stépan Arkadiévitch, qui le suivait en souriant. Quand je te disais que tout s'arrangerait!

IV

« Ils viennent! Les voilà! Lequel! Est-ce le plus jeune? Et elle, ma chère, plus morte que vive! » murmurait-on dans la foule quand Lévine, qui avait attendu sa fiancée près de la porte, entra avec elle dans l'église.

Stépan Arkadiévitch raconta à sa femme la cause du retard, et les invités, en souriant, se mirent à chuchoter entre eux. Lévine, lui, ne remarquait rien, ne voyait personne et ne quittait pas des yeux sa fiancée.

En général, on la trouva moins jolie que de coutume : sa couronne ne lui seyait point. Mais tel n'était pas l'avis de Lévine. Il regardait la haute coiffure, le voile blanc, le bouquet blanc, le col attaché de côté d'une manière particulière, et échancré par devant, la taille remarquablement fine, et il trouvait Kitty plus jolie que jamais; pour lui ce n'était pas les fleurs, ni le voile, ni la robe faite à Paris qui ajoutaient quelque chose à la beauté de la jeune fille, mais bien cette expression d'innocence et de sincérité qu'en dépit de tout le luxe du costume avaient conservée le charmant visage, le regard, les lèvres.

– Je commençais à penser que tu t'étais enfui, dit-elle en souriant.

– Ce qui m'est arrivé est si bête que j'ai honte de le dire, fit-il en rougissant. Et il se tourna vers Serge Ivanovitch qui s'avançait de son côté.

– Elle est bien bonne, ton histoire de chemise! dit Serge Ivanovitch en hochant la tête avec un sourire.

– Oui, oui, fit Lévine sans comprendre ce qu'on lui disait.

– Voyons Kostia! Voici l'instant de prendre une décision, dit Stépan Arkadiévitch, en feignant un air embarrassé. La question est grave, et tu es précisément en état d'en apprécier toute l'importance. On me demande s'il faut allumer des cierges neufs ou des cierges entamés? La différence est de dix roubles, ajouta-t-il en plissant les lèvres pour sourire. J'ai pris une décision, mais je crains que tu ne l'approuves pas.

Lévine comprit qu'il s'agissait d'une plaisanterie; mais il n'était pas en veine de rire.

– Eh bien, neufs ou entamés? Que décides-tu?

– Oui, oui, neufs.

– J'en suis ravi. La question est tranchée! dit Stépan Arkadiévitch en souriant. Que l'homme devient donc stupide dans cette situation! dit-il à Tchirikov, comme Lévine s'approchait de sa fiancée, après lui avoir jeté un regard éperdu.

– Fais attention, Kitty, mets-toi la première sur le tapis, dit la comtesse Nordston en s'approchant... Vous en faites de belles! ajouta-t-elle, s'adressant à Lévine.

– Tu n'as pas peur? demanda Maria Dmitrievna, une vieille tante.

– N'as-tu pas froid?... Tu es pâle. Attends. Baisse-toi un moment, dit la sœur de Kitty, madame Lvov. Et lui posant ses beaux bras sur les épaules, souriante, elle répara un léger désordre dans la coiffure de sa sœur.

Dolly s'approcha. Elle voulait dire quelque chose mais ne put articuler une parole; elle se mit à pleurer et à rire nerveusement.

Kitty regardait tout le monde d'un air aussi absent que celui de Lévine.

Pendant ce temps, les desservants avaient revêtu leurs habits sacerdotaux, et le prêtre accompagné du diacre était venu se placer devant l'autel. Il adressa la parole à Lévine, mais celui-ci ne comprit pas ce qu'on lui disait.

– Prenez votre fiancée par la main et conduisez-la, souffla l'un des témoins à Lévine.

Lévine ne pouvait arriver à saisir ce qu'on voulait de lui. Malgré tout ce qu'on lui disait, il ne donnait jamais la main qu'il fallait; et les autres, découragés, allaient déjà y renoncer quand enfin il comprenait qu'il devait, sans changer de position, prendre de la main droite la main droite de sa fiancée. Le prêtre fit alors quelques pas devant eux et s'arrêta près du pupitre. La foule des parents et des invités s'avança derrière eux, dans un froufrou de robes; quelqu'un se pencha pour arranger la traîne de la mariée; puis le silence devint tel qu'on entendit les gouttes de cire tomber des cierges.

Le vieux prêtre, en calotte, ses cheveux blancs brillants comme de l'argent retenus derrière les oreilles, retira ses petites mains ridées de dessous la chasuble d'argent, ornée d'une croix dans le dos, et toucha quelque chose près du lutrin.

Stépan Arkadiévitch s'approcha doucement de lui, lui chuchota quelque chose à l'oreille et, faisant des yeux un signe à Lévine, retourna à sa place.

Le prêtre alluma deux cierges ornés de fleurs, en les tenant un peu inclinés de la main gauche, de sorte que la cire en dégouttait lentement, puis il se tourna vers les jeunes gens. C'était ce même prêtre qui avait confessé Lévine. Il regarda les mariés d'un œil fatigué et triste, soupira et, sortant sa main droite de dessous la chasuble, les bénit; puis, avec une nuance de tendresse, posa les doigts, pliés, sur la tête baissée de Kitty. Ensuite il leur donna les cierges, s'éloigna lentement et prit l'encensoir. « Est-ce bien vrai? » pensa Lévine; et se retournant il regarda sa fiancée. Plusieurs fois il l'avait vue de profil, et aux mouvements de ses lèvres et de ses cils il avait remarqué qu'elle sentait son regard. Elle ne remua pas la tête, mais sa grosse ruche s'agita et remonta jusqu'à sa petite oreille rose. Il comprit qu'elle étouffait un soupir et vit que la main de Kitty, haut gantée, qui tenait le cierge, tremblait. Tous les tracas causés par la chemise, par le retard, par les conversations des amis et des parents, par leur mécontentement, par la situation ridicule où Lévine s'était trouvé, tout cela disparut d'un coup et il se sentit heureux et ému.

L'archidiacre en robe d'argent, un bel homme aux cheveux frisés, s'avança majestueusement et, d'un geste familier, soulevant l'étole de ses deux doigts, s'arrêta devant le prêtre.

— Sei...gneur... bé...nis...sez-nous! prononça-t-il lentement : et ses paroles résonnèrent solennellement dans l'air.

— Que le Seigneur Dieu vous bénisse, maintenant et dans

tous les siècles des siècles, répondit d'une voix douce et chantante le vieux prêtre, tout en continuant à manipuler quelque chose près du lutrin.

Puis, remplissant toute l'église, jusqu'aux voûtes, s'élevèrent dans l'air les accords d'un chœur invisible, accords d'abord larges et pleins, qui grandirent pour s'arrêter bientôt et mourir doucement.

On pria comme d'habitude pour le repos éternel et le salut des âmes, pour le Saint-Synode, pour l'Empereur. On pria aussi pour les serviteurs de Dieu, Constantin et Catherine, les nouveaux époux.

« Prions Dieu de leur envoyer son amour, sa paix et son secours! » semblait demander toute l'église par la voix du diacre.

Lévine écoutait ces paroles et en était frappé.

« Comment ont-ils deviné que j'ai précisément besoin d'aide? » pensa-t-il, se rappelant ses craintes et ses doutes récents. « Que sais-je? Que puis-je faire, sans aide, dans des circonstances si difficiles? Oui, c'est précisément maintenant que j'ai besoin de secours! »

Quand le diacre eut terminé, le prêtre, un livre à la main, s'adressa aux époux.

« Dieu éternel, prononça-t-il de sa voix douce et chantante, Dieu qui a béni l'alliance indissoluble d'Isaac et de Rébecca, bénis de même tes serviteurs Constantin et Catherine, conduis-les dans la voie du bien, toi qui es miséricordieux et qui aimes les hommes.

« Au nom du Père et du Fils et du Saint-Esprit, à présent et toujours et dans tous les siècles des siècles. »

« Amen! » fit entendre de nouveau le chœur invisible.

« Que ces paroles sont profondes, et comme elles correspondent à ce que j'éprouve en ce moment! pensa Lévine. Mais elle, les comprend-elle comme moi? » se demanda-t-il.

Il tourna la tête, rencontra le regard de Kitty, et de l'expression de ce regard il conclut qu'elle comprenait tout comme lui. Mais il se trompait. Elle ne comprenait point les paroles rituelles et même ne les écoutait pas; durant toute la cérémonie, elle ne devait rien écouter ni rien comprendre, tant était fort l'unique sentiment qui remplissait son âme et qui augmentait de plus en plus. Elle ressentait la joie intense de voir enfin s'accomplir ce qui, pendant plus d'un mois, avait fait successivement le bonheur et le tourment de son âme.

Depuis ce jour où, vêtue de sa robe brune, elle s'était, dans le salon de leur maison de l'Arbarte, approchée de Lévine en silence et lui avait donné son consentement, depuis ce jour, depuis cette heure, elle avait arraché de son âme tout le passé, pour entrer dans une existence nouvelle, inconnue, bien qu'en apparence sa vie d'autrefois parût continuer. Ces six semaines avaient été pour elle une période à la fois heureuse et tourmentée; toute sa vie, tous ses désirs, tous ses espoirs s'étaient concentrés sur ce seul homme, qu'elle ne comprenait pas bien, vers lequel la poussait un sentiment qu'elle comprenait moins encore, et tantôt l'attirant vers lui, tantôt l'en éloignant. Cependant elle continuait de mener sa vie ancienne, et elle constatait avec terreur qu'il lui était venu une indifférence invincible pour tout son passé, pour les choses, les habitudes, les gens qu'elle avait aimés et qui l'aimaient, pour son père, si bon, et qu'autrefois elle chérissait tant. Elle était effrayée de cette indifférence, mais aussi elle s'en réjouissait, en songeant à ce qui la causait. Elle ne pouvait rien désirer, rien se représenter en dehors de la vie qu'elle allait mener avec cet homme. Mais cette nouvelle vie n'avait pas encore commencé et elle ne pouvait même pas s'en faire une idée.

C'était l'attente, mêlée de crainte et de joie, du nouveau et de l'inconnu. Mais cette attente de l'inconnu, ce remords de ne pas regretter le passé, allaient avoir une fin. La nouvelle vie allait commencer; et en présence de cet inconnu, elle ne pouvait s'empêcher de trembler; attendue depuis six semaines, l'heure décisive avait sonné, et ce jour, pour Kitty, n'était que la consécration de ce qui s'était alors accompli en son âme.

Le prêtre, se retournant de nouveau vers le lutrin, saisit

avec peine la petite bague de Kitty et, prenant la main de Lévine, la lui glissa dans la première phalange du doigt.

« ... Le serviteur de Dieu, Constantin, s'unit à la servante de Dieu, Catherine. »

Puis passant le large anneau de Lévine dans le petit doigt rose et délicat de Kitty, il répéta la même formule.

Les mariés cherchaient à comprendre ce qu'on voulait d'eux, mais ils se trompaient chaque fois, et le prêtre les corrigeait à voix basse. Enfin quand ils eurent fait ce qu'il fallait, traçant sur eux le signe de croix avec les bagues il remit de nouveau à Kitty la grande bague et à Lévine la petite; de nouveau ils s'embrouillèrent et deux fois il fallut recommencer. Dolly, Tchirikhov, Stépan Arkadiévitch s'avancèrent pour leur indiquer comment ils devaient s'y prendre. Il se fit un mouvement : on riait, on chuchotait, mais l'expression grave et attendrie des jeunes mariés ne changeait pas. Au contraire, au milieu de leur embarras, ils gardaient une attitude plus sérieuse et plus concentrée qu'auparavant, si bien que le sourire de Stépan Arkadiévitch, qui chuchotait que chacun devait mettre sa bague, s'arrêta involontairement sur ses lèvres. Il sentit que tout sourire les blesserait.

– « O Dieu qui, dès le commencement du monde, as créé l'homme et la femme, commença le prêtre, après l'échange des bagues, c'est toi qui unis les époux pour la continuation de l'espèce humaine... Bénis tes serviteurs Constantin et Catherine et mets dans leur cœur la foi, la vérité et l'amour. »

Lévine sentait de plus en plus que toutes ses idées de naguère sur le mariage et tous ses rêves d'avenir étaient puérils et enfantins. Ce qui s'accomplissait avait une portée dont il n'avait pas eu idée jusqu'alors, et qu'il s'expliquait encore moins maintenant. Sa poitrine se gonflait de sanglots et des larmes parurent malgré lui dans ses yeux.

V

Tout Moscou était à l'église, tant amis que parents; et durant toute la cérémonie, au milieu de l'éclairage brillant de l'église, parmi les femmes et les jeunes filles élégamment habillées, les messieurs en habits et cravate blanche ou en uniformes, on entendait chuchoter sans interruption; les hommes surtout, car les femmes étaient absorbées par l'attention qu'elles portaient aux mille détails, toujours pleins d'intérêt pour elles, de la cérémonie.

Parmi le groupe d'intimes qui entouraient la mariée, se trouvaient ses deux sœurs : Dolly, et l'aînée, la belle et majestueuse madame Lvov, qui arrivait de l'étranger.

– Pourquoi Marie est-elle en lilas foncé? demandait madame Korsouskï.

– Avec son teint, c'est tout ce qu'elle peut se permettre, répondait madame Droubetzkï. Je suis étonnée qu'ils aient choisi le soir pour la cérémonie. Cela sent le marchand...

– C'est plus joli... Moi aussi, je me suis mariée le soir, dit madame Korsouskï en soupirant. Et elle se rappelait combien elle était belle ce jour-là, combien son mari était ridiculement amoureux, et combien tout cela avait changé.

– On prétend que ceux qui ont été garçons d'honneur plus de dix fois ne se marient pas. J'aurais voulu m'assurer de cette façon contre le mariage, mais aujourd'hui la place était prise, dit le comte Séniavine à la jolie princesse Tcharskaïa qui avait des vues sur lui.

Mademoiselle Tcharskaïa ne répondit que par un sourire. Elle regardait Kitty, songeant à ce qu'elle ferait elle-même quand, à son tour, elle se trouverait dans cette situation, avec le comte Séniavine; alors elle lui reprocherait vivement cette plaisanterie qu'il venait de faire.

Stcherbatzkï faisait part à la vieille demoiselle d'honneur

Nicolaev, de son intention de poser la couronne sur le chignon de Kitty, pour lui porter bonheur.

— Pourquoi ce chignon? demanda mademoiselle Nicolaev, qui avait décidé depuis longtemps que si le veuf sur lequel elle avait des vues l'épousait, la cérémonie serait très simple.

Serge Ivanovitch plaisantait avec Daria Dmitrievna, lui affirmant que si la coutume de partir aussitôt après la cérémonie s'était tant répandue cela tenait à ce que les nouveaux mariés éprouvaient généralement une certaine honte.

— Votre frère peut être fier, lui. Elle est charmante, ravissante. Vous devez lui porter envie?

— J'ai passé ce temps-là, Daria Dmitrievna, répondit-il. Et une soudaine expression de tristesse se peignit sur son visage.

Stépan Arkadiévitch chuchotait à sa belle-sœur son calembour sur le divorce.

— Il faudrait lui arranger sa couronne, répondit-elle, sans l'écouter.

— Quel dommage qu'elle se soit enlaidie! disait la comtesse Nordtson à madame Lvov. Malgré cela il ne vaut pas le petit doigt de Kitty, n'est-ce pas?

— Mais si, il me plaît beaucoup et pas seulement en qualité de beau-frère, répondit madame Lvov. Et comme il a bonne tenue! C'est si difficile, en pareil cas, de ne pas être ridicule! Et lui n'est pas ridicule : on sent qu'il est vraiment touché.

— Il me semble que vous vous attendiez à ce mariage.

— Presque. Elle l'a toujours aimé.

— Eh bien, voyons qui des deux mettra le premier le pied sur le tapis. J'ai conseillé à Kitty de commencer.

— C'est inutile, répondit madame Lvov. Dans notre famille nous sommes toutes soumises à nos maris.

— Moi, quand j'ai épousé Basile, j'ai fait exprès de mettre le pied la première sur le tapis. Et vous, Dolly?

Dolly était près d'elles et les entendait, mais elle ne répondit pas. Elle était trop émue; ses yeux étaient remplis de larmes et elle n'aurait pu prononcer une parole sans pleurer. Elle était heureuse pour Kitty et Lévine, et faisant un retour sur son propre mariage elle regardait Stépan Arkadiévitch tout rayonnant, et elle oubliait le présent pour ne plus penser qu'à son premier et innocent amour.

Elle pensait non seulement à elle-même mais encore à d'autres femmes, ses amies, dont elle se rappelait l'image à cette heure unique et solennelle de leur vie, à ce moment où, comme Kitty, elles se trouvaient sous la couronne, le cœur plein d'amour, d'espérance et de vanité, ayant renoncé à tout leur passé pour aborder un mystérieux avenir. Au nombre de ces mariées qu'elle se rappelait, elle revoyait sa chère Anna, dont elle venait d'apprendre les projets de divorce; elle l'avait vue aussi couverte d'un voile blanc sous la couronne d'oranger. Et maintenant... « C'est étrange, affreux! » murmura-t-elle.

Les sœurs, les amies, les parentes, n'étaient pas seules à suivre les détails de la cérémonie; des spectatrices étrangères étaient là, émues, retenant leur souffle dans la crainte de perdre un seul mouvement des mariés, un seul jeu de leurs physionomies; et elles répondaient avec dépit, ou même ne répondaient pas du tout, aux plaisanteries déplacées des hommes.

– Pourquoi est-elle si émue?... La marie-t-on contre son gré?

– Contre son gré, avec un gaillard pareil! Est-il prince?

– Est-ce sa sœur qui est en satin blanc?... Écoute, le diacre va entonner : « Que la femme craigne son époux! »

– Sont-ce les chantres du couvent de Tchoudov?

– Non, du Synode.

– J'ai interrogé un domestique. Il dit que le mari emmène tout de suite sa femme dans leur propriété. On dit qu'il est extrêmement riche. C'est pourquoi on l'a mariée.

– Non, c'est un très beau couple.

– Marie Vassilievna, vous qui disiez qu'on portait les crinolines d'une autre manière, regardez celle-là.

– Comme elle est charmante, la fiancée! Un vrai petit agneau!... On a beau dire, la femme est toujours à plaindre.

Ainsi parlaient les spectatrices qui étaient parvenues à se glisser à l'intérieur de l'église.

VI

A LA FIN de la cérémonie, l'un des officiants vint étendre au milieu de l'église, devant le lutrin, un grand morceau d'étoffe rose, cependant que le chœur entonnait un cantique d'une exécution difficile et compliquée, où la basse et le ténor se répondaient. Et le prêtre, se retournant, indiqua aux mariés l'étoffe rose.

Tous deux avaient souvent entendu parler du préjugé d'après lequel celui des deux qui monte le premier sur le tapis devient le vrai chef de famille, mais ni Lévine ni Kitty ne se rappelèrent la chose au moment où ils firent ces quelques pas. De même ils n'entendirent pas les remarques et les discussions des gens; les uns soutenant que Lévine avait mis le pied le premier sur le tapis, les autres affirmant qu'ils l'avaient mis tous deux en même temps.

Après les questions habituelles, sur leur volonté de s'unir par le mariage, en toute liberté, et leur réponse, qui résonnait étrangement à leurs propres oreilles, un nouvel office commença.

Kitty écouta les prières et chercha, sans y parvenir, à les comprendre. A mesure que la cérémonie s'avançait elle sentait son cœur se gonfler d'une joie grave et triomphante qui empêchait son attention de se fixer.

On pria Dieu « pour que les époux eussent une grande postérité ». On rappela que « la femme avait été tirée d'une côte d'Adam », et « qu'elle devait quitter son père et sa mère pour ne faire qu'un avec son époux », et que « ce mystère était très grand ». On pria Dieu « de les bénir comme Isaac et Rébecca, comme Joseph, comme Moïse et Séphora, et de les faire vivre assez longtemps pour voir les enfants de leurs enfants ».

« Tout cela est très bien, pensait Kitty; tout cela ne peut être autrement. » Et un sourire de joie, qui se communiqua involontairement à tous ceux qui la regardaient, éclaira son visage.

– Mettez-la-lui complètement sur la tête, conseilla-t-on à Stcherbatzkï, quand sa main gantée d'un gant à tois boutons souleva en tremblant au-dessus de la tête de Kitty la couronne que le prêtre avait remise au prince.

– Posez-la-moi, chuchota-t-elle en souriant.

Lévine se retourna de son côté, et fut frappé du rayonnement qui émanait de son visage. Le sentiment qu'elle éprouvait, involontairement se transmettait à lui; et, comme elle, il se sentit heureux et rasséréné.

Ils écoutèrent, pleins de joie, la lecture des épîtres, et le roulement de la voix du diacre au dernier vers, que le public étranger attendait avec impatience. Ils burent avec joie le vin rouge, tiède, mélangé d'eau, dans la coupe, et plus gaiement encore, suivirent le prêtre qui, écartant sa chasuble et prenant leurs deux mains dans les siennes, leur fit faire le tour du lutrin, cependant que la basse chantait : « Isaïe, réjouis-toi! » Stcherbatzkï et Tchirikov, qui tenaient les couronnes derrière eux, s'embarrassaient dans la traîne de la mariée; eux aussi souriaient joyeusement, et tantôt restaient en arrière, tantôt se heurtaient aux jeunes mariés, quand le prêtre s'arrêtait. L'éclair de joie allumé par Kitty se communiquait, semblait-il, à toute l'assistance. Lévine était même convaincu que le prêtre et le diacre eux aussi retenaient un sourire.

Quand les couronnes furent ôtées, le prêtre lut les dernières prières et félicita les jeunes époux. Lévine regarda Kitty : jamais jusqu'à ce jour il ne l'avait vue si belle; l'éclat de bonheur répandu sur son visage la transformait.

Il voulut parler, mais s'arrêta, craignant que la cérémonie ne fût pas encore terminée. Le prêtre le tira d'embarras, lui disant doucement, avec un bon sourire : « Embrassez votre femme; et vous, embrassez votre mari. » Et il leur reprit les cierges.

Lévine mit un baiser sur les lèvres qui lui souriaient, offrit son bras à Kitty et, avec l'impression nouvelle et étrange de se sentir tout à coup rapproché d'elle, il sortit de l'église. Jusqu'ici il n'avait pas cru et ne pouvait croire à la réalité de ce qui venait de se passer; mais quand leurs regards étonnés et timides s'étaient rencontrés, Lévine avait senti qu'ils étaient réellement unis.

Le même soir, après le souper, les jeunes mariés partirent pour la campagne.

VII

Depuis déjà trois mois Vronskï et Anna voyageaient ensemble en Europe. Ils avaient visité Venise, Rome, Naples et venaient d'arriver dans une petite ville italienne où ils comptaient séjourner quelque temps.

Un important maître d'hôtel, dont les cheveux épais et bien pommadés étaient séparés par une raie partant de la nuque, vêtu d'un habit ouvert sur un large plastron blanc, et portant de nombreuses breloques se balançant sur un abdomen arrondi, répondait négligemment, les mains dans les poches, en clignant les yeux avec mépris, aux questions que lui adressait un monsieur.

Des pas qu'il entendit de l'autre côté du perron firent retourner le maître d'hôtel, et il aperçut le comte russe qui occupait le plus bel appartement de l'hôtel. Aussitôt il retira respectueusement ses mains de ses poches et, s'inclinant, informa le comte. Le commissionnaire était venu annoncer que l'intendant du palais, pour lequel on était en pourparlers, consentait à signer le bail.

– Ah, tant mieux! fit Vronskï. Madame est-elle à la maison?

– Madame était sortie, mais elle vient de rentrer, répondit le maître d'hôtel.

Vronskï ôta son chapeau mou à larges bords, essuya avec

son mouchoir la sueur de son front et de ses cheveux, qu'il rejetait en arrière pour dissimuler sa calvitie, puis il jeta un regard distrait sur le monsieur, qui demeurait là et l'examinait. Vronskï allait s'éloigner quand le maître d'hôtel lui dit :

– Ce monsieur est russe et vous a demandé.

Vronskï se retourna, ennuyé à l'idée qu'il ne pouvait éviter ces rencontres, et content néanmoins de trouver une distraction quelconque dans la monotonie de sa vie... Son regard rencontra celui de l'étranger, et leurs yeux, à tous deux, s'éclairèrent.

– Golinitchev!

– Vronskï!

C'était en effet Golinitchev, qui avait été l'un des camarades de Vronskï au corps des pages. Comme il appartenait au parti libéral, il était sorti du corps sans entrer au service, si bien que les deux camarades s'étaient complètement perdus de vue. Depuis, ils ne s'étaient rencontrés qu'une seule fois.

Lors de cette rencontre Vronskï avait cru comprendre que Golinitchev, très intelligente, s'adonnait à une activité libérale quelconque, et à cause de cela, méprisait la carrière militaire; en conséquence, il l'avait traité avec cette hauteur, cette froideur, qui chez lui voulait dire : « Que ma façon de vivre vous plaise ou non, je m'en moque. Si vous prétendez me connaître, commencez par me respecter. » Golinitchev s'était montré très indifférent à cet accueil, qui cependant ne lui avait pas donné le désir de revoir Vronskï.

Cependant ce fut avec un cri de joie qu'ils se reconnurent. Vronskï n'aurait jamais cru éprouver une joie si vive en pareille circonstance; mais peut-être ne se rendait-il pas compte lui-même de l'ennui où il croupissait. Oubliant l'impression désagréable que lui avait laissée sa dernière rencontre avec son ancien camarade, il lui tendit la main d'un air joyeux. La même expression de joie remplaça l'expression d'inquiétude qui avait tout d'abord paru sur le visage de Golinitchev.

– Comme je suis heureux de te rencontrer! dit Vronskï, avec un sourire qui découvrit ses fortes dents blanches.

– J'avais entendu prononcer le nom de Vronskï, mais je ne savais pas si c'était toi. Je suis très très heureux.

– Entre donc chez moi... Eh bien, que fais-tu?

– Moi? J'habite ici depuis deux ans. Je travaille.

– Ah! fit Vronskï. Eh bien, entrons.

Selon l'habitude propre aux Russes, de dire en français ce qu'ils veulent cacher aux domestiques, il dit en français :

– Tu connais madame Karénine? Nous voyageons ensemble. J'allais chez elle.

Et tout en parlant il examinait attentivement le visage de Golinitchev.

– Ah, je ne savais pas, fit Golinitchev avec indifférence. (Il le savait parfaitement.) Tu es arrivé depuis longtemps?

– Il y a trois jours, répondit Vronskï, en épiant toujours attentivement le visage de son camarade.

« C'est un homme bien élevé, qui voit les choses sous leur véritable jour. On peut le présenter à Anna », se dit Vronskï. Il avait pénétré l'expression du visage de Golinitchev, et compris pourquoi celui-ci avait changé de conversation.

Au cours de ces trois mois, Vronskï s'était toujours demandé, à chaque nouvelle rencontre, comment les nouveaux venus considéreraient ses relations avec Anna. En général, les hommes comprenaient la situation *comme il le fallait*. Mais si on leur eût demandé le sens de cette expression, ils eussent été, lui et eux, bien embarrassés de répondre.

En réalité, ceux qui, pour Vronskï, comprenaient sa situation *comme il le fallait*, n'y comprenaient rien, mais se contentaient d'une tenue discrète, comme il sied à des gens bien élevés mis en présence d'un état de choses délicat et compliqué. Ils évitaient les allusions et les questions; ils feignaient de comprendre parfaitement la portée et le sens de la situation; ils l'admettaient et même l'approuvaient, mais jugeaient inconvenant et inutile de se l'expliquer.

Vronskï devina aussitôt que Golinitchev était un de ces hommes; c'est pourquoi il fut doublement heureux de le voir. En effet, quand Vronskï l'eut présenté à madame Karénine, l'attitude du nouveau venu envers elle fut précisément celle que Vronskï pouvait désirer. Sans le moindre effort apparent, Golinitchev évitait toute conversation qui eût pu créer une gêne.

Golinitchev, qui ne connaissait pas Anna, fut frappé de sa beauté et encore plus de la simplicité avec laquelle elle acceptait sa position. Quand Vronskï lui avait présenté Golinitchev, elle avait rougi, et cette rougeur enfantine, couvrant ce beau visage, plus infiniment à l'ancien page. Mais il fut surtout charmé de la façon naturelle avec laquelle, afin d'éviter tout malentendu devant un étranger, elle appela Vronskï tout simplement Alexis. Elle annonça qu'ils allaient s'installer dans une maison qu'on appelait dans le pays le *palazzo*.

Cette façon simple et franche d'envisager sa situation plut à Golinitchev; lui qui connaissait Alexis Alexandrovitch et Vronskï, il ne put s'empêcher de donner raison à cette jeune femme pleine de vie et d'énergie. Il lui sembla comprendre ce qu'elle-même ne comprenait pas : qu'elle pût être heureuse et gaie tout en ayant fait le malheur de son mari et de son fils, et perdu sa réputation.

– Ce palais figure dans le guide, dit Golinitchev. Il s'y trouve un superbe Tintoretto de sa dernière manière.

– Faisons une chose : le temps est superbe, allons le voir encore une fois, dit Vronskï s'adressant à Anna.

– Très volontiers. Je vais mettre mon chapeau. Vous dites qu'il fait chaud? ajouta-t-elle en s'arrêtant près de la porte et en regardant Vronskï d'un air interrogateur. De nouveau, de vives couleurs couvrirent son visage.

Vronskï comprit, à ce regard, qu'elle ne savait pas dans quels rapports il était avec Golinitchev et si elle avait eu avec lui le ton qu'il fallait.

Il la regarda longuement, tendrement, et lui répondit :

– Non, pas trop.

Anna devina qu'il était satisfait d'elle; lui souriant, elle sortit à pas rapides.

Les amis se regardaient avec un certain embarras. Golinitchev, qui visiblement admirait Anna, aurait voulu parler d'elle et ne savait que dire; Vronskï désirait qu'il en parlât, et le craignait à la fois.

– Alors tu t'es installé ici? dit Vronskï, pour engager la conversation. Et tu t'occupes toujours des mêmes études? continua-t-il, se rappelant avoir entendu dire que son interlocuteur écrivait un livre.

– Oui, j'écris la seconde partie des *Deux principes,* dit Golinitchev, s'empourprant de plaisir à cette question. Ou, plus exactement, je ne l'écris pas encore, je la prépare; je réunis les matériaux. Ce livre sera beaucoup plus vaste et embrassera presque toutes les questions. Chez nous, en Russie, on ne veut pas comprendre que nous sommes les héritiers de Byzance...

Et il commença une longue dissertation animée.

Vronskï tout s'abord se sentit gêné, parce qu'il ne connaissait pas la première partie des *Deux principes,* de laquelle l'auteur lui parlait comme d'une chose très connue; mais ensuite, quand Golinitchev se mit à exprimer ses idées, et que Vronskï put les suivre, sans même connaître les *Deux principes,* il écouta l'exposé avec un certain intérêt, car Golinitchev parlait très bien. Cependant Vronskï était surpris et irrité de l'émotion qui s'emparait de son interlocuteur. A mesure qu'il parlait, ses yeux s'enflammaient, ses objections à des adversaires imaginaires devenaient plus rapides, l'expression de son visage manifestait une irritation croissante.

Vronskï se rappela que Golinitchev, au corps des pages, était un enfant maigre, vif, naïf et bon, aux sentiments élevés, toujours le premier de sa classe; et il ne pouvait comprendre les causes de cette animation qu'il ne partageait pas. Ce qui lui déplaisait surtout, c'était que Golinitchev, bien qu'homme du meilleur monde, s'abaissât au niveau de vagues scribouilleurs qui l'agaçaient et le poussaient à bout. En valait-il la peine?

Vronskï trouvait cela sans importance; toutefois il sentait que Golinitchev en souffrait, et il le plaignait. Une douleur presque maladive se peignit sur le visage mobile, assez beau, du discoureur lorsque, sans même remarquer la rentrée d'Anna, il continua d'exposer avec chaleur et volubilité ses idées.

Anna avait mis son chapeau et sa pèlerine. Jouant nerveusement, de sa jolie main, avec son ombrelle, elle s'approcha de Vronskï; celui-ci fut heureux de se soustraire au regard que Golinitchev tenait fixé sur lui et, dans un élan d'amour, il regarda sa charmante amie, pleine de vie et de joie.

Golinitchev eut quelque peine à reprendre possession de lui-même; il restait triste et sombre; mais Anna, disposée tendrement envers tout le monde (elle l'était particulièrement en ce moment), eut tôt fait de l'égayer par son humeur simple et joyeuse. Après avoir essayé plusieurs sujets de conversation, elle l'amena sur le chapitre de la peinture, dont il parlait en connaisseur, et elle l'écouta attentivement. Ils allèrent à pied jusqu'à la maison et la visitèrent.

— Je suis surtout enchantée d'une chose, c'est qu'Alexis aura un très bel atelier, dit-elle à Golinitchev en entrant. — Il faut absolument que tu prennes cette pièce, dit-elle à Vronskï, en russe; — elle n'hésitait pas à le tutoyer devant Golinitchev, car elle avait déjà compris que, dans leur solitude, celui-ci deviendrait pour eux un intime devant qui il n'y aurait pas à se cacher.

— Est-ce que tu t'occupes de peinture? demanda Golinitchev, se tournant vers Vronskï.

— Autrefois je m'en suis occupé, et maintenant je m'y remets un peu, répondit Vronskï en rougissant.

— Il a beaucoup de talent, dit Anna avec un sourire joyeux. Il est vrai que je ne suis pas bon juge, mais c'est ce que m'ont dit bien des connaisseurs.

VIII

Anna, dans cette première période de délivrance morale et de retour à la santé, se sentait impardonnablement heureuse et pleine de la joie de vivre. Le souvenir du mal qu'elle avait fait à son mari ne troublait pas son bonheur. Ce souvenir, d'une part, était trop terrible pour qu'elle osât y penser; et d'autre part, le malheur de son mari lui valait à elle un trop grand bonheur pour qu'il lui fût possible d'en avoir du remords.

Le souvenir de tout ce qui s'était passé après sa maladie : sa réconciliation avec son mari, la rupture, la blessure de Vronskï, le retour de celui-ci, les préparatifs du divorce, le départ d'Anna de la maison de son mari, ses adieux à son fils, tout cela lui paraissait un cauchemar maladif, dont son voyage à l'étranger, seule avec Vronskï, l'avait délivrée.

Le souvenir du mal qu'elle avait fait à son mari provoquait en elle une sorte de haine, quelque chose de semblable à ce qu'éprouve, dans un naufrage, celui qui repousse un autre homme s'accrochant à lui. Qu'un homme se noie, certes, c'est triste pour lui; mais si c'est pour l'autre l'unique moyen de salut, à quoi bon revenir sur ces horribles détails!

Dès les premiers moments de la rupture, et maintenant, au souvenir du passé, un seul raisonnement la calmait : « C'est moi, se disait-elle, qui ai fait le malheur de cet homme; mais du moins, je n'en profiterai pas. Je souffrirai aussi. Je renonce désormais, à tout ce qui avait pour moi le plus de prix : ma réputation et mon fils. Puisque j'ai péché, je ne veux ni le bonheur ni le divorce. Je supporterai la honte et la séparation d'avec mon fils. »

Mais, malgré son sincère désir de souffrir, Anna n'y parvenait pas. Elle n'éprouvait aucune honte. Avec le tact qui les caractérisait tous deux, ils évitaient à l'étranger la société russe et tout ce qui aurait pu les mettre dans une fausse situation; et partout ils ne voyaient que des gens qui feignaient de comprendre leur situation, bien mieux qu'eux-mêmes ne la comprenaient. Quant à la séparation d'avec son fils, qu'elle aimait beaucoup cependant, elle n'en souffrit pas non plus les premiers temps. Sa petite fille était si gentille, et elle s'y était tellement attachée, qu'elle pensait rarement à Serge.

La vitalité qui l'animait particulièrement depuis sa guérison, et son nouveau genre de vie, dont elle ressentait toute la nouveauté et tout le charme, faisaient qu'Anna se sentait impardonnablement heureuse. Plus elle connaissait Vronskï, plus elle l'aimait. Elle l'aimait non seulement pour lui-même, mais parce qu'elle se sentait aimée de lui. La possession entière de son amant était pour elle un plaisir toujours nouveau, sa présence lui était toujours agréable. Chacun des traits du caractère d'Alexis, qu'elle connaissait de mieux en mieux, lui paraissait charmant; son extérieur même, depuis qu'il avait quitté l'uniforme, lui plaisait comme à une jeune amoureuse. En tout ce qu'il disait, faisait et pensait elle voyait quelque chose de noble et de supérieur. Elle s'effrayait presque de cette admiration excessive et cherchait vainement, en lui, quelque trait désavantageux. Mais elle n'osait pas lui montrer qu'elle avait conscience de sa propre infériorité. Il lui semblait que, s'il avait su cela, il aurait plus vite cessé de l'aimer; et bien que son appréhension ne fût nullement fondée, rien en ce moment ne lui semblait plus terrible que la perte de son amour. Toutefois elle ne pouvait céler à Vronskï sa reconnaissance ni son admiration, pour sa conduite envers elle. Lui, à qui elle attribuait une vocation marquée pour la carrière politique, où il aurait pu jouer un rôle important, n'avait pas hésité à sacrifier à Anna son ambition sans jamais, depuis, laisser percer le moindre regret. Jamais au contraire il ne s'était montré aussi respectueux, aussi tendre, aussi pénétré de la crainte qu'elle ne souffrît de la situation où elle était. Lui, cet homme si absolu, non seulement ne faisait jamais à Anna la plus petite opposition, mais ne manifestait aucune volonté personnelle, et ne paraissait soucieux que de prévenir les désirs de sa compagne. Comment n'aurait-elle pas été reconnaissante, bien que cette incessante préoccupation dont elle était l'objet, ces soins assidus dont Vronskï l'entourait, lui fussent parfois un peu pénibles.

Quant à lui, bien que ses vœux les plus ardents fussent réalisés, il n'était pas complètement heureux. Il ne tarda pas à s'apercevoir que la satisfaction de son désir ne lui donnait qu'une faible parcelle de l'immense félicité qu'il avait espérée. L'éternelle erreur des gens qui s'imaginent que le bonheur consiste dans l'accomplissement de leurs souhaits lui apparut alors dans toute sa vanité. Tout d'abord, lorsqu'il avait dépouillé l'uniforme, il avait senti tout le charme, inconnu pour lui, de sa liberté et, en particulier, de la liberté de l'amour. Il avait été alors vraiment heureux. Mais ce bonheur fut de courte durée. Il sentit bientôt naître l'angoisse dans son âme. Il voulut se trouver des désirs, leur assigner un but. Malgré lui il s'attacha à des caprices passagers, les prenant pour des aspirations sérieuses. Il lui fallait employer son temps à l'étranger, en pleine liberté, hors des cercles et des devoirs mondains qui remplissaient sa vie à Pétersbourg. Il ne pouvait plus songer à ces distractions de célibataires, auxquelles il avait eu recours lors de ses précédents voyages à l'étranger; une seule tentative de ce genre : un souper à une heure avancée, avec des amis, avait provoqué chez Anna un véritable désespoir. Il lui était interdit également d'entrer en relation avec la société russe ou indigène, en raison de leur situation. Quant aux curiosités du pays, outre qu'il les connaissait déjà, il n'y attachait pas, en qualité de Russe et d'homme d'esprit, l'importance excessive que leur eût donnée un Anglais. Comme un animal affamé se précipite sur tout ce qui lui tombe sous la dent, espérant trouver de quoi se rassasier, inconsciemment Vronskï se jetait tantôt sur la politique, tantôt sur les livres nouveaux, tantôt sur la peinture.

Il avait, dans sa jeunesse, montré des dispositions pour la peinture, et, ne sachant comment dépenser son argent, il s'était composé une collection de gravures. Ce fut à l'idée de peindre qu'il s'arrêta, et ce travail servit d'aliment à ses forces intellectuelles inutilisées. Il comprenait l'art, avait du goût et y joignait un don d'imitation qu'il prenait pour un tempérament artistique. Il hésita quelque temps entre la peinture historique et religieuse, la fantaisie ou le réalisme; enfin il se mit au travail. Tous les genres lui étaient bons, et il choisissait indifféremment l'un ou l'autre, suivant son caprice du moment. Il ne pouvait se figurer qu'on pût ignorer les diverses classifications de l'art et ne s'inspirer que des émotions de l'âme, sans se préoccuper du groupe auquel l'œuvre se rattacherait.

Il ne recherchait pas l'inspiration directement dans la vie, qu'il ne comprenait qu'entrevue à travers les incarnations de l'art, c'est pourquoi il enlevait sans peine des pastiches passables, dans le genre qu'il voulait imiter.

Il affectionnait surtout l'école française dans ses œuvres gracieuses et brillantes, et il commença le portrait d'Anna dans ce goût. Il la représenta en costume italien, et tous ceux qui virent ce portrait le jugèrent aussi favorablement que le fit l'auteur lui-même.

IX

Le vieux palazzo abandonné où ils s'étaient installés, avec ses hauts plafonds sculptés, ses fresques, ses parquets de mosaïques, ses hautes fenêtres garnies de lourds rideaux jaunes, ses vases sur les consoles et les cheminées, ses portes sculptées, ses salons sombres ornés de tableaux, son extérieur même, entretenait Vronskï dans une agréable illusion. Il se sentait moins un propriétaire russe, un chambellan en retraite, qu'un amateur éclairé des arts, faisant modestement de la peinture après avoir renoncé au monde, à ses relations et à ses ambitions pour l'amour d'une femme.

Le rôle qu'avait choisi Vronskï en s'installant dans le palais le satisfit quelque temps. Par l'intermédiaire de Golinitchev, il fit quelques connaissances intéressantes. Il travailla sous la direction d'un professeur de peinture italien, avec lequel il peignit des études d'après nature, et il s'occupa de la peinture italienne du Moyen Âge. Cette époque lui inspira même un si vif intérêt qu'il finit par porter des chapeaux moyen-âge et par se draper dans un plaid, ce qui du reste lui allait très bien.

— Nous vivons ici et nous ne savons rien, dit un matin Vronskï à Golinitchev qui entrait chez lui. As-tu vu le tableau de Mikhaïlov?

Et il lui tendit le journal russe qu'il venait de recevoir, en lui désignant un article consacré à ce peintre russe. Mikhaïlov, qui vivait dans la même ville italienne, venait d'achever un tableau dont on parlait depuis longtemps et qui était acheté d'avance.

L'auteur de l'article blâmait le gouvernement et l'Académie, d'abandonner cet artiste sans secours et sans encouragements.

– Je le connais, répondit Golinitchev. Il ne manque certainement pas de talent, mais il fait fausse route. Il s'inspire, en peignant, de certaines conceptions du Christ et de la vie religieuse, à la façon d'Ivanov, de Strauss, de Renan.

– Quel est le sujet du tableau? demanda Anna.

– Le Christ devant Pilate. Le Christ est un juif, représenté avec tout le réalisme de la nouvelle école.

Cette question touchant un de ses sujets favoris, Golinitchev poursuivit :

– Je ne comprends pas comment ces peintres peuvent se tromper aussi grossièrement. Le type du Christ a été défini dans l'art par les maîtres anciens. Si ceux d'aujourd'hui veulent représenter, non pas Dieu, mais un révolutionnaire ou un sage, qu'ils prennent Socrate, Franklin, Charlotte Corday, mais non le Christ. Ils choisissent le seul personnage auquel l'art doive s'interdire de toucher...

– Est-il vrai que ce Mikhaïlov soit dans la misère? demanda Vronskï, qui pensait qu'en qualité de mécène il devait venir en aide à l'artiste, que son tableau fût bon ou mauvais.

– Je ne crois pas. C'est un remarquable portraitiste. Avez-vous vu son portrait de madame Vassiltchikov?... Pourtant il me semble qu'il a renoncé au portrait; c'est peut-être pour cela qu'il serait en effet dans le besoin. Je disais que...

– On pourrait peut-être lui demander de faire le portrait d'Anna Arkadievna? suggéra Vronskï.

– Pourquoi le mien? dit Anna. Après celui que tu m'as fait, je n'en veux pas d'autre. Faisons plutôt celui d'Annie (elle nommait ainsi sa fille). La voici, ajouta-t-elle, en regardant par

la fenêtre la belle nourrice italienne qui promenait l'enfant dans le jardin.

Aussitôt la jeune femme jeta à son amant un regard furtif. La belle nourrice, dont Vronskï avait peint la tête dans un de ses tableaux, était le seul point noir dans la vie d'Anna. Le peintre, en faisant le portrait, avait admiré la beauté du modèle et son type moyen-âge, et Anna n'osait s'avouer qu'elle craignait d'en être jalouse; aussi s'en montrait-elle d'autant plus affectueuse pour l'Italienne et pour son petit garçon.

Vronskï regarda aussi par la fenêtre puis, rencontrant les yeux d'Anna, il se tourna vers Golinitchev et dit :

– Tu connais ce Mikhaïlov?

– Je l'ai rencontré. C'est un original sans aucune éducation, un de ces hommes nouveaux, sauvages, comme on en voit souvent maintenant. Vous savez, ces libres penseurs qui versent d'emblée dans l'athéisme, le matérialisme, la négation de tout. Autrefois, continua Golinitchev – sans remarquer ou vouloir remarquer que Vronskï et Anna avaient le désir de parler – autrefois le libre penseur était un homme élevé dans les idées religieuses, morales, et qui arrivait à la liberté de la pensée après bien des luttes. Mais nous avons maintenant un nouveau type de libres penseurs-nés, qui grandissent sans avoir jamais entendu parler des lois morales, de la religion, de l'existence des autorités et qui, dès leur naissance, sont élevés dans le sentiment de la négation universelle; en un mot, des sauvages. Mikhaïlov est un de ceux-là. Fils, je crois, d'un valet à la Cour de Moscou, il n'a reçu aucune instruction. Entré à l'académie, il acquit une certaine réputation; et alors, comme il n'est pas sot, il a voulu s'instruire. Dans ce dessein, il s'est adressé à ce qui lui semblait la source de toutes sciences, aux revues! Autrefois, l'homme qui voulait s'instruire, un Français par exemple, étudiait les classiques, les prédicateurs, les poètes tragiques, les historiens, les philosophes, et l'on conçoit tout le bénéfice intellectuel qu'il en retirait. Mais chez nous, c'est plus simple; on s'adresse à la littérature négative et on s'assimile très facilement un extrait de cette science-là. Et encore, il y a

vingt ans, on pouvait trouver dans cette littérature des traces de la lutte contre les autorités, contre les traditions séculaires; on apprenait par là qu'il y avait eu autre chose. Maintenant, on ne se donne même plus la peine de combattre le passé; on se contente des mots : néant, évolution, sélection sexuelle, lutte pour l'existence, et c'est tout. Moi, dans mon article...

Anna, depuis longtemps, échangeait des regards avec Vronskï. Elle voyait bien que celui-ci ne s'intéressait nullement à la formation intellectuelle de Mikhaïlov, et qu'il n'avait songé qu'à venir en aide à ce peintre, en lui commandant un portrait. Elle interrompit donc résolument le discours de Golinitchev :

– Savez-vous ce qu'il faut faire? dit-elle. Allons chez lui.

Golinitchev se reprit et y consentit avec plaisir. Comme le peintre habitait dans un quartier éloigné, ils prirent une voiture.

Une heure plus tard, Anna, assise à côté de Golinitchev, avec Vronskï en face d'eux sur le strapontin, arrivait devant une maison neuve assez laide.

La femme du portier leur dit que Mikhaïlov permettait que l'on visitât son atelier; mais que, pour le moment, il était dans son appartement, à deux pas de là. Ils lui firent donc porter leurs cartes, avec prière d'être admis à voir son tableau.

X

Le peintre Mikhaïlov dessinait quand on lui remit les cartes du comte Vronskï et de Golinitchev. Toute la matinée, il avait travaillé dans son atelier à un grand tableau; mais, en rentrant chez lui, il s'était mis en colère contre sa femme. Celle-ci n'avait pas su s'arranger avec la propriétaire, qui réclamait son dû.

– Je t'ai dit vingt fois de ne pas te lancer dans des explications, avec elle. Tu es naturellement sotte, mais quand tu

commences à t'expliquer en italien, tu l'es trois fois plus, lui dit-il à la fin d'une longue discussion.

— Tu n'as qu'à ne pas faire de dettes. Ce n'est pas ma faute! Si j'avais de l'argent...

— Au nom du ciel, laisse-moi en paix! s'écria Mikhaïlov, les larmes aux yeux. Et il se retira dans son cabinet de travail, séparé de l'autre pièce par une cloison, ferma la porte et se boucha les oreilles.

« La sotte! » murmura-t-il, en s'asseyant à sa table. Il ouvrit un carton et se mit à travailler, avec une ardeur particulière, à une étude déjà commencée. Jamais il ne travaillait aussi bien que lorsque ses affaires allaient mal et surtout lorsqu'il venait de se quereller avec sa femme.

« Ah, si elle pouvait disparaître quelque part! » pensait-il tout en travaillant.

Il esquissait la figure d'un homme en proie à un accès de colère. Il avait fait précédemment une étude du même genre; mais cette fois-ci il était mécontent de lui.

« Non, l'autre était mieux! Mais où est-elle? »

Il rentra chez sa femme, et les sourcils froncés, sans la regarder, demanda à sa fille, l'aînée de ses enfants, le dessin qu'il lui avait donné. Le dessin se retrouva, mais barbouillé et couvert de taches de bougie. Néanmoins Mikhaïlov l'emporta, le plaça sur sa table, l'examina à distance, en fermant à demi les yeux, puis sourit avec un geste satisfait.

« C'est ça! C'est ça! » prononça-t-il. Et saisissant un crayon il se mit à dessiner rapidement. Une des taches de bougie donnait à son esquisse un aspect nouveau. Il en tira parti et, tout d'un coup, se souvenant de la tête énergique, au menton proéminent, du marchand chez lequel il achetait ses cigares, il s'en inspira. Aussitôt, un sourire de satisfaction apparut sur son visage. L'esquisse cessa d'être une chose vague, morte, pour s'animer, prendre vie, au point qu'il n'y avait plus rien à y ajouter. Tout le personnage était vivant. Il y aurait évidemment quelques retouches à faire; on pourrait, par exemple, et il le faudrait même, déplacer les jambes, modifier la position du bras gauche, rejeter les cheveux en arrière; mais toutes ces retouches ne changeraient en rien l'expression générale de la figure; elles ne feraient qu'en accentuer le caractère. Ce serait presque la débarrasser des voiles qui la cachaient aux regards. Chaque nouveau trait faisait ressortir davantage l'énergie de la figure, telle qu'elle était apparue soudain au peintre, grâce à la tache de bougie. Il achevait soigneusement son dessin quand on lui apporta les cartes.

– Tout de suite, tout de suite! dit-il.

Puis il rentra chez sa femme.

– Voyons, Sacha, ne sois pas fâchée, lui dit-il, avec un sourire tendre et même craintif. Tu as eu tort, j'ai eu tort aussi. Tout s'arrangera.

Réconcilié avec sa femme, il endossa un paletot olive à col de velours, prit son chapeau et se rendit à son atelier. Il avait déjà oublié son dessin si bien réussi, dans la préoccupation que lui causait la visite de ces grands personnages russes, qui étaient venus en calèche pour visiter son atelier.

Au sujet du tableau qui s'y trouvait exposé, l'opinion de Mikhaïlov était au fond que personne ne serait capable d'en faire un pareil. Ce n'est pas qu'il le crût supérieur aux toiles de Raphaël, mais il était sûr d'y avoir mis tout ce qu'il y voulait mettre, et défiait tout autre d'en faire autant. Cependant, malgré cette conviction qui datait du jour où il avait commencé cette œuvre, il attachait une très grande importance au jugement du public, jugement qui le touchait jusqu'au fond de l'âme. La moindre observation dont il pouvait déduire que le critique comprenait une petite partie de ce qu'il avait mis dans son tableau lui causait une réelle émotion. Il attribuait aux critiques une profondeur de vues qu'il ne possédait pas lui-même, et il s'attendait à les voir découvrir dans son tableau quelques côtés neufs que lui-même n'y avait pas remarqués. Or, souvent, il lui semblait en trouver dans les opinions du public.

Comme il arrivait, marchant à grands pas, à son atelier, il fut, malgré son émotion, frappé par l'apparition d'Anna. Celle-ci, doucement éclairée, debout dans l'ombre du portail, causait avec Golinitchev qui lui répondait avec animation, et en même temps s'efforçait d'examiner le peintre qui s'approchait. Le peintre, sans même en avoir conscience, se logea dans la tête cette impression, pour s'en servir un jour, comme du menton de son marchand de cigares.

Les visiteurs, déjà désenchantés sur le compte de l'artiste par les récits de Golinitchev, le furent encore davantage par son extérieur. De taille moyenne, trapu, Mikhaïlov, avec sa démarche agitée, son chapeau marron, son paletot olive et son pantalon droit, alors que depuis longtemps le pantalon se portait large, leur produisit un effet désagréable, encore accru par la vulgarité de sa large figure et par le mélange de timidité et de prétention à la dignité qu'on y lisait.

– Donnez-vous la peine d'entrer, dit-il cherchant à prendre un air indifférent. Dans le vestibule, il tira la clef de sa poche et ouvrit la porte.

XI

Ayant introduit ses hôtes, Mikhaïlov jeta de nouveau sur eux un coup d'œil et se grava encore dans la mémoire l'expression du visage de Vronskï, aux fortes pommettes. Bien que le sentiment artistique du peintre fût sans cesse en mouvement, pour amasser des matériaux, bien qu'il se sentît de plus en plus ému, parce que le moment approchait où son travail allait être jugé, néanmoins, s'appuyant sur d'imperceptibles indices, il se faisait une idée fixe et exacte de ces trois personnages. L'un (Golinitchev) devait être un Russe fixé en Italie. Mikhaïlov ne se rappelait ni son nom, ni où il l'avait rencontré, ni ce qu'il lui avait dit, mais il se souvenait de son visage, comme de tous ceux qu'il voyait, il l'avait même déjà classé dans l'immense catégorie des physionomies pauvres d'expression, malgré leur faux air d'importance. Un front très découvert et de grands cheveux donnaient à cette tête une individualité purement extérieure, tandis qu'une expression d'agitation puérile se concentrait dans l'étroit espace situé à la racine du nez. Vronskï et Anna, selon Mikhaïlov, devaient être des Russes de distinction, riches, et n'entendant rien à l'art, comme tous les Russes riches qui se posent en amateurs et en connaisseurs. « Ils ont certainement visité toutes les galeries anciennes, et maintenant ils font le tour des ateliers modernes des charlatans allemands et des imbéciles préraphaélistes anglais, et ils viennent chez moi uniquement pour compléter leur tournée. » Il connaissait bien la façon dont les dilettantes (plus ils sont intelligents, pire cela est) examinent les ateliers des peintres modernes; leur seul but est de pouvoir dire que l'art est en décadence, et que plus on voit la nouvelle école, plus on admire les anciens maîtres. Il s'attendait à tout cela. Il lisait tout cela sur les visages des visiteurs, et spécialement dans l'indifférence avec laquelle ils causaient entre eux, regardaient les mannequins et les bustes, et se promenaient librement, pendant que lui découvrait ses toiles.

Malgré cela, feuilletant ses études, relevant les stores, écartant les voiles, il ressentait un très vif émoi; d'autant plus que, malgré son intime conviction, d'après laquelle tous les Russes riches et de grande condition ne pouvaient être que des imbéciles et des sots, Vronskï et surtout Anna lui plaisaient beaucoup.

– Voilà, dit-il, s'éloignant du tableau et le désignant de la main aux visiteurs, c'est le Christ devant Pilate, Matthieu, chapitre XXVII. – Ses lèvres tremblaient d'émotion.

Il s'éloigna et se plaça derrière eux.

Il y eut quelques secondes de silence, pendant lesquelles les visiteurs examinèrent le tableau. Pendant ce temps, Mikhaïlov le regarda aussi, d'un œil indifférent, comme s'il eût été lui-même l'un des visiteurs; il attendait un jugement supérieur, infaillible, de ces mêmes personnes qu'il méprisait tant une minute auparavant. Oubliant sa propre opinion et tout ce qu'il avait pensé de son tableau durant les trois années qu'il y avait travaillé, oubliant toutes les qualités de cette œuvre, qualités pour lui incontestables, il voyait cette œuvre du regard froid et critique d'un étranger, et n'y trouvait plus rien de bon.

Au premier plan apparaissaient la figure de Pilate, dépité, et le visage calme du Christ; au second plan, les serviteurs de Pilate et un groupe de gens qui regardaient ce qui se passait. Tous ces personnages, avec leurs caractères particuliers, accentués, toutes ces physionomies qui avaient valu au peintre tant de souffrances et tant de joies, tous ces visages qu'il avait tant de fois déplacés pour respecter l'impression générale, les nuances de la couleur et du ton, tout cela maintenant, vu par les yeux des visiteurs, semblait à Mikhaïlov de la dernière banalité. La physionomie qui lui était la plus chère, celle du Christ, centre du tableau, morceau dont il avait été enchanté quand il l'avait exécuté, tout cela n'existait plus, maintenant qu'il regardait le tableau avec les yeux d'autrui. Il y voyait une copie bien faite (ou plutôt pas très bien : il remarquait maintenant un grand nombre de défauts) de ces immortels Christ, du Titien, de Raphaël, de Rubens; de ces mêmes centurions et des mêmes Pilate. Tout cela était rebattu, pauvre, connu; et même mal exécuté, barbouillé, faible. Ces gens auraient raison si, au lieu de prononcer des phrases aimables et polies, ils plaignaient l'artiste et se moquaient de lui derrière son dos.

Ce silence (qui ne dura pas plus d'une minute) devint par trop pénible à Mikhaïlov. Pour l'abréger et pour montrer qu'il n'était pas anxieux, il fit l'effort d'adresser la parole à Golinitchev :

– Je crois avoir eu l'avantage de vous rencontrer, lui dit-il, en regardant avec inquiétude tantôt Anna, tantôt Vronskï, afin de ne rien perdre de leurs jeux de physionomie.

– Parfaitement. Nous nous sommes rencontrés chez Rossi, le soir où cette demoiselle italienne, la nouvelle Rachel, a déclamé. Vous rappelez-vous? répondit légèrement Golinitchev, détournant ses regards du tableau sans le moindre regret apparent.

Cependant, remarquant que Mikhaïlov attendait son appréciation, il ajouta :

– Votre œuvre a beaucoup avancé depuis que je l'ai vue. Comme alors, je suis très frappé de la tête de votre Pilate. C'est bien là un homme bon, faible, fonctionnaire jusqu'au fond de l'âme, qui ignore absolument la portée de son acte. Mais il me semble...

Le visage mobile de Mikhaïlov s'éclaircit tout d'un coup; ses yeux brillèrent. Il voulut répondre, mais l'émotion l'en empêcha et il feignit un accès de toux. Bien qu'il attribuât peu d'importance à la compréhension artistique de Golinitchev, et que cette observation sur l'expression du visage de Pilate et son attitude de fonctionnaire fût assez banale, tandis qu'il y avait des choses bien plus intéressantes à dire, Mikhaïlov fut ravi de ces paroles. Lui-même avait eu la même pensée au sujet de la tête de Pilate. Que cette observation de Golinitchev fût seulement l'une des mille réflexions que l'on pouvait faire, avec autant d'exactitude et de justesse, cela n'en diminua pas pour lui l'importance. Du coup il se prit d'affection pour Golinitchev et passa momentanément de l'abattement à l'enthousiasme. Soudain le tableau retrouva pour lui sa vie, si complexe et si profonde.

De nouveau il essaya de dire que c'était bien ainsi qu'il avait compris Pilate, mais ses lèvres tremblèrent et il ne put articuler un seul mot.

Vronskï et Anna causaient à voix basse, comme on le fait aux expositions de peinture, d'une part pour ne pas risquer de froisser l'artiste, d'autre part pour ne pas exprimer à haute voix une remarque qui pourrait être absurde. Mikhaïlov crut comprendre que son tableau les impressionnait aussi, et il s'approcha d'eux.

– Que l'expression de ce Christ est admirable! dit Anna. C'était ce qui la frappait le plus, et elle pensa que cet éloge ne pouvait qu'être agréable à l'artiste, puisque le Christ formait le centre du tableau. Et elle ajouta :

– On voit qu'il a pitié de Pilate.

C'était encore une de ces mille remarques justes et banales

qu'on pouvait faire sur le tableau et sur le Christ. La fête du Christ devait exprimer l'amour, la paix surnaturelle, la résignation à la mort, le sentiment d'un profond désenchantement et, par conséquent aussi, la pitié. Pilate devant représenter la vie corporelle, par opposition au Christ, incarnation de la vie spirituelle; il devait par conséquent avoir l'aspect d'un fonctionnaire. Néanmoins le visage de Mikhaïlov s'épanouit.

– Et comme c'est peint! Quel air autour de cette figure! On pourrait en faire le tour! dit Golinitchev, voulant montrer par cette observation qu'il n'approuvait pas le sujet ni l'expression de la figure.

– Oui, beaucoup d'art! dit Vronskï. Quel relief dans ces figures du second plan! Voilà du métier! ajouta-t-il s'adressant à Golinitchev, et faisant allusion à une conversation qu'ils avaient eue et où Vronskï avait déclaré qu'il désespérait d'acquérir une telle technique.

– Oui, oui, c'est remarquable, répétèrent Golinitchev et Anna.

Malgré l'état nerveux dans lequel il se trouvait, cette observation de Vronskï sur la technique piqua Mikhaïlov; il fronça les sourcils et le regarda d'un air mécontent. Il avait souvent entendu prononcer le mot technique, mais il ne le comprenait pas très bien. Souvent il avait remarqué, même dans les éloges qu'on lui adressait, qu'on opposait l'habileté technique au mérite intrinsèque de l'œuvre; comme s'il eût été possible de peindre avec talent une mauvaise composition! Il savait qu'il fallait beaucoup de précautions et de prudence, en enlevant le voile, pour ne pas nuire à l'œuvre elle-même; mais il n'y avait là aucune technique. Un enfant ou une cuisinière qui aurait compris ce que Mikhaïlov voyait, aurait pu, selon lui, dessiner aussi bien que lui la même scène, et même le peintre le plus habile n'aurait pu la peindre avec les seuls procédés techniques, si auparavant ne lui était révélé le contenu du sujet. En outre, Mikhaïlov se rendait compte que, s'il était question de « métier », il ne méritait plus aucune louange. Dans chacune de ses œuvres il reconnaissait des défauts qui provenaient de l'imprudence avec laquelle il avait enlevé les voiles, et que maintenant il ne pouvait corriger sans gâter la totalité de l'œuvre. Et dans presque tous les personnages, dans presque tous les visages, il voyait encore des traces de voiles, qui gâtaient le tableau.

– La seule remarque que j'oserai faire, si vous me le permettez..., dit Golinitchev.

– Mais parfaitement, je vous en prie, répondit Mikhaïlov avec un sourire contraint.

– C'est que vous avez peint un homme-Dieu et non Dieu fait homme. Du reste je sais que c'était là votre intention.

– Je ne puis peindre le Christ que tel que je le conçois, dit Mikhaïlov d'un air sombre.

– Oui, mais, dans ce cas, vous me permettrez d'exprimer mon avis... Votre œuvre est si belle que mon observation ne peut la diminuer, et du reste ce n'est que mon opinion personnelle... Chez vous c'est autre chose; le motif même est autre. Prenons Ivanov pour exemple : s'il ramène le Christ aux proportions d'une figure historique, alors il ferait aussi bien de choisir un sujet nouveau, moins rebattu.

– Mais si ce sujet-là est le plus grand auquel l'art puisse prétendre?

– En cherchant on en trouverait d'autres. Mais l'art ne souffre pas la discussion, ni les raisonnements, et devant le tableau d'Ivanov un croyant aussi bien qu'un incrédule se demandera : « Est-ce un Dieu ou non? » Et l'unité de l'impression se trouve ainsi détruite.

– Pourquoi cela? Il me semble que cette discussion ne peut plus exister pour les hommes éclairés, dit Mikhaïlov.

Golinitchev n'était pas de son avis, et fort de son idée sur la nécessité, en art, de l'unité d'impression, il entraîna Mikhaïlov dans une discussion que celui-ci ne put soutenir.

XII

Anna et Vronskï échangeaient depuis longtemps des regards ennuyés, accablés qu'ils étaient par le docte bavardage de leur ami. Enfin Vronskï, sans attendre l'invitation du maître, alla regarder un autre petit tableau.

– Ah, quelle merveille! Quel joli tableau! s'écrièrent-ils en même temps.

« Qu'est-ce qui leur plaît tant, là-bas? » pensa Mikhaïlov. Il avait complètement oublié ce tableau, peint depuis trois ans. Il avait oublié toutes les souffrances, tous les enthousiasmes que cette œuvre lui avait coûtés, durant les quelques mois qu'il y avait travaillé nuit et jour. Une fois un tableau achevé, il l'oubliait toujours et même ne le regardait plus volontiers; il n'avait exposé celui-ci que parce qu'il attendait un Anglais qui désirait l'acheter.

– Ce n'est rien, une ancienne étude, dit-il.

– C'est très bien! dit Golinitchev subissant très sincèrement le charme du tableau.

Deux enfants pêchaient à la ligne à l'ombre d'un cytise. L'aîné, tout absorbé, venait de jeter sa ligne, et suivait soigneusement le bouchon; le plus jeune, couché dans l'herbe, appuyait sur son bras sa tête blonde ébouriffée et regardait l'eau, de ses grands yeux pensifs. A quoi pensait-il?

L'enthousiasme produit par cette toile ramena Mikhaïlov à son ancienne émotion; mais il redoutait les retours au passé et c'est pourquoi, bien que les compliments lui fussent agréables, il voulut attirer ses visiteurs vers un troisième tableau. Mais Vronskï lui demanda si la petite toile n'était pas à vendre. Mikhaïlov, très troublé en ce moment par ses visiteurs, trouva cette question d'argent déplaisante.

– Il est exposé pour la vente, répondit-il, en fronçant les sourcils d'un air sombre.

Les visiteurs partis, Mikhaïlov s'assit en face de son tableau du Christ et de Pilate et il se remémora tout ce qui avait été dit et sous-entendu par eux. Chose étrange, leurs observations, qui avaient paru si judicieuses en leur présence, quand lui-même se mettait à leur point de vue, perdaient maintenant toute signification. Il examina son œuvre d'un œil d'artiste et recouvra la pleine conviction de la perfection de l'œuvre, et par suite de sa valeur, disposition d'esprit excluant toute autre considération, et qui lui était nécessaire pour continuer son travail.

Cependant le pied du Christ, vu en raccourci, avait un défaut. Le peintre saisit sa palette et se mit au travail. Tout en corrigeant ce pied, il examinait la tête de Jean, que les visiteurs n'avaient pas remarquée et qui, selon lui, était un chef-d'œuvre. Quand il eut fini la retouche du pied, il voulut aussi toucher à cette figure; mais il était trop ému. Pour bien travailler, il devait trouver un moyen terme entre la froideur et l'exaltation.

Pour le moment il était trop agité. Il allait couvrir son tableau, mais il s'arrêta et, soulevant la draperie d'une main, sourit avec extase en regardant le visage de Jean.

Enfin s'arrachant à grand-peine au plaisir de contempler son œuvre, il laissa retomber le rideau et retourna chez lui, fatigué mais heureux.

Vronskï, Anna et Golinitchev, retournant chez eux, étaient d'humeur particulièrement gaie. Ils parlaient de Mikhaïlov, de ses tableaux. Le mot *talent* revenait souvent dans leur conversation; mais ils n'entendaient pas seulement par là un don inné, presque physique, indépendant de l'esprit et du cœur; ils employaient ce mot, faute d'un autre, pour désigner quelque chose de plus large, les émotions éprouvées par le peintre, émotions dont le vrai sens leur échappait. « Du talent, disaient-ils, on ne peut lui en refuser. Mais ce talent ne saurait se développer, par suite du manque d'instruction propre aux peintres russes. » Néanmoins le tableau qui représentait les enfants s'était gravé dans leur mémoire; et à chaque instant ils y revenaient :

– Quel charme! Comme il a réussi cela, et comme c'est simple! Il ne comprend pas lui-même à quel point c'est bien! Il ne faut pas laisser échapper l'occasion; il faut l'acheter, disait Vronskï.

XIII

MIKHAÏLOV vendit son tableau à Vronskï et même consentit à faire le portrait d'Anna. Il vint au jour indiqué et se mit au travail. Dès la cinquième séance ils furent tous, et particulièrement Vronskï, frappés non seulement par la ressemblance du portrait, mais par la particulière compréhension, qu'on y voyait, de la beauté du modèle. Vronskï s'étonnait que Mikhaïlov eût pu à ce point se pénétrer de cette beauté. « Il fallait connaître Anna et l'aimer comme je le fais pour rendre son expression intime », pensait Vronskï, bien qu'en réalité il n'eût saisi cette expression intime que d'après le portrait. Mais cette expression était si vraie que lui et les autres croyaient la connaître depuis longtemps.

– Je travaille depuis si longtemps sans parvenir à rien! disait-il, parlant de son portrait d'Anna, et lui il n'a qu'à regarder et c'est fait. Voilà ce que j'appelle savoir son métier!

– Cela viendra, lui disait Golinitchev pour le consoler. Au fond il croyait au talent de Vronskï, persuadé d'ailleurs que l'instruction élève le sentiment de l'art. Golinitchev croyait surtout au talent de Vronskï parce qu'il avait besoin de la sympathie et des louanges de celui-ci pour ses propres travaux, et parce qu'il sentait que les louanges et la sympathie devaient être réciproques.

Hors de son atelier, et au palazzo surtout, Mikhaïlov se montrait un tout autre homme, désagréablement respectueux, et soucieux d'éviter toute intimité avec des gens qu'il n'estimait pas. Il appelait Vronskï « Excellence » et jamais, malgré

les invitations d'Anna et de Vronskï, il n'accepta à dîner, ni ne vint les visiter en dehors des séances.

Anna lui était particulièrement reconnaissante pour son portrait; Vronskï le traitait avec une politesse exquise et faisait grand cas de son opinion sur ses tableaux à lui, Vronskï; Golinitchev ne laissait pas échapper l'occasion d'inculquer au peintre de justes idées sur l'art; mais Mikhaïlov restait également froid avec tous. Anna sentait cependant qu'il la regardait avec plaisir, mais il évitait avec elle toute conversation. Quand Vronskï lui demandait des conseils pour son travail, il se retranchait dans un mutisme obstiné; il regardait sans mot dire les tableaux de Vronskï, et laissait voir l'ennui que lui causaient les discours de Golinitchev, discours auxquels, cependant, il ne faisait pas d'objections.

En général, Mikhaïlov, par son attitude réservée, froide et même hostile, leur déplut beaucoup; et ils furent enchantés quand, les séances terminées, l'artiste cessa de venir chez eux, ne laissant en souvenir de lui qu'un admirable portrait.

Golinitchev fut le premier à exprimer la pensée qui leur était venue à tous : que Mikhaïlov était envieux de Vronskï.

– Il n'est pas envieux du *talent,* mais ce qui le rend furieux, c'est de voir un homme riche, haut placé, comte pardessus le marché (peu lui importe d'ailleurs), qui arrive sans se donner grand-peine à faire aussi bien et peut-être mieux que lui ce à quoi il a consacré toute sa vie. Le principal, c'est l'instruction, qui lui fait surtout défaut.

Vronskï défendait Mikhaïlov, mais au fond de son âme il trouvait très naturel qu'un homme dans une situation inférieure (selon sa conception) lui portât envie.

Les portraits d'Anna – celui de Vronskï et celui de Mikhaïlov, faits tous deux d'après nature – auraient dû montrer à Vronskï la différence qui existait entre lui et Mikhaïlov, mais il ne la voyait pas. Toutefois il n'acheva pas son portrait d'Anna, déclarant superflu de le faire. Mais de son tableau moyen-âge, qu'il continuait, il était satisfait, autant que Golinitchev et Anna, parce que ce tableau ressemblait, beau-

coup plus que tout ce que faisait Mikhaïlov, à un tableau ancien.

Mikhaïlov de son côté, malgré l'attrait qu'avait eu pour lui le portrait d'Anna, était encore plus heureux qu'eux d'en avoir fini avec les séances et d'être délivré des discours de Golinitchev sur l'art et des œuvres de Vronskï. Il savait qu'on ne pouvait interdire à Vronskï de barbouiller; que le comte, comme tous les dilettantes, avait le droit absolu de peindre tout ce qui lui plaisait; néanmoins cela était désagréable à Mikhaïlov. On ne peut empêcher un homme de se fabriquer une grande poupée de cire et de l'embrasser, mais si cet homme vient avec cette poupée s'asseoir en face d'un amoureux et se met à parler d'amour à la poupée, il causera une impression désagréable à l'amoureux. La peinture de Vronskï faisait le même effet à Mikhaïlov. Il la trouvait ridicule; elle le blessait et lui faisait pitié.

L'engouement de Vronskï pour la peinture et pour le Moyen Âge ne dura pas. Il eut assez de goût pour ne pas achever son tableau. Il sentait vaguement que les défauts, peu apparents au début, devenaient criants à mesure qu'il avançait. Il était dans le cas de Golinitchev qui, n'ayant rien en tête, se leurrait de la pensée qu'il mûrissait ses idées et préparait des matériaux pour une œuvre future. Mais Golinitchev était agacé de cet état, tandis que Vronskï, incapable de s'illusionner, restait très calme. Et, avec la résolution qui le caractérisait, sans rien dire pour se justifier ni pour s'expliquer, il cessa de s'occuper de peinture.

Mais, dès qu'il fut détaché de cette occupation, sa vie avec Anna, qui s'étonnait de cette résolution, lui sembla si vide dans cette petite ville italienne, le palazzo lui parut tout d'un coup si vieux et si sale, les taches des rideaux, les fentes des parquets, les lézardes des plafonds, si répugnantes, la société de Golinitchev, si monotone, le professeur italien et le voyageur allemand, si ennuyeux, qu'il résolut de changer d'existence. Les deux amants décidèrent donc de retourner en Russie, à la campagne. Vronskï voulait passer à Pétersbourg, pour y régler le partage avec son frère, et Anna, pour y voir son fils. Et ils devaient passer l'été dans le grand domaine de Vronskï.

XIV

Lévine était marié depuis deux mois. Il était heureux, mais autrement qu'il ne l'avait pensé. A chaque pas, c'était le désenchantement de ses anciens rêves, mais aussi un nouvel enchantement imprévu. Il était heureux, mais la vie conjugale, telle qu'il la découvrait à chaque instant, n'était pas du tout ce qu'il s'était imaginé. A chaque instant il éprouvait ce qu'éprouverait un homme qui, ayant admiré la navigation calme et régulière d'un bateau sur un lac, voudrait le diriger lui-même; il sentait qu'il ne suffit pas d'être assis, immobile, dans le bateau, mais qu'il faut sans cesse veiller à la direction, que l'eau est là, sous l'embarcation, et qu'il faut ramer, ce qui est dur pour des mains qui n'en ont pas l'habitude. Lévine comprenait que s'il est facile de regarder agir autrui, l'action – bien que non dépourvue d'agrément – est très difficile.

Étant célibataire, il lui était arrivé de rire intérieurement des petites misères de la vie conjugale : querelles, jalousies, mesquines préoccupations. Il était persuadé que rien de pareil ne se produirait dans son futur ménage; il lui semblait même que jamais sa vie de famille à lui ne ressemblerait à celle des autres. Et voilà qu'au lieu de cela son existence quotidienne se révélait remplie de ces mêmes petites choses qu'il méprisait tant auparavant, et qui maintenant prenaient pour lui une importance extraordinaire et indiscutable. Et Lévine voyait que toutes ces petites choses n'étaient pas aussi faciles à arranger qu'il se le figurait autrefois.

Lévine croyait s'être muni des idées les plus exactes sur la vie conjugale; comme tous les hommes, il s'était imaginé y rencontrer les satisfactions d'un amour exempt de tout souci mesquin. Il se disait qu'il n'aurait qu'à faire son travail et qu'il trouverait le repos dans l'amour; sa femme devrait se contenter d'être aimée. C'était oublier absolument qu'une femme aussi a droit à une certaine activité personnelle; et grande fut la surprise de Lévine de voir la poétique et charmante Kitty, capable de songer dès les premiers jours de leur mariage aux soins du ménage, de veiller au linge, aux meubles, à la literie pour les chambres d'amis, au service, à la cuisine, etc. Quand ils étaient encore fiancés, il avait été frappé de la façon dont elle avait refusé de faire un voyage à l'étranger et décidé de se rendre directement à la campagne, comme si elle n'eût pas été dispensée de songer à autre chose qu'à leur amour. Cela l'avait froissé; et maintenant encore, parfois, toutes les petites préoccupations auxquelles Kitty s'abandonnait l'offensaient aussi. Mais il voyait que ce qu'elle faisait était nécessaire; et il avait beau se moquer de tout cela, il aimait sa femme et ne pouvait s'empêcher de l'admirer. Il riait de la voir installer les meubles apportés de Moscou, arranger sa chambre, qui était son ancienne chambre à lui, faire poser les rideaux, aménager les chambres d'amis, de Dolly, celle de la nouvelle femme de chambre, commander le menu au vieux cuisinier, discuter avec Agafia Mikhaïlovna, à qui elle avait retiré la garde des provisions.

Lévine remarquait que le vieux cuisinier souriait, recevant des ordres fantaisistes et impossibles à exécuter; il voyait qu'Agafia Mikhaïlovna hochait doucement la tête, en écoutant les instructions que donnait la jeune dame au sujet de la cave. Il trouvait Kitty adorable quand, riant et pleurant à la fois, elle venait se plaindre à lui que la femme de chambre Macha la regardait toujours comme une enfant et ne lui obéissait pas. Cela lui paraissait à la fois charmant et étrange; mais il pensait qu'il eût mieux valu que cela ne fût pas.

Il ne comprenait rien aux changements qui s'accomplissaient en elle, se voyant maîtresse d'acheter des montagnes de bonbons, de dépenser ce qu'elle voulait, de commander le gâteau dont elle avait envie, alors que chez elle on lui refusait parfois du chou mariné ou une friandise quelconque.

Elle se préparait avec joie à l'arrivée de Dolly et de ses enfants; elle se promettait de faire faire à chacun d'eux son gâteau préféré; et elle était sûre que Dolly apprécierait son nouveau ménage. Les détails du ménage l'attiraient invinciblement. D'instinct, en prévision des mauvais jours, elle profitait du printemps pour construire son nid, se hâtant de le faire et, d'abord, d'apprendre à le faire.

Ces petites préoccupations de Kitty, si contraires à l'idéal de Lévine, à la félicité des premiers temps, lui causèrent une vive désillusion; mais en même temps cette charmante activité, dont le but lui échappait, mais qu'il ne pouvait s'empêcher d'admirer, était pour lui un nouvel enchantement.

Les querelles furent une autre cause de surprises. Lévine ne se serait jamais imaginé qu'entre lui et sa femme pussent exister d'autres rapports que ceux de la douceur, du respect, de l'affection; et voici que dès les premiers jours ils se disputèrent, et si fort que Kitty déclara qu'il ne l'aimait pas, qu'il n'aimait que lui-même, et fondit en larmes avec des gestes désespérés.

Cette première querelle eut pour cause un retard de Lévine. Il était allé à une nouvelle ferme et s'était mis en retard d'une demi-heure, parce que, voulant prendre un chemin de traverse, il s'était égaré en route.

Se dirigeant vers la maison, il ne pensait qu'à sa femme, à son amour, à son bonheur, et plus il s'approchait, plus vive devenait sa tendresse pour elle. Il accourait au salon dans un état d'esprit analogue à celui qu'il avait éprouvé le jour qu'il était venu chez les Stcherbatzkï pour faire sa demande. Mais un visage sombre, qu'il ne connaissait pas l'accueillit.

Il voulut embrasser Kitty; elle le repoussa.

– Qu'as-tu?

– Tu t'amuses, toi... commença-t-elle voulant se montrer froidement amère.

Mais à peine eut-elle ouvert la bouche que l'absurde jalousie qui l'avait tourmentée tout au long de cette demi-heure où elle avait attendu, immobile près de la fenêtre, éclata en paroles de reproche.

Il comprit alors clairement, pour la première fois, ce qu'il n'avait pas compris lorsqu'il l'avait menée à l'autel : que non seulement elle était liée à lui, mais qu'il ne savait plus où commençait et où finissait sa propre personnalité. Il le comprit par le pénible sentiment de scission intérieure qu'il éprouva. Tout d'abord il en fut offensé; mais aussitôt il sentit qu'elle ne pouvait pas l'offenser, car elle et lui ne faisaient qu'un. Il éprouva tout d'abord un sentiment semblable à celui qu'éprouve un homme qui, recevant un coup formidable dans le dos, se retourne plein de colère pour voir qui l'a frappé et s'aperçoit alors qu'il s'est donné ce coup lui-même, par hasard, que, par conséquent, il n'a point à se fâcher, qu'il ne lui reste qu'à supporter son mal et à le guérir.

Jamais pareille impression ne lui revint aussi vite. Mais cette première fois il fut long à s'en remettre.

Un sentiment naturel le poussait à se justifier, à prouver à Kitty qu'elle avait tort; mais c'était l'irriter davantage, et c'était aussi élargir la fissure qui venait de s'ouvrir entre eux. Un sentiment entraînait Lévine à rejeter la faute sur elle; mais un autre sentiment plus fort le poussait à effacer tout cela le plus vite possible, afin que la fissure ne s'agrandît pas. Rester sous le coup d'une accusation injuste, c'était pénible; mais faire de la peine à sa femme en se justifiant, c'était pire. Comme un homme, luttant à moitié endormi avec un mal douloureux qu'il voudrait arracher de lui, constate au réveil que ce mal est au fond de lui-même, il reconnaissait qu'il n'y avait qu'une seule chose à faire, souffrir; et il tâchait de le faire.

Ils se réconcilièrent. Sans avouer tout à fait sa faute, Kitty se montra si tendre envers lui qu'il en éprouva un nouveau bonheur et un amour plus grand. Mais de pareilles scènes se renouvelèrent fréquemment, pour des raisons aussi futiles qu'imprévues, puisqu'ils ne se connaissaient pas encore et que chacun d'eux ignorait ce qui, pour l'autre, avait de l'importance. En outre tous deux, au cours de ces premiers mois, étaient souvent de mauvaise humeur; quand l'un était bien disposé et l'autre maussade, la paix subsistait; mais quand tous deux étaient de mauvaise humeur leur mésintelligence éclatait, pour des causes si minimes qu'ensuite ils ne pouvaient même se les rappeler. Il est vrai que lorsqu'ils étaient tous deux de bonne humeur leur bonheur s'en trouvait accru. Néanmoins ces premiers mois furent pour eux très pénibles.

Tous ces premiers temps, chacun d'eux tiraillait de son côté la chaîne qui les liait; et cette lune de miel, dont Lévine attendait des merveilles, resta en réalité dans leur souvenir la période la plus dure et la plus vilaine de leur vie. Tous deux cherchèrent par la suite à effacer de leur mémoire les nombreux incidents honteux qui avaient jalonné cette fâcheuse période, alors qu'ils étaient, l'un et l'autre, si rarement dans un état d'esprit normal.

Leur vie ne devint plus régulière qu'à leur retour de Moscou, où ils avaient fait un séjour, le troisième mois qui suivit leur mariage.

XV

Ils venaient de rentrer de Moscou et jouissaient de leur solitude. Lui, installé à son bureau, dans son cabinet de travail, écrivait; elle, vêtue d'une robe violette, chère à son mari parce qu'elle l'avait portée les premiers jours de leur mariage et qu'elle lui seyait à merveille, faisait de la broderie anglaise, assise sur le grand divan de cuir, celui même qui avait orné le cabinet de travail du grand-père et du père de Lévine. Il jouissait de la présence de sa femme tout en réfléchissant et en écrivant. Il n'avait pas abandonné ses travaux agricoles, ni son livre sur la réforme des conditions agronomiques, mais si autrefois ses occupations lui avaient paru petites et misérables, comparées aux tristes ténèbres qui enveloppaient sa vie, c'était bien pire maintenant, au regard de l'avenir rempli de clarté et de bonheur. Lévine n'abandonnait pas ces travaux, mais sentait que le centre de son attention s'était déplacé, et sa besogne lui en paraissait d'autant plus aisée.

Autrefois ce genre d'activité apparaissait comme le salut, parce qu'il sentait que sans cela sa vie eût été trop sombre; actuellement les mêmes occupations lui étaient nécessaires pour que sa vie ne fût pas uniformément claire. En relisant son travail, il constata avec plaisir que l'affaire en valait la peine; bien que plusieurs de ses idées anciennes lui parussent excessives; en revanche il vit, en considérant l'ensemble de l'œuvre, comment il lui faudrait combler certaines lacunes.

Il récrivait maintenant le chapitre où il traitait des causes qu'il attribuait à la situation désavantageuse de l'agriculture russe. Il tâchait de prouver que la pauvreté de la Russie ne tenait pas seulement à la distribution inégale des terres mais qu'elle provenait en partie des formes extérieures de la civilisation, telles que les voies de communication entraînant la centralisation dans les villes, le développement du luxe, de l'industrie, du crédit et de son compagnon, l'agiotage. Il semblait à Lévine qu'avec le développement normal des richesses dans le pays, tous ces phénomènes ne peuvent se produire qu'après que l'agriculture aura pris une grande extension et sera placée dans des conditions régulières, définies; que les richesses du pays doivent s'accroître également, surtout de telle façon que les autres branches de l'industrie ne devancent pas l'agriculture; que les voies de communication doivent suivre le développement de l'agriculture; qu'avec le partage inégal des terres, la création des voies ferrées est subordonnée aux besoins politiques et non aux besoins économiques, si bien qu'au lieu d'aider à l'agriculture, ce qu'on en attendait, les chemins de fer ont provoqué le développement de l'industrie et du crédit et arrêté l'agriculture. De même — pensait-il — que le développement prématuré et asymétrique d'un organe peut nuire au développement général de l'animal, de même l'accroissement général de la richesse, le crédit, les chemins de fer, le développement de l'industrie, absolument nécessaires en Europe où leur temps est venu, sont nuisibles en Russie, parce qu'ils laissent en suspens la question principale, la seule urgente, l'organisation agricole.

Tandis que Lévine écrivait, Kitty se rappelait combien son mari avait été sottement inquiet, à propos du jeune prince Tcharsky, lequel, la veille du départ de Kitty, lui avait fait ostensiblement la cour. « Il est jaloux, pensait-elle. Mon Dieu, que c'est gentil et bête ! Il est jaloux ! S'il savait qu'ils ne sont tous pour moi pas davantage que Pierre, le cuisinier ! » Et, avec un sentiment étrange pour elle, elle jeta un regard de propriétaire sur la nuque et le cou rouges de son mari.

« C'est dommage de l'arracher à ses occupations; pourtant je veux voir son visage... Sentira-t-il que je le regarde?... Je veux qu'il se retourne!... Je le veux... » Elle ouvrit largement les yeux, voulant donner ainsi plus de force à son regard.

« Ils attirent à eux toutes les forces et prêtent un faux brillant... », murmurait-il. Il s'arrêta d'écrire, sentant peser sur lui le regard de sa femme. Il sourit et se retourna.

– Qu'est-ce qu'il y a? fit-il en souriant et en se levant.

« Il s'est retourné ! » pensa-t-elle.

– Rien. Je voulais te faire retourner. Et elle le regardait en cherchant à deviner s'il regrettait ou non qu'elle l'eût détaché de son travail.

– Que c'est bon d'être ainsi, à nous deux ! Du moins, pour moi, dit-il en s'approchant d'elle, radieux de bonheur.

– Je me trouve bien ici. Je n'irai plus nulle part, surtout pas à Moscou.

– A quoi pensais-tu?

– Moi? Je pensais que... Non, non, va écrire!... Ne te laisse pas distraire, répondit-elle avec une petite moue. Moi aussi, j'ai à faire, je dois couper ces petits œillets, tu vois?

Elle prit ses ciseaux et se mit à couper.

– Non, dis-moi à quoi ! répéta-t-il, s'asseyant près d'elle et suivant les mouvements circulaires des petits ciseaux.

– A quoi je pensais? A Moscou et à ton cou.

– A moi ! Pourquoi ai-je un tel bonheur? Ce n'est pas naturel. C'est trop beau ! dit-il en lui baisant la main.

– Moi, c'est le contraire. Plus je suis heureuse, plus je trouve que c'est naturel.

Les occupations sérieuses étaient interrompues. Quand Kouzma vint annoncer que le thé était servi, ils se séparèrent brusquement comme des coupables.

– Est-on arrivé de la ville? demanda Lévine à Kouzma.

– On vient d'arriver. On déballe les paquets.

– Viens vite! dit-elle en sortant du cabinet de travail. Autrement je lirai les lettres sans toi. Et après nous jouerons du piano à quatre mains.

Resté seul, Lévine serra ses cahiers dans un nouveau bureau acheté par sa femme, se lava les mains dans un lavabo neuf et élégant, également acheté par elle, et tout en souriant à ses pensées, secoua la tête d'une façon mécontente. Une sorte de remords le tourmentait : sa vie était trop molle, trop gâtée; il en éprouvait une certaine honte.

« Ce n'est pas bien de vivre ainsi! pensa-t-il. Voilà bientôt trois mois que je ne fais rien. C'est aujourd'hui la première fois que je me suis mis sérieusement au travail. Et quoi? à peine avais-je commencé que j'ai tout laissé! Je néglige jusqu'à mes occupations habituelles; je ne vais presque jamais dans les champs. Tantôt j'ai du regret de la quitter, tantôt je crains qu'elle ne s'ennuie. Et moi qui croyais que jusqu'au mariage la vie ne comptait pas et qu'après commençait la véritable existence! Or voilà bientôt trois mois que je suis marié et jamais je n'ai passé mon temps d'une façon aussi oisive. Non, cela ne peut durer! Il faut m'y mettre... Ce n'est pas de sa faute à elle. On ne peut rien lui reprocher; c'est moi qui devrais être plus ferme, défendre mon indépendance d'homme. Sans quoi l'on finirait par prendre de mauvaises habitudes... Mais ce n'est pas de sa faute », se dit-il.

Il est difficile à un homme mécontent de ne pas rejeter la cause de ce mécontentement sur la personne qui se trouve le plus près de lui. Aussi Lévine songeait-il vaguement que ce n'était pas elle qui était coupable (il ne pouvait l'accuser), mais son éducation; une éducation superficielle et frivole. « Cet imbécile de Tcharsky, par exemple, elle n'a pas su, malgré toute sa bonne volonté, le tenir en respect. Sauf ses petits soucis de ménage (il faut lui accorder cela), sa toilette, et sa broderie anglaise, elle n'a d'intérêt sérieux à rien. Aucune sympathie pour mes travaux, pour l'exploitation ni pour les paysans; elle n'a pas même de goût pour la lecture et la musique; et cependant elle est bonne musicienne. Elle ne fait rien et se trouve néanmoins très satisfaite. »

En son for intérieur, Lévine blâmait sa jeune femme, parce qu'il ne comprenait pas qu'elle s'apprêtait à une période d'activité qui l'obligerait à être tout à la fois épouse, mère, maîtresse de maison, nourrice et éducatrice. Il ne comprenait pas qu'instinctivement, se préparant à cette lourde tâche, elle se sentait le droit de prolonger les heures d'insouciance et d'amour dont elle jouissait maintenant, tandis qu'elle préparait gaîment son futur nid.

XVI

En remontant, Lévine trouva sa femme assise devant son nouveau service à thé et un samovar d'argent, également neuf. Elle avait servi une tasse de thé sur la petite table à Agafia Mikhaïlovna et lisait une lettre de Dolly avec qui elle était en correspondance suivie.

– Voyez, notre dame m'a ordonné de m'asseoir ici, dit Anna Mikhaïlovna en souriant tendrement à Kitty.

Ces mots annoncèrent à Lévine la fin d'un drame domestique, qui s'était déroulé dernièrement entre Kitty et Agafia Mikhaïlovna. Malgré le chagrin que celle-là avait causé à celle-ci, en s'emparant des rênes du gouvernement, Kitty, victorieuse, était cependant parvenue à se faire aimer de la vieille servante.

– Tiens, voici une lettre pour toi, je l'ai lue, dit Kitty en tendant à Lévine une lettre dépourvue d'orthographe. C'est, je crois, de cette femme... de ton frère... dit-elle... Non, je ne l'ai pas lue... Et celle-ci est de mes parents et de Dolly. Figure-toi qu'elle a mené Gricha et Tania à un bal d'enfants chez les Sarmatskï. Tania était en marquise...

Lévine n'écoutait pas. Il prit en rougissant la lettre de Maria Nikolaievna, l'ancienne maîtresse de son frère Nicolas, et se mit à la lire. C'était la deuxième lettre que cette femme écrivait. Dans la première, elle disait que Nicolas l'avait chassée de chez lui, sans qu'elle eût rien à se reprocher; et, avec une touchante naïveté, elle ajoutait qu'elle ne demandait aucun secours, bien qu'elle fût dans la misère, mais que la pensée de Nicolas Dmitritch, maintenant seul, malade et faible, la tuait. Elle suppliait Lévine de ne pas le perdre de vue.

Cette fois sa lettre était toute différente. Maria Nikolaievna disait qu'elle avait retrouvé Nicolas Dmitritch à Moscou et qu'elle était partie avec lui pour une ville de province où il avait trouvé une place. « Là, écrivait-elle, il s'est fâché avec son patron, et il a repris le chemin de Moscou. Mais en route il est tombé si malade qu'il est douteux qu'il s'en relève. Il vous demande instamment, et nous n'avons plus d'argent. »

– Lis donc ce que Dolly écrit de toi... commença Kitty en souriant. Mais elle s'arrêta aussitôt, voyant la figure bouleversée de son mari : – Qu'as-tu? Qu'arrive-t-il?

– Elle m'écrit que Nicolas, mon frère, est mourant. Je pars.

Kitty changea de visage. Dolly, Tania en marquise, tout était oublié.

– Quand partiras-tu? demanda-t-elle.

– Demain.

– Puis-je t'accompagner?

– Kitty, quelle idée! répondit-il sur un ton de reproche.

– Comment, quelle idée? répéta-t-elle, froissée de l'accueil fait à sa proposition. Pourquoi ne partirais-je pas? Je ne te gênerai pas. Je...

– Je pars parce que mon frère se meurt, dit Lévine. Et toi, pour quelle raison?

– Comment, pour quelle raison? Mais pour la même raison que toi.

« Dans un moment si grave pour moi, elle ne songe qu'à l'ennui de rester seule! » pensa Lévine. Cette réflexion l'affligea.

– C'est impossible! fit-il sérieusement.

Agafia Mikhaïlovna, voyant les choses se gâter, déposa doucement sa tasse et sortit. Kitty ne s'en aperçut même pas. Le ton des dernières paroles de son mari l'avait particulièrement blessée, car il n'attachait évidemment aucune créance à ses paroles.

– Je te dis, moi, que si tu pars, je pars aussi, dit-elle vivement et avec colère. Pourquoi est-ce impossible? Pourquoi dis-tu que c'est impossible?

– Parce que pour aller Dieu sait où, dans quelle auberge, tu ne feras que me gêner, dit Lévine, tâchant de se maîtriser.

– Pas du tout, je n'ai besoin de rien. Où tu peux aller, je puis aller aussi...

– Ne fût-ce aussi qu'à cause de cette femme, avec laquelle tu ne peux te trouver en contact...

– J'ignore toutes ces histoires et ne veux rien en savoir. Je ne sais qu'une chose : que le frère de mon mari se meurt, que mon mari va le voir, et que moi je l'accompagne pour...

– Kitty, ne te fâche pas, et songe que dans un cas aussi grave il m'est pénible de te voir mêler à mon chagrin une véritable faiblesse, la crainte de rester seule. Eh bien, si tu t'ennuies seule, va à Moscou.

– Te voilà bien! Tu m'attribues *toujours* des sentiments mauvais et mesquins, s'écria-t-elle, avec des larmes de colère et de dépit. Je ne suis pas faible... Je sens qu'il est de mon devoir de rester avec mon mari, quand il est malheureux. Mais tu veux me blesser, tu fais exprès de ne pas comprendre...

– Mais c'est affreux de devenir ainsi esclave! s'écria Lévine en se levant. Il n'avait plus la force de contenir son dépit. Mais, au même moment, il sentit qu'il se frappait lui-même.

– Alors pourquoi t'es-tu marié? Tu serais libre! Pourquoi, si tu te repens déjà? Et elle s'enfuit dans le salon.

Quand il vint la rejoindre, elle sanglotait.

Il chercha d'abord des paroles à lui dire, non pour la persuader, mais pour la calmer; mais elle ne l'écoutait pas et ne voulait rien admettre. Il se pencha vers elle et prit sa main qu'elle retira. Il baisa sa main, ses cheveux, et encore sa main. Elle se taisait toujours. Mais quand enfin il lui prit la tête entre ses deux mains et l'appela « Kitty! » elle s'adoucit, pleura, et la réconciliation se fit aussitôt.

On décida de partir ensemble, le lendemain. Lévine jura à sa femme qu'il était persuadé qu'elle ne voulait partir que pour se rendre utile; il admit qu'il n'y avait rien d'inconvenant à la présence de Maria Nikolaievna auprès de son frère; mais au fond de son âme il était mécontent d'elle et de lui-même. Il était mécontent d'elle, qui l'empêchait de partir quand c'était nécessaire. Chose étrange, lui qui, récemment encore, n'avait pu croire au bonheur d'être aimé d'elle, maintenant se sentait malheureux parce qu'elle l'aimait trop. Et il était mécontent de lui-même pour n'avoir pas été ferme jusqu'au bout. Il était surtout mécontent du rapprochement inévitable qui allait se faire entre sa femme et la maîtresse de son frère; et il pensait avec horreur à tous les incidents qui pouvaient se produire. La pensée seule que sa femme, sa Kitty, se trouverait dans la même chambre qu'une fille publique le faisait frissonner de dégoût et d'horreur.

XVII

L'hôtel de province où se mourait Nicolas Lévine était un de ces hôtels de construction récente, aménagés avec les meilleures intentions de propreté, de confort et même d'élégance, mais qui, à cause de leur clientèle, se transforment, avec une rapidité extraordinaire, en d'infectes auberges, gardant des prétentions au confort moderne, et qui, à cause de ces prétentions mêmes, sont pires que les vieux hôtels franchement sales.

Le soldat en uniforme sordide qui se tenait à l'entrée, fumant une cigarette, et qui faisait fonction de suisse, l'escalier de fonte ajourée sombre et triste, le garçon en habit noir couvert de taches, la table d'hôte ornée d'un bouquet de fleurs de cire, couvertes de poussière, l'état général de désordre et de malpropreté, tout cela fit sur Lévine, surtout en comparaison de leur jeune ménage, l'impression la plus pénible, accrue encore par la déception que causait la réalité, par rapport à l'apparence extérieure de l'hôtel.

Après la traditionnelle question sur le prix qu'ils désiraient mettre à leur chambre, on expliqua aux voyageurs que les meilleures chambres étaient occupées. L'une était prise par l'inspecteur des chemins de fer, une autre par un avocat de Moscou, une autre par la princesse Astafiev, venant de la campagne. Il ne restait qu'une chambre malpropre, qu'on leur donna, mais en leur en promettant une autre, à côté, pour le soir.

Lévine était fâché contre sa femme, en voyant ses prévisions si vite réalisées, et en songeant à la nécessité où il se trouvait de s'occuper d'elle au lieu de courir vers son frère, sur l'état duquel il était plein d'anxiété.

Il fit entrer Kitty dans la chambre, enfin mise à leur disposition.

— Va, va! dit-elle, avec le regard d'une coupable.

Il sortit sans mot dire et près de la porte se heurta à Marie Nikolaievna, qui venait d'apprendre leur arrivée et n'osait entrer chez eux. Elle était telle qu'il l'avait vue à Moscou : c'était la même robe de laine, découvrant les bras et le cou, le même visage bonasse, un peu bouffi et grêlé.

— Eh bien, qu'est-ce qu'il y a? Comment va-t-il?

— Très mal. Il ne se lève plus. Il vous attend toujours. Il... Vous... êtes avec madame?

Lévine ne comprit pas tout d'abord ce qui la gênait, mais aussitôt elle s'expliqua :

– Je m'en irai... J'irai à la cuisine, prononça-t-elle. Il sera très heureux... Il sait que vous êtes venu avec madame... Il se rappelle l'avoir vue à l'étranger...

Lévine comprit qu'elle parlait de sa femme et ne sut que répondre.

– Allons, allons, dit-il.

Mais à peine eut-il fait un pas que la porte de leur chambre s'ouvrit et Kitty montra sa tête. Lévine rougit de honte et de dépit, en voyant sa femme dans une aussi fausse position. Mais Marie Nikolaievna rougit encore bien plus. Elle se faisait toute petite, prête à pleurer; saisissant des deux mains les coins de son fichu, elle les tortillait entre ses doigts rouges, ne sachant que dire ni que faire.

Lévine surprit l'expression de curiosité avide qui se peignit dans le regard jeté par Kitty sur cette femme incompréhensible, et presque terrible pour elle; ce fut l'affaire d'une seconde.

– Eh bien, comment va-t-il? leur demanda-t-elle.

– Nous ne pouvons rester à causer ici, dit Lévine d'un air irrité, en apercevant un monsieur qui passait dans le couloir.

– Eh bien, entrez, dit Kitty à Marie Nikolaievna qui commençait à se remettre. Puis, remarquant l'effroi peint sur le visage de son mari, elle ajouta : Non, allez plutôt, et envoyez-moi chercher. Et elle rentra dans sa chambre. Lévine alla chez son frère.

Il ne s'attendait nullement à ce qu'il allait voir et éprouver. Il pensait le trouver dans l'état d'illusion propre aux phtisiques, état qui l'avait fortement impressionné lors de la dernière visite de son frère, l'automne précédent; il s'attendait aussi à le trouver plus faible, plus maigre, avec des indices d'une fin prochaine, mais tout de même semblable encore à lui-même. Il pensait bien éprouver, plus vivement encore, le même sentiment de pitié pour ce frère aimé, et d'horreur devant la mort, qu'il avait éprouvé jadis, et il y était préparé. Mais il trouva tout autre chose.

Dans une petite chambre malpropre, aux cloisons minces à travers lesquelles on entendait causer dans les chambres voisines, dans une atmosphère imprégnée de l'odeur des excréments, il aperçut, sur un lit écarté du mur, un corps enveloppé d'une couverture. Sur la couverture s'allongeait une main énorme attachée à un bras long et mince. La tête penchée sur l'oreiller laissait voir des cheveux mouillés, très rares sur les tempes, et un front presque transparent. « Est-il possible que ce corps effrayant soit mon frère Nicolas! » pensa Lévine. Il s'approcha, regarda le visage, et le doute cessa. Malgré le profond changement des traits, Lévine n'eut qu'à regarder les yeux vivants qui se fixèrent sur lui à son entrée, le mouvement léger de la bouche aux lèvres jointes, pour comprendre cette affreuse vérité que ce corps presque cadavérique était son frère vivant. Ses yeux brillants regardaient sévèrement et avec reproche le frère qui entrait; et ce regard rétablit aussitôt entre eux leurs rapports habituels. Lévine y sentit un reproche et eut des remords de son bonheur.

Quand Constantin lui prit la main, Nicolas sourit. Ce sourire était faible, imperceptible et ne changea pas l'expression sévère du regard.

– Tu ne t'attendais pas à me trouver en cet état, prononça-t-il avec peine.

– Oui... non... répondit Lévine s'embrouillant. Comment ne m'as-tu pas averti plus tôt? Avant mon mariage?... Je me suis renseigné partout...

Il fallait parler pour éviter un silence pénible; mais Constantin ne savait que dire, d'autant que son frère ne répondait rien et se contentait de le regarder sans baisser les yeux, comme s'il eût pesé chaque parole. Lévine raconta à son frère que sa femme l'avait accompagné. Nicolas en exprima sa satisfaction, ajoutant toutefois qu'il craignait de l'effrayer. Un silence suivit. Tout à coup Nicolas se remua et se mit à parler. Lévine, à l'expression de son visage, s'attendait à entendre quelque chose de particulièrement grave et important, mais Nicolas se mit à parler de sa santé. Il accusait le médecin et regrettait de ne pouvoir consulter une célébrité de Moscou. Et Lévine comprit qu'il espérait toujours.

Lévine profita du premier moment de silence pour se lever, prétextant le désir d'aller chercher sa femme, mais en réalité afin de se soustraire, pour un moment au moins, à ses pénibles impressions.

– C'est bon, et moi, je ferai faire un peu d'ordre ici. C'est sale et empesté. Macha, viens mettre de l'ordre ici, dit le malade avec effort. Et ensuite tu t'en iras, ajouta-t-il en regardant son frère d'un air interrogateur.

Lévine ne répondit rien. Dans le couloir il s'arrêta. Il regrettait maintenant d'avoir promis d'amener sa femme; et songeant à ce qu'il venait d'éprouver, il décida de faire tout ce qu'il pourrait pour la persuader de ne pas venir voir le malade. « Pourquoi la faire souffrir comme moi? » pensa-t-il.

– Eh bien, quoi? Comment va-t-il? demanda Kitty, le visage effrayé.

– C'est terrible, terrible! Pourquoi es-tu venue? dit Lévine.

Pendant quelques secondes Kitty regarda son mari en silence, timidement, plaintivement; ensuite elle s'approcha de lui et, appuyant les deux mains sur son bras :

– Kostia, mène-moi près de lui. Pour nous deux ce sera moins dur. Mène-moi seulement et laisse-moi. Comprends donc que voir ta douleur et ne pas le voir, lui, c'est encore plus pénible pour moi. Tandis que là-bas, peut-être lui serai-je utile et à toi aussi. Je t'en prie. Permets-le-moi.

Elle suppliait son mari comme si le bonheur de sa vie eût été en jeu.

Lévine dut consentir à l'accompagner. Oubliant tout à fait Marie Nikolaievna, il conduisit Kitty chez son frère.

Kitty marchait légèrement et se retournait sans cesse vers son mari, lui montrant son visage courageux et plein de tendresse. Elle entra doucement dans la chambre du malade, referma la porte sans bruit, et, d'un pas léger, s'approcha rapidement du lit, se plaçant de façon telle que le malade ne dût pas tourner la tête. Puis, elle prit dans sa jeune main fraîche la main énorme et squelettique du mourant, la serra, et avec cette animation propre aux femmes, et qui ne blesse pas, elle se mit à parler.

– Nous nous sommes rencontrés à Soden, sans nous connaître, commença-t-elle. Vous ne pensiez pas que je deviendrais votre sœur?

– Vous ne m'auriez pas reconnu, n'est-ce pas? dit-il avec ce sourire qui avait éclairé son visage à l'entrée de la jeune femme.

– Non. Comme vous avez bien fait de nous faire prévenir! Il ne se passait pas de jour que Kostia ne se souvînt de vous et ne s'inquiétât.

L'animation du malade dura peu. Kitty n'avait pas fini de parler que l'expression du mourant, faite de reproche sévère et d'envie pour celui qui se porte bien, reparut sur son visage.

– Je crains que vous ne soyez pas bien ici, dit-elle en examinant la chambre, afin d'éviter le regard fixé sur elle. Il faudra demander une autre chambre à l'hôtelier et nous rapprocher de Nicolas, dit-elle à son mari.

XVIII

Lévine ne pouvait regarder son frère sans émotion; il ne pouvait rester naturel et calme en sa présence; dès qu'il entrait chez Nicolas, ses yeux et son attention se voilaient inconsciemment et les détails lui échappaient. Il remarquait bien la mauvaise odeur, la saleté, le désordre, le malaise, les gémissements, mais il ne voyait pas la possibilité de remédier à tout cela. Il n'essayait même pas d'atténuer les souffrances du malade, de se demander comment, sous la couverture, était couché ce corps, comment ces genoux, ce dos décharné étaient placés, s'il n'y avait pas moyen de les mieux installer, s'il n'y avait pas quelque chose à faire pour que Nicolas fût moins mal, sinon mieux. Un frisson passait dans le dos de Lévine dès qu'il évoquait seulement ces détails. Il était absolument convaincu qu'on ne pouvait rien faire, ni pour prolonger cette vie ni pour atténuer ces souffrances. Mais le malade sentait mieux encore cette impuissance et s'en irritait, ce qui était d'autant plus pénible pour Lévine. Malheureux dans la chambre du malade, Lévine l'était encore plus lorsqu'il s'en éloignait; sans cesse et sous divers prétextes, il sortait; puis il rentrait, n'ayant pas la force de rester seul.

Kitty, de son côté, pensait, sentait et agissait tout autrement. A la vue du malade, elle avait éprouvé de la pitié, et, dans son cœur de femme, cette pitié, loin de produire l'horreur et le dégoût, comme chez son mari, la porta au contraire à agir, à s'informer des détails de la situation et à s'efforcer de l'améliorer. Ne doutant pas une seconde qu'il était de son devoir de porter secours à son beau-frère, elle ne douta pas davantage que ce fût possible, et se mit aussitôt à l'œuvre. Ces mêmes détails, qui effrayaient son mari, attirèrent aussitôt son attention. Elle fit chercher un médecin, envoya à la pharmacie, occupa la femme de chambre qu'elle avait amenée et Marie Nikolaievna à balayer, essuyer, épousseter, laver; elle-même se mit à laver diverses choses et elle arrangea la couverture. Elle fit apporter ou emporter différents objets et, plusieurs fois, sans s'inquiéter des messieurs qu'elle rencontrait sur son chemin, elle alla dans sa chambre, en rapportant des draps, des taies d'oreiller, des serviettes, des chemises. Le domestique qui servait le dîner de la table d'hôte aux ingénieurs répondit plusieurs fois à son appel d'assez mauvaise grâce, mais elle donnait ses ordres avec une si touchante insistance qu'il les exécutait quand même.

Lévine n'approuvait pas tout cela. Il n'en voyait pas l'utilité pour le malade et craignait surtout qu'il ne se fâchât. Mais Nicolas paraissait indifférent, ne se fâchait pas, quoique un peu confus, et suivait avec intérêt ce que sa belle-sœur faisait pour lui. Lorsque Lévine rentra de chez le médecin, où Kitty l'avait envoyé, il vit, en entrant dans la chambre, qu'on changeait le linge du malade par ordre de Kitty. Le large dos aux omoplates proéminentes, les côtes et les vertèbres saillantes, étaient découverts; Marie Nikolaievna et le domestique s'embrouillaient dans les manches de la chemise et ne parvenaient pas à y faire entrer les longs bras pendants. Kitty ferma vivement la porte derrière Lévine; elle ne regardait pas du côté du malade, mais celui-ci ayant poussé un gémissement, elle s'approcha vivement de lui.

– Faites vite! dit-elle.

– N'approchez pas! murmura le malade avec colère. Moi-même...

– Que dites-vous? interrogea Marie Nikolaievna.

Mais Kitty, entendant, avait compris qu'il était gêné de se montrer ainsi devant elle.

– Je ne regarde pas! Je ne regarde pas! dit-elle, l'aidant à passer son bras. – Marie Nikolaievna, venez de l'autre côté et aidez-nous, ajouta-t-elle. Je t'en prie, continua-t-elle s'adressant à son mari, va dans la chambre, tu trouveras un flacon dans mon petit sac. Tu sais, dans la petite pochette de côté. Apporte-le, et pendant ce temps nous finirons de ranger ici.

Quand Lévine revint avec le flacon, le malade était couché et autour de lui, tout avait pris un autre aspect. L'odeur âcre avait fait place à celle de vinaigre et de parfum que Kitty répandait avec un pulvérisateur; la poussière avait disparu; un tapis s'étendait sous le lit; sur la table étaient rangés des fioles, une carafe d'eau, le linge nécessaire et la broderie anglaise de Kitty; sur une autre table, près du lit du malade, les potions, une bougie et des poudres. Le malade lui-même, lavé et peigné, était étendu dans des draps propres, la tête soulevée sur des oreillers, et vêtu d'une chemise blanche dont le col entourait son cou extraordinairement maigre. Une nouvelle expression, une expression d'espérance, emplissait ses yeux fixés sur Kitty.

Le médecin ramené par Lévine, qui l'avait trouvé au club, n'était pas celui qui soignait Nicolas Lévine et dont il était mécontent. Après avoir ausculté le malade, le praticien hocha la tête, rédigea une ordonnance et expliqua minutieusement la façon d'administrer les remèdes, ainsi que le régime à suivre. Il conseilla des œufs frais presque crus, de l'eau de seltz avec du lait bouilli, à une certaine température. Quand le docteur partit, le malade dit à son frère quelques mots dont il ne comprit que les derniers « ta Katia », mais, d'après le regard, Lévine comprit que Nicolas faisait l'éloge de la jeune femme. Le malade appela ensuite Katia : c'est ainsi qu'il la nommait.

– Je me sens beaucoup mieux, dit-il. Avec vous, je serais guéri depuis longtemps. Comme c'est bien, maintenant!

Il lui prit la main et voulut la porter à ses lèvres, mais, craignant de lui être désagréable, il se contenta de la caresser. Kitty prit la main de Nicolas entre les siennes et la serra.

– Maintenant tournez-moi du côté gauche et allez vous coucher.

Personne n'entendit, sauf Kitty, car elle pensait sans cesse à ce qui pouvait être utile au malade.

– De l'autre côté, dit-elle à son mari. Il dort toujours de ce côté. Tourne-le, c'est désagréable d'appeler le domestique; moi, je ne puis pas. Et vous, pouvez-vous le soulever? demanda-t-elle à Marie Nikolaievna.

– J'ai peur, répondit celle-ci.

Lévine, quoique terrifié à l'idée de soulever ce corps effrayant et de l'enlacer sous la couverture, subit l'influence de sa femme et passa ses bras autour du malade avec un air résolu qu'elle lui connaissait bien. Mais, malgré sa force, il fut frappé de l'étrange pesanteur de ces membres décharnés.

Pendant qu'il changeait de côté son frère, qui avait passé ses longs bras maigres autour de son cou, Kitty, sans bruit, retourna vivement les oreillers, les secoua et arrangea la tête du malade, dont les rares cheveux étaient de nouveau collés aux tempes.

Le malade retint dans sa main celle de son frère. L'angoisse étreignit Lévine; et quand son frère portant la main à ses lèvres la baisa, les sanglots l'étranglèrent et il sortit de la chambre sans pouvoir prononcer un seul mot.

XIX

« Il a caché aux sages ce qu'il a révélé aux enfants et aux simples d'esprit », pensa Lévine, quand ce soir-là, il causa avec sa femme.

Lévine se remémorait cette phrase de l'Évangile; non qu'il se crût sage, mais il ne pouvait nier qu'il était plus intelligent que sa femme ou qu'Agafia Mikhaïlovna, et qu'il pensait à la mort avec toutes les forces de son âme. Il savait aussi que plusieurs grands esprits avaient sondé cette question; il avait lu leurs écrits, et eux aussi semblaient ne pas savoir la centième partie de ce que savaient sur cette question sa femme et Agafia Mikhaïlovna.

Si dissemblables que fussent ces deux femmes, Agafia Mikhaïlovna et Katia – comme l'appelait son frère Nicolas et comme Lévine aimait maintenant à l'appeler – sous ce rapport leur ressemblance était parfaite. Toutes deux savaient, indubitablement, ce qu'est la vie et la mort; et, quoique certainement incapables de répondre aux questions que se posait Lévine, et même de comprendre ces questions, toutes deux ne doutaient point de l'importance de ce phénomène; elles l'envisageaient pareillement, et de la même façon que des millions d'êtres humains.

La preuve qu'elles n'ignoraient point ce qu'était la mort, c'est qu'elles savaient approcher les mourants et ne les craignaient pas, tandis que Lévine et ceux qui pouvaient, comme lui, longtemps discourir sur la mort, ne savaient visiblement pas faire cela, car ils avaient peur de la mort et ne savaient quelle attitude prendre en présence d'un moribond.

Si Lévine eût été seul auprès de son frère Nicolas, il se fût contenté de le regarder avec épouvante, d'attendre sa fin avec plus d'épouvante encore, sans trouver un seul moyen de le soulager.

En outre, il ne savait que dire, comment regarder, comment marcher. Parler de choses indifférentes lui semblait blessant; parler de mort, de choses tristes, impossible; se taire, était également impossible. « Si je le regarde, il croira que je l'observe, que j'ai peur de lui; si je ne le regarde pas, il croira que mes pensées sont ailleurs. Marcher sur la pointe des pieds l'agace, marcher normalement, je n'ose pas. »

Kitty, évidemment, ne pensait pas à tout cela : elle n'en avait pas le temps. Elle ne s'occupait que du malade, sachant ce qu'il fallait faire, et tout marchait bien.

Elle lui parlait d'elle-même, de son mariage, souriait, le plaignait, le dorlotait, racontait des cas de guérison, et tout allait très bien. C'était donc qu'elle savait.

La preuve que ses actes, comme ceux d'Agafia Mikhaïlovna, n'étaient pas instinctifs, irraisonnés, c'est qu'elle ne se contentait pas de soins physiques, de soulagement matériel; toutes deux se préoccupaient d'une question plus importante, de quelque chose n'ayant rien de commun avec les soins matériels.

Agafia Mikhaïlovna, parlant d'un vieillard qui venait de mourir, disait : « Dieu merci, il a communié et a reçu l'extrême-onction. Dieu permette à tous une fin pareille! »

Kitty, de son côté, outre les soins du linge, des potions, etc., trouva moyen, dès le premier jour, de disposer le malade à recevoir les sacrements.

Retiré dans sa chambre, le soir après avoir quitté le malade, Lévine restait assis, tête baissée, ne sachant que faire. Incapable de songer à souper, ni à se mettre au lit, incapable de réfléchir, il ne pouvait même pas parler à sa femme et se sentait honteux. Kitty, au contraire, montrait une activité extraordinaire. Elle fit apporter à souper, défit elle-même les bagages, aida à dresser les lits, sans oublier la poudre insecticide. Elle avait l'excitation et la rapidité de conception qu'éprouvent les hommes avant la bataille, avant la lutte, dans les heures graves et décisives de leur vie, quand arrive le moment de montrer une fois pour toutes leur valeur, moment qu'a préparé tout le passé. Tout fondait entre ses mains, et il n'était pas encore minuit que tout était déjà si bien rangé, organisé, que leur chambre d'hôtel offrait l'aspect d'une de leurs chambres à eux; les lits étaient prêts, les brosses, les peignes, le miroir étaient installés, les serviettes préparées.

Lévine trouvait impardonnable de manger, de dormir, même de parler, et chacun de ses mouvements lui paraissait inconvenant. Elle, au contraire, rangeait ses brosses, mais de telle façon qu'il n'y avait à cela rien de choquant.

Cependant, ils ne purent manger et restèrent longtemps assis avant de se résoudre à se coucher.

– Je suis bien contente de l'avoir décidé à recevoir demain l'extrême-onction, dit Kitty assise en robe de chambre devant son miroir de voyage, et peignant ses cheveux souples et parfumés. Je n'ai jamais assisté à cette cérémonie, mais maman m'a raconté qu'elle comporte aussi des prières pour la guérison.

– Crois-tu donc qu'il puisse se rétablir? demanda Lévine en regardant les cheveux qui retombaient sur la nuque à chaque mouvement du peigne.

– J'ai questionné le docteur : il répond que Nicolas ne peut vivre plus de trois jours. Mais qu'en savent-ils?... Cependant, je suis contente de l'avoir décidé, dit-elle en regardant son mari en dessous de ses cheveux. Tout est possible, ajouta-t-elle, avec une expression particulière, presque rusée, qui se montrait toujours sur son visage quand elle parlait de religion.

Depuis la conversation qu'ils avaient eue durant leurs fiançailles, jamais ils ne s'étaient entretenus de questions religieuses; mais elle allait toujours à l'église, et faisait ses prières, avec la même conviction ferme d'accomplir une chose nécessaire. Malgré l'aveu que lui avait fait son mari, elle était fermement convaincue qu'il était aussi bon chrétien qu'elle, sinon meilleur, et que tout ce qu'il avait dit alors n'était qu'une boutade, comme lorsqu'il la taquinait sur sa broderie anglaise.

– Oui, cette femme, Marie Nikolaïevna, elle n'aurait pas su arranger tout cela, dit Lévine. Je dois l'avouer, je suis très heureux que tu sois venue. Tu es si pure que... Il lui prit la main, mais ne la baisa pas (parce qu'en face de la mort, ce baiser lui paraissait inconvenant), il la serra, regardant ses yeux brillants, avec l'expression d'un coupable.

– Tu aurais trop souffert tout seul, dit-elle, cachant ses joues devenues rouges de plaisir, en levant les bras pour rouler ses cheveux et pour les attacher avec des épingles. – Non, continua-t-elle, elle ne sait pas... J'ai appris heureusement bien des choses à Soden.

– Y avait-il donc des malades comme lui, là-bas?

– De pires.

– C'est terrible pour moi, de ne plus le voir tel qu'il était dans sa jeunesse! Tu ne peux t'imaginer quel charmant jeune homme c'était! Mais alors je ne le comprenais pas.

– Je te crois, je te crois. Je sens que nous aurions été amis, dit-elle. Effrayée de ce qu'elle avait dit, elle regarda son mari, et des larmes parurent dans ses yeux.

– Vous *l'auriez été,* répondit-il tristement. C'est précisément un de ces hommes dont on peut dire avec raison qu'ils n'étaient pas de ce monde.

– Mais n'oublions pas que nous avons encore bien des journées devant nous. Il faut nous coucher, dit Kitty, après avoir consulté sa montre.

XX

Le lendemain le malade communia et reçut l'extrême-onction. Pendant la cérémonie, Nicolas Lévine pria avec ferveur. Une supplication passionnée et pleine d'espérance se lisait dans ses grands yeux fixés sur l'icône, qu'on avait posée sur une table à jeu couverte d'une nappe. Lévine fut effrayé de voir cela, car il savait que cette prière ardente et cet espoir rendraient encore plus pénible à Nicolas le moment où il devrait s'arracher à la vie, qu'il aimait tant. Lévine connaissait assez son frère pour pouvoir suivre toutes ses pensées. Il savait que l'incroyance de Nicolas provenait non de ce qu'il lui était plus facile de vivre sans la foi, mais de ce que la conception scientifique du monde avait peu à peu détruit ses croyances religieuses; aussi ce retour à la foi n'était-il point logique ni normal, il n'était dû qu'à une espérance insensée de guérison. Lévine savait aussi que Kitty avait fortifié cet espoir en racontant les guérisons extraordinaires dont elle avait entendu parler. Lévine savait tout cela et il lui était pénible de voir ce regard suppliant, plein d'espoir, et cette main maigre qui se soulevait avec effort pour faire les signes de croix sur le front plissé par l'attention, sur les épaules décharnées, sur la poitrine creuse, râlante, qui ne pouvait plus contenir la vie que le malade suppliait Dieu de lui laisser.

Pendant la cérémonie, Lévine fit ce qu'il avait fait des milliers de fois, tout incrédule qu'il était. Il répétait, s'adressant à Dieu : « Si tu existes, fais que cet homme guérisse, et tu nous sauveras tous les deux. »

Après l'extrême-onction, le malade, tout d'un coup, se sentit mieux. Pendant une heure il ne toussa pas une seule fois. Il souriait, baisait la main de Kitty avec des larmes de reconnaissance, assurait qu'il allait bien; il ne souffrait pas, il se sentait de l'appétit et des forces. Il se releva seul quand on lui apporta sa soupe, et il demanda une côtelette. Quelque désespérée que fût sa situation, quelque impossible que fût la guérison, Lévine et Kitty passèrent toute cette heure dans une espèce d'agitation faite de bonheur, et de crainte de se tromper.

– Il va mieux? – Oui, beaucoup mieux. – C'est étonnant! – Il n'y a rien d'étonnant! – Cependant il va mieux, se chuchotaient-ils en souriant.

Cette illusion dura peu. Le malade s'endormit; mais, au bout d'une demi-heure, il fut réveillé par une quinte de toux qui dispersa d'un coup les espérances de son entourage et les siennes. La réalité de la souffrance détruisait tout espoir, aussi bien pour Lévine et Kitty que pour le malheureux Nicolas lui-même.

Oubliant ce qu'il avait cru une demi-heure avant, honteux même de se le rappeler, il demanda de l'iode à respirer; on en apporta un petit flacon, fermé d'un papier percé de trous. Lévine tendit le flacon à son frère; et le même regard d'espoir passionné que ce dernier avait fixé sur l'icône, pendant la cérémonie d'extrême-onction, se fixait maintenant sur le flacon, dont le malade attendait la confirmation des paroles du docteur, qui attribuait aux inhalations des vapeurs d'iode des propriétés miraculeuses.

– Kitty n'est pas là? râla Nicolas, en regardant autour de lui, quand Lévine lui eut confirmé ces paroles du docteur. – Non? Alors je puis parler!... C'est pour elle que j'ai joué cette comédie. Elle est si gentille! Mais ni toi ni moi ne pouvons nous tromper. Voilà en quoi j'ai foi! dit-il, serrant le flacon dans sa main osseuse et aspirant l'iode.

Vers huit heures du soir, Lévine et sa femme prenaient le thé dans leur chambre, quand Marie Nikolaïevna accourut tout essoufflée. Elle était pâle et ses lèvres tremblaient.

– Il se meurt, balbutia-t-elle. J'ai peur qu'il ne meure à l'instant!

Tous deux coururent près du malade. Il était assis, appuyé sur le bras, le dos ployé et la tête baissée.

– Qu'éprouves-tu? demanda doucement Lévine après un silence.

– Je sens que je m'en vais, dit Nicolas avec effort. Il tirait à grand-peine les sons de sa poitrine, mais ces paroles étaient nettement prononcées. Sans relever la tête, il tourna les yeux du côté de son frère, dont il ne pouvait voir le visage. – Katia, va-t'en, prononça-t-il encore.

Lévine se leva et demanda impérieusement à sa femme de sortir.

– Je m'en vais, répéta le malade.

— Qu'est-ce qui te fait penser cela? demanda Lévine, pour dire quelque chose.

— Le fait que je m'en vais, répéta-t-il, comme si cette expression lui avait plu particulièrement. — C'est fini!

Marie Nikolaïevna s'approcha du lit :

— Vous feriez mieux de vous coucher, dit-elle.

— Bientôt je serai couché... mort, dit-il avec une espèce de colère ironique. — Eh bien, couchez-moi, si vous voulez.

Lévine remit son frère sur le dos, s'assit près de lui et sans bouger examina son visage. Le mourant était allongé les yeux fermés, mais les muscles de son front s'agitaient de temps en temps, comme chez un homme dont l'esprit est tendu par des réflexions profondes. Involontairement Lévine cherchait à comprendre ce qui pouvait se passer dans l'âme de son frère; mais, tous les efforts de sa pensée n'arrivaient qu'à déceler, par l'expression de ce visage calme et sévère, par le jeu des muscles et des sourcils, que le mourant entrevoyait de plus en plus clairement des mystères qui restaient cachés pour Lévine.

— Oui, oui, c'est ainsi... prononça lentement le mourant. Attendez. — Il se tut de nouveau. C'est cela! fit-il tout d'un coup, calmement, comme si tout eût été résolu pour lui. O Seigneur! Et il soupira profondément.

Marie Nikolaïevna lui toucha les pieds.

— Ils se refroidissent, dit-elle.

Très longtemps — à ce que crut Lévine — le malade resta couché immobile; mais il était toujours vivant et par instant on l'entendait respirer. Lévine était déjà fatigué par la tension de sa pensée; il avait beau faire, il se sentait incapable de comprendre son frère; il sentait que depuis longtemps Nicolas l'avait laissé en arrière. Lévine n'avait plus même la force de penser à la mort. Malgré lui, il songeait à ce qu'il allait être forcé de faire : fermer les yeux de son frère, l'habiller, commander le cercueil... Et, chose étrange, il se sentait tout à fait indifférent, il n'éprouvait ni douleur, ni regret; encore moins de la pitié pour son frère. Le seul sentiment qu'il éprouvât c'était plutôt de l'envie, pour la certitude que le mourant avait maintenant et à laquelle lui ne pouvait prétendre.

Longtemps il resta ainsi assis près du lit, attendant la fin. Mais la fin ne venait pas. La porte s'entrouvrit et Kitty parut. Lévine se leva pour l'empêcher d'entrer. A ce moment le mourant s'agita :

– Ne t'en va pas, dit Nicolas, étendant la main.

Lévine prit cette main et fit un geste à sa femme pour la renvoyer.

Tenant toujours la main du mourant, Lévine attendit une demi-heure, une heure; une heure encore...

Maintenant il ne pensait plus du tout à la mort. Il se demandait ce que faisait Kitty; et qui habitait la chambre voisine; et si le docteur avait une maison à lui. Il avait faim et sommeil. Prudemment il dégagea sa main pour toucher les pieds du malade. Ils étaient froids, mais le malade respirait. Lévine essaya de se lever sur la pointe des pieds pour sortir, mais de nouveau le malade s'agita et répéta : « Ne t'en va pas. »

. . . .

Le jour parut. La situation du malade restait la même. Lévine dégagea doucement sa main, sans regarder le mourant, et alla dans sa chambre où il s'endormit. A son réveil, au lieu d'apprendre la mort de son frère comme il s'y attendait, il apprit que le malade avait repris connaissance. Il s'était de nouveau assis sur son lit, toussotait, avait demandé à manger, exprimait l'espoir de guérir et se montrait encore plus irritable et plus sombre qu'auparavant. Personne, ni son frère, ni Kitty, ne parvint à le calmer. Il se fâchait contre tous et disait à tous des choses désagréables; il accusait tout le monde de ses souffrances et réclamait un célèbre médecin de Moscou; à toutes les questions qu'on lui adressait sur son état il répondait, d'un ton de colère et de récrimination, qu'il avait mal, d'une façon intolérable.

Le malheureux souffrait en effet de plus en plus; principalement de plaies, qu'il était impossible de guérir; et il ne cessait de se fâcher contre ceux qui l'entouraient, leur reprochant toutes sortes de choses, en particulier de n'avoir pas fait venir un grand médecin de Moscou.

Kitty faisait tout ce qu'elle pouvait pour adoucir la douleur, pour calmer le patient, mais tous ses efforts étaient impuissants; et Lévine s'aperçut qu'elle souffrait physiquement et moralement, quoiqu'elle ne voulût pas en convenir. L'attendrissement causé en eux par l'approche de la mort, lorsque, pendant la nuit, Nicolas avait appelé son frère à son chevet, avait maintenant disparu. Tous savaient la fin inévitable, voyaient le malade mort à moitié; et tous en étaient arrivés à souhaiter la fin aussi prompte que possible; mais, en dépit de ce sentiment, on continuait à lui donner des potions, des remèdes, à faire chercher le médecin, à se tromper et à le tromper lui-même. Ils vivaient dans une atmosphère de dissimulation, au sein d'un mensonge pénible, vilain, sacrilège; et Lévine, en raison de sa nature et de l'affection qui le liait au mourant, sentait cela plus vivement que les autres.

Poursuivi depuis longtemps par le désir de réconcilier ses frères, au moins avant la mort, il avait écrit à Serge Ivanovitch. Il en reçut une réponse qu'il lut au malade.

Serge Ivanovitch écrivait qu'il ne pouvait venir, mais il demandait pardon à son frère en termes touchants.

Le malade ne dit rien.

– Que dois-je lui écrire? demanda Lévine. J'espère que tu ne lui en veux pas.

– Non, aucunement! répondit Nicolas d'un ton contrarié. Écris-lui qu'il m'envoie le docteur.

Trois jours pénibles passèrent ainsi. Le malade restait dans le même état... Tous ceux qui l'approchaient : le domestique de l'hôtel, l'hôtelier, tous les locataires, le docteur, Marie Nikolaïevna, Lévine et Kitty n'avaient plus qu'un désir : sa fin. Seul le malade n'exprimait pas ce souhait, et continuait à se fâcher parce qu'on ne faisait pas venir le médecin, à prendre des remèdes et à parler de rétablissement. Dans les rares moments où, à force d'opium, il s'oubliait un instant, il confessait dans un demi-sommeil ce qui pesait à son âme plus encore qu'à celle des autres : « Ah, si cela pouvait finir ! » ou « Quand donc cela finira-t-il ? »

Les souffrances augmentant graduellement faisaient leur œuvre et préparaient le mourant à mourir. De quelque côté qu'on le tournât, il souffrait; le mal ne lui laissait plus un moment de répit; tous ses membres étaient douloureux. Les souvenirs même, les impressions, les pensées de ce corps lui inspiraient autant de dégoût que ce corps lui-même. La vue des autres hommes, leurs voix, ses propres souvenirs, tout cela ne provoquait en lui que souffrances. Ceux qui l'entouraient le sentaient, et d'instinct s'interdisaient tout mouvement, toute conversation, toute expression de leurs désirs. La vie se concentrait pour tous dans le sentiment des souffrances du mourant et dans le désir ardent de l'en voir délivré. Il touchait à ce moment suprême où la mort devait lui sembler la réalisation de ses vœux, le bonheur. Jadis chaque désir particulier, provoqué par les souffrances ou par la privation, comme la faim, la fatigue, la soif, était pour lui une source de plaisir, une fois satisfait par le fonctionnement de l'organisme; maintenant les souffrances, la privation ne pouvaient plus être satisfaites, et toute tentative de les satisfaire ne parvenait qu'à provoquer de nouvelles souffrances. Aussi tous les désirs de Nicolas étaient-ils concentrés en un seul : être délivré de toutes les souffrances et de leur source, le corps. Mais, pour exprimer ce désir de la délivrance, les paroles lui manquaient; c'est pourquoi il n'en disait rien, et, uniquement par habitude, exigeait la satisfaction de désirs qu'il savait irréalisables.

« Couchez-moi sur l'autre côté », disait-il; et aussitôt après il demandait d'être remis dans sa position première. « Donnez-moi du bouillon... Remportez-le... Racontez quelque chose au lieu de vous taire. » Et dès qu'on commençait à parler, il fermait les yeux et son visage exprimait la fatigue, l'indifférence ou le dégoût.

Une dizaine de jours après l'arrivée des Lévine, Kitty tomba malade. Elle souffrait de la tête; elle eut des vomissements et dut garder le lit toute une matinée. Le docteur, déclarant que c'était l'effet de la fatigue et de l'émotion, prescrivit calme et repos. Cependant, après le dîner la jeune femme se leva et se rendit comme d'habitude chez le malade, avec sa broderie. Quand elle entra, Nicolas la regarda sévèrement; il sourit avec dédain quand elle lui dit qu'elle avait été souffrante. Toute la journée il ne cessa de se moucher et de gémir plaintivement.

– Comment vous sentez-vous? lui demanda-t-elle.

– Plus mal, répondit-il avec peine. Je souffre.

– Où souffrez-vous?

– Partout.

– C'est pour aujourd'hui... dit Marie Nikolaïevna.

Bien qu'elle eût prononcé ces paroles d'une voix très basse, Lévine craignant cependant que le malade ne l'eût entendue lui fit signe de se taire et se tourna vers son frère. Nicolas avait entendu la réflexion de Marie Nikolaïevna, mais elle n'avait fait sur lui aucune impression. Son regard restait le même, grave et plein de reproches.

– Qu'est-ce qui vous fait penser cela? demanda Lévine à Marie Nikolaïevna quand ils sortirent ensemble dans le couloir.

– Il se dépouille, dit Marie Nikolaïevna.

– Comment cela?

– Ainsi, dit-elle en tirant les plis de sa robe de laine.

Lévine remarqua en effet que, toute la journée, le malade avait tiré la couverture comme s'il eût voulu s'en dépouiller.

Marie Nikolaïevna avait prédit juste. Vers le soir, le malade n'eut plus la force de soulever les bras, et son regard immobile prit une expression d'attention concentrée, qui ne changea pas même quand son frère ou Kitty se penchèrent vers lui afin qu'il pût les voir. Kitty fit venir le prêtre pour dire les prières des agonisants.

Pendant que le prêtre récitait ces prières, le malade, qu'entouraient Lévine, Kitty et Marie Nikolaïevna, ne donna aucun signe de vie et garda les yeux fermés; mais avant la fin des prières, soudain il remua, poussa un soupir et ouvrit les yeux.

Le prêtre, ayant terminé les prières, posa la croix sur le front glacé, puis roulant lentement l'étole se tint silencieux près du lit, touchant de ses doigts l'énorme main refroidie et exsangue du moribond.

– C'est fini ! dit-il enfin. Et il voulut s'éloigner. Mais tout à coup les moustaches collées du mourant s'agitèrent, et du fond de sa poitrine sortirent ces paroles qui résonnèrent nettement dans le silence :

– Pas encore !... Bientôt !

Une minute après, le visage s'éclaircit, un sourire se dessina sous la moustache. Et les femmes se mirent à faire la toilette du défunt.

La vue de son frère mort réveilla en l'âme de Lévine toute l'horreur qu'il avait ressentie devant l'étrangeté, la proximité et le caractère inévitable de la mort, pendant cette nuit d'automne où son frère était venu le voir. Ce sentiment était encore plus vif qu'auparavant ; encore plus qu'alors, Lévine se sentait incapable de comprendre le sens de la mort, et plus horrible lui en apparaissait la fatalité. Cependant la présence de sa femme l'empêcha de tomber dans le désespoir ; car, malgré ses terreurs, il éprouvait le besoin de vivre et d'aimer. Il sentait que l'amour le sauvait du désespoir ; et cet amour, sous l'influence du désespoir, devenait encore plus grand et plus pur.

A peine eut-il vu s'accomplir ce mystère de la mort, qui restait insondable pour lui, qu'un autre mystère, celui de l'amour et de la vie, lui apparut. Le docteur confirma ses suppositions sur l'état de Kitty : la jeune femme était enceinte.

XXI

Dès qu'Alexis Alexandrovitch avait compris, grâce à ses explications avec Betsy et Stépan Arkadiévitch, ce que le monde et sa femme elle-même attendaient de lui, à savoir qu'il délivrât sa femme de sa présence, il s'était senti si troublé, si incapable d'aucun désir, d'aucune décision personnelle, qu'il s'en était remis aux mains de tiers, prêt à accepter tout ce qu'on lui proposerait.

Il n'avait compris clairement sa situation que le lendemain du départ d'Anna, quand l'Anglaise lui fit demander si elle devait dîner à table ou à part. Il en fut horrifié.

Le plus terrible pour lui était qu'il ne pouvait ni renier son passé ni le concilier avec le présent. Ce n'était pas le souvenir de l'époque où il avait vécu heureux avec sa femme qui le troublait; depuis qu'il avait acquis la certitude qu'elle était infidèle, ce temps s'était effacé de sa mémoire; certes la transition avait été pénible, mais c'était chose faite. Si, en lui déclarant son infidélité, sa femme l'avait quitté, il eût évidemment été triste et malheureux; cependant il eût évité de tomber dans la situation désespérée et incompréhensible où il se trouvait maintenant. Pouvait-il en effet concilier son récent pardon, son attendrissement, l'affection qu'il avait témoignée à sa femme malade et à l'enfant d'un autre, avec les événements actuels? Telle était donc la récompense de sa miséricordieuse bonté! Il serait désormais seul, honteux, ridicule, inutile et méprisé!

Les deux premiers jours qui suivirent le départ de sa femme, Alexis Alexandrovitch reçut les solliciteurs et son chef de cabinet, il se rendit aux séances du comité, dîna chez lui comme d'habitude, sans se rendre compte du motif pour lequel il faisait tout cela. Pendant ces deux jours toutes les forces de son âme tendirent à un but : avoir l'air calme et même indifférent. Il fit des efforts surhumains pour répondre aux questions des domestiques, relativement aux mesures qu'il fallait prendre pour l'appartement d'Anna et pour ses affaires, de l'air d'un homme préparé aux événements et qui n'y voit rien d'extraordinaire. Il atteignit son but : personne ne remarqua en lui le moindre signe de désespoir. Mais le lendemain du départ de sa femme, Korneï lui apporta la facture de la modiste, qu'Anna avait oublié de payer, et le prévint que le commis attendait. Alexis Alexandrovitch ordonna de l'introduire.

– Votre Excellence voudra bien m'excuser si j'ose la

déranger, mais si c'est à madame que nous devons nous adresser que Votre Excellence veuille bien nous communiquer son adresse.

Alexis Alexandrovitch réfléchit – à ce que crut le commis. – se détournant tout d'un coup, Karénine s'assit à sa table; longtemps il resta ainsi, la tête appuyée sur la main, essayant de parler sans y parvenir.

Korneï comprit les sentiments de son maître et fit sortir le commis, en lui demandant de repasser. Resté seul, Alexis Alexandrovitch se rendit compte qu'il n'avait plus la force de soutenir son rôle d'homme ferme et calme. Il fit dételer la voiture qui attendait, consigna sa porte et n'alla pas dîner.

Il sentait qu'il ne pourrait supporter davantage le dédain qu'il lisait clairement sur le visage du commis, de Korneï et de tous ceux, sans exception, qu'il avait rencontrés depuis deux jours. Il ne pourrait échapper au mépris public; car ce mépris, il ne l'avait pas mérité par sa vilenie (dans ce cas, en effet, il aurait pu s'efforcer de devenir meilleur), mais bien par la souffrance que lui causait un malheur honteux et misérable. Les hommes se montreraient d'autant plus implacables à son égard que son cœur était plus meurtri; ils le déchireraient comme les chiens qui achèvent un autre chien blessé qui hurle de douleur. Karénine savait que son unique chance de salut consistait à cacher aux yeux des autres ses blessures; et, inconsciemment, il s'était efforcé de le faire durant ces deux jours. Mais maintenant il ne se sentait plus la force de prolonger cette lutte inégale.

Il était d'autant plus atteint qu'il avait la conviction d'être seul avec son malheur. Non seulement à Pétersbourg il n'avait personne à qui confier sa peine, personne qui pût compatir à ses chagrins, plaindre en lui, non pas le haut fonctionnaire, ni l'homme du monde, tout simplement l'homme malheureux; mais encore il se rendait compte que nulle part il ne trouverait de consolation.

Alexis Alexandrovitch et son frère étaient très jeunes quand ils avaient perdu leurs parents. Il ne se souvenait pas de son père; quant à sa mère, il avait dix ans quand elle était morte. La fortune des orphelins était très modique. Leur oncle Karénine, fonctionnaire très influent, autrefois favori du défunt empereur, se chargea d'eux. Après de bonnes études au lycée et à l'université, où Alexis avait obtenu une médaille, il vit, grâce à son oncle, une brillante carrière s'ouvrir devant lui et se voua exclusivement à ses visées ambitieuses. Ni au lycée, ni à l'université, ni plus tard au service, Alexis Alexandrovitch ne s'était lié d'amitié avec personne; son frère seul lui était cher; mais celui-ci, entré aux Affaires étrangères, était parti pour l'étranger, où il était mort peu après le mariage d'Alexis Alexandrovitch.

Nommé gouverneur, Alexis fit la connaissance de la tante d'Anna, une femme très riche, qui manœuvra de façon à rapprocher de sa nièce ce gouverneur, jeune, sinon d'âge, du moins par rapport à sa situation; et elle fit si bien qu'elle le plaça dans l'alternative de choisir entre une demande en mariage ou une démission. Alexis Alexandrovitch hésita longtemps, trouvant autant de raisons pour que contre; mais cette fois il ne put appliquer sa maxime favorite : « Dans le doute, abstiens-toi. » La tante d'Anna lui fit entendre, par une de ses relations, que ses assiduités avaient compromis la jeune fille, et qu'en homme d'honneur il devait se déclarer. C'est ce qu'il fit. Et il donna à sa fiancée d'abord, puis à sa femme, toute la tendresse dont il était capable.

Son attachement pour Anna avait détruit dans son âme tout autre besoin de relations cordiales; si bien que maintenant, parmi toutes ses connaissances, il n'avait pas d'amis. Il avait cependant beaucoup de relations : il y avait beaucoup de gens qu'il pouvait inviter à dîner, qu'il pouvait entraîner dans une affaire qui l'intéressait, auxquels il pouvait demander une protection pour quelque solliciteur, avec lesquels il pouvait discuter librement les actes de certains personnages et du gouvernement; mais tous ces rapports s'arrêtaient à des limites très nettes, définies par l'habitude et par la coutume, et dont il était impossible de sortir. Il avait bien un camarade de l'Université, dont Karénine s'était rapproché par la suite et avec qui il aurait pu parler de son malheur; mais ce camarade était curateur d'une académie lointaine; bref, les seules relations familières qu'il eût à Pétersbourg étaient son chef de cabinet et son médecin.

Michel Vassiliévitch Sludine, le chef de cabinet, était un homme simple, intelligent, bon, honnête, et pour qui Alexis Alexandrovitch avait beaucoup de sympathie. Mais cinq années de service avaient mis entre eux une barrière qui arrêtait les confidences intimes.

Quand Alexis Alexandrovitch eut signé les papiers, longtemps il se tut, regardant par instants Michel Vassiliévitch. A plusieurs reprises il ouvrit la bouche pour se confier à son collaborateur. Il avait déjà préparé la phrase : « Vous savez mon malheur. » Pourtant, en congédiant Sludine, il se borna à la formule habituelle : « Alors vous me préparerez ce travail. »

L'autre personne bien disposée envers lui était le docteur; mais, par une sorte de consentement tacite, depuis longtemps tous deux semblaient convaincus qu'ils étaient l'un et l'autre trop occupés pour prolonger leurs entretiens.

Quant aux amies, et à la principale d'entre elles, la comtesse Lydie Ivanovna, Alexis Alexandrovitch n'y songeait même pas. Toutes les femmes, en tant que femmes, l'effrayaient et il n'éprouvait pour elles que de l'éloignement.

XXII

Mais si Alexis Alexandrovitch avait oublié la comtesse Lydie Ivanovna, celle-ci pensait à lui. Elle arriva chez lui au moment le plus pénible de son désespoir solitaire et entra dans son cabinet sans se faire annoncer. Elle le trouva assis, la tête entre les mains.

– J'ai forcé la consigne, dit-elle, entrant à pas rapides, essoufflée par l'émotion et par l'agitation. Je sais tout. Alexis Alexandrovitch, mon ami! continua-t-elle, serrant fortement la main de Karénine entre les siennes et le regardant de ses beaux yeux pensifs.

Alexis Alexandrovitch dégagea sa main en fronçant les sourcils et, se levant, approcha un siège.

– Veuillez vous asseoir, comtesse. Je ne reçois pas parce que je suis souffrant, dit-il, les lèvres tremblantes.

– Mon ami! répéta la comtesse Lydie Ivanovna, sans le quitter des yeux. Et tout d'un coup ses sourcils se soulevèrent, formant un triangle sur son front; son vilain visage jaune en devint encore plus laid.

Mais Alexis Alexandrovitch sentit qu'elle le plaignait, qu'elle était prête à pleurer, et l'attendrissement le gagna. Il saisit la main potelée de la comtesse et la baisa.

– Mon ami, répéta-t-elle, la voix entrecoupée par l'émotion, vous ne devez pas vous abandonner ainsi à la douleur. Elle est grande, mais il faut chercher à l'apaiser.

– Je suis brisé, tué! Je ne suis plus un homme! dit Alexis Alexandrovitch, abandonnant la main de Lydie Ivanovna, mais continuant à regarder ses yeux remplis de larmes. Ma situation est d'autant plus affreuse que je ne trouve d'appui ni en moi, ni hors de moi.

– Vous trouverez cet appui, non pas en moi, bien que je vous supplie de croire en mon amitié, dit-elle avec un soupir, mais en Lui! Notre appui est dans l'amour de Dieu, son joug est léger, continua-t-elle, avec ce regard exalté qu'Alexis Alexandrovitch connaissait bien. Il vous entendra et vous aidera!

Dans ces paroles, dans cet attendrissement devant un sentiment élevé, se reflétait ce courant d'exaltation mystique, nouvellement introduit à Pétersbourg, et qu'Alexis Alexandrovitch blâmait auparavant. Cependant, à ce moment, de telles paroles lui étaient douces.

– Je suis faible, anéanti, je n'ai rien prévu. Et maintenant je ne comprends plus rien!

— Mon ami! répéta Lydie Ivanovna.

— Ce n'est pas la perte que je fais, non certes! continua Alexis Alexandrovitch. Je ne regrette rien. Mais je ne puis me défendre d'un sentiment de honte, causé par la situation qui m'est faite. C'est mal, mais je n'y puis rien, rien...

— Ce n'est pas vous qui avez accompli ce grand acte de pardon que tout le monde admire, moi la première; c'est Lui, vivant dans votre cœur. Aussi n'avez-vous pas à en rougir, dit la comtesse Lydie Ivanovna, en levant des yeux pleins d'enthousiasme.

Alexis Alexandrovitch fronça les sourcils, et joignant les mains se mit à faire craquer ses jointures.

— Si vous saviez tous les détails! dit-il de sa voix perçante. Les forces de l'homme ont des limites, comtesse, et j'ai atteint la limite des miennes. Toute la journée d'aujourd'hui s'est passée en arrangements domestiques *résultant* (il appuya sur le mot) de ma nouvelle situation solitaire. Les domestiques, la gouvernante, les comptes... Tout cela me brûle à petit feu; je n'ai pas la force de supporter tout cela. Hier, pendant le dîner, j'ai failli n'y pas tenir... Je ne pouvais supporter le regard de mon fils. Il n'osait pas me poser de questions, et moi je n'osais pas le regarder. Il avait peur de moi... Et ce n'est rien encore...

Alexis Alexandrovitch voulut parler de la facture qu'on avait apportée, mais sa voix trembla et il s'arrêta. Cette facture sur papier bleu, pour une fourniture de chapeau et de rubans, il n'y pouvait songer sans s'apitoyer sur lui-même.

— Je comprends, mon ami. Je comprends tout, dit la comtesse Lydie Ivanovna. L'aide et la consolation, ce n'est pas en moi que vous les trouverez; mais si je suis venue, c'est pour vous offrir mes services, essayer de vous délivrer de ces petits soucis misérables. Je crois qu'il faut ici une femme pour donner des ordres. Me permettez-vous de le faire?

Alexis Alexandrovitch se tut et lui serra la main avec reconnaissance.

— Nous nous occuperons tous deux de Serge. Je ne suis

pas très entendue aux choses de la vie pratique, mais je m'y mettrai. Je serai votre intendante. Ne me remerciez pas; je ne fais pas cela de moi-même.

– Comment ne pas vous remercier?

– Mais, mon ami, ne cédez pas au sentiment dont vous parliez tout à l'heure! N'ayez pas honte de ce qui est le plus haut degré de la perfection chrétienne. « *Celui qui s'abaisse sera élevé.* » Et ne me remerciez pas. C'est Lui qu'il faut remercier, c'est à Lui qu'il faut demander une aide. En Lui seul nous trouverons la paix, la consolation, l'amour.

Elle leva les yeux au ciel, et se tut. Alexis Alexandrovitch devina qu'elle priait.

Toutes ces expressions, qui autrefois semblaient à Alexis Alexandrovitch non seulement désagréables mais inutiles, maintenant lui paraissaient consolantes et naturelles. Il n'approuvait pas l'exaltation à la mode. Il était croyant, mais la religion l'intéressait surtout au point de vue politique; aussi les nouvelles idées régnantes lui étaient-elles antipathiques par principe, précisément parce qu'elles ouvraient la voie à la discussion et à l'analyse. Auparavant il se montrait très peu favorable et même hostile à cette doctrine récente; il n'en parlait jamais avec la comtesse Lydie Ivanovna, qui en était enthousiaste, et il évitait toute conversation sur ce sujet. Mais cette fois c'est avec plaisir qu'il avait laissé parler la comtesse, et il ne l'avait pas contredite.

– Je vous suis très reconnaissant pour ce que vous avez dit et pour ce que vous avez fait, dit-il quand elle eut fini de prier.

La comtesse serra de nouveau les mains de son ami :

– Maintenant je me mets à l'œuvre, dit-elle avec un sourire. Elle essuya les traces de larmes sur son visage. Je m'occupe de Serge, et je ne m'adresserai à vous que dans les cas graves.

Elle se leva et sortit.

La comtesse Lydie Ivanovna se rendit près de Serge; et là, tout en baignant de ses larmes les joues de l'enfant effrayé, elle lui apprit que son père était un saint et que sa mère était morte.

La comtesse tint sa promesse et se chargea effectivement de tous les soucis matériels, dans la maison d'Alexis Alexandrovitch.

Mais elle n'avait point exagéré en disant qu'elle n'entendait rien aux choses pratiques. Ses ordres étaient inexécutables; Korneï, le valet de pied d'Alexis Alexandrovitch, devait toujours les changer, si bien que c'est lui qui eut bientôt le gouvernement de la maison. Pendant la toilette de son maître, il lui rapportait, avec de grandes précautions, tout ce qu'il jugeait utile de lui faire savoir. Néanmoins l'intervention de la comtesse Lydie Ivanovna n'était pas sans utilité; son affection et son estime furent, pour Alexis Alexandrovitch, un soutien moral; à sa grande joie, elle parvint presque à le convertir, c'est-à-dire à faire d'un croyant indifférent un chaleureux défenseur de la nouvelle interprétation de la doctrine chrétienne, interprétation qui se répandait depuis peu à Pétersbourg.

Cette conversion n'était pas difficile. Alexis Alexandrovitch, comme la comtesse, comme tous ceux qui partageaient les idées nouvelles, était dénué d'une imagination profonde, c'est-à-dire de cette faculté de l'âme, grâce à laquelle les conceptions de l'esprit exigent, pour s'imposer à lui, une certaine confirmation immédiate de la réalité. Ainsi Karénine ne voyait rien d'impossible à ce que la mort existât pour les incrédules et non pour lui; à ce que le péché fût exclu de son âme parce qu'il professait une foi entière, dont lui-même était juge, et à ce que, dès ce monde, il pût considérer son salut comme certain.

Il est vrai que la légèreté, la fragilité de cette doctrine le frappaient par moments; il sentait alors combien la joie causée par l'irrésistible sentiment qui l'avait poussé au pardon était supérieure à celle qu'il éprouvait, maintenant que le Christ habitait son âme, et qu'il pensait exécuter la volonté divine en signant des papiers. Mais Alexis Alexandrovitch avait besoin de penser ainsi; dans son humiliation, il lui était nécessaire de se placer à une hauteur imaginaire d'où lui-même, méprisé de tous, pouvait mépriser les autres. Et il se tenait à cette illusion comme à une planche de salut.

XXIII

La comtesse Lydie Ivanovna, personne d'un naturel très exalté, avait été mariée fort jeune à un viveur riche, noble, bon enfant et très débauché. Dès le second mois de leur mariage, le mari quitta son épouse, répondant à ses effusions de tendresse par un sourire ironique, méchant même, que ne pouvaient s'expliquer les gens qui connaissaient le bon cœur du comte et ne voyaient aucun défaut chez l'enthousiaste Lydie. Depuis lors les époux, sans être divorcés, vivaient chacun de son côté; et quand le mari rencontrait sa femme, il l'accueillait toujours avec une raillerie amère que nul ne pouvait comprendre.

La comtesse Lydie Ivanovna avait depuis longtemps renoncé à adorer son mari; mais depuis, elle avait toujours été amoureuse de quelqu'un, parfois même de plusieurs personnes à la fois, hommes et femmes, généralement de ceux qui attiraient l'attention d'une façon quelconque. Ainsi s'éprit-elle de tous les nouveaux princes et nouvelles princesses qui s'alliaient à la famille impériale; puis elle aima successivement un métropolite, un vicaire, et un prêtre; ensuite un journaliste, trois slavophiles, Komissarov, puis un ministre, un docteur, un missionnaire anglais et enfin Karénine.

Toutes ces affections, qui passaient par différentes phases de chaleur ou de refroidissement, ne l'empêchaient pas d'entretenir les relations les plus nombreuses et les plus compliquées, tant à la cour que dans le monde. Mais quand elle prit Karénine, après le malheur de celui-ci, sous sa protection, quand elle s'occupa des affaires domestiques de son ami et de la direction de son âme, elle comprit qu'elle n'avait jamais sincèrement aimé que lui et que toutes ses autres affections n'avaient été qu'illusoires.

Le sentiment qu'elle éprouvait maintenant pour Karénine lui semblait plus fort que tous ses sentiments anciens. En analysant l'un et en le comparant aux autres, elle se rendait compte qu'elle ne se serait pas éprise de Komissarov s'il n'eût sauvé la vie de l'empereur, ni de Ristitch-Koudjitski si la question slave n'avait pas existé; tandis qu'elle aimait Karénine pour lui-même, pour sa grande âme incomprise, pour les sons flûtés de sa voix, qu'elle trouvait charmants, pour son parler lent, son regard fatigué, son caractère, ses mains blanches et molles aux veines gonflées. Non seulement elle se réjouissait de le voir, mais encore elle cherchait sur le visage d'Alexis Alexandrovitch un indice de l'impression qu'elle faisait sur lui. Elle voulait lui plaire autant par sa personne que par sa conversation. Aussi prenait-elle maintenant plus de soin de sa toilette qu'elle ne l'avait jamais fait. Elle s'imaginait parfois ce qui aurait pu être si tous les deux eussent été libres. Elle rougissait d'émotion quand il entrait, et ne pouvait retenir un sourire charmé quand il lui disait quelques paroles aimables.

Mais depuis plusieurs jours la comtesse Lydie Ivanovna était vivement troublée : elle avait appris le retour à Pétersbourg d'Anna et de Vronskï. Il fallait épargner à Alexis Alexandrovitch une rencontre avec sa femme; il fallait même lui épargner le tourment de savoir que cette odieuse créature se trouvait dans la même ville que lui et pouvait à chaque instant apparaître devant lui. Par des connaissances, Lydie Ivanovna s'enquit des intentions que pouvaient avoir ces *vilaines gens* – comme elle appelait Anna et Vronskï – et elle tâcha de guider, tout ce temps, les mouvements de son ami pour qu'il ne les rencontrât pas. Un jeune avocat, ami de Vronskï, qui donnait ces renseignements à la comtesse, dans l'espoir qu'elle lui fît obtenir une concession de chemin de fer, lui apprit que le couple avait arrangé ses affaires et comptait partir le lendemain.

Lydie Ivanovna commençait à se rassurer quand, le lendemain matin, on lui apporta un billet dont, avec horreur, elle reconnut aussitôt l'écriture; c'était celle d'Anna Karénine. L'enveloppe de long format, en papier épais et jaune, portait un grand monogramme, et le billet était parfumé.

– Qui a apporté ce pli?
– Un groom de l'hôtel.
Longtemps la comtesse resta debout, sans avoir le courage de s'asseoir pour lire cette lettre; l'émotion lui valut presque un accès de l'asthme dont elle souffrait. Enfin, lorsqu'elle fut calmée, elle ouvrit le billet, écrit en français, et lut :

« Madame la comtesse,

« Les sentiments chrétiens dont votre âme est remplie me donnent l'audace impardonnable, je le sens, de vous écrire. Je suis malheureuse d'être séparée de mon fils, et demande en grâce de le voir une seule fois avant mon départ. Pardonnez-moi de me rappeler à vous. – Si je ne m'adresse pas directement à Alexis Alexandrovitch, c'est pour ne pas donner à cet homme généreux la douleur de se souvenir de moi. Connaissant votre amitié pour lui, je crois que vous me comprendrez. M'enverrez-vous Serge, ou préférez-vous que je vienne à une heure indiquée par vous, ou me ferez-vous savoir où et dans quel endroit je pourrai le voir? Un refus me semble impossible, quand je songe à la générosité de celui à qui il appartient de décider. Vous ne sauriez vous imaginer combien je désire revoir mon enfant, ni par conséquent comprendre l'étendue de ma reconnaissance pour l'appui que vous voudrez bien me prêter.

« ANNA. »

Tout, dans ce billet, irritait la comtesse Lydie Ivanovna : le contenu, les allusions à la magnanimité du mari et surtout le ton dégagé qu'elle y croyait voir.

– Il n'y a pas de réponse, dit d'un ton d'autorité la comtesse Lydie Ivanovna. Ouvrant son buvard, elle écrivit à Alexis Alexandrovitch qu'elle espérait le voir à une heure, à la réception impériale.

« Il me faut vous entretenir d'une affaire grave et triste. Là nous conviendrons du lieu où nous pourrons nous voir. Le mieux serait chez moi, où je ferai préparer *votre* thé. C'est indispensable. *Il* nous impose sa croix; mais *Il* donne la force de la porter », ajouta-t-elle pour préparer un peu Karénine.

La comtesse Lydie Ivanovna écrivait deux ou trois billets par jour à Alexis Alexandrovitch. Elle aimait cette forme de communication, qui donnait à leurs relations le caractère à la fois élégant et mystérieux qu'elles n'avaient pas en réalité.

XXIV

LES CONGRATULATIONS étaient terminées. Tous, en se retirant, causaient des dernières nouvelles, des décorations décernées ce jour-là, des mutations de quelques hauts fonctionnaires.

– Il ferait beau voir la comtesse Marie Borissovna au ministère de la guerre et la princesse Vatkovsky chef de l'état-major, disait d'une voix douce un petit vieillard grisonnant en uniforme chamarré, à une grande et belle demoiselle d'honneur qui le questionnait au sujet des nouveaux changements.

– Dans ce cas, je serais aide de camp, répondit la demoiselle en souriant.

– Votre poste est déjà trouvé. Vous êtes au ministère des Cultes, et on vous donne pour adjoint Karénine.

– Bonjour, prince, dit le vieillard, serrant la main d'une personne qui s'approchait de lui.

– Que disiez-vous de Karénine? demanda le prince.

– Lui et Poutiatov ont été décorés de l'ordre d'Alexandre Newsky.

– Je croyais qu'il l'était déjà.

– Non, regardez-le, dit le vieillard en désignant, de son tricorne brodé, Karénine en uniforme de cour, qui, son nouveau cordon rouge en sautoir, se tenait dans l'embrasure d'une porte avec un des membres très influents du conseil de l'Empire. – Il est heureux et content comme un kopek de plomb, ajouta-t-il, en s'arrêtant pour serrer la main d'un bel et athlétique chambellan.

– Il a vieilli, dit le chambellan.

– Les soucis. Il passe sa vie à rédiger des projets. Tenez, en ce moment, il ne lâchera pas ce malheureux avant de lui avoir expliqué tout point par point.

– Comment, vieilli? Il inspire des passions! La comtesse Lydie Ivanovna doit être jalouse de madame Karénine.

– Je vous en prie, ne dites pas de mal de la comtesse.

– Y a-t-il du mal à être éprise de Karénine?

– Madame Karénine est-elle vraiment ici?

– Pas au Palais, mais à Pétersbourg, je l'ai rencontrée hier avec Alexis Vronskï, bras dessus bras dessous, à la grande Morskaïa.

– C'EST UN HOMME QUI N'A PAS... commença le chambellan, mais il s'interrompit pour laisser passer et pour saluer au passage une personne de la famille impériale.

Tandis qu'on causait ainsi d'Alexis Alexandrovitch, le critiquant, le ridiculisant, lui, barrait le chemin à un membre du conseil de l'Empire, qu'il ne voulait pas lâcher avant de lui avoir exposé son projet financier.

Presque en même temps qu'il avait été abandonné par sa femme, Alexis Alexandrovitch s'était trouvé dans une situation pénible pour un fonctionnaire; il avait vu s'arrêter la marche ascendante de sa carrière. Lui-même ne se rendait peut-être pas compte que cette carrière était terminée, mais tous le voyaient bien.

La cause en était-elle le conflit avec Strémov, ou les malheurs conjugaux de Karénine; ou tout simplement était-il arrivé à la limite qui lui était assignée; toujours est-il que chacun le voyait fini. Il occupait un poste important, il faisait toujours partie d'un grand nombre de commissions et de comités, mais il paraissait avoir donné tout ce qu'il pouvait et être de ceux dont on n'attend plus rien. Quoi qu'il dît ou proposât, on l'écoutait comme quelque chose d'usé et d'inutile. Mais Alexis Alexandrovitch ne sentait pas cela; au contraire, étant écarté de toute participation directe à l'activité gouvernementale, il voyait mieux que jamais les fautes et les erreurs des actes d'autrui, et croyait de son devoir d'indiquer les moyens de les corriger. Peu après sa séparation d'avec sa femme, il se mit à rédiger un projet sur les nouveaux tribunaux, le premier de tous les projets qu'il devait composer sur les branches les plus diverses de l'administration.

Non seulement Alexis Alexandrovitch ne se rendait pas compte de sa situation désespérée dans l'administration, non seulement il n'en était pas attristé, mais plus que jamais il était content de lui-même : « Celui qui a une femme songe aux biens terrestres, pour plaire à sa femme; celui qui n'en a pas ne se soucie que des choses divines, ne songe qu'à plaire à Dieu », a dit l'apôtre Paul, et Alexis Alexandrovitch, qui dans toutes les circonstances de sa vie prenait maintenant pour guide les saintes Écritures, se rappelait souvent ce texte. Il lui semblait que resté sans femme, seul avec ses projets, il servait Dieu mieux qu'auparavant.

L'impatience évidente que manifestait le membre du conseil de l'Empire, qui désirait s'en aller, ne troublait pas Alexis Alexandrovitch. Il ne cessa d'exposer son projet que quand son interlocuteur, profitant du passage d'un des membres de la famille impériale, s'esquiva.

Resté seul, Alexis Alexandrovitch baissa la tête, se recueillit, puis, jetant un regard distrait autour de lui, se dirigea vers la sortie où il pensait rencontrer la comtesse Lydie Ivanovna.

« Comme ils ont l'air forts et bien portants! », se dit-il, en regardant le superbe chambellan aux favoris peignés, parfumés; et le cou rouge du prince en uniforme, devant qui il devait passer. « Il n'est que trop vrai, tout va mal en ce monde », pensa-t-il, regardant encore une fois les mollets du chambellan.

Alexis Alexandrovitch avançait sans se hâter, de l'air fatigué et digne qui lui était ordinaire; il salua les messieurs qui parlaient de lui et, près d'atteindre la porte, chercha des yeux la comtesse Lydie Ivanovna.

– Alexis Alexandrovitch, cria le petit vieillard dont les yeux brillaient méchamment, tandis que Karénine passait près de lui en le saluant froidement, je ne vous ai pas encore félicité ! Et il désigna la nouvelle décoration.

– Je vous remercie, répondit Alexis Alexandrovitch. Quel *beau* jour ! ajouta-t-il, appuyant selon son habitude sur le mot beau.

Il savait que ces messieurs se moquaient de lui, mais n'attendant d'eux que des sentiments hostiles, il y était indifférent.

Apercevant les épaules jaunes de la comtesse Lydie Ivanovna qui entrait, et ses beaux yeux pensifs, Alexis Alexandrovitch eut un léger sourire, qui découvrit ses dents blanches, et il s'avança vers elle.

La toilette de Lydie Ivanovna lui avait coûté un grand effort d'imagination, comme toutes celles que, ces derniers temps elle se composait; car elle visait un but bien différent de celui qu'elle s'était proposé trente ans auparavant. Alors elle ne songeait qu'à se parer, et le plus possible; maintenant elle cherchait à éviter le ridicule d'un contraste qui eût éclaté entre sa toilette et sa personne. Vis-à-vis d'Alexis Alexandrovitch, elle atteignait son but : elle lui paraissait attrayante. Pour lui, elle était, dans la foule brutale et moqueuse qui l'entourait, l'unique refuge où il pût trouver de la bienveillance et de l'affection.

Franchissant la ligne des regards moqueurs, il se dirigeait tout naturellement vers son regard amoureux, comme la plante vers la lumière.

– Je vous félicite, dit-elle, portant son regard sur le ruban.

Retenant un sourire de plaisir, il leva les épaules et ferma les yeux, comme pour dire que cela ne lui donnait aucune joie. La comtesse Lydie Ivanovna savait bien que cette distinction, sans qu'il en voulût convenir, était une de ses joies les plus vives.

– Que fait notre ange? demanda-t-elle, pensant à Serge.

– Je ne puis dire que je sois très satisfait de lui, répondit

Alexis Alexandrovitch en levant les sourcils et ouvrant les yeux. Sitnikov ne l'est pas davantage (c'était le pédagogue chargé de l'éducation mondaine de Serge). Comme je vous le disais, je trouve en lui une certaine froideur pour les questions essentielles qui doivent toucher toute âme humaine et celle d'un enfant.

Et Alexis Alexandrovitch aborda le sujet qui, après l'administration, l'intéressait le plus : l'éducation.

Quand, avec l'aide de Lydie Ivanovna, Alexis Alexandrovitch s'était rattaché à la vie et avait repris son activité, il avait senti que son devoir était de veiller à l'éducation de son fils. Jamais, jusque-là, les questions éducatives ne l'avaient intéressé, c'est pourquoi il dut consacrer un certain temps à l'étude théorique de ces questions. Après avoir étudié un grand nombre d'ouvrages d'anthropologie, de pédagogie et de didactique, il composa un plan d'études, que le meilleur instituteur de Pétersbourg fut ensuite chargé d'appliquer. Mais lui-même s'en occupait toujours.

– Oui, mais le cœur? Il a le cœur de son père, et avec un cœur pareil, un enfant ne peut être mauvais, dit Lydie Ivanovna d'un air enthousiaste.

– Peut-être... Pour moi, je remplis mon devoir, c'est tout ce que je puis faire.

– Vous viendrez chez moi? demanda Lydie Ivanovna après un moment de silence. Nous avons à causer d'une chose triste pour vous. J'aurais donné tout au monde pour vous épargner certains souvenirs, mais d'autres ne pensent pas de même. J'ai reçu une lettre d'*elle*. *Elle* est ici, à Pétersbourg.

Alexis Alexandrovitch tressaillit, au souvenir de sa femme; mais aussitôt son visage reprit cette expression de mortelle immobilité qui indiquait, en pareille occurrence, l'impuissance absolue qu'il ressentait.

– Je m'y attendais, dit-il.

La comtesse Lydie Ivanovna le regarda avec exaltation. Et, devant cette magnanimité, des larmes d'attendrissement parurent dans ses yeux.

XXV

Alexis Alexandrovitch entra dans le boudoir de la comtesse Lydie Ivanovna, décoré de portraits et de porcelaines anciennes, mais il n'y trouva pas la maîtresse de maison. Elle changeait de toilette.

La table ronde était recouverte d'une serviette et un service à thé chinois y était posé près d'une bouilloire en argent.

Alexis Alexandrovitch examina distraitement les nombreux portraits qu'il connaissait, parmi ceux qui ornaient la chambre; puis il s'assit près de la table et y prit un évangile. Le frôlement de la robe de soie de la comtesse vint le distraire.

– Eh bien, nous allons nous asseoir et causer tranquillement en prenant le thé, dit la comtesse Lydie Ivanovna avec un sourire ému, en se glissant entre table et divan.

Après quelques mots destinés à préparer Karénine, la comtesse Lydie Ivanovna, en soupirant profondément et en rougissant, lui remit le billet qu'elle avait reçu.

Il le lut et garda longtemps le silence.

– Je ne me crois pas le droit de lui refuser, dit-il enfin timidement, en levant les yeux.

– Mon ami! Vous ne voyez le mal nulle part!

– Au contraire, je trouve que tout est mal. Mais serait-il juste de...

Son visage exprimait l'indécision, le désir de recevoir un conseil, un appui, un guide, dans une question aussi délicate.

– Non, interrompit Lydie Ivanovna, il y a des limites à tout. Je comprends l'immoralité, dit-elle sans aucune sincérité car elle n'avait jamais pu comprendre pourquoi les femmes pouvaient être immorales, mais ce que je ne comprends pas, c'est la cruauté. Et envers qui?... Envers vous... Comment peut-elle rester dans la même ville que vous? Non, vivrait-on des siècles qu'on aurait toujours à apprendre, et moi, j'apprends tous les jours à comprendre votre grandeur d'âme et son indignité.

— Qui de nous jettera la première pierre? dit Alexis Alexandrovitch, évidemment content du rôle qu'il jouait. J'ai tout pardonné et c'est pourquoi je ne puis la punir dans ce qui est un besoin de son cœur : son amour pour son fils...

— Est-ce bien de l'amour, mon ami? Est-ce bien sincère? Admettons, puisque vous avez pardonné, que vous pardonniez encore. Mais avons-nous le droit de troubler l'âme de cet ange? Il la croit morte. Il prie pour elle et demande à Dieu de lui pardonner ses péchés... Et c'est le mieux... Que penserait-il maintenant?

— Je n'y avais pas songé, dit Alexis Alexandrovitch, reconnaissant la justesse de ces paroles.

La comtesse Lydie Ivanovna se couvrit le visage de ses mains et se tut... Elle priait.

— Si vous voulez mon avis, dit-elle enfin, découvrant son visage, vous ne donnerez pas cette permission. Ne vois-je pas combien vous souffrez, combien tout cela ravive vos blessures? Mais supposons que, comme toujours, vous fassiez abstraction de vous-même, à quoi cela peut-il mener? Vous vous préparez de nouvelles souffrances et vous causez un trouble à l'enfant! S'il restait en elle quelque sentiment humain, elle ne demanderait pas une telle chose. Non, sans aucune hésitation, je ne vous conseille pas cela. Si vous me le permettez, je lui répondrai.

Alexis Alexandrovitch y consentit. La comtesse Lydie Ivanovna écrivit donc la lettre suivante :

« Madame,

« Votre souvenir peut amener votre fils à poser des questions auxquelles on ne saurait répondre sans obliger l'enfant à juger ce qui doit rester sacré pour lui. Vous voudrez donc bien comprendre dans un esprit de charité chrétienne le refus de votre mari. Je prie le Tout-Puissant de vous être miséricordieux.

« Comtesse Lydie. »

Cette lettre atteignit le but secret que la comtesse Lydie Ivanovna se cachait à elle-même : blesser Anna jusqu'au fond de l'âme.

De son côté, Alexis Alexandrovitch rentra chez lui troublé. Il ne put reprendre ses occupations habituelles, ni retrouver la paix d'un homme qui croit posséder la grâce et être assuré de son salut.

La pensée de cette femme si coupable envers lui et pour qui il s'était montré si généreux, comme le lui disait la comtesse Lydie Ivanovna, n'aurait pas dû l'inquiéter; et cependant il n'était pas tranquille. Il ne comprenait rien à ce qu'il lisait et ne parvenait pas à chasser de son esprit les souvenirs pénibles de ses relations avec sa femme, des fautes dont il lui semblait maintenant s'être rendu coupable envers elle. Il éprouvait une sorte de remords en se rappelant la façon dont il avait accepté l'aveu d'infidélité que lui avait fait sa femme au retour des courses, et surtout le fait qu'il n'avait exigé d'elle que le respect des convenances, au lieu de provoquer son rival. Il était également tourmenté par le souvenir de la lettre qu'il avait écrite à sa femme, par le pardon inutile qu'il lui avait donné, et par les soins qu'il avait prodigués à l'enfant d'un autre. Tout cela brûlait son cœur de honte et de remords.

Maintenant, en fouillant son passé, en se rappelant les paroles maladroites par lesquelles, après de longues hésitations, il avait proposé à Anna un accommodement, il éprouvait ce même sentiment de honte et de remords.

« Mais en quoi suis-je donc coupable? » se demandait-il. Et cette question lui en suggérait une autre : « Tous ces hommes, ces Vronskï, ces Oblonskï, ces chambellans aux mollets rebondis, que ressentent-ils, comment aiment-ils, comment se marient-ils? » Et il évoquait une série de ces êtres vigoureux, sûrs d'eux-mêmes, forts, qui avaient toujours attiré sa curiosité et son attention.

Il essayait de chasser ces pensées, de se convaincre qu'il ne vivait pas pour la vie temporaire d'ici-bas mais pour la vie éternelle, qu'en son âme régnaient la paix et l'amour. Néanmoins le fait d'avoir commis des fautes, selon lui, dans cette vie temporaire et misérable, le faisait souffrir, comme si le salut éternel auquel il croyait n'eût été qu'une chimère. Heureusement la tentation ne fut pas longue. Bientôt reparurent, dans l'âme d'Alexis Alexandrovitch, cette paix et cette élévation qui lui permettaient d'oublier ce qu'il voulait éloigner de sa pensée.

XXVI

Eh bien, Kapitonitch! dit Serioja. Il rentrait rouge et content de la promenade, la veille de son anniversaire. Il donna sa petite pelisse au vieux suisse, qui souriait au petit bonhomme du haut de sa grande taille. – Est-ce que ce personnage aux joues bandées est revenu? Est-ce que père l'a reçu?

– Oui, il l'a reçu. A peine le chef de cabinet est-il arrivé que je l'ai annoncé, répondit le suisse en clignant gaîment d'un œil. Permettez-moi de prendre votre paletot.

– Serge! appela le précepteur, qui se tenait à la porte conduisant aux appartements intérieurs, enlevez vous-même votre pelisse.

Mais Serge, quoiqu'il entendît la voix grêle de son précepteur, n'y prêtait aucune attention. Debout près du suisse, et accroché d'une main à ses aiguillettes il le regardait bien en face.

– Et papa a-t-il fait ce que cet homme demandait?

Le suisse fit de la tête un signe affirmatif.

Cet employé aux joues bandées, qui était revenu sept fois pour voir Alexis Alexandrovitch, intéressait Serge et le suisse. Serge l'avait rencontré dans le vestibule et l'avait entendu supplier le suisse, d'une voix plaintive, de le faire recevoir, disant que sinon il ne lui restait qu'à mourir avec ses enfants. Serge avait rencontré une autre fois le personnage auquel il s'intéressait depuis lors.

– Avait-il l'air content? interrogea-t-il.

– Je crois bien. Il est parti presque en dansant.

– A-t-on apporté quelque chose? demanda Serge après un moment de silence.

– Oui, monsieur, répondit à voix basse le suisse en hochant la tête. On a apporté quelque chose de la part de la comtesse.

Serge comprit aussitôt qu'il s'agissait d'un cadeau pour son anniversaire.

– Quoi donc? Où l'a-t-on mis?

– Korneï a porté le paquet chez votre papa. Ce doit être une belle chose.

– De quelle grandeur? Comme ça?

– Un peu moins. Mais c'est beau.

– Un livre?

– Non, une sorte de machine. Allez, allez, Vassili Loukitch vous appelle, dit le suisse entendant venir le précepteur et détachant doucement la petite main qui se tenait aux aiguillettes. De la tête, il indiqua M. Vounitch.

– Tout de suite, Vassili Loukitch! dit Serge avec le sourire aimable et gracieux qui désarmait le sévère précepteur.

Serge était trop gai, tout ce qui l'entourait était trop agréable, pour qu'il n'eût pas le désir de partager avec son ami le suisse la joie de famille que venait de lui apprendre la nièce de la comtesse Lydie, pendant leur promenade au jardin d'été. Cette joie lui paraissait encore plus grande depuis qu'il s'y joignait celle qu'avait ressentie le solliciteur, et celle qui s'attachait au cadeau. Il semblait à Serioja qu'en ce jour tout le monde devait être heureux et content.

– Sais-tu que papa a reçu la décoration d'Alexandre Newsky?

– Comment ne le saurais-je pas? On est déjà venu le féliciter.

– Est-il content?

– Comment ne pas être content de la faveur de l'empereur? Cela veut dire qu'Alexis Alexandrovitch l'a méritée, dit le vieux suisse gravement.

Serioja devint pensif, tout en continuant à examiner le suisse, dont le visage lui était connu dans les moindres détails; le menton surtout, entre les favoris blancs, détail que personne ne voyait aussi bien que Serge, qui le regardait de bas en haut.

– Eh bien, et ta fille? Y a-t-il longtemps qu'elle n'est venue?

La fille du suisse faisait partie du corps de ballet.

– Elle ne peut pas venir un jour où elle travaille; elle a aussi ses leçons. Et vous, monsieur, vous devez aller étudier.

En rentrant dans sa chambre, Serge, au lieu de se mettre à ses devoirs, raconta à son précepteur les suppositions qu'il faisait au sujet du cadeau qu'on lui avait apporté. Ce devait être une locomotive.

– Qu'en pensez-vous? demanda-t-il.

Mais Vassili Loukitch ne pensait qu'à la leçon de grammaire, qui devait être préparée pour le professeur qu'on attendait à deux heures.

– Dites-moi, Vassili Loukitch, demanda Serge tout d'un coup, assis à sa table de travail et tenant son livre, qu'y a-t-il au-dessus d'Alexandre Newsky? Vous savez que papa a reçu Alexandre Newsky?

Vassili Loukitch répondit qu'au-dessus d'Alexandre Newsky il y a Vladimir.

– Et plus haut?

– Au-dessus de tout, Saint-André.

– Et encore au-dessus?

– Je ne sais pas.

– Comment, vous ne savez pas non plus? Et Serge, appuyé sur sa main, se mit à réfléchir.

Ses méditations étaient très compliquées et variées. Il s'imaginait que son père allait peut-être recevoir du même coup les décorations de Vladimir et de Saint-André, et qu'il serait, en conséquence, beaucoup plus indulgent pour la leçon d'aujourd'hui; puis il se disait qu'une fois grand il recevrait toutes les décorations, même celles qu'on inventerait au-dessus de Saint-André. Dès qu'une décoration serait créée, aussitôt il s'en rendrait digne.

Le temps passa à ces réflexions. Et quand le professeur arriva la leçon n'était pas prête. Le professeur parut non seulement mécontent, mais affligé. Serge en fut peiné. Cependant il ne se sentait pas coupable; il avait beau faire, la leçon n'entrait pas dans sa tête. Il paraissait et croyait comprendre ce que le professeur lui expliquait, mais dès qu'il était livré à lui-même il lui était impossible de se rappeler et de comprendre pourquoi tel mot était *adverbe*. Néanmoins il était triste d'avoir affligé son maître.

Saisissant le moment où le professeur, en silence, cherchait quelque chose dans le livre, il lui demanda :

– Michel Ivanovitch, quand est-ce votre fête?

– Vous feriez mieux de penser à votre travail. Quelle importance un jour de fête a-t-il pour un être raisonnable? C'est un jour comme un autre, qu'il faut employer à travailler.

Serge regarda avec attention son professeur, examina sa barbe rare, ses lunettes, et se plongea dans des réflexions si profondes qu'il n'entendit rien de ce que le maître lui expliqua. Il sentait que son professeur ne pouvait pas croire ce qu'il disait; le ton même qu'il employait prouvait que c'était impossible. « Mais pourquoi s'entendent-ils tous pour dire de la même façon les choses les plus ennuyeuses et les plus inutiles? Pourquoi celui-ci me repousse-t-il? Pourquoi ne m'aime-t-il pas? » se demandait-il avec tristesse, sans trouver de réponse.

XXVII

Après la leçon du professeur vint celle du père. En l'attendant, Serge, accoudé à sa table de travail, jouait avec son canif et se plongeait dans de nouvelles méditations.

Une de ses occupations favorites consistait, pendant ses promenades, à chercher sa mère. Il ne croyait pas à la mort, en général, et surtout à celle de sa mère, malgré les affirmations de son père et de la comtesse Lydie Ivanovna. Aussi, bien qu'on lui eût dit qu'elle était morte, la cherchait-il quand il se promenait. Chaque fois qu'il apercevait une femme vigoureuse, gracieuse et brune, son cœur se gonflait de tendresse, à tel point qu'il en suffoquait; des larmes lui venaient aux yeux, et il s'attendait à ce que cette dame s'approchât de lui, levât son voile. Alors il reverrait le visage de sa mère; elle lui sourirait, l'embrasserait; il sentirait son parfum, la douce caresse de sa main, et pleurerait de joie, comme certain soir où il s'était roulé à ses pieds parce qu'elle le chatouillait, et avait ri follement en mordillant la main blanche couverte de bagues. Plus tard, quand sa vieille bonne lui apprit par hasard que sa mère n'était pas morte, mais que son père et Lydie Ivanovna disaient qu'elle était morte parce qu'elle était devenue méchante (il ne pouvait croire cela, puisqu'il l'aimait), il l'attendit et la chercha plus attentivement encore. Ce jour-là, au Jardin d'Été, il avait aperçu une dame en voile lilas, il avait cru que c'était elle; son cœur s'était mis à battre lorsqu'il l'avait vue prendre la même allée que lui. Mais cette dame n'était pas arrivée jusqu'à eux; elle avait tourné quelque part et disparu. Serge sentait sa tendresse pour sa mère plus vivement que jamais et, pendant qu'il attendait son père, en tailladant de son canif le bord de la table, il regardait devant lui, les yeux brillants, et pensait à sa mère.

— Voilà votre père, dit Vassili Loukitch.

Serge se leva vivement, s'approcha de son père, lui baisa la main, et le regarda attentivement, cherchant sur son visage quelque signe de satisfaction à propos de sa décoration d'Alexandre Newsky.

— As-tu fait une bonne promenade? demanda Alexis Alexandrovitch, s'asseyant dans un fauteuil et prenant un volume de l'Ancien Testament qu'il ouvrit.

Alexis Alexandrovitch avait souvent dit à Serge que tout

chrétien devait connaître impeccablement l'Ancien Testament; malgré cela il avait souvent besoin de consulter le livre, Serge s'en apercevait.

– Oui, papa, je me suis bien amusé, dit Serge, s'asseyant de travers et se balançant, ce qui était défendu. J'ai vu Nadinka (une nièce de Lydie Ivanovna, que celle-ci élevait) et elle m'a dit qu'on vous a donné une nouvelle décoration. En êtes-vous content, papa?

– D'abord ne te balance pas ainsi, dit Alexis Alexandrovitch. Et ensuite, sache que ce qui doit nous être cher, c'est le travail lui-même et non la récompense. Je voudrais te faire comprendre cela. Si tu ne recherches que la récompense, le travail te paraîtra pénible; mais si tu aimes le travail, ta récompense ira de soi.

Alexis Alexandrovitch se rappelait que ce jour-là, en donnant cent dix-huit signatures, il n'avait eu pour soutien, dans cette ingrate besogne, que le sentiment du devoir.

Les yeux de Serge, brillants de tendresse et de gaîté, s'éteignirent et s'abaissèrent sous le regard de son père. C'était ce ton-là que le haut fonctionnaire prenait toujours en lui parlant, comme s'il se fût adressé à l'un des enfants imaginaires dont il est question dans les livres, et auxquels Serge ne ressemblait en rien. Mais quand il était avec son père, il s'efforçait de se rapprocher de ces enfants des livres.

– Tu me comprends, j'espère, dit Alexis Alexandrovitch.

– Oui, papa, répondit Serge, jouant l'enfant imaginaire.

La leçon consistait à réciter par cœur quelques versets de l'Évangile et à répéter le commencement de l'Ancien Testament. Serge savait assez bien les versets; mais tout à coup, frappé de l'aspect que présentait le front de son père, il s'embrouilla, mettant la fin d'un verset au commencement d'un autre.

Alexis Alexandrovitch en conclut que Serge ne comprenait rien de ce qu'il récitait, et il en fut irrité. Il fronça les sourcils et se mit à expliquer une chose que Serge avait entendue maintes fois, et qu'il ne pouvait retenir parce qu'il la comprenait trop clairement, à savoir que « subitement » est un adverbe. Serge, effrayé, regardait son père et n'avait qu'une pensée : faudrait-il lui répéter ces explications, comme il l'exigeait parfois? Cette crainte troublait tellement Serge qu'il ne comprenait plus rien. Mais son père ne le fit pas répéter et passa à la leçon d'histoire sainte. Serioja raconta bien les événements eux-mêmes, mais lorsqu'il dut expliquer ce qu'ils signifiaient, il ne put s'en tirer, bien qu'il eût été déjà puni une fois pour cette leçon. Le moment le plus mauvais, où il ne put dire un mot, s'embrouilla, tailladant la table, se balançant sur sa chaise, fut celui où il dut réciter la série des patriarches d'avant le déluge. Il ne se souvenait bien que d'Enoch, celui qui est monté vivant au ciel. Il avait su tous les noms, mais les avait oubliés; il se souvenait seulement de celui d'Enoch parce que c'était son personnage favori dans l'histoire sainte et qu'à cette ascension finale s'unissait dans sa tête une longue suite d'images, qui l'absorbèrent complètement, tandis qu'il regardait fixement la chaîne de montre de son père et un bouton à demi déboutonné de son gilet.

Serge ne croyait pas à la mort, dont on lui parlait si souvent. Il n'admettait pas surtout que lui-même pût mourir; c'était pour lui absolument impossible et incompréhensible.

Cependant on lui disait que tout le monde doit mourir; il avait interrogé beaucoup de personnes en qui il avait foi, et toutes disaient la même chose. Sa bonne elle-même, bien qu'à contrecœur, lui avait affirmé le fait. Mais alors pourquoi Enoch n'était-il pas mort? C'est donc que tous ne meurent pas. Pourquoi d'autres que ce prophète ne mériteraient-ils pas, comme lui, de monter vivants au ciel. Les méchants, c'est-à-dire ceux que Serge n'aimaient pas, pouvaient mourir, mais les bons pouvaient très bien être dans le cas d'Enoch.

– Eh bien, ces patriarches?

– Enoch... Enos...

– Tu les as déjà nommés... C'est mal, Serge, très mal. Si tu ne cherches pas à t'instruire des choses essentielles à un chrétien, qu'est-ce donc qui t'occupera? dit le père en se levant. Je suis mécontent de toi. Piotr Ignatitch (c'était le professeur principal) n'est pas plus satisfait. Je suis forcé de te punir.

Le père et le professeur étaient tous deux mécontents de Serge. En effet, il travaillait mal, et cependant ce n'était pas un enfant peu doué. Au contraire, il avait plus de facilités que d'autres, ceux que le maître lui proposait en exemple. Son père pensait que l'enfant ne voulait pas apprendre ce qu'on lui enseignait; en réalité il ne le pouvait pas, parce que son âme avait des besoins très différents de ceux que lui supposaient son père et son professeur; et il luttait contre ses éducateurs. A neuf ans, ce n'était qu'un enfant, mais il connaissait son âme, elle lui était chère et il la défendait, comme la paupière protège l'œil, contre tous ceux qui voulaient y pénétrer sans la clef de l'amour. Ses maîtres lui reprochaient de ne pas vouloir apprendre, mais son âme brûlait du désir de savoir; il s'instruisait auprès de Kapitonitch, de la vieille bonne, de Nadinka, de Vassili Loukitch, et non auprès de ses professeurs.

Cette eau, que le père et le professeur voulaient voir couler sur la roue se frayait un chemin ailleurs et agissait autrement.

Serge fut puni; on ne lui permit pas d'aller chez Nadinka, la nièce de Lydie Ivanovna; mais cette punition tourna à son profit. Vassili Loukitch, étant de bonne humeur, lui apprit à construire un petit moulin à vent. La soirée se passa à travailler, et à méditer sur le moyen de se servir d'un moulin pour tournoyer dans les airs en s'attachant aux ailes par les mains.

Durant toute la soirée Serge ne pensa point à sa mère. Mais aussitôt au lit il se la rappela, et pria Dieu pour qu'elle cessât de se cacher. Si elle pouvait venir le voir le lendemain, jour de son anniversaire...

– Vassili Loukitch, savez-vous ce que j'ai demandé à Dieu par-dessus le marché?

– De mieux travailler?

– Non.

– De recevoir des jouets?

– Non. Vous ne devinerez pas. C'est merveilleux, mais

c'est un secret. Si la chose arrive, je vous le dirai. Vous ne devinez toujours pas?

– Non, je ne peux pas deviner. Dites-le-moi, dit Vassili Loukitch en souriant, ce qui lui arrivait rarement. Allons, couchez-vous, j'éteins la bougie.

– Sans bougie je vois bien mieux ce que j'ai demandé dans ma prière. Tiens, j'ai failli vous dire mon secret! fit Serge en riant gaîment.

Dans l'obscurité, Serge crut entendre sa mère et crut sentir sa présence. Elle était près de lui et le couvait de son regard plein de tendresse. Puis, il vit des moulins, un canif, tout se confondit et il s'endormit.

XXVIII

Vronskï et Anna s'étaient arrêtés dans le meilleur hôtel de Pétersbourg. Vronskï se logea au rez-de-chaussée, et Anna au premier, dans un grand appartement de quatre pièces, avec l'enfant, la nourrice et la femme de chambre.

Dès le premier jour, Vronskï alla voir son frère; chez celui-ci, il rencontra sa mère, venue de Moscou pour ses affaires. Mère et belle-sœur le reçurent comme d'habitude, le questionnèrent sur son voyage à l'étranger, causèrent d'amis communs, mais ne soufflèrent mot de sa liaison avec Anna. Son frère, en venant le voir le lendemain matin, fut le premier à parler d'elle; et Alexis Vronskï en profita pour déclarer nettement qu'il considérait sa liaison avec madame Karénine comme un mariage, avec l'espoir qu'elle obtiendrait le divorce et qu'il l'épouserait; ajoutant qu'il la regardait comme sa femme aussi bien que n'importe quel époux légitime; et il chargea son frère de dire cela à sa femme et à leur mère.

– Le monde peut ne pas m'approuver, cela m'est indifférent, ajouta Vronskï. Mais si ma famille tient à rester en bons termes avec moi, il est nécessaire qu'elle entretienne des relations convenables avec ma femme.

Le frère aîné, toujours respectueux des opinions de son cadet, ne sachant trop si celui-ci avait raison ou non, laissa le monde résoudre cette question délicate. Personnellement il n'y trouvait rien à redire. Avec Alexis, il alla voir Anna.

Vronskï, devant son frère comme devant tout le monde, disait *vous* à Anna, et son attitude envers elle était celle d'un ami intime; mais il était bien entendu que le frère connaissait leurs relations. Ils causèrent ensemble, du départ d'Anna pour la propriété de Vronskï.

Malgré son expérience du monde, Vronskï, en sa nouvelle situation, tombait dans une étrange erreur : lui qui, mieux que tout autre, devait comprendre que la société leur resterait fermée, se persuada, par de vagues et bizarres considérations, que l'opinion publique, renonçant à de vieux préjugés, avait beaucoup évolué (à son insu, il était maintenant partisan de n'importe quel progrès), si bien que la question de l'admission du couple dans la vie sociale ne se posait même plus. « Sans doute, il ne faut pas compter sur le monde officiel, pensait-il; mais nos parents, nos amis, comprendront les choses. »

On peut rester assis plusieurs heures, les jambes pliées dans une certaine position, si l'on sait que quand on voudra l'on pourra en changer; mais dès qu'on sait qu'il est impossible de remuer, les contractions commencent, les jambes se tendent instinctivement dans la direction interdite. C'est ce que ressentait Vronskï relativement à la société : convaincu, au fond de son âme, que la société leur était fermée, à lui et à Anna, il essayait sans cesse de voir si le monde n'aurait pas changé et si on ne les recevrait pas; mais bientôt il se rendit compte que la société, ouverte à lui personnellement, restait fermée devant Anna; comme au jeu de colin-maillard, les mains levées pour lui, s'abaissaient aussitôt devant sa compagne.

Une des premières femmes du monde qu'il rencontra à Pétersbourg fut sa cousine Betsy.

– Enfin! s'écria-t-elle joyeusement. Et Anna? Que je suis

heureuse! Où êtes-vous descendus? J'imagine aisément combien Pétersbourg doit vous paraître horrible après votre charmant voyage à l'étranger. J'imagine votre lune de miel à Rome! Et le divorce? Est-ce arrangé?

Cet enthousiasme tomba, Vronskï s'en aperçut, dès que Betsy apprit que le divorce n'était pas encore prononcé.

– Je sais qu'on me jettera la pierre, dit-elle, mais je viendrai voir Anna. Oui, absolument. Restez-vous longtemps?

En effet, le jour même elle vint voir Anna; mais elle avait changé de ton. Elle semblait fière de son audace et désirait voir Anna reconnaître cette preuve de fidélité et d'amitié. Elle ne resta guère que dix minutes, causant des nouvelles du jour. En partant, elle dit :

– Vous ne m'avez toujours pas dit à quand le divorce. Mettons que moi, je jette mon bonnet par-dessus les moulins; mais vous trouverez des collets-montés qui vous battront froid tant que vous ne serez pas mariés. Maintenant c'est une chose si simple! Et ça se fait... Ainsi vous partez vendredi? Je regrette que nous ne puissions nous revoir d'ici là.

Le ton de Betsy aurait pu faire prévoir à Vronskï l'accueil que la société leur réservait; il voulut cependant faire encore une tentative dans sa famille. Il ne comptait pas sur sa mère. Il savait bien que celle-ci, si ravie d'Anna lors de leur première rencontre, serait inexorable pour celle qui venait de briser la carrière de son fils; mais il fondait les plus grandes espérances sur Varia, la femme de son frère. Il était persuadé qu'elle ne lui jetterait pas la pierre et que, tout simplement, tout naturellement, elle viendrait voir Anna.

Le lendemain de son arrivée, Vronskï se rendit chez sa belle-sœur. La trouvant seule, il lui exprima nettement son désir.

– Tu sais, Alexis, dit-elle, quelle affection j'ai pour toi. Je suis prête à faire tout pour toi, mais si je me tiens à l'écart, c'est que je ne puis être utile ni à toi, ni à Anna Arkadiévna (elle articula avec soin les deux noms). Ne crois pas, je t'en prie, que je me permette de la juger. Jamais. A sa place peut-être aurais-je agi comme elle. Je n'entre pas et ne veux entrer dans aucun détail, ajouta-t-elle timidement en voyant s'assombrir le visage de Vronskï; mais il faut bien appeler les choses par leur nom. Tu désires que je rende une visite à ta compagne, que je la reçoive chez moi, afin de la réhabiliter dans la société. Mais comprends donc que je ne puis faire cela. Mes filles grandissent, et je suis forcée, à cause de mon mari, de vivre dans le monde. Suppose que j'aille chez Anna Arkadiévna; je ne puis l'inviter chez moi, ou bien je dois faire en sorte qu'elle n'y rencontre pas les personnes qui considèrent les choses autrement que moi. Ce serait la blesser!... Je ne puis pas la relever...

– Mais je n'admets pas un instant qu'elle soit plus tombée que des centaines de femmes que vous recevez! interrompit Vronskï, encore plus sombre. Et il se leva, persuadé que la résolution de sa belle-sœur était inébranlable.

– Alexis, ne te fâche pas, je t'en prie! Ce n'est pas ma faute, dit Varia, le regardant avec un sourire craintif.

– Je ne t'en veux pas, dit-il, s'assombrissant de plus en plus, mais je souffre doublement. Je regrette notre amitié brisée, ou en tout cas affaiblie, car tu dois comprendre qu'il n'en saurait être autrement. Et il sortit sur ces mots.

Vronskï, comprenant enfin l'inutilité de nouvelles tentatives, résolut de rester quelques jours à Pétersbourg comme dans une ville étrangère, et d'éviter tout rapprochement mondain, afin de ne pas affronter des froissements, si désagréables pour lui.

Une des choses qui lui furent le plus pénibles, à Pétersbourg, fut d'entendre partout son nom associé à celui d'Alexis Alexandrovitch. Chaque conversation finissait par rouler sur celui-ci, et Vronskï ne pouvait aller nulle part sans le rencontrer. C'est du moins ce qu'il lui semblait; de même qu'une personne qui a un doigt malade croit qu'elle va le cogner partout.

Le séjour à Pétersbourg était encore rendu plus intolérable à Vronskï par l'attitude d'Anna; car celle-ci se trouvait dans une disposition d'esprit qu'il trouvait nouvelle et étrange : tour à tour passionnée et froide, elle demeurait irritable et énigmatique. Évidemment quelque chose qu'elle cachait à Vronskï la tourmentait; et elle paraissait insensible aux vexations qui empoisonnaient la vie du jeune homme, et qu'avec son ordinaire finesse de perception elle aurait dû sentir encore plus vivement que lui.

XXIX

Le but essentiel de leur voyage, c'était, pour Anna, de revoir son fils. Depuis qu'elle avait quitté l'Italie, elle était possédée de cette idée; et en approchant de Pétersbourg, sa joie et son impatience n'avaient cessé de grandir. Elle ne se demandait même pas comment elle y parviendrait; il lui paraissait tout naturel et tout simple qu'elle vît son fils quand elle se trouverait dans la même ville que lui. Cependant, dès qu'elle fut arrivée à Pétersbourg, sa situation lui apparut très clairement, et elle comprit combien il serait difficile d'obtenir une entrevue.

Elle était à Pétersbourg depuis deux jours; la pensée de son fils ne la quittait pas, mais elle ne l'avait pas encore vu. Aller tout droit chez son fils, au risque de se rencontrer avec Alexis Alexandrovitch? Elle sentait qu'elle n'en avait pas le droit. On pouvait lui refuser l'entrée, lui faire un affront. Écrire à son mari? Cette pensée seule lui était pénible et elle ne pouvait être tranquille qu'en l'oubliant. Voir son fils à la promenade, en s'informant d'avance de l'endroit où il allait et de l'heure, c'était trop peu pour elle. Elle s'était tellement préparée à cette rencontre, elle avait tant de choses à dire à l'enfant, tant de baisers à lui donner! La vieille bonne de Serge aurait pu aider Anna et lui donner un conseil, mais cette domestique n'était plus chez Alexis Alexandrovitch. Anna perdit deux jours à la rechercher.

Ayant appris les relations suivies qu'Alexis Alexandrovitch entretenait avec la comtesse Lydie Ivanovna, elle se décida à lui écrire, le troisième jour. Dans cette lettre, elle faisait allusion intentionnellement à la magnanimité de son mari, et invoquait ce sentiment pour demander l'autorisation de voir son fils. Ces quelques lignes lui coûtèrent beaucoup d'efforts; mais Anna savait que son mari verrait la lettre, et elle espérait que, pour continuer son rôle d'homme généreux, il accéderait à sa demande.

Le commissionnaire qui avait porté la lettre lui rapporta la réponse la plus cruelle et la plus inattendue. Jamais elle ne se sentit aussi humiliée qu'au moment où, ayant rappelé le commissionnaire pour lui réclamer des détails sur la façon dont il avait été reçu, elle entendit la phrase : « Il n'y a pas de réponse! » qu'on avait jetée à cet homme.

Si offensée qu'elle fût, Anna comprenait que, de son point de vue, la comtesse pouvait avoir raison. La douleur de la jeune femme fut d'autant plus vive qu'elle ne savait à qui se confier. Elle ne pouvait et ne voulait partager ce chagrin avec Vronskï. Elle savait que pour lui, bien qu'il fût pour elle l'auteur principal de son malheur, la rencontre d'Anna avec son fils était une chose de peu d'importance. Elle savait qu'il ne pourrait jamais comprendre toute l'étendue de la souffrance qu'elle éprouvait; elle savait surtout que le ton froid qu'il garderait en cette circonstance le lui ferait haïr, et elle craignait cela par-dessus tout. Aussi lui cachait-elle tout ce qui concernait son fils.

Demeurant à l'hôtel tout le jour, elle chercha un moyen de voir son fils, et elle s'arrêta au parti d'écrire directement à son mari. Elle était en train d'écrire cette lettre, quand on avait remis le billet de Lydie Ivanovna. Le silence de la comtesse l'avait humiliée, cependant elle s'y était résignée; mais le billet, et tout ce qu'elle y lut entre les lignes, cette malignité, en réponse à sa tendresse passionnée pour son fils, la révoltèrent. Elle cessa de s'accuser elle-même. « Quelle cruauté, quelle hypocrisie! se dit-elle. Ils veulent me blesser et tourmenter l'enfant, et je les laisserais faire? Jamais! Elle est pire que moi. Du moins, moi, je ne mens pas! »

Aussitôt elle décida d'aller le lendemain, anniversaire de la naissance de Serge, chez son mari, d'acheter les domestiques, coûte que coûte, de voir son fils, et de mettre un terme aux mensonges horribles avec lesquels on troublait l'esprit de ce malheureux enfant.

Elle alla acheter des jouets et dressa son plan : elle irait le matin de bonne heure, à huit heures, avant qu'Alexis Alexandrovitch ne fût levé; elle aurait l'argent tout prêt pour le suisse et pour le valet, afin qu'on la laissât monter sans lever son voile, se disant chargée par le parrain de Serge de déposer les jouets sur son lit. Elle ne préparait pas ce qu'elle dirait à son fils; elle avait beau y penser, elle ne pouvait s'arrêter à rien.

Le lendemain, vers huit heures du matin, Anna descendit de voiture, et sonna au grand perron de son ancienne demeure.

— Va donc voir qui est là. On dirait une dame, dit Kapitonitch qui n'était pas encore habillé. En paletot et galoches, il regardait par la fenêtre la dame voilée qui se tenait près de la porte.

Dès que l'aide du suisse, un jeune garçon qu'Anna ne connaissait pas, eut entrouvert la porte, Anna entra et, tirant de son manchon un billet de trois roubles, le lui glissa dans la main.

— Serioja... Serge Alexiévitch, prononça-t-elle, puis elle fit quelques pas en avant.

L'aide du suisse examina le billet, et arrêta la visiteuse à la seconde porte.

— Que désirez-vous? dit-il.

Elle n'entendit pas ces paroles et ne répondit rien. Kapitonitch, remarquant le trouble de l'inconnue, s'avança lui-même vers elle et, la laissant franchir la porte, lui demanda ce qu'elle désirait.

— Je viens de la part du prince Skorodoumov, voir Serge Alexiévitch, dit-elle.

— Il n'est pas encore levé, répondit le suisse, en regardant attentivement la visiteuse.

Anna ne se serait jamais attendue à être aussi troublée par la vue de cette antichambre, où rien n'était changé, par la vue de cette maison où elle avait vécu neuf ans. Des souvenirs doux et cruels l'un après l'autre s'éveillaient dans son âme. Un moment elle oublia pourquoi elle était là.

– Veuillez attendre, dit Kapitonitch, en la débarrassant de sa pelisse.

A ce moment, il regarda le visage de la dame, la reconnut et sans mot dire la salua profondément.

– Que Votre Excellence veuille bien entrer, lui dit-il.

Elle essaya de parler, mais la voix lui manqua. Jetant un regard suppliant au vieillard, elle gravit l'escalier, d'un pas rapide et léger. Kapitonitch la suivit en courant, cherchant à la rattraper. Penché en avant, il s'accrochait les pieds dans les marches.

– Le précepteur n'est peut-être pas encore habillé. Je vais le prévenir.

Anna, montant toujours cet escalier, si connu d'elle, ne comprenait pas ce que disait le vieillard.

– Par ici, à gauche, excusez le désordre. Il est maintenant dans l'ancien divan, disait le suisse essoufflé. Que Votre Excellence veuille attendre un moment. Je vais regarder.

Passant devant elle, il ouvrit une grande porte et disparut. Anna s'arrêta, attendant.

– Il vient de se réveiller, dit le suisse en sortant par la même porte.

Comme il parlait, Anna entendit un bâillement d'enfant. Et rien qu'au son de ce bâillement elle reconnut son fils et il lui sembla le voir devant elle.

– Laisse, laisse, va-t'en! dit-elle, et elle franchit la porte. A droite, sur le lit, un enfant en chemise de nuit était assis et s'étirait en bâillant. Ses lèvres se fermaient dans le sourire heureux du sommeil, et toujours souriant il retomba doucement sur son lit.

– Serioja! murmura-t-elle s'approchant de lui. Mais il ne l'entendit pas.

Depuis qu'ils étaient séparés, et dans les transports d'amour qu'elle ressentait pour son fils ces derniers temps, elle le revoyait toujours à quatre ans, l'âge où elle l'avait aimé le plus. Maintenant il n'était plus celui qu'elle avait quitté. Il avait grandi et maigri. Comme son visage est maigre! Comme ses cheveux sont courts! Ses bras longs! Comme il a changé! Mais c'est toujours lui, sa tête, ses lèvres, son cou, ses larges épaules...

– Serioja, répéta-t-elle à l'oreille de l'enfant.

Il se souleva de nouveau sur le coude et tourna la tête, comme s'il eût cherché à comprendre. Quelques secondes il regarda sa mère, immobile devant lui; ensuite, tout d'un coup, il sourit de bonheur; et les yeux à demi fermés par le sommeil, il se jeta non sur son oreiller mais dans les bras de celle qui était là.

– Serioja! mon cher petit! balbutia-t-elle, suffoquant et serrant entre ses bras le petit corps potelé.

– Maman! murmura-t-il. Il se retourna dans les bras de sa mère pour s'y appuyer de la façon la plus commode. Les yeux toujours fermés, il s'agrippa à son épaule et s'y appuya, communiquant à sa mère l'agréable parfum de sommeil et de chaleur, propre aux enfants.

– Je savais bien, fit-il, entrouvrant les yeux. C'est mon jour de naissance. Je savais bien que tu viendrais. Je vais tout de suite me lever.

Et tout en parlant il se rendormait.

Anna le regardait avidement. Elle remarquait combien il avait grandi et changé en son absence. Elle reconnaissait avec peine les jambes devenues si longues, les joues allongées, les cheveux courts, bouclés sur la nuque, qu'elle avait baisés si souvent. Elle serrait tout cela contre elle et ne pouvait parler; les larmes l'étouffaient.

– Pourquoi pleures-tu, maman? demanda-t-il, tout à fait réveillé... Maman, pourquoi pleures-tu? répéta-t-il d'une voix plaintive.

– Je ne pleurerai plus... C'est de joie que je pleure... Il y a si longtemps que je ne t'ai vu... Je ne pleurerai plus... Je ne pleurerai plus, dit-elle, refoulant ses larmes et se détournant. – Maintenant tu vas t'habiller, fit-elle après un moment, et, sans quitter sa main, elle s'assit près de son lit sur une chaise où étaient préparés les vêtements... Comment t'habilles-tu sans moi? Comment... Elle voulait parler simplement et gaîment, mais n'y parvenait pas. Elle se détourna encore.

– Je ne me lave plus à l'eau froide, papa l'a défendu. Tu n'as pas vu Vassili Loukitch? Il va venir. Tu es assise sur mes habits.

Et Serge éclata de rire. Elle le regarda et sourit.

– Maman, ma chérie! s'écria-t-il en se jetant vers elle et en l'embrassant, comme si, en la voyant sourire, il eût mieux compris ce qui lui arrivait.

– Ote cela, dit-il, en lui prenant son chapeau. Comme si, sans chapeau, il l'eût vue de nouveau pour la première fois, il se jeta de nouveau sur elle et l'embrassa.

– Qu'as-tu pensé de moi? As-tu cru que j'étais morte?

– Jamais je ne l'ai cru!

– Tu ne l'as pas cru, mon chéri?

– Je savais, je savais bien! dit-il, répétant sa phrase favorite. Et prenant la main qui caressait sa chevelure, il en appuya la paume sur sa bouche et la couvrit de baisers.

XXX

Vassili Loukitch, tout d'abord, s'était demandé qui était cette dame; car il avait été engagé dans la maison après le départ d'Anna; ayant appris qu'il s'agissait de la mère, qui avait abandonné son mari, il hésita, ne sachant s'il devait ou non informer du fait Alexis Alexandrovitch. Décidant enfin qu'il avait pour devoir strict de faire lever Serge à l'heure fixée, sans s'inquiéter de la présence de la mère ni de toute autre personne, il s'approcha de la porte et l'ouvrit.

Mais les caresses qu'échangeaient la mère et l'enfant, leurs voix, leurs paroles, le firent changer d'avis. Il hocha la tête, soupira et referma la porte. « J'attendrai encore dix minutes ». se dit-il, en toussant légèrement et en essuyant ses larmes.

Pendant ce temps-là, une vive émotion régnait parmi les domestiques. Tous savaient que leur maîtresse était là, que Kapitonitch l'avait laissé entrer et qu'elle se trouvait dans la chambre de l'enfant; ils savaient aussi que leur maître avait l'habitude d'entrer chaque matin dans la chambre de son fils à neuf heures; enfin tous comprenaient qu'une rencontre entre les deux époux était une chose impossible et qu'il fallait l'éviter.

Korneï, le valet de chambre, descendit chez le suisse pour demander pourquoi l'on avait introduit madame Karénine; apprenant que c'était Kapitonitch qui l'avait reçue et accompagnée, Korneï réprimanda le vieillard. Celui-ci garda d'abord un silence obstiné; mais quand le valet lui déclara qu'il méritait d'être chassé, Kapitonitch bondit et, s'approchant avec des grands gestes, s'écria :

– Toi, tu ne l'aurais pas laissé entrer! Moi, je l'ai servie dix ans, je n'ai eu d'elle que des bontés, et maintenant j'irais lui dire : « Veuillez sortir! » Tu comprends la politique, toi? Ce que tu n'oublies pas, c'est de voler tes maîtres!

– Soldat! répondit Korneï avec mépris, et il se tourna vers la vieille bonne qui entrait en ce moment :

– Soyez juge, Marie Éfimovna. Il a laissé entrer madame sans rien dire à personne. Et tout à l'heure, quand Alexis Alexandrovitch sera levé, il ira dans la chambre de son fils!

– Quelle affaire! dit la bonne. Korneï Vassili, trouvez donc un prétexte quelconque pour retenir monsieur, tandis que moi, je courrai prévenir madame et la faire sortir. Quelle affaire!

Quand la bonne entra dans la chambre, Serge racontait à sa mère qu'il était tombé avec Nadinka, en descendant d'une montagne, et qu'ils avaient fait trois culbutes. Anna écoutait la voix, regardait le visage, suivait les jeux de physionomie. Elle touchait les bras de l'enfant, sans prêter l'oreille à ce qu'il disait. Il allait falloir partir, quitter Serge; elle ne comprenait, ne sentait que cela. Déjà elle avait entendu les pas de Vassili Loukitch, qui s'était approché de la porte en toussotant; maintenant elle entendait s'approcher la bonne; mais incapable de se mouvoir et de parler, elle restait assise, comme pétrifiée.

– Madame, murmura la bonne. Elle s'approcha d'Anna, lui baisa la main et l'épaule. Ceci est une joie que Dieu envoie au garçon dont c'est aujourd'hui la fête... Vous n'avez pas du tout changé.

– Ah! ma chère, je ne vous savais pas à la maison, dit Anna revenant à elle pour un moment.

– Il est vrai que je ne demeure plus ici. J'habite chez ma fille, mais je suis venue ce matin pour féliciter Serge Alexiévitch.

La vieille se mit à pleurer et de nouveau baisa la main d'Anna.

Serge, les yeux brillants de joie, tenait d'une main sa mère, de l'autre la bonne et trépignait de ses petits pieds nus sur le tapis. La tendresse de sa chère vieille bonne pour sa mère le ravissait.

– Maman, tu sais qu'elle vient souvent me voir! Et quand elle vient... Mais il s'arrêta, en remarquant que la bonne chuchotait quelque chose à sa mère et que le visage de celle-ci exprimait de la frayeur et comme de la honte, ce qui ne lui allait pas du tout. Elle s'approcha de lui.

– Mon chéri, dit-elle...

Elle ne put prononcer le mot *adieu,* mais à l'expression du visage, l'enfant comprit.

– Mon cher, mon cher Koutic! murmura-t-elle, employant un surnom qu'elle lui avait donné quand il était tout petit. Tu ne m'oublieras pas... tu... Elle ne put achever.

Combien de choses elle regretta ensuite de n'avoir pas su lui dire! Mais en ce moment elle ne savait et ne pouvait guère parler. Cependant Serge comprenait tout. Il comprenait que sa mère était malheureuse et qu'elle l'aimait. Il comprenait même ce que la vieille bonne avait chuchoté. Il avait entendu les paroles : « tous les jours vers neuf heures », et compris qu'il était question de son père. Sa mère ne devait pas le rencontrer. Il comprenait cela, mais quelque chose lui échappait : pourquoi le visage maternel exprimait-il la crainte et la honte? Sa mère n'était pas coupable; or elle semblait avoir peur de son père, et avoir honte de quelque chose. Il aurait voulu poser une question qui aurait dissipé ses doutes, mais il n'osa pas, car il voyait sa mère souffrir et il avait pitié d'elle.

Il se serra contre elle en murmurant :

— Ne t'en va pas encore. Il ne viendra pas si tôt.

Sa mère l'écarta d'elle un instant, pour tâcher de voir s'il comprenait ce qu'il disait; et à l'expression craintive de son visage, elle lut que non seulement il parlait de son père, mais lui demandait à elle ce qu'il devait penser de lui.

— Serioja, mon chéri, dit-elle, aime-le. Il est meilleur que moi et je suis coupable envers lui. Quand tu seras grand, tu comprendras.

— Personne n'est meilleur que toi! s'écria désespérément l'enfant à travers ses larmes. Et s'accrochant aux épaules de sa mère, il la serra de toute la force de ses petits bras tremblants.

— Mon ange, mon chéri! balbutia Anna. Et elle se mit à pleurer elle-même comme un enfant.

A ce moment la porte s'ouvrit et Vassili Loukitch entra.

Du côté de l'autre porte, on entendait déjà des pas; la bonne effrayée murmura : « Le voilà! » et tendit à Anna son chapeau.

Serge se laissa tomber sur son lit en sanglotant, se couvrant le visage de ses mains. Anna les lui écarta pour baiser encore une fois le visage mouillé de larmes, et elle sortit en toute hâte.

Alexis Alexandrovitch venait à sa rencontre.

Il l'aperçut, s'arrêta et baissa la tête.

Un instant auparavant, elle avait affirmé qu'il était meilleur qu'elle; cependant, le regard rapide qu'elle jeta sur toute la personne de son mari réveilla en elle un sentiment de dégoût, de colère envers lui et de jalousie par rapport à son fils. D'un mouvement prompt, elle baissa son voile et s'éloigna presque en courant.

Dans sa précipitation, elle n'avait pas pris le temps de tirer de la voiture les jouets, qu'elle avait achetés la veille avec tant d'amour et de tristesse. Elle les rapportait à l'hôtel.

XXXI

Anna avait désiré vivement cette rencontre avec son fils; elle y avait pensé et s'y était préparée depuis longtemps; cependant elle ne s'était pas attendue à tant d'émotion. Revenue dans sa chambre d'hôtel, elle se demanda pourquoi elle était là. « Oui, tout est fini, je suis seule », se dit-elle. Et sans ôter son chapeau elle s'assit dans un fauteuil près de la cheminée. Ses yeux se fixèrent sur une pendule de bronze, posée sur une console entre les fenêtres, et elle s'absorba dans ses réflexions.

La femme de chambre française qu'elle avait ramenée de l'étranger lui proposa de l'habiller. Anna regarda cette fille avec étonnement et répondit : « Plus tard. » Un domestique vint lui demander si elle ne voulait pas du café, elle lui fit la même réponse.

La nourrice italienne entra à son tour, portant la petite fille qu'elle venait d'habiller. La petite, bien soignée, potelée, en apercevant sa mère sourit comme de coutume, de sa petite bouche édentée, battant l'air de ses petites mains, à la façon d'un poisson agitant ses nageoires, et se mit à frapper les plus empesés de sa jupe brodée. Il était impossible de lui résister, de ne pas l'embrasser, de lui refuser le doigt auquel elle s'accrochait avec des cris de joie, en s'élançant de tout son corps; impossible de lui refuser la lèvre qu'elle prenait dans sa bouche pour l'embrasser. Anna ne put rester indifférente. Elle prit la fillette dans ses bras, la fit sauter sur ses genoux, baisa ses joues fraîches et ses bras nus; mais la vue même de cette enfant l'obligea à se rendre compte encore plus clairement que le sentiment qu'elle éprouvait pour elle n'était même pas de la tendresse en comparaison de celui qu'elle ressentait pour Serge. Tout en cette petite créature la ravissait, mais son cœur demeurait insensible. Elle avait reporté sur son premier enfant, qui était cependant le fils d'un homme qu'elle n'aimait pas, toutes les forces d'un amour inassouvi; et sa petite fille, née dans les conditions les plus pénibles, n'avait pas reçu la centième partie des caresses qu'elle avait prodiguées à son fils. En outre, la fillette ne représentait aux yeux d'Anna que des espérances, tandis que Serge était presque un homme; et un homme aimé, connaissant déjà le monde des pensées et des sentiments. Il comprenait sa mère, l'aimait, la jugeait peut-être... C'est ce qu'elle pensait, se rappelant les paroles et les regards de Serge; or, maintenant elle était séparée de lui pour toujours, physiquement et moralement; et à cette situation il n'y avait pas de remèdes.

Elle rendit la fillette à sa nourrice, les congédia et ouvrit un médaillon contenant le portrait de Serge à l'âge qu'avait maintenant la petite fille. Elle se leva, ôta son chapeau, et prit sur la table un album où se trouvaient des photographies de son fils à différents âges. Anna, voulant comparer entre elles les photographies, se mit à les retirer de l'album. La dernière, la meilleure, représentait Serge en blouse blanche, à cheval sur une chaise, fronçant les sourcils et souriant. La ressemblance était parfaite. De ses doigts habiles, aujourd'hui particulièrement nerveux, elle saisit plusieurs fois le coin de la photographie, mais ne put parvenir à la tirer du cadre. Comme il n'y avait pas de coupe-papier sur la table, la jeune femme prit une photographie au hasard (c'était un portrait de Vronskï, en cheveux longs et chapeau mou, fait à Rome), afin de s'en servir pour pousser celle de son fils.

« Le voilà! » se dit-elle en regardant la photographie de Vronskï. Et elle se rappela soudain qu'il était l'auteur de son malheur présent. Elle n'avait pas pensé à lui de toute la matinée; mais la vue de ce visage noble, énergique, qu'elle connaissait et aimait tant, fit monter dans son cœur un flot d'amour. « Où est-il? Pourquoi me laisse-t-il seule avec ma souffrance? » se demanda-t-elle avec amertume, oubliant qu'elle lui dissimulait avec soin tout ce qui touchait son fils. Aussitôt elle lui fit dire de monter chez elle, et l'attendit, le cœur serré, inventant les paroles qu'elle lui dirait, imaginant les mots d'amour avec lesquels il la consolerait. Le domestique revint lui dire que Vronskï recevait une visite. Il faisait demander si madame pouvait le recevoir, avec le prince Iachvine, nouvellement arrivé à Pétersbourg.

« Il ne viendra pas seul! Et il ne m'a pas vue depuis hier, depuis le dîner, pensa-t-elle. Il ne viendra pas seul, mais il viendra avec Iachvine et je ne pourrai rien lui dire. » Tout à coup une pensée terrible lui traversa l'esprit :

« S'il avait cessé de m'aimer! »

Elle repassa vivement dans sa mémoire les événements des derniers jours, et elle y trouvait mainte confirmation de cette horrible pensée. La veille Vronskï n'avait pas dîné avec Anna; il avait insisté pour ne pas habiter le même appartement qu'elle à Pétersbourg; et maintenant il ne venait pas seul, comme s'il eût craint un tête-à-tête...

« Mais son devoir est de m'avouer cela, le mien de m'éclairer! Si c'est vrai, je sais ce qui me reste à faire », se dit-elle, bien qu'incapable de se représenter ce qu'elle deviendrait si l'indifférence de son amant était prouvée. La pensée qu'il avait cessé de l'aimer la réduisit au désespoir et la surexcita. Elle sonna sa femme de chambre, passa dans son cabinet de toilette, et prit un soin particulier à s'habiller, comme si Vronskï, devenu indifférent, eût pu redevenir amoureux à la vue d'une toilette et d'une coiffure seyantes. La sonnette retentit avant qu'elle fût prête...

Dans le salon, ce fut Iachvine qu'elle aperçut d'abord. Il examinait les photographies de son fils qu'elle avait oubliées sur la table, et ne se hâtait pas de la regarder, elle.

— Nous sommes d'anciennes connaissances, lui dit-elle en mettant sa petite main dans la main énorme de Iachvine. Celui-ci se sentit gêné (ce qui semblait bizarre de la part de cet homme d'une taille gigantesque et dont le visage exprimait l'énergie). Nous nous sommes vus l'année dernière aux courses... Donnez, dit-elle, reprenant à Vronskï, par un mouvement rapide, la photographie de son fils, et le regardant de ses yeux brillants.— Les courses de cette année ont-elles été belles? Nous avons vu les courses à Rome, au Corso. Mais vous n'aimez pas la vie à l'étranger, ajouta-t-elle en souriant. Je vous connais et quoique nous nous soyons peu rencontrés, je connais vos goûts.

— Je le regrette, car mes goûts sont pour la plupart mauvais, dit Iachvine en mordillant sa moustache gauche.

Après un moment de conversation, Iachvine, voyant que Vronskï regardait sa montre, demanda à Anna si elle comptait rester longtemps à Pétersbourg. Redressant son énorme taille, il prit son képi.

— Pas longtemps, je crois, répondit-elle un peu gênée, et regardant Vronskï.

— Alors nous ne nous reverrons plus? dit Iachvine se tournant vers Vronskï. Où dînes-tu?

— Venez dîner avec moi, dit Anna d'un ton décidé. Mécontente de ne pouvoir dissimuler la confusion qu'elle éprouvait toutes les fois que sa situation fausse s'affirmait devant un étranger, elle s'empourpra. — Le dîner ici n'est pas très bon, mais du moins serez-vous ensemble. De tous ses camarades de régiment, vous êtes celui que préfère Alexis.

— J'en serai enchanté, répondit Iachvine, avec un sourire qui prouva à Vronskï qu'Anna lui plaisait beaucoup.

Iachvine salua et sortit. Vronskï resta en arrière.

— Tu sors aussi? lui demanda-t-elle.

— Je suis déjà en retard, répondit-il. Va, je te rejoins tout de suite, cria-t-il à son ami.

Elle lui prit la main et, sans le quitter des yeux, chercha ce qu'elle pourrait bien dire pour le retenir.

— Attends, j'ai quelque chose à te demander, et elle approcha de sa joue la main de Vronskï... Oui... Ai-je eu tort de l'inviter à dîner?

— Tu as très bien fait, répondit-il avec un sourire tranquille, laissant voir ses belles dents, et il lui baisa la main.

— Alexis, tu n'as pas changé à mon égard? demanda-t-elle en lui serrant la main entre les siennes... Alexis, je souffre ici. Quand partons-nous?

— Bientôt, bientôt. Tu n'imagines pas combien pour moi aussi cette vie est pénible. Et il retira sa main.

— Eh bien! va, va! dit-elle d'un ton blessé. Et elle s'éloigna rapidement.

XXXII

QUAND Vronskï rentra à l'hôtel, Anna n'était plus là. On dit au jeune homme que peu après son départ une dame était venue et qu'elles étaient sorties ensemble. Cette façon de s'absenter sans dire où elle allait, et de n'être pas encore rentrée, cette sortie du matin, dont il ne connaissait pas le but, tout cela joint à l'air agité qu'elle avait eu, au ton dur avec lequel elle lui avait retiré les photographies de son fils devant Iachvine, tout cela fit réfléchir Vronskï.

Il décida qu'une explication était nécessaire et il attendit Anna au salon. Elle ne rentra pas seule. Elle amenait une de ses tantes, une vieille fille, la princesse Oblonskï, qui était venue le matin et avec qui elle était allée faire des emplettes. Sans remarquer l'air anxieux et interrogateur de Vronskï, Anna se mit à raconter gaîment ce qu'elle avait acheté dans la matinée. Vronskï voyait qu'il se passait en elle quelque chose de particulier; quand, furtivement, elle le regardait, il découvrait dans ses yeux brillants une tension; et dans ses paroles et ses mouvements, cette agitation fébrile et gracieuse qui, au commencement de leur union, l'avait tant charmé; maintenant, elle le troublait et l'inquiétait.

Le couvert était mis pour quatre personnes. On allait se mettre à table, lorsqu'on annonça Touchkévitch, de la part de la princesse Betsy, avec une commission pour Anna.

La princesse Betsy s'excusait de n'être pas venue dire adieu à Anna; elle priait celle-ci de venir la voir entre six heures et demie et neuf heures.

Vronskï regarda Anna lorsque furent mentionnées ces heures qui montraient que toutes les précautions étaient prises pour qu'elle ne rencontrât personne. Anna ne parut pas remarquer ce détail.

– Je regrette infiniment de n'être pas libre entre six heures et demie et neuf heures, dit-elle avec un imperceptible sourire.

– La princesse le regrettera beaucoup.

– Moi aussi.

– Vous allez probablement entendre la Patti? demanda Touchkévitch.

– La Patti! C'est une idée! J'irais certainement si je pouvais me procurer une loge.

– Je puis vous en avoir une, proposa Touchkévitch.

– Je vous en serais très obligée, dit Anna. Mais ne voulez-vous pas dîner avec nous?

Vronskï haussa légèrement les épaules. Il ne comprenait rien à la façon d'agir d'Anna. Pourquoi avait-elle amené la vieille princesse, pourquoi gardait-elle Touchkévitch à dîner, et surtout pourquoi voulait-elle une loge?

Pouvait-elle, dans sa position, aller entendre la Patti un jour d'abonnement, certaine de rencontrer au théâtre toutes les personnes qu'elle connaissait? Il la regarda sérieusement, mais elle lui répondit par un regard provocant, railleur ou désespéré, dont il ne put comprendre la signification. Pendant le dîner Anna fut très animée, et sembla faire des coquetteries tantôt à Touchkévitch, tantôt à Iachvine.

Quand ils sortirent de table, Touchkévitch partit chercher la loge et Iachvine descendit fumer avec Vronskï. Au bout d'un certain temps, celui-ci remonta. Anna était déjà en toilette de soie claire, décolletée, faite à Paris; des dentelles de prix encadraient son visage et faisaient ressortir son éclatante beauté.

– Vous allez vraiment au théâtre? lui dit-il, cherchant à ne pas la regarder.

– Pourquoi me demandez-vous cela de cet air effrayé? répondit-elle, froissée de nouveau de constater qu'il ne la regardait pas. Je ne vois pas pourquoi je n'irais pas?

Elle semblait ne pas comprendre la signification des mots.

– Évidemment, il n'y a aucune raison... dit-il en fronçant les sourcils

– C'est précisément ce que je dis, fit-elle, ne voulant pas comprendre l'ironie de sa réponse. Elle enfila tranquillement un long gant parfumé.

– Anna, au nom du ciel qu'avez-vous? lui dit-il, comme le lui disait autrefois son mari.

– Je ne comprends pas ce que vous me voulez.

– Vous savez bien que vous ne pouvez pas aller au théâtre aujourd'hui.

– Pourquoi? Je n'y vais pas seule. La princesse Barbe est allée s'habiller; elle viendra avec moi.

Il leva les épaules, surpris et découragé.

– Ne savez-vous donc pas... commença-t-il.

– Mais je ne veux rien savoir! dit-elle presque criant. Je ne le veux pas... Je ne me repens en rien de ce que j'ai fait. Non, non, non; et si c'était à recommencer, je ferais la même chose. Il n'y a qu'une chose importante pour vous et moi, c'est de savoir si nous nous aimons. Le reste ne compte pas. Pourquoi vivons-nous ici séparés et ne nous voyons-nous pas? Pourquoi ne puis-je aller au théâtre? Je t'aime et tout m'est égal, si tu n'as pas changé à mon égard, dit-elle en russe avec un éclat particulier du regard, éclat incompréhensible pour lui. Pourquoi ne me regardes-tu pas?

Il la regarda. Il vit la beauté de son visage et de sa toilette, qui lui allait si bien; mais cette beauté et cette élégance maintenant l'irritaient.

– Mes sentiments ne sauraient changer, vous le savez. Mais je vous supplie de n'y pas aller, lui dit-il, de nouveau en français, le regard froid mais la voix suppliante.

Elle n'entendit pas les paroles et ne remarqua que le regard. Elle répondit, très irritée :

– Et moi, je vous prie de m'expliquer pourquoi je ne dois pas sortir?

– Parce que cela peut vous attirer des... Il se troubla.

– Je ne comprends pas. Touchkévitch n'est pas compromettant et la princesse Barbe n'est pas plus mal qu'une autre. Ah! la voici!

XXXIII

POUR la première fois Vronskï ressentit un sentiment de dépit voisin de la colère, à cause de l'obstination d'Anna, qui ne voulait pas se rendre compte de la situation. Il était d'autant plus irrité qu'il ne pouvait pas lui expliquer la cause de son dépit. En effet, pour être sincère il aurait dû lui dire : « Paraître au théâtre dans cette toilette, avec une personne comme la princesse, connue de tout le monde, c'est non seulement reconnaître votre situation de femme perdue, mais jeter un défi à l'opinion publique, c'est-à-dire renoncer pour toujours à rentrer dans le monde. » Il ne pouvait lui dire cela.

« Comment ne le comprend-elle pas?... Qu'est-ce qui se passe en elle? » se disait-il. Et tandis que son estime pour Anna baissait, le sentiment de sa beauté grandissait. Il retourna dans son appartement, les sourcils froncés, et s'assit près de Iachvine. Celui-ci, ses longues jambes étendues sur une chaise, buvait un mélange de cognac et d'eau de Seltz. Vronskï se fit servir la même chose.

– Tu parlais de Mogoutchi, le cheval de Lankovski?... C'est une belle bête, que je te conseille d'acheter, commença Iachvine, jetant un regard sur le visage sombre de son camarade. La croupe est un peu fuyante, mais quelles jambes et quelle tête! On ne peut désirer mieux.

– Aussi je pense l'acheter, répondit Vronskï.

Cette conversation sur les chevaux l'intéressait, malgré quoi la pensée d'Anna ne le quittait pas; involontairement, il écoutait ce qui se passait dans le corridor et regardait la pendule de la cheminée.

– Anna Arkadiévna fait dire qu'elle est partie pour le théâtre, annonça le domestique.

Iachvine versa encore un petit verre de cognac dans l'eau gazeuse, l'avala et se leva en boutonnant son uniforme.

– Eh bien, partons-nous? dit-il souriant à moitié sous ses longues moustaches. Par ce sourire il montrait qu'il devinait la cause de la contrariété qu'éprouvait Vronskï et qu'il n'y attachait pas une grande importance.

– Je n'irai pas, répondit Vronskï sombrement.

– Moi, je dois y aller, j'ai promis. Au revoir! Si tu viens, tu pourras prendre le fauteuil de Krasinski, à l'orchestre.

– Non, j'ai à travailler.

« On a des ennuis avec sa femme, mais avec une maîtresse c'est encore pis », pensa Iachvine en quittant l'hôtel.

Vronskï resté seul se leva et se mit à marcher de long en large.

« C'est aujourd'hui le quatrième abonnement... Égor et sa femme seront là... avec ma mère probablement... c'est-à-dire avec tout Pétersbourg! En ce moment elle entre, ôte sa fourrure et s'avance à la lumière. Touchkévitch, Iachvine, la princesse Barbe... Eh bien?... Et moi?... Ai-je peur? ou ai-je donné à Touchkévitch le droit de la protéger? De toute façon c'est absurde! absurde! Ah, pourquoi me met-elle dans cette situation? » dit-il en agitant la main. Ce mouvement accrocha le guéridon sur lequel était posé le plateau avec l'eau de Seltz et le carafon de cognac. De dépit, le jeune homme poussa du pied le meuble et le renversa complètement. Il sonna.

— Si tu veux rester chez moi, dit-il au valet qui entrait, n'oublie pas ton service. Que ceci n'arrive plus. Arrange cela.

Le valet se sentant innocent voulut se justifier, mais un coup d'œil jeté sur son maître lui prouva qu'il valait mieux se taire. Il s'agenouilla sur le tapis et se mit à ramasser les débris des verres et des carafes.

— Ce n'est pas ton affaire... Appelle un garçon, et prépare mon habit.

Il était neuf heures et demie quand Vronskï entra au théâtre. Le spectacle battait son plein. Le contrôleur, un vieillard, ôta à Vronskï sa pelisse, et, le reconnaissant, l'appela « Excellence »; il dit au retardataire de ne pas prendre de numéro mais tout simplement d'appeler Féodor.

Dans le couloir éclairé il n'y avait personne, sauf le personnel et deux valets de pied tenant des fourrures et écoutant aux portes. Par la porte entrouverte on entendait l'orchestre accompagnant une voix de femme qui modulait très distinctement une phrase musicale. La porte s'ouvrit, laissant passer un autre contrôleur, et la phrase chantée frappa l'oreille de Vronskï. Il ne put entendre la fin, la porte s'étant refermée; mais, aux tonnerres d'applaudissements entendus au travers des cloisons, il comprit que le morceau était terminé.

Quand il pénétra dans la salle qu'éclairaient brillamment un lustre à gaz et des appliques de bronze, les bravos duraient encore. Sur la scène, la cantatrice, les épaules nues, couverte de diamants, saluait et se penchait pour ramasser, avec l'aide du ténor qui lui donnait la main, de nombreux bouquets qui volaient sur la scène par-dessus la rampe. Puis l'actrice s'approcha d'un monsieur très pommadé qui, allongeant le bras, lui tendait un écrin par-dessus la rampe.

Tout le public des loges et de l'orchestre s'agitait, criait, applaudissait. Le chef d'orchestre, de sa place, aidait à passer l'objet, puis il rajustait sa cravate blanche. Vronskï s'avança au milieu de l'orchestre; moins soucieux que jamais du spectacle, qu'il connaissait bien, de la scène, du bruit de tout ce troupeau bizarre, peu intéressant, des spectateurs entassés dans la salle, il s'arrêta et examina le public.

Dans les loges c'étaient les mêmes dames, ayant les mêmes officiers derrière elles; les mêmes femmes en toilettes voyantes, les mêmes uniformes, les mêmes habits noirs; aux étages supérieurs la même foule malpropre. Dans toute cette salle comble, une quarantaine de personnes, hommes et femmes, dans les loges et aux premiers rangs, représentaient à elles seules *le monde*. L'attention de Vronskï se porta aussitôt sur cette oasis.

L'acte venait de finir, c'est pourquoi, sans entrer dans la loge de son frère, Vronskï s'avança jusqu'aux premiers rangs des fauteuils et s'arrêta près de la rampe, à côté de Serpoukovskoï qui, l'ayant aperçu de loin, l'avait appelé d'un sourire.

Vronskï n'avait pas encore vu Anna et ne la cherchait pas; mais, d'après la direction que prenaient tous les regards, il supputa sans peine l'endroit où elle se trouvait. Il jeta un regard rapide autour de lui, sans l'arrêter de ce côté. S'attendant au pire, il cherchait des yeux Alexis Alexandrovitch; heureusement, celui-ci n'était pas au théâtre ce jour-là.

– Comme tu es resté peu militaire! lui dit Serpoukovskoï. Tu fais l'effet d'un diplomate, d'un artiste.

– Oui, aussitôt rentré à la maison, j'ai endossé l'habit, répondit Vronskï souriant. Il prenait lentement sa lorgnette.

– C'est en quoi je t'envie. Quand je rentre en Russie, je t'avoue que je remets ceci à regret (dit-il, en roulant ses aiguillettes). Je regrette ma liberté.

Serpoukovskoï avait depuis longtemps renoncé à pousser Vronskï dans la carrière militaire, mais il l'aimait toujours. Il se montra, ce soir-là, particulièrement aimable avec lui.

Vronskï, écoutant d'une oreille, promenait sa lorgnette des baignoires au balcon, examinant les loges. Tout à coup, la tête d'Anna lui apparut, fière et d'une beauté remarquable, dans son cadre de dentelle, auprès d'une dame à turban et d'un vieillard chauve. Elle occupait la cinquième baignoire, à vingt pas de lui. Assise sur le devant de la loge, elle causait avec Iachvine, en se détournant un peu. Sa tête, ses belles et larges épaules, l'éclat contenu et provocant de ses yeux et de tout son visage, tout la rappelait à Vronskï telle qu'il l'avait vue jadis au bal de Moscou. Mais les sentiments que lui inspirait sa beauté n'étaient plus les mêmes; ils n'avaient plus rien de mystérieux; aussi, tout en ressentant ce charme plus vivement encore, en était-il presque froissé. Elle ne regardait pas de son côté, mais Vronskï comprit qu'elle l'avait vu.

Quand il reporta de nouveau sa jumelle de ce côté, il vit la princesse Barbe, très rouge, rire d'un air forcé en regardant fréquemment la baignoire voisine. Anna, frappant de son éventail fermé le rebord de velours rouge de la loge, regardait au loin, avec l'intention évidente de ne pas voir ce qui se passait à côté d'elle. Quand à Iachvine, son visage avait la même expression que quand il perdait au jeu : les sourcils froncés, il ramenait de plus en plus sa moustache gauche dans sa bouche, en regardant aussi la loge voisine.

Dans cette loge de gauche se trouvaient les Khartasov, que Vronskï connaissait et avec lesquels Anna avait été aussi en relation. Madame Khartasov, une petite femme maigre, était debout dans sa loge, tournant le dos à Anna, et endossait une sortie de bal que lui tendait son mari; son visage était pâle, mécontent; elle semblait parler avec agitation. M. Khartasov, un gros monsieur chauve, jetait des regards sur Anna et tâchait de calmer sa femme. Quand celle-ci eut quitté la loge, le mari s'y attarda, cherchant à rencontrer le regard d'Anna pour la saluer. Mais elle ne voulut pas le remarquer et se pencha en arrière, près de la tête rasée de Iachvine. Khartasov sortit sans avoir salué, et la loge resta vide.

Vronskï ne comprenait pas ce qui se passait entre les Khartasov et Anna, mais il se rendit bien compte qu'elle venait d'essuyer une humiliation. Il vit, à l'expression du visage d'Anna, qu'elle rassemblait ses dernières forces pour soutenir son rôle jusqu'au bout et garder l'apparence du calme absolu. Et cet effort lui réussit. Ceux qui ne la connaissaient pas, qui ignoraient son histoire, qui ne pouvaient entendre les expressions de pitié, d'indignation ou d'étonnement qui échappaient à ses anciennes amies, sur l'audace qu'il y avait pour elle à se montrer ainsi, avec cette arrogance, dans tout l'éclat de sa beauté et de sa parure, ceux-là, admirant le calme et la beauté de cette femme, n'auraient pu soupçonner qu'elle vivait toutes les émotions d'une personne clouée au pilori.

Voyant qu'il était arrivé quelque chose, mais ne sachant quoi, Vronskï éprouvait une angoisse terrible; dans l'espoir de recueillir quelques détails, il se rendit dans la loge de son frère. Exprès, il traversa l'orchestre du côté opposé à la loge d'Anna; il se heurta, en sortant, à son ancien colonel qui causait avec deux personnes. Vronskï entendit prononcer le nom de Karénine. Il observa que le colonel s'empressait de l'appeler à haute voix par son nom, en regardant d'un air significatif ses interlocuteurs.

– Ah, Vronskï! Quand te verrons-nous au régiment? Nous ne te ferons pas grâce d'un banquet. Tu es notre doyen, dit le colonel.

– Je le regrette beaucoup, mais je n'en aurai pas le temps. Ce sera pour une autre fois, répondit Vronskï. Et il monta rapidement à la loge de son frère.

La vieille comtesse, sa mère, coiffée en boucles, se trouvait dans la loge. Varia et la princesse Sorokine se promenaient dans le couloir où Vronskï les rencontra.

Varia reconduisit la princesse Sorokine auprès de sa mère et, prenant le bras de Vronskï, elle attaqua le sujet qui l'intéressait. Jamais il ne l'avait vue aussi émue.

– Je trouve que c'est lâche et vil. Madame Khartasov n'avait aucun droit de faire cela. Madame Karénine... commença-t-elle.

– Mais qu'y a-t-il? Je ne sais rien.

– Comment, tu n'as rien entendu?

– Tu comprends bien que je serai le dernier à savoir quelque chose.

– Existe-t-il une plus méchante femme que cette Khartasov

– Mais qu'a-t-elle fait?

– C'est mon mari qui m'a raconté le fait... Elle a insulté madame Karénine. Alors son mari a adressé la parole à madame Karénine, d'une loge à l'autre, et sa femme lui a fait une de ces scènes!... On dit qu'elle a prononcé à haute voix je ne sais quelle injure, puis elle s'en est allée.

– Comte, votre mère vous appelle, dit la princesse Sorokine entrouvrant la porte de la loge.

– Je t'attends toujours, lui dit sa mère en souriant ironiquement. On ne te voit plus du tout.

Vronskï sentit qu'elle ne pouvait dissimuler sa satisfaction.

– Bonjour, maman. Je venais chez vous, répondit-il froidement.

– Quoi? Tu ne vas pas faire ta cour à madame Karénine? ajouta-t-elle, quand la princesse Sorokine se fut éloignée. Elle fait sensation. Pour elle, on oublie la Patti.

– Maman, je vous ai priée de ne pas me parler de cette dame, répondit-il en fronçant les sourcils.

– Je dis ce que tout le monde dit.

Vronskï ne répondit pas. Après avoir échangé quelques mots avec la jeune princesse Sorokine, il sortit. A la porte il rencontra son frère.

– Ah, Alexis! Quelle lâcheté!... Une sotte, rien de plus!... Je voulais aller voir madame Karénine. Allons ensemble, dit-il.

Vronskï ne l'écoutait pas; il descendit rapidement l'escalier. Il sentait qu'il avait un devoir à accomplir, mais il ignorait lequel.

Il en voulait à Anna de le mettre ainsi dans une position fausse, et d'autre part il était plein de pitié pour elle et ses souffrances le bouleversaient.

Il traversa l'orchestre et se dirigea vers la baignoire

d'Anna. Strémov se trouvait devant la loge et causait avec Anna.

– Il n'y a plus de ténors, disait-il, le moule en est brisé. Vronskï salua et s'arrêta pour parler à Strémov.

– Vous êtes arrivé tard, il me semble, et vous avez manqué le meilleur morceau, dit Anna à Vronskï, d'un air qui à celui-ci parut ironique.

– Je suis un juge médiocre, dit-il, la regardant sévèrement.

– Comme le prince Iachvine! repartit-elle en souriant. Il trouve que la Patti chante trop fort.

– Merci, dit-elle, prenant, de sa petite main emprisonnée dans un long gant, le programme que lui tendait Vronskï. Au même moment son beau visage tressaillit. Elle se leva et se retira au fond de la loge.

A l'acte suivant, Vronskï, remarquant que la loge d'Anna était vide, se leva au milieu de la cavatine, ce qui provoqua des « chut! », sortit de la salle et rentra à l'hôtel.

Anna était déjà rentrée. Vronskï la trouva dans sa toilette de théâtre. Elle s'était assise sur le premier siège venu, près du mur, et regardait devant elle. Dès qu'il entra, elle jeta sur lui un coup d'œil, sans changer d'attitude.

– Anna... dit-il.

– C'est toi, toi qui es cause de tout! s'écria-t-elle en se levant, des larmes de rage et de désespoir dans la voix.

– Je t'ai priée, suppliée de ne pas aller au théâtre! Je prévoyais quelque désagrément...

– Quelque désagrément! s'écria-t-elle. C'est horrible! Vivrais-je cent ans que je n'oublierai pas cela. Elle a dit qu'on se déshonorait en étant assis auprès de moi.

– Ce sont les paroles d'une sotte... Mais pourquoi risquer de les entendre, pourquoi s'y exposer?...

– Ton calme m'est odieux. Tu n'aurais pas dû me pousser à cela. Si tu m'aimais...

– Anna! Pourquoi mettre ici mon amour en question?...

– Oui, si tu m'aimais comme je t'aime, si tu souffrais comme moi – dit-elle le regardant avec une expression de terreur.

Elle lui fit pitié, et malgré son dépit, il protesta de son amour, puisqu'il voyait bien que c'était le seul moyen de la calmer; mais au fond du cœur il lui en voulait. Elle, au contraire, buvait ces serments d'amour qu'il croyait banal de répéter, et se tranquillisait peu à peu.

Le lendemain, complètement réconciliés, ils partirent pour la campagne.

SIXIÈME PARTIE

I

Daria Alexandrovna passa l'été avec ses enfants à Pokrovskoié, chez sa sœur Kitty Lévine. Elle avait accepté la proposition que lui avaient faite Lévine et sa femme, de passer l'été chez eux, car sa maison à elle tombait en ruine. Stépan Arkadiévitch approuva fort cet arrangement. Il exprima du regret d'être retenu par son service à Moscou et de ne pouvoir passer l'été avec sa famille à la campagne, ce qui, disait-il, eût été pour lui le comble du bonheur; mais il y venait de temps en temps pour un ou deux jours. Outre les Oblonskï, tous leurs enfants et leurs gouvernantes, les Lévine eurent aussi la visite de la vieille princesse, qui se croyait indispensable auprès de sa fille, à cause de *la position* de celle-ci. De plus, Varenka, l'amie que Kitty s'était faite à l'étranger, fidèle à sa promesse de venir quand Kitty serait mariée, passait aussi l'été à Pokrovskoié. Tous ces hôtes étaient des parents ou des amis de madame Lévine, et bien que Lévine les aimât tous, il regrettait un peu les vrais Lévine, étouffés par « l'élément Stcherbatzkï », comme il disait. En fait de parents, il n'avait chez lui, cet été-là, que Serge Ivanovitch; et encore celui-ci était-il plus Kosnichev que Lévine; de sorte que l'esprit des Lévine était complètement anéanti.

La maison, si longtemps déserte, abritait maintenant tant d'hôtes que presque toutes les chambres étaient occupées; chaque jour, en se mettant à table, la vieille princesse devait compter les convives afin d'éviter qu'on fût treize à table; en cas de nécessité, elle installait à une table à part un de ses petits-fils ou une de ses petites-filles. Kitty, qui s'occupait beaucoup du ménage, mettait tous ses soins à faire d'amples provisions de poulets, de dindes et de canards, pour satisfaire l'appétit des invités et des enfants, excité par l'air de la campagne.

La famille était à table, les enfants de Dolly avec leur gouvernante et Varenka projetaient d'aller chercher des champignons, lorsque au grand étonnement de tous Serge Ivanovitch, que tous respectaient et vénéraient presque, pour son intelligence et pour son érudition, témoigna du désir d'être de la partie.

– Permettez-moi d'aller avec vous. J'aime beaucoup la cueillette des champignons, dit-il, s'adressant à Varenka. Je trouve que c'est une très agréable distraction.

– Avec plaisir! répondit Varenka en rougissant.

Kitty échangea un regard avec Dolly. Cette proposition de l'intelligent et sérieux Serge Ivanovitch, d'aller cueillir des champignons avec Varenka, confirmait une idée qui depuis quelque temps préoccupait beaucoup Kitty.

Elle se hâta d'adresser la parole à sa mère, afin que son regard ne fût pas remarqué.

Après le dîner, Serge Ivanovitch s'assit, pour prendre son café, près de la fenêtre du salon, tout en continuant la conversation commencée avec son frère; mais il regardait sans cesse la porte par laquelle les enfants devaient passer pour aller en promenade. Lévine s'assit sur le rebord de la fenêtre près de son frère. Kitty, à côté de son mari, attendait, pour lui dire quelque chose, la fin de cette conversation, qui, évidemment, ne l'intéressait pas.

– Tu as beaucoup changé depuis que tu es marié, et à ton avantage, dit Serge Ivanovitch à Lévine, en souriant à Kitty. Il était sans doute peu intéressé lui-même par la conversation commencée; mais il restait fidèle à sa manie de soutenir les thèses les plus paradoxales.

– Katia, ce n'est pas bon pour toi de rester debout, lui dit son mari, approchant une chaise et la regardant d'un air important.

– D'ailleurs ce n'est plus la peine, ajouta Serge Ivanovitch, en apercevant les enfants qui accouraient.

En tête galopait Tania, aux bas bien tendus; elle agitait un panier et le chapeau de Serge Ivanovitch, en courant vers lui. S'approchant hardiment de l'écrivain, avec des yeux brillants, les mêmes beaux yeux que son père, elle tendit à Serge Ivanovitch son chapeau et fit même le mouvement de le lui mettre sur la tête, atténuant son audace par un sourire timide et doux.

– Varenka vous attend, dit-elle en posant doucement le chapeau, car elle voyait, au sourire de Serge Ivanovitch, qu'elle pouvait se risquer.

Varenka apparut dans la porte, en robe de toile jaune, un mouchoir blanc sur la tête.

– Me voici, me voici, Varvara Andréievna! dit Serge Ivanovitch avalant le reste de son café et enfonçant dans ses poches son mouchoir et son porte-cigarettes.

– N'est-ce pas qu'elle est charmante, ma Varenka? Elle est belle, noblement belle, n'est-ce pas? dit Kitty à son mari, dès que Serge Ivanovitch fut levé, mais de façon telle qu'il pût entendre.

– Varenka! cria-t-elle. Serez-vous dans le bois du moulin? Nous irons vous rejoindre!

– Tu oublies toujours ton état, Kitty. Il est imprudent de crier ainsi, dit la vieille princesse, sortant précipitamment du salon.

Varenka, en entendant la voix de Kitty et la réprimande de sa mère, revint vivement sur ses pas. Son regard, ses mouvements, l'incarnat de son visage animé, montraient qu'il se passait en elle quelque chose d'extraordinaire. Kitty savait ce que c'était et elle observait attentivement son amie. Elle ne l'avait appelée que pour lui donner mentalement sa bénédiction, car un événement important, selon elle, devait s'accomplir ce jour même, durant la promenade dans le bois.

– Varenka, je serais très heureuse si certaine chose arrivait aujourd'hui, lui murmura-t-elle en l'embrassant.

– Venez-vous avec nous? demanda Varenka à Lévine, feignant de n'avoir pas compris ce qu'on lui disait.

– Oui, jusqu'aux granges, et je resterai là.

– Quel plaisir trouves-tu à aller là-bas? demanda Kitty.

– C'est nécessaire. Je dois examiner de nouvelles charrettes.

– Et toi, où seras-tu?

– Sur la terrasse.

II

Sur la terrasse où les dames se réunissaient volontiers après le dîner, on se livrait ce jour-là à une grave occupation. Outre la confection de la layette du futur bébé, à laquelle toutes travaillaient, on faisait des confitures, d'après une recette nouvelle pour Agafia Mikhaïlovna : sans y mettre d'eau. Kitty tenait à imposer cette recette, pratiquée chez sa mère. Agafia Mikhaïlovna, à qui incombait cette besogne, persuadée que la méthode en usage chez les Lévine ne pouvait être mauvaise, avait cependant mis de l'eau pour faire la confiture de fraises, affirmant qu'on ne pouvait faire autrement. On s'en était aperçu et on l'avait obligée à faire la confiture de framboise devant témoins; elle verrait alors que sans eau la confiture est également bonne.

Agafia Mikhaïlovna, rouge, mécontente, les cheveux en désordre, ses bras maigres nus jusqu'aux coudes, remuait la confiture dans la bassine au-dessus d'un réchaud; d'un air méchant elle regardait la framboise, désirant de tout son cœur que la confiture ne réussît pas. La vieille princesse, à qui était due l'introduction de cette nouvelle méthode, sentant peser sur elle la colère d'Agafia Mikhaïlovna, feignait de ne pas s'occuper des confitures; elle causait avec ses filles d'un air indifférent, mais surveillait la servante du coin de l'œil.

– J'achète toujours moi-même l'étoffe pour les femmes de chambre... disait la princesse, continuant la conversation commencée... Il faudrait peut-être écumer, ma chère? ajouta-t-elle, s'adressant à Agafia Mikhaïlovna. Ne le fais pas toi-même, c'est trop chaud, dit-elle, arrêtant Kitty.

– Non, c'est moi qui le ferai, dit Dolly. Se levant lentement, elle se mit à passer la cuiller sous l'écume qu'elle secouait ensuite sur une assiette déjà couverte d'écumes de diverses couleurs : rose ou jaune, et de sirop.

« Comme ils lècheront cela au moment du thé! » se dit-elle, pensant à ses enfants. Elle se rappelait qu'étant petite, elle s'étonnait de voir que les grandes personnes ne mangeaient pas l'écume; le meilleur, selon elle.

– Stiva prétend qu'il vaut mieux donner l'argent, dit Dolly, continuant la conversation sur la meilleure façon de faire des cadeaux aux domestiques. – Mais...

– Comment peut-on donner de l'argent! s'écrièrent d'une seule voix la vieille princesse et Kitty... C'est l'attention qu'elles apprécient.

– Moi, par exemple, l'année dernière, j'ai acheté pour notre Matriona Séméonovna, une étoffe de ce genre, dit la vieille princesse.

– Je me rappelle qu'elle l'avait le jour de votre fête.

– Un joli dessin, si simple et si distingué; si elle n'avait pas cette robe, je voudrais la pareille. C'est comme la robe de Varenka. Distingué, et si bon marché!...

– Je crois que c'est fait, dit Dolly, faisant couler le sirop de la cuiller. Continue encore un peu, Agafia Mikhaïlovna.

– Ah, ces mouches! fit avec colère Agafia Mikhaïlovna. Ce sera toujours la même chose, ajouta-t-elle.

– Oh, comme il est gentil! Ne l'effrayez pas, fit tout à coup Kitty, apercevant un moineau perché sur la rampe de la terrasse et picorant une framboise.

– Oui, mais tu feras bien de t'éloigner du fourneau, dit sa mère.

– A propos de Varenka, dit Kitty en français pour n'être

pas comprise d'Agafia Mikhaïlovna, savez-vous, maman, que j'attends aujourd'hui une décision. Vous comprenez laquelle. Ce serait bien!...

– Quelle belle marieuse! dit Dolly. Avec quel tact et quelle habileté elle les rapproche!

– Et vous, maman, qu'en pensez-vous?

– Mais qu'en penser? Lui (c'était Serge Ivanovitch), a le droit de prétendre aux meilleurs partis de Russie. Il est vrai qu'il n'est plus tout jeune; néanmoins beaucoup seraient flattées de l'épouser. C'est une excellente personne, mais il pourrait...

– Mais songez donc, maman, que pour lui et pour elle on ne peut rêver mieux! Premièrement elle est charmante, dit Kitty pliant un doigt.

– Elle lui plaît beaucoup, c'est vrai, confirma Dolly.

– Ensuite, la situation de mon beau-frère est si belle qu'il n'a aucun besoin d'épouser une femme à cause de ses relations ou de sa fortune. Ce qu'il lui faut, c'est une femme bonne, charmante, douce...

– Oh! avec elle, on peut être tranquille, opina Dolly.

– Troisièmement, il faut qu'elle l'aime. Et cela est. En un mot ce serait parfait... J'espère qu'à leur retour du bois tout sera décidé. Je le verrai tout de suite, à leurs regards. J'en serais si heureuse! Qu'en penses-tu, Dolly?

– Mais ne t'énerve pas ainsi, tu n'en as nullement besoin! dit sa mère.

– Je ne m'énerve pas, maman. Il me semble que c'est aujourd'hui qu'il fera sa déclaration.

– Ah! c'est bien étrange, la façon dont se font les déclarations!... Il y a un obstacle, et puis tout d'un coup, cet obstacle disparaît! dit Dolly avec un sourire mélancolique, se rappelant ses fiançailles avec Stépan Arkadiévitch.

– Maman, comment papa vous a-t-il demandée en mariage? demanda tout à coup Kitty.

– Mais très simplement, répondit la princesse dont le visage s'illumina à ce souvenir.

– Non, mais comment? L'aimiez-vous avant qu'il se fût déclaré?

Kitty éprouvait un plaisir particulier à pouvoir, en sa qualité de femme mariée, aborder ces sujets importants avec sa mère, comme avec une égale.

– Certainement. Il venait chez nous, à la campagne.

– Comment cela s'est-il décidé, maman?

– Tu crois sans doute avoir inventé quelque chose de nouveau. C'est toujours la même chose. Tout s'est fait par les yeux et par le sourire.

– Comme vous avez dit vrai, maman! Précisément par les yeux et par le sourire, approuva Dolly.

– Mais quelles paroles a-t-il prononcées?

– Lesquelles a prononcées Kostia?

– Lui, il a écrit sa déclaration avec de la craie. C'était surprenant... Qu'il y a longtemps de cela déjà! dit-elle.

Et les trois femmes se plongèrent dans les mêmes pensées.

Kitty, la première, rompit le silence. Elle se rappelait l'époque qui avait précédé son mariage; son emballement pour Vronskï

– Une seule chose me chiffonne : cette ancienne passion de Varenka, dit-elle en vertu d'une association d'idées. Je voulais en parler à Serge Ivanovitch, le préparer... Tous les hommes sont horriblement jaloux de notre passé, ajouta-t-elle.

– Pas tous, dit Dolly. Tu en juges d'après ton mari. Je suis sûre que le souvenir de Vronskï le tourmente encore. N'est-ce pas?

– C'est vrai, dit Kitty pensive, en souriant des yeux.

– Je ne comprends pas en quoi ton passé peut l'inquiéter? intervint la vieille princesse. Vronskï t'a fait la cour, mais à quelle jeune fille cela n'arrive-t-il pas?

– Il ne s'agit pas de cela, répondit Kitty rougissante.

– Non, permets, continua la mère. C'est toi qui n'as pas voulu me permettre de parler à Vronskï. Tu te souviens?

– Oh, maman! fit Kitty avec une expression de souffrance.

– Maintenant on ne peut t'en faire grief... Ces relations ne sont pas allées plus loin qu'il ne convenait... Moi-même y veillais... D'ailleurs, ma chérie, il n'est pas du tout indiqué pour toi de t'émouvoir. Je t'en prie, ne pense plus à cela et calme-toi.

– Je suis tout à fait calme, maman.

– Combien l'arrivée d'Anna a été heureuse pour Kitty et malheureuse pour elle-même! dit Dolly. Oui, c'est tout à fait le contraire, ajouta-t-elle, frappée de son idée. Alors Anna était heureuse et Kitty malheureuse. Et maintenant c'est tout l'opposé. Je pense souvent à elle!

– Ce n'est pas la peine. Une femme sans cœur, dit la mère, qui ne pouvait oublier que Kitty avait épousé Lévine et non Vronskï.

– Quel besoin aviez-vous de parler de cela? dit Kitty avec dépit. Je n'y pense jamais et n'y veux pas penser... Non, je n'y veux pas penser, répéta-t-elle, entendant le pas bien connu de son mari sur l'escalier de la terrasse.

– A qui ne veux-tu plus penser? demanda Lévine paraissant sur la terrasse.

Mais personne ne lui répondit et il ne renouvela pas sa question.

– Je regrette de troubler votre intimité, dit-il, en jetant sur sa femme un regard mécontent. Il comprenait qu'il venait d'être question de quelque chose qu'on n'aurait pas dit en sa présence.

Un instant il partagea les sentiments d'Agafia Mikhaïlovna, furieuse d'être obligée de faire la confiture de framboises à la mode Stcherbatzkï. Cependant il sourit et s'approcha de Kitty.

– Eh bien? lui demanda-t-il, avec cette expression qu'il avait toujours, maintenant, en s'adressant à elle.

– Rien. Tout va bien, répondit Kitty en souriant. Et toi, comment vas-tu?

– On a apporté trois fois plus que la charrette ne peut contenir... Viens-tu au-devant des enfants? J'ai fait atteler.

– Quoi! tu veux emmener Kitty en break? dit la mère d'un ton de reproche.

– Mais nous irons au pas, princesse.

Lévine n'appelait jamais sa belle-mère maman, comme le font d'ordinaire les gendres, et la princesse en était offensée. Mais bien que Lévine aimât et respectât la princesse, il aurait cru porter atteinte au souvenir de sa mère en lui donnant ce nom.

– Viens avec nous, maman, dit Kitty.

– Je ne veux pas voir ces folies.

– Alors j'irai à pied. C'est très bon pour moi, dit Kitty se levant pour prendre le bras de son mari.

– C'est bon en effet, mais il ne faut pas exagérer, dit la princesse.

– Eh bien, Agafia Mikhaïlovna, la confiture est-elle faite? demanda Lévine, souriant à la vieille bonne pour la dérider. La nouvelle méthode est-elle bonne?

– On prétend que c'est bien. Moi, je les trouve trop cuites.

– Cela vaut mieux, Agafia Mikhaïlovna. Ainsi n'aigriront-elles pas; d'autant qu'il n'y a plus de glace et qu'on ne saurait comment les conserver, dit Kitty, comprenant aussitôt l'intention de son mari et s'adressant à la vieille sur le même ton. En revanche maman dit qu'elle n'a jamais mangé d'aussi bonne marmelade que celle que vous faites, ajouta-t-elle, en ajustant le fichu de la vieille femme.

Agafia Mikhaïlovna regarda Kitty d'un air fâché :

– Ne me consolez pas, madame, dit-elle. Il me suffit de vous voir avec lui pour être contente.

– Venez avec nous chercher des champignons. Vous nous montrerez les bons endroits.

Agafia Mikhaïlovna sourit et hocha la tête d'un air de dire : « Je voudrais bien vous garder rancune, mais c'est impossible. »

– Suivez mon conseil, dit la vieille princesse. Au-dessus de chaque pot mettez un rond de papier mouillé de rhum, et vous n'aurez pas besoin de glace pour conserver la confiture.

III

Kitty était particulièrement contente de se trouver un moment seule avec son mari, car elle avait remarqué le mécontentement passager qui s'était traduit si vivement dans la physionomie de Lévine quand il était arrivé sur la terrasse et avait posé une question à laquelle on ne lui avait pas répondu. Ils prirent les devants sur la route poudreuse toute semée d'épis et de grains, et quand ils furent hors de vue de la maison, elle s'appuya plus fortement sur son bras et le serra contre elle. Lévine avait déjà oublié l'impression pénible qu'il avait éprouvée, et seul avec elle, obsédé par la pensée de sa grossesse, qui ne le quittait pas d'un moment, il jouissait du sentiment pur, exempt de toute sensualité, et encore nouveau pour lui, de la présence de la femme aimée? Il n'avait rien à lui dire, mais il désirait entendre le son de sa voix, observer son regard, que son état avait modifié. Dans la voix ainsi que dans le regard il y avait plus de douceur et de sérieux, comme il arrive chez les personnes toujours absorbées par la même préoccupation.

– Tu ne seras pas fatiguée? Appuie-toi davantage, dit-il.

– Je suis heureuse d'être seule avec toi. Je t'avouerai que j'ai grand plaisir à être avec eux tous, mais que je regrette nos soirées d'hiver en tête à tête.

– C'était bien, et c'est encore mieux. Les deux sont bien, dit-il serrant son bras.

– Sais-tu de quoi nous parlions quand tu es venu?

– Des confitures?

– Oui, mais aussi des demandes en mariage.

– Ah! fit Lévine écoutant plutôt le son de la voix que les paroles, et attentif à contourner les obstacles contre lesquels elle aurait pu buter, dans le sentier du bois qu'ils suivaient à présent.

– Nous avons parlé de Serge Ivanovitch et de Varenka. As-tu remarqué?... J'en serais heureuse! continua-t-elle. Qu'en penses-tu?

Elle le regarda.

– Je ne sais que penser, répondit en souriant Lévine. Sous ce rapport Serge m'a toujours étonné... Je t'ai raconté...

– Oui, qu'il a été amoureux d'une jeune fille qui est morte.

– J'étais encore enfant; je le sais par des racontars. Je me le rappelle alors... Il était extraordinairement séduisant. Depuis, je l'ai observé avec les femmes : il est aimable, quelques-unes lui plaisent, mais on sent que pour lui elles ne sont que des êtres humains.

– Mais Varenka... Il me semble qu'il y a quelque chose...

– Peut-être... Mais il faut le connaître... C'est un homme extraordinaire, admirable... Il ne vit que par l'âme. C'est un homme trop pur, son âme est trop haute...

– Tu veux dire que ce serait pour lui une déchéance?

– Non, mais il est si habitué à sa vie solitaire, spirituelle, qu'il ne peut s'accommoder de la réalité. Et Varenka, malgré tout, c'est une réalité.

Lévine avait l'habitude d'exprimer franchement sa pensée, sans prendre la peine de la vêtir de paroles exactes. Il savait que sa femme comprenait en ce cas ce qu'il avait voulu dire. Une allusion seule suffisait. Elle comprit :

– Oui, mais il n'y a pas en elle la même réalité qu'en moi, par exemple. Je comprends qu'il n'aurait pas pu devenir amoureux de moi. Mais Varenka est toute spirituelle...

– Mais non... Il t'aime beaucoup... Et je suis très heureux que les miens t'aiment...

– Oui, il est indulgent pour moi, mais...

– Pas comme feu Nikolenka!... Vous vous aimiez, pourquoi ne pas le dire? ajouta-t-il. Parfois je me fais des reproches; nous finirons par l'oublier. Ah, quel homme terrible et charmant!... Oui. Que disions-nous? reprit Lévine après un court silence.

– Tu disais qu'il ne pouvait tomber amoureux, dit Kitty exprimant à sa façon l'idée de son mari.

– Je ne dis pas cela, fit en souriant Lévine, mais il n'a pas certaine faiblesse qui est nécessaire... Je l'ai toujours envié, et je l'envie encore malgré mon bonheur.

– Tu l'envies de ne pouvoir être amoureux?

– Je l'envie d'être meilleur que moi, répondit Lévine en souriant. Sa vie n'a rien d'égoïste. Toute sa vie est subordonnée au devoir, c'est pourquoi il peut être heureux et tranquille.

– Et toi? demanda Kitty avec un sourire à la fois railleur et tendre.

Elle n'aurait pu expliquer la marche des idées qui la faisaient sourire, mais sa conclusion était qu'en ce moment Lévine, qui admirait tant son frère et s'humiliait devant lui, n'était pas sincère. Kitty savait que ce manque de franchise provenait de l'amour de Lévine pour son frère, d'une sorte de gêne causée par un trop grand bonheur et surtout du désir obstiné d'être meilleur. Elle aimait ces traits en lui, et c'est pourquoi elle souriait.

– Et toi, de quoi es-tu mécontent? lui demanda-t-elle avec le même sourire.

Il était heureux de sa méfiance et inconsciemment la provoquait, pour qu'elle en dît les causes.

– Je suis heureux, mais mécontent de moi.

– Comment peux-tu être mécontent, si tu es heureux?

– Comment t'expliquer? Je désire par-dessus tout que tu ne fasses pas de faux pas... Il ne faut pas sauter, dit-il interrompant la conversation pour lui reprocher un mouvement trop vif qu'elle avait fait en enjambant une branche barrant le sentier... Quand je pense à moi et me compare aux autres, surtout à mon frère, je sens que je ne vaux pas grand-chose.

– Mais pourquoi? répéta Kitty avec le même sourire. Ne fais-tu pas ce que font tous les autres? Et tes paysans, et ton domaine, et ton livre?

– Non, je le sens, surtout maintenant! C'est de ta faute, si cela ne va pas comme je voudrais, dit-il en lui serrant la main. Je travaille comme ça, en passant. Si je pouvais aimer tout cela comme je t'aime, toi... Mais, ces derniers temps, je fais tout cela comme une corvée.

– Alors que diras-tu de papa? Est-il mauvais, parce qu'il ne collabore pas à la vie publique?

– Lui? Non! Mais il faudrait avoir sa simplicité, sa clarté, sa bonté. Et moi, ai-je tout cela? Je ne fais rien et me tourmente. Et tout cela c'est de ta faute. Quand tu n'étais pas là, quand il n'y avait pas *cela,* dit-il la regardant d'une façon particulière qu'elle comprenait, je donnais toutes mes forces au travail. Maintenant je ne le puis plus et j'en ai honte. Le travail me semble une corvée; je finis...

– Dis-moi, voudrais-tu changer avec Serge Ivanovitch? Voudrais-tu n'avoir à t'occuper que du bien public, et comme lui, n'aimer que cela et rien de plus?

– Certes non. Au reste je suis trop heureux pour raisonner juste... Ainsi tu crois qu'il se déclarera aujourd'hui? ajouta-t-il, après un moment de silence.

– Oui et non. Simplement, je le désire de tout cœur. Attends!

Elle se pencha et cueillit une marguerite qui poussait au bord du sentier. Comptons. Se déclarera-t-il ou non? dit-elle lui donnant la fleur.

– Oui, non. Oui, non?... dit Lévine arrachant chaque étroite ligule blanche.

– Non! conclut Kitty, qui suivait anxieusement le mouvement des doigts. Non, tu en as arraché deux, dit-elle, lui saisissant la main.

– Oui, mais en revanche, cette petite ne compte pas, dit Lévine... Tiens, le break qui nous rejoint!

– Tu n'es pas fatiguée, Kitty? cria la princesse.

– Pas du tout.

– Sans quoi tu pourrais t'asseoir. Les chevaux sont très doux, et nous irons au pas.

– Ce n'est pas la peine.

Ils étaient presque arrivés. La promenade se continua à pied.

IV

Varenka, un mouchoir blanc sur ses cheveux noirs, entourée des enfants, très gaie au milieu d'eux et évidemment émue par la possibilité d'une explication avec l'homme qui lui plaisait, était très attrayante. Serge Ivanovitch, marchant à côté d'elle, ne cessait de l'admirer. Tout en la regardant il se rappela ce qu'il avait entendu dire de son passé, ce qu'il avait remarqué lui-même de bon et d'aimable en elle; et il se rendait compte de plus en plus qu'il éprouvait pour elle un sentiment particulier, qu'il n'avait encore ressenti qu'une seule fois, dans sa première jeunesse. Augmentant sans cesse, l'impression de joie causée en lui par la présence de la jeune fille fut un instant si vive, qu'en jetant dans le panier de Varenka un énorme champignon blanc à tige mince qu'il venait de trouver, il plongea son regard dans ses yeux et, voyant la rougeur d'une émotion joyeuse et craintive se répandre sur ce visage, il demeura confus lui-même et sourit d'une façon trop expressive. « S'il en est ainsi, se dit-il, je dois réfléchir, et ne pas m'abandonner comme un gamin à un entraînement passager.

– Je vais chercher des champignons tout seul, dit-il, sans quoi mes trouvailles passeront inaperçues.

Quittant la lisière du bois où ils marchaient sur l'herbe basse, parmi de vieux et rares bouleaux, il s'enfonça dans le bois où les bouleaux se mêlaient aux ormes gris et aux bouquets vert sombre des noisetiers. Après avoir fait une quarantaine de pas, il s'arrêta derrière un bouquet de noisetiers en pleine floraison où il était sûr de ne pas être vu. Autour de lui tout était silencieux, sauf qu'en haut du bouleau sous lequel il se trouvait des mouches bourdonnaient comme une ruche d'abeilles, et que de temps en temps résonnaient les voix des enfants.

Tout à coup Serge Ivanovitch entendit, venant de la lisière

du bois, la voix grave de Varenka qui appelait Gricha; un sourire joyeux éclaira son visage. Il hocha la tête, mécontent de lui-même. Prenant un cigare, il voulut l'allumer. Mais il avait de la peine à faire prendre l'allumette sur le tronc du bouleau; l'écorce blanche, trop tendre, se collait au phosphore et la flamme s'éteignait. Enfin une des allumettes s'enflamma, et la fumée odorante du cigare, en un nuage flottant, s'éleva au-dessus du bouquet de noisetiers. En suivant des yeux la fumée, Serge Ivanovitch s'avançait à pas lents, et se livrait à ses réflexions. « Pourquoi pas? pensait-il. Si c'était le coup de foudre ou de la passion, si ce n'était pas une inclination réciproque. (Oui, je puis dire *réciproque*.) Si je sentais qu'elle est en complet désaccord avec toute ma vie... qu'en m'y abandonnant je trahis ma vie et mon devoir... Mais non, il n'y a rien de cela. La seule objection possible, c'est la promesse que je me suis faite, en perdant Marie, de rester fidèle à son souvenir... » Ainsi songeait Serge Ivanovitch; mais il sentait bien que la dernière considération qu'il avait évoquée n'avait d'autre importance que celle de soutenir le rôle poétique qu'il jouait aux yeux du monde.

« A part cela, j'ai beau chercher, je ne trouve rien à opposer à mon sentiment. En ne me laissant conduire que par ma raison, je ne pourrais trouver mieux. »

Il avait beau évoquer le souvenir des femmes et des jeunes filles qu'il connaissait, il n'en trouvait aucune qui répondît mieux que Varenka à tout ce qu'il rêvait pour une épouse. Elle avait le charme et la fraîcheur de la jeunesse sans en avoir l'enfantillage; et si elle l'aimait, c'était comme doit aimer une femme. C'était un point. En outre elle n'aimait pas le monde et le fuyait, mais elle en avait l'usage et possédait toutes les manières d'une jeune fille de la bonne société, manières sans lesquelles Serge Ivanovitch n'aurait pu se représenter la compagne de sa vie. Enfin, elle avait des sentiments religieux; non pas comme une enfant, comme Kitty par exemple; toute sa vie était fondée sur de sérieuses convictions morales. Jusque dans les moindres détails, Serge Ivanovitch trouvait en elle tout ce qu'il désirait trouver en sa femme. Elle était pauvre et sans famille, de sorte qu'elle ne traînerait pas derrière elle une foule de parents et n'imposerait pas leur influence dans la maison de son mari; c'était précisément ce qu'il désirait, pour sa future vie de famille. Et cette jeune fille qui réunissait toutes ces qualités l'aimait! Quelque modeste qu'il fût, il s'en apercevait, et il l'aimait aussi. Il y avait bien un obstacle : l'âge; mais il jouissait d'une bonne santé, n'avait pas un seul cheveu blanc; personne ne lui donnait quarante ans; et il se rappelait avoir entendu Varenka dire qu'un homme de cinquante ans ne passait pour un vieillard qu'en Russie; qu'en France un homme de cinquante ans se croit dans la force de l'âge et, à quarante ans, un jeune homme.

Qu'importaient les années, puisqu'il se sentait jeune de cœur, comme à vingt ans! N'était-ce pas un sentiment de jeune homme, celui qu'il éprouva quand, sortant de l'autre côté du bois et entrant dans la lumière claire que tissaient les rayons inclinés du soleil, il vit la gracieuse personne de Varenka, en robe jaune, un panier au bras, marchant d'un pas léger entre les vieux bouleaux; et quand l'impression produite par cette image se confondit avec celle du champ d'avoine jaunissante, inondé des rayons obliques, dont la beauté le frappa, tandis que derrière lui le vieux bois jauni disparaissait dans un lointain bleuâtre. Le cœur de Serge Ivanovitch se serra joyeusement. Une sorte d'émotion le saisit. Il sentit qu'il était décidé. Varenka, qui s'était penchée pour cueillir un champignon, se releva d'un mouvement souple et regarda autour d'elle. Serge Ivanovitch jeta son cigare et se dirigea vers la jeune fille.

V

« Varvara Andréievna, dans ma jeunesse je m'étais fait un idéal de la femme que j'aimerais et que je serais heureux d'avoir pour compagne. J'ai vécu déjà de longues années et c'est maintenant la première fois que je le rencontre. Je vous aime et vous demande votre main. » Serge Ivanovitch avait eu ses paroles sur les lèvres, comme il se trouvait à dix pas de Varenka, laquelle, agenouillée et disputant un champignon à Gricha, appelait la petite Macha.

– Par ici! Par ici! les petits! Il y en a des quantités! criait-elle de sa belle voix grave.

Elle ne se leva pas à l'approche de Serge Ivanovitch, mais tout dans sa personne témoignait qu'elle le sentait venir et s'en réjouissait.

– Avez-vous trouvé quelque chose? lui demanda-t-elle s'avançant vers lui avec son aimable visage souriant.

– Pas un seul, répondit Serge Ivanovitch. Et vous?

Elle ne lui répondit pas, occupée des enfants qui l'entouraient.

– Encore un, près de la branche, dit-elle, indiquant à Macha un petit champignon coupé, au milieu d'une herbe sèche à laquelle il était attaché. Cela me rappelle mon enfance, ajouta-t-elle en s'éloignant avec Serge Ivanovitch.

Ils firent silencieusement quelques pas. Varenka voyait qu'il désirait parler; elle devinait ce qu'il voulait dire, et cela la faisait trembler d'émotion, de joie et de crainte.

Ils étaient maintenant si loin que personne ne pouvait les entendre. Cependant il continuait à se taire. Varenka aussi préférait le silence; il serait plus facile de dire ensuite ce qu'ils avaient à se dire, qu'après des propos sur les champignons. Cependant, presque involontairement elle prononça :

– Ainsi vous n'avez rien trouvé? Du reste, au milieu du bois, il y a toujours moins de champignons.

Serge Ivanovitch soupira sans répondre : il était contrarié par cette phrase sur les champignons; il aurait voulu revenir aux paroles qu'elle avait dites au sujet de son enfance; mais malgré lui, après un court silence, il répondit :

– J'ai entendu dire que les champignons blancs croissent plutôt à la lisière des bois. Mais je ne connais pas bien les champignons blancs.

Quelques minutes s'écoulèrent encore. Ils étaient encore plus loin des enfants et tout à fait seuls. Le cœur de Varenka battait si fort qu'elle en entendait les coups et se sentait pâlir et rougir.

Devenir la femme d'un homme comme Kosnichev, après sa situation chez madame Stahl, n'était-ce pas pour elle le comble du bonheur! Et de plus, elle était presque sûre d'être amoureuse de lui. Le sort allait en décider.

La situation devenait terrible. Tout ce qu'il allait dire et faire avait tant d'importance!

C'était le moment ou jamais de s'expliquer. Serge Ivanovitch le sentit aussi.

Le regard, la rougeur, les yeux baissés, tout en Varenka décelait une attente douloureuse. Serge Ivanovitch remarqua cela et plaignit la jeune fille. Il sentit même qu'il l'offensait en se taisant. Il s'efforça de se rappeler les réflexions qu'il avait faites en faveur du mariage; il se rappela les paroles qu'il avait préparées, mais au lieu de cela, d'une façon tout inattendue, il demanda :

– Quelle différence y a-t-il entre un champignon blanc et un champignon de bouleau?

Les lèvres de Varenka tremblèrent en répondant :

– Il n'y a de différence que dans le pied.

Aussitôt ces paroles dites, tous deux sentirent que c'en était fait, que les mots qui devaient les unir ne seraient jamais prononcés. Et l'émotion violente qui les agitait se calma peu à peu.

– Le pied du champignon de bouleau fait penser au menton d'un homme brun qui n'a pas été rasé de deux jours, dit tranquillement Serge Ivanovitch.

– C'est vrai, répondit en souriant Varenka, et tout naturellement leur promenade changea de direction.

Ils retournèrent vers les enfants. Varenka était confuse et blessée, mais cependant soulagée.

En revenant à la maison, Serge Ivanovitch repassa dans son esprit ses raisonnements sur le mariage et les trouva faux. Il ne pouvait être infidèle à la *mémoire* de Marie.

— Doucement, enfants, doucement! cria Lévine en voyant les enfants se précipiter vers Kitty avec des cris de joie, et il se mit entre eux et sa femme pour la protéger.

Derrière les enfants sortirent du bois Serge Ivanovitch et Varenka. Kitty n'eut pas besoin de les questionner. Elle comprit, à leur ton calme et un peu honteux, que ses plans ne s'étaient pas réalisés.

— Eh bien? lui demanda son mari, comme ils retournaient à la maison.

— Ça ne mord pas, répondit Kitty, rappelant par son sourire et par sa façon de parler son père, ce que Lévine remarquait souvent avec plaisir.

— Comment, ça ne mord pas?

— Non. Prenant la main de son mari, elle l'effleura de ses lèvres, comme on baise la main d'un archevêque.

— Et chez lequel est-ce que ça ne mord pas? demanda-t-il en riant.

— Chez tous deux. Et il faut que ce soit ainsi!...

— Que fais-tu, les paysans passent?

— Ce n'est rien. Ils n'ont pas vu...

VI

PENDANT que les enfants prenaient le thé, les grandes personnes se réunirent sur la terrasse et causèrent comme si rien ne fût arrivé. Cependant tous savaient, surtout Serge Ivanovitch et Varenka, qu'il s'était passé quelque chose de très important, bien que négatif. Tous deux éprouvaient le même sentiment et semblaient deux écoliers qui auraient échoué à leurs examens et seraient exclus pour toujours.

Toutes les personnes présentes, sentant qu'il était arrivé quelque chose, causaient avec une grande animation de sujets quelconques. Lévine et Kitty se trouvaient particulièrement heureux et amoureux ce soir-là, et ils se sentaient confus de leur bonheur, comme d'une allusion indiscrète à la maladresse de ceux qui ne savaient pas être heureux.

– Rappelez-vous ce que j'ai dit. Alexandre ne viendra pas, dit la vieille princesse.

On attendait par le train du soir Stépan Arkadiévitch et peut-être le prince.

– Et je sais pourquoi, continua la princesse. Il prétend qu'il ne faut pas troubler la solitude des jeunes mariés.

– Papa nous abandonne. Nous ne l'avons pas vu, dit Kitty. Nous ne sommes plus de jeunes mariés. Nous sommes déjà de vieux époux.

– Seulement s'il ne vient pas, moi aussi je vous dirai adieu, dit la princesse, soupirant tristement.

– Que dites-vous, maman! protestèrent ses deux filles.

– Mais pensez donc qu'il est seul là-bas. Maintenant...

Tout à coup la voix de la princesse trembla. Ses filles, sans rien dire, échangèrent un regard : « Maman trouvera toujours à imaginer quelque chose de triste », disait ce regard.

Elles ne savaient pas que, malgré le plaisir d'être chez sa fille et la nécessité qu'elle sentait d'y être, la vieille princesse était triste pour elle et pour son mari, car, depuis le mariage de la dernière fille, le vieux foyer était vide.

– Qu'avez-vous, Agafia Mikhaïlovna? demanda Kitty à la vieille bonne qui se tenait debout, l'air mystérieux et grave.

– C'est à cause du souper...

– Eh bien, dit Dolly, va donner les ordres. Et moi j'irai faire travailler Gricha, sans quoi il ne fera rien.

– C'est une leçon pour moi! dit Lévine, se levant vivement. Non, Dolly, c'est moi qui irai.

Gricha, qui était élève du lycée, avait des devoirs de vacances. A Moscou, Daria Alexandrovna s'était mise à faire étudier le latin à son fils, et à la campagne elle s'était imposé la tâche de lui faire travailler chaque jour l'arithmétique et le latin. Lévine s'était offert à la remplacer. Mais la mère ayant entendu les leçons de Lévine, et remarqué qu'il ne s'y prenait pas comme le répétiteur qu'elle avait à Moscou pour son fils, déclara résolument à son beau-frère, de façon cependant à ne pas le blesser, qu'on devait étudier d'après le livre, comme le faisait le répétiteur, et que, dorénavant, elle s'en chargerait elle-même. Lévine en voulait à Stépan Arkadiévitch qui, par insouciance, laissait à sa femme le soin de suivre les études de leur fils, alors qu'elle n'y comprenait rien; il en voulait également au professeur qui s'acquittait si mal de sa tâche; néanmoins il promit à sa belle-sœur de suivre la méthode qu'elle voudrait. Il continua donc de faire travailler Gricha, et cette fois, non plus à sa manière personnelle mais d'après le livre; aussi le faisait-il sans grand enthousiasme et oubliait-il souvent l'heure de la leçon. C'était précisément le cas.

— Non, Dolly, j'irai. Reste ici. Nous ferons tout ce qu'il faut, d'après le livre. Seulement, quand Stiva sera là, nous irons à la chasse et nous manquerons la leçon.

Lévine partit avec Gricha.

Varenka proposa son aide à Kitty. Même dans la maison heureuse et bien agencée de Lévine, Varenka savait se rendre utile.

— Je vais commander le souper. Vous, restez ici, dit-elle, se levant et se dirigeant du côté d'Agafia Mikhaïlovna.

— Oui, oui, on n'a sans doute pas trouvé de poulets, alors il faut en prendre des nôtres, dit Kitty.

— Nous verrons cela avec Agafia Mikhaïlovna.

Et Varenka disparut.

— Quelle charmante personne! dit la princesse.

— Non, maman, pas charmante : exquise. Elle n'a pas sa pareille.

— Alors vous attendez aujourd'hui Stépan Arkadiévitch? demanda Serge Ivanovitch, qui évidemment ne désirait pas continuer à parler de Varenka. Il est difficile de trouver deux beaux-frères aussi différents, fit-il avec un sourire malicieux : l'un, très vif, vit dans la société comme un poisson dans l'eau; l'autre, notre Kostia, également vif, alerte, devient muet aussitôt qu'il se trouve dans le monde, ou s'y débat comme un poisson sur la paille.

– Oui, il est très enfant, dit la princesse s'adressant à Serge Ivanovitch. Je voulais précisément vous demander de lui dire qu'elle (elle désigna Kitty) ne peut rester ici. Elle doit absolument venir à Moscou. Et lui parle de faire venir un docteur!...

– Maman, il fera tout ce qu'il faudra. Il consent à tout, dit Kitty, mécontente de voir sa mère prendre pour juge de leurs affaires Serge Ivanovitch.

L'ébrouement des chevaux, accompagnant le bruit d'une voiture sur l'avenue, interrompit la conversation.

Dolly n'eut pas le temps de se lever pour aller au-devant de son mari. De la fenêtre de la chambre où travaillait Gricha bondit Lévine, écartant le jeune garçon.

– C'est Stiva! cria Lévine en bas du balcon. Nous avions terminé, Dolly, n'aie pas peur! Et comme un gamin, il s'élança au-devant de la voiture.

– Is, EA, ID, EJUS, EJUS, EJUS, cria Gricha en courant dans l'allée.

– Il y a quelqu'un avec lui. Probablement papa! s'écria Lévine, s'arrêtant à l'entrée de l'avenue. Kitty, ne descends pas l'escalier, fais le tour!

Mais Lévine se trompait en prenant pour le vieux prince le second visiteur. Quand il fut plus près de la voiture, il aperçut, à côté de Stépan Arkadiévitch, un beau jeune homme, coiffé d'un béret écossais avec de longs rubans flottants. C'était Vassenka Veslovski, un cousin issu de germain des Stcherbatzkï, un des brillants jeunes hommes de Pétersbourg et de Moscou, « brave garçon et remarquable chasseur », ainsi que le dit Stépan Arkadiévitch en le présentant.

Nullement confus du désenchantement qu'avait causé sa présence, en place de celle du prince, Veslovski salua gaîment Lévine, lui rappela qu'ils s'étaient rencontrés autrefois et souleva Gricha, au-dessus du pointer qu'amenait Stépan Arkadiévitch, pour le mettre dans la voiture.

Lévine ne monta pas dans la voiture et suivit à pied. Il était contrarié de ne pas voir le prince, pour lequel il avait de l'affection, et il l'était surtout de l'arrivée de ce Vassenka Veslovski, un étranger, dont la présence était parfaitement inutile. Cette impression fâcheuse s'accrut encore quand Lévine, en arrivant au perron, où s'était assemblée la foule animée des grandes personnes et des enfants, vit Vassenka Veslovski baiser galamment et tendrement la main de Kitty.

– Nous sommes cousins, votre femme et moi, et d'anciennes connaissances, dit-il, serrant une seconde fois fortement la main de Lévine.

– Eh bien! Y a-t-il du gibier? demanda Stépan Arkadiévitch à Lévine, avant même d'avoir salué tout le monde. Nous avons, lui et moi, les intentions les plus cruelles...

– Tiens, Tania, voici pour toi! Prends dans la voiture, derrière! dit-il, s'adressant à la fois à tout le monde. Comme tu as bonne mine, Dolly! dit-il à sa femme baisant de nouveau sa main et la retenant dans les siennes.

Lévine, heureux un moment auparavant, considérait cette scène avec humeur.

« Qui ces mêmes lèvres ont-elles baisé hier? » pensa-t-il, à la vue de ces marques de tendresse que Stépan Arkadiévitch prodiguait à sa femme. Il regarda Dolly; elle aussi lui déplut. « Elle ne croit plus à son amour. Alors de quoi est-elle si contente?... C'est répugnant! » Il regarda la princesse, qu'il trouvait si charmante un moment avant, et il fut vexé de l'accueil affable qu'elle faisait à l'homme aux rubans. Serge Ivanovitch déplut également à Lévine, à cause de sa politesse envers Stépan Arkadiévitch, démonstrations qu'il jugea hypocrites, car il savait que son frère n'aimait ni n'estimait Oblonskï. Varenka aussi le fâcha, parce qu'avec son air de sainte nitouche elle se mettait en frais pour ce monsieur, bien qu'elle ne songeât qu'au mariage.

Mais il fut surtout mécontent quand il vit Kitty prendre un air de fête, comme si l'arrivée de ce monsieur à la campagne était pour elle et pour tous une vraie réjouissance; il fut particulièrement irrité du sourire par lequel elle répondit au sien.

Tous rentrèrent à la maison en causant avec animation. Mais dès qu'ils furent assis, Lévine fit demi-tour et sortit.

Kitty, ayant remarqué la mauvaise humeur de son mari, voulut saisir un moment pour lui parler tête à tête, mais il s'éloigna très vite, déclarant avoir affaire au bureau. Depuis longtemps il n'avait pas eu d'occupations plus absorbantes, à ses yeux, que ce jour-là.

« Pour eux, c'est toujours fête! pensa-t-il. Mais il y a du travail, qui n'attend pas et sans lequel on ne peut vivre. »

VII

Lévine rentra lorsqu'on le fit avertir que le souper était servi. Sur l'escalier il trouva Kitty et Agafia Mikhaïlovna qui se concertaient sur le vin qu'il convenait de servir.

– Pourquoi tout ce fuss? Il faut servir ce qu'on donne d'ordinaire.

– Non. Stiva n'en boit pas... Attends, Kostia. Qu'as-tu? demanda Kitty cherchant à le retenir. Mais lui, sans pitié, s'éloigna à grands pas du côté du salon et aussitôt prit part à la conversation animée que soutenaient là Vassenka Veslovski et Stépan Arkadiévitch.

– Eh bien, allons-nous demain à la chasse? demanda Stépan Arkadiévitch.

– Allons-y, je vous en prie, dit Veslovski penché sur sa chaise et assis sur l'une de ses grosses jambes.

– Volontiers. Avez-vous déjà chassé cette année? demanda Lévine s'adressant à Veslovski, dont il regardait la jambe, avec cette fausse cordialité que Kitty lui connaissait et qui lui allait si mal. Je ne sais pas si nous trouverons des bécasses, mais les bécassines abondent; seulement il faudra partir de bonne heure. Vous ne serez pas fatigués?... Cela ne te fatiguera pas, Stiva?

– Moi, fatigué? Jamais. Si vous voulez, ne nous couchons pas cette nuit, et allons nous promener.

– En effet, ce serait très bien! approuva Veslovski.

– Ah oui, tu en es capable! dit Dolly avec cette nuance d'ironie qui maintenant accompagnait toujours tout ce qu'elle disait à son mari. Capable aussi d'empêcher les autres de dormir. Mais voici l'heure. Moi, je me retire, je ne soupe pas.

– Non, Dollinka, reste un peu, dit Stépan Arkadiévitch allant s'asseoir auprès de sa femme à la grande table où l'on soupait. J'ai tant de choses à te raconter.

– Des babioles, sans doute.

– Sais-tu que Veslovski a vu Anna, et qu'il retournera les voir tous deux en vous quittant? Ils ne sont qu'à soixante-dix verstes d'ici. Je compte y aller aussi. Veslovski, viens donc ici!

Veslovski changea de place et s'assit à côté de Kitty.

– Alors, vous êtes allé chez elle? Comment va-t-elle? demanda Daria Alexandrovna.

Lévine, à l'autre bout de la table, tout en causant avec la princesse et Varenka, s'aperçut qu'entre Stépan Arkadiévitch, Dolly, Kitty et Veslovski s'était engagée une conversation animée et mystérieuse. Non seulement l'entretien lui parut singulier, mais la physionomie de sa femme, qui regardait sans baisser les yeux le beau visage de Vassenka causant avec animation, lui sembla exprimer un sentiment sérieux.

– Leur installation est superbe, racontait Vassenka parlant de Vronskï et d'Anna. Bien entendu, ce n'est pas à moi de les juger, mais chez eux on se sent à l'aise.

– Que comptent-ils faire?

– Passer l'hiver à Moscou, je crois.

– Ce serait parfait, de se réunir là-bas! Quand y seras-tu? demanda Stépan Arkadiévitch à Vassenka.

– Je passerai chez eux le mois de juillet.

– Et toi, iras-tu? demanda Stépan Arkadiévitch à sa femme.

– Je le désire depuis longtemps et j'irai certainement, répondit Dolly. Je connais bien Anna et je la plains beaucoup. C'est une femme admirable. Quand tu seras parti, j'irai seule. Cela ne gênera personne; et cela vaut mieux sans toi.

– C'est bien, dit Stépan Arkadiévitch. Et toi, Kitty?

– Non. Pourquoi irais-je? dit Kitty, s'empourprant tout d'un coup et se retournant vers son mari.

– Vous connaissez Anna Arkadiévna? demanda Veslovski. C'est une femme charmante.

– Oui, répondit-elle, rougissant encore davantage. Et elle alla rejoindre son mari.

– Alors tu vas à la chasse demain? lui demanda-t-elle.

La jalousie de Lévine, lorsqu'il vit sa femme rougir en parlant à Veslovski, ne connut plus de bornes, et il interpréta ses paroles à sa façon. Quelque douleur qu'il dût avoir ensuite à se rappeler le fait, il était convaincu en ce moment que la question posée par Kitty était une preuve d'intérêt à l'égard de Vassenka Veslovski, dont, selon lui, elle était déjà amoureuse.

– Certainement, répondit-il, d'une voix contrainte qui lui fit horreur à lui-même.

– Passez plutôt la journée de demain avec nous, sans quoi Dolly verra à peine son mari. N'allez à la chasse qu'après-demain, dit Kitty.

Lévine traduisit ainsi les paroles de sa femme : « Ne me sépare pas de *lui*. Ton départ m'est absolument indifférent, mais laisse-moi jouir de la présence de ce charmant jeune homme. »

– Si tu le désires, nous resterons demain, répondit Lévine avec une grande amabilité.

Vassenka, sans soupçonner l'effet qu'avait produit sa présence, s'était levé de table pour rejoindre Kitty et, la suivant d'un regard souriant, caressant, il s'approcha d'elle.

Lévine remarqua ce regard. Il pâlit; pendant un moment, l'émotion l'empêcha de respirer.

« Comment ose-t-il se permettre de regarder ainsi ma femme? » se dit-il avec colère.

– Alors à demain la chasse? Nous irons, n'est-ce pas? demanda Vassenka. Et de nouveau il s'assit de travers sur une chaise, une de ses jambes sous lui.

La jalousie de Lévine grandissait de plus en plus. Il se voyait déjà dans la situation d'un mari trompé, qu'une femme et son amant cherchent à exploiter pour en obtenir les agréments et les plaisirs de la vie. Néanmoins il causa aimablement avec Veslovski, le questionna sur ses chasses, son fusil, ses bottes, et lui promit d'organiser la chasse pour le lendemain.

La vieille princesse vint heureusement mettre un terme aux tortures de Lévine en conseillant à Kitty d'aller se coucher. Mais Lévine n'était pas au bout de ses tourments : Vassenka, en souhaitant le bonsoir à la maîtresse de maison, tenta de lui baiser la main. Kitty, toute rougissante, avec une grossièreté naïve pour laquelle sa mère lui fit ensuite une observation, dit, en retirant sa main :

– Ce n'est pas reçu chez nous.

Aux yeux de Lévine, elle était coupable d'avoir permis une pareille liberté, et encore davantage d'avoir montré si maladroitement que les manières de Veslovski ne lui plaisaient pas.

– Pourquoi aller se coucher par ce temps splendide? dit Stépan Arkadiévitch, que le vin du souper avait rendu d'une humeur charmante et poétique. Regarde, Kitty, ajouta-t-il montrant la lune qui se levait derrière les tilleuls, quelle beauté! Veslovski, voici le moment de chanter la sérénade. Tu sais qu'il a une belle voix. Il a apporté deux nouvelles romances, très jolies, qu'il pourrait nous chanter avec Varvara Andréievna.

Longtemps après que chacun se fut retiré, Stépan Arkadiévitch et Veslovski se promenaient encore dans les allées du jardin, chantant les nouvelles romances. Lévine, enfoncé dans un fauteuil, les sourcils froncés, les entendait et se taisait obstinément, refusant de répondre aux questions de sa femme, qui lui demandait ce qu'il avait. Quand enfin, en souriant, elle en vint à lui demander s'il y avait dans son attitude envers Veslovski quelque chose qui lui déplût, il n'y tint plus et s'expliqua. Les paroles de Lévine offensaient sa femme, ce qui augmentait son irritation. Debout devant elle, les yeux brillants sous ses sourcils froncés, les mains serrées contre sa poitrine comme s'il eût voulu comprimer sa colère, les lèvres tremblantes, il lui dit d'une voix entrecoupée, et d'un air qui eût été dur si en même temps sa physionomie n'eût exprimé une souffrance qui la toucha :

– Ne me crois pas jaloux, ce mot me révolte. Je ne puis être jaloux et croire que... Il ne m'est pas possible d'exprimer ce que je sens, mais c'est horrible... Je ne suis pas jaloux, mais je suis blessé, humilié, qu'on ose penser... Qu'on ose te regarder avec de tels yeux.

– Mais quels yeux? demanda Kitty, cherchant de bonne foi à se rappeler les moindres paroles, les moindres gestes, les moindres incidents de cette soirée.

Au fond de son âme, elle trouvait bien que la façon, qu'avait eue Veslovski, de la suivre à l'autre bout de la table était un peu familière; mais elle n'osait se l'avouer; et encore moins l'avouer à son mari, de peur d'irriter encore sa souffrance.

– Est-ce qu'une femme dans mon état peut être attrayante?

– Ah! s'écria Lévine se prenant la tête à deux mains. Tais-toi!... Alors, si tu te sentais séduisante...?

– Mais non, Kostia, dit-elle affligée de le voir souffrir ainsi Que vas-tu imaginer? Tu sais bien que personne n'existe pour moi en dehors de toi. Eh bien, veux-tu que je me cloître?

Tout d'abord elle avait été froissée de cette jalousie, qui lui gâtait jusqu'aux distractions les plus innocentes; mais maintenant elle eût accepté de renoncer à tout pour le calmer, pour apaiser les souffrances qu'il éprouvait.

– Comprends donc l'horreur et le ridicule de ma situation! continua-t-il d'une voix désespérée. Il est chez moi, et à vrai dire, à part cette sotte galanterie et l'habitude de s'asseoir sur sa jambe, je n'ai rien à lui reprocher. Il croit certainement avoir le ton le plus exquis, je suis donc forcé de me montrer aimable avec lui...

– Mais, Kostia, tu exagères les choses, dit Kitty, fière,

au fond de son cœur, de cet amour passionné qui s'exprimait par une telle jalousie.

– Le plus terrible, c'est que lorsque tu es pour moi une créature sacrée... que nous sommes si heureux, ce misérable... non, pas misérable... pourquoi l'insulterais-je... je n'ai rien à dire de lui... mais pourquoi notre bonheur serait-il à sa merci?

– Écoute, je crois savoir ce qui t'a contrarié, commença Kitty.

– Quoi! quoi?

– Tu nous as observés pendant le souper, quand nous causions.

– Eh bien? Eh bien? fit Lévine, troublé.

Elle lui exposa le sujet de son entretien avec Veslovski. Elle suffoquait d'émotion. Lévine restait silencieux. Enfin il regarda le visage pâle et effrayé; tout à coup il se prit la tête à deux mains :

– Kitty, je t'ai fait souffrir! Ma chérie, pardonne-moi! Je suis fou!... Kitty, moi seul suis coupable! Comment ai-je pu me torturer l'esprit au sujet d'une pareille niaiserie?

– Tu me fais de la peine.

– Moi! mais je suis fou!... C'est terrible de penser que n'importe quel étranger peut troubler notre bonheur.

– Oui, et voilà ce qui est blessant...

– Non, et pour me punir, je vais l'inviter à passer tout l'été chez nous et je serai particulièrement aimable avec lui, dit Lévine, lui baisant les mains. Tu verras demain!... Ah, c'est vrai, demain nous allons à la chasse!

VIII

Le lendemain matin, avant que les dames fussent levées, une voiture de chasse et le break attendaient près du perron. Laska, tout émue, après avoir bien bondi et crié, s'était assise sur le siège près du cocher. Devinant les projets de son maître, elle désapprouvait le retard des chasseurs et regardait sans cesse la porte par où elle les attendait...

Le premier qui parut fut Vassenka Veslovski, chaussé de bottes neuves montant à la hauteur de ses grosses cuisses, vêtu d'une blouse verte que serrait à la taille une ceinture à cartouches, coiffé de son bonnet à rubans, un fusil anglais à la main.

Laska sauta vers lui pour le saluer et lui demander à sa façon si les autres allaient venir; mais, se voyant incomprise, elle retourna à son poste et attendit, la tête penchée et l'oreille aux aguets. Enfin la porte s'ouvrit avec fracas pour laisser passer Crac, le pointer de Stépan Arkadiévitch, précédant son maître, qui parut le fusil à la main et le cigare aux lèvres.

– Tout beau! Tout beau, Crac! cria-t-il gaiement à son chien qui lui jetait les pattes sur le ventre et la poitrine, et s'accrochait à la gibecière.

Stépan Arkadiévitch portait un pantalon usé et un paletot court; il était coiffé d'une sorte de vieux chapeau; toutefois son fusil était du plus récent modèle et il avait un carnier, une cartouchière, non pas neufs, mais de la meilleure qualité.

Vassenka Veslovski comprit que le dernier mot de l'élégance pour un chasseur était d'être négligemment habillé, mais d'avoir un attirail de chasse perfectionné. Il le comprit en voyant que Stépan Arkadiévitch en vêtements usés gardait son air aristocratique et bien nourri; et il se promit de mettre la leçon à profit, à la première occasion.

– Eh bien, et notre hôte? demanda-t-il.

– Il a une jeune femme, répondit en souriant Stépan Arkadiévitch.

– Et quelle charmante femme!

– Il était tout prêt. Il sera probablement rentré chez elle.

Stépan Arkadiévitch avait deviné juste. Lévine était retourné près de sa femme pour lui demander encore une fois si elle lui avait pardonné sa sottise de la veille et pour la supplier d'être prudente, de se tenir loin des enfants qui pourraient la pousser. Elle fut encore obligée de jurer qu'elle ne lui en voulait pas de s'absenter pour deux jours, et dut promettre d'envoyer le lendemain matin un billet, ne fût-ce que deux mots, à son mari pour l'informer de sa santé.

Kitty, comme toujours, déplorait en elle-même cette séparation de deux jours; mais, voyant l'entrain et l'animation de son mari, qui lui paraissait particulièrement grand et fort avec ses bottes de chasse et sa blouse blanche, elle oublia sa tristesse et lui dit gaîment au revoir.

– Excusez-moi, messieurs, dit Lévine, se montrant sur le perron. As-tu mis le déjeuner dans la voiture? Pourquoi as-tu attelé ce cheval roux à droite? Enfin, n'importe! Laska, va-t'en! – Laisse-le avec le jeune troupeau, répondit-il à un garçon de ferme qui l'attendait près du perron pour le consulter au sujet d'un bélier. – Pardon, voilà encore un brigand qui m'attend.

Lévine descendit du break où il était déjà installé pour s'expliquer avec le charpentier, qui s'avançait, une *sagène* à la main.

– Naturellement, tu n'es pas venu hier au bureau et maintenant tu vas me retarder! Eh bien, qu'y a-t-il?

– Autorisez-vous à faire un coude de plus. Nous n'aurons qu'à ajouter trois marches, et tout ira bien. Vous en serez bien plus satisfait

– Tu aurais mieux fait de m'écouter, dit Lévine, contrarié. Je t'avais dit de poser d'abord la charpente et ensuite de placer les marches. Maintenant il est trop tard. Fais ce que je t'ai ordonné, construis un autre escalier.

Le charpentier avait gâté l'escalier du nouveau pavillon qu'on bâtissait : il l'avait fait à part, sans en calculer l'inclinaison; si bien que, quand on avait voulu le mettre en place, toutes les marches s'étaient trouvées obliques. Pour remédier à ce défaut, le charpentier voulait ajouter trois marches à l'escalier.

– Ce sera beaucoup mieux.

– Mais où aboutira-t-il, avec tes trois marches?

– Excusez, répondit le charpentier avec un sourire dédaigneux. Il partira du bas, il montera, montera et arrivera juste. Et il accompagna ces mots d'un geste convaincu.

– Mais ces trois marches augmenteront la hauteur! Alors où aboutira l'escalier?

– Il ira... c'est-à-dire du bas et alors il arrivera... répétait le menuisier obstinément convaincu.

– Il arrivera sous le plafond et dans le mur.

– Permettez... il commencera du bas... il montera, montera et arrivera.

Lévine prit un bâton et se mit à dessiner sur le sable un escalier.

– Eh bien, tu vois?

– Comment il vous plaira, dit le charpentier dont les yeux s'éclairèrent soudain, car il venait de comprendre de quoi il s'agissait. – Évidemment il faut faire un autre escalier.

– Eh bien, alors, fais ce qu'on te dit, lui cria Lévine se réinstallant dans le break. Va, Philippe. Tiens les chiens!

Lévine, heureux de se sentir débarrassé des soucis de la famille et du domaine, éprouvait une joie si vive qu'il aurait voulu se taire. En outre il éprouvait ce sentiment d'émotion que ressent tout chasseur en s'approchant du théâtre de son action. Ses seules préoccupations étaient celles-ci : Trouverait-on du gibier dans le marais de Kolpnia?... Laska tiendrait-elle tête à Crac?... Lui-même ne se déconsidérerait-il pas comme chasseur devant un étranger?... Oblonskï ne tirerait-il pas mieux que lui?

Oblonskï nourrissait des préoccupations analogues. Seul Vassenka Veslovski ne cessait de causer gaiement. Et Lévine en l'écoutant bavarder se reprocha son injustice de la veille. Veslovski était en effet un bon garçon, simple, aimable et très gai. Si Lévine eût fait sa connaissance avant d'être marié, il se serait certainement lié d'amitié avec lui. Ce que Lévine pouvait lui reprocher, c'était sa manière de regarder la vie comme une fête perpétuelle, sa recherche d'élégance, l'importance qu'il attachait à ses ongles longs et soignés et à tous les autres avantages de sa personne. Mais on pouvait bien lui pardonner cela en échange de sa bonhomie et de sa bonne éducation. Il plaisait précisément à Lévine par sa bonne éducation (il prononçait admirablement le français et l'anglais) et parce qu'ils étaient du même monde.

Le cheval de gauche, un cheval des steppes du Don, plaisait beaucoup à Vassenka, qui ne cessait de l'admirer. « Comme ce doit être bien, de galoper sur ce cheval dans la steppe! N'est-ce pas? » disait-il. Il s'imaginait l'allure du cheval des steppes, avec quelque chose de sauvage, de poétique, d'irréel. Mais sa naïveté, jointe surtout à son charmant sourire, désarmait, et l'élégance de ses mouvements séduisait. Soit que son caractère fût sympathique à Lévine, soit que, pour racheter son injustice de la veille, Lévine s'efforçât de trouver en son jeune hôte quelque chose de bon, il éprouvait un grand plaisir dans la société de Veslovski.

A peine eurent-ils fait trois verstes, Veslovski s'aperçut de l'absence de son portefeuille et de ses cigares; il ne savait pas s'il les avait perdus ou laissés sur la table; et comme le portefeuille renfermait trois cent soixante-dix roubles, il voulut aller s'en assurer.

– Écoutez, Lévine, je vais prendre votre cheval du Don, ce sera très bien, dit-il, déjà prêt à l'enfourcher.

– Inutile, répondit Lévine, qui calculait que Vassenka ne devait pas peser moins de six pouds. J'enverrai le cocher.

Le cocher partit sur le cheval de volée, et Lévine prit les rênes.

IX

– Eh bien, explique-nous ton plan, proposa Stépan Arkadiévitch.

– Le voici. Nous allons directement à Gvosdiev. Il y a là un marais à bécassines doubles; et derrière nous trouverons de très beaux marais de bécasses et de bécassines. Maintenant il fait chaud, mais c'est à vingt verstes, nous y arriverons ce soir et nous pourrons profiter de la fraîcheur pour chasser. Nous y passerons la nuit. Demain nous partirons pour les grands marais.

– N'y a-t-il rien sur la route?

– Si fait, il y a deux bons endroits. Mais cela nous retarderait et il fait si chaud que probablement nous ne tuerions rien.

Lévine comptait réserver pour lui-même ces chasses voisines de la maison; en outre elles étaient bien étroites pour trois chasseurs. Aussi n'était-il pas tout à fait sincère en disant qu'il était peu probable qu'on y trouvât du gibier.

Arrivés devant le petit marais, Lévine voulut passer outre, mais l'œil exercé d'Oblonskï ne laissait pas échapper un bon endroit.

– Si nous nous arrêtions là? dit-il désignant le marais.

– Oui, arrêtons-nous, Lévine. Ce doit être bien, insista Vassenka Veslovski.

Lévine dut se résigner. A peine furent-ils descendus de voiture que les chiens, se dépassant l'un l'autre, s'élancèrent dans le marais.

« Crac! Laska! » Les chiens revinrent près de leurs maîtres.

– A trois ce sera trop étroit. Je resterai ici, dit Lévine espérant qu'ils ne trouveraient que les quelques cailles qui, effrayées par les chiens, voletaient au-dessus du marais en poussant des cris plaintifs.

– Non, Lévine, allons ensemble! dit Veslovski.

– Vraiment c'est trop étroit. Laska, ici! Vous n'avez pas besoin de deux chiens.

Lévine resté près du break regardait avec envie les chasseurs. Ceux-ci explorèrent tout le marais; sauf une poule d'eau et des vanneaux, dont un fut tué par Veslovski, ils n'y trouvèrent rien.

– Vous voyez que j'avais raison : c'est du temps perdu, rien de plus.

— C'est tout de même amusant. Avez-vous vu comme j'ai bien tiré? dit Vassenka Veslovski. Il grimpait dans le break, tenant son fusil et le vanneau. Arriverons-nous bientôt à un vrai marais?

Brusquement les chevaux s'élancèrent; Lévine vint frapper de la tête contre un fusil et le coup partit. Il sembla à Lévine que le coup était parti d'abord. La charge du fusil de Veslovski, heureusement, ne blessa personne et s'enfonça dans le sol. Stépan Arkadiévitch regarda Veslovski et hocha la tête en signe de reproche. Mais Lévine n'eut pas le courage de le gronder; premièrement tout reproche aurait semblé provoqué par la peur éprouvée et par la bosse qui restait au front de Lévine; et deuxièmement Veslovski, d'abord naïvement attristé, montra ensuite une gaîté si folle, à l'idée de la panique qu'ils avaient eue, qu'il était impossible de ne pas se mettre à l'unisson.

Au deuxième marais, qui était plus grand et ferait perdre beaucoup de temps, Lévine exhorta encore ses compagnons à ne pas descendre; mais Veslovski le fit céder de nouveau. Le marais étant assez étroit, Lévine, encore une fois fidèle à ses devoirs d'hôte, resta dans la voiture.

Aussitôt Crac s'élança dans le marais. Vassenka Veslovski courut derrière les chiens. Avant que Stépan Arkadiévitch eût eu le temps de s'approcher, une bécassine se leva. Veslovski la manqua, et l'oiseau s'envola dans un champ non fauché. On l'abandonna à Veslovski; Crac la retrouva; Veslovski l'abattit et retourna vers la voiture.

— A votre tour. Moi je garderai les chevaux, dit-il à Lévine.

Lévine commençait à envier les chasseurs. Il remit les rênes à Veslovski et entra dans le marais.

Laska qui, depuis un moment gémissait plaintivement sur l'injustice du sort, s'élança d'un bond vers un endroit giboyeux, que connaissait bien Lévine et où l'on n'était pas encore passé.

— Pourquoi ne l'arrêtes-tu pas? cria Stépan Arkadiévitch.

— Elle n'effrayera pas le gibier, répondit Lévine, sûr de son chien et courant sur ses pas.

Plus Laska s'approchait des bons endroits, plus son allure devenait calme. Un petit oiseau de marais détourna à peine son attention. Elle tourna plusieurs fois autour d'une motte de terre, passa à une autre; tout à coup elle tressaillit et s'arrêta.

– Va, va, Stiva! cria Lévine sentant son cœur battre plus fort. Et tout d'un coup, comme si un déclenchement venait de se produire dans son ouïe tendue, tous les sons, indépendamment des distances, se mirent à le frapper ensemble. Il perçut le pas de Stépan Arkadiévitch et le prit pour un bruit lointain des chevaux; le bruit d'une petite motte de terre qui tomba et qu'il écrasa en marchant lui sembla le bruit du vol d'une bécassine. Il entendit aussi, non loin de lui, un clapotement dont il ne pouvait se rendre compte.

Marchant prudemment, il suivit son chien.

– Pile! cria-t-il.

Une bécasse s'éleva devant le chien. Lévine la visa, mais au même moment, le bruit de pas barbotant dans l'eau augmenta, et les cris de Veslovski se joignirent à ce bruit. Lévine remarqua bien qu'il visait derrière la bécasse; cependant il tira. Le coup était manqué! Lévine se retourna et aperçut la voiture et les chevaux enfoncés dans le marais. Vassenka, afin de suivre la chasse, leur avait fait quitter la route et les avait amenés dans le marais où ils s'étaient embourbés.

« Que le diable l'emporte! » murmura Lévine en se tournant vers l'attelage.

– Pourquoi avancer jusque-là? demanda-t-il sèchement.

Puis il appela le cocher, pour l'aider à dégager les chevaux.

Lévine était agacé. Non seulement on lui gâtait sa chasse et on faisait s'embourber ses chevaux, mais ni Stépan Arkadiévitch ni Veslovski ne l'aidaient à dételer les malheureuses bêtes; il est vrai que ni l'un ni l'autre n'avait la moindre notion d'attelage. Sans répondre à Vassenka, qui affirmait que le terrain était tout à fait sec, Lévine travailla avec le cocher à dégager les chevaux; puis, animé par le travail, et remarquant avec quel zèle Veslovski tirait le break, auquel il enleva même une aile, Lévine se reprocha sa mauvaise humeur, qu'il attribua au sentiment éprouvé la veille, et il tâcha de la faire oublier par une grande amabilité.

Quand tout fut remis en ordre, et la voiture ramenée sur la route, Lévine ordonna de déballer le déjeuner.

– BON APPÉTIT – BONNE CONSCIENCE !... CE POULET VA TOMBER JUSQU'AU FOND DE MES BOTTES. Ce dicton français revint à Vassenka terminant son second poulet. « Eh bien, maintenant nos malheurs sont finis ; tout nous réussira désormais ! Mais, en punition de mes méfaits, je demande à monter sur le siège. Je serai votre automédon. Vous verrez comme je vous conduirai ! dit-il sans lâcher les rênes que Lévine lui demandait de remettre au cocher. – Non, je dois racheter mes fautes... Et je me sens très bien sur le siège...

Ils partirent ainsi.

Lévine craignait pour ses chevaux, surtout pour celui de gauche, le roux, que Veslovski ne savait pas tenir ; mais, malgré lui, il était gagné par la gaîté de Veslovski qui, tout le long de la route, chanta des romances ou imita un Anglais conduisant un « fourinhand ». Ils atteignirent ainsi le marais Gvosdiev, dans l'euphorie qu'avait causée le déjeuner.

X

VASSENKA avait stimulé si énergiquement les chevaux qu'ils arrivèrent au marais très tôt, si bien qu'il faisait encore trop chaud pour chasser.

En approchant de ce but principal de l'expédition, Lévine avait songé au moyen de se débarrasser de Veslovski et de chasser sans entraves. Stépan Arkadiévitch désirait évidemment la même chose ; sur le visage de son beau-frère, Lévine voyait naître l'expression du souci qui saisit tout vrai chasseur au moment de se mettre à chasser, expression qui se mêlait à l'ordinaire bonhomie rusée d'Oblonskï.

– Comment marcherons-nous?... Le beau marais!... J'y vois aussi des éperviers, s'écria Stépan Arkadiévitch désignant deux grands oiseaux qui tournoyaient au milieu de la plaine. Du moment qu'il y a des éperviers, il y a du gibier.

– Eh bien, messieurs, commença Lévine, qui assurait ses bottes et examinait son fusil avec une expression concentrée, voyez-vous cet endroit? – Il désigna un petit îlot de verdure sombre, au milieu d'un champ à moitié fauché, du côté droit de la rivière. – Le marais commence là, droit devant vous, où vous voyez cette verdure. De là il s'étend à droite, où paissent les chevaux; là nous trouverons des bécasses, ainsi qu'autour de cet endroit, jusqu'au moulin. Tu vois là-bas, cette espèce de golfe; c'est le meilleur endroit. Une fois j'y ai tué dix-sept bécasses. Nous nous séparerons en deux camps, un chien pour chacun, et nous nous rejoindrons là-bas, près du moulin.

– Eh bien, qui à droite et qui à gauche? demanda Stépan Arkadiévitch. A droite, c'est plus large; allez tous deux, moi je prendrai la gauche, dit-il sans hésiter.

– C'est ça! dit Vassenka. Nous investirons ainsi la place de tous les côtés... Allons-y!

Lévine dut accepter cet arrangement et ils partirent. Dès qu'ils entrèrent dans les marais, les deux chiens se mirent à flairer. Lévine connaissait cette quête de Laska, prudente et vague; il connaissait aussi l'endroit où il trouverait une compagnie de bécasses.

– Veslovski, marchez à côté! chuchota-t-il à son compagnon qui le suivait, marchant dans l'eau. Lévine se méfiait, depuis l'aventure du coup de fusil.

– Ne vous occupez pas de moi; je ne vous gênerai pas. Mais Lévine, involontairement, se rappelait les paroles que Kitty lui avait dites au moment du départ : « Prenez garde, ne vous tuez pas les uns les autres! »

Les chiens partirent, se rapprochant, puis s'éloignant et cherchant la piste chacun de son côté.

La hantise des bécasses était si forte que Lévine prenait le bruit de ses talons dans la vase pour le cri d'une bécasse, et à chaque instant il saisissait son fusil, prêt à tirer.

« Pif! paf! » C'était Vassenka tirant sur une bande de canards qui, en tournoyant au-dessus du marais, s'étaient rapprochés des chasseurs. Lévine n'eut pas le temps de se retourner : une bécasse se leva, puis une autre; une troisième, et huit encore l'une après l'autre.

Stépan Arkadiévitch, profitant du moment, tira, et une bécasse vint s'abattre comme une pierre dans le marais. Sans se hâter, le chasseur visa une autre bécasse qui volait très bas; elle tomba aussi, se traîna sur le marais, en agitant son aile blanche intacte.

Lévine fut moins heureux. Il tira de trop près sur la première bécasse et la manqua : il l'avait visée comme elle commençait à se lever. Au même moment, juste devant ses pieds, s'en leva une autre; pris de court, il la rata aussi.

Pendant qu'il rechargeait son fusil, une troisième bécasse se leva. Veslovski qui avait eu le temps de recharger, tira au petit bonheur encore deux coups.

Stépan Arkadiévitch ramassa son gibier et regarda Lévine d'un air satisfait.

— Maintenant séparons-nous, dit-il. Il siffla son chien et partit de son côté, tirant de la jambe gauche, et préparant son fusil. Lévine et Veslovski restèrent ensemble.

Lorsque Lévine manquait son premier coup, il perdait facilement son sang-froid, et toute la chasse s'en ressentait. C'est ce qui lui arriva ce jour-là. Les bécasses pullulaient; devant les chiens, aux pieds des chasseurs, sans cesse il s'en levait; aussi Lévine pensait-il prendre sa revanche. Mais plus il tirait, plus il se sentait humilié, à cause de Veslovski qui, lui, tirait gaîment, à tort et à travers, mais n'était nullement gêné de sa maladresse. Lévine ne pouvait recouvrer son calme; il en arriva au point de perdre tout espoir d'abattre le moindre gibier. Laska semblait comprendre cela. Elle cherchait mollement et regardait les chasseurs d'un air de doute et de reproche.

Les coups succédaient aux coups. La fumée de la poudre entourait les chasseurs, mais le grand carnier ne contenait que trois petites bécasses, dont l'une revenait à Veslovski, et encore l'une des deux autres n'avait été qu'achevée par Lévine.

De l'autre côté du marais, au contraire, les coups étaient moins fréquents, mais tous, semblait-il à Lévine, portaient; presque après chaque coup on entendait crier : « Crac, apporte ! »

Lévine en était encore plus agacé. Des bécasses tournoyaient sans cesse au-dessus d'eux; l'ébrouement des volatiles sur le sol et leurs cris dans l'air s'entendaient sans cesse de tous côtés. Des bécasses, lasses de voler, s'arrêtaient devant les chasseurs; au lieu de deux éperviers, il y en avait maintenant des dizaines, qui planaient au-dessus des marais en poussant des cris.

Après avoir parcouru la plus grande moitié du marais, Lévine et Veslovski atteignirent une prairie appartenant à des paysans et qui n'était fauchée que par places. Il y avait peu d'espoir de trouver autant de gibier dans les endroits non fauchés que dans les autres, mais comme Lévine avait fixé avec Stépan Arkadiévitch le lieu de leur rencontre, lui et son compagnon traversèrent les parties fauchées et les non fauchées de la prairie.

– Hé, les chasseurs ! cria un paysan, assis près d'une charrette dételée. Venez boire le coup avec nous !

Lévine se retourna.

– Viens ! répéta le paysan barbu, au visage rouge et aux dents blanches. Il levait au-dessus de sa tête une bouteille verdâtre brillant au soleil.

– QUE DISENT-ILS ? demanda Veslovski.

– Ils nous invitent à boire de l'eau-de-vie avec eux. Probablement qu'ils fauchent leurs champs. J'accepterais avec plaisir, ajouta Lévine, non sans malice, espérant tenter Vassenka et se débarrasser de lui.

– Pourquoi veulent-ils nous régaler?

– Cela leur fait plaisir sans doute. Allez-y, cela vous amusera.

– Allons, c'est curieux.

– Allez, vous trouverez ensuite votre chemin jusqu'au moulin! cria Lévine, enchanté de voir s'éloigner du côté des paysans Veslovski, trébuchant sur ses pieds fatigués et tenant son fusil d'un bras alourdi.

– Viens aussi, toi! cria le paysan à Lévine. Viens, tu mangeras du biscuit.

Lévine aurait bu avec plaisir de l'eau-de-vie et mangé un morceau de pain; il se sentait las et déplaçait avec peine ses pieds sur le sol marécageux. Il hésita un moment; mais, apercevant son chien en arrêt, il oublia aussitôt sa fatigue pour le rejoindre. Une bécasse vola devant lui. Il tira et l'atteignit. Le chien resta immobile : « Pile! » Une autre bécasse se leva. Lévine tira. Mais la journée était mauvaise, il la manqua; et quand il alla chercher celle qu'il avait abattue, il ne la trouva point. Il chercha de tous côtés, mais Laska ne croyait pas à ce coup, et feignait seulement de chercher.

Lévine accusait Vassenka de sa malchance, mais sans lui il n'était pas plus heureux. Le gibier cependant ne manquait pas, mais Lévine ratait coup sur coup.

Les rayons obliques du soleil étaient encore chauds. Les vêtements du chasseur étaient collés au corps, sa botte gauche, pleine d'eau, était lourde et se collait à la vase; sur son visage noirci de poudre la sueur coulait à grosses gouttes; sa bouche était amère; son nez rempli de l'odeur de poudre; ses oreilles étaient pleines du bruit incessant des bécasses; il ne pouvait toucher le canon de son fusil, tant il était chaud; son cœur battait vite; ses mains tremblaient d'émotion; ses pieds las butaient contre les mottes de terre. Mais Lévine continuait à avancer et à tirer.

Enfin, après un coup stupide, il posa à terre son fusil et son chapeau :

« Non, il faut se maîtriser! » se dit-il.

Il reprit son fusil et son chapeau, appela Laska et sortit du marais. Il s'assit sur une motte de terre, dans un endroit sec, se déchaussa, fit tomber l'eau de ses chaussures, s'approcha du marais, où il but de l'eau ayant un goût de rouille, mouilla le canon de son fusil pour le refroidir, et se lava les mains et le visage. Ainsi rafraîchi, il retourna à l'endroit où se trouvaient des bécasses, avec l'intention ferme de ne pas s'énerver.

Il voulait être calme, mais il n'y réussit pas. Son doigt pressait la détente avant qu'il eût visé l'oiseau. Tout allait de plus en plus mal.

Il n'avait dans son carnier que cinq bécasses quand il atteignit le point où Stépan Arkadiévitch devait le rejoindre. Avant d'apercevoir celui-ci il remarqua le chien Crac. Celui-ci, tout noir de la boue du marais, bondit par-dessus une racine d'aune et flaira Laska d'un air triomphant. Derrière Crac, dans l'ombre des aunes parut l'élégant Stépan Arkadiévitch. Il arrivait, rouge, suant, le col déboutonné, traînant la jambe.

– Eh bien, avez-vous fait bonne chasse? demanda-t-il en souriant gaîment.

– Et toi? fit Lévine.

Il était inutile de le demander; cela se voyait au carnier plein.

– Pas mauvaise!

Il avait quatorze pièces.

– Quel beau marais! C'est sans doute Veslovski qui t'a gêné. Deux avec un chien, ce n'est pas commode, dit Stépan Arkadiévitch, pour adoucir l'effet de son triomphe.

XI

Lévine et Stépan Arkadiévitch trouvèrent Veslovski déjà installé dans l'isba du paysan chez qui Lévine avait l'habitude de s'arrêter. Il était assis au milieu de l'isba, sur un banc auquel il se cramponnait des deux mains tandis que le frère de leur hôtesse, un soldat, lui tirait ses bottes pleines de vase. Il riait, de son rire communicatif.

– Je viens d'arriver. ILS ONT ÉTÉ CHARMANTS. Figurez-vous qu'ils m'ont donné à boire et à manger. Et quel pain! DÉLICIEUX! Et de l'eau comme je n'en ai jamais bu! Et ils n'ont rien voulu accepter, me répétant sans cesse : « Ne t'offense pas », ou quelque chose en ce genre.

– Pourquoi vous auraient-ils fait payer? Ils vous ont régalé; ils ne vendent pas leur eau-de-vie, dit le soldat, parvenant enfin à retirer, en même temps que les chaussettes noircies, les bottes mouillées.

Malgré la saleté de l'isba, saleté qu'accroissaient encore les chaussures des chasseurs et leurs chiens qui se roulaient sur le plancher, malgré l'odeur de marais et de poudre dont la chaumière s'imprégna, et le manque de couteaux et de fourchettes, les chasseurs prirent le thé et mangèrent, avec un appétit qu'on ne connaît qu'à la chasse. Après s'être nettoyés, ils allèrent dans une grange à foin où les cochers leur avaient préparé des lits.

La nuit était déjà venue, mais les chasseurs n'avaient pas encore sommeil. La conversation qui hésita d'abord entre les anecdotes concernant des souvenirs ou des exploits des chiens, et la chasse, tomba enfin sur un sujet qui les intéressait tous trois. L'enthousiasme que manifestait Vassenka pour la beauté de cette soirée, l'odeur du foin, la simplicité des paysans qui lui avaient offert de l'eau-de-vie, les chiens, chacun couché aux pieds de son maître, incitèrent Oblonskï à raconter les délices qu'il avait goûtées l'année précédente, au cours d'une chasse chez M. Malthus.

C'était un entrepreneur de chemins de fer, extrêmement riche. Stépan Arkadiévitch décrivit les immenses marais gardés dont cet homme était propriétaire dans la province de Tver, le luxe des voitures qui amenaient les chasseurs, les tentes dressées près des marais pour le déjeuner.

– Je ne te comprends pas, dit Lévine se soulevant sur son foin. Comment ces gens-là ne te sont-ils pas odieux? J'admets qu'il soit agréable de déjeuner au Laffitte, mais est-ce que précisément ce luxe ne te révolte pas? Tous ces gens, comme jadis les fermiers généraux, s'enrichissent par des moyens méprisables; ils se moquent du mépris public, sachant que leur argent, bien que mal acquis, les réhabilitera.

– C'est bien vrai! s'écria Veslovski. Oblonskï accepte leurs invitations par bonhomie, et les autres disent : « Mais puisque Oblonskï vient chasser!... »

– Pas du tout – Lévine sentit qu'Oblonskï souriait en prononçant ces mots – si je vais chez eux, c'est que je ne les trouve pas plus malhonnêtes que n'importe quels riches marchands et gentilshommes. Les uns et les autres ont acquis également leur fortune par le travail et par l'intelligence.

– Oui, mais par quel travail! Est-ce un travail, de se procurer une concession pour la revendre?

– Sans doute, en ce sens que si personne ne prenait cette peine, nous n'aurions pas de chemins de fer.

– Peux-tu comparer ce travail à celui d'un paysan ou d'un savant?

– Non, mais il n'en a pas moins un résultat – les chemins de fer. Il est vrai que tu les trouves inutiles.

– Ceci est une autre question. Je suis prêt à admettre leur utilité. Mais toute rémunération disproportionnée au travail est malhonnête.

– Et qui sera chargé d'évaluer le travail?

– L'acquisition de la fortune par des moyens malhonnêtes, par la ruse, continua Lévine (mais il se sentait incapable de définir la limite entre l'honnête et le malhonnête) – comme, par exemple, les fortunes acquises dans la banque – est un mal. L'acquisition d'énormes fortunes, sans travail correspondant, existait au temps des fermiers généraux, mais la forme seule a changé : LE ROI EST MORT, VIVE LE ROI! Et de nos jours les chemins de fer, les banques, c'est aussi le pain sans travail.

– Tout cela peut être vrai et spirituel... Crac, couche! cria Stépan Arkadiévitch à son chien, qui se grattait et bouleversait tout le foin. Puis il continua lentement, évidemment convaincu de la justesse de ses objections : – Mais tu n'as pas tracé la limite entre l'honnête et le malhonnête. Pourquoi, par exemple, mes appointements sont-ils supérieurs à ceux de mon chef de bureau, qui connaît les affaires mieux que moi? Est-ce malhonnête?

– Je ne sais pas.

– Eh bien, voici ce que je te dirai. Pourquoi gagnes-tu, par exemple, cinq mille roubles, tandis qu'avec plus de travail un paysan n'en recevra que cinquante? C'est aussi malhonnête que le fait que mon chef de bureau reçoit moins que moi ou que Malthus gagne plus qu'un employé de chemin de fer. Au fond, je crois que la haine de certaines gens pour ces richards tient de l'envie.

– Vous allez trop loin, dit Veslovski. On n'envie pas leurs richesses, mais on ne peut se dissimuler qu'elles ont quelque chose de suspect.

– Tu as raison, reprit Lévine, quand tu dis que mes cinq mille roubles de profit sont injustes. Je le sens, mais...

– En effet, nous autres, nous mangeons, buvons, chassons, ne faisons rien, et lui travaille sans répit. Pourquoi cela? dit Vassenka Veslovski, se posant évidemment, pour la première fois de sa vie, cette question, ce qui en augmentait la franchise.

– Oui, tu le sens, mais pas au point de donner ta terre aux paysans, dit Stépan Arkadiévitch, qui avait l'air de vouloir agacer Lévine.

Depuis quelque temps, une nuance d'hostilité se révélait dans les relations entre les deux beaux-frères. Depuis qu'ils étaient mariés aux deux sœurs, une certaine jalousie était née entre eux; c'était à qui arrangerait le mieux son existence. Et dans la conversation, cette rivalité se manifestait volontiers par des pointes.

– Je ne la donne pas, parce que personne ne me le demande. Et si même je le voulais, je ne saurais le faire, je ne saurais à qui donner.

– Donne-la à ce paysan, il ne la refusera pas.

– Comment faire? Aller avec lui passer un acte de vente?

– Je l'ignore. Mais si tu sens que tu n'as pas le droit...

– Au contraire, je sens que je n'ai pas le droit de donner ce que je possède, parce que j'ai des devoirs et envers la terre et envers ma famille.

– Permets. Tu considères cette inégalité comme une injustice : ton devoir est de la faire cesser.

– Je tâche d'y parvenir en ne faisant rien pour l'accroître.

– Ça, c'est du paradoxe!

– Oui, cela sent le sophisme, confirma Veslovski. Hé patron! dit-il au paysan qui entrait dans la grange, vous ne dormez donc pas encore?

– Hein! Quel sommeil!... Mais je croyais ces messieurs endormis, et voilà que je les entends causer! Puis-je prendre un crochet dont j'ai besoin? Il ne mordra pas? ajouta-t-il, en montrant le chien et avançant prudemment ses pieds nus.

– Et toi, où dormiras-tu?

– Cette nuit je garde les chevaux.

– La belle nuit! s'écria Vassenka apercevant à la lumière de la lune, par la porte entrouverte, un coin de l'isba et le break dételé. Écoutez! Ce sont des femmes qui chantent. Et pas mal, ma foi!... Qui est-ce qui chante là-bas, patron?

– Ce sont les filles d'à côté.

– Allons nous promener, Oblonskï. Jamais nous ne pourrons dormir. Allons!...

– Ce serait bien, si l'on pouvait se coucher et se promener en même temps, dit Oblonskï en s'étirant. Dormir, c'est très agréable...

– Eh bien, j'irai seul, dit Vassenka, se levant et se chaussant. Au revoir, messieurs. Si c'est amusant, je vous appellerai. Vous avez été trop aimables à la chasse pour que je vous oublie.

– C'est un charmant garçon, n'est-ce pas? dit Oblonskï à Lévine, quand Vassenka et le paysan furent sortis.

– Oui, charmant, répondit Lévine songeant encore à la conversation précédente.

Il lui semblait avoir exprimé clairement ce qu'il pensait et sentait; et cependant ses deux interlocuteurs, des hommes intelligents et sincères, d'une même voix l'avaient accusé de se bercer de sophismes. Cela le troublait.

– Oui, mon ami, il faut prendre un parti : ou reconnaître que l'état actuel de la société est ce qu'il doit être, et alors défendre ses droits, ou avouer qu'on profite de privilèges injustes, et dans ce cas, faire comme moi, en profiter avec plaisir.

– Non, si tu reconnaissais l'iniquité de ces privilèges, tu n'en pourrais jouir agréablement. Moi du moins, je ne le pourrais pas. Le principal pour moi, c'est de ne pas me sentir coupable.

– Au fait, pourquoi n'irions-nous pas faire un tour? dit Stépan Arkadiévitch, déjà fatigué de cette conversation. Nous ne dormirons pas. Allons!

Lévine ne répondit pas. Ce qu'il avait dit en causant, à savoir qu'il tâchait seulement de ne pas augmenter l'inégalité sociale, le préoccupait. « Peut-on se contenter d'une justice négative? » se demandait-il.

– Quelle bonne odeur de foin! dit Stépan Arkadiévitch en se levant. Non, je sens que je ne pourrai pas dormir. Vassenka a dû inventer quelque chose. Entends-tu son rire et sa voix?

– Moi, je reste, dit Lévine.

– Est-ce aussi par principe? demanda Oblonskï en souriant et en cherchant son bonnet dans l'obscurité.

– Non, mais qu'irais-je faire là-bas?

– Tu sais, tu te rendras malheureux, dit Stépan Arkadiévitch. Ayant enfin trouvé son bonnet, il se levait.

– Pourquoi?

– Est-ce que je ne vois pas sur quel pied tu t'es mis avec ta femme? Quelle importance tu attachais à obtenir son autorisation pour aller deux jours à la chasse! Cela peut être charmant, le temps d'une idylle, mais pour la vie entière ce n'est pas suffisant. L'homme doit garder son indépendance; il a ses intérêts. L'homme doit être le maître, dit Oblonskï, ouvrant la porte.

– En quoi? Pour aller courir les filles de la campagne?

– Pourquoi pas, si cela l'amuse? Ma femme ne s'en portera pas plus mal. Et moi, j'en aurai du plaisir. Le principal, c'est de respecter la maison; mais il ne faut pas se lier les mains.

– Peut-être, répondit sèchement Lévine, en se retournant. Demain il faut partir de bonne heure. Je vous préviens que je n'éveillerai personne, et que je partirai à l'aurore.

– MESSIEURS, VENEZ VITE! leur criait Veslovski. CHARMANTE! C'est moi qui l'ai découverte. CHARMANTE! Une vraie Gretchen. Nous avons déjà fait connaissance. Elle est vraiment très jolie, ajouta-t-il d'un air approbateur, comme si cette beauté ayant été faite exprès pour lui, il en témoignait sa satisfaction à l'auteur.

Lévine fit semblant de dormir; Oblonskï glissa ses pieds dans des pantoufles, alluma un cigare, et sortit de la grange avec Veslovski. Bientôt leurs voix se perdirent dans le lointain.

Lévine resta longtemps sans pouvoir s'endormir. Il entendit les chevaux manger leur foin, ensuite le paysan partir avec son fils aîné, pour garder les chevaux au pâturage de nuit, puis le soldat se coucher dans le foin de l'autre côté de la grange, avec son neveu, le petit-fils du patron. Il entendit l'enfant décrire à son oncle, d'une voix aiguë, l'impression que lui avaient faite les chiens, qui lui avaient semblé terribles et énormes; puis le petit garçon demanda quels animaux ces chiens chassaient; et le soldat, d'une voix rauque et somnolente, répondit que les chasseurs iraient le lendemain dans le marais, tireraient des coups de fusil; enfin, pour mettre un terme aux questions de l'enfant il lui dit : « Dors, Vasska, dors. Sans quoi, prends garde! » Et bientôt lui-même se mit à ronfler. Et tout se tut.

Lévine n'entendit plus que l'ébrouement d'un cheval et le cri d'une bécasse. « Peut-on se contenter d'une justice négative? » se répétait-il. « Eh quoi, je ne suis pas coupable! » Et il se mit à penser au lendemain.

« Je partirai de bonne heure. Je me donne ma parole de garder mon sang-froid. Il y a des quantités de bécasses et de bécassines doubles. En rentrant, je trouverai sans doute un billet de Kitty... Oui, Stiva a peut-être raison... Je suis trop faible avec elle... Mais que faire? De nouveau la négative! »

Tout en dormant il entendit le rire et les gais propos de Veslovski et de Stépan Arkadiévitch qui rentraient. Il ouvrit une seconde les yeux; la lune haute éclairait les deux hommes dans l'entrebâillement de la porte. Stépan Arkadiévitch parlait de la fraîcheur de la jeune fille, la comparant à une noisette fraîche.

Veslovski, riant de son rire contagieux, répétait un mot dit probablement par un paysan : « Cherche la tienne de toutes tes forces! »

Lévine, à demi éveillé, leur dit :

– Messieurs, demain à l'aurore! Et il se rendormit.

XII

A L'AUBE, Lévine, aussitôt levé, se mit en devoir d'éveiller ses compagnons. Vassenka, couché sur le ventre, allongeant un pied en chaussette, dormait si fortement qu'il fut impossible d'en tirer aucune réponse. Oblonskï, encore endormi, refusa de se lever si tôt. Laska elle-même, blottie en rond dans le foin, se leva à regret et étira paresseusement l'une après l'autre ses pattes de derrière. Lévine se chaussa, prit son fusil, ouvrit avec précaution la porte grinçante de la grange et sortit. Les cochers dormaient près des voitures; les chevaux sommeillaient; un seul mangeait paresseusement son avoine qu'il dispersait en reniflant. Il faisait à peine jour.

– Pourquoi te lever si matin, mon cher? lui demanda amicalement, comme à une bonne connaissance, une vieille paysanne qui sortait de l'isba.

– Je vais à la chasse, la mère. Où faut-il passer pour aller au marais.

– Tout droit devant nos granges, cher homme.

Posant avec précaution ses pieds nus et noircis, la vieille accompagna Lévine et lui ouvrit la claie près des granges.

– Tout droit et tu arriveras au marais. Les nôtres ont passé là-bas la nuit.

Laska courait gaîment en avant sur le chemin et Lévine la suivait d'un pas allègre, interrogeant le ciel. Il comptait atteindre le marais avant que le soleil ne fût levé. Mais le soleil ne tarda pas à se montrer. La lune, visible encore, avait maintenant l'éclat du mercure; l'étoile du matin que tout à l'heure il était impossible de ne pas remarquer devenait presque invisible; et des taches, d'abord vagues à l'horizon, prenaient des contours plus nets; c'étaient des tas de blé. La rosée qui restait invisible, attendant la lumière du soleil, mouillait les jambes et la blouse de Lévine jusqu'à la ceinture. Dans le calme absolu de l'air matinal, les moindres sons se percevaient nettement. Une abeille frôla l'oreille du chasseur, il crut entendre le sifflement d'une balle. Il regarda, en vit une deuxième, une troisième; toutes sortaient d'un rucher de chaume et volaient dans la direction des marais.

Des vapeurs blanches, tantôt épaisses, tantôt transparentes, d'où ressortaient, comme des îlots, les bouquets d'arbres, indiquaient le marais, au bord duquel, près de la route, étaient couchés et dormaient, enveloppés de leurs caftans, des enfants et des paysans. Ceux-là, toute la nuit, avaient gardé les chevaux. Non loin d'eux paissaient trois chevaux, traînant une chaîne qu'ils faisaient tinter bruyamment. Laska marchait à côté de son maître; elle aurait voulu courir en avant et se retournait sans cesse. Quand il eut dépassé les paysans qui dormaient au bord du marais, Lévine examina son fusil et lâcha sa chienne. Un des chevaux, un grand de trois ans, à la vue de Laska se mit à s'ébrouer et à battre de la queue; les autres s'effrayèrent aussi et se jetèrent du côté de l'eau, en barbotant de leurs pieds liés et faisant avec leurs sabots qui s'enfonçaient dans la glaise humide un bruit caractéristique. Laska s'arrêta, lança sur les chevaux un regard moqueur, puis regarda son maître. Lévine caressa la chienne et sifflota, lui donnant le signal de commencer. Elle partit, heureuse et affairée, flairant le sol qui cédait sous ses pas. Parmi toutes les odeurs des ronces, des herbes, de la rouille, du marécage, du fumier de cheval, qu'elle connaissait bien, Laska reconnut l'odeur de l'oiseau, qui la troublait plus que toute autre.

Par endroits, sur la mousse, cette odeur était très forte, mais il était difficile à l'animal de discerner de quel côté elle augmentait, de quel côté elle faiblissait. Afin de mieux sentir la direction du gibier, Laska s'éloigna et se mit sous le vent, galopant doucement pour pouvoir brusquement s'arrêter si c'était nécessaire. Elle tourna à droite, car le vent soufflait de l'est; et, les narines dilatées, aspirant l'air, elle sentit aussitôt qu'il ne s'agissait pas seulement de piste, mais que le gibier lui-même était là, en abondance. Laska ralentit sa course. Les oiseaux étaient présents, mais où? La chienne ne pouvait encore reconnaître exactement l'endroit. Elle commençait à tourner en cercle quand tout à coup, la voix de son maître la dérangea : « Laska, ici! » dit-il lui désignant un autre endroit. Elle s'arrêta, hésitante; mais il répéta l'ordre d'une voix impérieuse, en désignant un endroit où il n'y avait que des racines couvertes d'eau et où il ne pouvait rien se trouver. Laska fit semblant de chercher, pour faire plaisir au maître. Elle explora l'endroit et revint où elle était d'abord, et aussitôt de nouveau elle sentit le gibier. Maintenant qu'on la laissait tranquille, elle savait ce qu'il lui fallait faire; sans regarder sous ses pattes, se heurtant à de grosses racines, tombant dans des bourbiers, mais se remettant aussitôt sur ses pattes fortes et souples, elle se remit à tracer des cercles pour se fixer définitivement. *Leur* odeur la frappait de plus en plus. Tout d'un coup elle acquit la certitude qu'un des adversaires était là, derrière une racine, à cinq pas d'elle; s'arrêtant, elle se raidit de tout son corps. Ses jambes trop basses l'empêchaient de voir devant elle, mais son flair ne la trompait pas : l'oiseau était là, à cinq pas au plus. Immobile, elle restait là, le flairant et jouissant de l'attente; la gueule raidie et entrouverte, frémissant légèrement, les oreilles dressées, dont l'une avait été retroussée pendant la course, elle respirait profondément, mais avec précaution, et, avec plus de circonspection encore elle jetait les yeux vers son maître sans oser tourner la tête.

Celui-ci, avec une expression qu'elle connaissait bien, et des yeux qu'elle trouvait terribles, s'avançait, butant contre les racines; cela, semblait-il à Laska, très lentement. Elle croyait qu'il marchait lentement et, cependant, il courait. A l'attitude particulière de laska, aplatie contre le sol comme si elle eût voulu ramer avec ses pattes de derrière, la gueule entrouverte, Lévine comprit qu'elle flairait la bécassine. Priant Dieu de toute son âme de réussir son premier coup, il courut vers la chienne. En approchant, il regarda et vit ce que Laska ne pouvait que flairer : à la distance d'une *sagène* était tapie entre deux racines une bécassine qui, tournant la tête, écoutait; puis écartant à peine et repliant aussitôt ses ailes, d'un mouvement gauche, elle disparut en tournant.

« Pile! Pile! » cria Lévine, poussant Laska par-derrière. « Je ne puis avancer, pensa Laska. Où irais-je? De là, je les sens, et si j'avance je ne saurai plus où les prendre. » Mais son maître la poussa du genou et dans un chuchotement ému lui dit : « Ma petite Laska, pile! pile! » « S'il y tient tant, soit, mais je ne réponds plus de moi! » pensa-t-elle, et elle s'élança, éperdue, parmi les racines...

Maintenant, elle ne sentait plus rien, ne comprenait rien, elle voyait seulement et entendait.

A dix pas de l'endroit qu'elle venait de quitter, une bécassine se leva, avec son cri et son bruit d'ailes particuliers. Aussitôt un coup éclata et l'oiseau tomba lourdement; son ventre blanc se colla contre le sol humide. Une seconde bécassine, au même moment, s'envola derrière Lévine, sans attendre le chien. Lévine se retourna, elle était déjà loin; cependant il l'atteignit. La bécassine voleta encore un moment, puis vint s'abattre comme une boule sur un endroit sec.

« Cette fois, ça va marcher! » se dit Lévine, mettant dans son carnier les bécassines chaudes et grasses. « Hé! Petite Laska! bien travaillé! »

Après avoir rechargé son fusil, Lévine poussa plus avant dans le marais. Le soleil était déjà levé, bien qu'on ne le vît pas à cause des nuages. La lune avait perdu toute sa clarté, ce n'était plus qu'un petit nuage blanc dans le ciel; et toutes les étoiles avaient disparu. Les flaques d'eau, argentées auparavant par la rosée, portaient maintenant des reflets d'or; la rouille, des teintes d'ambre. Le bleu des herbes se transformait en un vert jaunâtre; les oiseaux des marais s'agitaient dans les buissons, brillants de rosée, qui projetaient leur ombre près de l'étang. Un épervier était perché sur une meule, regardant les marais de côté et d'autre; les choucas voletaient dans les champs; des gamins pieds nus amenaient les chevaux près d'un vieillard qui venait de se soulever de dessus son caftan et se grattait. La fumée du fusil semblait blanche comme du lait, au-dessus de l'herbe verte et de la verdure.

Un gamin accourut vers Lévine, et lui cria de loin :

– Petit oncle, ici il y a des canards!... Nous en avons vu hier!

Lévine éprouva un certain plaisir à tuer encore trois bécasses, en présence du gamin, qui laissait voir toute son admiration.

XIII

UNE SUPERSTITION, répandue parmi les chasseurs, veut que la chasse soit heureuse si le premier coup l'est. Cette fois la tradition se trouvait confirmée.

Lévine rentra vers dix heures du matin, fatigué, affamé,

mais enchanté, après avoir parcouru une trentaine de verstes, tué dix-neuf oiseaux et un canard, que, faute de place dans sa gibecière, il avait attaché à sa ceinture. Ses compagnons, levés depuis longtemps, avaient eu le temps d'avoir faim et de déjeuner.

– Attends! Attends! Je sais qu'il y en a dix-neuf, dit Lévine, comptant pour la seconde fois les bécasses et les bécassines. Raidies, les plumes collées par le sang coagulé, leurs petites têtes penchées de côté, les volatiles n'avaient plus l'air majestueux qu'on leur voyait en plein vol.

Le compte était exact, et il fut agréable à Lévine de voir que Stépan Arkadiévitch l'enviait. De plus, notre chasseur était heureux parce qu'en rentrant il avait trouvé le messager de Kitty, porteur d'un billet :

« Je me porte très bien et suis très gaie. Si tu t'inquiètes pour moi, tu peux te rassurer complètement : j'ai un nouveau garde du corps, Marie Vassilievna (c'était la sage-femme, un personnage nouveau et fort important dans la famille). Elle est venue prendre de mes nouvelles et me trouve très bien portante; nous l'avons retenue jusqu'à ton retour. Tous sont gais et en bonne santé. Aussi, je t'en prie, ne te hâte pas, et si la chasse est bonne restez encore un jour de plus. »

La chasse heureuse et le billet de sa femme furent pour lui deux joies si grandes qu'elles effacèrent deux incidents moins agréables. D'abord le cheval de volée, qu'ils avaient surmené la veille, refusait de manger et paraissait abattu.

– Hier on l'a trop stimulé, Constantin Dmitritch, disait le cocher.

L'autre incident, qui au premier moment gâta la bonne humeur de Lévine, mais dont lui-même s'amusa beaucoup ensuite, c'était qu'il ne trouvait plus les provisions, données par Kitty en telle abondance qu'elles semblaient devoir être suffisantes pour une semaine. En revenant de la chasse, fatigué et affamé, Lévine comptait particulièrement sur les petits pâtés, et il en sentait d'avance l'odeur et le goût, comme Laska sentait d'avance le gibier. Aussitôt rentré il ordonna à Philippe de lui servir de ces pâtés; or non seulement il n'y en avait plus, mais il ne restait pas même de poulet.

– Il en a, un appétit! dit Oblonskï riant et désignant Vassenka Veslovski. Moi, je ne puis me plaindre du mien, mais le sien est extraordinaire...

– Que faire? dit Lévine, jetant un regard sombre vers Veslovski. Philippe, donne-moi de la viande.

– On a mangé la viande, et donné l'os au chien, répondit Philippe.

Lévine était si contrarié qu'il dit avec dépit, prêt à pleurer :

– On aurait vraiment pu me laisser quelque chose! Eh bien, vide le gibier, et enveloppe-le d'orties, dit-il d'une voix tremblante à Philippe, en tâchant de ne pas regarder Vassenka. Et va me chercher au moins du lait.

Sa faim apaisée par le lait, il fut confus d'avoir témoigné si vivement son désappointement devant un étranger, et il se moqua lui-même de sa colère d'affamé.

Le même soir, après une dernière chasse où Vassenka tua quelques pièces, les chasseurs reprirent le chemin de la maison.

Le retour fut aussi gai que l'aller. Veslovski tantôt chantait, tantôt se rappelait joyeusement son aventure avec les paysans qui l'avaient régalé d'eau-de-vie, en lui répétant : « Ne t'offense pas »; ou l'épisode de la jeune paysanne fraîche comme une noisette, et de ce paysan qui lui avait demandé s'il était marié et, sur sa réponse négative, lui avait dit : « Ne regarde donc pas les femmes des autres, et tâche de t'en trouver une. » Ces paroles amusaient particulièrement Veslovski.

– Dans l'ensemble, je suis ravi de ce voyage. Et vous, Lévine?

– Moi aussi, répondit sincèrement Lévine, particulièrement heureux de ne plus éprouver envers Veslovski l'hostilité qu'il avait ressentie chez lui, et de se trouver au contraire très bien disposé à l'égard de son hôte.

XIV

Le lendemain matin vers dix heures, Lévine, après avoir fait un tour dans sa propriété, frappa à la porte de Vassenka.

– Entrez! lui cria celui-ci. Excusez-moi, je terminais mes ablutions, dit-il, en caleçon et souriant.

– Ne vous gênez pas. – Lévine s'assit sur l'appui de la fenêtre :

– Avez-vous bien dormi?

– Comme un mort. Fera-t-il beau aujourd'hui pour la chasse?

– Que prenez-vous le matin : du café ou du thé?

– Ni l'un ni l'autre, je déjeune. Je suis vraiment honteux d'être tellement en retard. Ces dames sont déjà levées. Ce serait vraiment très bien, de faire une petite promenade. Vous me montrerez vos chevaux.

Ils firent le tour du jardin, visitèrent l'écurie, firent un peu de gymnastique sur les barres. Puis Lévine revint avec son hôte à la maison et rentra avec lui au salon.

– Nous avons fait une belle chasse. Et que d'aventures! dit Veslovski, s'approchant de Kitty installée près du samovar. Quel dommage que les dames soient privées de ce plaisir!

« Il faut bien qu'il dise un mot à la maîtresse de maison », se dit Lévine, déjà agacé par le sourire et par l'expression conquérante avec lesquels son hôte s'adressait à Kitty...

La princesse, qui était assise à l'autre bout de la table avec Marie Vassilievna et Stépan Arkadiévitch, appela Lévine et se mit à lui parler de l'installation du jeune ménage à Moscou. Il fallait, selon elle, préparer un appartement pour l'époque de la délivrance de Kitty.

De même qu'avant le mariage rien ne froissait davantage Lévine que ces préparatifs de toutes sortes qui, par leur minime importance, rabaissaient la grandeur de l'acte qui devait s'accomplir, de même maintenant rien ne choquait plus Lévine que ces préparatifs du futur accouchement, dont on prévoyait le terme en comptant sur les doigts. Lévine s'efforçait de ne pas entendre les conversations portant sur l'emmaillotement du futur bébé; il tâchait de ne pas voir les mystérieuses bandes de toile et les petits triangles auxquels Dolly attachait une importance particulière, etc.

La naissance d'un fils (il était convaincu que ce serait un fils), événement qu'on lui promettait, mais auquel cependant il ne pouvait croire, tant cela lui semblait extraordinaire, lui apparaissait d'une part comme un bonheur excessif et par conséquent impossible, d'autre part comme un fait si mystérieux que le discuter et le prévoir, comme s'il se fût agi de quelque chose de très ordinaire, blessait et humiliait le futur père.

La princesse ne comprenait rien à ces impressions. Dans cette indifférence apparente de son gendre, elle voyait de l'étourderie et de l'insouciance : aussi ne lui laissait-elle pas de repos. Elle venait de charger Stépan Arkadiévitch de chercher un appartement et appelait Lévine pour en parler avec lui.

– Faites ce que bon vous semblera, princesse. Je n'y entends rien, dit-il.

– Mais il faut fixer l'époque de votre installation à Moscou!

– Vraiment, je ne sais pas. Je sais que des millions d'enfants naissent sans Moscou ni docteur. Alors pourquoi...

– Dans ce cas...

– Kitty fera ce qu'elle voudra.

– Kitty ne doit pas entrer dans ces détails. Veux-tu donc l'effrayer? Sache que Natalie Golitzine est morte en couches, ce printemps, faute d'un bon accoucheur.

– Je ferai ce que vous voudrez, répéta Lévine d'un air sombre.

La princesse continua ses explications, mais il n'écoutait plus. La conversation avec la princesse l'avait bien quelque peu énervé, mais là n'était pas la cause de sa méchante humeur, qui découlait de ce qui se passait près du samovar.

« Cela ne peut durer ainsi ! » pensait-il, jetant de temps en temps un coup d'œil sur Vassenka. Celui-ci, penché vers Kitty, lui disait quelque chose qu'il accompagnait d'un joli sourire; elle paraissait émue et rougissante.

La joie de Veslovski, son regard, son sourire étaient inconvenants aux yeux de Lévine; inconvenants, aussi le regard et la pose de Kitty. De nouveau la lumière s'éteignit à ses yeux. De nouveau, comme la veille, il tomba soudain des hauteurs du bonheur, du calme et de la dignité, dans l'abîme du désespoir, de la colère, de la honte. De nouveau tout et tous lui devinrent insupportables.

– Princesse, faites comme vous l'entendrez, répéta-t-il, en se retournant.

– « Tu es lourde, ô couronne des Monomaques[1] ! » lui dit en plaisantant Stépan Arkadiévitch, faisant évidemment allusion, non seulement à la conversation avec la princesse, mais encore à ce qui causait l'émotion de Lévine, qu'il avait remarquée. – Comme tu descends tard, Dolly !

Tous se levèrent pour saluer Daria Alexandrovna. Vassenka se leva un instant; avec la désinvolture envers les dames, propre à la nouvelle génération masculine, il salua à peine et se rassit pour reprendre sa conversation avec Kitty.

– C'est Macha qui m'a retardée. Elle a mal dormi. Elle est aujourd'hui très capricieuse, dit Dolly.

Entre Kitty et Vassenka il était encore question d'Anna, et le jeune homme discutait la possibilité d'aimer en dehors des conditions mondaines. Cet entretien déplaisait à Kitty, par le sujet et par le ton, et surtout parce qu'elle connaissait d'avance l'impression que le fait produisait sur son mari; mais elle était trop inexpérimentée et trop naïve pour savoir comment mettre un terme au colloque et dissimuler la gêne, et à la fois l'espèce de plaisir, que lui causaient les attentions de Vassenka. Elle voulait rompre les chiens, mais ne savait com-

1. Dicton russe qui signifie que toute position privilégiée, bien que satisfaisant l'ambition, a des côtés pénibles.

ment s'y prendre. Tout ce qu'elle pourrait faire serait remarqué par son mari et mal interprété. En effet, quand Kitty demanda à Dolly des nouvelles de la petite Marie, et que, pendant cet échange de propos, ennuyeux pour lui, Vassenka se mit à regarder Dolly avec indifférence, cette diversion fut considérée par Lévine comme une ruse indigne.

– Irons-nous chercher des champignons aujourd'hui? demanda Dolly.

– Oh oui, allons-y! J'irai aussi, dit en rougissant Kitty. Elle pensa demander à Vassenka, par politesse, s'il ne les accompagnerait pas; mais elle se retint.

– Où vas-tu, Kostia? demanda-t-elle à son mari, d'un air coupable, en le voyant sortir d'un pas résolu.

Cet air coupable confirma tous les soupçons de Lévine.

– En mon absence il est venu un mécanicien. Je ne l'ai pas encore vu, répondit-il sans la regarder.

Il descendit. A peine fut-il dans son cabinet qu'il entendit le pas bien connu de sa femme, qui accourait rapidement chez lui.

– Que veux-tu?... Nous sommes occupés, lui dit-il sèchement.

– Excusez-moi, fit-elle s'adressant au mécanicien, qui était Allemand, j'ai quelques mots à dire à mon mari.

L'Allemand voulut sortir, mais Lévine le retint.

– Ne vous dérangez pas.

– Il y a un train à trois heures? demanda l'Allemand. Je ne voudrais pas le manquer.

Lévine ne répondit pas et sortit avec sa femme.

– Que voulez-vous? lui demanda-t-il, en français, sans la regarder, car il ne voulait pas voir son émotion. Tout le visage de Kitty tremblait; elle avait l'air piteux, anéanti.

– Je... je veux dire qu'on ne peut pas vivre ainsi, que c'est un martyre...

– Il y a du monde à l'office, ne faites pas de scène, dit-il méchamment.

– Eh bien, entrons ici.

Elle voulut l'entraîner dans une pièce voisine; mais là Tania prenait une leçon avec son Anglaise.

– Alors allons au jardin.

Là ils rencontrèrent le jardinier qui nettoyait les allées. Peu soucieux de l'effet que pouvait produire sur cet homme le visage en larmes de la jeune maîtresse, tous deux, sans s'aviser qu'ils avaient l'air de gens fuyant un malheur inconnu, s'éloignèrent rapidement, sentant le besoin d'une explication et d'un tête-à-tête, afin de rejeter loin d'eux le poids de leur tourment.

– On ne peut vivre ainsi! C'est un martyre! Je souffre, tu souffres aussi... Pourquoi? dit-elle, lorsqu'ils eurent atteint un banc isolé, au coin d'une allée de tilleuls.

– Avoue que dans l'attitude de ce Vassenka il y avait quelque chose de blessant et d'inconvenant, dit Lévine. Debout devant elle, il serrait à deux mains sa poitrine, comme lors de leur précédente explication.

– Oui, répondit-elle d'une voix tremblante... Mais ne vois-tu pas, Kostia, que ce n'est pas ma faute? Dès le matin j'avais voulu le remettre à sa place. – Pourquoi ces gens sont-ils venus? Et les sanglots la secouèrent toute.

Le jardinier, quand il les revit peu après avec des visages calmes et heureux, ne comprit pas ce qu'ils avaient pu trouver de si joyeux sur ce banc.

XV

Lévine reconduisit sa femme chez elle et se rendit chez Dolly.

Daria Alexandrovna était, elle aussi, bien agitée. Elle arpentait sa chambre de long en large et grondait sa fille qui, debout dans un coin, pleurait bruyamment.

– Tu resteras là toute la journée, tu dîneras seule, et tu ne verras pas une seule poupée, et tu n'auras pas de robe neuve, disait-elle, ne sachant plus quel châtiment infliger à l'enfant. C'est une méchante petite fille, dit-elle s'adressant à Lévine. Où a-t-elle pris ces vilaines habitudes?

– Qu'a-t-elle fait? demanda avec assez d'indifférence Lévine qui, voulant consulter Dolly sur ses propres affaires, était contrarié d'arriver si mal à propos.

– Elle et Gricha sont allés chercher des framboises et là-bas... Non, je ne peux pas te dire ce qu'elle a fait là-bas... Je regretterai toujours miss Elliot... Celle que nous avons maintenant ne surveille pas les enfants, une vraie machine... Figure-toi que la petite...

Et Daria Alexandrovna raconta les méfaits de Macha.

– Cela ne prouve rien. Il ne s'agit pas de mauvaises habitudes. C'est tout simplement une gaminerie, dit Lévine pour la calmer.

– Mais qu'as-tu, toi?... Tu as l'air ému. Qu'est-ce qui t'amène ici?... Que s'est-il passé? demanda Dolly.

Au ton sur lequel elle posa ces questions, Lévine sentit qu'il serait compris, et la confidence lui devint plus facile.

– J'étais au jardin avec Kitty... Nous venons de nous quereller. C'est la seconde fois depuis... l'arrivée de Stiva.

Dolly le regarda, de ses yeux bons et intelligents.

– La main sur la conscience, dis-moi si ce monsieur a un ton qui puisse, non seulement être agréable à un mari, mais tolérable pour lui?

– Comment te dire?... Reste dans le coin! cria-t-elle à Macha qui, ayant aperçu un léger sourire sur le visage de sa mère, s'était aussitôt retournée. – Selon les idées reçues dans le monde, il se conduit comme tous les jeunes gens : il fait la cour à une jeune et jolie femme, et son mari, homme du monde, doit en être flatté.

– Oui, oui, fit sombrement Lévine. Mais tu as remarqué la chose?

– Pas seulement moi. Stiva m'a dit, après le thé : « Je crois que Veslovski fait un brin de cour à Kitty. »

– Alors je suis édifié... Je vais le chasser, dit Lévine.

– Es-tu fou? s'écria Dolly avec terreur. A quoi penses-tu, Kostia? Remets-toi, dit-elle en riant... Maintenant tu peux aller trouver Fanny, dit-elle à Macha. – Je t'en prie, laisse-moi parler à Stiva. Il emmènera Veslovski; on peut lui dire qu'on attend du monde. En général, il n'est pas de notre compagnie...

– Non, non, je m'en chargerai moi-même.

– Mais tu te fâcheras avec lui!

– Non, cela m'amusera, dit Lévine les yeux brillants et gais. – Allons, Dolly, pardonne-lui, elle ne le fera plus, dit-il, montrant la petite criminelle qui, sans aller chez Fanny, comme il lui était ordonné, attendait, debout près de sa mère, et cherchait son regard.

Dolly regarda la fillette, qui se jeta dans ses bras en sanglotant. Et la mère posa sur la petite tête une main maigre et blanche.

« Il n'y a rien de commun entre lui et nous », pensa Lévine qui se mettait en quête de Veslovski.

En traversant le vestibule, il donna l'ordre d'atteler la calèche pour conduire quelqu'un à la gare.

– Les ressorts se sont cassés hier, répondit le valet.

– Alors le tarentass, mais au plus vite. Où est notre hôte?

– Dans sa chambre.

Vassenka, qui avait tiré de sa valise divers objets, et posé sur la table des romances nouvelles, mettait des guêtres pour monter à cheval lorsque Lévine entra.

Le visage de celui-ci avait-il une expression particulière, ou bien Veslovski lui-même sentait-il que « le petit brin de cour » n'était pas à sa place dans cette famille? Toujours est-il qu'à l'entrée de Lévine, le personnage parut aussi confus que peut l'être un homme du monde.

– Vous montez à cheval en guêtres?

– Oui, c'est plus propre, répondit Veslovski. Sa forte jambe posée sur la chaise, il achevait de boutonner la guêtre et souriait d'un air satisfait.

C'était au fond un si brave garçon que Lévine se sentit

honteux, en sa qualité de maître de maison, quand il surprit la soudaine timidité qui s'était glissée dans le regard de son hôte.

Sur la table se trouvait une baguette qu'ils avaient coupée le matin. Lévine s'en empara, et, ne sachant quelle contenance tenir, se mit à casser la baguette en petits morceaux.

– Je voulais... Il s'arrêta. Mais soudain, se rappelant Kitty et tout ce qui s'était passé, il continua, le regardant résolument dans les yeux : – J'ai fait atteler pour vous.

– Pourquoi? Où allons-nous? demanda Vassenka, étonné.

– On vous mène à la gare, dit Lévine d'un air sombre, en continuant à briser la baguette.

– Partez-vous? Est-il survenu quelque chose de particulier?

– Il est survenu que j'attends du monde, dit Lévine, déchirant de plus en plus rapidement entre ses doigts forts le bout de la baguette qui se fendillait. Ou plutôt non, je n'attends personne, mais je vous prie de partir. Interprétez mon impolitesse comme bon vous semblera.

Vassenka se redressa.

– Je *vous* prie de m'expliquer... commença-t-il avec dignité, comprenant enfin.

– Je n'explique rien, et vous ferez mieux de ne pas me questionner, dit Lévine lentement. Il luttait pour retenir le tremblement convulsif de son visage. Comme l'extrémité mince de la baguette était tout à fait brisée, il la prit par le gros bout, la fendit en deux et rattrapa le bout qui tombait.

La vue de ces mains, de ces muscles, dont le matin il avait pu apprécier la vigueur en faisant de la gymnastique, et de ces yeux brillants, la voix grave et le tremblement des joues, tout cela probablement convainquit Vassenka mieux que n'eussent fait des paroles. Il haussa les épaules, sourit dédaigneusement, salua et dit :

– Pourrais-je voir Oblonskï?

Le haussement d'épaules et le sourire n'offensèrent pas Lévine : « Que prétend-il faire encore? » se demanda-t-il.

– Je vous l'envoie, répondit-il.

– Mais cela n'a pas le sens commun! s'écria Stépan Arkadiévitch. Il rejoignait Lévine au jardin où ce dernier se promenait, attendant le départ de son hôte. Stépan venait d'apprendre de son ami que celui-ci était chassé. – Mais c'est ridicule! Quelle mouche t'a piqué?... C'est du dernier ridicule! Si ce jeune homme...

Mais la place piquée par la mouche se trouvait encore si sensible que Lévine pâlit. Stépan Arkadiévitch voulait lui donner des explications. Lévine l'interrompit vivement :

– Je t'en prie, pas d'explication. Je ne pouvais agir autrement. J'en suis désolé, à cause de toi aussi bien qu'à cause de lui; mais pour lui ce n'est pas un grand malheur de partir; pour ma femme et pour moi, sa présence devenait intolérable.

– Mais il est offensé! Et par-dessus tout c'est ridicule.

– Moi aussi, j'ai été offensé, je me suis tourmenté. Et comme, en somme, je ne suis pas coupable, je ne veux pas souffrir.

– Celle-là, je ne m'y attendais pas! On peut être jaloux, mais à ce point, c'est du dernier ridicule!

Lévine lui tourna le dos et continua à se promener dans l'allée. Bientôt il entendit le bruit du tarentass et vit passer au travers des arbres Vassenka assis sur du foin (le tarentass n'avait pas même de sièges), les rubans de son bonnet écossais flottant derrière lui à chaque secousse.

« Qu'est-ce encore? » pensa Lévine voyant le domestique sortir en courant de la maison pour arrêter le tarentass. C'était afin d'y faire monter le mécanicien qu'on avait oublié. Celui-ci salua Vassenka, lui dit quelques mots, puis monta auprès de lui dans le véhicule qui repartit.

Stépan Arkadiévitch et la vieille princesse étaient révoltés de la conduite de Lévine. Lui-même se sentait ridicule au plus haut degré, coupable et honteux; mais en songeant à ce que Kitty et lui avaient souffert, il s'avoua que, si c'était à refaire, il agirait de la même façon.

Malgré cette histoire, tous, à l'exception de la vieille princesse, qui ne pardonnait pas encore cet acte à Lévine, se retrouvèrent extraordinairement animés et gais, comme des enfants après une punition, ou comme des maîtres de maison après une pénible réception officielle. Le soir, en l'absence de la princesse, on parla de l'expulsion de Vassenka comme d'un événement lointain; et Dolly, qui tenait de son père le don de raconter très drôlement les choses, fit rire aux larmes Varenka, en lui racontant pour la troisième ou la quatrième fois, et toujours avec de nouveaux traits amusants, qu'elle avait préparé en l'honneur de l'hôte de nouveaux rubans. Mais, au moment d'entrer au salon, elle avait entendu un bruit de charrette. Et qu'avait-elle vu? Vassenka en personne, avec son bonnet écossais, ses romances et ses guêtres, assis sur du foin!

– Si du moins on lui avait fait atteler une voiture! Non. Tout à coup on crie : « Arrêtez! » Enfin, on a eu pitié de lui, me dis-je... Pas du tout. C'était un gros Allemand qu'on lui donnait pour compagnon... Et l'effet de mes rubans était manqué!

XVI

Daria Alexandrovna tenait à réaliser son intention d'aller voir Anna. Sans doute craignait-elle d'être désagréable à sa sœur et à Lévine, comprenant les raisons qu'ils avaient de ne pas désirer un rapprochement avec Vronskï; mais d'autre part elle regardait comme un devoir de se rendre auprès d'Anna et de lui montrer par là que ses sentiments pour elle, malgré sa nouvelle situation, étaient demeurés les mêmes.

Afin de ne pas déranger les Lévine pour ce voyage, elle envoya louer des chevaux au bourg. Lévine, averti, vint lui adresser des reproches.

– Pourquoi t'imagines-tu que ton voyage pourrait m'être désagréable? Et si même cela était, tu m'affligerais encore davantage en ne prenant pas mes chevaux. Tu ne m'as pas dit une seule fois d'une façon formelle que tu partais; si tu loues des chevaux aux paysans, premièrement tu me contrarieras, et deuxièmement ils accepteront, mais ne t'amèneront jamais à destination. J'ai des chevaux; si tu ne veux pas m'attrister, prends-les.

Daria Alexandrovna dut accepter : et le jour indiqué, Lévine lui fit préparer quatre chevaux et une voiture. L'attelage n'était pas très joli, mais pouvait amener Daria Alexandrovna chez les Vronskï en une journée. La vieille princesse et la sage-femme devaient aussi s'en aller de leur côté, de sorte que c'était un vrai dérangement pour Lévine; mais c'eût été peu hospitalier de laisser partir Daria Alexandrovna en attelage loué; et de plus Lévine savait que les vingt roubles demandés par les paysans pour le voyage étaient pour sa belle-sœur une vraie somme, vu l'état actuel de ses finances, que Lévine connaissait parfaitement.

Sur les conseils de Lévine, Daria Alexandrovna partit dès l'aube.

La route était belle, la voiture confortable, les chevaux trottaient gaîment; sur le siège, à côté du cocher, Lévine, pour plus de sûreté, avait placé en guise de valet de pied le garçon de bureau.

Daria Alexandrovna s'endormit et ne s'éveilla qu'à l'auberge où il fallait relayer.

Là elle prit du thé chez le riche paysan où Lévine, en allant chez Sviajski, s'était autrefois arrêté. Après avoir causé avec les femmes, de leurs enfants, et avec le vieux, du comte Vronskï, qu'il vanta beaucoup, vers dix heures Daria Alexandrovna se remit en route.

Chez elle, absorbée par ses devoirs maternels, elle n'avait jamais le temps de réfléchir; mais durant ce voyage de quatre heures, toutes ses pensées d'autrefois s'agitèrent soudain dans son esprit et elle se prit à considérer sa vie sous ses différents aspects, comme elle ne l'avait jamais fait. Ses propres idées lui semblaient étranges à elle-même.

Elle pensa d'abord à ses enfants. La princesse et Kitty (c'était sur celle-ci qu'elle comptait particulièrement) avaient promis de les bien surveiller; néanmoins Dolly était inquiète. « Pourvu que Macha ne fasse plus de sottises, que Gricha n'aille pas attraper quelque coup de pied de cheval, que Lili ne se donne pas d'indigestion! » pensa-t-elle.

Bientôt ces petits soucis présents firent place aux préoccupations de l'avenir prochain. En rentrant à Moscou il lui fallait changer d'appartement, rafraîchir le salon, acheter une pelisse à sa fille aînée. Puis se présentèrent à elle des questions relatives à un avenir plus lointain. Comment ferait-elle pour mener à bien l'éducation de ses enfants? « Pour les filles, ce n'est encore rien, pensait-elle. Mais les garçons?... Jusqu'à présent j'ai pu m'occuper de Gricha, parce que, pour le moment, je suis libre. Mais que survienne une grossesse!... Il est absolument inutile de compter sur Stiva; et c'est moi, aidée de quelques amis, qui dois en faire des hommes... Mais s'il survient une grossesse? » Et elle songea qu'il était injuste de considérer les douleurs de l'enfantement comme le signe de la malédiction qui pèse sur la femme. « C'est si peu de chose, comparé à toutes les souffrances de la grossesse! » Et elle se rappela sa dernière grossesse et la mort de son dernier enfant. Ce souvenir lui remit en mémoire son entretien avec la jeune femme de l'auberge. Elle lui avait demandé combien elle avait d'enfants, et la paysanne lui avait répondu d'un air dégagé :

– J'ai eu une petite fille, mais Dieu m'a déliée, je l'ai ensevelie pendant le carême.

– Et tu es triste? avait demandé Daria Alexandrovna.

– Pourquoi? Le vieux ne manque pas de petits-enfants. Ce n'est qu'un souci de plus. On ne peut ni travailler ni rien faire. Ce n'est qu'un fardeau.

Cette réponse avait paru monstrueuse à Daria Alexandrovna, de la part de cette jeune femme au bon et joli visage. Mais maintenant, en se rappelant ces paroles, elle y trouvait une part de vérité.

« En résumé, pensa Daria Alexandrovna, se rappelant ses

quinze années de mariage : les grossesses, l'abrutissement, le dégoût de tout et la laideur. Kitty, notre jolie Kitty, comme elle enlaidit; et moi, en cet état je deviens hideuse, je le sais... Les couches, les souffrances, les douleurs atroces des derniers moments... Ensuite l'allaitement, les nuits sans sommeil, les douleurs épouvantables... » Daria Alexandrovna tressaillit, au seul souvenir des souffrances qu'elle avait supportées, pour chaque enfant. « ...Puis les maladies des enfants, l'inquiétude constante; ensuite les soucis de l'éducation, les mauvais penchants à combattre (elle se rappela les méfaits de Macha dans les framboisiers); les études, le latin; tout cela si compliqué, si difficile; et enfin, pire que tout, la mort de ces mêmes enfants. » Soudain elle se rappela la douleur dont son cœur de mère souffrait cruellement : la perte de son dernier-né, mort du croup; les funérailles, l'indifférence de tous devant le petit cercueil rose, son chagrin solitaire devant ce petit front blanc entouré de cheveux frisés, devant cette bouche étonnée, entrouverte, aperçus pour la dernière fois au moment où on avait enveloppé d'une couverture rose le petit cadavre. « Et pourquoi tout cela? Quel sera le résultat de tout cela?... C'est que je n'aurai pas eu un moment de repos : tantôt enceinte, tantôt nourrice; toujours irritée, ennuyée ou ennuyeuse, hideuse aux yeux de mon mari. Je passerai ainsi toute ma vie; les enfants grandiront malheureux, mal élevés et pauvres... Qu'aurais-je fait cet été, si les Lévine ne m'avaient pas invitée à venir chez eux? Kostia et Kitty sont certainement très délicats; ils ne me le font pas sentir, mais cela ne peut durer. Eux aussi auront des enfants et alors ils ne pourront plus nous aider; déjà même ils sont gênés... Papa n'a presque rien gardé, ce n'est donc pas lui qui m'aidera. De sorte que je ne sais pas comment j'élèverai mes enfants. Il me faudra solliciter des protections, m'humilier. Admettons, ce que je puis espérer de plus heureux, que je garde tous mes enfants et que je puisse les élever d'une façon ou de l'autre; mon seul désir, c'est qu'ils ne tournent pas mal... Et pour arriver à cela, tant de souffrances et de peines! Toute la vie sacrifiée! »

Elle se rappelait de nouveau les paroles de la jeune paysanne; de nouveau elle en était indignée, et cependant elle était forcée de reconnaître que dans ces paroles il y avait du vrai.

— Sommes-nous encore loin, Mikhaïlo? demanda Daria Alexandrovna au garçon de bureau, pour écarter ces pénibles pensées.

— On dit qu'il y a encore sept verstes à partir de ce village.

Dans le village la voiture traversa un pont, où marchaient, en causant gaîment et avec bruit, une foule de femmes, qui portaient des seaux sur leurs épaules. Elles s'arrêtèrent et regardèrent curieusement la voiture. Tous les visages tournés vers Daria Alexandrovna lui paraissaient gais et forts, et l'on aurait dit qu'elle était agacée par la joie de vivre qu'elle y découvrait.

« Tous vivent, tous jouissent de la vie! se dit-elle, tandis qu'agréablement balancée sur les ressorts souples de la vieille voiture montant une côte, elle se reprenait à penser, au-delà du groupe de femmes. Moi seule me fais l'effet d'une prisonnière. Je me tue de soucis; c'est seulement tout à l'heure que je me suis momentanément sentie libre. Tous vivent : ces femmes, ma sœur Natalie, Varenka, Anna chez qui je vais; tous, excepté moi... Pourquoi accuse-t-on Anna? Pourquoi? Suis-je donc meilleure qu'elle? Moi, j'ai un mari que j'aime, pas à vrai dire comme je voudrais aimer, mais enfin je l'aime, tandis qu'Anna n'aimait pas le sien. De quoi est-elle coupable? Elle a voulu vivre. C'est un besoin que Dieu lui-même a mis dans notre âme. J'aurais très bien pu faire la même chose; et maintenant encore je ne sais pas si j'ai bien fait de l'écouter, dans le moment terrible où elle est venue chez moi à Moscou. J'aurais dû me séparer de mon mari et recommencer ma vie. Qui sait? J'aurais peut-être pu aimer, être aimée. Ce que je fais est-il mieux? Je n'estime pas mon mari; je le supporte parce que j'ai besoin de lui. Est-ce plus honnête? Je pouvais encore plaire alors, il me restait quelque beauté », pensait

Daria Alexandrovna. Elle éprouva soudain le désir de se regarder dans un miroir. Il y avait un miroir de voyage dans son sac; elle voulut le prendre; mais, voyant le dos du cocher et celui du garçon de bureau, qui se balançaient en somnolant, la crainte d'être surprise par eux s'ils venaient à se retourner l'arrêta et elle ne prit pas le miroir.

Quand même elle se dit qu'elle pouvait plaire encore. Elle pensa à Serge Ivanovitch, qui se montrait particulièrement aimable envers elle; à l'ami de Stiva, le bon Tourovtzine, lequel, pour l'amour d'elle, l'avait aidée à soigner les enfants malades de la scarlatine; elle se rappela même un tout jeune homme, à propos duquel son mari dit une fois en plaisantant que ce garçon la trouvait plus belle que ses sœurs. Et les romans les plus passionnés et les plus impossibles se présentaient à l'imagination de Daria Alexandrovna...

« Anna a eu raison, ce n'est pas moi qui lui ferai des reproches. Elle est heureuse, elle a fait le bonheur d'un autre; elle n'est pas esclave comme moi; elle doit être, comme toujours, belle, intelligente et pleine d'intérêt pour toute chose. » Un sourire effleura ses lèvres, car le roman d'Anna suscitait dans son imagination un roman analogue, dont elle-même eût été l'héroïne. Comme Anna, elle eût tout avoué à son mari. Elle sourit, en songeant à l'étonnement, à la stupéfaction qu'il en aurait ressentie.

Ainsi, plongée dans de telles rêveries, elle arriva au tournant de la route qui menait à Vozdvijenskoié

XVII

Le cocher arrêta ses quatre chevaux et tourna la tête à droite, vers un champ de seigle où des paysans étaient assis près d'une charrette. Le garçon de bureau voulut descendre du siège mais, se ravisant, il héla d'une voix impérieuse les paysans, et, en même temps, leur fit signe de la main. Le petit vent qui les avait accompagnés en route s'était apaisé; des taons s'abattaient sur les chevaux en sueur qui les chassaient avec colère; le bruit métallique du marteau frappant la faux, qui arrivait de la charrette, cessa.

Un des paysans se leva et s'approcha de la voiture.

– As-tu peur de te briser! cria avec colère le garçon de bureau au paysan qui s'avançait lentement, pieds nus sur la route sèche. Avance donc!

Le vieillard au dos voûté, les cheveux retenus autour de la tête, tout en sueur, accéléra le pas. Arrivé près de l'équipage, il appuya sa main brune sur l'aile de la calèche.

– Vosdvijenskoié? Chez le comte? répéta-t-il. C'est là, sur la hauteur. Prenez le premier chemin à gauche et vous tomberez dans l'avenue qui y conduit tout droit. Mais qui voulez-vous voir? Le comte lui-même?

– Sont-ils chez eux, mon ami? dit Dolly, ne sachant trop comment, même à un paysan, elle devait nommer Anna.

– C'est probable, répondit le paysan, remuant sur place ses pieds nus qui laissaient sur la poussière leur empreinte avec cinq doigts bien marqués. – C'est probable, répéta-t-il, désireux de prolonger la conversation. Hier il est encore arrivé des invités. Il y en a, des invités!... Que veux-tu? demanda-t-il en se retournant, à un garçon qui près de la charrette lui criait quelque chose. – Oui, il n'y a pas longtemps, deux d'entre eux sont venus à cheval voir le fauchage; ils doivent être chez eux, maintenant. Et vous autres, d'où êtes-vous?

– Nous sommes de loin, dit le cocher en remontant sur son siège. Alors ce n'est pas très éloigné d'ici?

– Je vous dit que c'est tout près. Vous tombez tout de suite dans l'avenue, répéta le vieux, passant la main sur le garde-boue de la voiture.

Un jeune garçon, fort et trapu, s'approcha aussi :

– N'y a-t-il pas de travail au fauchage? demanda-t-il.

– Je n'en sais rien, mon ami.

– Dès que vous aurez pris à gauche, vous tomberez

dessus, répéta le paysan, regrettant évidemment de laisser partir si vite les voyageurs avec qui il aurait bien voulu causer encore.

Le cocher mit l'attelage en mouvement. Mais aussitôt le paysan lui cria :

– Arrête! Ohé! Arrête!

Le cocher s'arrêta.

– Les voici eux-mêmes! cria le paysan. Comme ils trottent! fit-il, désignant quatre personnes à cheval et deux en tilbury qui s'avançaient sur la route.

Les cavaliers étaient : Vronskï, avec un groom à cheval, Veslovski et Anna. La princesse Barbe et Sviajskï suivaient en tilbury. Ils se promenaient, après être allés voir fonctionner une moissonneuse à vapeur nouvellement arrivée.

Le cocher s'arrêta, les cavaliers se mirent au pas. Anna était devant, à côté de Veslovski. Elle montait avec aisance un cheval anglais dont la crinière était coupée et la queue courte. La jolie tête de la jeune femme, ses cheveux noirs qui s'échappaient d'un chapeau d'homme, ses épaules larges, sa taille fine dans l'amazone noire et toute son allure calme et gracieuse, frappèrent Dolly. Au premier abord il lui parut inconvenant qu'Anna fût à cheval, car elle voyait là une idée de coquetterie qui, à son avis, était plutôt choquante dans la situation où se trouvait son amie. Mais dès que Daria Alexandrovna vit celle-ci de plus près, ses préventions s'évanouirent. Malgré l'élégance, tout était si simple, si calme et si digne dans l'attitude, le costume et les mouvements d'Anna que rien ne paraissait plus naturel. A côté d'elle, sur un cheval de cavalerie plein de feu, s'avançait Vassenka Veslovski, en bonnet écossais à rubans flottants, ses grosses jambes en avant, et visiblement enchanté de sa personne. Daria Alexandrovna ne put réprimer un sourire en le reconnaissant. Vronskï les suivait, sur un cheval bai sombre qui s'était échauffé en galopant. Le petit groom en costume de jockey fermait la marche.

Sviajskï avec la princesse, dans un tilbury attelé d'un beau trotteur noir, escortait les cavaliers.

Le visage d'Anna s'illumina lorsque, dans la petite personne blottie au fond de la vieille voiture, elle reconnut Dolly. Poussant un cri de joie, l'amazone tressauta sur sa selle et poussa son cheval au galop... Arrivée près de la voiture, elle mit pied à terre, sans l'aide de personne et relevant sa jupe, courut à la rencontre de Dolly.

– Je l'espérais, mais je n'osais y croire! Quel bonheur!... Tu ne peux imaginer ma joie! dit-elle, tantôt serrant son visage contre la joue de Dolly et l'embrassant, tantôt se reculant un peu et la regardant avec un sourire.

– Quel plaisir, Alexis! dit-elle, se retournant vers Vronskï qui lui aussi était descendu de cheval et s'approchait d'elles.

Vronskï enleva son chapeau haut de forme et s'avança vers Dolly

– Vous ne sauriez croire combien votre arrivée nous rend heureux, dit-il, donnant à ses paroles une signification particulière, et découvrant dans un sourire ses dents fortes et blanches.

Vassenka Veslovski, sans descendre de cheval, salua la visiteuse en agitant joyeusement les rubans de son bonnet qu'il tenait à la main.

– C'est la princesse Barbe, dit Anna répondant à un regard interrogateur de Dolly quand le tilbury s'approcha.

– Ah! fit Daria Alexandrovna, et son visage exprima involontairement un certain mécontentement.

La princesse Barbe était une tante de son mari; parente que Daria Alexandrovna connaissait depuis longtemps et n'estimait pas. Elle savait que cette personne avait toujours vécu en parasite chez les parents riches; mais la présence de la princesse chez Vronskï, homme qui lui était absolument étranger, offensait Dolly à cause des liens de parenté qui unissaient la dame à son mari.

Anna, remarquant l'expression de Dolly, devint confuse, rougit, laissa tomber la traîne de son amazone et s'y embarrassa les pieds.

Daria Alexandrovna s'approcha du tilbury qui s'était arrêté et salua froidement la princesse Barbe. Sviajskï était aussi de ses connaissances. Il s'informa de la santé de son original ami Lévine et de sa jeune femme; puis, après avoir jaugé, d'un regard rapide, les chevaux dépareillés et la voiture au garde-boue raccommodé, il offrit aux dames de monter en tilbury.

– Moi, je prendrai ce véhicule pour rentrer, dit-il. Le cheval du tilbury est très doux et la princesse conduit admirablement.

– Non, restez où vous êtes, dit Anna, en s'approchant. Nous rentrerons ensemble en voiture. Et prenant le bras de Dolly elle l'emmena.

Daria Alexandrovna écarquillait les yeux devant cet équipage et ces chevaux; jamais elle n'avait rien vu d'aussi brillant, d'aussi luxueux, que ce qui l'entourait. Mais ce qui la frappa plus encore, ce fut le changement survenu en cette Anna qu'elle connaissait et aimait. Une personne moins attentive, n'ayant pas connu Anna auparavant, et surtout n'ayant pas remué les pensées qui avaient assailli Daria Alexandrovna tout le long de la route, n'aurait remarqué en madame Karénine rien de particulier; mais Dolly était frappée de cette beauté temporaire que revêtent les femmes amoureuses et qui éclatait maintenant sur le visage d'Anna. Toute sa personne, depuis les fossettes de ses joues et de son menton, le pli de sa lèvre, le sourire qui paraissait voltiger sur son visage, l'éclat de son regard, la grâce et la rapidité de ses mouvements, l'accent de sa voix, jusqu'au ton amicalement brusque, lorsqu'elle permit à Veslovskï de monter sur son cheval pour lui apprendre à galoper du pied droit, tout cela révélait une séduction dont la jeune femme semblait avoir conscience et se réjouir.

Quand les deux amies se trouvèrent seules dans la voiture, elles eurent un moment de gêne tout à fait inattendu. Anna se sentait mal à l'aise sous le regard attentif et interrogateur de Dolly; et celle-ci, depuis le regard que Sviajskï avait jeté sur le véhicule, était confuse de la pauvreté de cet équipage où elle était remontée avec Anna.

Le cocher Philippe et le garçon de bureau partageaient

cette impression. Le garçon de bureau, afin de dissimuler sa gêne, s'empressait auprès des dames, les aidant à s'installer; mais le cocher s'assombrissait, décidé d'ailleurs à ne pas s'incliner devant cette supériorité apparente. Il eut un sourire ironique en regardant le trotteur noir; et il décida intérieurement que cette bête-là pouvait être bonne pour le « promenage », mais qu'elle ne ferait pas quarante verstes par la chaleur et d'une seule traite.

Les paysans avaient abandonné leurs charrettes; avec une curiosité joyeuse, ils regardaient les nouveaux venus en échangeant des remarques.

– Ils ont l'air contents. Il y a longtemps qu'ils ne se sont pas vus! remarqua le vieux à la chevelure bouclée.

– Hé l'oncle Guerrassime, si on prenait le trotteur noir pour emporter les meules, ce serait une belle affaire!

– Regarde donc celui-ci en pantalon. Est-ce une femme? dit l'un d'eux, en désignant Vassenka Veslovski monté sur la selle de dame.

– C'est un homme! Vois comme il saute habilement.

– Eh bien, camarades, on ne dormira plus?

– On n'a plus le temps, fit le vieux, jetant un regard vers le soleil. Il est déjà plus de midi! Prenez les faux. En avant!

XVIII

Anna, en regardant le visage de Dolly, creusé et fatigué, sur lequel la poussière dessinait les rides, fut sur le point de lui dire qu'elle la trouvait amaigrie; mais elle se rappela qu'elle-même avait embelli, le regard de Dolly le lui disait, et, soupirant, elle se mit donc à parler d'elle-même.

– Tu m'examines, dit-elle, tu te demandes si dans ma situation, je puis être heureuse? Eh bien, c'est honteux de l'avouer, mais je... je suis impardonnablement heureuse! Ce qui s'est passé en moi tient de l'enchantement. C'est comme le réveil après un cauchemar terrible, angoissant, quand on sent enfin que toutes les terreurs ressenties étaient vaines... Je me suis éveillée; les heures d'angoisse et de tourment s'éloignent déjà dans le passé; et maintenant je suis si heureuse, surtout depuis que nous sommes ici! Et elle regarda Dolly avec un sourire craintif.

– Cela me fait bien plaisir! J'en suis bien contente pour toi, dit Dolly en souriant, mais plus froidement qu'elle ne l'aurait voulu. Pourquoi ne m'as-tu pas écrit?

– Pourquoi?... Je n'ai pas osé...

– A moi?... Pas osé à moi?... Si tu savais comme je... je considère...

Dolly allait faire part à son amie des réflexions qu'elle avait faites au cours du voyage, lorsque l'idée lui vint que le moment était mal choisi...

– D'ailleurs nous en parlerons plus tard. Qu'est-ce que c'est que ce groupe de bâtiments? demanda-t-elle, pour changer de conversation, en désignant les toits rouges et verts qui apparaissaient au travers de la verdure, haies vives, acacias et lilas. On dirait une petite ville.

Anna insista :

– Non, non, dis-moi ce que tu penses de ma situation. Ce que tu penses de moi..

– Je pense... commença Daria Alexandrovna. Mais à ce moment Vassenka Veslovski, qui faisait galoper le cheval du pied droit, passa devant elles.

– Il marche, Anna Arkadiévna! cria-t-il.

Anna ne le regarda même pas. Mais comme il ne semblait pas commode à Dolly d'entamer cette longue conversation dans la voiture, elle éluda ainsi la question :

– Je ne pense rien. Je t'aime et t'ai toujours aimée. Et lorsqu'on aime ainsi une personne, on l'aime telle qu'elle est et non telle qu'on désirerait qu'elle fût.

Anna détourna les yeux du visage de son amie et les fermant à demi (c'était une nouvelle habitude, que Dolly ne lui connaissait pas), elle devint pensive, sans doute réfléchissant au sens de ce propos. L'ayant interprété à sa façon, elle regarda de nouveau Dolly :

– Si tu avais des péchés sur la conscience, dit-elle, ils te seraient remis, à cause de ta visite et de ces paroles.

Dolly aperçut des larmes dans les yeux d'Anna. Elle lui serra la main.

– Eh bien, qu'est-ce que c'est que toutes ces constructions? Combien y en a-t-il? demanda-t-elle encore après un court silence.

– Ce sont les habitations des employés, l'usine et les écuries, répondit Anna. Ici commence le parc. Tout cela avait été fort abandonné, mais Alexis a tout fait restaurer. Il aime beaucoup cette propriété; et, à mon grand étonnement, l'agronomie le passionne. D'ailleurs c'est une si riche nature! Quoi qu'il entrepenne il y excelle. Non seulement il ne s'ennuie pas, mais il travaille avec ardeur. Tel que je le connais il est devenu un propriétaire économe, presque avare; mais il ne l'est qu'en agriculture; car il ne compte pas quand il s'agit de dépenser des dizaines de mille roubles pour d'autres choses, dit-elle, avec ce sourire joyeux et rusé qu'ont souvent les femmes énumérant les qualités de l'homme aimé, qualités qu'elles seules peuvent apprécier. Vois-tu ce grand bâtiment? C'est un nouvel hôpital; je suis sûre qu'il lui coûtera plus de cent mille roubles. Pour le moment c'est son dada. Et sais-tu ce qui l'a incité à le faire construire? Les paysans lui avaient demandé de leur céder à bon compte des prairies. Il refusa. Je lui reprochai son avarice. Alors il entreprit de bâtir cet hôpital, pour montrer qu'il n'est pas avare. C'est une petitesse si tu veux, mais je ne l'en aime que mieux. Tout à l'heure tu verras la maison, elle date de son grand-père et rien n'y a été changé extérieurement.

– Comme c'est beau! s'écria involontairement Dolly, à la vue d'un magnifique édifice à colonnades qui émergeait d'entre les vieux arbres du jardin, à la verdure variée.

– N'est-ce pas, qu'elle est belle? Et du balcon la vue est admirable!

Les véhicules roulèrent dans la cour semée de gravier et ornée de massifs de fleurs que deux ouvriers entouraient en ce moment de pierres grossièrement taillées. Tilbury et voiture s'arrêtèrent sous un péristyle couvert.

– Ces messieurs sont déjà arrivés! dit Anna, voyant qu'on emmenait les chevaux de selle. N'est-ce pas que ce cheval est beau? C'est un cob, mon favori. Amène-le ici et donne-lui du sucre... Où est le comte? demanda-t-elle à deux laquais en livrée, qui étaient sortis pour les recevoir. Ah, le voici!

Vronskï et Veslovski venaient à leur rencontre.

– Où logerez-vous la princesse? demanda Vronskï à Anna. Sans attendre la réponse, il salua de nouveau Daria Alexandrovna et lui baisa la main. Dans la grande chambre à balcon, n'est-ce pas?

– Oh non! C'est trop loin! Dans la chambre du coin, nous serons plus près l'une de l'autre. Eh bien, allons, dit Anna après avoir donné à son cheval favori le sucre que lui avait apporté le valet.

– Et vous oubliez votre devoir, dit-elle à Veslovski qui sortait aussi sur le perron.

– Pardon, j'en ai tout plein les poches! répondit-il, en plongeant les doigts dans son gousset.

– Mais vous venez trop tard, ajouta-t-elle, essuyant avec son mouchoir sa main que le cheval avait mouillée. Elle s'adressa à Dolly :

– Tu es ici pour quelque temps?... Pour un jour?... Pas possible!

– Je l'ai promis, à cause des enfants, dit Dolly honteuse de son petit sac, qu'on retirait de la voiture, et de la poussière dont elle se sentait le visage couvert.

– Non, Dolly, ma chérie!... Enfin nous en reparlerons. Allons.

Et Anna conduisit Dolly dans sa chambre.

Luxueusement meublée, la chambre qui fut offerte à la

voyageuse, avec des excuses, parce que ce n'était pas la chambre d'honneur, rappelait à Dolly les hôtels les plus somptueux qu'elle avait vus à l'étranger.

– Combien je suis heureuse de te voir ici, ma chérie! répéta Anna s'asseyant pour un moment, en amazone, près de Dolly. Parle-moi des tiens. J'ai vu Stiva très peu de temps, mais on ne peut rien tirer de lui au sujet des enfants. Que fait ma préférée Tania? Elle doit être déjà grande?

– Oui, très grande, répondit brièvement Dolly, qui s'étonnait de parler si froidement de ses enfants. Nous passons un très bon été chez les Lévine.

– Si j'avais su que tu ne me méprisais pas!... Vous auriez pu venir tous chez nous... Stiva est un grand et vieil ami d'Alexis, ajouta-t-elle, en s'empourprant soudain.

– Oui, mais nous sommes si bien là-bas! répondit Dolly confuse.

– La joie me fait déraisonner... Je suis heureuse! dit Anna en embrassant Dolly de nouveau. Tu ne m'as pas encore dit ce que tu penses de moi. Moi, je veux tout savoir, et je suis contente que tu me voies telle que je suis. Surtout je ne voudrais pas qu'on pût penser que je veux prouver quelque chose. Je ne veux rien prouver; tout simplement je désire vivre sans faire de mal à personne, excepté à moi-même, ce qui m'est bien permis, n'est-ce pas? D'ailleurs c'est assez causé pour le moment, nous reparlerons de tout cela. Je vais aller m'habiller et je t'enverrai la femme de chambre.

XIX

Restée seule, Daria Alexandrovna examina sa chambre, en femme qui s'y connaît. Jamais elle n'avait rien vu d'aussi luxueux que tout ce qui l'entourait depuis sa rencontre avec ses hôtes; et maintenant, dans cette chambre, elle trouvait l'impression de confort et d'élégance qui caractérisait le nouveau luxe européen, dont elle s'était fait une idée par la lecture des romans anglais, luxe qui n'existait nulle part en Russie, à la campagne.

Tout était nouveau pour elle, des papiers français jusqu'aux tapis dont toute la chambre était couverte; le lit à sommier élastique avec les matelas et le traversin particulier, les taies de soie sur les petits oreillers, la table de toilette en marbre, la chaise longue, la table, la pendule de bronze sur la cheminée, les tentures, les portières, tout était neuf et cher.

La femme de chambre pimpante qui vint offrir ses services à Dolly était coiffée et habillée avec beaucoup plus de recherche que Dolly elle-même; comme tout ce qui meublait la chambre, cette fille était nouvelle et chère. Daria Alexandrovna fut charmée de sa politesse, de sa propreté, de sa complaisance, mais une telle présence la gênait. La jeune femme se sentait confuse de sa camisole raccommodée, choisie par erreur; elle avait honte de ces mêmes pièces d'habillement dont elle était si fière chez elle. A la maison, elle savait calculer que pour faire six camisoles il faut vingt-quatre archines de calicot à soixante-cinq kopeks l'archine, ce qui fait plus de quinze roubles, sans compter la façon et la doublure; et le raccommodage économisait ces quinze roubles. Mais devant cette femme de chambre elle se sentait humiliée.

Daria Alexandrovna éprouva un vrai soulagement quand elle vit entrer dans sa chambre la vieille bonne Annouchka : l'élégante caméristе était appelée chez madame; c'est Annouchka qui resta auprès de Daria Alexandrovna.

Ravie de revoir celle-ci, la vieille bonne bavarda tant qu'elle put. Daria Alexandrovna remarqua qu'elle désirait exprimer son sentiment sur la situation de sa maîtresse, et surtout sur l'amour et le dévouement du comte pour Anna Alexandrovna; mais dès que la vieille femme attaqua ce sujet, Dolly l'arrêta.

– J'ai été élevée avec Anna Arkadievna, je l'aime plus que tout au monde... Il ne m'appartient pas de la juger... Et il a l'air de tant l'aimer!...

– Je t'en prie, donne ceci à laver si c'est possible, interrompit Daria Alexandrovna.

– C'est facile, nous avons des femmes exprès pour la petite lessive. Et le gros linge se lave à la machine. Le comte lui-même s'occupe de tout... En voilà un mari!...

Dolly fut contente de l'arrivée d'Anna, qui mit fin aux bavardages d'Annouchka.

Anna était en robe de batiste très simple. Dolly examina attentivement cette robe simple. Elle savait ce que signifiait une telle simplicité et ce qu'elle coûtait.

– Une vieille connaissance, dit Anna, désignant Annouchka.

Anna n'était plus gênée; elle paraissait tout à fait libre et tranquille. Dolly remarqua que son amie était complètement remise de l'impression que lui avait causée son arrivée, et qu'elle avait repris ce ton d'apparente indifférence avec laquelle paraissait se fermer cette partie de son âme où se tenaient les sentiments et les pensées.

– Et comment va ta fille, Anna? demanda Dolly.

– Annie? Elle va bien. Elle s'est très bien rétablie ici. Veux-tu la voir? Je te la montrerai. Nous avons eu beaucoup d'ennuis avec les bonnes... Nous avions une nourrice italienne, très bonne mais affreusement bête... Nous voulions la renvoyer, mais la petite était si habituée à elle qu'il nous a fallu la garder.

– Et comment vous êtes-vous arrangés?... commença Dolly voulant demander quel nom portait la fillette. Elle s'arrêta voyant le visage d'Anna s'assombrir, et tourna autrement la question. Comment vous êtes-vous arrangés? Vous l'avez déjà sevrée?

Mais Anna avait compris.

– Ce n'est pas ce que tu voulais dire. Tu voulais demander quel nom elle porte. Oui... Cela fait souffrir Alexis. Elle n'a pas de nom. C'est-à-dire qu'elle est Karénine. Anna ferma les yeux à demi, si bien que ses cils se rejoignaient. Mais de tout cela nous parlerons plus tard. Viens, je te montrerai la petite. Elle est très gentille. Elle se traîne déjà.

Dans la chambre d'enfant, Daria Alexandrovna fut encore

plus frappée par le luxe qui régnait là comme dans toute la maison. Il y avait une petite charrette anglaise et des appareils pour apprendre à marcher, une sorte de grand plateau où l'enfant pouvait se traîner, des balançoires, des baignoires; tout cela particulier, nouveau, venant d'Angleterre, était solide, de bonne fabrication et, évidemment, coûtait fort cher.

Quand elles étaient entrées, l'enfant, en chemise, était assise sur une chaise haute devant la table et mangeait sa soupe, dont elle avait éclaboussé toute sa poitrine.

C'était une fille de service russe qui faisait manger la petite fille et qui, probablement, partageait son repas. Ni la bonne d'enfant ni la nourrice n'étaient présentes. Elles se trouvaient dans une chambre voisine où on les entendait parler dans le jargon français qui leur permettait de se comprendre. Une Anglaise bien habillée, grande, l'air désagréable et rébarbatif, accourut en secouant ses boucles blondes dès qu'elle entendit la voix d'Anna. Aussitôt elle se répandit en excuses, bien qu'Anna ne lui eût adressé aucun reproche. A chaque mot d'Anna, elle répondait avec empressement : YES, MY LADY.

La fillette, avec ses sourcils et ses cheveux noirs, son corps rouge et fort, plaisait à Daria Alexandrovna, qu'elle regardait cependant avec une mine sévère. Dolly envia même à ce bébé son air de santé. Elle admira aussi sa façon de ramper, car aucun de ses enfants n'avait rampé ainsi. Posée sur le tapis, la petite fille, sa robe retroussée par-derrière, ses beaux yeux noirs brillants regardant d'un air satisfait, conscients de l'admiration générale, avança énergiquement à l'aide des pieds et des mains, semblable à un joli petit animal.

Mais l'atmosphère de la chambre d'enfant, et surtout l'Anglaise, déplaisaient à Daria Alexandrovna. Elle se dit qu'une bonne qui se respecte ne consentirait pas à entrer dans un ménage irrégulier comme celui d'Anna, et que cela expliquait qu'Anna, avec sa connaissance des gens, pût garder près de sa fille une bonne anglaise d'apparence aussi peu respectable. En outre, après quelques paroles, Daria Alexandrovna comprit qu'Anna, la nourrice, la bonne et l'enfant ne vivaient pas d'une vie commune, et que la visite de la mère à la nursery était quelque chose d'extraordinaire : Anna ne pouvait trouver d'elle-même aucun des joujoux de l'enfant; chose étrange, elle ne savait pas même le nombre de ses dents; elle ignorait que deux nouvelles dents venaient d'apparaître.

– Il m'est parfois pénible de me sentir inutile ici, dit Anna en sortant. Elle relevait la traîne de sa robe, pour ne pas accrocher les jouets qui se trouvaient près de la porte. C'était autre chose avec le premier!

– J'aurais cru, au contraire... commença timidement Daria Alexandrovna.

– Oh non! Tu sais que j'ai revu Serge? dit-elle en fermant à demi les yeux comme pour regarder quelque chose de très éloigné. Mais nous reparlerons de tout cela plus tard... Tu ne le croiras pas, je suis comme une créature affamée devant qui tout à coup on a placé un bon dîner et qui ne sait par où commencer. Le bon dîner, c'est toi, et la conversation que j'aurai avec toi, et que je ne puis avoir avec personne d'autre. Et je ne sais par quoi commencer. Mais JE NE TE FERAI GRÂCE DE RIEN. Je vais tout te raconter. Oui, il faut que je te fasse l'esquisse de la société que tu trouveras ici. D'abord la princesse Barbe. Tu la connais et je sais ce que toi et Stiva pensez d'elle. Stiva dit que le but de sa vie, c'est de prouver sa supériorité sur la tante Catherine Pavlovna. Tout cela est vrai, mais la princesse Barbe est très bonne et je lui suis très reconnaissante. Elle m'a été d'un grand secours à Pétersbourg, où un chaperon m'était nécessaire. Elle se trouvait là... et elle est vraiment très bonne. Elle m'a adouci beaucoup ma situation. Je vois que tu ne comprends pas combien ma situation était difficile à Pétersbourg, ajouta-t-elle. Ici je suis tout à fait calme et tranquille... mais nous en reparlerons... Ensuite Sviajskï, le maréchal de la noblesse. C'est un homme très distingué, mais il a besoin d'Alexis. Tu comprends, Alexis, avec sa fortune, maintenant que nous sommes installés à la campagne, peut avoir une grande influence... Puis Touchkévitch; tu l'as vu chez Betsy, mais on lui a donné sa retraite, comme dit Alexis, et il est venu chez nous. C'est un de ces hommes qui sont fort agréables si on les prend pour ce qu'ils veulent paraître; et il est comme il faut, comme dit la princesse Barbe. Après, Veslovski; tu le connais aussi. Un charmant garçon... Un sourire parut sur ses lèvres : Qu'est-ce que c'est que cette histoire qu'il a eue avec les Lévine? Veslovski a raconté cela à Alexis, mais nous n'y pouvons croire. Il est très gentil et très naïf, dit-elle avec le même sourire. Je tiens à toute cette société parce que les hommes ont besoin de distraction, et Alexis a besoin d'un public. Il faut que la maison soit gaie et animée, et qu'Alexis ne désire pas autre chose. Ensuite tu verras le régisseur, un Allemand, un très brave homme qui entend son affaire; Alexis l'apprécie beaucoup. Puis le docteur, un jeune homme qui n'est pas tout à fait nihiliste, mais qui mange avec son couteau; néanmoins un très bon médecin. Enfin l'architecte. Une vraie petite cour.

XX

– EH BIEN, princesse! La voilà, cette Dolly que vous désiriez tant voir! dit Anna paraissant avec Daria Alexandrovna. Sur la grande terrasse à balcon de pierre était installée à l'ombre, devant un métier, la princesse Barbe, qui brodait un fauteuil pour le comte Vronskï. Elle dit qu'elle ne veut rien prendre avant le dîner, mais tâchez de la faire goûter pendant que j'irai chercher Alexis et amènerai ces messieurs.

La princesse Barbe fit un accueil gracieux et légèrement protecteur à Dolly. Aussitôt elle se mit à lui expliquer qu'elle s'était installée chez Anna parce qu'elle l'avait toujours mieux aimée que sa sœur Catherine Pavlovna, qui avait élevé Anna, et qu'elle considérait comme un devoir de lui venir en aide dans cette période transitoire, si pénible.

– Dès que son mari aura consenti au divorce, je me retirerai dans ma solitude. Mais actuellement je puis leur être utile, et je remplirai mon devoir, quelque pénible qu'il soit. Je ne suis pas comme les autres... Et toi, tu es très gentille d'être venue! Tu as très bien agi. Ils vivent comme les meilleurs époux. Que Dieu les juge et non pas nous. Et Birusovski, et madame Avéniev!... Et Nikandrov lui-même!... Et Vassiliev avec madame Mamovov, et Lise Neptounov!... N'ont-ils pas fait de même? Personne n'a rien dit et à la fin ils ont été reçus partout. Et puis, C'EST UN INTÉRIEUR SI JOLI, SI COMME IL FAUT! TOUT A FAIT A L'ANGLAISE. ON SE RÉUNIT LE MATIN AU BREAKFAST ET PUIS ON SE SÉPARE. Jusqu'au dîner, chacun fait ce qu'il veut. On dîne à sept heures. Stiva a très bien fait de t'envoyer. Il doit être en bons termes avec eux. Par sa mère et son frère, Vronskï est très influent. En outre, fort généreux. On t'a parlé de l'hôpital? CE SERA ADMIRABLE. Tout vient de Paris.

Cette conversation fut interrompue par Anna qui revenait sur la terrasse, suivie des messieurs qu'elle avait trouvés dans la salle de billard.

Il restait plusieurs heures avant le dîner, et on proposa divers moyens de les passer agréablement. Ces moyens étaient nombreux à Vosdvijenskoié, et tout différents de ceux qui étaient habituels à Pokrovskoié.

— UNE PARTIE DE LAWN-TENNIS, proposa Veslovski avec un joli sourire. Je serai encore le partenaire d'Anna Arkadievna.

— Il fait trop chaud. Faisons plutôt un tour dans le parc, et une promenade en bateau pour montrer le paysage à Daria Alexandrovna, proposa Vronskï.

— J'accepte tout, dit Sviajskï.

— Je pense qu'il sera plus agréable pour Dolly de marcher, n'est-ce pas? Et ensuite nous prendrons le bateau, dit Anna.

Il en fut ainsi décidé. Veslovski et Touchkevitch allèrent se baigner, puis préparer le bateau, et promirent d'attendre là.

Anna avec Sviajskï et Dolly avec Vronskï suivirent les allées du parc. Dolly était un peu intimidée et gênée, dans ce milieu nouveau pour elle.

Involontairement, elle justifiait la conduite d'Anna, et même l'approuvait; ainsi qu'il arrive aux femmes moralement irréprochables, fatiguées de leur vie monotone, non seulement elle excusait l'amour criminel, mais même l'enviait un peu; et de plus elle aimait Anna de tout son cœur. Mais transportée au milieu de ces gens étrangers, aux habitudes d'élégance raffinée qui lui étaient inconnues, Daria Alexandrovna se sentait mal à l'aise. Il lui était surtout désagréable de voir la princesse Barbe pardonner tout aux amants, à cause du confort dont elle jouissait.

En théorie, Dolly approuvait la conduite d'Anna, mais il lui était pénible de se trouver en présence de l'homme qui avait été cause de la chute de celle-ci. D'autant plus que Vronskï n'avait jamais inspiré de sympathie à Dolly; elle l'avait toujours trouvé orgueilleux sans rien remarquer en lui, sauf la fortune, dont il pût s'enorgueillir. Malgré tout, il était chez lui et il lui en imposait encore davantage; aussi ne pouvait-elle être à l'aise avec lui. Elle se sentait humiliée devant lui, comme elle l'avait été devant la femme de chambre. Alors, ce n'était pas absolument de la honte qu'elle avait éprouvée à cause de la camisole rapiécée; de même devant Vronskï, elle n'était pas honteuse, mais plutôt gênée.

Dolly, confuse, cherchait un sujet de conversation. Connaissant l'orgueil de son interlocuteur, elle n'osait guère lui faire de compliments sur la beauté de sa demeure et de son jardin; néanmoins, faute de mieux, elle risqua quelques paroles d'admiration au sujet du manoir.

– Oui, c'est une belle construction, d'un beau style, dit-il.

– Ce qui m'a plu beaucoup, c'est la cour d'honneur. A-t-elle toujours été ainsi?

– Oh non! Si vous l'aviez vue au printemps! dit-il, et son visage s'éclaira de plaisir. Peu à peu, il fit remarquer à Dolly les divers remaniements qu'il avait apportés à la maison et au jardin.

Vronskï avait évidemment consacré beaucoup de travail à l'amélioration et à l'embellissement de sa propriété; il sentait le besoin de les faire admirer à une nouvelle personne, et les louanges de Daria Alexandrovna lui faisaient plaisir.

– Si vous n'êtes pas trop fatiguée, nous pourrons aller jusqu'à l'hôpital. Ce n'est pas loin, dit-il regardant Dolly pour s'assurer que cette proposition ne l'ennuyait pas. Veux-tu, Anna?

– Certainement... N'est-ce pas? dit celle-ci à Sviajskï. Mais il ne faut pas laisser le pauvre Veslovski ni Touchkevitch se morfondre dans le bateau. Il faut les avertir.

– Oui, c'est un monument qu'il laissera ici, dit Anna s'adressant à Dolly, avec le même sourire qu'elle avait eu lorsque, pour la première fois, elle lui avait parlé de l'hôpital.

– Une fondation capitale, dit Sviajskï. Et aussitôt, pour ne pas avoir l'air de flagorner Vronskï, il ajouta : Cependant, comte, je m'étonne que vous, si préoccupé de la question sanitaire, que vous, qui avez tant fait pour l'hygiène du peuple, vous restiez indifférent aux écoles.

– C'est devenu tellement commun, les écoles! dit Vronskï. Et puis là, je me suis laissé entraîner. Par ici, dit-il à Daria Alexandrovna, en lui désignant une allée latérale.

Les dames ouvrirent leurs ombrelles et s'engagèrent dans l'allée. On fit quelques détours, on franchit une porte, et Daria Alexandrovna aperçut devant elle, sur une hauteur, un grand édifice, presque achevé, en briques rouges, d'une architecture compliquée. Le toit de fer, non encore peint, étincelait au soleil. Une autre construction, encore entourée d'échafaudages, s'élevait à côté; des ouvriers en costume de travail alignaient les briques et versaient la chaux.

– L'ouvrage avance rapidement chez vous, remarqua Sviajskï. La dernière fois que je suis venu le toit n'était pas encore posé.

– Ce sera terminé pour l'automne, car l'intérieur est presque achevé, dit Anna.

– Et quel est ce nouveau bâtiment?

– Un logement pour le médecin, et une pharmacie, répondit Vronskï. Voyant approcher l'architecte, en paletot, il s'excusa près des dames, et alla le rejoindre. Il contourna la fosse d'où les ouvriers tiraient de la chaux, rejoignit l'architecte et se mit à lui parler avec animation.

– Le fronton est encore trop bas, répondit-il à Anna qui lui demandait de quoi il s'agissait.

– Je disais bien qu'il aurait fallu élever la base, dit-elle.

– Sans doute, Anna Arkadiévna, ce serait mieux; mais la chose est faite, dit l'architecte.

– Je m'intéresse beaucoup à cette construction, dit Anna à Sviajskï qui montrait de l'étonnement à la voir discuter ainsi avec l'architecte. Le nouveau bâtiment devrait correspondre à l'hôpital, mais il a été conçu après et sans plan.

L'entretien avec l'architecte terminé, Vronskï rejoignit les dames et leur fit visiter l'hôpital.

A l'extérieur, les corniches n'étaient pas encore finies, et on peignait le rez-de-chaussée; mais l'étage supérieur était presque complètement terminé. Ils montèrent un large escalier de fonte et entrèrent dans une vaste salle aux murs recouverts de stuc, éclairée par d'immenses fenêtres. Seul le parquet de chêne n'était pas entièrement prêt. Les menuisiers, abandonnant leur travail, ôtèrent les cordes qui retenaient leurs cheveux, pour saluer les visiteurs.

– C'est la salle de réception, dit Vronskï. Il y aura là un bureau, une table, une armoire et rien de plus... Allons par ici!

– Ne t'approche pas des fenêtres! dit Anna touchant du doigt la peinture pour voir si elle était sèche. – Tiens, c'est déjà sec, ajouta-t-elle.

De la salle de réception ils passèrent dans le couloir. Là Vronskï leur expliqua le nouveau système de ventilation, puis il leur montra les baignoires de marbre, les lits à sommier, et leur fit visiter l'une après l'autre les chambres, les pièces de débarras, la lingerie. Ensuite il leur fit voir un poêle d'un modèle nouveau, puis des fauteuils roulants qui ne faisaient aucun bruit, et beaucoup d'autres choses. Sviajskï regardait tout en homme qui sait apprécier les perfectionnements. Dolly s'étonnait franchement de tout ce qu'elle voyait, posant de nombreuses questions, ce qui causait à Vronskï un plaisir évident.

– Je pense que cet hôpital sera le seul de son genre en Russie, remarqua Sviajskï.

– N'y aura-t-il pas une salle d'accouchements? demanda Dolly. C'est si nécessaire à la campagne! Mais souvent...

Malgré sa politesse, Vronskï l'interrompit :

– Ce n'est pas une maternité, c'est un hôpital, destiné à toutes les maladies, sauf aux maladies contagieuses. Tenez, regardez ceci! dit-il, roulant vers Anna le fauteuil qu'il avait fait venir pour les convalescents. Regardez. Il s'assit et fit rouler le fauteuil. Le malade ne peut pas marcher, il est encore faible ou il souffre des jambes, mais il lui faut de l'air, et il se promène ainsi.

Daria Alexandrovna s'intéressait à tout; tout lui plaisait beaucoup, mais surtout Vronskï lui-même, avec son enthousiasme naïf et simple.

« Il est vraiment bon et charmant », se dit-elle plusieurs fois, sans l'écouter mais en le regardant, et en pénétrant son expression; puis sa pensée se reportait vers Anna. Vronskï, dans son animation, plaisait tant à Dolly qu'elle comprit qu'Anna eût pu l'aimer.

XXI

La princesse doit être fatiguée, et les chevaux ne l'intéressent peut-être pas, fit remarquer Vronskï à Anna, qui proposait de montrer à Dolly le haras, où Sviajskï voulait voir un nouvel étalon. Allez-y, moi je ramènerai la princesse à la maison, si vous le permettez. Et nous causerons, dit-il, s'adressant à Dolly.

– Bien volontiers, car je ne me connais pas en chevaux, répondit Dolly un peu surprise. Mais, d'après la physionomie de Vronskï, elle comprenait qu'il voulait lui parler en particulier.

Elle ne se trompait pas. Dès qu'ils furent rentrés dans le parc, il regarda du côté d'Anna et, s'étant convaincu qu'elle ne pouvait ni le voir ni l'entendre, il commença :

– Vous avez deviné mon désir de causer avec vous? dit-il, la regardant avec des yeux riants. Je ne me trompe pas, n'est-ce pas, en vous croyant une sincère amie d'Anna?

Il ôta son chapeau et essuya avec son mouchoir son front qui commençait à se dégarnir.

Daria Alexandrovna ne répondit rien et le regarda avec quelque inquiétude. Seule avec lui elle se sentait mal à l'aise; ses yeux rieurs et l'expression sereine de son visage l'effrayaient. Elle s'imagina qu'il allait lui demander quelque chose d'extraordinaire. « Il va me demander de venir chez eux avec les enfants et je serai forcée de refuser. Ou de former une société autour d'Anna quand elle viendra à Moscou. Peut-être veut-il me parler de Veslovski et de son attitude envers Anna? Ou peut-être de Kitty, envers laquelle il se sent coupable? »

Elle ne prévoyait que des choses désagréables, sans deviner au juste le sujet dont il voulait l'entretenir.

– Vous avez tant d'influence sur Anna!... Elle vous aime tant!... Aidez-moi, dit-il.

Dolly considéra avec une timidité anxieuse le visage énergique qui tantôt apparaissait au soleil, tantôt rentrait dans l'ombre; elle attendait ce que Vronskï allait dire encore. Mais lui, poussant de sa canne le gravier de l'allée, marchait silencieusement près d'elle.

– Si, de toutes les amies d'Anna, vous seule êtes venue chez nous – je ne compte pas la princesse Barbe – ce n'est pas, je le sais bien, faute de juger anormale notre situation, c'est parce que vous aimez Anna pour chercher à la lui rendre moins pénible. N'est-ce pas vrai? dit-il en la regardant.

– Oui... répondit Dolly en fermant son ombrelle, mais...

– Non, – dit-il, l'interrompant, et oubliant qu'il mettait

ainsi son interlocutrice dans l'embarras. Il s'arrêta, si bien qu'elle dut s'arrêter aussi. – Personne ne sent mieux ni plus que moi les difficultés de la situation d'Anna; et vous l'admettrez aisément si vous me faites l'honneur de croire que je ne manque pas de cœur. C'est moi qui suis cause de cette situation, c'est pourquoi je la ressens à ce point.

– Je comprends, mais précisément parce que vous en êtes la cause, vous vous exagérez peut-être ces difficultés, dit Daria Alexandrovna admirant involontairement la franchise et la fermeté avec lesquelles il lui parlait. – La situation d'Anna est pénible dans le monde; cela, je le comprends...

– Dans le monde c'est un enfer! reprit-il vivement en fronçant les sourcils. Rien ne peut vous donner une idée des tortures morales qu'a subies Anna pendant les deux semaines qu'a duré notre séjour à Pétersbourg.

– Mais ici? Ni Anna ni vous n'avez besoin du monde.

– Du monde! fit-il avec mépris. Quel besoin en pourrais-je avoir?

– Et cela peut durer toujours. Ici vous êtes heureux et tranquilles. Je vois qu'Anna est heureuse, absolument heureuse, elle a déjà eu le temps de me le confier, dit Daria Alexandrovna en souriant. Tout en disant cela, elle se demandait si c'était vrai, si Anna était vraiment heureuse.

Mais Vronskï ne sembla pas en douter :

– Oui, oui; je sais qu'elle est guérie de toutes ses souffrances; qu'elle est heureuse du présent. Mais moi... j'ai peur de ce qui nous attend. – Pardon, désirez-vous marcher? Non? Eh bien, alors asseyez-vous ici.

Daria Alexandrovna s'assit sur un banc, au tournant de l'allée. Il s'arrêta devant elle.

– Je vois qu'elle est heureuse, répéta-t-il, – et un doute à ce sujet frappa encore davantage Dolly; – mais est-ce que cela peut durer? Avons-nous bien ou mal agi? C'est une autre question. Le sort en est jeté, dit-il passant du russe au français, et nous sommes liés pour toute la vie. Nous sommes liés par les liens les plus sacrés pour nous : par l'amour. Nous avons un enfant; nous pouvons en avoir d'autres. Mais la loi et toutes les conditions de notre situation sont telles que surgiront des milliers de difficultés qu'Anna ne prévoit pas et ne peut prévoir; car, après avoir tant souffert, elle a besoin de respirer. Et c'est compréhensible. Mais moi je ne puis ne pas entrevoir ces difficultés. Ma fille, d'après la loi, n'est pas ma fille, elle est celle de Karénine. Je ne veux pas de ce mensonge! fit-il avec un geste énergique. Et il jeta sur Daria Alexandrovna un regard sombre et interrogateur.

Elle ne répondit rien et le regarda seulement. Il poursuivit.

– Qu'il me naisse un fils demain, d'après la loi, ce sera toujours un Karénine, qui ne pourra hériter ni de mon nom, ni de mes biens. Et quelque bonheur de famille que nous ayons, quelque nombreux que soient nos enfants, entre eux et moi il n'y a pas de lien; ils sont des Karénine. Comprenez-vous que cette pensée me soit terrible et douloureuse!... J'ai essayé d'en parler à Anna. Cela l'irrite... Elle ne comprend pas, et moi je ne puis dire tout... Considérons maintenant un autre côté de la question. Je suis heureux de son amour, mais j'ai besoin de m'occuper. J'ai trouvé ici un travail qui m'intéresse; j'en suis fier et le crois plus noble que les occupations de mes anciens camarades, à la cour et au service, et je ne changerais à aucun prix ma besogne pour la leur. Je travaille ici, chez moi, je suis heureux et ne désire rien de plus. J'aime ces occupations. CELA N'EST PAS UN PIS ALLER, au contraire...

Daria Alexandrovna soupçonnait quelque confusion dans ces explications; elle n'en voyait pas exactement la cause, mais elle sentait qu'ayant commencé à parler de ses sentiments intimes, qu'il ne pouvait discuter avec Anna, Vronskï voulait maintenant aller jusqu'au bout, et que tout ce qu'il disait de son travail à la campagne n'était pas sans lien avec ces sentiments, non plus qu'avec le problème posé par la situation d'Anna. Il reprit son calme et continua :

– Pour travailler, il est nécessaire d'avoir la conviction que tout ce qu'on fait ne périra pas avec soi, qu'on aura des héritiers. Or, moi, je n'ai pas cela. Imaginez-vous la situation d'un homme qui sait que les enfants qu'il a de la femme qu'il adore ne seront pas à lui, mais à quelqu'un qui les hait et ne veut pas les connaître. C'est affreux!

Il se tut, en proie à une vive émotion.

– Oui, je comprends. Mais que peut faire Anna? demanda Daria Alexandrovna.

– Vous touchez au sujet principal de notre entretien, dit-il, cherchant à reprendre son sang-froid. Cela dépend d'Anna. Même pour que je puisse demander à l'empereur l'autorisation d'adopter les enfants, un divorce est nécessaire. Et cela dépend d'Anna. Son mari consentira au divorce. Votre mari avait déjà presque tout arrangé; et je sais que maintenant encore il ne s'y refusera pas. Il faudrait seulement écrire à Karénine, car il a déclaré qu'il était prêt à divorcer, à condition qu'Anna en exprime le désir. Cette condition, dit-il sombrement, est une de ces cruautés pharisaïques dont sont capables les hommes sans cœur... Il sait la torture que lui cause chaque souvenir de lui, et le sachant, il exige d'elle une lettre. Je comprends que ce soit pénible pour elle, mais quand il s'agit de choses si graves, IL FAUT PASSER PAR-DESSUS TOUTES CES FINESSES DE SENTIMENT. IL Y VA DU BONHEUR ET DE L'EXISTENCE D'ANNA ET DE SES ENFANTS. Je ne parle pas de moi, bien que ce me soit aussi très pénible, dit-il avec une expression de menace pour les souffrances qu'il endurait. Et voilà pourquoi, princesse, je m'attache à vous comme à l'ancre de salut. Aidez-moi à persuader Anna qu'il est nécessaire de demander le divorce.

– Bien volontiers, dit pensivement Daria Alexandrovna. Elle se souvenait de son dernier entretien avec Alexis Alexandrovitch. Bien volontiers, reprit-elle résolument. Elle se souvenait d'Anna...

– Usez de votre influence sur elle. Faites qu'elle écrive. Je ne veux pas et je puis à peine aborder cette question avec elle.

– Oui, je lui en parlerai. Mais comment n'y pense-t-elle pas elle-même? dit Daria Alexandrovna, se rappelant tout à coup la nouvelle et étrange habitude d'Anna, de fermer à demi les yeux.

Elle se prit à penser qu'Anna faisait ce geste précisément quand une question touchait le côté intime de sa vie. « Comme si elle fermait les yeux sur sa vie afin de ne pas tout voir », pensa Dolly.

– Oui, certainement, pour moi et pour elle, je lui parlerai, répéta Daria Alexandrovna, répondant au regard de reconnaissance qu'il lui lançait.

Ils se levèrent et se dirigèrent vers la maison.

XXII

Anna trouva Dolly à la maison, et, la regardant au fond des yeux, chercha à y lire de quoi elle avait causé avec Vronskï. Mais elle ne formula pas la question.

– Il me semble qu'il est l'heure du dîner, dit-elle, et nous nous sommes à peine vues. Je compte sur la soirée. Maintenant il faut aller s'habiller. Je pense que toi aussi as besoin de faire ta toilette; nous nous sommes salies en visitant les constructions.

Dolly alla dans sa chambre et sourit. Elle n'avait pas de toilette à faire, car elle avait déjà mis sa plus belle robe. Toutefois, pour apporter quelque changement à sa tenue, elle demanda à la femme de chambre de brosser sa robe, changea de manchettes, mit une cravate de ruban et une dentelle sur ses cheveux.

– C'est tout ce que j'ai pu faire, dit-elle en souriant à Anna, lorsque celle-ci vint au-devant d'elle, après avoir revêtu une troisième toilette, toujours très simple.

– Nous sommes très collet monté ici, dit-elle pour excuser son élégance. Alexis est enchanté de ton arrivée, il est rarement aussi content qu'aujourd'hui. Je crois qu'il est amoureux de toi, ajouta-t-elle. Tu n'es pas fatiguée?

On n'avait pas le temps de causer sérieusement avant le dîner.

Au salon elles trouvèrent déjà la princesse Barbe, les messieurs en redingote noire, et l'architecte en habit. Vronskï présenta à son invitée le docteur et le régisseur; elle avait fait la connaissance de l'architecte en allant visiter l'hôpital. Le gros maître d'hôtel, à la face ronde toute rasée, en cravate blanche empesée, éblouissante, vint annoncer que le dîner était servi, et tous se levèrent. Vronskï pria Sviajskï d'offrir son bras à Anna Arkadiévna et lui-même s'approcha de Dolly. Veslovski, prévenant Touchkévitch, offrit le bras à la princesse Barbe, et Touchkévitch, le régisseur et le docteur marchèrent seuls. Le dîner, la salle à manger, le service de table, les valets, les vins et les plats, non seulement correspondaient au ton général de luxe qui régnait dans la maison, mais paraissaient encore plus nouveaux et plus luxueux que tout le reste. Daria Alexandrovna observait en maîtresse de maison ce luxe nouveau pour elle; et bien qu'elle n'eût pas l'intention d'en faire son profit, étant donné la modestie de son ménage, elle en suivait tous les détails, en se demandant de quelle façon tout cela s'arrangeait. Vassenka Veslovski, Stépan, Sviajskï et beaucoup d'autres messieurs connus de Dolly ne pensaient jamais à cela et s'imaginaient, comme chaque bon amphitryon désire le faire croire à ses convives, que tout ce qui chez lui est si bien présenté, ne coûte aucun effort et se fait tout seul. Mais Daria Alexandrovna savait que même le gruau des enfants ne se fait pas tout seul et que, par conséquent, dans une maison au service si luxueux et si confortable, quelqu'un devait y tenir la main; et au regard que Vronskï jeta sur la table, au signe de tête qu'il fit au maître d'hôtel, à la façon dont il offrit à Dolly le *botvinia* ou le consommé, elle comprit que tout incombait au maître de la maison en personne. Évidemment tout cela ne dépendait pas plus d'Anna que de Veslovski. Comme les autres, elle était une invitée; et comme eux jouissait avec plaisir de ce qui était préparé pour eux.

Anna ne jouait le rôle de maîtresse de maison que pour

diriger la conversation, ce qui n'était pas facile avec des convives peu nombreux, issus de milieux différents, comme le régisseur et l'architecte, qui tâchaient de ne pas paraître intimidés par ce luxe auquel ils n'étaient pas habitués, et ne pouvaient soutenir longtemps un entretien général. Anna s'acquittait de cette tâche avec son tact habituel et même avec plaisir, à ce que remarquait Daria Alexandrovna.

D'abord il fut question de la promenade en bateau qu'avaient faite seuls Veslovski et Toutchkevitch; puis celui-ci se mit à raconter les dernières courses du Yacht Club de Pétersbourg. Anna, saisissant une interruption dans la conversation, en profita pour s'adresser à l'architecte afin de le tirer de son mutisme :

– Nicolas Ivanovitch, dit-elle parlant de Sviajskï, a été frappé des progrès réalisés par la construction depuis sa dernière visite. Et moi-même, qui vais là chaque jour, je m'étonne de la rapidité du travail.

– Avec Son Excellence le travail est agréable, dit l'architecte en souriant (c'était un homme digne, respectueux et calme). Ce n'est pas comme avec les autorités provinciales. Là où, pour elles, il faudrait écrire des centaines de pages, je fais mon rapport au comte, nous causons, et en trois mots l'affaire est entendue.

– La méthode américaine, dit Sviajskï en souriant.

– Oui, là-bas on bâtit d'une façon rationnelle.

La conversation tomba sur l'abus des pouvoirs aux États-Unis; mais Anna, aussitôt, mit sur le tapis un autre sujet afin que le régisseur pût s'y intéresser.

– As-tu déjà vu des moissonneuses? demanda-t-elle à Daria Alexandrovna. Nous venions d'examiner les nôtres quand nous t'avons rencontrée; c'était la première fois que j'en voyais.

– Comment fonctionnent-elles? demanda Dolly.

– Comme des ciseaux; une planche et beaucoup de petits ciseaux. Comme ceci.

Anna prit dans ses jolies mains blanches, couvertes de

bagues, un couteau et une fourchette et essaya d'expliquer le fonctionnement d'une moissonneuse. Elle vit bien que son explication n'était pas claire, mais sachant qu'elle s'exprimait agréablement et que ses mains étaient jolies, elle la prolongea.

– Plutôt des canifs, dit Veslovski, qui ne la quittait pas des yeux.

Anna esquissa un sourire, mais ne répondit pas.

– N'est-ce pas, Karl Féodorovitch, que la machine fonctionne comme des ciseaux? dit-elle au régisseur.

– O JA, répondit l'Allemand. ES IST EIN GANZ EINFACHES DING.

Et il se mit à expliquer le fonctionnement de la machine.

– C'est dommage qu'elle ne bottelle pas. J'ai vu à l'exposition de Vienne une machine qui bottelait, dit Sviajskï. Voilà qui serait avantageux.

– ES KOMMT DRAUF AN... DER PREIS VOM DRAHT MUSS AUSGERECHNET WERDEN. Et l'Allemand, tiré de son silence, s'adressa à Vronskï : – DAS LASST, SICH AUSRECHNEN, ERLAUCHT.

Déjà il tirait de sa poche un petit carnet où il faisait tous ses calculs, et un crayon; mais, se rappelant qu'il était à table et remarquant le regard froid de Vronskï, il s'arrêta.

– ZU COMPLICIRT, MATCH ZU VIEL KLOPOT, conclut-il.

– WUNSCHT MAN DOCHOTS SO HAT MAN AUCH KLOPOTS, dit Vassenka Veslovski, se moquant de l'Allemand. J'ADORE L'ALLEMAND, dit-il s'adressant à Anna avec le même sourire.

– CESSEZ, lui dit-elle d'un ton mi-plaisant, mi-sévère. Nous avions pensé vous rencontrer dans les champs, Vassili Semeonitch, dit-elle au docteur, un jeune homme d'aspect maladif. Y étiez-vous?

– J'y étais, en effet, mais je n'y suis pas resté, répondit le docteur.

– Alors vous avez fait une jolie promenade?

– Superbe.

– Et comment va la vieille? J'espère qu'elle n'a pas le typhus?

– Non, mais elle ne va pas bien.

– C'est dommage, dit Anna.

Ayant ainsi rendu ses devoirs de politesse aux gens de la maison, elle se tourna vers les autres.

– Il serait bien difficile, Anna Arkadiévna, de construire une machine d'après la démonstration que vous en avez faite, dit Sviajskï en plaisantant.

– Pourquoi? fit Anna, avec un sourire, car elle s'était bien rendu compte que son explication avait quelque chose d'agréable, et que Sviajskï lui-même était de cet avis.

Ce nouveau trait de coquetterie frappa désagréablement Dolly.

– En revanche, vous êtes très forte en architecture, dit Touchkévitch.

– Comment donc, hier j'ai entendu Anna Arkadiévna parler de plinthes. N'est-ce pas vrai? dit Veslovski.

– Il n'y a rien d'étonnant à cela, quand on voit toutes ces choses et qu'on en entend parler. Mais vous, vous ignorez sans doute avec quoi l'on fait les maisons.

Daria Alexandrovna sentait qu'Anna était mécontente de ce ton léger qui régnait entre elle et Veslovski, mais qu'elle y retombait malgré elle.

Vronskï, en pareil cas, agissait tout autrement que Lévine : non seulement il n'attribuait aucune importance à ces galanteries de Veslovski, mais il y prenait même du plaisir.

– Eh bien, Veslovski, dites-nous avec quoi on unit les pierres.

– Avec du ciment.

– Bravo! Et qu'est-ce que c'est que le ciment?

– Une espèce de gruau... Non, de mastic, dit Veslovski, provoquant l'hilarité générale.

La conversation entre les convives, à l'exception du docteur plongé dans un sombre silence, de l'architecte et du régisseur, ne tarissait pas, tantôt badine, tantôt agressive.

A un moment, Daria Alexandrovna fut si vivement touchée, et s'enflamma tellement, qu'elle en rougit, et se demanda ensuite si elle n'avait pas dit quelque chose de désagréable :

Sviajskï parlait de Lévine, répétant ses jugements bizarres sur le rôle des machines agricoles, qu'il déclarait nuisibles en Russie.

– Je n'ai pas le plaisir de connaître ce monsieur Lévine, dit Vronskï en souriant, mais il est probable qu'il n'a jamais vu les machines qu'il critique. Ou s'il est mécontent de l'expérience, c'est qu'il a eu des machines russes quelconques, et non des machines étrangères. Il ne saurait y avoir ici d'autre opinion.

– En général, il a des idées turques, dit Veslovski avec un sourire qui s'adressait à Anna.

– Je ne puis défendre ses jugements, intervint vivement Daria Alexandrovna, mais ce que je puis vous affirmer c'est que Lévine est un homme très instruit, et que s'il était ici il saurait bien vous répondre. Moi, malheureusement, j'en suis incapable...

– Je l'aime beaucoup et nous sommes de grands amis, dit Sviajskï en souriant. MAIS PARDON, IL EST UN PEU TOQUÉ. Par exemple il soutient que les justices de paix ne sont pas nécessaires et il ne veut participer à rien de ce genre.

– Voilà bien notre insouciance russe! s'écria Vronskï en versant dans un verre de l'eau frappée. Ne pas avoir conscience des devoirs que nous imposent nos droits, et par cela même ne pas les reconnaître!

– Je ne connais pas d'homme plus sévère pour ses devoirs, dit Dolly, agacée de ce ton de supériorité que prenait Vronskï.

– Pour ma part, continua Vronskï, évidemment excité par cette conversation, je suis très reconnaissant de l'honneur qu'on m'a fait, grâce à Nicolas Ivanovitch (il désigna Sviajskï), en m'élisant juge de paix honoraire. Il est aussi important de juger l'affaire d'un paysan, même s'il ne s'agit que d'un cheval, que d'accomplir tout autre devoir, et je regarderais comme un honneur d'être élu membre du zemstvo. C'est ma seule façon de m'acquitter envers la société des privilèges dont je jouis en tant que propriétaire terrien. Malheureusement on ne comprend pas l'importance que doivent avoir dans le pays les grands propriétaires.

Il semblait étrange à Daria Alexandrovna de voir l'assurance de son hôte s'étaler ainsi chez lui, à table. Elle se rappela Lévine, qui pensait juste le contraire, et qui était aussi absolu dans ses raisonnements, chez lui, à table. Mais elle aimait Lévine, c'est pourquoi elle était de son côté.

— Ainsi nous pouvons compter sur vous pour les élections, comte? dit Sviajskï. Il sera bon de partir plus tôt, pour être là-bas avant le 8. Si vous me faisiez l'honneur de vous arrêter chez moi...

— Eh bien, moi, je suis un peu de l'avis de ton BEAU-FRÈRE, dit Anna à Dolly. Seulement pas tout à fait comme lui, ajouta-t-elle avec un sourire. Ces derniers temps, les services publics me semblent se multiplier exagérément chez nous. Autrefois il y avait des fonctionnaires pour toutes les affaires, et voilà maintenant que ces fonctionnaires sont remplacés par des particuliers. Depuis six mois que nous sommes ici, Alexis est déjà devenu membre de cinq ou six institutions publiques : la tutelle, le jury, la municipalité, etc... Du train où vont les choses, tout son temps sera bientôt pris par ces occupations; or je crains que tout cela ne soit qu'une pure question de formes. Combien de charges avez-vous, Nicolas Ivanovitch? Au moins vingt? dit-elle, s'adressant à Sviajskï.

Sous ce ton de plaisanterie, Dolly, qui observait attentivement Anna et Vronskï, devina une pointe d'irritation. Elle remarqua aussi l'expression résolue qui paraissait sur la physionomie du comte, et l'empressement de la princesse Barbe à changer de conversation, se mettant à parler de certaines connaissances pétersbourgeoises. Dolly se rappela ce que Vronskï lui avait dit dans le parc, à propos de ses occupations, et elle comprit que c'était le point délicat entre Anna et lui.

Les mets, les vins, le service, tout était parfait, mais tout cela avait le caractère de luxe que Daria Alexandrovna avait vu dans les grands dîners et les bals, tout cela avait un cachet d'impersonnalité et de formalisme qui, dans un repas de peu de couverts, causait une impression gênante.

Après le dîner on resta un moment sur la terrasse, puis on décida de jouer au lawn-tennis. Les joueurs, divisés en deux camps, se placèrent sur le crocket-ground, très soigneusement nettoyé, que barrait un filet tendu. Daria Alexandrovna essaya de jouer, mais elle ne saisit pas le jeu tout d'un coup, et quand elle l'eut compris, elle était si fatiguée qu'elle alla s'asseoir avec la princesse Barbe et se contenta de regarder les joueurs. Son partenaire, Touchkévitch, quitta aussi le jeu. Mais les autres jouèrent encore longtemps. Sviajskï et Vronskï jouaient très bien et sérieusement. Ils suivaient attentivement la balle qu'on leur servait, et ni trop vite ni trop lentement couraient dans sa direction, l'attrapaient au bond avec la raquette et la relançaient, d'une main sûre, de l'autre côté du filet.

Veslovski était celui qui jouait le plus mal. Il s'excitait trop; en revanche sa gaîté animait toute la société; il ne cessait de rire et de pousser des cris. Comme, avec la permission des dames, les messieurs avaient ôté leur redingote, son grand et beau torse, en chemise blanche, son visage rouge couvert de sueur, frappèrent Daria Alexandrovna; si bien qu'une fois au lit, elle ne pouvait fermer les yeux sans voir Vassenka Veslovski courant sur le crocket-ground.

Mais pendant le jeu Daria Alexandrovna n'était pas gaie. La familiarité qui se manifestait entre Anna et Veslovski lui déplaisait, ainsi que leur façon de s'adonner à ce jeu puéril, comme des enfants. Pourtant, afin de ne pas déranger les autres et de passer le temps avec eux, la jeune femme, après s'être un peu reposée, retourna au jeu et feignit de s'y amuser.

Durant toute cette journée, elle se faisait l'effet de jouer la comédie avec d'autres acteurs, qui tous lui étaient supérieurs, et de gâter le spectacle par sa mauvaise interprétation.

Elle était venue avec l'intention de rester deux jours si elle se trouvait bien; mais ce soir même, pendant le jeu, elle résolut de repartir le lendemain. Les pénibles soucis maternels, qu'elle avait tant maudits tout le long de la route, lui apparaissaient maintenant, après une journée d'éloignement, sous une autre couleur et l'attiraient.

Après le thé et une promenade en bateau, Daria Alexandrovna rentra dans sa chambre, ôta sa robe et peigna pour la nuit sa maigre chevelure. Alors elle éprouva un véritable soulagement, de se retrouver seule. Il lui était même désagréable de penser qu'Anna allait venir. Elle eût préféré rester seule avec ses pensées.

XXIII

Dolly allait se mettre au lit quand Anna, en robe de chambre, entra chez elle.

Dans la journée Anna, plusieurs fois, avait voulu entamer une conversation intime, et chaque fois elle s'était aussitôt arrêtée : « Plus tard, avait-elle dit, quand nous serons seules, nous parlerons de tout. J'ai tant à te raconter! »

Maintenant elles étaient seules et Anna ne savait que dire. Assise près de la fenêtre, elle regardait Dolly, repassant dans sa mémoire tous les sujets de conversation qui auraient pu l'intéresser, et ne trouvant rien. Il lui semblait avoir déjà tout dit.

– Que devient Kitty? demanda-t-elle enfin, après avoir soupiré profondément et en regardant Dolly d'un air coupable. Dis-moi la vérité, m'en veut-elle?

– Oh non! répondit Dolly en souriant.

– Elle me hait? Elle me méprise?

– Non plus. Mais tu sais, il y a des choses qui ne se pardonnent pas.

– Oui, oui, dit Anna en se tournant vers la fenêtre ouverte. Mais ai-je été coupable dans tout cela? A qui la faute, et qu'appelles-tu être coupable? Pouvait-il en être autrement? Qu'en penses-tu? Croirais-tu possible de n'être pas la femme de Stiva?

— Je ne sais que te répondre. Mais toi, dis-moi...

— Attends, nous n'en avons pas fini avec Kitty. Est-elle heureuse? On dit que son mari est un excellent homme.

— C'est trop peu dire. Je n'en connais pas de meilleur.

Dolly sourit :

— Parle-moi de toi. Il faut que je cause longuement avec toi. J'ai causé avec... Dolly ne savait comment nommer Vronskï : devait-elle dire le comte ou Alexis Kyrilovitch?

— Avec Alexis, dit Anna. Je me doute de ce que vous avez dit. Mais dis-moi franchement ce que tu penses de ma vie.

— Je ne peux te répondre d'un mot. Vraiment je ne sais pas.

— Dis-le-moi quand même. Tu vois ma vie, mais n'oublie pas que tu nous vois en été, quand nous avons des invités et que nous ne sommes pas seuls. A notre arrivée ici, aux premiers jours du printemps, nous étions seuls, et je ne désirais rien de plus. Mais imagine-toi que je reste seule sans lui! Seule, et cela arrivera... Je crains qu'il ne prenne l'habitude de s'absenter souvent, dit-elle, en se levant et en venant s'asseoir plus près de Dolly. Sans doute, reprit-elle, interrompant Dolly qui voulait élever quelque objection, sans doute je ne le retiendrai pas de force. Mais aujourd'hui ce sont les courses; ses chevaux courent et il y va... Je suis très heureuse, mais pense un peu à moi, songe à ma situation... Mais à quoi bon dire tout cela?... Elle sourit. Eh bien, de quoi avez-vous causé ensemble?

— D'un sujet que j'aurais abordé sans qu'il m'en parlât, c'est pourquoi il m'est facile d'être son interprète. De la possibilité... Daria Alexandrovna s'arrêta... d'améliorer ta situation... Tu sais ma manière de voir à ce sujet... Mais enfin, si c'était possible, le mariage serait le mieux.

— C'est-à-dire le divorce? Sais-tu, dit Anna, que la seule femme qui soit venue chez moi à Pétersbourg, ce fut Betsy Tverskoï. Tu la connais? AU FOND C'EST LA FEMME LA PLUS DÉPRAVÉE QUI EXISTE. Elle a trompé son mari de la façon la plus indigne avec Touchkévitch. Eh bien, elle m'a dit qu'elle ne me verrait plus tant que ma situation serait irrégulière! Ne crois pas que j'établisse de comparaison entre vous... Je te connais, mon amie... Mais involontairement je me suis souvenue de son conseil. Enfin que t'a-t-il dit?

– Qu'il souffre pour toi et pour lui. Tu diras peut-être que c'est de l'égoïsme, mais ce sentiment est légitime et vient d'un sentiment d'honneur. Il voudrait d'abord légitimer sa fille, être ton mari, avoir des droits sur toi.

– Quelle femme peut appartenir à son mari plus complètement que je ne lui appartiens? Je suis son esclave!

– Et surtout, il ne voudrait pas te voir souffrir.

– C'est impossible! Et ensuite?

– Il voudrait pouvoir donner son nom à vos enfants.

– Quels enfants? dit Anna sans regarder Dolly et en fermant à demi les yeux.

– Annie et ceux qui viendront...

– Oh, il peut être tranquille! Je n'en aurai plus.

– Comment peux-tu répondre de cela?

– Je n'en aurai plus parce que je ne veux plus en avoir.

Malgré son émotion, Anna sourit, en remarquant l'expression d'étonnement, de naïve curiosité et d'horreur qui se peignait sur le visage de Dolly.

– Après ma maladie, le docteur m'a dit...

. . . .

– Pas possible! s'écria Dolly ouvrant de grands yeux.

C'était pour elle, une de ces révélations dont les conséquences sont tellement grandes qu'au premier abord on doit se contenter de les pressentir, sans les comprendre, prévoyant en outre qu'il faudra beaucoup y réfléchir.

Cette révélation, lui éclairant soudain le mystère de ces familles qui n'ont que deux enfants, éveillait en elle tant d'idées, de déductions, de sentiments contradictoires qu'elle ne savait que dire. Elle fixait sur Anna de grands yeux étonnés. N'avait-elle pas rêvé quelque chose d'analogue?... Et maintenant la réalité la terrifiait. Elle sentait que c'était une solution trop simple pour une question si compliquée.

– N'EST-CE PAS IMMORAL? demanda-t-elle après un moment de silence.

– Pourquoi? N'oublie pas que, sans cela, je n'ai le choix qu'entre deux choses : devenir enceinte, c'est-à-dire malade; ou être l'amie, la camarade de mon mari, dit Anna d'un ton léger.

– Certainement, fit Dolly, à ces arguments qu'elle s'était donnés à elle-même et n'y retrouvant plus l'ancienne conviction.

– Si le point est discutable pour toi et pour les autres, en ce qui me concerne le doute n'existe pas... Rappelle-toi que je ne suis pas l'épouse. Cela durera tant qu'il m'aimera, mais avec quoi retiendrai-je cet amour? Avec cela?...

Elle porta ses mains blanches au devant de son ventre.

Comme il arrive dans les moments d'émotion, les idées, les souvenirs se heurtaient dans la tête de Daria Alexandrovna avec une rapidité extraordinaire.

« Je n'ai jamais cherché à retenir Stiva, pensait-elle; il m'a quittée pour d'autres. Mais la première pour laquelle il m'a trahie ne l'a pas retenu davantage, cependant elle était toujours belle et gaie. Stiva l'a abandonnée pour en prendre une autre. Anna retiendra-t-elle le comte Vronskï par sa beauté? S'il ne cherche que la beauté, il trouvera peut-être ailleurs des toilettes et des manières encore plus séduisantes et plus gaies. Quelque beaux que soient son corps, ses épaules, son visage encadré de cheveux noirs, il en trouvera de plus beaux encore, comme en a cherché et trouvé mon affreux, misérable et charmant époux! »

Dolly ne répondit rien et se contenta de soupirer. Anna remarqua ce soupir, qui prouvait que son interlocutrice n'était pas de son avis, et continua. Elle avait en réserve beaucoup d'autres arguments, et si puissants qu'on n'y pouvait rien objecter.

– Tu dis que c'est immoral! Mais il faut raisonner, continua-t-elle. Tu oublies ma situation. Comment puis-je désirer des enfants? Je ne parle pas des souffrances, je n'en ai pas peur;

mais songe donc que mes enfants ne peuvent être que des créatures malheureuses, condamnées à porter un nom étranger, destinées à rougir de leurs parents, de leur naissance.

– C'est précisément pourquoi tu dois demander le divorce.

Anna ne l'écoutait pas, elle voulait conduire jusqu'au bout l'argumentation par laquelle tant de fois elle s'était convaincue elle-même.

– Pourquoi la raison m'a-t-elle été donnée, sinon pour ne pas procréer des infortunés?

Elle regarda Dolly et sans attendre sa réponse continua :

– Je me sentirais toujours coupable devant ces malheureux enfants; n'existant pas, ils ne connaissent pas le malheur; s'ils existaient pour souffrir, la responsabilité en retomberait sur moi.

C'étaient ces mêmes raisonnements que se tenait Daria Alexandrovna; mais maintenant, en les écoutant, elle ne les comprenait plus. « Comment être coupable envers des êtres qui n'existent pas? » se demandait-elle. Soudain elle se demanda s'il ne vaudrait pas mieux pour son préféré, Gricha, ne pas exister. Cela lui parut si terrible, si étrange, qu'elle secoua la tête pour chasser les pensées folles qui l'assaillaient.

– Je ne sais pas, mais ce n'est pas bien, dit-elle enfin, avec une expression de dégoût.

– Songe à la différence qui existe entre nous deux... ajouta Anna qui, malgré la force de ses raisonnements et la pauvreté de ceux de Dolly, semblait reconnaître aussi que c'était mal. N'oublie pas que nos situations sont différentes : pour toi il ne peut s'agir que de savoir si tu désires avoir ou ne plus avoir des enfants; pour moi, s'il m'est permis d'en désirer. Et tu dois comprendre que dans ma situation ce désir m'est interdit.

Daria Alexandrovna se tut : elle entrevit tout à coup l'abîme qui la séparait d'Anna; elle comprit qu'entre elles il existait certaines questions sur lesquelles il leur était impossible de tomber d'accord et que mieux valait ne pas les discuter.

XXIV

– Raison de plus pour régulariser ta situation, si c'est possible, dit Dolly.

– Oui, si c'est possible, répondit Anna sur un ton tout différent, de calme et de douceur.

– Le divorce serait-il impossible? On me disait que ton mari y consentait.

– Dolly, ne parlons pas de cela!

– Soit, n'en parlons pas, répondit Dolly, frappée de la douleur profonde qui se peignait sur les traits d'Anna. Il me semble cependant que tu vois les choses trop en noir.

– Nullement! Je suis heureuse et contente. Je fais des passions. Veslovski...

– A dire vrai, le ton que Veslovski prend avec toi me déplaît fort, dit Daria Alexandrovna, désirant changer de conversation.

– Pourquoi? L'amour-propre d'Alexis en est chatouillé, voilà tout. Veslovski est un enfant; j'en fais ce que je veux, comme toi de ton Gricha. Non, Dolly, je ne vois pas tout en noir comme tu dis, fit-elle tout à coup, changeant de ton. Tu ne peux pas comprendre... C'est trop horrible... Je cherche à ne rien voir...

– Tu as tort, il faudrait... tu devrais faire tout ton possible...

– Mais que peut-on faire?... Rien! Épouser Alexis? Crois-tu donc que je n'y songe pas? Je ne pense qu'à cela! dit-elle; et une vive rougeur lui couvrit le visage. Elle se leva, redressa sa taille, soupira profondément et de son pas léger se mit à marcher d'un bout à l'autre de la chambre, s'arrêtant de temps à autre. Je n'y pense pas? Il n'y a pas de jour, pas d'heure que je n'y pense. Et ne me reproche d'y penser... car cette pensée m'affole, j'en puis devenir folle! répétait-elle. Et lorsque j'y pense, je ne puis m'endormir sans morphine. Mais c'est bon... causons raisonnablement. On me conseille le divorce. Or, premièrement *il* n'y consentira pas, parce qu'il est sous l'influence de la comtesse Lydie.

Daria Alexandrovna, redressée sur sa chaise, le visage empreint de compassion, suivait des yeux Anna qui marchait.

– Il faut essayer, dit-elle avec douceur.

– Admettons que j'essaye, fit-elle, répétant évidemment pour la millième fois ce raisonnement qu'elle connaissait par cœur. Admettons que moi, qui le hais, mais cependant me reconnais coupable envers lui, et le crois magnanime... je consente à m'humilier devant lui et à lui écrire... Admettons que je fasse cet effort de lui écrire. De deux choses l'une : Je recevrai ou une réponse blessante ou son consentement. Bon. Je suppose avoir reçu le consentement...

En ce moment Anna était à l'autre extrémité de la chambre et arrangeait quelque chose près de la fenêtre.

– ...J'ai le consentement. Et mon fils? On ne me le rendra pas! Il grandira chez ce père que j'ai quitté, et qui lui apprendra à me mépriser! Conçois-tu que j'aime presque également, et certes plus que moi-même, ces deux êtres : Serge et Alexis?

Elle s'avança au milieu de la chambre et s'arrêta devant Dolly, en serrant les mains sur sa poitrine. Dans son peignoir blanc elle paraissait encore plus grande et plus robuste; elle pencha la tête et, les yeux brillants et mouillés de larmes, regarda la petite personne maigre de Dolly, misérable en sa camisole rapiécée et son bonnet de nuit et toute tremblante d'émotion.

– Je n'aime que ces deux êtres au monde, et ils s'excluent l'un l'autre, je ne puis les réunir! Or c'est mon unique désir; en dehors de cela, tout le reste m'est égal, complètement égal. Cela finira d'une façon ou de l'autre, mais je ne puis, je ne veux pas aborder ce sujet. Ne me fais donc pas de reproches; ne me blâme donc pas. Toi qui es si pure, tu ne peux comprendre combien je souffre.

Elle vint s'asseoir près de Dolly, lui prit la main, et d'un air craintif examina attentivement son visage.

– Que penses-tu? Que penses-tu de moi?... Ne me méprise pas! Je ne le mérite pas. Je suis seulement malheureuse. Personne n'est plus malheureuse que moi, dit-elle. Et, se détournant, elle se mit à pleurer.

Quand Anna l'eut quittée, Dolly fit sa prière et se mit au lit. Au cours de la conversation, elle avait plaint Anna de toute son âme; mais maintenant ses pensées se tournaient involontairement vers la maison, vers les enfants, et les enveloppaient d'un charme particulier. Jamais elle n'avait aussi vivement senti combien ce petit monde lui était cher et précieux. Elle décida que rien ne l'en retiendrait plus longtemps éloignée et qu'elle partirait irrévocablement le lendemain.

Anna, rentrée dans son appartement, prit un verre et y versa quelques gouttes d'une potion contenant principalement de la morphine; après avoir bu elle resta quelques instants assise, immobile. Une fois calmée, elle passa tranquillement dans sa chambre à coucher.

Dès qu'elle parut, Vronskï la regarda attentivement, étudiant sur sa physionomie les traces de la conversation qu'elle avait dû avoir avec Dolly, dans la chambre de laquelle elle était restée si longtemps. Mais elle ne laissait rien paraître, et il ne vit que cette grâce dont il subissait toujours le charme, et la conscience de cette beauté dont elle connaissait si bien la force. Il ne voulait pas l'interroger, il espérait qu'elle parlerait; elle dit seulement :

– Je suis contente que Dolly t'ait plu.

– Je la connais depuis longtemps. C'est une femme excellente, MAIS EXCESSIVEMENT TERRE A TERRE. Je n'en suis pas moins très content de sa visite.

Il prit la main d'Anna et la regarda d'un air interrogateur. Elle comprit autrement ce regard et lui sourit.

Malgré les instances réitérées des maîtres de maison, le lendemain matin Daria Alexandrovna fit ses préparatifs de départ. Le cocher de Lévine, vêtu d'un cafetan râpé et coiffé d'un chapeau de postillon, l'air sombre et résolu, fit avancer devant le perron couvert et sablé la vieille voiture au garde-boue raccommodé, attelée de chevaux dépareillés.

Les adieux que fit Daria Alexandrovna à la princesse Barbe et aux messieurs furent plutôt froids; la journée qu'ils avaient passée ensemble avait clairement démontré, à elle et à ces hôtes, qu'ils n'étaient pas faits les uns pour les autres et que mieux valait se séparer. Anna seule était triste. Elle savait que, Dolly partie, personne ne viendrait plus réveiller les sentiments que celle-ci avait remués en son âme. Certes, il lui était pénible d'y toucher, mais elle savait que ces sentiments représentaient le meilleur d'elle-même, et que la vie qu'elle menait les étoufferait bientôt complètement.

Lorsqu'elle se trouva en pleins champs, Dolly éprouva un sentiment agréable de soulagement. Elle voulait connaître les impressions des domestiques sur la maison de Vronskï, et elle allait les interroger quand Philippe, le cocher, commença de lui-même :

– Ce sont des richards, et ils n'ont donné que trois mesures d'avoine. Les chevaux ont mangé jusqu'au dernier grain. Trois mesures!... Ce n'est rien. A peine pour y goûter! Aujourd'hui l'avoine vaut quarante-cinq kopeks. Chez nous, quand viennent des visiteurs, on en donne tant que les chevaux en veulent...

– C'est un maître avare, confirma le garçon de bureau.

– Et les chevaux, comment les trouves-tu?

– Les chevaux sont beaux; la nourriture aussi est bonne. Mais je ne sais si cela vous a fait le même effet, Daria Alexandrovna, moi je me suis ennuyé, dit-il, tournant vers elle son beau visage franc.

– Moi aussi, je me suis ennuyée. Crois-tu que nous arriverons ce soir?

– Il le faudra bien.

Daria Alexandrovna ayant retrouvé tout le monde en bonne santé et de bonne humeur, fit, avec une grande animation, le récit de son voyage. Elle vanta la cordialité de la réception qui lui avait été faite, le luxe et le bon goût de l'installation de Vronskï, et ne permit à personne la moindre critique.

– Il faut connaître Anna et Vronskï; – à présent, je les connais mieux, – pour comprendre combien ils sont bons et touchants, disait-elle maintenant, très sincèrement, oubliant déjà le vague malaise qu'elle avait ressenti chez eux.

XXV

Vronskï et Anna passèrent à la campagne la fin de l'été et une partie de l'automne, sans faire aucune démarche pour obtenir le divorce et régulariser leur situation.

Tous deux avaient décidé de rester chez eux, mais tous deux sentaient, surtout après le départ de leurs hôtes, qu'ils ne supporteraient pas longtemps une vie pareille et qu'ils devraient la modifier.

En apparence ils avaient tout ce qu'on peut désirer : ils étaient riches, bien portants, ils avaient un enfant, leurs occupations leur plaisaient. Anna, sans amis ni invités, travaillait et lisait beaucoup, tantôt des romans, tantôt les livres sérieux à la mode. Elle faisait venir tous les ouvrages de valeur que citaient les journaux et les revues étrangères qu'elle recevait; et avec l'intérêt particulier qui ne se développe que dans l'isolement, elle les lisait, les relisait. En outre, aucun des sujets pouvant intéresser Vronskï ne la laissait indifférente; elle les étudiait dans des livres et dans des revues spéciales; de sorte que souvent, il la consultait sur une question d'agronomie ou d'architecture, parfois même d'élevage et de sport.

Il admirait ses connaissances, sa mémoire; au commencement, il se montrait défiant et cherchait la confirmation de ce qu'elle avançait, mais elle trouvait dans les livres ce qu'il lui demandait et le lui montrait.

Elle s'intéressait aussi à la construction de l'hôpital; elle y collaborait et y apportait des idées personnelles. Cependant, son principal succès était le soin de sa personne; elle se savait chère à Vronskï, et elle voulait remplacer pour lui tout ce qu'il avait abandonné pour elle. Vronskï, de son côté, appréciait ce souci, devenu le but unique de la vie d'Anna : lui plaire et se dévouer à lui. Cependant le filet dans lequel cet amour s'efforçait de le retenir captif pesait au jeune homme. Plus le temps passait, plus il voyait sa captivité se resserrer; certes il ne voulait pas s'en dégager, mais il aurait voulu garder quelque liberté. Sans ce désir toujours grandissant de se sentir libre, sans les scènes qu'il lui fallait subir chaque fois qu'il devait aller en ville, à une réunion, aux courses, le bonheur de Vronskï eût été complet.

Le rôle de grand propriétaire, auquel il s'était essayé, ce rôle qui devait faire la force de l'aristocratie russe, non seulement lui plaisait, mais, après un essai de six mois, il y trouvait un plaisir de plus en plus grand, et son exploitation marchait admirablement. Il avait dépensé des sommes folles pour l'hôpital, pour les machines, pour les vaches qu'il avait fait venir de Suisse, et pour d'autres acquisitions; malgré cela, sa fortune augmentait. Quand il s'agissait des revenus, de la vente du bois, du blé, du fermage, Vronskï était dur comme un roc et ne cédait qu'à bon prix. Dans les questions d'administration, pour ses domaines et les autres, il s'en tenait aux règles les plus élémentaires et les plus sûres, et se montrait extrêmement économe. Malgré toute la ruse et toute l'habileté que déployait l'Allemand pour l'entraîner dans des dépenses exagérées, dès que Vronskï avait reconnu qu'on pouvait arriver aux mêmes résultats en dépensant moins, il ne cédait pas. Il écoutait le régisseur, l'interrogeait, et ne tombait d'accord avec lui que quand ce qu'il proposait de faire venir, ou de construire, était une innovation en Russie, capable de provoquer l'admiration. De plus Vronskï ne se lançait dans des dépenses que s'il avait de l'argent disponible; et avant de s'y lancer, il calculait tout en détail et insistait pour que les sommes dépensées fussent employées le mieux possible. Grâce à cette conduite prudente, il ne risquait pas de compromettre sa fortune, mais au contraire l'augmentait.

La province de Kachine, où étaient situées les terres de Vronskï, de Sviajskï, d'Oblonskï, de Kosnichev et une petite partie de celles de Lévine, devait élire au mois d'octobre ses maréchaux de la noblesse.

Ces élections, à cause de certaines personnalités qui y prenaient part, attiraient l'attention générale.

On en parlait beaucoup, et des personnes vivant à Moscou, à Pétersbourg, même à l'étranger, qui d'habitude se désintéressaient de ces élections, se préparaient cette fois à y venir. Vronskï avait promis depuis longtemps à Sviajskï d'être présent.

Peu avant la date fixée, Sviajskï, qui venait souvent à Vosdvijenskoié, passa prendre Vronskï.

La veille de ce jour une querelle avait failli éclater entre Vronskï et Anna à propos de ce voyage. On était à l'automne, saison particulièrement triste à la campagne. Vronskï, tout préparé à la lutte, était venu annoncer son départ à sa compagne, sur un ton froid et bref. Sa surprise fut grande en voyant Anna prendre la nouvelle avec beaucoup de calme et se contenter de lui demander la date exacte de son retour.

Il la regarda attentivement, ne pouvant s'expliquer ce calme. Elle sourit, pour toute réponse. Il connaissait cette faculté qu'elle possédait de se renfermer complètement en elle-même, et il savait que cela lui arrivait quand elle était fermement résolue à lui cacher quelque chose. Il redoutait cela, mais il tenait tellement à éviter une scène qu'il feignit de croire à la sincérité de cette sérénité apparente.

– J'espère que tu ne t'ennuieras pas, dit-il.

– Je l'espère, répondit Anna. J'ai reçu hier de Gauthier une caisse de livres. Non, je ne m'ennuierai pas.

« C'est un nouveau ton qu'elle veut adopter. Tant mieux! » pensa-t-il.

Il partit donc, sans autre explication. C'était la première fois, depuis le début de leur liaison, qu'ils se séparaient sans s'être franchement expliqués. D'un côté il en était fâché; d'un autre il trouvait que cela valait mieux.

« Tout d'abord, se dit-il, il y aura en elle, comme maintenant, quelques pensées vagues et cachées; ensuite elle s'habituera... En tout cas, je puis lui sacrifier tout, sauf mon indépendance. »

XXVI

Au mois de septembre, Lévine vint s'installer à Moscou pour les couches de Kitty. Depuis un mois, il était là, menant une vie oisive, lorsque Serge Ivanovitch, qui avait des terres dans la province de Kachine et prenait une part très active aux élections, demanda à son frère, qui avait une voix dans le district de Séléznievsk, de l'y accompagner. En outre, Lévine avait des affaires de tutelle à régler dans la province de Kachine, pour sa sœur qui vivait à l'étranger. Néanmoins il hésitait. Kitty, voyant qu'il s'ennuyait à Moscou, le pressa de partir et, à son insu, lui fit faire un uniforme de gentilhomme qui coûta quatre-vingts roubles.

Cette somme, payée pour l'uniforme, trancha la question. Lévine partit pour Kachine.

Il y était depuis six jours et, malgré des démarches quotidiennes pour les affaires de sa sœur, elles n'avançaient pas. Tous les maréchaux de la noblesse n'étaient occupés que des élections, et il était impossible de venir à bout d'une simple tutelle. La question d'argent rencontrait également des obstacles. Enfin, après de longues formalités, l'argent fut mis à la disposition de Lévine; mais le notaire, homme le plus obligeant du monde, ne pouvait pas en donner quittance parce qu'il fallait la signature du président, lequel était en session. Toutes ces courses, tous ces pourparlers avec de très braves gens, désireux de rendre service, mais ne pouvant rien, tout cela évoquait aux yeux de Lévine les efforts inutiles qu'on fait en rêve. Il éprouvait souvent quelque chose de semblable en causant avec son avoué, un excellent homme qui semblait faire tout son possible et dépenser toutes ses forces intellectuelles pour le tirer d'embarras. « Essayez d'agir ainsi, disait-il; allez là et là », et l'avoué tirait des plans, destinés à contourner l'obstacle. Mais aussitôt il ajoutait : « Il n'est guère probable que cela réussira. Néanmoins, essayez. » Et Lévine essayait, faisait des démarches, voyait des gens. Tous étaient bons et charmants, mais l'obstacle contourné, on en trouvait un autre qui de nouveau barrait le chemin. Ce qui surtout irritait Lévine, c'était de ne pouvoir comprendre contre qui il luttait, ni à qui profitait ce retard dans le règlement de ses affaires; et personne, pas même l'avoué, ne semblait le savoir. Si Lévine eût pu comprendre, comme il comprenait pourquoi l'on ne peut s'approcher du guichet, dans les gares de chemin de fer, sans se mettre en file, il n'aurait éprouvé ni ennui ni dépit; mais personne ne pouvait lui expliquer la raison d'être des obstacles qu'il rencontrait dans son affaire.

Cependant le mariage avait rendu Lévine plus patient; et s'il ne comprenait pas le pourquoi de toute cette organisation, il se disait que, ne sachant rien, il ne pouvait pas juger, que tout devait être probablement ainsi; et il tâchait de rester calme.

Il appliquait cette même patience à la question des élections. Il s'attachait à ne pas discuter, mais autant que possible à comprendre une affaire qui passionnait beaucoup d'honnêtes et braves gens qu'il respectait. Depuis qu'il était marié, tant de côtés sérieux de la vie, qu'auparavant il trouvait mesquins et négligeables, s'étaient révélés à lui, qu'il se croyait obligé de chercher dans les élections ce qu'elles pouvaient avoir d'intéressant.

Serge Ivanovitch ne négligea rien pour lui expliquer le sens et la portée des changements qu'on voulait apporter au nouveau scrutin. Le maréchal de la noblesse de la province, entre les mains de qui, selon la loi, se trouvaient tant d'institutions importantes, comme celle de la tutelle (dont s'occupait actuellement Lévine), celle de la banque, de la noblesse, de l'enseignement secondaire et primaire, et enfin les zemstvos, était un certain Snetkov. Ce gentilhomme de vieille roche avait gaspillé une fortune considérable; homme bon et honnête en son genre, mais incapable de comprendre les besoins des temps nouveaux. Dans n'importe quelle question, il prenait toujours le parti de la noblesse et se déclarait l'adversaire de la diffusion de l'enseignement primaire; il attribuait aux zemstvos, qui devaient avoir une grande importance, le caractère d'une classe. Il s'agissait de mettre à sa place un homme aux idées nouvelles, entendu aux affaires et capable d'extraire de la noblesse, en tant que partie intégrante des zemstvos, les éléments de « self-government » qu'elle pouvait fournir. La riche province de Kachine qui, en toutes choses, marchait de l'avant, pouvait, si l'on savait user des forces qui y étaient concentrées, servir d'exemple au reste de la Russie. C'est ce qui rendait les nouvelles élections si passionnantes. A la place de Snetkov on proposait de mettre Sviajskï, ou mieux encore Névédovski, un homme éminent, autrefois professeur et ami intime de Serge Ivanovitch.

La réunion fut ouverte par le gouverneur de la province, qui, dans son discours, exhorta les gentilshommes à choisir leurs élus non de parti pris, mais en se préoccupant uniquement du bien public et de celui de l'État; il exprima l'espoir que la noblesse de Kachine serait comme toujours fidèle à son devoir et justifierait la haute confiance du souverain.

Quand le gouverneur eut achevé son discours, il quitta la salle; et les gentilshommes, avec beaucoup de bruit et d'animation, voire d'enthousiasme, le suivirent et l'entourèrent, pendant qu'il mettait sa pelisse et qu'il causait amicalement avec le maréchal de la noblesse.

Lévine, qui voulait tout entendre et ne rien omettre, se tenait dans la foule. Il entendit ces paroles du gouverneur : « Dites, je vous prie, à Marie Ivanovna, que ma femme regrette beaucoup, qu'elle doit se rendre à l'asile. » Et tous les gentilshommes endossant gaîment leurs pelisses se rendirent à la cathédrale.

Là, Lévine et tous les autres répétèrent les paroles prononcées par le prêtre et firent le serment le plus solennel d'agir selon les espérances du gouverneur. Le service religieux impressionnait toujours Lévine. Quand, prononçant les paroles : « Je baise la croix... » il vit cette foule d'hommes, jeunes et vieux, répéter la même formule, il éprouva une certaine émotion.

Le lendemain et le surlendemain eurent lieu des discussions relatives aux capitaux des gentilshommes et aux lycées de jeunes filles; ce qui, au dire de Serge Ivanovitch, était de peu d'importance; et Lévine, occupé par des démarches personnelles, ne suivit pas attentivement les débats. Le quatrième jour, on aborda la question de comptabilité et la querelle éclata entre le nouveau parti et l'ancien. La commission chargée de contrôler les comptes déclara à l'assemblée que toutes les sommes étaient intactes. Le maréchal de la noblesse de la province se leva pour remercier l'assemblée de sa confiance et versa des larmes. Les gentilshommes l'accueillirent bruyamment et lui serrèrent la main. Mais à ce moment quelqu'un du groupe de Serge Ivanovitch, affirma avoir entendu dire que la commission n'avait nullement vérifié les comptes en question, considérant ce contrôle comme une offense faite au maréchal de la noblesse. Un des membres de la commission avait commis l'imprudence d'avouer le fait. Aussitôt un monsieur de petite taille, l'air jeune et très sarcastique, se mit à dire que le maréchal de la noblesse aurait probablement à cœur de rendre compte des sommes que la délicatesse excessive des membres de la commission, le privant de cette satisfaction morale, n'avaient pas cru devoir contrôler. Les membres de la commission retirèrent leur déclaration, et Serge Ivanovitch entreprit de prouver logiquement qu'il fallait admettre ou que les sommes étaient vérifiées ou qu'elles ne l'étaient pas. Il développa longuement cette alternative.

Un orateur du parti adverse répondit à Serge Ivanovitch; puis Sviajskï prit la parole; enfin ce fut le tour du monsieur sarcastique. Les discours se succédaient sans aboutir à rien. Lévine était étonné de voir se prolonger cette discussion, d'autant que quand il demanda à son frère si l'on soupçonnait quelque dilapidation, Serge Ivanovitch répondit :

– Oh non, c'est un très honnête homme! Mais il faut mettre un terme à cette façon patriarcale de diriger les affaires de la noblesse.

L'élection des maréchaux de district eut lieu le cinquième jour, et, pour quelques districts, souleva des tempêtes. Pour le district de Séléznietz, Sviajskï fut réélu au premier tour, à l'unanimité. Ce même jour, il offrit un grand dîner.

XXVII

L'ÉLECTION du maréchal de la noblesse de la province n'eut lieu que le sixième jour. La foule des gentilshommes, en divers uniformes, se pressait dans les salons grands et petits. Plusieurs ne devaient arriver que ce jour-là. Des amis qui ne s'étaient pas vus depuis longtemps, les uns venant de Crimée, les autres de Pétersbourg, d'autres encore de l'étranger, se rencontraient dans les salons ou dans la tribune; les débats se poursuivaient sous le portrait de l'empereur.

Dans les salons, les gentilshommes se partageaient déjà en groupes; et aux regards méfiants et hostiles qui s'échangeaient, aux conversations qui s'arrêtaient à l'approche de personnes étrangères, aux conciliabules qui se tenaient au fond des couloirs, on voyait que chaque parti avait des secrets pour l'autre. Extérieurement les gentilshommes se divisaient en deux grands groupes : les anciens et les nouveaux. Parmi les anciens on ne voyait guère que des gentilshommes vêtus d'uniformes passés de mode, boutonnés du haut en bas, le chapeau sous le bras, et pour quelques-uns, d'uniformes de marine, de cavalerie ou d'infanterie. Les uniformes démodés de ces vieux gentilshommes étaient tirés sur les épaules, trop étroits et courts de taille, comme si leurs possesseurs eussent grandi. Les nouveaux portaient au contraire l'uniforme déboutonné, à taille longue, large d'épaules, et le gilet blanc; ou les uniformes à cols noirs brodés de lauriers du ministère de la Justice; quelques uniformes de cour, rares dans la foule, appartenaient aussi aux jeunes.

Mais la division en jeunes et en vieux ne correspondait pas à la division en partis. Quelques jeunes, comme le remarquait Lévine, appartenaient au vieux parti; et, au contraire, quelques très vieux gentilshommes chuchotaient avec Sviajskï et semblaient de très chauds partisans du nouvel esprit.

Lévine se trouvait dans le petit salon où l'on fumait et où était dressé le buffet. Il tâchait de suivre la conversation du groupe dont ses amis faisaient partie, et de comprendre ce qu'on y disait. Serge Ivanovitch était le centre de ce groupe. Pour le moment il écoutait Sviajskï et Khlustov, maréchal de la noblesse d'un autre district, qui appartenait à leur parti. Khlustov ne voulait pas, au nom de son district, demander à Snetkov de poser sa candidature; mais Sviajskï l'exhortait à le faire et Serge Ivanovitch approuvait les plans de Sviajskï. Lévine ne comprenait pas pourquoi l'un des partis incitait à se présenter un maréchal de la noblesse dont ce parti voulait faire échouer la candidature.

Stépan Arkadiévitch, en uniforme de chambellan, venait de se restaurer. Il s'approcha du groupe, en s'essuyant avec son mouchoir de batiste parfumé.

– Nous prenons position, Serge Ivanovitch, dit-il en caressant ses favoris, après avoir écouté Sviajskï et lui avoir donné raison.

– Un district suffit, et le nom de Sviajskï suffit à marquer évidemment l'opposition, dit-il.

Tous comprirent ces paroles, excepté Lévine.

– Eh bien, Kostia, tu as l'air d'y prendre goût? ajouta Stépan, s'adressant à Lévine et le prenant par le bras.

Lévine eut été content d'y prendre goût, malheureusement il ne parvenait pas à comprendre de quoi il s'agissait. S'éloignant de quelques pas, il exprima à Stépan Arkadiévitch son étonnement de voir des districts demander à un maréchal de la noblesse auquel ils étaient opposés de poser sa candidature.

– O SANCTA SIMPLICITAS! fit Stépan Arkadiévitch. En quelques mots, il expliqua la manœuvre à Lévine.

Si, comme aux dernières élections, tous les districts avaient demandé au maréchal de la noblesse de la province de se représenter, il aurait été élu à l'unanimité; or il fallait empêcher cela. Maintenant huit districts lui demandaient de poser sa candidature; si deux s'y refusaient, Snetkov pourrait se retirer, et alors le vieux parti choisirait dans son sein un autre candidat, ce qui dérouterait les combinaisons du parti opposé. Si au contraire un seul district, celui de Sviajskï, s'abstenait, dans ce cas Snetkov se présenterait, serait mis en ballottage, et les nouveaux en profiteraient pour proposer le candidat de leur choix.

Lévine ne comprenait qu'à demi, et il allait poser d'autres questions, mais des clameurs qui venaient de la grande salle l'en empêchèrent.

– Quoi? Qu'y a-t-il? Qui? – Le mandat? A qui? Pourquoi? – On le récuse. – On n'admet pas Flérov! – Quoi! Qu'est-ce que cela peut faire qu'il ait été traduit devant le tribunal! Alors on n'admettrait personne! – C'est une canaillerie! – C'est la loi! Telles étaient les exclamations qu'entendait Lévine de divers côtés; et avec tous les autres qui couraient comme s'ils avaient craint de laisser échapper quelque chose, il se dirigea vers la grande salle et, bousculé par la foule, s'approcha du bureau où discutaient vivement le maréchal de la noblesse de la province, Sviajskï et les autres chefs.

XXVIII

LÉVINE se trouvait assez loin. Un gentilhomme, à côté de lui, respirait péniblement, râlant presque, et un autre dont les semelles épaisses grinçaient l'empêchait d'entendre. Il percevait faiblement la voix douce du maréchal de la noblesse, puis la voix perçante du gentilhomme sarcastique, et ensuite celle de Sviajskï. Autant qu'il pouvait en juger, les trois hommes discutaient un article du règlement et la signification des mots : *celui qui se trouve sous le coup de poursuites.*

La foule s'écarta pour laisser le passage à Serge Ivanovitch qui s'approchait du bureau. Ayant entendu la fin du discours du monsieur sarcastique, Serge Ivanovitch, en réponse, exposa que le mieux serait de se reporter au texte de la loi, et il demanda au secrétaire de trouver cet article. Il y était dit qu'en cas de divergence d'opinion on devait aller aux voix.

Serge Ivanovitch lut l'article et se mit à l'interpréter.

Mais tout à coup un propriétaire, un homme de haute taille, gros, voûté, moustaches pommadées, sanglé dans un uniforme au col trop étroit, l'interrompit. Il s'approcha du bureau, et y frappant avec sa bague, s'écria à haute voix :

– Votons! Des boules! Assez de bavardage! Les boules!

Aussitôt plusieurs voix se firent entendre; et le gentilhomme à la bague, s'excitant de plus en plus, cria d'une voix encore plus forte. Mais on ne pouvait comprendre ce qu'il disait.

Il était du même avis que Serge Ivanovitch, et ne l'interrompait que par animosité contre lui et son parti. Cette animosité se communiqua au parti adverse, qui se mit à protester, bien qu'avec plus de réserve. Des clameurs s'élevèrent, et il se fit un tel vacarme que le maréchal de la noblesse dut réclamer le silence.

– Votons! Votons! Tout vrai gentilhomme comprendra...

– Nous verserons notre sang... La confiance du souverain...

– Il ne s'agit pas de cela... Permettez!... Les boules!... C'est une lâcheté! criaient de tous côtés des voix agacées et furieuses.

Les visages et les attitudes étaient encore plus excités et plus agressifs que les paroles; ils exprimaient une haine irréductible. Lévine ne comprenait nullement de quoi il s'agissait, et il s'étonnait de la passion que tous apportaient à débattre s'il fallait ou non voter sur le cas de Flérov. Il oubliait

– comme le lui expliqua ensuite Serge Ivanovitch – que, pour servir le bien public il fallait renverser le maréchal de la noblesse de la province, ce qui exigeait la majorité des boules, et que pour avoir cette majorité il fallait donner à Flérov le droit de vote; enfin que, pour admettre Flérov à voter, il fallait interpréter l'article de la loi.

– Une seule voix peut décider de toute la question. Il faut être sérieux et conséquent, si l'on veut contribuer au bien public, conclut Serge Ivanovitch.

Mais Lévine oubliait cela; il lui était pénible de voir cette irritation haineuse s'emparer d'hommes honnêtes, qu'il estimait. Pour chasser ce sentiment désagréable, et sans attendre la fin de la discussion, il passa dans la petite salle, où il n'y avait personne excepté les valets autour du buffet. A la vue des visages concentrés et animés des valets occupés à essuyer et à ranger la vaisselle, Lévine éprouva soudain un certain soulagement, analogue à celui qu'on éprouve en passant d'une atmosphère viciée à l'air pur.

Il se mit à marcher de long en large, regardant avec plaisir les valets. Il approuvait l'attitude d'un vieux valet à favoris gris, qui, dédaigneux des moqueries dont l'accablaient les plus jeunes, leur montrait comment il fallait plier les serviettes. Lévine allait lui adresser la parole quand, tout à coup, le secrétaire de la tutelle, un petit vieillard qui connaissait par leurs prénoms et ceux de leurs pères tous les gentilshommes de la province, vint l'appeler.

– Constantin Dmitritch, venez. Votre frère vous cherche, On vote une motion.

Lévine entra dans la salle; on lui remit une boule blanche; et, suivant son frère, il s'approcha de la table, près de laquelle se trouvait Sviajskï; celui-ci, l'air imposant et ironique, ramassait sa barbe à pleine main et la remontait sous ses narines. Serge Ivanovitch mit la main dans l'urne, y posa sa boule et, laissant la place à Lévine, s'arrêta à côté de lui. Lévine s'approcha, mais ayant complètement oublié de quoi il s'agissait, tout confus, il demanda à Serge Ivanovitch où il fallait placer sa boule. Il avait posé la question à voix basse, espérant qu'au milieu des conversations on ne l'entendrait pas. Mais juste à ce moment les causeurs s'étaient tus et la malencontreuse question avait été entendue.

Serge Ivanovitch fronça les sourcils.

– Chacun fait comme il l'entend, dit-il sévèrement.

Plusieurs souriaient. Lévine rougit, glissa hâtivement sa mains sous le tapis et posa la boule à droite, puisqu'il la tenait de la main droite. Mais aussitôt il se rappela qu'il aurait fallu mettre la main gauche, qu'il mit aussi sur le tapis; mais il était déjà trop tard; encore plus confus, il se perdit au plus vite dans les rangs les plus reculés.

– Cent vingt-six pour l'admission; quatre-vingt-dix-huit contre! lut le secrétaire, sans prononcer les *r*.

Puis des rires s'entendirent. On avait trouvé dans l'urne un bouton et deux noisettes. Le gentilhomme était admis à voter : les nouveaux triomphaient.

Mais le vieux parti ne se tenait pas pour battu. Lévine entendit qu'on demandait à Snetkov de se présenter, et il aperçut la foule des gentilshommes se pressant autour du maréchal de la noblesse qui lisait quelque chose. Lévine se rapprocha. Répondant aux gentilshommes, Snetkov parlait de la confiance et de l'amitié que lui témoignait la noblesse, bien qu'il en fût indigne, car son seul mérite résidait dans son dévouement à la noblesse à laquelle il avait consacré douze années de sa vie. Il répéta plusieurs fois : « J'ai servi selon mes forces, fidèlement, loyalement; j'apprécie vos démarches et vous remercie. » Puis tout à coup les larmes l'empêchèrent de continuer et il quitta la salle. Ces larmes étaient-elles causées chez Snetkov par le sentiment d'une injure qui lui était faite, ou par son attachement à la noblesse, ou par la situation tendue dans laquelle il se trouvait, ainsi entouré d'ennemis? Toujours est-il que son émotion gagna la majorité des gentilshommes, et que Lévine ressentit de la tendresse pour Snetkov.

Dans la porte, le maréchal de la noblesse se rencontra avec lui.

– Pardon. Excusez-moi, je vous prie, dit Snetkov, comme s'il eût affaire à un inconnu. Mais reconnaissant Lévine, il sourit timidement.

Il sembla à Lévine que cet homme eût voulu dire une chose que l'émotion l'empêchait d'exprimer. L'expression de physionomie et toute la personne du maréchal de la noblesse, en uniforme décoré et culottes blanches galonnées, rappelèrent à Lévine, au moment où l'autre marchait hâtivement vers lui, l'attitude de l'animal traqué, qui se sent en danger. Cette expression du visage de Snetkov toucha d'autant plus Lévine que, la veille encore, il était allé chez lui pour ses affaires de tutelle et l'avait vu dans son rôle de brave père de famille. La grande maison aux meubles démodés, les vieux valets dépourvus d'élégance, pas très soignés mais très respectueux, évidemment d'anciens serfs qui n'avaient pas changé de maître; l'épouse, grosse, bonasse, en bonnet de dentelle et châle turc, qui caressait sa jolie petite-fille, enfant de sa fille; le fils, un beau garçon, lycéen de sixième, qui rentrant du lycée vint baiser la grosse main de son père; les paroles douces et les gestes importants du maître de maison, tout cela, dont Lévine se souvenait, lui inspirait involontairement respect et compassion. Maintenant le vieillard lui paraissait touchant et pitoyable, et il désirait lui dire quelques mots aimables.

– J'espère que vous resterez notre maréchal, dit-il.

– J'en doute, répondit Snetkov, regardant autour de lui d'un air effrayé. Je suis vieux et fatigué. Que de plus jeunes et de plus dignes que moi prennent ma place!

Et le maréchal de la noblesse disparut, par une porte latérale.

Le moment le plus solennel était venu. On allait procéder aux élections. Les chefs des deux partis adverses comptaient sur leurs doigts les boules blanches et noires sur lesquelles ils pouvaient compter.

La discussion sur le cas de Flérov, non seulement valait au nouveau parti la boule de Flérov, mais lui avait fait gagner du temps; si bien qu'on parvint à ramener trois gentilshommes, que le vieux parti, grâce à ses intrigues, avait cru mettre hors d'état de voter. Deux, qui avaient un faible pour le vin, avaient été enivrés par les partisans de Snetkov; et au troisième on avait dérobé son uniforme. Informé de ces faits, le nouveau parti, pendant qu'on discutait le cas de Flérov, avait envoyé quelqu'un des siens chercher un uniforme pour le gentilhomme; en outre on ramena l'un des deux ivrognes à la séance.

— J'en ramène un; je l'ai dessoûlé avec de l'eau, dit, en venant vers Sviajskï, le propriétaire qui s'était chargé de l'opération. Il n'est pas en trop mauvais état. Ça ira.

— Il ne tombera pas? demanda Sviajskï, en hochant la tête.

— Non, il est d'aplomb. Mais il ne faut plus qu'il boive une goutte, sous aucun prétexte... Je l'ai dit au sommelier.

XXIX

La salle, longue et étroite, où se trouvait le buffet, était remplie de monde. L'agitation allait croissant, et sur tous les visages on lisait l'inquiétude. Les plus inquiets de tous étaient les chefs de partis qui connaissaient tous les détails et faisaient le compte de toutes les boules. C'étaient eux qui devaient conduire la bataille. Les autres, comme des soldats avant l'action, tout en se préparant au combat cherchaient à se distraire. Les uns mangeaient, debout ou assis; d'autres allaient et venaient le long de la salle en fumant des cigarettes, ou causaient avec des amis qu'ils n'avaient pas vus depuis longtemps.

Lévine ne fumait pas et n'avait pas faim. Il ne voulait pas se joindre à ses amis, c'est-à-dire à Serge Ivanovitch, Stépan Arkadiévitch, Sviajskï et les autres, car il venait d'apercevoir parmi eux Vronskï, en uniforme de chambellan, qui causait avec animation.

La veille encore, au cours des élections, Lévine avait remarqué le comte et l'avait évité soigneusement, car il ne désirait pas le rencontrer. Il se réfugia près d'une fenêtre, tout en examinant les groupes qui se formaient, et en prêtant l'oreille à ce qu'on disait autour de lui. Il était mécontent car, au milieu de tous les autres, animés, inquiets, excités, lui seul, avec un vieillard édenté, en uniforme de marine et qui, marmonnant entre ses lèvres, venait de s'asseoir à proximité, ne s'intéressait nullement à ce qui se passait et ne savait que faire de sa personne.

– C'est une telle crapule! Je le leur ai dit, mais baste!... Comment donc! En trois ans il n'a pu y arriver! disait véhémentement un propriétaire de taille moyenne, et très excité, dont les cheveux pommadés tombaient sur le col brodé de l'uniforme, tandis qu'il frappait fortement le sol du talon de ses bottes neuves, étrennées évidemment pour la circonstance.

Il jeta un regard mécontent sur Lévine et lui tourna le dos.

– Oui, c'est une affaire malpropre! Il n'y a pas d'autre mot, continua le propriétaire, d'une voix perçante.

Quantité de ses pareils, entourant un gros général, se dirigèrent rapidement du côté de Lévine. Ces propriétaires, visiblement, cherchaient un coin où ils pourraient causer sans être entendus.

– Comment osent-ils dire que j'ai ordonné de lui voler son pantalon?... Il l'a laissé au cabaret, je pense. Je m'en moque, de son titre de prince! Qu'il n'aille pas répéter de pareilles choses! C'est de la canaillerie!

– Mais, permettez! Ils se fondent sur l'article de la loi, disait-on dans un autre groupe. La femme doit être inscrite comme femme de gentilhomme.

– Au diable votre article! Je parle à cœur ouvert. C'est pourquoi nous sommes des gentilshommes. Il faut avoir confiance...

– Excellence, allons prendre un verre de fine champagne...

Un autre groupe suivait un gentilhomme qui criait quelque chose à haute voix. C'était un des trois ivrognes.

– J'ai toujours conseillé à Marie Séménovna d'affermer ses terres, sans quoi elle n'en retirera rien, disait d'une voix agréable un propriétaire à moustaches blanches, en vieil uniforme de général d'état-major.

C'était ce même propriétaire que Lévine avait rencontré chez Sviajskï. Ils se reconnurent et se saluèrent.

– Enchanté de vous revoir! Je me rappelle vous avoir vu l'année dernière chez Nicolas Ivanovitch, dit le vieillard.

– Et comment va votre propriété? demanda Lévine.

– Toujours en perte, répondit le propriétaire, avec un sourire résigné comme s'il n'en pouvait être autrement. Mais comment se fait-il que vous preniez part à notre COUP D'ÉTAT? dit-il, prononçant mal ce mot français. La Russie entière paraît s'être donné rendez-vous ici. Nous avons des chambellans, peut-être des ministres, dit-il, désignant l'imposante personne de Stépan Arkadiévitch, qui, en culotte blanche sous l'uniforme de chambellan, marchait à côté d'un général.

– Je vous avouerai que je ne mesure guère l'importance de ces élections, dit Lévine.

Le propriétaire le regarda :

– Mais qu'y a-t-il à comprendre? Et quelle importance peuvent-elles avoir? C'est une institution désuète, qui ne se maintient que par inertie. Regardez les uniformes, ils le disent assez! C'est une réunion de juges de paix, de notables ruraux et non de gentilshommes.

– Pourquoi y venez-vous, en ce cas? demanda Lévine.

– Par habitude. Pour entretenir des relations. Par une sorte d'obligation morale. Et à vrai dire, j'y joins aussi une question d'intérêt. Mon gendre désire se présenter comme conseiller de tutelle. Il n'est pas riche, il a besoin de se caser... Mais pourquoi des personnages comme ceux-ci y viennent-ils? et il indiqua le monsieur sarcastique qui avait pris la parole dans la salle de réunion.

– C'est une génération nouvelle de gentilshommes.

– Nouvelle, oui, mais de gentilshommes, non. Ce sont des propriétaires terriens; nous étions, nous, des seigneurs. Peut-on considérer comme des gentilshommes ceux qui attaquent les droits de la noblesse?

– Mais puisque, selon vous, c'est une institution surannée...

– C'est vrai. Néanmoins il y a des institutions vieillies qui doivent être respectées. Par exemple, Snetkov... Nous ne valons peut-être pas grand-chose, mais nous n'en avons pas moins duré mille ans... Supposez que vous dessiniez devant votre maison un nouveau jardin, et qu'à cet endroit se trouve un arbre séculaire... Si cet arbre est vieux, crevassé, vous n'irez pas l'abattre pour mettre à sa place un massif de fleurs; vous disposerez les massifs de façon à conserver l'arbre. Il ne repousserait pas en un an, dit-il prudemment. Et aussitôt, changeant de conversation : Eh bien, et vos affaires à vous?

– Elles ne sont pas brillantes. Elles ne me donnent que cinq pour cent.

– Sans compter votre travail! Vous valez aussi quelque chose! Je le vois, par exemple, pour moi. Avant de m'occuper de mes terres, j'avais un emploi qui me donnait trois mille roubles par an; maintenant je travaille davantage, et je m'estime heureux si j'ai mes cinq pour cent... Or mon travail n'est pas rétribué.

– Pourquoi le faites-vous, alors, si c'est une perte sûre?

– Oui, pourquoi? Que voulez-vous, on agit par habitude. Et on sait qu'il le faut. Je vous dirai plus, continua le propriétaire s'appuyant contre la fenêtre : mon fils n'a aucun goût pour l'agriculture. Ce sera un savant; de sorte qu'il n'y aura personne après moi, pour continuer... Et malgré tout je m'obstine. Tenez, cette année, j'ai même planté un jardin.

– Oui, oui, dit Lévine, c'est tout à fait juste. On dirait que nous sentons un devoir à remplir, envers la terre... Ainsi moi, à mon exploitation, je n'y trouve pas mon compte, cependant je continue à m'en occuper.

– J'ai un marchand pour voisin, continua le propriétaire. L'autre jour il est venu me rendre visite; nous avons parcouru le domaine, puis le jardin, et ensuite il m'a dit : « Chez vous, Stépan Vassiliévitch, tout est en très bon ordre, mais le jardin est un peu négligé » – notez que mon jardin est très bien tenu. – « A votre place, je ferais couper ces tilleuls, vous en avez un millier, chacun d'eux vous donnerait deux bonnes planches, et le bois de tilleul a de la valeur. »

– Oui, et du prix qu'il en tirerait, il achèterait du bétail, ou bien des terres, qu'il affermerait aux paysans, termina en souriant Lévine, qui avait dû entendre déjà de pareils calculs. Et il se ferait une fortune, tandis que vous et moi nous remercions Dieu s'il nous permet de pouvoir conserver la nôtre à nos enfants.

– Vous êtes marié, m'a-t-on dit?

– Oui, répondit Lévine, avec une orgueilleuse satisfaction. Oui, continua-t-il, n'est-il pas étrange de vivre ainsi sans calculer, comme si nous étions chargés, à la façon des vestales antiques, de garder une sorte de feu?

Le propriétaire sourit sous ses moustaches blanches :

– Il en est bien parmi nous certains qui, comme notre ami Nicolas Ivanovitch, ou un nouveau venu, le comte Vronskï, prétendent introduire chez nous dans notre agriculture des méthodes industrielles. Mais jusqu'ici cela n'a servi qu'à manger le capital.

– Pourquoi n'arrivons-nous pas à faire comme le marchand? Pourquoi ne coupons-nous pas nos arbres pour en faire des planches! dit Lévine, revenant à l'idée qui l'avait frappé.

– Mais vous l'avez dit : nous gardons le feu. Et l'esprit commercial ne convient pas aux gentilshommes. Notre œuvre de gentilhomme ne se fait pas ici aux élections, mais là-bas, dans notre coin. C'est un instinct de caste. Ainsi j'observe parfois les paysans : un bon paysan s'obstinera à louer le plus de terre possible; et qu'elle soit bonne ou mauvaise, il labourera quand même, sans aucun calcul, fût-ce en pure perte.

– Nous sommes tous pareils! dit Lévine... Très heureux de vous avoir rencontré, ajouta-t-il en voyant approcher Sviajskï.

– Nous nous retrouvons, pour la première fois, depuis le

jour où nous avons fait connaissance chez vous, dit le propriétaire. Nous venons de bavarder longuement.

– Vous avez certainement médit du nouvel ordre de choses, fit Sviajskï avec un sourire.

– Naturellement.

– Il faut bien se soulager le cœur.

XXX

Sviajskï prit Lévine sous le bras et l'emmena vers leurs amis. Il était maintenant impossible d'éviter Vronskï. Il était là avec Stépan Arkadiévitch et Serge Ivanovitch et regardait précisément du côté de Lévine.

– Enchanté! dit-il, tendant la main à Lévine. Il me semble que j'ai eu le plaisir de vous rencontrer... chez la princesse Stcherbatzkï.

– Je me rappelle parfaitement notre rencontre, répondit Lévine, qui devint pourpre et se tourna aussitôt vers son frère pour lui parler.

Vronskï sourit légèrement et s'adressa à Sviajskï, sans témoigner aucun désir de poursuivre son entretien avec Lévine. Mais celui-ci, gêné de sa grossièreté, tout en causant avec son frère, se retournait sans cesse vers Vronskï, cherchant le moyen de corriger son attitude.

– Où en êtes-vous maintenant? demanda Lévine, regardant Sviajskï et Vronskï.

– A Snetkov. Il faut qu'il se présente, répondit Sviajskï.

– Y consent-il ou non?

– Précisément, ni l'un ni l'autre, dit Vronskï.

– Et s'il se désiste, qui proposera-t-on? demanda Lévine se tournant vers Vronskï.

– Celui qui voudra! dit Sviajskï.

– Vous peut-être? demanda Lévine.

— Certainement non, répondit Sviajskï, gêné, en jetant un regard inquiet sur le monsieur sarcastique qui se trouvait près de Serge Ivanovitch.

— Alors qui? Névédovski? continua Lévine, en sentant qu'il s'aventurait sur un terrain dangereux.

— En aucun cas! répondit le monsieur sarcastique.

C'était Névédovski lui-même. Sviajskï le présenta à Lévine.

— Alors, toi aussi, te voilà entraîné? dit Stépan Arkadiévitch à Vronskï. C'est comme aux courses. On peut tenir un pari.

— Oui, cela entraîne, dit Vronskï. Et une fois qu'on a commencé, on veut voir la fin. C'est la lutte! dit-il en fronçant les sourcils et en contractant les muscles de son visage.

— Quel homme d'affaires remarquable, ce Sviajskï! Chez lui tout est si clair, si net.

— Oui, oui, fit distraitement Vronskï.

Un silence suivit, pendant lequel Vronskï — puisqu'il fallait regarder quelque part — regarda Lévine : ses jambes, son uniforme, son visage. Remarquant que les yeux sombres étaient dirigés sur lui, et que Lévine allait lui adresser la parole, Vronskï dit :

— Comment se fait-il que, vivant toujours à la campagne, vous ne soyez pas juge de paix? Vous n'êtes pas en uniforme de juge de paix...

— Parce que la justice de paix me semble une institution absurde, répondit d'un air sombre Lévine, qui attendait cette occasion d'effacer sa grossièreté de tout à l'heure.

— J'aurais cru le contraire, dit Vronskï, très calme mais un peu étonné.

— C'est un jouet, interrompit Lévine. Les juges de paix ne sont point nécessaires. Pendant huit années, je n'ai eu affaire à eux qu'une seule fois, et j'ai obtenu d'eux un jugement contraire au bon sens. Le juge de paix réside à quarante verstes de chez moi, et pour une affaire de deux roubles, je dois envoyer un avocat auquel j'en donne quinze.

Il raconta qu'un paysan qui avait volé de la farine chez

un meunier, accusé de vol par celui-ci, avait poursuivi le meunier pour calomnie.

Tout cela était maladroit, ridicule. Lévine lui-même le sentait.

– C'est un tel original! fit Stépan Arkadiévitch avec un bon sourire... Mais il me semble qu'on vote! Allons.

Et ils se séparèrent.

– Je ne te comprends pas, dit Serge Ivanovitch, qui avait remarqué la sortie maladroite de son frère. Je ne comprends pas qu'on puisse manquer à ce point de tact politique. Décidément, nous autres Russes, sommes dépourvus de cette qualité. Le maréchal de la noblesse de la province est notre adversaire; et je te vois à tu et à toi avec lui, tu lui demandes de se représenter. Et le comte Vronskï.. Je n'en ferais pas mon ami. Il m'a invité à dîner, et je n'ai pas accepté. Mais c'est un des nôtres, alors pourquoi s'en faire un ennemi? Ensuite tu demandes à Névédovski s'il se présentera!... Cela ne se fait pas.

– Ah, je n'y comprends rien du tout, rien du tout! Tout cela est sans importance! dit Lévine d'un air sombre.

– C'est possible. Mais tu t'en mêles et tu gâtes tout!

Lévine se tut et ils entrèrent ensemble dans la grande salle.

Le maréchal de la noblesse de la province s'était décidé à poser sa candidature, bien qu'il humât dans l'air les intrigues tramées contre lui et qu'il sût qu'il n'était pas le candidat de tous les districts. La salle était silencieuse.

Le secrétaire déclara d'une voix haute la candidature, aux fonctions de maréchal de la noblesse, du capitaine de la garde impériale Mikhaïl Stépanovitch Snetkov.

Les maréchaux de districts allèrent, avec des assiettes contenant les boules, de leurs stalles de district à la grande table de la province. Et les élections commencèrent.

– A droite, chuchota Stépan Arkadiévitch à Lévine quand ce fut aux deux frères de s'approcher de la table.

Lévine avait oublié tous les dessous qu'on lui avait expliqués et il craignait que Stépan Arkadiévitch n'eût commis une erreur. Snetkov n'était-il pas un adversaire?... En s'approchant de l'urne, Lévine tenait la boule de la main droite; mais une fois devant l'urne, craignant de se tromper, il passa la boule dans la main gauche, et ainsi la mit-il du côté gauche. Les habitués des scrutins qui se trouvaient près de l'urne comprirent, rien qu'au mouvement du coude, de quel côté la boule était déposée, et ils froncèrent les sourcils d'un air fâché.

Le silence s'établit et on entendit compter les boules. Ensuite une voix proclama le nombre des boules noires et des boules blanches.

Une forte majorité s'était prononcée en faveur du vieux maréchal.

Des clameurs s'élevèrent; on se précipita vers la porte. Snetkov entra; les gentilshommes l'entourèrent et le félicitèrent.

– Maintenant, c'est fini? demanda Lévine à Serge Ivanovitch.

– Cela commence, au contraire! répondit celui-ci en souriant. Le candidat de l'opposition peut avoir plus de voix.

Lévine avait complètement oublié cela. Il se rappela seulement qu'il devait y avoir là quelque finesse; mais il ne voulut pas se donner la peine de chercher en quoi cette finesse consistait. L'ennui le gagnait; il voulait s'échapper de cette foule.

Comme personne ne faisait attention à lui, il se crut inutile et se dirigea avec précaution vers la petite salle du buffet. Là, il ressentit un grand soulagement en se retrouvant avec les valets. Le vieux serviteur lui proposa de manger quelque chose. Lévine y consentit. Il prit une côtelette aux haricots blancs, causa avec les valets, sur les maîtres d'autrefois; puis, comme il ne désirait pas retourner dans la salle où il se sentait mal à l'aise, il fit un tour dans les tribunes.

Les tribunes étaient pleines de dames élégantes qui se penchaient sur le rebord afin de ne pas perdre un mot de ce qui se disait en bas. Près des dames, assis ou debout, se trouvaient des avocats tirés à quatre épingles, des professeurs de lycée à lunettes, des officiers. On ne parlait que des élections; on disait que le maréchal de la noblesse était fatigué; on vantait l'habileté des discussions. Lévine entendit dans un groupe faire l'éloge de son frère. Une dame disait à un avocat :

– Je suis ravie d'avoir entendu Koznichev. Pour avoir ce plaisir on peut se passer de dîner. C'est un vrai régal! Quelle clarté! Et on entend tout. Chez nous, au palais, personne ne parle ainsi. Il n'y a guère que Maïdel, et encore; il est loin d'être aussi éloquent.

Lévine se trouva une place près de la rampe d'appui, et, se penchant, il se mit à regarder et à écouter.

Tous les gentilshommes étaient groupés par districts.

Au milieu de la salle se tenait un monsieur en uniforme qui proclamait d'une voix forte :

– Candidat à la fonction de maréchal de la noblesse de la province, le capitaine en second Eugène Ivanovitch Apoukhtine!

Il se fit un silence de mort, au milieu duquel retentit la voix faible d'un vieillard :

– Se retire!

– Candidat : le conseiller à la cour Pierre Pétrovitch Bole! reprit la même voix.

– Se retire! prononça une voix jeune et perçante. Les mêmes déclarations de candidatures continuèrent, auxquelles on répondait toujours : « Se retire! » Cela dura près d'une heure. Lévine accoudé à la rampe regardait et écoutait. D'abord il s'étonna, ne comprenant nullement ce que cela signifiait; ensuite, persuadé qu'il ne comprendrait jamais, il devint triste; puis, au souvenir de l'émotion et de l'inquiétude qu'il avait lues sur tous ces visages, il devint encore plus triste. Il résolut de partir et descendit. En traversant le vestibule il rencontra un gentilhomme triste, les yeux gonflés, qui marchait de long en large. Il le salua. Il rencontra aussi un couple : une dame qui trottinait rapidement, en frappant du talon, et l'élégant substitut du procureur.

– Je vous disais bien que vous ne seriez pas en retard, disait le procureur, au moment où Lévine se reculait pour laisser passer la dame.

Lévine atteignait la sortie et tirait déjà de sa poche de gilet son numéro de vestiaire quand le secrétaire le rejoignit :

– Venez, Constantin Dmitritch. On vote!

Le candidat était Névédovski, celui qui avait déclaré si résolument qu'il ne se présenterait pas.

Lévine s'approcha de la porte de la salle. Elle était fermée. Le secrétaire frappa. La porte s'ouvrit et Lévine aperçut devant lui deux gentilshommes, tous deux très rouges.

– Je n'en puis plus! dit un propriétaire.

Puis Lévine aperçut le maréchal de la noblesse de la province. Son visage était effrayant de fatigue et de peur.

– Je t'ai dit de ne pas laisser sortir! cria-t-il au gardien.

– Je ne laisse qu'entrer, Excellence!

– Seigneur Dieu!

Et il soupira profondément, le maréchal de la noblesse, en culottes blanches, fatigué, la tête baissée, s'avança au milieu de la salle vers la grande table.

On vota, puis on fit les calculs, Névédovski se trouva élu maréchal de la noblesse. Plusieurs étaient gais; plusieurs étaient contents; plusieurs étaient enchantés; d'autres mécontents et malheureux. Quant à Snetkov, il ne pouvait cacher son désespoir.

Lorsque Névédovski sortit de la salle, une foule enthousiaste l'entoura et le suivit, comme elle avait suivi le premier jour le gouverneur qui avait ouvert les élections, et comme elle avait aussi suivi Snetkov quand celui-ci avait été élu.

XXXI

Le nouvel élu et plusieurs autres personnes appartenant au parti gagnant dînaient ce jour-là chez Vronskï.

Celui-ci était venu aux élections, d'une part, parce qu'il

s'ennuyait à la campagne et qu'il lui fallait affirmer son indépendance aux yeux d'Anna; d'autre part, pour remercier Sviajskï en lui apportant son concours aux élections, de toutes les démarches qu'il avait faites pour lui, aux élections des zemstvos; et enfin pour remplir strictement tous les devoirs que comportait la situation de gentilhomme et de propriétaire terrien, qu'il s'était choisie.

Mais il ne s'attendait nullement à être captivé, entraîné par ces élections, et à s'en acquitter aussi bien. Il était un nouveau venu parmi les gentilshommes, mais il avait obtenu un vrai succès, et il ne se trompait pas en pensant s'être acquis quelque influence parmi eux. Cette influence était due, en partie à sa fortune, à son nom, à la belle maison qu'il occupait en ville, maison que lui avait cédée son vieil ami Schirkov, qui s'occupait d'affaires financières et qui avait fondé à Kachine une banque florissante; il devait aussi son influence à son excellent cuisinier, qu'il avait amené de la campagne, à son amitié avec le gouverneur, un de ses anciens camarades dont il s'était fait le protecteur, et surtout à son amabilité égale envers tous, attitude qui changea bientôt l'opinion des gentilshommes au sujet de son prétendu orgueil.

Vronskï sentait lui-même qu'à l'exception de ce monsieur étrange, qui était marié à Kitty Stcherbatzkï, lequel, A PROPOS DE BOTTES, se mettait stupidement en colère et lui avait dit quantités de choses absurdes et déplacées, tous les gentilshommes dont il avait fait la connaissance étaient devenus ses partisans. Il voyait clairement, et les autres s'en rendaient parfaitement compte, qu'il avait beaucoup contribué à l'élection de Névédovski. Et maintenant chez lui, à cette table où l'on fêtait l'élection, Vronskï éprouvait le sentiment agréable du triomphe de son candidat. Les élections l'avaient moins séduit que la perspective de se présenter lui-même aux élections, plus tard, quand il serait marié. Après avoir assisté au triomphe de son jockey, il se déciderait à courir en personne.

Mais ce jour on fêtait la victoire du jockey. Vronskï était assis au haut de la table. A sa droite il avait le jeune gouverneur de la province, un général de la suite impériale. Pour tout le monde c'était là le chef de la province, celui qui avait ouvert solennellement les élections, qui avait prononcé le discours d'ouverture; et tous, comme le remarquait Vronskï, lui témoignaient respect et déférence. Pour Vronskï, au contraire, le gouverneur, c'était tout simplement Maslov – Katka, comme on l'avait surnommé au corps des pages – qui était gêné en sa présence et que lui, Vronskï, tâchait de mettre à l'aise.

A sa gauche était assis Névédovski, au visage jeune, résolu et sarcastique. Avec lui, Vronskï se montrait simple et plein d'égards.

Sviajskï supportait gaîment son insuccès. Ce n'en était pas vraiment un puisque, tendant sa coupe de champagne vers Névédovski, Sviajskï dit lui-même qu'on ne pouvait choisir un plus digne représentant du nouveau parti de la noblesse; ajoutant que tous les honnêtes gens se félicitaient du succès de ce jour et acclamaient l'élu.

Stépan Arkadiévitch, participant à la satisfaction générale, s'amusait franchement. Pendant le dîner on se rappela les divers épisodes de l'élection. Sviajskï reprenait ironiquement le discours larmoyant du maréchal de la noblesse et remarquait, en s'adressant à Névédovski, que Son Excellence serait forcée de choisir une autre méthode de contrôle, moins simple que les crises de larmes. Un autre gentilhomme raconta en plaisantant que, pour le bal que le maréchal de la noblesse voulait donner, ce personnage avait fait venir des valets en bas bleus, qu'il faudrait maintenant renvoyer; à moins que le nouveau maréchal de la noblesse ne voulût donner ce bal avec des valets en bas bleus.

Tout le temps du dîner, chacun, s'adressant à Névédovski, disait : « Notre maréchal de la noblesse » et « Excellence », et l'on avait, en prononçant ces mots, le même plaisir qu'à appeler madame une nouvelle mariée, et à lui donner le nom de son époux.

Névédovski affectait d'être indifférent à ce titre et même de le dédaigner; mais on voyait qu'au fond il était enchanté et faisait effort pour dissimuler sa joie, indiscrète dans ce milieu libéral.

Pendant le dîner, on envoya des dépêches aux amis qui s'intéressaient aux élections. Et Stépan Arkadiévitch, très en gaîté, envoya à Daria Alexandrovna la dépêche suivante : « Névédovski élu; vingt voix de majorité. Félicitations. Fais savoir. » Il dicta le télégramme à haute voix, ajoutant cette réflexion : Il faut bien leur faire plaisir.

Or Daria Alexandrovna, recevant le télégramme, se borna à regretter que son mari eût dépensé un rouble pour envoyer un message dont il résultait seulement qu'il avait bien dîné. Elle savait que c'était une des faiblesses de Stépan, après un bon repas, de FAIRE JOUER LE TÉLÉGRAPHE.

Tout était excellent, arrosé des meilleurs crus étrangers; le repas se passa simplement, correctement et gaiement. Les vingt convives qui y assistaient avaient été choisis par Sviajskï; tous appartenaient au parti des « nouveaux »; en outre, tous étaient spirituels et distingués.

On porta des toasts, mi-plaisants, au nouveau maréchal de la noblesse, au gouverneur, au directeur de la banque, etc., et « à notre charmant amphitryon ».

Vronskï était content. Il ne se serait jamais attendu à trouver en province tant de distinction et de simplicité. Vers la fin du dîner, la gaieté redoubla. Le gouverneur pria l'amphitryon d'assister à un concert donné au profit de « nos frères », et organisé par sa femme, qui désirait faire la connaissance de Vronskï.

— Il y aura un bal et tu verras notre beauté. Elle est remarquable.

— NOT IN MY LINE, répondit Vronskï, qui aimait cette expression. Mais il sourit et promit de venir.

Au moment où l'on commençait à fumer, au sortir de table, le valet de chambre de Vronskï s'approcha de lui, portant une lettre sur un plateau.

— Un exprès de Vosdvijenskoïé, dit-il d'un air important.

– C'est étonnant comme il ressemble au substitut du procureur Sventitzki, dit quelqu'un en français, parlant du valet de Vronskï, pendant que celui-ci, les sourcils froncés, lisait la lettre.

La lettre était d'Anna. Avant même de la lire, il en connaissait le contenu. Supposant que les élections ne dureraient pas plus de cinq jours, il avait promis d'être de retour le vendredi. Or on était au samedi; la lettre devait être pleine de reproches; celle qu'il avait expédiée la veille pour expliquer son retard n'était probablement pas arrivée à temps.

Le contenu de la lettre était juste ce qu'il avait pensé, mais la forme, inattendue, lui fut désagréable. « Annie est très malade. Le docteur craint une inflammation. Seule je perds la tête. La princesse Barbe est plutôt un embarras qu'une aide. Je t'attendais avant-hier soir, et je t'écris pour savoir où tu es et ce que tu fais. Je voulais partir moi-même, mais j'ai pensé que cela te serait désagréable. Réponds-moi, afin que je sache ce que je dois faire. »

L'enfant est malade et elle a voulu partir! L'enfant est malade, et ce ton agressif!...

Le contraste qui éclatait entre la gaieté de cette réunion et cet amour exigeant auquel il devait retourner, frappa Vronskï. Mais il fallait s'en aller. La nuit même, il partit par le premier train.

XXXII

Anna, avant le départ de Vronskï pour les élections, s'était dit que les scènes qui se répétaient chaque fois qu'il devait s'absenter pouvaient le refroidir plutôt que l'attacher. Elle avait donc résolu de faire les plus grands efforts pour supporter avec calme la séparation. Mais le regard froid et impérieux avec lequel il lui annonça qu'il s'absentait la blessa, et à peine fut-il parti que ses bonnes résolutions s'évanouirent. Restée seule, elle analysa ce regard, où elle vit l'affirmation d'un droit à la liberté; et, comme toujours, elle arriva à la même conclusion : à la conscience de sa déchéance. « Il a le droit de s'en aller où et quand il veut, et même de me quitter. Il a tous les droits. Moi, je n'en ai aucun. Mais sachant cela il ne devrait pas agir ainsi... Et qu'a-t-il fait? Il m'a regardée d'un œil froid, sévère. Évidemment c'est peu, c'est vague... Cependant, il ne me regardait pas ainsi autrefois; ce regard est significatif... Alexis se refroidit à mon égard... »

Malgré cette conviction, elle ne pouvait rien faire : elle ne pouvait en rien modifier leurs relations. Maintenant comme autrefois, elle ne pouvait le retenir que par l'amour qu'elle lui inspirait et par l'attrait qu'elle exerçait sur lui. En accumulant les occupations dans la journée, en prenant de la morphine la nuit, elle chercha à chasser la terrible vision de ce qui arriverait s'il cessait de l'aimer.

Il est vrai qu'il y avait encore un moyen, non pour le retenir — pour cela elle ne voulait que son amour — mais pour être liée à lui, de façon telle qu'il ne pût la quitter; c'était le divorce et le mariage. Elle résolut de ne plus résister sur ce point et de consentir à tout dès que lui ou que Stiva lui en parlerait.

Elle vécut avec ces pensées pendant les cinq premiers jours de son absence.

Les promenades, les conversations avec la princesse Barbe, les visites à l'hôpital et surtout la lecture remplissaient ses journées. Mais le sixième jour, quand le cocher revint seul, elle sentit qu'elle ne pourrait plus s'empêcher de penser à Vronskï et à la vie qu'il menait loin d'elle. Sur ces entrefaites sa fille tomba malade. Anna se mit à la soigner; mais cela non plus ne parvenait pas à la distraire; la maladie de la fillette était, il est vrai, très légère. D'ailleurs Anna avait beau faire, elle ne pouvait aimer cette enfant, ni même feindre de l'aimer.

Le soir du sixième jour, la crainte d'un abandon de Vronskï devint si grande qu'elle voulut partir; cependant, après avoir réfléchi, elle se contenta d'écrire le billet étrange que Vronskï reçut. Sans le relire, elle l'avait envoyé par un exprès.

Le lendemain matin, elle reçut sa lettre et elle regretta de lui avoir écrit. Aussitôt elle fut prise de la crainte de revoir ce regard froid et sévère, qu'il avait jeté sur elle en partant; surtout quand il apprendrait que sa fille n'avait pas été sérieusement malade. Malgré tout, elle était contente de lui avoir écrit. Maintenant Anna s'avouait que son amant se refroidissait à son égard, qu'il abandonnerait à regret sa liberté pour revenir près d'elle; néanmoins elle était heureuse de son retour. Qu'il fût froid, mais qu'il fût ici, près d'elle. Qu'elle pût suivre chacun de ses mouvements!

Assise au salon, sous la lampe, elle lisait un livre nouveau de Taine, écoutant au-dehors les rafales du vent, et croyant à chaque instant entendre la voiture. Après s'être trompée plusieurs fois, elle entendit distinctement la voix du cocher et le roulement des roues sous le péristyle. La princesse Barbe, qui faisait une patience, entendit ce bruit également. Anna se leva en rougissant. Mais au lieu de courir à la rencontre de Vronskï, comme elle le faisait d'habitude, par deux fois elle s'arrêta. Soudain elle se sentit honteuse de son mensonge, et elle se demanda avec inquiétude comment il la recevrait. Toutes ses susceptibilités s'étaient évanouies; elle ne redoutait plus que le mécontentement de Vronskï. Elle se rappela que depuis deux jours sa fille était tout à fait bien portante; et elle en voulait presque à l'enfant de s'être rétablie au moment même où Anna avait envoyé sa lettre. Enfin, à l'idée qu'elle allait le revoir, voir ses mains, ses yeux, entendre sa voix, oubliant tout, joyeuse, elle courut à sa rencontre.

– Comment va Annie? demanda-t-il avec inquiétude en regardant Anna qui accourait vers lui.

Il était assis et le valet lui retirait ses bottes fourrées.

– Beaucoup mieux.

– Et toi? demanda-t-il en se secouant.

Elle lui saisit les deux mains et l'attira vers elle, sans le quitter des yeux.

– J'en suis bien aise, dit-il, en regardant froidement la coiffure d'Anna et sa toilette, qu'il savait avoir été calculées pour lui.

Ces attentions lui plaisaient; mais elles lui plaisaient depuis trop longtemps. Et l'expression sévère qu'elle redoutait tant se fixa sur son visage.

– J'en suis heureux. Et toi, comment vas-tu? demanda-t-il en lui baisant la main après s'être essuyé la barbe mouillée par le froid.

« Tant pis! pensa Anna. Pourvu qu'il soit ici, tout m'est égal. Quand il est là, il ne peut pas, il n'ose pas ne pas m'aimer. »

La soirée se passa gaiement en présence de la princesse Barbe qui se plaignit qu'en l'absence de Vronskï Anna eût pris de la morphine.

– Que pouvais-je faire? Mes pensées m'empêchaient de dormir. Quand il est là je n'en prends jamais... Presque jamais.

Vronskï parla des élections, et Anna sut le questionner habilement et l'amener à parler de ses succès. A son tour, elle lui raconta ce qui s'était passé en son absence, ne lui disant que des choses qui pouvaient lui être agréables.

Lorsqu'ils se retrouvèrent seuls, Anna, voyant que de nouveau elle l'avait repris, voulut effacer l'impression désagréable produite par sa lettre. Elle dit :

– Avoue que tu as été mécontent de ma lettre et que tu n'y as pas cru.

Aussitôt elle comprit que, malgré la tendresse qu'il lui témoignait, il ne lui pardonnait pas.

– Oui, dit-il, la lettre était si étrange... Tu disais qu'Annie était malade et cependant tu voulais venir...

– L'un et l'autre étaient vrais.

– Je n'en doute pas.

– Si, tu en doutes. Je vois que tu es fâché.

– Pas du tout. Ce qui me contrarie, c'est que tu ne veuilles pas admettre des devoirs...

– Quels devoirs?... Celui d'aller au concert?

– N'en parlons plus!

– Pourquoi n'en pas parler?

– Je veux dire qu'il peut se rencontrer des devoirs impérieux. Ainsi, il faudra que j'aille à Moscou pour la maison... Mais, Anna, pourquoi t'irriter ainsi? Ne sais-tu pas que je ne puis vivre sans toi?

– S'il en est ainsi, dit Anna, changeant subitement de ton, si cette vie t'ennuie, si tu arrives un jour pour repartir le lendemain, comme font...

– Anna, ne sois pas cruelle... Tu sais que je suis prêt à te donner ma vie...

Elle ne l'écoutait pas.

– Si tu vas à Moscou, je t'accompagnerai... Je ne reste pas seule ici... Vivons ensemble ou séparons-nous.

– Je ne demande qu'à vivre avec toi, mais pour cela il faut...

– Le divorce? J'écrirai... Je reconnais que je ne puis continuer à vivre ainsi... Mais j'irai avec toi à Moscou...

– Tu dis cela d'un air de menace... Ne pas me séparer de toi, c'est tout ce que je souhaite, dit Vronskï en souriant.

Mais, tandis qu'il prononçait ces paroles affectueuses, le regard froid, méchant d'un homme exaspéré, brilla dans ses yeux.

Elle vit ce regard et le comprit :

« Quel malheur! » disait ce regard.

Jamais l'impression qu'elle ressentit en ce moment ne s'effaça de son esprit.

Anna écrivit à son mari pour lui demander le divorce. Et vers la fin de novembre, après s'être séparée de la princesse Barbe qui devait aller à Pétersbourg, elle vint s'installer à Moscou avec Vronskï.

Attendant d'un jour à l'autre la réponse d'Alexis Alexandrovitch, et en conséquence le divorce, elle vivait tout à fait maritalement avec Vronskï.

SEPTIÈME PARTIE

I

Les Lévine étaient à Moscou depuis trois mois. Le moment fixé pour l'accouchement de Kitty, d'après les calculs des personnes compétentes en ces sortes de choses, était passé depuis longtemps; et cependant elle se trouvait toujours dans la même situation, et il n'y avait aucun indice qu'elle fût plus près du terme que deux mois auparavant. Le docteur, la sage-femme, Dolly, la mère, et surtout Lévine, qui ne pouvait penser sans horreur à l'événement attendu, commençaient à ressentir de l'impatience et de l'inquiétude. Kitty seule se sentait heureuse et tranquille.

Maintenant elle voyait naître en elle un nouveau sentiment : l'amour pour l'enfant qu'elle attendait, et elle savourait ce sentiment avec délices. L'enfant n'était déjà plus complètement une partie d'elle-même; il manifestait parfois une vie indépendante; souvent elle en ressentait des douleurs, mais en même temps elle exultait, de cette nouvelle joie étrange.

Près d'elle, il y avait tous ceux qu'elle aimait. Tous étaient si affectueux pour elle, et la soignaient si bien!... Elle ne voyait en tout que le côté agréable; de sorte que si elle n'eût pas su et senti que cela devait bientôt finir, elle n'eût pas désiré une vie meilleure ni plus agréable. Une seule chose lui gâtait l'agrément de cette vie : son mari n'était pas tel qu'elle l'aimait, tel qu'il se montrait à la campagne.

Elle aimait le ton calme, attentif, toujours égal, que Lévine gardait à la campagne; tandis qu'en ville il paraissait inquiet, comme s'il se fût tenu sur ses gardes, de crainte que quelqu'un ne l'offensât et surtout n'offensât sa femme.

Là-bas, à la campagne, se sentant évidemment dans son élément, il ne se hâtait jamais et n'était jamais préoccupé. Ici, en ville, il se pressait toujours, et semblait toujours avoir peur de laisser échapper quelque chose, alors qu'il n'avait rien à faire. Kitty le plaignait. Elle savait qu'aux yeux des autres il ne paraissait pas à plaindre; au contraire, quand, en société, il arrivait à Kitty de le regarder comme on regarde une personne aimée, en tâchant de la voir comme la voit un étranger, pour se rendre compte de l'impression qu'elle produit sur les autres, elle constatait, non sans une crainte jalouse, que non seulement il n'était pas à plaindre, mais que même il était très attrayant, par sa distinction, par sa politesse un peu surannée, par sa timidité avec les femmes, par toute sa personne robuste et surtout par son visage particulièrement expressif. Toutefois lorsqu'elle le considérait de l'intérieur et non de l'extérieur seulement, elle remarquait qu'ici il n'était pas le même Lévine qu'à la campagne; et elle ne pouvait définir autrement cette différence d'état.

Parfois, en elle-même, elle lui reprochait de ne pas savoir vivre en ville; parfois elle reconnaissait qu'il était vraiment difficile à son mari d'arranger sa vie de façon à en être content. En effet que pouvait-il faire en ville? Jouer aux cartes? Il n'aimait pas le jeu, il ne fréquentait pas les clubs. Tenir compagnie aux hommes gais, du genre d'Oblonskï? Elle savait maintenant en quoi cela consistait : boire et aller ensuite en certains endroits... auxquels elle ne pouvait penser sans horreur. Aller dans le monde? Elle savait que pour cela il fallait éprouver du plaisir dans la société des femmes jeunes; elle ne pouvait donc désirer une telle chose. Rester à la maison avec elle, avec sa mère et ses sœurs? Quelque agréables et gaies qu'elles fussent, c'était un peu monotone. Toujours « Aline Nadine » (comme le prince appelait ces conversations). Elle savait que cela ennuyait Lévine. Que lui restait-il donc à faire? Continuer d'écrire son livre? Il l'avait essayé. Au commencement, il allait à la bibliothèque prendre des notes et des renseignements pour ce travail; mais – comme il le lui disait – moins il avait à faire moins il avait de temps. En outre, il se plaignait d'avoir à Moscou trop parlé de son ouvrage, ce qui avait embrouillé ses idées et lui avait enlevé le goût de travailler.

Le seul avantage de la vie en ville, c'était qu'entre eux ils ne se querellaient jamais. Soit que les conditions de la ville fussent autres, soit que tous deux se montrassent plus circonspects, il n'y avait entre eux, à Moscou, aucune de ces querelles de jalousie qu'ils avaient tant redoutées en y arrivant.

Sous ce rapport il se produisit un incident très important pour tous deux : la rencontre de Kitty avec Vronskï.

La vieille princesse Marie Borissovna, marraine de Kitty, qui l'avait toujours chérie, désirait vivement la voir.

Kitty, qui cependant n'allait nulle part à cause de son état, se rendit avec son père chez cette respectable personne. Elle y rencontra Vronskï.

Elle n'eut à se reprocher qu'un instant. Quand elle reconnut en ce civil celui dont les traits lui avaient été autrefois si familiers, la respiration lui manqua, le sang lui afflua au cœur, et elle sentit son visage se colorer vivement. Ce fut l'affaire de quelques secondes. Son père qui, intentionnellement, s'était mis à parler à Vronskï, n'avait pas fini sa phrase que déjà elle pouvait regarder le comte tranquillement, même lui parler, aussi librement qu'elle le faisait avec la princesse Marie Borissovna; de telle façon que tout, même jusqu'à son intonation et son sourire, eût été approuvé par son mari, dont elle paraissait sentir en ce moment la présence invisible.

Elle dit quelques mots à Vronskï, sourit même avec aisance quand il plaisanta à propos des élections, qu'il appelait « notre parlement ». Il fallait sourire pour montrer que l'on comprenait la plaisanterie. Mais aussitôt Kitty se tourna vers la princesse Marie Borissovna et ne regarda pas une seule fois Vronskï, jusqu'à ce qu'il se levât pour prendre congé. Alors elle le regarda, mais uniquement parce qu'il est impoli de ne pas regarder une personne qui vous salue.

Elle fut très reconnaissante à son père de ne pas lui parler de cette rencontre; et à la tendresse particulière qu'il lui montra après la visite, pendant leur promenade habituelle, elle comprit qu'il était content d'elle. Elle-même se sentait satisfaite. Elle n'aurait pas cru qu'elle aurait eu la force de retenir au fond de son âme tous les souvenirs de son ancien amour pour Vronskï; et non seulement de paraître, mais d'être absolument libre et calme.

Lévine rougit beaucoup plus qu'elle quand elle lui raconta qu'elle avait rencontré Vronskï chez la princesse Marie Borissovna. Il fut très difficile à Kitty de raconter le fait, et encore plus de donner des détails à ce sujet, car Lévine, sans l'interroger, la regardait les sourcils froncés.

– Je regrette beaucoup que tu n'aies pas été là... Pas dans la pièce, j'eusse été alors moins naturelle; maintenant, devant toi, je rougis beaucoup plus, ajouta-t-elle en rougissant jusqu'aux larmes. Mais je regrette que tu n'aies pas pu me voir à travers une fente.

Ses yeux sincères disaient à Lévine qu'elle était contente d'elle-même; et, malgré la rougeur de sa femme, il se rassura aussitôt et se mit enfin à la questionner. Quand il sut tout, jusqu'à ce détail qu'elle n'avait pu contenir son trouble seulement pendant la première seconde, mais qu'ensuite elle s'était sentie à l'aise comme avec n'importe qui, Lévine se montra tout à fait gai. Il déclara qu'il était très heureux et que, dorénavant, il ne se conduirait pas avec Vronskï aussi sottement qu'aux élections, mais qu'il profiterait de la première occasion pour mettre leurs relations sur un pied normal.

– C'est si pénible de penser qu'il existe un homme, presque un ennemi, avec qui il est désagréable de se rencontrer! dit Lévine. Je suis très heureux, très heureux.

II

– Alors, fais-moi plaisir, va chez les Bole, dit Kitty à son mari. Celui-ci, à onze heures du matin, venait lui dire au revoir avant de sortir. Je sais que tu dînes au cercle, papa t'y a inscrit. Et ce matin, que fais-tu?

– J'irai chez Katavassov.

– Pourquoi si tôt?

– Il m'a promis de me faire faire la connaissance de Métrov. Je voudrais causer avec celui-ci de mon ouvrage. C'est un savant très connu.

– L'auteur de cet article que tu trouvais si bien?... Et après? demanda Kitty.

– J'irai peut-être aussi au tribunal, pour l'affaire de ma sœur.

– Et au concert? fit-elle.

– Pourquoi irais-je, seul?

– Mais si, vas-y. On jouera de ces nouveaux morceaux; cela t'intéressera beaucoup. A ta place, j'irais.

– En tout cas je rentrerai à la maison avant le dîner, dit-il en regardant sa montre.

– Mets donc ta redingote, pour aller directement chez la princesse Bole.

– Est-ce vraiment nécessaire?

– Indispensable. Qu'est-ce que cela te fait? Tu iras, tu resteras cinq minutes, tu parleras de la pluie et du beau temps, tu te lèveras et tu partiras.

Kitty se mit à rire.

– Tu lui rendais bien visite quand tu étais célibataire, ajouta-t-elle.

– Oui, mais je me sentais toujours mal à l'aise. Et maintenant, je suis si déshabitué de ces mondanités que j'aimerais mieux, je te le jure, rester deux jours sans dîner que de faire cette visite. Il me semble tout le temps que les gens sont mécontents et se disent : « Pourquoi est-il venu? Il n'a rien à faire ici. »

– Non, ils ne t'offenseront pas, je m'en porte garante, dit Kitty en riant, le regardant en face. Et lui prenant la main :

– Eh bien, au revoir.

Il allait partir, après avoir mis un baiser sur la main de Kitty, mais elle l'arrêta :

– Kostia, tu sais, il ne me reste plus que cinquante roubles.

– Bien, je passerai à la banque. Combien? fit-il, avec une expression de mécontentement qu'elle connaissait bien.

– Non, attends.

Elle retint sa main.

– Causons. Cela m'inquiète, il me semble que je ne dépense rien de trop, et cependant l'argent file. Il y a quelque chose qui cloche.

– Nullement, dit-il, en toussotant et en la regardant en dessous.

Elle connaissait ce toussotement. C'était l'indice que Lévine était très mécontent de lui-même. En effet, il était mécontent, non des dépenses faites, mais de s'entendre rappeler ce qu'il savait et désirait oublier : que quelque chose ne marchait pas.

– J'ai donné ordre à Sokolov de vendre le blé et de prendre une avance au moulin. En tout cas, l'argent sera là.

– Non, moi je crains qu'en général nous ne dépensions trop...

– Nullement, nullement... Eh bien, au revoir, ma chérie.

– Non, vraiment, parfois je regrette d'avoir suivi les conseils de maman. C'eût été très bien d'accoucher à la campagne. Ici, je vous dérange tous et je dépense de l'argent.

– Pas du tout, pas du tout. Depuis que nous sommes mariés, je ne t'ai pas dit une seule fois que les choses allaient mieux qu'elles n'allaient en réalité.

– C'est vrai? fit-elle, le regardant dans les yeux.

Il avait prononcé ces paroles sans réfléchir, seulement pour la consoler. Mais quand il vit se fixer sur lui ces yeux charmants, si sincères, il répéta les mêmes assurances, cette fois de tout son cœur : « J'oublie tout à fait cette chose », se dit-il, faisant allusion à l'événement attendu.

– Eh bien, est-ce bientôt? Comment te sens-tu? demanda-t-il en lui prenant les deux mains.

– J'y ai pensé tant de fois que maintenant je ne pense rien et ne sens rien.

– Tu n'as pas peur?

Elle sourit.

– Pas du tout.

– Dans tous les cas, s'il arrive quelque chose, je suis chez Katavassov.

– Non, il n'y aura rien; je ne le crois pas. J'irai me promener avec papa sur le boulevard. Nous irons chez Dolly. Je l'attends avant le dîner. Ah oui, tu sais que la situation de Dolly est absolument impossible? Elle a des dettes de tous les côtés, elle n'a pas d'argent. Hier nous en avons parlé avec maman et Arsène (elle appelait ainsi le mari de sa sœur, Lvov) et nous avons décidé de le lancer avec toi sur Stiva. Cela ne peut pas durer. Avec papa il n'y a pas moyen d'en parler. Mais si Arsène et toi...

– Mais que pouvons-nous faire?

– Va chez Arsène, cause avec lui, il te dira ce que nous avons décidé.

– Je suis d'avance de l'avis d'Arsène, sur tous les points. Enfin, j'irai chez lui. A propos, si je vais au concert, j'irai avec Natalie. Allons, au revoir.

Sur le perron, le vieux Kouzma, qui avait servi Lévine célibataire, et gérait encore en ville son ménage de garçon, arrêta Lévine :

– On a referré Krassavtchik (le cheval de gauche, qu'on avait amené de la campagne) et pourtant il continue à boiter, dit-il. Qu'ordonnez-vous de faire?

Les premiers temps de leur séjour à Moscou, Lévine s'était intéressé à ses chevaux, qu'il avait amenés de la campagne. Il voulait s'arranger sur ce point de la façon la plus commode et la plus avantageuse; mais avec cette combinaison les chevaux lui revenaient plus cher que des chevaux de louage, et il fallait quand même prendre des fiacres.

– Va chercher le vétérinaire. C'est peut-être un effort.

– Et comment faire pour Catherine Alexandrovna? demanda Kouzma.

Maintenant, Lévine ne se laissait plus impressionner, comme aux premiers temps de sa vie à Moscou, lorsque, allant de Vozdvijenka à Sivtsev-Vrajek, il fallait atteler une lourde voiture d'une paire de forts chevaux et payer cinq roubles pour ce parcours d'un quart de *verste,* sur la neige, et quatre heures d'attente. Maintenant celui lui semblait tout naturel.

– Dis au cocher d'amener une paire de chevaux pour notre voiture, répondit-il.

– Bien, monsieur.

Ayant résolu si aisément, grâce aux commodités de la ville, une difficulté qui, à la campagne, aurait causé force tracas et ennuis, Lévine descendit le perron, appela un cocher, monta en voiture et se fit conduire rue Niktzkaia.

En route, ce n'est plus à l'argent qu'il pensait; il se demandait comment aurait lieu l'entrevue avec le savant pétersbourgeois qui s'occupait de sociologie, et comment il lui parlerait de son livre. Les premiers temps de leur arrivée à Moscou, toutes ces dépenses, étranges pour un habitant de la campagne, dépenses inutiles mais inévitables, qu'on exigeait de lui de tous côtés, avaient étonné Lévine. Maintenant il y était habitué. Il lui arrivait, sous ce rapport, ce qui, dit-on, arrive aux ivrognes : « Le premier verre entre avec difficulté, comme une perche; après le second on se sent courageux; après le troisième on ne compte plus[1]. » Quand Lévine avait changé le premier billet de 100 roubles pour payer les livrées du valet et du portier, il avait pensé malgré lui que ces livrées n'étaient utiles à personne, – cependant, à en juger par l'étonnement de la princesse et de Kitty lorsqu'il émit l'opinion qu'on pouvait se passer de livrées, ces ornements devaient être néces-

1. Dicton suisse populaire.

saires, – qu'elles coûtaient le salaire de deux ouvriers pendant l'été, c'est-à-dire près de trois cents jours de travail, et d'un travail pénible, de l'aube à la nuit. Ce billet de cent roubles fut dur à sacrifier. Le billet suivant, changé en achetant les victuailles pour le dîner de famille, dîner qui coûtait 28 roubles – ce qui représentait, pour Lévine, 9 *tchetvert* d'avoine fauchée, bottelée, mise en meule, battue, au prix d'un travail écrasant – ce billet, cependant, fut plus facile à changer. Depuis, les billets se transformaient en monnaie sans éveiller de semblables considérations et volaient comme de petits oiseaux. Le calcul du travail nécessaire pour produire l'argent, comparé avec le plaisir obtenu, depuis longtemps ne se faisait plus. Le principe qu'il y a un certain prix au-dessous duquel on ne peut vendre un certain blé était également oublié. Le froment, dont Lévine avait maintenu le prix si longtemps, il le donnait maintenant à 50 kopeks de moins par *tchetvert* que le prix qu'il avait refusé un mois auparavant. En allant de ce train, on ne pourrait vivre une année sans faire de dettes; mais même ce calcul n'avait plus d'importance pour Lévine. L'important, c'était d'avoir de l'argent à la banque, sans se demander d'où il venait, pour être toujours sûr d'avoir de quoi acheter la viande le lendemain.

Cette règle il l'observait toujours. Il avait toujours eu de l'argent à la banque. Mais maintenant le compte était épuisé, et Lévine ne savait trop où trouver de l'argent; c'est pourquoi la question de Kitty l'avait agacé. Mais il n'avait pas le temps d'y penser. Il partit en songeant à Katavassov et à Métrov, dont il allait faire la connaissance.

III

Lévine, pendant ce séjour, s'était rapproché de son ancien camarade de l'Université, le professeur Katavassov, qu'il n'avait pas vu depuis son mariage. Katavassov lui plaisait par la clarté et la simplicité de sa conception du monde. Lévine y voyait une preuve de pauvreté spirituelle; tandis que, pour Katavassov, les fluctuations de pensée de Lévine étaient l'indice d'un manque de discipline. Mais la clarté de Katavassov plaisait à Lévine, et l'abondance des idées indisciplinées de Lévine plaisait à Katavassov. Aussi aimaient-ils à se trouver ensemble et à discuter.

Lévine avait lu quelques passages de son livre à Katavassov, qui les avait approuvés. La veille, ayant rencontré Lévine à une conférence, Katavassov lui avait dit que Métrov, le savant réputé, dont l'article avait beaucoup plu à Lévine, était à Moscou et s'était beaucoup intéressé à ce que lui, Katavassov, avait dit du travail de Lévine. Si celui-ci voulait faire la connaissance du savant, il pourrait le rencontrer chez le professeur, le lendemain à onze heures.

– Décidément, mon cher, vous vous corrigez! Enchanté de vous voir, dit Katavassov à Lévine dans le petit salon. En entendant la sonnette, je me suis dit : « Pas possible qu'il soit exact!... » Eh bien! comment trouvez-vous les Monténégrins? Des soldats de naissance?

– Comment cela? demanda Lévine.

Katavassov, en quelques mots, lui apprit les dernières nouvelles; puis, l'introduisant dans le cabinet, il le présenta à un monsieur de taille moyenne, trapu, d'un extérieur agréable. C'était Métrov. La conversation s'arrêta un moment sur la politique, et sur l'impression qu'avaient causée, dans les hautes sphères de Pétersbourg, les derniers événements. Métrov répétait des propos, qu'il disait tenir de source sûre; propos prétendument tenus par l'empereur à un de ses ministres. Mais Katavassov affirmait, de source non moins sûre, que l'empereur avait dit tout le contraire.

Lévine essayait d'imaginer telle ou telle situation où les uns et les autres propos eussent pu être tenus; mais la conversation changea de sujet.

– Voilà... Il a presque terminé son ouvrage sur les conditions naturelles de l'ouvrier vis-à-vis de la terre, commença

Katavassov. Je ne suis pas très compétent, mais ce qui m'a plu beaucoup, comme naturaliste, c'est qu'il n'envisage pas l'humanité comme une chose qui se place en dehors des lois zoologiques; au contraire, il la voit dépendante du milieu et, dans cette dépendance, il cherche les lois de l'évolution.

— C'est très intéressant, fit Métrov.

J'avais commencé un ouvrage sur l'agriculture, intervint Lévine. Mais, malgré moi, en m'occupant de l'élément principal de l'agriculture, c'est-à-dire de l'ouvrier, je suis arrivé à un résultat tout à fait imprévu.

Et, prudemment, comme tâtant le terrain, Lévine se mit à exprimer son opinion.

Il savait que Métrov avait écrit un article contre la doctrine économique généralement admise; mais jusqu'à quel point Lévine pouvait-il espérer que cet homme approuverait ses opinions, cela il l'ignorait, et il ne pouvait le deviner d'après le visage intelligent mais calme du savant.

— Où voyez-vous les qualités particulières de l'ouvrier russe? demanda Métrov. Dans ses qualités zoologiques, si l'on peut s'exprimer ainsi, ou dans les conditions de sa situation?

Lévine entrevit dans cette question une idée qu'il ne partageait pas; néanmoins il continua à développer sa pensée. Pour lui, l'ouvrier russe avait de la terre une conception toute particulière, lui appartenant en propre. Pour renforcer cette assertion, il se hâta d'ajouter qu'à son avis cette opinion du peuple russe découlait de la conscience qu'il a de sa vocation, qui est de peupler les immenses solitudes de l'Orient.

— Il est facile de tomber dans l'erreur en partant de la destination générale du peuple, objecta Métrov, interrompant Lévine. La situation de l'ouvrier dépend toujours de sa situation vis-à-vis de la terre et du capital.

Et sans laisser à Lévine le temps d'achever son discours, Métrov se mit à lui exposer ses propres théories, dans ce qu'elles avaient d'original.

En quoi consistait cette originalité, Lévine ne le comprit point, car il ne se donna pas la peine de le comprendre. Il voyait que Métrov, comme les autres, malgré son article dans lequel il critiquait la doctrine des économistes, envisageait néanmoins la situation de l'ouvrier russe exclusivement au point de vue du capital, du salaire, du revenu. Bien que le savant dût avouer que, dans la plus grande partie de la Russie d'Orient, le revenu était encore nul, que le salaire, pour les neuf dixièmes du peuple russe, pour quatre-vingt-dix millions d'êtres, se réduisait à la nourriture, et que le capital n'existait que sous les formes les plus primitives, néanmoins il n'examinait l'ouvrier que de ce seul point de vue; divergeant sur quelques points d'avec les économistes, il avait sa théorie à lui sur le salaire, qu'il exposa à Lévine.

Lévine écoutait sans y prendre grand intérêt. Au commencement il fit quelques objections; il voulait interrompre Métrov et exposer son idée qui, selon lui, devait rendre inutile la discussion. Mais ensuite, se rendant compte qu'ils étaient d'avis si opposés qu'ils ne se comprendraient jamais, il ne fit plus d'objections et se contenta d'écouter. Il ne s'intéressait plus du tout aux paroles de Métrov, cependant il éprouvait à les entendre un certain plaisir. Son amour-propre était flatté de ce qu'un tel savant lui exposât si volontiers ses idées, avec tant de fois en sa compétence que parfois l'orateur se contentait d'une allusion, pour indiquer tout un aspect de la question. Lévine attribuait cela à sa propre valeur, parce qu'il ignorait que Métrov, après avoir parlé de ce sujet à tous ses intimes, en entretenait volontiers toute nouvelle connaissance qu'il faisait, et en général aimait à discourir avec n'importe qui sur le thème qui l'occupait, et qui n'était pas encore très clair à lui-même.

– Je crains que nous ne soyons en retard, dit Katavassov en regardant l'heure, dès que Métrov eut terminé son exposé.

– Oui, aujourd'hui il y a séance à la Société des Amateurs, pour le jubilé des cinquante ans de Svintitch, répondit-il à la question posée par Lévine. Nous devons y aller, avec Pierre Ivanovitch. J'ai promis de faire une conférence sur des travaux de zoologie. Venez avec nous. Ce sera très intéressant.

– Oui, en effet, il est temps, dit Métrov. Allons, et de là, si vous le voulez bien, nous irons chez moi; je voudrais bien prendre connaissance de votre travail.

– Oh! c'est encore inachevé. C'est un brouillon. Mais à la séance j'irai volontiers.

– Avez-vous entendu, mon cher? Il a donné son avis particulier, dit Katavassov, de l'autre chambre, où il passait son habit.

Aussitôt la conversation s'engagea sur une question qui, cet hiver-là, avait passionné tout Moscou. Trois vieux professeurs, au Conseil, avaient refusé d'admettre l'avis des jeunes. Ceux-ci avaient donné alors leur avis à part. D'après certains, il s'agissait de quelque chose d'épouvantable; d'après les autres, l'avis était très juste et très simple. Le clan des professeurs était ainsi partagé en deux partis.

Les uns, auxquels appartenait Katavassov, ne voyaient dans le parti adverse que dénonciation et mensonge; les autres, un enfantillage, un manque de respect envers les autorités. Lévine, bien que n'appartenant pas à l'Université, avait plusieurs fois entendu parler de cette affaire, depuis qu'il était à Moscou; lui-même en avait parlé et s'était fait une opinion. Il prit donc part à la conversation, qui se continua dans la rue, jusqu'au moment où tous trois arrivèrent aux bâtiments de la vieille université.

La séance était déjà commencée. Autour de la table couverte d'un tapis, devant laquelle prirent place Katavassov et Métrov, six personnes étaient assises. L'une d'elles, penchée sur un manuscrit, lisait quelque chose.

Lévine prit une chaise qui se trouvait près de la table et, à voix basse, demanda à un étudiant assis près de lui ce qu'on lisait. L'étudiant regarda Lévine d'un air mécontent et répondit :

– La biographie.

Lévine ne s'intéressait guère à la biographie du savant; toutefois, incidemment, il apprit quelque chose d'intéressant et de nouveau sur la vie de cet homme illustre.

Quand le lecteur eut terminé, le président le remercia, puis il lut des vers adressés par le poète Mente, à propos du jubilé, et prononça quelques paroles de reconnaissance envers le poète. Ensuite, Katavassov, de sa voix haute et perçante, lut une notice sur les travaux scientifiques du jubilaire.

Quand il eut fini, Lévine regarda l'heure. Il était plus d'une heure; il vit qu'il n'aurait pas le temps de lire son ouvrage à Métrov avant le concert, ce que du reste il ne désirait plus. Pendant la séance, il pensait à la conversation qu'il avait eue précédemment. Maintenant il était clair pour lui que si les idées de Métrov avaient de l'importance, les siennes en avaient aussi.

Les idées peuvent s'éclairer et mener à quelque chose quand chacun travaille dans la voie qu'il s'est choisie, mais de la communication des idées rien ne peut résulter. Résolu à refuser l'invitation de Métrov, Lévine, à la fin de la séance, s'approcha de lui. Métrov présenta Lévine au président, avec lequel il venait de causer des dernières nouvelles politiques. Métrov répétait maintenant au président ce qu'il avait dit à Lévine; et celui-ci fit les mêmes objections que le matin; mais, pour varier, il exprima aussi la nouvelle idée qui lui était venue.

Après quoi on revint de nouveau à la question universitaire. Comme Lévine avait déjà entendu cela, il s'empressa de dire à Métrov qu'il regrettait de ne pouvoir accepter son invitation, salua et se rendit chez les Lvov.

IV

Lvov, mari de Natalie, sœur de Kitty, avait passé toute sa vie dans les capitales, à l'étranger, où il avait été élevé et où l'avaient retenu ses fonctions diplomatiques.

L'année précédente il avait quitté le service diplomatique (non par suite d'un désagrément quelconque : dans sa carrière il n'avait jamais eu d'ennuis avec personne) et était passé au service du ministère de la Cour, à Moscou, afin de pouvoir s'occuper mieux de l'éducation de ses deux enfants.

Malgré des différences d'habitudes et d'opinions, et bien que Lvov fût plus âgé que Lévine, ils s'étaient rapprochés beaucoup, cet hiver-là, et ils avaient de l'amitié l'un pour l'autre.

Lvov était chez lui. Lévine entra, sans se faire annoncer.

Lvov, en pyjama fermé par une ceinture, en chaussures de peau de daim, un lorgnon bleu sur le nez, était assis dans son fauteuil et lisait un livre posé sur le bureau. Sa belle main tenait avec précaution un cigare à moitié fumé, où adhérait encore la cendre. Le beau visage fin, encore jeune, auquel des cheveux bouclés, brillants et argentés donnaient plus de distinction encore, s'éclaira d'un sourire à la vue de Lévine.

– C'est très bien, d'être venu! Je voulais envoyer chez vous. Eh bien, comment va Kitty? Asseyez-vous, c'est plus commode.

Il se leva et avança le rocking-chair.

– Avez-vous lu la dernière circulaire dans le *Journal de Saint-Pétersbourg*. Je trouve que c'est très bien, dit-il avec un léger accent français.

Lévine raconta ce qu'il avait entendu dire à Katavassov, sur l'opinion qui régnait à Pétersbourg; puis il parla de sa rencontre avec Métrov et de la séance. Lvov écoutait, très intéressé.

– Je vous envie, d'avoir vos entrées dans cet intéressant monde des savants, dit-il. Et aussitôt, par habitude, il continua en français, ce qui était plus commode pour lui :

– C'est vrai que je n'ai pas le temps. Mon service et l'éducation des enfants m'absorbent. Et enfin, je n'ai pas honte de l'avouer, mon instruction est trop insuffisante.

– Je ne le crois pas, dit Lévine avec un sourire. Comme toujours, le jugement si peu flatteur que son beau-frère venait de porter sur lui-même, non par pose ni par simple désir d'être modeste, mais tout à fait franchement, l'attendrissait.

– Ah, je sens maintenant combien je suis peu instruit! Pour l'éducation des enfants, il me faut souvent me rafraîchir la mémoire; et même apprendre, car c'est peu d'avoir des professeurs, il faut un surveillant. C'est comme dans votre exploitation : il faut des ouvriers et un surveillant. Tenez, regardez ce que je lis.

Il montra la grammaire de Bouslaiev qui était devant lui sur le bureau.

– On demande cela à Micha, et c'est bien difficile. Ainsi expliquez-moi ceci. Il dit que...

Lévine voulut lui expliquer que ce n'était pas une chose à comprendre, qu'il fallait l'apprendre par cœur; mais Lvov n'était pas de cet avis :

– Vous vous moquez de cela.

– Pas du tout. Vous ne sauriez vous imaginer combien, en vous regardant je cherche à m'instruire de ce que j'aurai à faire, à savoir : élever des enfants.

– Oh, il n'y a ici rien à apprendre, dit Lvov.

– Je ne sais qu'une chose, continua Lévine, c'est que je n'ai jamais vu d'enfants mieux élevés que les vôtres, et je n'en désirerais pas de meilleurs.

Lvov faisait des efforts pour dissimuler sa joie, mais il ne put retenir un sourire qui éclaira son visage.

– Qu'ils soient meilleurs que moi, c'est tout ce que je désire. Vous ne savez pas toute la peine qu'on a avec des enfants comme les miens, gâtés par la vie à l'étranger.

– Oh, vous rattraperez tout cela! Ce sont des enfants si doués! Le principal, c'est l'éducation morale. Voilà ce que j'apprends en regardant vos enfants.

– Vous dites l'éducation morale. On ne peut s'imaginer comme c'est difficile. Aussitôt que vous avez vaincu une difficulté, il en paraît de nouvelles. Sans l'appui de la religion, – vous vous en souvenez : nous en avons parlé ensemble, – aucun père ne peut mener à bien l'éducation de ses enfants.

Cette conversation qui intéressait Lévine fut interrompue par la belle Natalie Alexandrovna qui arrivait tout habillée, prête à sortir.

– Ah! je ne savais pas que vous étiez ici, dit-elle. Et contente de mettre fin à une conversation trop souvent reprise, et qui l'ennuyait, elle demanda :

– Que fait Kitty? Je dîne chez vous aujourd'hui. Eh bien, Arsène, dit-elle à son mari, tu prendras la voiture...

Le mari et la femme décidèrent de l'emploi de leur journée. Le mari avait besoin de voir quelqu'un pour son service; la femme devait aller au concert et à la réunion du Comité; il fallait donc discuter assez longuement pour tout arranger. Lévine, comme membre de la famille, devait prendre part à ces arrangements. Il fut enfin décidé que Lévine accompagnerait Natalie au concert et à la réunion, que de là on enverrait la voiture au bureau, prendre Arsène, qui viendrait chercher sa femme et l'amènerait chez Kitty; mais si à ce moment il n'avait pas terminé son travail, il renverrait la voiture, et Lévine l'accompagnerait.

– Voilà, il me gâte, dit Lvov à sa femme. Il affirme que nos enfants sont très bons, et moi, je leur vois tant d'imperfections.

– Arsène est trop exigeant, je le lui dis toujours, intervint la jeune femme. Celui qui cherche la perfection n'est jamais content. Papa dit vrai; pour nous autres, c'était l'excès contraire : nous vivions à l'entresol, nos parents au premier. Maintenant, c'est l'inverse : les parents sont en bas et les enfants au premier. Il n'y a plus rien pour les parents, tout est pour les enfants.

– Qu'importe, si c'est mieux! dit Lvov avec son charmant sourire, en lui prenant la main. Quelqu'un qui ne te connaîtrait pas te prendrait pour une marâtre.

– Non, l'excès n'est bon en rien, répondit naturellement Natalie, en mettant en place le coupe-papier.

– Eh bien, venez ici, enfants parfaits! dit Lévine aux deux jolis garçons qui entraient, et qui, après avoir salué

Lévine, s'avançaient vers leur père, désirant évidemment lui demander quelque chose.

Lévine aurait voulu leur parler, écouter ce qu'ils venaient dire à leur père; mais Natalie engagea une conversation, et au même moment arriva un collègue de Lvov, Makhotine, en uniforme de cour, qui devait aller avec l'ancien diplomate saluer le personnage en question. Il se mit à parler de l'Herzégovine, de la princesse Korzinski, du conseil municipal, de la mort subite de madame Apraxine.

Lévine oubliait complètement la commission dont on l'avait chargé. Il ne se la rappela que dans l'antichambre :

– Ah oui, Kitty m'avait chargé de parler avec vous d'Oblonskï, dit-il à Lvov qui les avait accompagnés jusqu'à l'escalier. Maman voudrait que nous, ses beaux-frères, nous lui fassions la morale, dit-il en rougissant. Mais que puis-je, moi?

– Alors c'est moi qui m'en charge, dit en souriant madame Lvov, qui, dans sa pelisse blanche, attendait la fin de leur conversation. Eh bien, partons!

V

A LA MATINÉE musicale on donnait deux choses intéressantes : une fantaisie sur le Roi Lear dans la lande, et un quatuor à la mémoire de Bach. Les deux morceaux étaient nouveaux, et écrits d'une façon nouvelle, sur laquelle Lévine tenait à se faire une opinion. Il conduisit sa belle-sœur à son fauteuil, et lui-même se tint debout près de la colonne, résolu à écouter le plus attentivement possible et sans parti pris. Il tâchait de ne pas se distraire, de ne pas laisser son regard s'égarer sur le placeur à la cravate blanche, qui agitait la main et troublait désagréablement l'attention, ou sur les dames coiffées d'immenses chapeaux qui, pour écouter un concert, se couvraient les oreilles avec des rubans, ou sur toutes ces personnes qui n'étaient occupées que de riens, ou de toute autre chose que de la musique. Il tâchait d'éviter les amateurs et les bavards, et, debout, les yeux baissés, il écoutait.

Mais plus il écoutait la fantaisie sur le Roi Lear, plus il se sentait incapable de se faire à ce sujet une opinion nette. L'expression musicale de ses sentiments tout le temps paraissait se concentrer, mais aussitôt se dispersait en morceaux ayant toujours l'air de commencements; et parfois, tout simplement, en sons très compliqués, liés uniquement par le caprice du compositeur. Même les sons de cette expression musicale, parfois très bonne, étaient désagréables, parce que tout à fait inattendus et pas du tout préparés. La gaîté et la tristesse, le désespoir, la tendresse, le triomphe, paraissaient soudain, sans aucune raison, comme les sentiments d'un fou; et de même que chez un fou, ils se montraient tout à fait inopinément.

Tout le temps de l'exécution, Lévine éprouva l'impression qu'aurait un sourd qui regarderait des danseurs. Il fut très étonné quand le morceau se termina, et il éprouva une grande fatigue, due à une tension d'esprit que rien ne récompensait. Tous se levèrent, se mirent à marcher, à parler. Désirant s'expliquer, d'après l'impression des autres, son étonnement, Lévine se mit à la recherche de personnes de connaissance. Il fut très heureux d'apercevoir un amateur très connu en conversation avec Pestzov.

– C'est admirable! disait Pestzov d'une voix grave. Bonjour. Constantin Dmitriévitch. C'est particulièrement imagé, et quelle richesse dans ce passage où l'on sent l'approche de Cordelia, où la fille DES EWIG WEIBLICHE entre en lutte avec le destin!... N'est-ce pas?

– Où voyez-vous ici Cordelia? demanda timidement Lévine, oubliant qu'il s'agissait d'une fantaisie sur le Roi Lear dans la lande.

– Oui, Cordelia paraît!... dit Pestzov frappant sur le programme en papier glacé qu'il tenait, et le tendant à Lévine.

Alors seulement Lévine se rappela le titre de la fantaisie et se hâta de lire, en traduction russe, les vers de Shakespeare, reproduits sur un côté du programme.

– Sans cela, on ne peut pas suivre, dit Pestzov à Lévine, car, son interlocuteur étant parti, il n'avait plus à qui parler.

Pendant l'entracte, Lévine et Pestzov discutèrent les qualités et les défauts de l'école de Wagner. Lévine tâchait de prouver que le tort de Wagner et de tous ses adeptes était de vouloir faire passer la musique dans le domaine d'un autre art, faute que la poésie commet également quand elle veut décrire les traits du visage, ce que doit faire la peinture. Comme exemple d'une telle faute, il cita un sculpteur qui avait imaginé de représenter dans le marbre les ombres des images poétiques qui se dressaient autour du poète sur le socle.

– Ces ombres sont si peu des ombres, chez le sculpteur, qu'elles sont attachées à l'escalier, dit Lévine.

Cette phrase lui plaisait, mais il ne se rappelait pas s'il ne l'avait pas dite déjà, et précisément à ce même Pestzov; aussi, dès qu'il l'eut prononcée, prit-il un air confus. Pestzov, lui, tâchait de prouver que l'art est un et ne peut atteindre à sa plus haute manifestation que dans l'union de tous les genres.

Le deuxième morceau, Lévine ne pouvait déjà plus l'écouter. Pestzov était venu se mettre près de lui et ne cessait de parler, critiquant ce morceau qu'il trouvait trop simple, trop sucré, inutile, emphatique et le comparant, dans la peinture, à la naïveté des préraphaélites.

A la sortie, Lévine rencontra encore beaucoup de personnes connues, avec lesquelles il causa politique, musique, etc. Entre autres il rencontra le comte Bole et se rappela la visite qu'il devait rendre à la comtesse.

– Alors, allez-y tout de suite, lui dit madame Lvov. On ne recevra peut-être pas. Et ensuite venez me chercher à la séance, vous m'y trouverez encore.

VI

– On ne reçoit peut-être pas? demanda Lévine dans le vestibule de l'hôtel de la comtesse Bole.

– On reçoit, monsieur, répondit le suisse en lui ôtant résolument sa pelisse.

« Quel dommage! » pensa Lévine en soupirant. Il ôta un gant, lissa son chapeau.

« Qu'est-ce que je viens faire ici? Qu'ai-je à dire? »

Dans le premier salon, Lévine rencontra à la porte la comtesse, qui, d'un air soucieux et sévère donnait un ordre au valet. En apercevant le visiteur, elle sourit, l'invita à passer dans le petit salon suivant, d'où arrivaient des bruits de voix. Dans ce salon se trouvaient les deux filles de la comtesse, dans des fauteuils, et un colonel de Moscou, que connaissait Lévine.

Lévine s'approcha des dames, salua et s'assit sur le canapé, tenant son chapeau sur ses genoux.

– Comment va votre femme? Vous étiez au concert? Nous n'avons pas pu y aller. Maman devait assister à une messe funéraire.

– Oui, je sais. Quelle mort foudroyante! dit Lévine.

La comtesse rentra, s'assit près de Lévine et l'interrogea aussi sur sa femme et sur le concert.

Lévine répondit et revint à la mort foudroyante de madame Apraxine.

– D'ailleurs, elle avait toujours eu une santé très précaire.

– Étiez-vous hier à l'Opéra?

– Oui.

– Louka était très belle.

– Oui, très belle, dit-il. Et comme il se souciait peu de ce qu'on penserait de lui, il répéta ce qu'il avait entendu dire des centaines de fois sur certains aspects du talent de cette actrice. La comtesse Bole feignait d'écouter. Quand il eut parlé assez, il se tut. Le colonel, jusqu'alors silencieux, prit la parole. Il parla aussi de l'Opéra et de l'éclairage. Enfin, après quelques mots sur la folle journée projetée chez les Turine, le colonel sourit, se leva avec bruit et prit congé. Lévine se leva également, mais, au visage de la comtesse, il remarqua que pour lui le moment de partir n'était pas encore venu. Il fallait encore attendre deux minutes. Il se rassit. Presque tout le temps il pensait que c'était stupide et ne trouvait rien à dire; il se taisait.

– Vous n'allez pas à la réunion publique? On dit que c'est très intéressant, commença la comtesse.

– Je vais y aller. J'ai promis à ma belle-sœur de passer la prendre, répondit Lévine.

De nouveau le silence. La mère et la fille échangèrent de nouveau un regard.

« Il me semble qu'il est temps », pensa Lévine. Il se leva. Les dames lui serrèrent la main et lui demandèrent de transmettre mille choses aimables à sa femme.

Le suisse lui demanda en lui tendant sa pelisse :

– Où demeure monsieur?

Et il l'inscrivit aussitôt sur un grand livre bien relié.

« Évidemment, cela m'est bien égal. Cependant c'est honteux et stupide », pensa Lévine, se consolant à la pensée que tous en font autant. De là, il se rendit à la réunion publique du comité, où il devait retrouver sa belle-sœur pour la ramener.

Presque toute la société se trouvait à cette réunion. Quand Lévine arriva, on en était encore au compte rendu qui, disait-on, était très intéressant. Cette lecture terminée, les groupes se formèrent; et Lévine rencontra Sviajskï, qui l'invita pour le soir au cercle d'agriculture où on devait lire un célèbre rapport. Il rencontra aussi Stépan Arkadiévitch, qui arrivait des courses, et un grand nombre d'autres connaissances. Lévine causait et écoutait les discussions, sur une soirée quelconque, sur une nouvelle pièce et sur un procès célèbre. Mais, sans doute à cause de la fatigue qu'il commençait à ressentir, il dit, à propos du procès, une sottise que plusieurs fois, par la suite, il se rappela avec dépit. Au sujet de la condamnation d'un étranger jugé en Russie, quelqu'un ayant dit qu'il serait irrégulier de le punir d'exil, Lévine répéta ce qu'il avait entendu dire la veille par une de ses connaissances :

– Je pense que punir d'exil un étranger serait la même chose que de punir un brochet en le mettant dans l'eau.

Il se rappela ensuite que cette phrase, qu'il faisait sienne et avait entendu dire à une de ses connaissances, se trouvait dans une fable de Krilov; son ami n'avait fait que répéter ce mot lu dans un journal.

En rentrant à la maison avec sa belle-sœur, il trouva Kitty gaie et bien portante. Puis il se rendit au cercle.

VII

LÉVINE arriva au cercle juste au moment où l'animation y était au comble. Avec lui arrivaient une foule d'invités et de membres du club, Lévine n'avait pas mis les pieds au club depuis ses années d'université, alors qu'il vivait à Moscou et allait dans le monde. Il se rappelait l'endroit, certains détails de l'installation, mais il avait complètement oublié l'impression qu'il y éprouvait jadis. Il entra dans la vaste cour circulaire, descendit de voiture, gravit le perron et franchit la porte que le suisse ouvrait sans bruit en saluant. Aussitôt que Lévine aperçut dans le premier vestiaire les pelisses et les galoches des membres du cercle, qui préféraient enlever leurs galoches en bas plutôt que de monter avec, quand il entendit la sonnette mystérieuse qui le précédait et aperçut, au haut de l'escalier couvert d'un tapis, la statue qui ornait le palier, quand il vit devant la porte le troisième huissier, qu'il connaissait, qui sans hâte ni lenteur ouvrait la porte en regardant le nouvel arrivant, Lévine retrouva l'ancienne impression du club, une impression de bien-être et de bonne compagnie.

– Donnez-moi, s'il vous plaît, votre chapeau, dit l'huissier à Lévine, qui avait oublié qu'il fallait laisser son chapeau dans l'antichambre. Il y a longtemps que vous n'êtes venu. Le prince vous a inscrit hier. Le prince Stépan Arkadiévitch n'est pas encore arrivé.

L'huissier connaissait non seulement Lévine, mais ses parents et ses amis, et il lui parlait aussitôt de toutes les personnes de sa connaissance.

Lévine traversa le premier salon, où un paravent fermait une salle, à droite, dans laquelle était assis, sur un banc, l'homme qui vendait des fruits. Puis, dépassant un vieillard à la marche trop lente, il entra dans la salle à manger pleine de monde et où se faisait un grand bruit. Il circula autour des tables, presque toutes occupées, regardant les convives. Parmi ceux-ci il rencontrait, de-ci, de-là, les gens les plus divers, jeunes et vieux; des intimes ou de simples connaissances. On ne voyait pas un seul visage mécontent ou soucieux; tous semblaient avoir laissé chez l'huissier, avec leurs chapeaux, leurs ennuis et leurs inquiétudes, pour jouir tranquillement des biens matériels de la vie. Il y avait là Sviajskï et Stcherbatzkï, Nevédovskï, le vieux prince, Vronskï, Serge Ivanovitch.

– Hé, pourquoi viens-tu en retard? demanda le vieux prince souriant en lui tendant la main. Comment va Kitty? ajouta-t-il, en rajustant sa serviette passée dans une boutonnière du gilet.

– Elle va bien. Elles dînent toutes trois chez nous.

– Ah, Aline-Nadine!... Il n'y a pas de place à notre table. Va à celle-là et prends vite la place, dit le vieux prince.

Se détournant de Lévine, il prit avec précaution l'assiette d'*oukha*.

– Lévine, par ici! cria un peu plus loin une voix agréable. C'était Tourovtzine.

Il était assis avec un jeune officier, et près d'eux il y avait deux chaises renversées. Lévine se rendit avec joie à cet appel. Il avait toujours eu beaucoup de sympathie pour Tourovtzine. A celui-ci était lié le souvenir de sa déclaration à Kitty; et aujourd'hui, après toutes les conversations transcendantes auxquelles avait participé Lévine, l'air bonasse de Tourovtzine lui était particulièrement agréable.

– Ces chaises sont pour vous et pour Oblonskï, qui va venir tout de suite.

L'officier aux yeux souriants qui se tenait là, très raide, était Pierre Gaguine. Tourovtzine le présenta.

– Oblonskï est toujours en retard!

– Ah, le voici!

– Tu viens d'arriver? dit Oblonskï, s'approchant d'eux. Bonjour!

– As-tu pris l'apéritif?

– Non.

– Eh bien, allons!

Lévine se leva et tous deux s'approchèrent d'une grande table couverte de hors-d'œuvre les plus variés et de bouteilles d'eau-de-vie. Parmi ces quelques dizaines de hors-d'œuvre, on aurait pu, semble-t-il, trouver à son goût; mais Stépan Arkadiévitch demanda autre chose, et un des valets qui se tenaient là apporta aussitôt le mets demandé. Ils prirent chacun un petit verre et retournèrent à la table.

Quand ils eurent mangé l'*oukha,* on donna à Gaguine une bouteille de champagne, dont il remplit quatre coupes. Lévine ne refusa pas le champagne; il en demanda une autre bouteille. Il avait faim, aussi mangeait-il et buvait-il avec plaisir. Avec un plaisir plus grand encore, il prenait part à la conversation simple et animée de ses amis.

Gaguine raconta, en baissant la voix, la nouvelle anecdote pétersbourgeoise; bien qu'inconvenante et sotte, elle était si drôle que Lévine éclata de rire, si bien que les voisins le regardèrent.

– C'est du même genre que celle-ci : « C'est précisément ce que je déteste... » Tu la connais? demanda Stépan Arkadiévitch. Ah, c'est délicieux! Donne encore une bouteille, dit-il au valet. Et il se mit à narrer l'anecdote.

– Pierre Ilitch Vinovskï vous présente ceci, dit, en l'interrompant, le vieux valet qui apportait deux coupes très fines pleines de champagne. Il s'adressait à Oblonskï et à Lévine.

Stépan Arkadiévitch prit le verre, et échangea un regard, à l'autre bout de la table, avec un homme chauve, roux et moustachu, qui lui faisait un signe de tête en souriant.

– Qui est-ce? demanda Lévine.

– Tu l'as rencontré chez moi, tu ne t'en souviens pas? Un brave garçon.

Lévine prit le verre et fit les mêmes signes.

L'anecdote contée par Stépan Arkadiévitch était aussi très drôle. Lévine à son tour en raconta une, qui eut également du succès. Ensuite on parla des chevaux, des courses du jour, du cheval de Vronskï, Atlas, le vainqueur du grand prix.

Lévine ne s'aperçut pas que le dîner prenait fin.

– Ah, le voilà! s'écria Stépan Arkadiévitch, se penchant sur le dossier de sa chaise. Il tendait la main à Vronskï, qu'accompagnait un gigantesque colonel de la garde.

L'impression de gaîté générale qui régnait au cercle se montrait également sur le visage de Vronskï. Il se pencha gaîment sur l'épaule de Stépan Arkadiévitch en lui murmurant quelques mots, et, avec le même sourire joyeux, tendit la main à Lévine.

– Enchanté de vous rencontrer, dit-il. Je vous ai cherché après les élections, mais on m'a dit que vous étiez déjà parti.

– Oui, je suis parti le jour même. Nous parlions de votre cheval. Je vous félicite, dit Lévine. C'est un beau trotteur.

– Il me semble que vous avez aussi des chevaux.

– Non, c'était mon père. Mais je m'y connais un peu.

– Où as-tu dîné? demanda Stépan Arkadiévitch.

– A la deuxième table, derrière la colonne.

– On l'a fêté, dit le colonel. Le second prix impérial! Si j'étais aussi heureux aux cartes que lui avec ses chevaux!

– Eh bien, ne perdons pas de temps. Je vais dans l'enfer, dit le colonel, et il s'éloigna.

– C'est Iachvine, répondit Vronskï à Tourovtzine. Et il s'assit près d'eux à une table devenue libre.

Il but une coupe de champagne qu'on lui offrit et en demanda une bouteille. Était-ce l'influence du cercle ou du vin, mais Lévine se mit à causer avec Vronskï de l'élevage du cheval, et il se sentit tout heureux de ne plus éprouver d'hostilité envers cet homme. Il lui glissa même qu'il savait par sa femme qu'elle l'avait rencontré chez la princesse Marie Borissovna.

– Marie Borissovna, c'est une femme exquise! dit Stépan Arkadiévitch; et il raconta sur elle une anecdote qui fit rire tout le monde, surtout Vronskï, qui riait avec tant de bonhomie que Lévine se sentit complètement réconcilié avec lui.

– Eh bien, si vous avez terminé, sortons, dit Stépan Arkadiévitch. Il se levait en souriant.

VIII

SORTANT de table, Lévine éprouvait en marchant une sensation particulière : ses bras se balançaient avec une régularité et une légèreté inaccoutumées. Il traversa la grande salle avec Gaguine pour se rendre dans la salle de billard. Au milieu du grand salon il rencontra son beau-père.

– Eh bien, comment trouves-tu notre temple de l'oisiveté? dit le prince en prenant Lévine par le bras. Faisons un tour.

– C'était mon intention. C'est très intéressant à voir.

– Oui, c'est intéressant pour toi. L'intérêt que j'y trouve est tout autre. Tu vois ce vieillard, dit-il en désignant un membre du cercle, voûté, la lèvre pendante, qui, remuant péniblement ses pieds en chaussures souples, venait à leur rencontre. On dirait qu'ils sont nés comme ça, *schlupik*.

– Comment, *schlupik?*

– Tu ne connais pas même ce mot! C'est un mot de cercle. Tu sais, quand on fait rouler des œufs, si on en prend beaucoup, alors c'est qu'on devient *schlupik*. Ce sera bientôt mon tour. On va au cercle, on va, et on devient *schlupik*. Oui, tu ris, toi, tandis que moi je le regarde et pense que je serai bientôt *schlupik*. Tu connais le prince Tchestchenski? demanda le vieux prince; et Lévine comprit à son visage qu'il allait raconter quelque chose de très drôle.

— Non, je ne le connais pas.

— Il est très connu. Mais qu'importe. Il joue toujours au billard ici. Il y a trois ans, il n'était pas encore *schlupik* et faisait le brave et appelait les autres *schlupik*. Un soir, il arrive, et demande à notre suisse, tu le connais, Vassili, un brun, gros, qui dit souvent de bons mots... — « Eh bien, Vassili, qui est arrivé? Y a-t-il des *schlupik?* » et Vassili lui répondit : — « Oui, monsieur, vous êtes le troisième. » Eh oui, mon cher, c'est comme ça!

Tout en causant et en saluant les connaissances qu'ils rencontraient, Lévine et le prince traversèrent toutes les salles : le grand salon, où les tables étaient déjà ouvertes et où les jeux étaient de peu d'importance : le divan, où l'on jouait aux échecs; là, Serge Ivanovitch causait avec quelqu'un; la salle de billard, où autour du canapé s'était formé un groupe très animé qui buvait du champagne. Gaguine en était.

Ils jetèrent aussi un coup d'œil dans la salle d'enfer. Près d'une table où était assis Iachvine, les parieurs y étaient déjà massés. En tâchant de ne pas faire de bruit ils entrèrent aussi dans le sombre salon de lecture, où sous des lampes à abat-jour étaient assis un jeune homme à l'air fâché, qui prenait les revues l'une après l'autre, et un général chauve plongé dans sa lecture.

Ils allèrent aussi dans la salle que le vieux prince appelait la « Spirituelle ». Là, trois messieurs discutaient avec animation la dernière nouvelle politique.

— Prince, venez ici, tout est prêt, dit un de ses partenaires en le trouvant. Et le prince quitta Lévine.

Celui-ci prit un siège et écouta. Mais, se rappelant toutes les conversations du matin, il se sentit tout à coup envahi d'un invincible ennui. Il se leva rapidement et partit à la recherche d'Oblonskï et de Tourovtzine, dont la compagnie était plus gaie.

Tourovtzine, assis sur le grand canapé de la salle de billard, tenait un verre de quelque chose. Et Stépan Arkadiévitch causait avec Vronskï près de la porte, dans un coin de la salle.

— Ce n'est pas qu'elle s'ennuie, mais l'indécision de sa situation... entendit Lévine.

Il voulut filer, mais Stépan Arkadiévitch l'appela :

— Lévine!

Lévine remarqua qu'il avait les yeux humides, comme toujours après avoir bu ou quand il était ému. Cette fois c'était l'un et l'autre.

— Lévine, ne t'en va pas! dit-il.

Il lui serra fortement le bras. Évidemment il ne voulait pas le lâcher.

— C'est un ami sincère, peut-être le meilleur, dit-il à Vronskï. Toi aussi, tu m'es très cher, et je veux que vous soyez amis, car vous êtes tous deux de braves gens.

— Eh bien, il ne nous reste plus qu'à nous embrasser, plaisanta Vronskï en tendant la main.

Lévine prit la main tendue et la serra fortement en disant :

— Très heureux!

— Garçon, une bouteille de champagne! commanda Stépan Arkadiévitch.

— Moi aussi, très heureux, dit Vronskï.

Mais, malgré le désir de Stépan Arkadiévitch et le leur propre, ils n'avaient rien à se dire et tous deux le sentaient.

— Tu sais qu'il ne connaît pas Anna, dit Stépan Arkadiévitch à Vronskï. Je veux à toutes forces l'amener chez elle. Allons, Lévine!

— Vraiment? dit Vronskï. Elle sera très heureuse. Je rentrerais bien à la maison, ajouta-t-il, mais Iachvine m'inquiète et je veux rester ici jusqu'à ce qu'il termine.

— Est-ce que ça va mal?

— Oui, il perd toujours. Moi seul peux le retenir.

— Eh bien, jouons une petite pyramide?... Lévine, tu joueras?... Allons-y. Arrange les boules, cria Stépan Arkadiévitch au marqueur.

— C'est prêt depuis longtemps, répondit le marqueur, qui déjà avait placé les boules en triangle, et pour se distraire roulait la boule rouge d'un bout du billard à l'autre.

— Eh bien, allons-y.

Après la partie Vronskï et Lévine prirent place à la table de Gaguine, et Lévine continua de jouer avec Stépan Arkadiévitch.

Vronskï, tantôt était assis près de la table, entouré des connaissances qui, sans cesse, s'approchaient de lui, tantôt allait dans la salle d'enfer voir ce que faisait Iachvine. Lévine jouissait d'un repos agréable, après la fatigue intellectuelle du matin. Il était content d'avoir fait la paix avec Vronskï, et il se trouvait sous une impression de tranquillité et de plaisir qui ne le quittait pas.

Quand la partie fut terminée, Stépan Arkadiévitch prit Lévine par le bras.

— Eh bien, allons tout de suite chez Anna. Veux-tu?... Hein?... Elle est chez elle. Depuis longtemps je lui ai promis de t'amener. Quels plans avais-tu pour ce soir?

— Rien de particulier. J'avais promis à Sviajskï d'aller à la Société d'agriculture. Allons, si tu veux, dit Lévine.

— C'est bien, allons! Va voir si ma voiture est là, ordonna-t-il au valet.

Lévine s'approcha de la table, donna quarante roubles qu'il avait perdus, paya, d'une façon quelque peu mystérieuse, des dépenses, que seul un vieux valet pouvait calculer, et, en balançant les bras, traversa toute la salle, se dirigeant vers la sortie.

IX

— FAITES avancer la voiture d'Oblonskï! cria le suisse d'une voix grave et mécontente.

La voiture s'avança. Tous deux y montèrent. Tant que la voiture se trouva dans la cour du cercle, Lévine continua d'éprouver l'impression de calme et de plaisir, de contentement général, qui l'avait saisi en entrant; mais dès que la voiture sortit dans la rue, dès qu'il sentit les cahots sur le pavé inégal, entendit les vociférations d'un cocher qui venait à leur rencontre, aperçut l'enseigne rouge d'un débit et d'une boutique, cette impression disparut, et il se mit à réfléchir aux conséquences de ses actes et à se demander s'il faisait bien en allant chez Anna. Que dirait Kitty? Mais Stépan Arkadiévitch ne le laissait pas réfléchir.

– Comme je suis heureux, dit-il, que tu fasses sa connaissance! Dolly désirait cela depuis longtemps. Lvov vient chez Anna. Bien que ce soit ma sœur, continua Stépan Arkadiévitch, je puis dire, la main sur la conscience, que c'est une femme remarquable. Tu la verras. Sa situation est très pénible, surtout maintenant...

– Pourquoi surtout maintenant?

– On a entamé des pourparlers avec son mari, en vue du divorce. Il consent, mais il y a des difficultés à cause du fils; et cette affaire, qui devrait être terminée depuis longtemps, traîne depuis trois mois. Dès que le divorce sera prononcé, elle épousera Vronskï. Comme c'est stupide, ces diverses coutumes de mariage, « Isaïe, réjouis-toi! », auxquelles personne ne croit, et qui entravent le bonheur des hommes! Quand ce sera fait, leur situation sera nette comme la tienne et la mienne.

– En quoi donc consiste la difficulté? demanda Lévine.

– Oh, c'est une histoire longue et ennuyeuse! Tout, chez nous, est si compliqué! Mais en attendant le divorce elle habite Moscou où tout le monde les connaît. Elle est là depuis trois mois, ne va nulle part, ne voit aucune femme, sauf Dolly, parce que, comprends-tu, elle ne veut pas qu'on vienne chez elle comme si on lui faisait une grâce. Même cette sotte de princesse Barbe l'a quittée, trouvant sa société compromettante. Dans une pareille situation, toute autre femme ne saurait que faire; tandis qu'elle, tu verras comment elle a arrangé sa vie, combien elle est calme et digne. – A gauche de la petite rue, en face de l'église! – cria Stépan Arkadiévitch au cocher en se penchant à la portière. Ouf! qu'il fait chaud! dit-il, ouvrant davantage sa pelisse, déboutonnée malgré douze degrés de froid.

– Mais elle a une fille. Elle s'en occupe, je suppose, dit Lévine.

– Tu as l'air de te représenter la femme uniquement comme une couveuse : si elle s'occupe, ce ne peut être que des enfants! dit Stépan Arkadiévitch. Non, elle élève très bien sa fille, je crois, mais elle n'en parle jamais. Elle travaille, elle écrit. Je vois que tu souris, mais tu as tort. Elle écrit un livre pour les enfants et elle n'en parle à personne; elle ne l'a lu qu'à moi et j'ai donné le manuscrit à Vorkouiev... tu sais, cet éditeur... Lui-même écrit, donc il s'y connaît; eh bien, il m'a dit que c'était un livre remarquable. Mais tu vas penser que c'est un bas-bleu? Nullement! Avant tout c'est une femme de cœur, tu verras. Maintenant, elle a chez elle une jeune Anglaise, de la famille de qui elle s'occupe.

– Une œuvre philanthropique?

– Ah, tu as la manie de chercher la petite bête! Ce n'est pas de la philanthropie, c'est une question de cœur. Chez eux, c'est-à-dire chez Vronskï, il y avait un entraîneur anglais, un homme très capable, mais alcoolique. Il a bu jusqu'au delirium tremens et la famille est restée sans rien. Anna leur est venue en aide et s'est tellement intéressée à ces gens qu'elle a fini par prendre toute la famille à sa charge. Mais elle ne fait pas cela d'une façon hautaine... par l'argent... Elle prépare elle-même les garçons pour qu'ils entrent dans une école russe, et elle a pris la petite fille avec elle... Mais tu la verras.

La voiture entra dans la cour. Stépan Arkadiévitch sonna très fort, près du perron devant lequel attendait un traîneau. Sans demander au domestique qui vint ouvrir si madame était chez elle, Stépan Arkadiévitch entra dans le vestibule. Lévine le suivait, se demandant de plus en plus s'il agissait bien ou mal. Il s'aperçut dans une glace; il vit qu'il était rouge, mais il était convaincu de n'être pas ivre; et il monta l'escalier, couvert d'un tapis, derrière Stépan Arkadiévitch. En haut, celui-ci demanda au valet qui était chez Anna Arkadievna. Le valet répondit que c'était M. Vorkouiev.

– Où sont-ils?

– Dans le cabinet de travail.

Ils traversèrent la petite salle à manger aux murs sombres, garnis de boiseries, et entrèrent, marchant sur un tapis moelleux, dans le cabinet, demi-obscur, éclairé par une seule lampe à abat-jour sombre. Une autre lampe à réflecteur brûlait près du mur, éclairant un portrait de femme, auquel Lévine, malgré lui, fit attention. C'était le portrait d'Anna, fait en Italie par Mikhaïlov. Pendant que Stépan Arkadiévitch contournait la jardinière et que cessait la conversation, Lévine regardait, sans pouvoir s'en détacher, le portrait qui semblait sortir du cadre. Il oubliait même où il était et sans écouter ce qu'on disait, il ne pouvait détourner ses regards de cette admirable effigie. Ce n'était pas un tableau, c'était une belle créature vivante, aux cheveux noirs ondulés, aux épaules et aux bras nus; un demi-sourire pensif glissait sur les lèvres ombrées d'un léger duvet; elle le regardait d'un air triomphant. Elle n'était pas une chose vivante, uniquement parce que plus belle que ne peut l'être une personne vivante.

– Je suis très heureuse, lui disait soudain près de lui cette même femme dont il admirait le portrait.

Anna s'avançait à sa rencontre, quittant la jardinière; et Lévine aperçut dans la demi-obscurité du cabinet la femme du portrait, en robe bleu foncé, mais dans une autre pose, avec une autre expression, mais avec autant de beauté qu'en avait exprimé l'artiste. En réalité, la femme vivante était moins éclatante; en revanche, il y avait en elle quelque chose de nouveau, d'attirant, qui ne se trouvait pas dans le portrait.

X

Elle venait sans cacher sa joie de le voir; et dans la façon dont elle lui tendit sa main petite, énergique, dont elle le présenta à Vorkouiev, et lui indiqua la jolie fillette rousse, qui travaillait, assise, et qu'elle appelait sa pupille, Lévine remarqua l'aisance agréable d'une femme du grand monde, toujours maîtresse d'elle-même et naturelle.

— Je suis très, très heureuse, répéta-t-elle, et pour Lévine ces paroles prirent une signification particulière. Je vous connais depuis longtemps et vous estime, et pour votre amitié avec Stiva et à cause de votre femme. Je l'ai très peu vue, mais elle m'a laissé l'impression d'une fleur charmante. Je dis bien une fleur, et voilà qu'elle sera bientôt maman!...

Elle parlait aisément, sans se hâter, regardant tour à tour Lévine et son frère. Lévine en était agréablement impressionné; et soudain il se sentit avec elle aussi à l'aise que s'il l'eût connue depuis longtemps.

— C'est pour fumer que nous nous sommes installés, avec Ivan Pétrovitch, dans le cabinet d'Alexis, répondit-elle à la question de Stépan Arkadiévitch, qui demandait si l'on pouvait fumer.

Regardant Lévine, au lieu de lui demander s'il fumait, elle prit une cigarette dans un porte-cigarettes d'écaille.

— Comment vas-tu aujourd'hui? lui demanda son frère.

— Pas mal. Seulement les nerfs, comme toujours.

— N'est-ce pas, qu'il est extraordinairement beau? dit Stépan Arkadiévitch, remarquant que Lévine examinait le portrait.

— Je n'ai jamais vu portrait mieux réussi.

— La ressemblance est extraordinaire, opina Vorkouiev.

Lévine fit passer son regard du portrait à l'original. Un éclat particulier éclaira le visage d'Anna tant qu'elle sentit le regard fixé sur elle. Lévine rougit et, pour cacher sa gêne, voulut lui demander s'il y avait longtemps qu'elle n'avait vu Daria Alexandrovna. Mais au même moment Anna se mit à parler :

— Nous causions à l'instant, Ivan Petrovitch et moi, des derniers tableaux de Vastchenkov. Les avez-vous vus?

— Oui, je les ai vus, répondit Lévine.

— Mais, pardon, je vous ai interrompu. Vous vouliez dire...

Lévine lui demanda si elle avait vu Dolly depuis longtemps.

— Elle est venue chez moi hier. Elle est très mécontente

du lycée, à cause de Gricha. Le professeur de latin s'est montré, paraît-il, injuste envers l'enfant.

– Oui, j'ai vu les tableaux. Ils ne m'ont pas plu énormément, dit Lévine, revenant à la conversation engagée par Anna.

Lévine parlait maintenant tout autrement que le matin. Chaque mot qu'il échangeait avec madame Karénine prenait pour lui une signification particulière; il lui était agréable de causer avec elle et encore plus de l'écouter.

Anna causait non seulement d'une façon naturelle et intelligente, mais avec une certaine négligence, n'attribuant aucune valeur à ses idées et donnant un grand prix aux pensées de son interlocuteur.

La conversation s'engagea sur la nouvelle tendance artistique, sur une nouvelle illustration de la Bible due à un peintre français. Vorkouiev accusait le peintre d'un réalisme poussé jusqu'à la grossièreté; Lévine disait que les Français avaient poussé la convention dans l'art plus loin qu'aucun autre peuple, et leur faisait un mérite de retourner au réalisme. Du fait seul qu'ils ne mentaient plus, ils découvraient la poésie.

Jamais encore aucune de ses propres réflexions intellectuelles n'avait fait à Lévine autant de plaisir que celle-ci. Le visage d'Anna s'éclaira dès qu'elle eut pénétré le sens de cette pensée. Elle se mit à rire.

– Je ris, dit-elle, comme on rit devant un portrait très ressemblant. Ce que vous venez de dire caractérise parfaitement l'art français contemporain, la peinture et même la littérature, Zola, Daudet. Mais peut-être en est-il toujours ainsi, quand on incarne ses conceptions dans des figures inventées et conventionnelles; toutes les combinaisons étant exprimées, on a assez de ces figures et l'on revient aux figures plus naturelles, plus vraies.

– C'est tout à fait exact, dit Vorkouiev.

– Alors vous étiez au club? demanda-t-elle à son frère.

« Oui, oui, voilà la femme! » pensa Lévine, s'oubliant jusqu'à regarder obstinément le beau visage immobile, qui tout à coup avait changé d'expression. Lévine n'entendait pas ce qu'Anna disait, penchée vers son frère, mais il était frappé de ce changement. Le visage jusque-là si beau dans son calme, exprimait soudain une curiosité étrange, de la colère et de l'orgueil. Cela ne dura qu'une minute. La jeune femme cligna des yeux, comme si elle eût cherché à se rappeler quelque chose.

– D'ailleurs, ce n'est intéressant pour personne, dit-elle. Et, s'adressant à l'Anglaise :

– PLEASE ORDER THE TEA IN THE DRAWING-ROOM.

La fillette se leva et sortit.

– Eh bien, a-t-elle été reçue à l'examen? demanda Stépan Arkadiévitch.

– Brillamment. C'est une fillette très capable, et d'un caractère charmant.

– Tu finiras par l'aimer mieux que la tienne.

– On voit bien que c'est un homme qui parle. Dans l'amour, le plus et le moins n'existent pas. J'aime ma fille d'un certain amour, celle-ci d'un autre.

– Je disais à Anna Arkadievna que si elle consacrait à l'œuvre générale de l'instruction des enfants russes un centième de l'énergie qu'elle dépense pour l'éducation de cette Anglaise, elle ferait une œuvre grande et utile, dit Vorkouiev.

– Peut-être, mais je ne peux pas. Le comte Alexis Kyrilovitch m'encourage beaucoup (en prononçant les mots *comte Alexis Kyrilovitch,* elle regarda timidement et involontairement Lévine, qui répondit par un regard respectueux et approbateur) à m'occuper des écoles, à la campagne. J'y suis allée quelquefois. Les enfants sont charmants; mais je n'ai jamais pu m'intéresser à cette œuvre. Vous dites l'énergie. L'énergie est fondée sur l'amour, et l'amour ne se commande pas. Par exemple, cette fillette, je l'aime, je ne sais moi-même pourquoi.

De nouveau elle regarda Lévine, et son sourire, et son regard, tout lui disait que ses paroles s'adressaient à lui seul, qu'elle n'estimait que son opinion et qu'ils se comprenaient.

– Je vous comprends parfaitement, dit Lévine. Pour l'école, et, en général, pour les institutions de cette sorte, on ne peut agir avec son cœur; et c'est pourquoi, à mon avis, ces institutions philanthropiques donnent toujours de si maigres résultats.

Elle se tut, puis, souriant :

– Oui, oui, confirma-t-elle. Je ne pourrai jamais. JE N'AI PAS LE CŒUR ASSEZ LARGE pour aimer un asile plein de fillettes très sales. CELA NE M'A JAMAIS RÉUSSI. Il y a tant de femmes qui se sont fait de cela une POSITION SOCIALE. Surtout maintenant, ajouta-t-elle avec une expression de tristesse et de confusion, s'adressant en apparence à son frère, mais en réalité ne parlant qu'à Lévine. Même maintenant, alors que j'ai tant besoin d'une occupation quelconque, je ne puis pas. Tout à coup, elle fronça les sourcils (Lévine comprit qu'elle s'en voulait de parler d'elle-même), puis changea de conversation.

– Je sais, dit-elle à Lévine, que vous êtes un mauvais citoyen, et je vous ai toujours défendu autant que je l'ai pu.

– Et comment m'avez-vous défendu?

– Selon l'attaque. Mais ne voulez-vous pas de thé?

Elle se leva et prit un livre relié en maroquin.

– Donnez-le-moi, Anna Arkadievna, dit Vorkouiev, désignant le livre. C'est une belle chose.

– Non, c'est très mauvais.

– Je lui en ai parlé, dit Stépan Arkadiévitch à sa sœur en désignant Lévine.

– C'est le tort que tu as eu. Mes écrits sont comme ces paniers et ces sculptures, faits dans les prisons, que me vendait parfois Lise Merkhalov. C'était elle qui était chargée des prisonniers dans cette société, dit-elle en s'adressant à Lévine, et ces malheureux accomplissaient des miracles de patience.

Lévine reconnut encore un nouveau trait de caractère, chez cette femme qui lui plaisait si extraordinairement. Outre l'esprit, la grâce, la beauté, elle avait du sérieux dans le sentiment. Elle ne voulait pas lui cacher l'état pénible de sa situation. Après avoir prononcé les paroles précédentes, elle soupira et son visage s'immobilisa dans une expression sévère. Ainsi, elle était encore plus belle. Ce n'était plus cette expression d'éclat et de bonheur rayonnant, fixée par le peintre sur son portrait. Lévine regarda encore une fois le portrait et le visage, quand, prenant son frère par le bras, elle passa sous la haute porte, et il ressentit pour elle une tendresse et une pitié dont lui-même s'étonna.

Elle demanda à Lévine et à Vorkouiev de passer au salon, et elle-même resta à causer un moment avec son frère. « Du divorce, de Vronskï, de ce qu'il fait au cercle, de moi? » pensait Lévine. Et il était si ému à la pensée de ce qu'elle pouvait dire à Stépan Arkadiévitch qu'il n'entendit pas ce que lui disait Vorkouiev, des grandes qualités du roman qu'Anna Arkadievna avait écrit pour les enfants.

Pendant le thé, la conversation se poursuivit, également intéressante et agréable. Non seulement il n'était pas nécessaire de chercher des sujets de conversation, mais on sentait qu'on n'avait pas le temps de dire tout ce qu'on voulait, et que chacun se retenait malgré soi pour écouter les autres. Et tout ce qu'ils disaient, non seulement Anna, mais Vorkouiev, et Stépan Arkadiévitch, tout, prenait pour Lévine, grâce à la tension de son esprit, une signification particulière.

Tout en écoutant la conversation, Lévine ne cessait d'admirer la beauté d'Anna, sa culture, et en même temps sa simplicité et sa bonté. Il écoutait, et tout le temps ne pensait qu'à elle, à sa vie intérieure, tâchant de deviner ses sentiments. Lui qui, auparavant, la jugeait si sévèrement, maintenant, par une étrange association d'idées, il la justifiait et en même temps la plaignait; et il craignait que Vronskï ne sût pas la comprendre.

A onze heures, quand Stépan Arkadiévitch se leva pour prendre congé (Vorkouiev était déjà parti), il sembla à Lévine qu'ils venaient à peine d'arriver. Avec regret il se leva aussi.

– Au revoir, lui dit Anna, en retenant sa main, et en le regardant dans les yeux d'un air attirant. Je suis très heureuse que la glace soit rompue... Elle cligna des yeux. Dites à votre femme que je l'aime comme auparavant, et que si elle ne peut me pardonner ma situation, je lui souhaite alors de ne me la pardonner jamais. Car alors il lui faudrait souffrir tout ce que j'ai souffert, et que Dieu l'en préserve!

– Certainement... je le lui dirai..., balbutia Lévine en rougissant.

XI

« QUELLE femme charmante, admirable et malheureuse! » pensait Lévine, en sortant avec Stépan Arkadiévitch.

– Eh bien, que t'avais-je dit? fit Stépan Arkadiévitch, voyant Lévine complètement gagné.

– Oui, répondit-il pensivement, une femme extraordinaire! Non seulement parce qu'elle est très intelligente, mais parce qu'elle a du cœur. C'est vraiment dommage!

– Enfin, Dieu merci, tout s'arrangera bientôt! C'est bien. A l'avenir, ne juge pas sans connaître, dit Stépan Arkadiévitch, ouvrant la portière de la voiture... Au revoir, nous n'allons pas du même côté.

Sans cesser de penser à Anna, et se rappelant les propos les plus simples qu'ils avaient échangés, revoyant, sans omettre un détail, les dernières expressions de son visage, comprenant de mieux en mieux sa situation et la prenant en pitié, Lévine se trouva chez lui.

En rentrant, Lévine apprit de Kouzma que Catherine Alexandrovna se portait bien, que ses sœurs venaient de la quitter, et il trouva deux lettres. Il les lut dans l'antichambre pour s'en débarrasser tout de suite. L'une était de Sokolov, son régisseur. Celui-ci écrivait qu'on ne pouvait vendre le froment, vu qu'on n'en trouvait que cinq roubles cinquante, et qu'il ne savait où prendre de l'argent. L'autre, était de sa sœur. Elle lui reprochait de n'avoir pas encore arrangé ses affaires.

« Eh bien, on vendra pour cinq roubles cinquante, si on n'en trouve pas davantage! » se dit Lévine, résolvant avec une facilité extraordinaire une question qui le matin même lui avait paru si difficile.

« C'est incroyable, ici tout le temps est pris! » pensa-t-il en lisant la seconde lettre. Il se sentait coupable envers sa sœur de n'avoir pas encore fait ce qu'elle lui avait demandé. « Aujourd'hui, je ne suis pas allé au tribunal, c'est vrai, mais je n'avais pas une minute. » Décidant de s'occuper de cette affaire sans faute le lendemain, il passa chez sa femme. En même temps il se remémorait rapidement toute sa journée. Tous les événements du jour se résumaient en conversations qu'il avait écoutées, et auxquelles il avait pris part; et toutes portaient sur des sujets dont il ne se fût point occupé, s'il eût été seul à la campagne. Cependant, ces conversations étaient intéressantes, même toutes étaient très bonnes. Il n'y avait eu que deux anicroches : ce que Lévine avait dit du brochet, et puis encore quelque chose qui n'était *pas ça,* dans la sympathie qu'il éprouvait pour Anna.

Lévine trouva sa femme triste et ennuyée.

Le dîner des trois sœurs avait été très gai, mais ensuite on l'avait attendu, attendu, et tout le monde s'était assombri; enfin les sœurs étaient parties laissant Kitty seule.

– Et toi, qu'as-tu fait? lui demanda-t-elle, fixant sur lui des yeux qui brillaient d'un éclat inquiétant. Mais pour ne pas l'induire à quelque réticence, elle dissimula son attention et, avec un sourire approbateur, écouta le récit de la soirée.

– J'ai été très heureux de rencontrer Vronskï. Je me suis senti très à l'aise avec lui; j'ai été très simple. Tu comprends que désormais je ferai mon possible pour l'éviter, mais je suis très heureux que le malaise soit passé, dit-il; et, se rappelant que, *pour l'éviter,* il était allé aussitôt chez Anna, il rougit... Voilà, nous disons que le peuple boit, je ne sais qui boit davantage, du peuple ou de notre société. Le peuple, lui, boit aux jours de fête, mais...

Kitty ne s'intéressait nullement à l'ivrognerie du peuple.

Elle avait remarqué la rougeur de son mari et désirait en savoir la cause.

– Eh bien, après, où es-tu allé?

– Stiva a beaucoup insisté pour que j'aille voir Anna Arkadievna.

En disant ces mots, Lévine rougit encore davantage, et son incertitude, s'il avait bien ou mal agi en allant chez Anna, fut définitivement dissipée : il savait maintenant qu'il n'aurait pas dû y aller.

Au nom d'Anna, les yeux de Kitty brillèrent d'un éclat particulier. Mais, faisant un effort sur elle-même, elle cacha son émotion et dit seulement : Ah!

– Je pense que tu n'en seras pas fâchée. Stiva me l'a demandé si instamment! Et Dolly le désirait, continua Lévine.

– Nullement, répondit-elle. Mais, dans son regard, il lut une tension dont il n'augura rien de bon.

– C'est une femme charmante, très malheureuse et très belle, dit-il. Et il parla des occupations d'Anna, répétant ce qu'elle l'avait chargé de lui dire.

– Sans doute, elle est très malheureuse, dit Kitty, quand il s'arrêta... De qui, les lettres?

Il lui répondit, et, trompé par le ton calme qu'elle avait pris, il alla se déshabiller.

Quand il revint, il trouva Kitty à la même place. Il s'approcha d'elle. Elle le regarda et se mit à sangloter.

– Quoi? Qu'as-tu? demanda-t-il, sachant d'avance de quoi il s'agissait.

– Tu t'es amouraché de cette vilaine femme. Elle t'a séduit; je l'ai vu à tes yeux... Oui, et il n'en saurait être autrement!... Tu as bu au cercle, tu as joué et ensuite tu es allé chez qui? Non, partons d'ici... Demain, je partirai...

Lévine eut beaucoup de peine à calmer sa femme. Enfin elle s'apaisa, quand il lui avoua que les sentiments d'attendrissement, unis au vin, l'avaient troublé et qu'il était tombé dans les pièges d'Anna, mais que dorénavant il l'éviterait. Une chose qu'il reconnaissait plus sincèrement, c'était qu'en vivant si longtemps à Moscou, où il ne faisait que causer, boire et manger, il devenait presque idiot. Ils parlèrent ainsi jusqu'à trois heures du matin. Alors seulement la réconciliation fut assez complète pour qu'ils pussent s'endormir.

XII

Après avoir reconduit ses hôtes, Anna se mit à marcher de long en large dans la chambre. Inconsciemment (comme elle le faisait ces derniers temps avec tous les jeunes gens), toute la soirée elle avait fait son possible pour plaire à Lévine, et elle savait avoir atteint son but, autant que cela est possible avec un honnête homme marié, après une seule rencontre; d'autre part, Lévine lui avait plu beaucoup (malgré les différences qui existaient entre Vronskï et Lévine; en sa qualité de femme, elle voyait en tous deux les traits communs, qui expliquaient que Kitty eût pu être amoureuse de l'un et de l'autre). Cependant, dès que le visiteur fut sorti, elle cessa de penser à lui.

Une seule pensée, sous diverses formes, la poursuivait :

« Si j'agis ainsi sur les autres, sur cet homme honnête qui aime sa famille, pourquoi Alexis est-il si indifférent à mon égard?... Non, pas indifférent; il m'aime, je le sais... Mais quelque chose de nouveau nous sépare. Pourquoi n'est-il pas ici de toute la soirée? Il m'a fait dire par Stiva qu'il ne pouvait pas quitter Iachvine, qu'il devait empêcher celui-ci de jouer trop gros jeu. Mais est-ce donc un enfant, cet Iachvine?... Admettons que ce soit vrai, qu'il ne mente pas... Dans cette vérité, il y a autre chose... Alexis est content de me montrer qu'il se reconnaît d'autres devoirs... Je le sais, j'en conviens... Mais pourquoi me le prouver? Il veut me montrer que son amour pour moi ne doit pas porter atteinte à sa liberté. Mais ce ne sont pas des preuves qu'il me faut, c'est de l'amour... Il devrait comprendre combien cette vie à Moscou m'est pénible.

Est-ce que je vis? Je ne vis pas, j'attends un dénouement, qui s'éloigne... Pas encore de réponse!... Et Stiva dit qu'il ne peut aller chez Alexis Alexandrovitch... Moi, je ne puis pas lui écrire; je ne puis rien faire, rien commencer, rien changer!... Je reste là, j'attends, en inventant des passe-temps : cette famille anglaise, dont je m'occupe, la littérature, la lecture; mais tout cela ce n'est que tromperie, quelque chose comme la morphine... Il devrait avoir pitié de moi », se disait-elle, avec des larmes de pitié pour elle-même.

Elle entendit le coup de sonnette sec de Vronskï. Hâtivement elle essuya ses larmes, s'assit près de la lampe et ouvrit un livre, feignant d'être calme. Elle devait lui montrer du mécontentement parce qu'il n'était pas rentré comme il l'avait promis, mais seulement du mécontentement, pas de la douleur; et surtout ne pas inspirer de pitié. Elle pouvait avoir pitié d'elle, lui non.

Elle ne voulait pas lutter; elle lui reprochait de ne pas vouloir la lutte, et involontairement elle-même se mettait en position de lutter.

— Eh bien, tu ne t'es pas ennuyée? lui demanda-t-il, l'air animé et joyeux, en s'approchant d'elle. Quelle terrible passion que le jeu!

— Non, je ne me suis pas ennuyée. Du reste, depuis longtemps j'ai appris à ne pas m'ennuyer. Stiva est venu avec Lévine.

— Oui, ils voulaient venir dès ce soir. Eh bien, comment trouves-tu Lévine? demanda-t-il, s'asseyant près d'elle.

— Très bien. Il n'y a pas longtemps qu'ils sont partis. Et que fait Iachvine?

— Il avait gagné dix-sept mille roubles. Je lui conseillais de partir, il y consentait presque. Mais il est retourné au jeu et il a tout perdu.

— Alors, pourquoi es-tu resté? demanda-t-elle tout à coup, levant les yeux sur lui.

L'expression de son visage était hostile et froide.

— Tu as dit à Stiva que tu restais pour surveiller Iachvine. Cependant tu l'as quitté!...

La même expression de froide préparation à la lutte parut également sur le visage de Vronskï.

– Primo, je ne l'ai chargé d'aucune commission; secundo, je ne mens jamais; et enfin, je suis resté parce que je l'ai voulu, dit-il en fronçant les sourcils. Anna, pourquoi, pourquoi? fit-il après un moment de silence, se penchant vers elle, et lui tendant sa main ouverte, pour qu'elle y mît la sienne.

Elle était heureuse de cet appel à la tendresse; mais une force mauvaise ne lui permit pas de s'abandonner à ce sentiment; on eût dit que les conditions de la lutte ne lui permettaient pas de se soumettre.

– Cela se comprend : tu as voulu rester, et tu es resté. Tu fais tout ce que tu veux... Mais pourquoi me le dis-tu? Pourquoi? dit-elle s'enflammant de plus en plus. Est-ce que quelqu'un discute tes droits? Mais si tu veux avoir raison, eh bien, soit!

Sa main se ferma. Il se recula, et l'expression de son visage devint encore plus hostile.

– Pour toi, ce n'est que de l'obstination, dit-elle le regardant fixement et trouvant tout d'un coup un nom à cette expression du visage qui l'agaçait. Oui, précisément de l'obstination. Pour toi il ne s'agit que de savoir si tu resteras vainqueur dans la lutte contre moi. Et pour moi...

De nouveau, elle ressentit de la pitié pour elle-même et faillit pleurer.

– Si tu savais ce que c'est pour moi, quand je sens, comme maintenant, que tu m'es hostile, oui, précisément hostile... Si tu savais ce que c'est pour moi? Si tu savais combien en ce moment je suis prête à un terrible malheur, je le crains moi-même... Et elle se détourna, cachant ses sanglots.

– Mais pourquoi pleures-tu? dit-il effrayé de ce désespoir; et se penchant de nouveau vers elle il lui prit la main, et la baisa. – Pourquoi? Est-ce que je cherche des distractions en dehors de la maison? Est-ce que je n'évite pas la société des femmes?

– Sans doute, dit-elle.

– Eh bien, dis-moi ce que je dois faire pour que tu sois tranquille? Je suis prêt à faire tout pour que tu sois heureuse, dit-il touché de son désespoir. Alors que ne ferais-je pas pour te délivrer d'un chagrin comme celui que tu éprouves maintenant, Anna?

– Rien, rien, dit-elle, je ne le sais pas moi-même... Peut-être la vie isolée, les nerfs!... N'en parlons plus... Comment se sont passées les courses? Tu ne me l'as pas raconté, continua-t-elle, tâchant de cacher l'ivresse de la victoire.

Il se fit servir à souper et se mit à lui raconter des détails sur les courses; mais à son intonation, à ses regards qui devenaient de plus en plus froids, elle voyait qu'il ne lui pardonnait pas sa victoire, et que le sentiment d'obstination contre lequel elle avait lutté, se montrait de nouveau en lui. Il était plus froid avec elle qu'auparavant, comme s'il eût regretté de s'être soumis. Et elle, se rappelant les paroles qui lui avaient valu la victoire : « Je suis prête à un terrible malheur, je le crains moi-même... » comprit que cette arme était dangereuse et ne pouvait servir une deuxième fois. Elle sentit qu'à côté de l'amour qui les unissait, s'établissait un esprit malin de lutte, qu'elle ne pouvait chasser du cœur de Vronskï, et encore moins du sien.

XIII

Il n'existe pas de conditions auxquelles l'homme ne puisse s'habituer, surtout s'il voit que tous ceux qui l'entourent vivent de la même façon.

Trois mois auparavant, Lévine n'aurait pu croire qu'il pourrait s'endormir tranquille, dans les conditions où il se trouvait actuellement. Il n'aurait pu croire qu'en menant une vie absurde, inerte, au-dessus de ses moyens, une vie de beuverie (il ne pouvait appeler autrement ce qui s'était passé au cercle), où prenaient place des relations faussement amicales avec l'homme que sa femme avait jadis aimé, et une visite encore plus absurde chez une femme qu'il ne pouvait qualifier que de perdue, par laquelle il s'était laissé séduire, attristant par cela même sa propre femme; il n'aurait pu croire qu'il lui fût possible, dans ces conditions, de fermer l'œil. Néanmoins, sous l'influence de la fatigue, de l'insouciance et du vin, il s'endormit profondément et tranquillement.

A cinq heures du matin, le grincement de la porte qui s'ouvrait, l'éveilla. Il se dressa brusquement et regarda autour de lui. Kitty n'était pas près de lui, mais, de l'autre côté de la cloison. Il vit de la lumière; il entendit ses pas.

– Quoi? Qu'y a-t-il? Kitty, qu'y a-t-il? prononça-t-il, à demi endormi.

– Rien, répondit-elle, paraissant dans la chambre la bougie à la main. Je me suis sentie un peu mal à l'aise, ajouta-t-elle, avec un sourire particulier et charmant.

– Quoi? Est-ce que cela commence? demanda-t-il d'un ton quelque peu effrayé. Il faut envoyer chercher le médecin. Et il se mit à s'habiller hâtivement.

– Non, non, fit-elle en souriant et en le retenant par la main. Ce n'est sûrement rien. C'était un simple malaise, c'est déjà passé.

Elle s'approcha du lit, éteignit la bougie, se recoucha et se tint tranquille. Lévine était inquiet de la respiration que Kitty semblait retenir, et surtout de son expression particulièrement tendre, et de l'excitation avec laquelle, en se montrant dans la chambre, elle lui avait dit : « rien »; néanmoins, il avait tellement sommeil, qu'il se rendormit aussitôt.

Ce ne fut qu'après, pensant à Kitty, qu'il se rappela la douceur de sa respiration, et comprit tout ce qui s'était passé dans cette chère âme tandis que, immobile, dans l'attente de l'événement le plus grand de la vie d'une femme, elle était couchée près de lui.

A sept heures, il fut éveillé par la main de Kitty sur son

épaule. Elle paraissait lutter entre le regret de l'éveiller, et le désir de causer avec lui.

– Kostia, ne t'effraye pas... Ce n'est rien... mais il me semble... Il faut envoyer chercher Élisabeth Petrovna.

De nouveau la bougie était allumée. Elle était assise sur le lit, et tenait à la main un tricot, ouvrage qui l'avait occupée ces derniers jours.

– Je t'en prie, ne t'effraye pas. Ce n'est rien. Je n'ai pas peur, dit-elle en voyant le visage effrayé de son mari. Elle serra contre sa poitrine la main de Lévine, puis la porta à ses lèvres.

Lévine se leva hâtivement, plein d'épouvante, et ne la quittant pas des yeux. Il endossa sa robe de chambre, et s'arrêta, toujours la regardant. Il fallait agir; mais il ne pouvait détacher d'elle son regard. Lui qui aimait tant ce visage, lui qui connaissait si bien l'expression de ce regard, ne l'avait jamais vue ainsi. Comme, la voyant maintenant, il se trouvait ignoble et misérable, au souvenir du chagrin qu'il lui avait causé la veille. Le visage coloré, entouré des cheveux fins qui sortaient du bonnet de nuit, brillait de joie et de résolution.

Si naturel et si égal que fût le caractère de Kitty, Lévine était cependant frappé de ce qu'il voyait maintenant, quand tout ce qui enveloppait cette âme était enlevé, dont le fond même resplendissait à ses yeux. Et dans cette simplicité, dans cette nudité, celle qu'il aimait était encore plus pure.

Elle le regardait en souriant; mais tout d'un coup ses sourcils tremblèrent. Elle leva la tête, se rapprocha vivement de lui, le prit par le bras et se serra contre lui, l'enveloppant de son souffle brûlant. Elle souffrait et paraissait se plaindre de ses souffrances.

Au premier moment, par habitude, il se crut coupable; mais le regard si tendre de Kitty disait que non seulement elle ne lui reprochait rien, mais qu'elle l'aimait. « Si ce n'est moi, alors quel est le coupable? » pensa-t-il involontairement, cherchant pour le punir l'auteur de ces souffrances. Mais il ne trouvait pas. Elle souffrait, se plaignait, mais triomphait de ses souffrances, s'en réjouissait, les aimait. Il voyait que dans son âme se passait quelque chose de très beau, mais quoi? Il ne pouvait comprendre cela. C'était au-dessus de sa compréhension.

– J'ai fait prévenir maman. Toi, va vite chercher Élisabeth Petrovna... Kostia, ce n'est rien, c'est passé!

Elle s'éloignait de lui et souriait :

– Eh bien, maintenant, va. Voici Macha qui vient. Je vais mieux.

A son étonnement, Lévine la vit prendre son ouvrage, qu'elle avait apporté pour la nuit, et se mettre à tricoter.

Lévine, sortant par une porte, entendit que la femme de chambre entrait par l'autre. Il s'arrêta et entendit Kitty donner des ordres détaillés à la domestique et se mettre avec elle à déplacer le lit.

Il s'habilla. Pendant qu'on attelait, car il n'y avait pas encore de fiacres, il retourna dans la chambre à coucher, moins sur la pointe des pieds que sur des ailes, lui semblait-il.

Deux bonnes, avec prudence, déplaçaient quelque chose dans la chambre à coucher. Kitty marchait, tricotait rapidement et donnait des ordres.

– Je vais tout de suite chez le docteur. On a déjà envoyé chez Élisabeth Petrovna, mais j'y passerai moi-même. Faut-il encore autre chose?... Oui, prévenir Dolly.

Elle le regardait avidement, n'écoutant pas ce qu'il lui disait.

– Oui, oui, va, prononça-t-elle en fronçant les sourcils et faisant un geste de la main.

Il était déjà dans le salon quand un gémissement plaintif, qui s'éteignit aussitôt, arriva de la chambre à coucher. Il s'arrêta un moment sans pouvoir comprendre.

« Oui, c'est elle! » se dit-il. Et se prenant la tête à deux mains, il descendit en courant.

« Seigneur Dieu, ayez pitié de nous! Seigneur, ayez pitié! » Il répétait ces mots qui, tout d'un coup, lui étaient venus en tête. Et lui, cet incrédule, ne répétait pas ces paroles uniquement des lèvres. En ce moment, il savait que tous ses doutes, et cette impossibilité de croire qu'il ressentait, ne l'empêchaient nullement de s'adresser à Dieu. Maintenant tout cela, comme une poussière, tombait de son âme. A qui donc pouvait-il s'adresser, sinon à Celui entre les mains de qui il sentait son âme et son amour?

Le cheval n'était pas encore attelé. Mais, sentant ses forces physiques décuplées, en même temps que son désir de faire ce qu'il fallait, pour ne pas perdre un seul instant, sans attendre la voiture, il sortit à pied et ordonna à Kouzma de le rejoindre.

Au coin de la rue il croisa un attelage de nuit qui se hâtait. Dans le petit traîneau était assise Élisabeth Petrovna, en manteau de velours, emmitouflée de châles. « Grâce à Dieu! Grâce à Dieu! » s'écria-t-il, la reconnaissant avec joie. Sans même faire arrêter le cocher, il courut à côté du traîneau.

— Alors, c'est commencé? dit-elle. Depuis deux heures, pas plus?... Allez chez Pierre Dmitritch. Mais ne le pressez pas et prenez de l'opium à la pharmacie.

— Ainsi, vous pensez que tout ira bien?

« Seigneur Dieu, ayez pitié de nous! » s'écria Lévine en apercevant son cheval qui sortait de la porte cochère. Il bondit dans le traîneau, s'installa à côté de Kouzma et se fit conduire chez le docteur.

XIV

Le docteur n'était pas encore levé. « Il s'est couché tard et a ordonné de ne pas l'éveiller, mais il ne tardera pas à se lever », dit le valet qui essuyait un verre de lampe et paraissait très attentif à cette besogne. Cette attention du valet pour le verre, et son indifférence pour l'événement qui se passait chez Lévine, étonna d'abord celui-ci. Mais, en y réfléchissant, il comprit que personne ne connaissait ni n'était obligé de connaître ses sentiments; par conséquent, il fallait agir avec calme et persévérance pour percer cette muraille d'indifférence et atteindre le but; « ne pas se hâter et ne rien négliger », se dit Lévine. Il se sentait un surcroît de forces et d'attention pour ce qu'il fallait faire.

Apprenant que le docteur n'était pas encore levé, Lévine, entre plusieurs plans qui se présentaient à lui, s'arrêta au suivant : Kouzma irait avec un mot chez un autre médecin, lui-même se rendrait à la pharmacie prendre l'opium; et si, à son retour, le docteur n'était pas encore levé, alors par l'argent ou par la force il obligerait le valet à éveiller son maître.

Dans la pharmacie, un aide, maigre, avec autant d'indifférence que le valet nettoyant le verre de lampe, fabriquait un cachet pour un cocher qui attendait. Il refusa de donner de l'opium. S'efforçant de rester calme, Lévine donna le nom du médecin, de la sage-femme, expliqua pourquoi il désirait de l'opium, et pria l'aide-pharmacien de lui en donner. L'homme demanda en allemand ce qu'il devait faire à quelqu'un qui se trouvait dans la pièce voisine. Ayant reçu l'autorisation sollicitée, il prit un flacon, lentement versa le liquide dans une petite fiole, y posa une étiquette, et la cacheta, malgré les supplications de Lévine qui lui disait que tout cela était inutile. L'aide voulait même envelopper la fiole, mais cette fois Lévine ne le laissa pas faire. Résolument il prit l'opium des mains du personnage et sortit. Le médecin n'était pas encore levé; et le valet, occupé maintenant à battre des tapis, refusait de l'éveiller.

Lévine, sans se hâter, tira de sa poche un billet de dix roubles, et lentement, mais sans perdre de temps, le tendit au domestique, lui expliquant que Pierre Dmitritch (ce Pierre Dmitritch qui, autrefois, paraissait à Lévine si peu de chose, maintenant revêtait à ses yeux une grande importance) avait promis d'être à sa disposition à n'importe quel moment, que certainement il ne se fâcherait pas, que Lévine priait donc le valet d'aller réveiller son maître.

Le valet y consentit. Il monta chez son maître et fit entrer

Lévine dans le salon de réception. A travers la porte, Lévine entendit le docteur toussoter, marcher, se lever, parler.

Trois minutes s'écoulèrent; pour Lévine ce fut une heure; il ne pouvait plus attendre.

— Pierre Dmitritch! Pierre Dmitritch! cria-t-il d'une voix suppliante, par la porte entrouverte... Au nom de Dieu, pardonnez-moi... Recevez-moi tel que vous êtes... Il y a déjà plus de deux heures...

— Tout de suite, tout de suite, répondit la voix. Lévine étonné entendit que le docteur disait cela en souriant.

— Une minute.

— Tout de suite!

Deux minutes s'écoulèrent encore, pendant lesquelles le docteur mit ses chaussures; et il lui fallut encore deux minutes pour mettre ses habits et se peigner.

— Pierre Dmitritch! répéta de nouveau Lévine d'une voix plaintive.

Mais à ce moment parut le docteur, habillé et peigné.

« Ils n'ont pas de cœur, ces gens-là! pensa Lévine, se peigner quand on se meurt... »

— Bonjour, lui dit le docteur en lui tendant la main, avec un calme fait pour agacer le client. Ne vous hâtez pas. Eh bien?

S'efforçant d'être précis, Lévine commença à dépeindre, avec force détails inutiles, la situation où se trouvait sa femme; il coupait sans cesse son récit en proposant au docteur de partir.

— Mais ne vous hâtez donc pas ainsi! Vous ignorez sûrement que je ne suis pas nécessaire. Néanmoins, j'ai promis et j'irai; mais il n'y a pas à se presser ainsi. Asseyez-vous, s'il vous plaît. Voulez-vous prendre du café?

Lévine le regarda, demandant par son regard si l'on ne se moquait pas de lui. Mais le docteur n'y songeait même pas.

— Je sais, je sais, dit-il en souriant. Moi-même j'ai une famille. A ces moments-là, les maris sont les gens les plus malheureux du monde. J'ai une cliente dont le mari, dans ces circonstances, s'enfuit toujours à l'écurie.

– Mais qu'en pensez-vous, Pierre Dmitritch? Croyez-vous que tout puisse se passer bien?

– Tout le fait prévoir.

– Alors, vous venez? demanda Lévine, et il regarda méchamment le valet qui apportait le café.

Le docteur se mit à prendre son café; tous deux se turent.

– Les Turcs sont battus comme il faut! Avez-vous lu la dépêche d'hier? épilogua le docteur en mâchant son pain.

– Non, je n'en puis plus! fit Lévine, se levant brusquement. Alors, vous serez à la maison dans un quart d'heure?

– Dans une demi-heure, parole d'honneur.

A la maison, Lévine rencontra la vieille princesse et tous deux se dirigèrent vers la chambre à coucher.

La princesse avait les larmes aux yeux et ses mains tremblaient.

En apercevant Lévine elle l'avait embrassé et s'était mise à pleurer.

– Eh bien, ma chère Élisabeth Petrovna? dit-elle, saisissant par le bras la sage-femme qui sortait à leur rencontre, l'air soucieux et important.

– Ça va bien, dit-elle. Persuadez-la de se coucher, ce sera mieux.

Depuis qu'il s'était éveillé, et avait compris de quoi il s'agissait, Lévine se préparait à ne pas réfléchir, à ne rien prévoir, à cacher toutes ses pensées, tous ses sentiments, à ne pas troubler sa femme, mais au contraire à la rassurer, à soutenir son courage pour l'aider à supporter tout ce qu'elle devrait endurer; et surtout il s'était promis de ne pas penser à ce que serait la fin de tout cela. Renseigné par des conversations, Lévine, en pensée, se préparait à souffrir et à comprimer son cœur pendant cinq heures environ; et cela lui paraissait possible. Mais quand il revint de chez le docteur et vit de nouveau les souffrances de sa femme, il se mit à répéter de plus en plus souvent : « Seigneur Dieu, pardonnez-nous. Ayez pitié de nous! » à soupirer, à lever la tête. Et il redoutait de ne pouvoir supporter le spectacle, de se mettre à pleurer, de s'enfuir, tellement c'était pénible pour lui. Or il ne s'était encore écoulé qu'une heure.

Mais après cette heure, une autre suivit, puis une deuxième, une troisième; puis enfin les cinq heures, qu'il s'était fixées comme maximum de souffrances; et la situation était toujours la même; et il la supportait toujours, car il n'y avait pas autre chose à faire. Cependant, à chaque instant, il se croyait arrivé aux dernières limites du courage et il pensait que son cœur allait éclater de douleur.

Les minutes s'écoulaient, les heures succédaient aux heures, et sa souffrance et son horreur grandissaient de plus en plus.

Toutes les conditions ordinaires de la vie, sans lesquelles on ne peut rien se représenter, n'existaient plus pour Lévine. Il avait perdu la notion du temps. Tantôt les minutes – ces minutes où elle l'appelait près d'elle et où il tenait la main moite qui tour à tour serrait la sienne avec une force extraordinaire ou la repoussait – lui semblaient des heures; tantôt les heures lui semblaient des minutes.

Il fut étonné quand Élisabeth Pétrovna le pria d'allumer la bougie derrière le paravent, et qu'il apprit qu'il était cinq heures. Si quelqu'un lui eût dit qu'il était dix heures du matin il n'en aurait pas été autrement surpris. Où était-il demeuré tout ce temps? que s'était-il passé? il l'ignorait. Il voyait le visage enflammé, tantôt étonné et souffrant, tantôt souriant et serein. Il voyait la princesse rouge, énervée, ses boucles grises en désordre, les yeux pleins de larmes qu'elle refoulait en se mordant les lèvres. Il voyait aussi Dolly, le docteur, qui fumait de gros cigares, Élisabeth Petrovna l'air ferme, résolu, rassurant, et le vieux prince qui se promenait dans le salon, les sourcils froncés.

Mais comment venaient-ils et sortaient-ils, où étaient-ils, il ne le savait pas. La princesse était tantôt avec le docteur dans la chambre à coucher, tantôt dans le cabinet de travail où, tout d'un coup, se trouvait une table dressée. Tantôt ce n'était pas elle, mais Dolly. Ensuite Lévine se rappelait qu'on l'avait envoyé quelque part. Une fois on lui avait fait transporter la table et le divan. Il l'avait fait avec empressement, croyant que c'était nécessaire pour Kitty, et après il avait appris que c'était pour préparer une chambre pour lui-même. Puis on l'avait envoyé dans le cabinet de travail demander quelque chose au docteur. Celui-ci avait répondu, et s'était mis à parler du désordre qui régnait dans le conseil municipal. Ensuite on avait envoyé Lévine dans la chambre à coucher porter à la vieille princesse une icône dans un cadre de vermeil. Avec la femme de chambre de la princesse il avait fouillé une armoire pour y chercher quelque chose, et avait écrasé la petite veilleuse; la femme de chambre l'avait calmé en lui parlant de sa femme et de la veilleuse, et il avait soigneusement placé l'icône sous l'oreiller de Kitty. Mais où, quand et pourquoi tout cela? il n'en savait rien. Il ne comprenait même plus pourquoi la princesse lui prenait la main et le regardant avec commisération lui demandait d'être calme; pourquoi Dolly le priait de manger, le faisait sortir de la chambre, et même pourquoi le docteur le regardait sérieusement, avec compassion, et lui proposait toutes sortes de remèdes.

Il savait et sentait seulement que ce qui se passait maintenant était semblable à ce qui s'était passé une année auparavant, dans un hôtel de province, au lit de mort de son frère Nicolas. Mais là-bas c'était le malheur, ici la joie. Toutefois ce malheur et cette joie étaient également en dehors de toutes les conditions habituelles de la vie; c'était comme des trous à travers lesquels paraissait quelque chose de supérieur. Également pénible, également incompréhensible était ce qui s'accomplissait; et à ce spectacle son âme s'élevait à une hauteur que jusqu'ici elle n'avait pas atteinte, qu'elle ne comprenait même pas et où la raison ne la suivait pas.

« Seigneur, ayez pitié de nous! Pardonnez-moi! » répétait-il sans cesse. Malgré son éloignement si ancien et si complet, il sentait qu'il s'adressait à Dieu avec la même confiance, la même simplicité, qu'au temps de son enfance et de son adolescence.

Pendant tout ce temps, il y avait en lui deux impressions

distinctes : l'une en dehors de Kitty, avec le docteur qui fumait son cigare qu'il éteignait au bord d'un cendrier plein, avec Dolly, avec le vieux prince, où l'on parlait politique, et où, pour un moment, il oubliait complètement ce qui se passait, et se sentait comme éveillé; l'autre impression, imprégnée de la présence de Kitty, près de son chevet, où le cœur voulait se briser de compassion et où sans cesse Lévine priait Dieu. Et chaque fois qu'un cri partant de la chambre à coucher arrivait jusqu'à lui, et le tirait d'un moment d'oubli, il retombait dans la même erreur étrange : à chaque cri il bondissait, courait pour se justifier, se rappelait en route qu'il n'était pas coupable, qu'il voulait la secourir, la protéger.

Mais en la regardant il voyait de nouveau qu'il était impossible de l'aider; et terrifié il répétait : « Seigneur Dieu, pardonnez-nous! Ayez pitié de nous! » Plus le temps s'écoulait, plus ces deux courants devenaient forts. Oubliant tout, Lévine devenait d'autant plus calme; et plus terribles devenaient ses souffrances, et le sentiment de son impuissance vis-à-vis de celles-ci. Il bondissait, voulait s'enfuir quelque part, et courait chez elle.

Parfois, quand de nouveau elle l'appelait, il s'accusait. Mais dès qu'il voyait le visage doux, souriant et entendait les paroles : « Je te fais souffrir! » il accusait Dieu, pour aussitôt lui demander pardon et assistance.

XV

Il ne savait plus si c'était le matin ou le soir; les bougies finissaient de brûler. Dolly venait d'entrer dans le cabinet et proposait au docteur de se coucher. Lévine, assis, écoutait les récits du docteur au sujet d'un charlatan, d'un magnétiseur, et regardait la cendre de son cigare. Il était dans un moment de repos, d'oubli. Il perdait complètement de vue la situation. Il écoutait le récit du docteur et le comprenait. Tout à coup éclata un cri effroyable, un cri qui n'avait rien d'humain, un cri si terrible que Lévine ne bougea pas, mais, retenant son souffle, regarda le docteur d'un air effrayé et interrogateur. Le docteur inclina la tête, prêtant l'oreille, et eut un sourire satisfait. Tout était si extraordinaire que rien n'étonnait plus Lévine. « Il le faut sans doute ainsi », pensa-t-il; et il resta assis. De qui était ce cri? Il se leva vivement, courut sur la pointe des pieds dans la chambre à coucher, contourna Élisabeth Petrovna et la vieille princesse et se mit à sa place près du chevet. Le cri s'était éteint; il y avait maintenant quelque chose de changé. Quoi? il ne le voyait pas, ne le comprenait pas et ne voulait ni le voir ni le comprendre; mais il s'en rendait compte, à voir le visage d'Élisabeth Petrovna. Le visage de la sage-femme était sévère, pâle, et gardait le même air résolu, bien que la mâchoire tremblât un peu. Ses yeux étaient fixés sur Kitty. Celle-ci, le visage gonflé, décomposé, une mèche de cheveux collée sur le front en sueur, était tournée vers son mari et cherchait son regard; les mains levées cherchaient celles de Lévine. Kitty prit dans ses mains en sueur les mains froides de son mari, les pressa contre son visage.

– Ne t'en va pas! Ne t'en va pas! Je n'ai pas peur! Je n'ai pas peur! disait-elle rapidement! Maman, relevez mes boucles, elles me gênent. N'aie pas peur. C'est bientôt, bientôt, Élisabeth Petrovna?

Elle parlait rapidement, elle voulait sourire; mais tout d'un coup son visage se déforma et elle le repoussa.

– Non, c'est affreux! Je mourrai! Je vais mourir! Va-t'en! Va-t'en! s'écria-t-elle. Et de nouveau on entendit ce même cri qui n'avait rien d'humain.

Lévine prit sa tête entre ses mains et s'enfuit de la chambre.

– Rien, rien, tout va bien, prononça Dolly derrière lui. Mais on avait beau dire, il était sûr que tout était fini. De la pièce voisine, où il se tenait la tête appuyée contre le mur, il entendit un cri, un hurlement étrange, différent de ceux qu'il avait entendus jusqu'alors, et il sut que ce cri provenait d'un être qui avait été autrefois Kitty. L'enfant, depuis longtemps il ne le désirait plus. Maintenant, il haïssait cet enfant, il ne désirait plus qu'il vécût; il ne voulait qu'une chose : la cessation de ces horribles souffrances.

– Docteur, que signifie cela? Qu'est-ce que c'est? Mon Dieu! cria-t-il, saisissant par le bras le docteur qui entrait.

– C'est bientôt la fin, répondit le docteur. Et son visage était si sérieux que Lévine interpréta ces paroles dans un sens funèbre.

Hors de lui, il courut dans la chambre à coucher. La première chose qu'il remarqua, ce fut le visage d'Élisabeth Petrovna, devenu plus sévère encore, les sourcils froncés.

Le visage de Kitty n'existait plus. La crispation nerveuse et les cris en avaient fait quelque chose d'horrible. Lévine appuya sa tête sur le bois du lit, sentant son cœur se déchirer. Le cri terrible ne s'arrêtait plus; il était devenu encore plus effrayant; et soudain, comme s'il eût atteint les dernières limites de l'horreur, il se calma; Lévine n'en pouvait croire ses oreilles. Cependant il était impossible d'en douter. Le cri se calma et ce fut un remue-ménage, des chuchotements, des respirations entrecoupées. Puis la voix vivante, tendre et heureuse qui prononçait doucement ces mots :

« C'est fini ! »

Il releva la tête. Les bras rejetés sur la couverture, extraordinairement belle, silencieuse, elle le regardait sans mot dire, et s'efforçait de sourire sans y parvenir.

Et tout à coup, de ce monde mystérieux, terrible, étrange, dans lequel il vivait depuis vingt-deux heures, Lévine se sentit transporté dans le monde ordinaire, le monde d'autrefois, mais qui brillait maintenant d'une lumière de bonheur, si éclatante qu'il ne pouvait la supporter. Les cordes tendues se brisaient : des sanglots et des larmes de joie, qu'il n'avait pas prévus, se soulevèrent en lui avec tant de force que tout son corps en tressaillit et qu'il lui fut impossible de parler.

Tombant à genoux devant le lit, il porta à ses lèvres la

main de sa femme, la couvrant de baisers auxquels cette main répondait par un faible mouvement des doigts. Pendant ce temps, là-bas, au pied du lit, entre les mains expertes d'Élisabeth Petrovna, comme la faible flamme d'une veilleuse vacillait la vie d'un petit être humain, jusqu'alors plongé dans le néant, qui, avec le même droit à la vie, vivrait et procréerait d'autres êtres.

– Vivant! Vivant! Et un garçon! Ne vous inquiétez pas! Voilà ce qu'entendit Lévine. C'était Élisabeth Petrovna qui parlait ainsi, tout en tapotant d'une main tremblante le dos de l'enfant.

– Maman, est-ce vrai? demanda Kitty.

Seuls les sanglots de la princesse lui répondirent.

Soudain, au milieu du silence, comme en réponse à la question de la mère, s'éleva une tout autre voix, étrangère à toutes les personnes qui causaient à voix basse dans la chambre. C'était un cri audacieux, impérieux, celui d'un nouvel être humain, surgi on ne savait d'où.

Si auparavant on eût dit à Lévine que Kitty était morte avec son enfant, que les enfants sont des anges et que Dieu lui-même était là, devant eux, il n'en eût point été étonné; mais maintenant, qu'il était de retour dans le monde réel, il faisait de grands efforts pour se rendre compte qu'elle était vivante, bien portante, et que l'être qui criait si éperdument était son fils.

Kitty était vivante, ses souffrances terminées, et Lévine était extraordinairement heureux. Il comprenait cela et en était tout joyeux. Mais l'enfant? D'où venait-il, pourquoi et qui était-il?...

Lévine ne pouvait se faire à cette pensée. C'était pour lui quelque chose de trop, de superflu, à quoi pendant longtemps il ne put s'habituer.

XVI

A DIX HEURES, le vieux prince, Serge Ivanovitch et Stépan Arkadiévitch se trouvaient chez Lévine. Après avoir parlé de la jeune maman, ils causaient de choses et d'autres. Lévine les écoutait; ces conversations, malgré lui, lui rappelant l'événement qui s'était achevé ce matin-là, et ce qu'il était auparavant, comme si un siècle se fût écoulé depuis. Il se sentait sur une hauteur inaccessible d'où il descendait précautionneusement, pour ne pas blesser ses interlocuteurs. Il causait et sans cesse pensait à Kitty, à tout ce qui concernait l'état présent de la jeune femme, à leur fils, car Lévine tâchait de s'habituer à la pensée que cet enfant existait. La femme, qui, depuis son mariage, avait pris pour lui une signification nouvelle, inconnue, maintenant s'élevait dans la pensée de Lévine, à une hauteur qu'il jugeait inaccessible pour lui.

Il écoutait le récit du dîner de la veille au cercle, et pensait : « Que devient-elle maintenant? S'est-elle endormie? Comment va-t-elle? Que pense-t-elle? Est-ce que mon fils, Dmitri, pleure? » Et au milieu de la conversation, au milieu d'une phrase, il sortit précipitamment de la pièce.

– Fais-moi savoir si on peut aller la voir, dit le vieux prince.

– Bon, tout de suite, répondit Lévine, qui courait déjà.

Elle ne dormait pas et parlait à voix basse avec sa mère, du prochain baptême. Habillée, peignée, coiffée d'un élégant bonnet à rubans bleus, les mains appuyées sur la couverture, du regard elle l'attira près d'elle. Le regard, toujours clair, devenait encore plus limpide à mesure qu'il s'approchait. Le visage avait changé son expression terrestre pour cette expression supra-terrestre qu'on remarque sur les visages des morts; mais au lieu d'un adieu, c'était comme un retour à la vie. De nouveau une émotion semblable à celle qu'il avait éprouvée au moment de l'accouchement serrait le cœur de Lévine. Elle lui prit la main et lui demanda s'il avait dormi. Il ne put répondre et se détourna pour cacher sa faiblesse.

– Moi, j'ai dormi un peu, Kostia, lui dit-elle. Je me sens si bien maintenant.

Elle le regarda, mais tout d'un coup son expression changea.

– Donnez-le-moi! dit-elle, entendant les cris de l'enfant. Donnez-le-moi, Élisabeth Petrovna!... Lui aussi doit le voir.

– Bien. Que le papa le voie, dit Élisabeth Petrovna, en soulevant et apportant quelque chose de rouge qui s'agitait.

– Attendez, il faut d'abord faire notre toilette.

Élisabeth Petrovna posa cette chose tremblante et rouge sur le lit, se mit à dévêtir et revêtir l'enfant, le soulevant et le retournant entre deux doigts, tout en poudrant son petit corps.

Lévine, à la vue de cette petite créature misérable, faisait de vains efforts pour trouver dans son âme quelque trace du sentiment paternel. Il ne ressentait pour cet objet que du dégoût. Mais quand il vit le petit corps nu, quand se montrèrent ces tout petits bras, ces petits pieds aux doigts si menus avec l'orteil bien distinct, quand il vit Élisabeth Petrovna serrer ces petits membres mous dans des bandes de toile, il éprouva une telle pitié pour ce petit être, une telle crainte qu'elle ne lui fît mal, qu'il la retint par le bras.

Élisabeth Petrovna se mit à rire :

– N'ayez pas peur! N'ayez pas peur!

Quand l'enfant fut arrangé et transformé en une poupée solide, Élisabeth Petrovna le montra, fière de son travail, et s'éloigna pour que Lévine pût voir son fils dans toute sa beauté. Kitty, les yeux fixes, regardait le même point.

– Donnez-le-moi! Donnez-le-moi! dit-elle, se soulevant même un peu.

– Que faites-vous, Catherine Alexandrovna! Il ne faut pas faire de pareils mouvements! Attendez, je vous le donnerai. Il faut montrer d'abord à papa quel gaillard nous sommes!

Élisabeth Petrovna, d'une seule main, souleva vers Lévine cet être étrange, rouge, vacillant, la tête enfoncée dans le maillot. Mais cet être avait aussi un nez, des yeux, des lèvres qui claquaient.

– Un bel enfant! dit Élisabeth Petrovna.

Lévine soupira avec tristesse. Ce « bel enfant » ne lui inspirait qu'un sentiment de dégoût et de pitié. Ce n'était pas du tout ce qu'il en attendait. Il se détourna, pendant qu'Élisabeth Petrovna installait le bébé au sein de la mère.

Tout à coup, un rire lui fit lever la tête. L'enfant avait pris le sein.

– Eh bien, assez, assez! dit Élisabeth Petrovna. Mais Kitty ne le rendit pas et l'enfant s'endormit dans ses bras.

– Regarde maintenant, dit Kitty, tournant l'enfant vers Lévine. Le petit visage de vieillard de l'enfant se rida tout à coup encore davantage; et il éternua.

En souriant et en retenant à peine des larmes d'attendrissement, Lévine embrassa sa femme, et il sortit de la chambre sombre.

Ce qu'il éprouvait pour cette petite créature n'était pas du tout ce qu'il attendait. Il n'y avait rien de gai ni de joyeux dans ce sentiment. Au contraire, c'était une nouvelle crainte, causée par des tourments. C'était la conscience d'un nouveau point sensible; et cette conscience, les premiers temps, était si pénible, la crainte que cet être faible ne souffrît était si forte, qu'à cause de cela Lévine ne remarqua pas le sentiment étrange de joie stupide et même d'orgueil qu'il avait ressenti quand l'enfant avait éternué.

XVII

Les affaires de Stépan Arkadiévitch étaient en fort mauvais état.

L'argent de la forêt, dont il avait reçu les deux tiers, était dépensé; moyennant une réduction de prix de dix pour cent, il avait touché avant terme presque toute la somme due pour le dernier tiers. Le marchand ne voulait plus rien avancer, car cet hiver, Daria Alexandrovna, faisant valoir ses droits pour la première fois, avait refusé de signer le reçu de l'argent pour le dernier tiers de la forêt. Les appointements étaient dépensés pour la maison et pour le paiement des petites dettes. Il n'y avait plus d'argent.

La situation était désagréable, ennuyeuse et ne pouvait se prolonger, de l'avis même de Stépan Arkadiévitch. Il attribuait cet état de choses à l'insuffisance de ses appointements. La place qu'il occupait avait été évidemment très bonne, cinq années auparavant, mais à présent elle n'était plus suffisante. Pétrov, le directeur de la Banque, recevait 12 000 roubles. Svientitzki, comme membre du conseil d'administration d'une société quelconque, en touchait 17 000. Mitine, fondateur d'une banque, gagnait 50 000 roubles. « Évidemment, je me suis endormi. On m'a oublié », pensa Stépan Arkadiévitch. Il se mit à regarder et à écouter. Vers la fin de l'hiver, il jeta son dévolu sur une très belle situation, et commença à en faire le siège; d'abord à Moscou, par ses tantes, ses oncles, ses amis; puis, l'affaire une fois amorcée, au printemps il partit lui-même pour Pétersbourg.

Il s'agissait d'une de ces places de 1 000 à 50 000 roubles par an, dont le nombre grandissait de jour en jour; une bonne place à pots-de-vin : membre de la « Commission des Agences réunies du Crédit Mutuel des chemins de fer du Sud, et des établissements de banque. » Comme toutes les situations analogues, cette place exigeait tant de connaissances et d'activité qu'il était presque impossible de les trouver en un seul homme. Or puisqu'un tel homme n'existait pas, il valait bien mieux que la place revînt à un brave garçon plutôt qu'à un coquin; et Stépan Arkadiévitch était non seulement un homme honnête mais aussi un honnête homme, dans le sens qu'on attribuait, à Moscou, à ce qualificatif. On disait : un honnête politicien, un honnête écrivain, un honnête journal, une honnête institution, ce qui signifiait seulement que l'homme ou l'institution n'étaient pas malhonnêtes, et, à l'occasion, pouvaient fronder le gouvernement.

Stépan Arkadiévitch fréquentait, à Moscou, le milieu où ce mot était usité, et où lui-même était traité en honnête homme. Aussi avait-il à cette place plus de droit qu'un autre.

Cette place rapportait de 7 000 à 10 000 roubles par an, et Oblonskï pouvait l'occuper en gardant sa situation actuelle. Elle dépendait de deux ministères, d'une dame et de deux Juifs. Ces personnes étaient déjà pressenties; cependant Stépan Arkadiévitch avait besoin d'aller les voir à Pétersbourg. En outre, il avait promis à sa sœur d'obtenir de Karénine une réponse définitive à propos du divorce. Stépan Arkadiévitch demanda et obtint de Dolly 50 roubles et partit pour Pétersbourg.

Assis dans le cabinet de travail de Karénine, Stépan Arkadiévitch écoutait un projet de rapport sur les causes du mauvais état des finances russes, et n'attendait que la fin de cette lecture pour aborder son affaire et celle d'Anna.

– Oui, c'est tout à fait juste, dit-il quand Alexis Alexandrovitch, ôtant son pince-nez, sans lequel il ne pouvait maintenant lire, regarda interrogativement son ex-beau-frère. C'est parfaitement juste dans les détails. Toutefois le principe dominant de notre époque, c'est la liberté!...

– Oui, mais moi je pose un autre principe, qui embrasse celui de la liberté, expliqua Alexis Alexandrovitch, appuyant sur le mot « embrasse » et mettant de nouveau son pince-nez pour retrouver le passage où était exposée cette idée.

Après avoir feuilleté le manuscrit, joliment écrit, avec de grandes marges, Alexis Alexandrovitch relut ce passage.

– Je ne veux pas du système des protections, ni pour l'avantage des particuliers ni pour le bien général des classes, inférieures ou supérieures, dit-il, regardant Oblonskï par-dessus son pince-nez. Mais *ils* ne peuvent pas comprendre cela! *Ils* ne sont occupés que des intérêts personnels et ne s'intéressent qu'aux phrases!

Stépan Arkadiévitch savait que quand Karénine se mettait

à parler de ce qu'*ils* font et pensent – ceux-là mêmes qui ne voulaient pas examiner ses projets et étaient donc la cause de tous les maux supportés par la Russie – on approchait de la fin. C'est pourquoi il renonça bien volontiers au principe de la liberté et acquiesça à tout. Alexis Alexandrovitch se tut, feuilletant son manuscrit.

– A propos, dit Stépan Arkadiévitch, je voulais te demander de dire un mot pour moi à Pomorski, dès que tu en auras l'occasion. Je désirerais vivement une place de membre, dans la commission des Agences réunies du Crédit Mutuel des chemins de fer du Sud et des Établissements de Banque.

Stépan Arkadiévitch était déjà si habitué au nom de cette place, qui lui tenait tant au cœur, qu'il pouvait prononcer toute cette tirade rapidement et sans se tromper.

Alexis Alexandrovitch lui demanda en quoi consistaient les fonctions de cette nouvelle Commission, et se mit à réfléchir. Il cherchait s'il n'y avait pas, dans le rôle de cette Commission, quelque chose de contraire à ses projets. Mais comme c'était une affaire très compliquée et que ses projets embrassaient un champ très vaste, il ne pouvait s'en rendre compte d'un coup. Otant son pince-nez il dit :

– Oui, je puis lui en parler. Mais, à vrai dire, pourquoi désires-tu cette place?

– De bons appointements... Jusqu'à 9 000 roubles, et mes moyens...

– Neuf mille! répéta Alexis Alexandrovitch en fronçant les sourcils.

Le chiffre élevé de ces appointements lui apprenait qu'à cet égard le but visé par Stépan Arkadiévitch était contraire au sens principal de ses projets à lui, qui toujours tendaient à l'économie.

– Je trouve, et j'ai écrit un rapport sur ce sujet, qu'à notre époque ces gros appointements sont les indices d'une fausse ASSIETTE économique de notre gouvernement.

– Mais que veux-tu? objecta Stépan Arkadiévitch. Supposons que le directeur d'une banque reçoive 10 000 roubles, il vaut cela; ou qu'un ingénieur reçoive 20 000 roubles; tu conviendras que c'est une activité utile.

– J'estime que le salaire est comme le prix d'une marchandise et qu'il doit subir la loi de l'offre et de la demande. Si le but du salaire s'écarte de cette loi, ainsi qu'il arrive quand, par exemple, de deux ingénieurs sortis de la même école, ayant tous les deux les mêmes titres, les mêmes capacités, l'un reçoit, mettons 40 000 roubles, tandis que l'autre n'en touche que 20 000, ou si l'on nomme directeur d'une banque, avec d'énormes appointements, un juriste, ou un hussard, n'ayant aucune connaissance spéciale, j'en conclus que le salaire n'est pas déterminé par la loi de l'offre et de la demande, mais bien arbitrairement. Or il y a là un abus important en soi, qui nuit au service d'État. Je pense...

Stépan Arkadiévitch se hâta d'interrompre son beau-frère :

– Oui, mais conviens qu'il s'agit d'une nouvelle institution foncièrement utile; c'est une chose vivante. On désire surtout que l'affaire soit menée honnêtement, dit Stépan Arkadiévitch avec une intonation particulière.

Mais la signification moscovite de l'honnêteté n'était pas compréhensible à Alexis Alexandrovitch.

– L'honnêteté, ce n'est qu'une qualité négative, dit-il.

– En tout cas tu me rendrais un grand service en disant un mot à Pomorski, comme ça, en causant.

– Il me semble que cela dépend plutôt de Bolgarinov.

– Bolgarinov m'est acquis, dit Stépan Arkadiévitch en rougissant.

Il rougit en prononçant le nom de Bolgarinov, car ce matin même il était allé chez le Juif Bolgarinov, et cette visite lui avait laissé une impression désagréable.

Stépan Arkadiévitch savait très bien que l'affaire dans laquelle il voulait entrer était une affaire nouvelle, vivante et honnête, mais, ce matin-là, quand Bolgarinov l'avait reçu, après l'avoir fait attendre durant deux heures avec d'autres solliciteurs, il avait été très gêné. Était-il gêné parce que lui, prince Oblonskï, descendant de Rurik, avait attendu deux heures dans l'antichambre d'un Juif, ou parce que, pour la première fois de sa vie, il ne suivait pas l'exemple de ses ancêtres, en cherchant un emploi en dehors de l'État? En tout cas, il s'était senti très mal à l'aise.

Pendant ces deux heures d'attente chez Bolgarinov, Stépan Arkadiévitch, se promenant à travers la salle, en lissant ses favoris, était entré en conversation avec des gens qui attendaient également, et il avait cherché un bon mot à dire, cachant soigneusement aux autres et à lui-même les sentiments qu'il éprouvait. Mais tout ce temps il s'était senti gêné, mal à l'aise, ne sachant lui-même pourquoi; parce qu'il ne trouvait pas de calembour à lancer, ou pour quelque autre raison. Quand enfin Bolgarinov l'avait reçu, avec une politesse extrême, tout heureux visiblement de l'avoir humilié, l'éconduisant presque, Stépan Arkadiévitch s'était hâté d'oublier tout cela. C'était seulement, maintenant qu'il s'en souvenait, qu'il en rougissait.

XVIII

— J'ai encore à te poser une autre question, et tu sais laquelle. Il s'agit d'Anna, commença Stépan Arkadiévitch après un court silence, chassant cette impression désagréable.

Au nom d'Anna le visage d'Alexis Alexandrovitch se transforma soudain. Son animation fit place à une expression de fatigue et d'abattement.

— Que voulez-vous de moi, expliquez-vous? dit-il en se tournant sur son fauteuil et en fermant son pince-nez.

— Une décision, une décision quelle qu'elle soit. Je m'adresse en toi (« non au mari offensé », voulut dire Stépan Arkadiévitch, mais craignant de tout gâter par ces mots il en employa d'autres) non pas à l'homme d'État (ce qui était très mal à propos), mais tout simplement à l'homme, à l'homme de cœur, au chrétien. Tu dois avoir pitié d'elle.

– Pourquoi? fit doucement Karénine.

– Oui, pitié. Si tu la voyais comme moi – j'ai passé tout l'hiver près d'elle – tu aurais pitié d'elle, sa situation est affreuse, absolument affreuse...

– Il me semble qu'Anna Arkadievna n'a que ce qu'elle a voulu, répondit Alexis Alexandrovitch, d'une voix plus aiguë, presque perçante.

– Oh Alexis Alexandrovitch! Au nom de Dieu, ne récriminons pas! Ce qui est fait est fait. Tu sais ce qu'elle désire et attend, c'est le divorce.

– Je croyais qu'Anna Arkadievna entendait renoncer au divorce dans le cas où je garderais mon fils. Je lui ai répondu dans ce sens et je croyais l'affaire terminée. Je la regarde comme terminée, glapit Alexis Alexandrovitch.

– Au nom de Dieu, ne t'emporte pas! supplia Stépan Arkadiévitch touchant le genou de son beau-frère. L'affaire n'est pas terminée. Si tu me permets de te le rappeler, voici comment les choses se sont passées. Quand vous vous êtes séparés, tu t'es montré aussi magnanime qu'on peut l'être; tu lui donnais tout : la liberté, même le divorce. Elle a apprécié cela. Non, crois-moi... Elle a véritablement apprécié cela... A tel point qu'au premier moment, se sentant coupable envers toi, elle n'a pas réfléchi, elle ne pouvait réfléchir... elle renonça à tout... Mais la réalité, le temps, ont montré que sa situation est pénible, impossible...

– La vie d'Anna Arkadievna ne m'intéresse pas, interrompit Alexis Alexandrovitch en levant les sourcils.

– Permets-moi de n'en rien croire, objecta doucement Stépan Arkadiévitch. Sa situation est pénible pour elle et sans aucun avantage pour n'importe qui... Tu diras qu'elle n'a que ce qu'elle mérite... Elle le sait et ne te demande rien. Elle dit franchement qu'elle n'ose rien te demander. Mais moi, mais tous ses parents, nous tous qui l'aimons, nous te supplions... Pourquoi souffre-t-elle? A qui cela profite-t-il?

– Permettez. Vous me placez, il me semble, dans la situation de l'accusé...

– Non, non, nullement! Comprends-moi, dit Stépan Arkadiévitch, lui touchant cette fois le bras, comme s'il eût été persuadé que ce contact adoucirait son beau-frère. – Je ne dis qu'une chose : sa situation est pénible. Cette situation peut être adoucie par toi, sans que tu subisses aucun tort... J'arrangerai tout de telle façon que tu ne t'en ressentiras pas... En somme, tu as promis la chose...

– La promesse fut faite antérieurement... En outre, je suppose que la question de l'enfant a réglé l'affaire. Enfin j'espérais qu'Anna Arkadievna aurait la générosité... prononça avec effort Alexis Alexandrovitch, pâle, les lèvres tremblantes.

– Elle s'en remet entièrement à ta magnanimité... Elle ne te demande qu'une chose : qu'elle puisse sortir de cette situation intolérable où elle se trouve. Maintenant elle ne te réclame plus son fils. Alexis Alexandrovitch, tu es bon... Imagine un moment sa situation. Le divorce est désormais pour elle une question de vie ou de mort. Si tu ne l'avais pas promis autrefois, elle se serait faite à cette situation, elle serait restée à la campagne... Mais tu as promis... Elle t'a écrit, puis est venue habiter Moscou. Et là, à Moscou, où chaque rencontre est pour elle un coup de couteau au cœur, elle vit depuis six mois, attendant chaque jour ta décision. C'est la même chose que de tenir un condamné à mort des mois entiers le nœud au cou, en lui promettant peut-être la mort, peut-être la grâce... Aie pitié d'elle. Et après je me porte garant d'arranger tous... vos SCRUPULES.

– Je ne parle pas de cela! interrompit avec mépris Alexis Alexandrovitch... Mais peut-être ai-je promis ce que je n'avais pas le droit de promettre.

– Alors tu refuses de faire ce que tu as promis?

– Je ne refuserai jamais d'exécuter ce qui sera possible... Mais je désire avoir le temps d'examiner si ce qui est promis est possible...

– Non, Alexis Alexandrovitch! dit, en bondissant, Oblonskï. Non, je ne veux pas croire cela! Elle est aussi malheureuse qu'une femme peut l'être, et tu ne peux pas refuser...

— Tant que ce qui est promis est possible. Vous PROFESSEZ D'ÊTRE UN LIBRE PENSEUR; mais moi, croyant, je ne puis pas, dans une affaire aussi importante, agir contrairement à la loi du Christ.

— Pourtant, dans la société chrétienne, chez nous, le divorce est admis, même par notre Église! Et nous voyons...

— Il est admis, mais pas dans ce sens...

— Alexis Alexandrovitch, je ne te reconnais plus, dit après un silence Oblonskï. N'est-ce pas toi (nous tous l'avons hautement apprécié) qui as pardonné tout, et qui, mû précisément par le sentiment chrétien, étais prêt à te sacrifier entièrement? Tu l'as dit toi-même, « il faut donner l'habit quand on prend la chemise ». Et maintenant...

— Je vous prie... de mettre fin à cette conversation... s'écria tout à coup d'une voix perçante Alexis Alexandrovitch. Il se levait brusquement, pâle, les lèvres tremblantes.

— Pardon, excuse-moi si je t'ai blessé, dit Stépan Arkadiévitch avec un sourire gêné, tendant la main... En somme, comme un ambassadeur, je ne fais que m'acquitter de ma mission...

Alexis Alexandrovitch prit sa main, devint pensif et dit :

— Je dois réfléchir et chercher des indications... Après-demain je donnerai une réponse définitive.

XIX

STÉPAN ARKADIÉVITCH allait sortir quand Korneï annonça Serge Alexiévitch.

— Qui est-ce? fit Stépan Arkadiévitch. Mais aussitôt il se rappela.

— Ah, c'est Serge! dit-il. « Serge Alexiévitch ». Je pensais que c'était un directeur de département! « Anna m'a demandé aussi de le voir », se rappela-t-il.

Il revoyait l'expression timide, craintive, avec laquelle Anna, quand il avait pris congé d'elle, lui avait dit : « Enfin, tu le verras. Apprends en détail où il est, qui est près de lui... Et, Stiva... si c'était possible! C'est peut-être possible! » Il avait compris ce qu'elle entendait par ces mots : « Si c'était possible! » Ils signifiaient : s'il était possible qu'en lui donnant le divorce on lui rendît son fils!... Maintenant, Stépan Arkadiévitch voyait qu'on n'y pouvait pas même songer. Toutefois, il était content de voir son neveu.

Alexis Alexandrovitch rappela à son beau-frère qu'on ne parlait jamais à l'enfant de sa mère, et il lui demanda de n'en pas dire un mot.

– Il a été très malade, après cette rencontre avec sa mère que nous n'avions pu prévoir; nous avons même craint pour sa vie, mais un traitement rationnel et les bains de mer pendant l'été ont rétabli sa santé. Maintenant, sur le conseil du médecin, je l'ai mis à l'école. L'influence des camarades est très bonne pour lui; il se porte à merveille et travaille très bien, dit Alexis Alexandrovitch.

– Quel gaillard il est devenu! C'est vrai, ce n'est plus Serioja, mais Serge Alexiévitch! fit Stépan Alexandrovitch en souriant et en regardant le beau garçon, large d'épaules, vêtu d'un veston bleu et d'un pantalon.

L'enfant avait l'air gai et bien portant. Il salua son oncle comme un étranger, mais l'ayant reconnu, il rougit; et, comme s'il eût été offensé, fâché de quelque chose, il se détourna hâtivement de lui. Serge alla vers son père et lui remit son carnet de classe.

– Bien. C'est bon, tu peux t'en aller.

– Il a maigri et grandi. Ce n'est plus un enfant, c'est un vrai garçon, j'aime cela, dit Stépan Arkadiévitch. Te souviens-tu de moi?

L'enfant regarda rapidement son père.

– Oui, mon oncle, répondit-il, regardant Stépan Arkadiévitch et rougissant de nouveau.

L'oncle appela l'enfant et le prit par la main.

– Eh bien, comment cela va-t-il? demanda-t-il, désirant parler et ne sachant que dire.

L'enfant rougit sans répondre. Il tâchait de retirer doucement sa main. Aussitôt que Stépan Arkadiévitch l'eut lâché, Serge, comme un oiseau remis en liberté, après avoir jeté à son père un regard interrogateur, sortit rapidement de la pièce.

Une année s'était écoulée depuis que le jeune garçon avait vu pour la dernière fois sa mère. Depuis, il n'avait jamais entendu parler d'elle. Cette même année, on l'avait mis à l'école; il s'était lié avec des camarades, il les aimait. Les rêves et les souvenirs de sa mère, qui, après sa rencontre avec elle, l'avaient rendu malade, maintenant ne l'occupaient plus. Quand ils paraissaient, il les chassait rageusement, les considérant comme quelque chose de puéril, bon pour des fillettes mais non pour un garçon. Il savait qu'une querelle avait séparé son père et sa mère, qu'il devait rester avec son père, et il tâchait de s'habituer à cette idée.

Il lui était désagréable de voir son oncle, qui ressemblait à sa mère; cette apparition provoquait en lui des souvenirs qu'il jugeait honteux. Le fait lui était d'autant plus désagréable que, d'après quelques paroles entendues près de la porte du cabinet de travail, et surtout d'après l'expression des visages de son oncle et de son père, il devinait qu'ils avaient dû parler de sa mère. Afin de ne pas blâmer son père, avec lequel il vivait, de qui il dépendait, et, principalement, pour ne pas s'abandonner à une sensibilité qu'il jugeait humiliante, Serge avait tâché de ne pas regarder cet oncle, qui survenait pour troubler sa quiétude et lui rappeler des souvenirs qu'il voulait oublier.

Stépan Arkadiévitch, sortant derrière le jeune garçon, l'aperçut dans l'escalier, l'appela et l'interrogea sur ses occupations à l'école. Alors Serge, hors de la présence de son père, se mit à parler :

– Chez nous, maintenant, on joue beaucoup au chemin de fer, dit-il répondant à une question de son oncle. Voici comment : deux s'assoient sur un banc, ce sont les voyageurs. Un autre se met debout sur le même banc, et tous s'attellent au banc. On peut se servir des bras, ou des ceintures, et on court à travers les salles de classe. Les portes sont ouvertes d'avance. C'est très difficile d'être conducteur.

– Le conducteur, c'est celui qui est debout? demanda Stépan Arkadiévitch en souriant.

– Oui. Il faut beaucoup de hardiesse et d'habileté, surtout si le train s'arrête tout d'un coup, ou si quelqu'un tombe.

– En effet, ce n'est pas une plaisanterie, dit Stépan Arkadiévitch, en examinant avec tristesse les yeux vifs, ceux de sa mère, qui maintenant n'étaient plus ceux d'un tout petit enfant innocent. Malgré la promesse faite à Alexis Alexandrovitch, Stépan ne put s'empêcher de parler d'Anna.

– Te rappelles-tu ta mère? demanda-t-il tout d'un coup.

– Non, répondit Serge. Il rougit et prit un air confus.

Son oncle n'en put tirer rien de plus.

Une demi-heure après le précepteur trouva son élève sur l'escalier; et pendant longtemps ne put savoir s'il était fâché ou s'il pleurait.

– Vous vous êtes sans doute fait mal en tombant? suggéra le précepteur. Je vous ai dit que c'est un jeu dangereux. Il faut prévenir le directeur.

– Si je me faisais mal, personne n'y ferait attention. Ça, c'est sûr.

– Eh bien, alors?

– Laissez-moi tranquille! Je me rappelle... Je ne me rappelle pas... Qu'est-ce que cela peut lui faire?... Pourquoi me rappellerais-je?... Laissez-moi tranquille! répétait-il, non plus au précepteur, mais à tout le monde.

XX

Comme toujours, Stépan Arkadiévitch ne perdait pas son temps à Pétersbourg. Outre ses affaires, le divorce de sa sœur, et la place qu'il convoitait, il devait se rafraîchir, comme il disait, après le calme de Moscou. Moscou, malgré ses cafés chantants et ses omnibus, était en somme une vraie mare. Quand il y restait trop longtemps, surtout dans sa famille, Stépan Arkadiévitch sentait s'envoler sa bonne humeur.

A la fin, il commençait à s'inquiéter de la mauvaise humeur et des reproches de sa femme, de la santé et de l'éducation des enfants, du peu d'intérêt de son service; et le fait qu'il avait des dettes l'ennuyait. Mais il lui suffisait de venir pour quelque temps à Pétersbourg, dans ce cercle où l'on vivait, au lieu de végéter comme à Moscou, pour voir aussitôt tous ses soucis disparaître et fondre comme cire au feu.

Sa femme? A l'instant, il avait causé avec le prince Tchetchenski. Celui-ci avait une femme, de grands fils qui étaient pages, et une autre famille, illégitime, dans laquelle il avait aussi des enfants. Bien que la première famille fût charmante, il se sentait plus heureux dans la deuxième famille, où il conduisait son fils aîné, racontant à Stépan Arkadiévitch qu'il trouvait cela utile au développement de son fils. Qu'aurait-on dit de cela à Moscou?

Les enfants? A Pétersbourg les enfants n'empêchaient pas le père de vivre. Ils étaient élevés dans des établissements scolaires, et il n'existait pas à Pétersbourg cette opinion étrange répandue à Moscou – exemple Lvov – qu'aux enfants reviennent toutes les douceurs de la vie et aux parents le travail et les soucis.

Ici l'on comprenait que l'homme doit vivre pour lui, de la vie d'un homme intelligent.

L'administration? Elle aussi n'était pas, à Pétersbourg, ce fardeau qu'on traîne sans cesse derrière soi. Là il y avait quelque intérêt à être fonctionnaire. Le hasard d'une rencontre, un service rendu, un bon mot, une plaisanterie à propos, et voilà une jolie carrière, comme celle, par exemple, de Briantzev, que Stépan Arkadiévitch avait rencontré la veille et qui était maintenant l'homme le plus en vue.

Stépan Arkadiévitch était surtout calmé et rasséréné par l'opinion qu'on avait à Pétersbourg sur les questions d'argent.

Bartniantski, qui menait un train de 50 000 roubles par an, avait eu la veille un mot admirable à ce sujet. Avant le dîner, ils avaient causé et Stépan Arkadiévitch lui avait dit :

– Il me semble que tu es bien avec Mordvinski. Tu peux me rendre un service : dis-lui un mot en ma faveur. Il y a une place que je voudrais obtenir : membre de la commission, etc.

– C'est trop long! Je ne me rappellerai pas... Mais quel désir as-tu, de te mêler avec des Juifs dans ces affaires de chemins de fer? Tu auras beau dire, ce ne sont pas des affaires propres...

Stépan Arkadiévitch ne lui objecta pas que c'était une affaire très vivante. Bartniantski ne l'aurait pas compris.

– J'ai besoin d'argent... Je n'ai pas de quoi vivre.

– Tu vis, cependant?

– Oui, avec des dettes.

– Hein? Beaucoup? fit Bartniantski avec compassion.

– Hé oui, près de 20 000 roubles.

Son interlocuteur éclata de rire :

– Oh, l'heureux mortel! dit-il. Moi, j'ai un million et demi de dettes, et ne possède rien. Et comme tu vois, on vit quand même.

Stépan Arkadiévitch, non seulement en paroles mais en réalité, croyait à l'exactitude de cette affirmation. Jivakhov avait 300 000 roubles de dettes, pas un sou vaillant; néanmoins il vivait, et comment! Le comte Krivstov, tout le monde désespérait de lui, cependant il entretenait deux maîtresses! Pétrovski avait dépensé cinq millions, et il continuait à vivre sur le même pied; il était même gérant d'un établissement financier et recevait 20 000 roubles d'appointements.

En plus de tout cela, Pétersbourg avait une heureuse action physique sur Stépan Arkadiévitch : il y rajeunissait. A Moscou, il lui arrivait d'examiner ses cheveux blancs, de s'endormir après le dîner, de se sentir lourd, de s'essouffler en montant un escalier, de s'ennuyer dans la société des femmes, de ne pas danser au bal. A Pétersbourg il se sentait dix ans de moins.

Il éprouvait ce que lui avait dit la veille le sexagénaire prince Oblonskï, Pierre, qui venait d'arriver de l'étranger :

– Ici, nous ne savons pas vivre. Le croirais-tu, j'ai passé l'été à Bade et vraiment je me suis senti un tout jeune homme. Apercevais-je une jeune femme, aussitôt il me venait des idées... Après le dîner on boit un peu, ça donne des forces. Je suis rentré en Russie, j'ai dû aller chez ma femme, à la campagne. Eh bien, au bout de deux semaines, je ne quittais plus ma robe de chambre, je ne m'habillais même pas pour le dîner, et ne pensais plus aux jeunes femmes. J'étais redevenu un vieillard; il ne me restait plus qu'à penser au salut de mon âme. Là-dessus je suis reparti pour Paris où j'ai retrouvé la jeunesse...

Stépan Arkadiévitch éprouvait juste la même chose. A Moscou, il s'affaissait tellement qu'encore un peu et il en fût arrivé peut-être à penser au salut de son âme; tandis qu'ici, à Pétersbourg, il se sentait tout ragaillardi.

Entre la princesse Betsy Tverskaïa et Stépan Arkadiévitch, il existait des relations très anciennes et étranges. Stépan Arkadiévitch faisait toujours la cour à cette dame et lui tenait, en plaisantant, les propos les plus inconvenants; certain du reste que rien ne pouvait lui plaire davantage.

Le lendemain de sa conversation avec Karénine, Stépan Arkadiévitch, rendant visite à la princesse Betsy, se sentit si jeune que, dans ce flirt et ce mensonge, il alla trop loin; il ne savait plus comment s'en tirer, car, malheureusement, non seulement la princesse ne lui plaisait pas, mais même elle lui inspirait une certaine répugnance; ce ton s'était établi entre eux parce que, lui, plaisait beaucoup à Betsy. Aussi fut-il tout heureux quand la visite de la princesse Miagkaïa vint rompre leur tête-à-tête.

– Ah! vous êtes ici! dit la princesse en l'apercevant. Eh bien, comment va votre pauvre sœur? Ne me regardez pas ainsi, ajouta-t-elle. Depuis que tous ceux qui sont cent mille fois pires qu'elle lui ont jeté la pierre, je trouve, moi, qu'elle a très bien fait. Je ne puis pardonner à Vronskï de ne m'avoir pas fait savoir qu'ils étaient à Pétersbourg. Je serais allée la voir et l'aurais accompagnée partout. Je vous en prie, transmettez-lui mes amitiés. Parlez-moi d'elle.

– Sa situation est pénible; elle..., commença Stépan Arkadiévitch qui, dans sa naïveté, croyait vraiment au : « Parlez-moi d'elle » de la princesse Miagkaïa.

Mais aussitôt elle l'interrompit et se mit à bavarder elle-même.

– Elle a fait ce que toutes les femmes, excepté moi, font en se cachant; elle n'a pas voulu mentir, et elle a bien fait. Elle a fait encore mieux, parce qu'elle a quitté votre fou de beau-frère. Excusez-moi, tous le disaient homme d'esprit, moi seule l'ai toujours trouvé sot. Mais depuis qu'il est lié avec Lydie Ivanovna et Landau, on commence à dire qu'il est toqué. Je voudrais bien n'être pas de l'avis de tout le monde, mais cette fois c'est impossible.

– Expliquez-nous, je vous prie, commença Stépan Arkadiévitch, ce que cela signifie. Hier je suis allé chez lui pour lui parler de ma sœur; je lui ai demandé une réponse définitive. Il ne me l'a pas donnée, me disant qu'il réfléchirait. Et ce matin, en guise de réponse, j'ai reçu une invitation de la comtesse Lydie Ivanovna pour ce soir.

– C'est ça! C'est ça! fit la princesse Miagkaïa avec joie. Il prendra l'avis de Landau.

– De Landau? Pourquoi? Quel est ce Landau?

– Comment, vous ne savez pas? Jules Landau, LE FAMEUX JULES LANDAU, LE CLAIRVOYANT!... C'est aussi un toqué, mais c'est de lui que dépend le sort de votre sœur. Voilà ce que c'est que de vivre en province, vous ne savez rien! Landau était COMMIS dans un magasin de Paris; un jour, il alla consulter un médecin. Dans la salle d'attente du docteur, il s'endormit, et alors se mit à donner aux malades des conseils, et des conseils extraordinaires. Ensuite, vous connaissez Iuri Mélédinski, le malade? Sa femme entendit parler de ce Landau et le fit appeler pour son mari. Maintenant il le soigne. A mon avis, il ne lui fait aucun bien; l'autre est toujours aussi malade.

Mais eux croient en lui et l'emmènent partout avec eux. Ils l'ont amené en Russie. Là, tous se jetèrent sur lui, et maintenant il soigne tout le monde. Il a guéri la comtesse Bézoubov, et elle a tant d'affection pour lui qu'elle l'a adopté.

– Comment, adopté?

– Oui, adopté. Maintenant il n'est plus Landau; il est comte Bézoubov... Mais il ne s'agit pas de cela... Lydie – je l'aime beaucoup, mais elle n'a pas sa tête en place – naturellement s'est accrochée à ce Landau; et sans celui-ci, ni elle, ni Alexis Alexandrovitch ne prennent aucune décision. C'est pourquoi le sort de votre sœur est désormais entre les mains de ce Landau, autrement dit comte Bézoubov.

XXI

Après un excellent dîner chez Bartniantskï, arrosé d'excellent cognac, Stépan Arkadiévitch, avec un peu de retard, arriva chez la comtesse Lydie Ivanovna.

– Qui y a-t-il encore chez la comtesse? Le Français? demanda Stépan Arkadiévitch à l'huissier, en regardant le pardessus d'Alexis Alexandrovitch, qu'il reconnaissait, un étrange pardessus à brandebourgs.

– Alexis Alexandrovitch Karénine et le comte Bézoubov, répondit gravement le suisse.

« La princesse Miagkaïa a deviné », pensa Stépan Arkadiévitch en montant l'escalier. « C'est étrange! Cependant il serait bon de se mettre dans les petits papiers de cette personne. Elle a une très grande influence... Un mot d'elle à Pomorskï, et l'affaire est faite. »

Dehors il faisait encore jour, mais dans le petit salon de Lydie Ivanovna, aux stores baissés, les lampes brûlaient déjà.

Autour de la table ronde, éclairée d'une suspension, étaient assis la comtesse et Alexis Alexandrovitch, causant à voix basse. Un homme maigre, de taille moyenne, avec les hanches d'une femme, les genoux enfoncés, le visage pâle, assez joli, les yeux beaux et brillants, les cheveux longs retombant sur le col de son veston, était debout, regardant un portrait fixé au mur.

Ayant salué la maîtresse de maison et Alexis Alexandrovitch, Stépan Arkadiévitch, malgré lui, jeta encore un regard sur l'homme inconnu.

– MONSIEUR LANDAU! appela la comtesse avec une douceur qui surprit Oblonskï. Et elle les présenta l'un à l'autre.

Landau, qui s'était retourné vivement, s'approcha, et, en souriant, mit dans la main tendue de Stépan Arkadiévitch une main inerte et moite; puis il s'éloigna et contempla de nouveau les portraits.

La comtesse et Alexis Alexandrovitch se regardèrent d'un air important.

– Je suis très heureuse de vous voir, surtout aujourd'hui, dit la comtesse Lydie à Stépan Arkadiévitch, en lui désignant un siège près de Karénine.

– Je vous l'ai présenté comme M. Landau, ajouta-t-elle tout bas, en jetant un regard sur le Français puis un autre sur Alexis Alexandrovitch, mais à vrai dire il est comte Bézoubov, comme vous le savez sans doute. Seulement il n'aime pas porter ce titre.

– Oui, j'en ai entendu parler, répondit Stépan Arkadiévitch. On dit qu'il a guéri complètement la comtesse Bézoubov.

– Elle est venue me voir tout à l'heure. Si triste! dit la comtesse à Alexis Alexandrovitch... Cette séparation est un coup terrible pour elle!

– Il part définitivement? demanda Karénine.

– Oui, il retourne à Paris. Hier, il a entendu la voix, dit la comtesse Lydie Ivanovna en regardant Stépan Arkadiévitch.

– Ah, la voix! répéta Oblonskï. Il sentait que, dans cette société, il se passait ou devait se passer quelque chose de particulier, dont il n'avait pas la clef, et qu'il fallait être prudent.

Après un moment de silence, la comtesse Lydie Ivanovna,

abordant le sujet principal de la conversation, dit à Oblonskï avec un sourire feint :

– Je vous connais depuis longtemps et suis heureuse de faire plus intime connaissance avec vous. LES AMIS DE NOS AMIS SONT NOS AMIS. Mais pour être amis, il faut que chacun songe à l'état d'âme de l'autre, et je crains que vous ne fassiez pas cela à l'égard d'Alexis Alexandrovitch. Vous comprenez de qui je parle? dit-elle, en levant ses beaux yeux pensifs.

– Oui, un peu, comtesse. Je reconnais que la situation d'Alexis Alexandrovitch... dit Oblonskï, ne comprenant pas trop de quoi il s'agissait et désirant, à cause de cela, s'en tenir aux généralités.

– Le changement n'est pas dans la situation extérieure, dit sévèrement la comtesse Lydie Ivanovna. En même temps, elle suivait d'un regard amoureux Alexis Alexandrovitch, qui se levait et s'approchait de Landau... Son cœur a changé et j'ai peur que vous n'ayez pas très bien réfléchi au changement qui s'est opéré en lui.

– C'est-à-dire... D'une façon générale, je puis m'imaginer ce changement. Nous fûmes toujours très amis... Et maintenant..., continua Stépan Arkadiévitch, en répondant par un regard tendre au regard de la comtesse et en se demandant avec lequel des deux ministres elle était le plus liée, afin de savoir vis-à-vis duquel il devait solliciter son appui... Le changement qui s'est opéré en lui ne peut affaiblir ses sentiments d'amour du prochain. Au contraire, ce changement doit augmenter l'amour...

– Je crains que vous ne me compreniez pas. Ne voulez-vous pas de thé? demanda-t-elle, en désignant des yeux le valet qui apportait le thé sur un plateau.

– Pas tout à fait, comtesse... Sans doute son malheur...

– Oui, le malheur... qui est devenu le suprême bonheur quand le cœur s'est retrempé, dit-elle en regardant tendrement Stépan Arkadiévitch.

« Il me semble que je puis la prier de parler à tous les deux », pensa Stépan Arkadiévitch.

– Sans doute, comtesse, dit-il; mais je pense que ces changements sont si intimes que personne, même l'ami le plus intime, n'aime à en parler...

– Au contraire! Nous devons en parler et nous entraider.

– Oui, sans doute, mais il y a une telle diversité de convictions. Et après..., dit Oblonskï avec un doux sourire.

– Il ne peut exister de diversité dans l'œuvre de la sainte vérité.

– Oh, bien sûr!... Mais...

Confus, Stépan Arkadiévitch se tut. Il comprenait soudain qu'il s'agissait de religion.

– Il me semble qu'il va s'endormir, chuchota gravement Alexis Alexandrovitch, s'approchant de Lydie Ivanovna.

Stépan Arkadiévitch se retourna.

Landau étant assis près de la fenêtre, appuyé au dossier de la chaise. Remarquant les regards qui se tournaient vers lui, il leva la tête et sourit d'un sourire naïf, enfantin.

– Ne faites pas attention, dit Lydie Ivanovna. Et, d'un mouvement léger, elle approcha la chaise d'Alexis Alexandrovitch.

– J'ai remarqué... commença-t-elle. A ce moment entra le valet qui apportait une lettre.

Lydie Ivanovna parcourut rapidement le billet. S'excusant, elle écrivit aussitôt une réponse, puis revint à sa place.

– J'ai remarqué, reprit-elle, que les Moscovites, les hommes surtout, sont très indifférents en matière de religion.

– Oh non, comtesse, il me semble que les Moscovites ont la réputation d'être les plus croyants! s'exclama Stépan Arkadiévitch.

– Malheureusement, je crois que vous êtes du nombre des indifférents, lui dit Alexis Alexandrovitch avec un faible sourire.

– Comment peut-on être indifférent? prononça Lydie Ivanovna.

– C'est-à-dire que je ne suis pas indifférent, je suis en attente, dit Stépan Arkadiévitch avec son plus doux sourire.

Je ne crois pas que pour moi le moment de ces questions soit venu.

Alexis Alexandrovitch et Lydie Ivanovna échangèrent un regard.

– Nous ne pouvons jamais savoir si le moment est venu ou non, dit rêveusement Alexis Alexandrovitch. Nous ne devons pas nous demander si nous sommes prêts ou non. C'est un bonheur de ne pas se laisser guider par les considérations humaines. Ce bonheur parfois descend, non sur ceux qui travaillent, mais sur ceux qui, comme Saül, ne sont pas prêts.

– Cela ne se passe pas encore, dit Lydie Ivanovna, qui suivait les mouvements du Français.

Landau se leva et s'approcha d'eux.

– Me permettez-vous d'écouter? demanda-t-il.

– Certainement. Je ne voulais pas vous déranger, approchez-vous, lui dit Lydie Ivanovna, le regardant tendrement.

– Il faut seulement ne pas fermer les yeux pour ne pas perdre la lumière, continua Alexis Alexandrovitch.

– Ah, si vous connaissiez le bonheur que nous éprouvons en sentant sa présence perpétuelle en notre âme! dit la comtesse Lydie Ivanovna en souriant béatement.

– Mais il peut arriver que l'homme se sente incapable de s'élever à cette hauteur, objecta Stépan Arkadiévitch. Conscient de sa fausseté, lorsqu'il faisait mine d'admirer les hautes pensées religieuses, il ne se décidait pas à étaler ses idées de libre-penseur devant une personne qui, d'un mot à Pomorskï, pourrait lui faire obtenir la place convoitée.

– Vous voulez dire que le péché l'en empêche? dit Lydie Ivanovna. C'est une opinion erronée. Il n'y a pas de péché pour le croyant; le péché est déjà racheté. Pardon, ajouta-t-elle, en se tournant vers le domestique, qui apportait de nouveau un billet.

Elle le lut et répondit verbalement : « Dites demain, chez la grande-duchesse. »

– Pour un croyant, le péché n'existe pas, continua-t-elle.

– Oui, mais la foi sans les actes est une foi morte, objecta

Stépan Arkadiévitch, qui se souvenait de cette phrase de catéchisme, et ne défendait que par un sourire sa liberté de pensée.

– C'est un passage des épîtres de l'apôtre Jacques, dit Alexis Alexandrovitch, en s'adressant avec une certaine nuance de reproche à Lydie Ivanovna. C'était visiblement entre eux un sujet familier. Combien de mal a fait l'interprétation fausse de ce passage! Rien n'éloigne tant de la religion que l'interprétation qui consiste à dire : « Je n'agis pas, donc je ne puis croire », alors qu'il est dit le contraire.

– Servir Dieu, par le travail, par le jeûne, sauver son âme, dit la comtesse Lydie Ivanovna, avec dédain, ce sont les conceptions ridicules de nos moines... Cela n'est dit nulle part. Sans doute, c'est beaucoup plus facile et plus simple! ajouta-t-elle, en regardant Oblonski avec le même sourire encourageant qu'elle avait pour les jeunes demoiselles d'honneur, intimidées par l'atmosphère de la cour.

– Nous sommes sauvés par le Christ qui a souffert pour nous. Nous sommes sauvés par la religion, confirma Alexis Alexandrovitch, avec un regard qui soulignait ces paroles.

– VOUS COMPRENEZ L'ANGLAIS? demanda Lydie Ivanovna. Ayant reçu une réponse affirmative, elle se leva pour prendre un livre sur les rayons. Vais-je lire SAFE AND HAPPY ou UNDER THE WING? demanda-t-elle à Karénine.

Elle revint avec le livre et l'ouvrit.

– C'est très court. Ici est indiquée la voie par laquelle s'acquiert la foi, et décrit le bonheur supraterrestre qui avec elle remplit l'âme. Le croyant ne peut être malheureux puisqu'il n'est pas seul. Vous verrez!

Elle se préparait à lire quand le valet vint annoncer madame Borozdine.

– Dites demain, à deux heures.

– Oui, continua-t-elle, en marquant du doigt la page du livre, ses beaux yeux pensifs perdus dans l'espace, voici comment agit la vraie religion. Vous connaissez Marie Sanine? Vous connaissez son malheur?... Elle avait perdu son unique enfant. Elle était au désespoir. Et puis? Elle a trouvé cet ami, et maintenant elle remercie Dieu d'avoir fait mourir son enfant. Voilà le bonheur que donne la foi!

– Oh oui, c'est... commença Stépan Arkadiévitch, comptant avoir le temps de se ressaisir. « Non, évidemment, mieux vaut ne rien demander aujourd'hui, pensa-t-il. Pourvu seulement que je sorte d'ici dans gaffer! »

– Cela vous ennuiera? dit la comtesse Lydie Ivanovna s'adressant à Landau. Vous ne comprenez pas l'anglais. Mais c'est très court.

– Oh je comprends! répondit Landau avec un sourire. Et il ferma les yeux

Alexis Alexandrovitch et Lydie Ivanovna échangèrent un regard important, puis la lecture commença.

XXII

Stépan Arkadiévitch se sentait tout abasourdi des paroles étranges qu'il entendait.

D'ordinaire la complexité de la vie pétersbourgeoise agissait sur lui d'une façon excitante et le changeait du calme qui régnait à Moscou. Mais les complications de cette vie, il les aimait et les comprenait, dans certaines sphères qui lui étaient habituelles, familières. Dans ce milieu singulier, au contraire, il était frappé, étourdi, et ne pouvait tout embrasser.

En écoutant la comtesse Lydie Ivanovna, et en voyant fixés sur lui les beaux yeux, naïfs ou rusés, – il ne le savait – de Landau, Stépan Arkadiévitch commençait à ressentir dans la tête une certaine lourdeur. Les idées les plus hétéroclites s'y entremêlaient.

« Marie Sanine se réjouit de la mort de son enfant... Ce serait agréable de fumer maintenant... Pour se sauver, il suffit d'avoir la foi... Et les moines ne savent ce qu'il faut faire pour cela, c'est la comtesse Lydie Ivanovna qui le sait... Pourquoi cette lourdeur dans ma tête? Est-ce le cognac, ou ces propos bizarres?... Il me semble tout de même que, jusqu'à présent, je n'ai commis aucune gaffe... Cependant, je ne peux rien demander... On dit qu'il force les gens à prier... Si on me forçait!... Non, ce serait trop bête... Quelle sottise elle lit! Mais elle prononce bien... Landau est Bézoubov... Mais pourquoi est-il Bézoubov? »

Tout à coup Stépan Arkadiévitch sentit que sa mâchoire inférieure s'ouvrait irrésistiblement, dans un bâillement. Il arrangea ses favoris pour dissimuler le fait et se secoua; mais, après cela, il se sentit tomber de sommeil et prêt à ronfler. Il s'éveilla comme la voix de la comtesse Lydie Ivanovna prononçait ces mots : « Il dort. »

Stépan Arkadiévitch s'éveilla effrayé, se sentant coupable et pris en faute. Mais aussitôt il se rassura, se rendant compte que les mots précédents ne se rapportaient pas à lui mais à Landau. Le Français s'était endormi, comme Stépan Arkadiévitch. Le sommeil de Stépan Arkadiévitch eût offensé les personnes présentes, pensait-il (ou plutôt il ne pensait pas, tellement tout cela lui paraissait étrange), tandis que le sommeil de Landau les remplissait de joie, surtout la comtesse Lydie Ivanovna.

– Mon ami, dit doucement Lydie Ivanovna, retenant les plis de sa robe de soie pour ne pas faire de bruit et, dans son émotion, appelant Karénine, « mon ami ». DONNEZ-LUI LA MAIN. VOUS VOYEZ? Chch... fit-elle, au valet qui entrait de nouveau. Je ne reçois pas.

Le Français, la tête appuyée au dossier de la chaise, dormait ou feignait de dormir. Sa main en sueur, posée sur ses genoux, s'agitait faiblement, comme pour saisir quelque chose. Alexis Alexandrovitch se leva, s'approcha, accrochant la table, et mit sa main dans celle du Français. Stépan Arkadiévitch se leva aussi; ouvrant largement les yeux, désirant s'éveiller, s'il dormait. Il regarda tantôt l'un, tantôt l'autre. Tout cela était-il réel? Dans la tête d'Oblonskï, tout s'obscurcissait de plus en plus.

— LA PERSONNE QUI EST ARRIVÉE LA DERNIÈRE, CELLE QUI DEMANDE, QU'ELLE SORTE! QU'ELLE SORTE! prononça le Français sans ouvrir les yeux.

— VOUS M'EXCUSEREZ, MAIS VOUS VOYEZ... REVENEZ VERS DIX HEURES, OU MIEUX DEMAIN MATIN.

— QU'ELLE SORTE! répéta impatiemment le Français.

— C'est moi, n'est-ce pas? Sur la réponse affirmative, Stépan Arkadiévitch, oubliant ce qu'il voulait demander à Lydie Ivanovna, et ce qui concernait sa sœur, se leva sur la pointe des pieds, ne désirant qu'une chose : sortir de là le plus vite possible.

Comme d'une maison hantée il s'enfuit dans la rue en courant. Là, il causa et plaisanta avec le cocher, désirant se remettre au plus vite.

Au théâtre français, où il arriva au dernier acte, puis au restaurant, pendant le champagne, Stépan Arkadiévitch retrouva peu à peu son atmosphère propre. Cependant il gardait de cette soirée un certain malaise.

Rentrant chez Pierre Oblonskï, chez qui il était descendu à Pétersbourg, il trouva un mot de Betsy. Elle lui écrivait qu'elle désirait vivement terminer la conversation commencée avec lui, et le priait de venir le lendemain.

A peine finissait-il de lire ce mot, en fronçant les sourcils, qu'il entendit en bas des pas pesants, d'hommes qui portaient quelque chose de lourd.

Stépan Arkadiévitch alla voir ce que c'était. C'était Pierre Oblonskï, rajeuni. Il était si ivre qu'il ne pouvait monter l'escalier; néanmoins il exigeait qu'on le mît sur pied. En apercevant Stépan Arkadiévitch, il s'accrocha à lui, l'entraîna dans sa chambre, lui raconta comment il avait passé la soirée, puis s'endormit aussitôt.

Stépan Arkadiévitch était complètement démonté, ce qui lui arrivait rarement, et ne pouvait s'endormir.

Tout ce qu'il se rappelait était vilain. Mais le pire de tout, c'était la soirée passée chez la comtesse Lydie Ivanovna.

Le lendemain, il reçut d'Alexis Alexandrovitch un refus

catégorique à la demande en divorce d'Anna, et il comprit que cette décision avait été prise, d'après les paroles prononcées par le Français dans son sommeil vrai ou simulé.

XXIII

Pour que des époux puissent entreprendre quelque chose dans la vie de famille, il faut qu'il existe entre eux un désaccord complet, ou une entente affectueuse. Quand les rapports entre les époux sont imprécis, quand ce n'est ni le désaccord ni l'entente, alors il est impossible de rien entreprendre. Bien des familles vivent des années entières dans des endroits qui déplaisent profondément aux deux époux, simplement parce qu'il n'y a entre eux ni accord ni désaccord.

Pour Vronskï et Anna, le séjour à Moscou, dans la chaleur et la poussière, par un soleil non plus printanier, mais estival, quand les arbres des boulevards, depuis longtemps en feuilles, étaient gris de poussière, était insupportable.

Au lieu de partir pour Vosdvijenskoïé, comme il était convenu entre eux depuis longtemps, ils continuaient de vivre à Moscou (que tous deux avaient en dégoût) uniquement parce que, ces derniers temps, il n'y avait pas d'accord entre eux.

L'irritation qui les séparait n'avait aucune cause extérieure, et toutes les tentatives d'explication, loin de la faire disparaître, l'aggravaient. C'était une irritation intérieure dont la cause était : pour elle, le refroidissement de Vronskï; pour lui, le regret de s'être mis pour Anna dans une situation fausse, qu'au lieu d'alléger elle rendait plus pénible encore.

Ni l'un ni l'autre ne donnait à son compagnon la raison de son animosité; mais ils se la reprochaient mutuellement et, à chaque occasion, tâchaient de se la témoigner.

Pour Anna, Vronskï, avec toutes ses habitudes, ses pensées, ses désirs, avec toute sa nature morale et physique, se réduisait à une chose : l'amour de la femme; et cet amour, au sentiment de la jeune femme, devait être concentré sur elle seule. Comme il faiblissait, elle en concluait que son amant devait en reporter une partie sur les autres femmes, ou sur une autre; et elle en était jalouse. Elle était jalouse non de telle femme, mais de la diminution de l'amour. Cette jalousie n'ayant pas d'objet, elle lui en cherchait un. A la moindre allusion, Anna transportait sa jalousie d'un objet à l'autre. Tantôt elle était jalouse de ces femmes dépravées, que Vronskï, en raison de ses relations parmi les célibataires, pouvait facilement rencontrer; tantôt elle l'était des femmes du monde chez lesquelles il fréquentait; tantôt d'une jeune fille imaginaire, pour laquelle Vronskï romprait avec elle, afin de se marier. C'était cette dernière supposition qui la torturait le plus, surtout parce que lui-même, dans un moment de franchise, lui avait dit imprudemment que sa mère, le comprenant mal, s'était permis de l'exhorter à épouser la princesse Sorokine.

Jalouse, Anna s'indignait contre lui, et cherchait des prétextes à cette indignation.

Elle l'accusait de tout ce qu'il y avait de pénible en sa situation : les jours d'attente à Moscou, la lenteur et l'indécision d'Alexis Alexandrovitch, l'isolement où Anna vivait. S'il l'eût aimée, il eût compris combien cette situation était pénible et l'en eût tirée. Le seul fait qu'ils vivaient à Moscou au lieu d'être à la campagne, était encore un grief contre lui : il ne pouvait s'enterrer à la campagne comme elle l'eût voulu; il avait besoin de société, et mettait ainsi sa compagne dans cette situation épouvantable dont il ne voulait pas comprendre la désolation. C'était encore lui qui, aux yeux d'Anna, était coupable de sa séparation éternelle d'avec son fils. Même les rares moments de tendresse qui survenaient entre eux ne la calmaient pas.

Dans les sentiments de Vronskï, elle remarquait maintenant une sorte de calme, d'assurance, qu'il n'avait pas auparavant et qui agaçait la jeune femme.

La nuit tombait. Anna seule, attendant le retour de Vronskï, invité à un dîner de célibataires, se promenait de long en large dans son cabinet (pièce d'où l'on entendait le moins le bruit de la rue), et repassait par le menu leur querelle de la veille.

Remontant en arrière, des paroles blessantes qui avaient clos la discussion à ce qui avait été leur prétexte, elle aboutit aux premiers mots de la conversation. Longtemps elle se demanda s'il était possible qu'une dispute aussi violente eût été amenée par un échange de propos aussi inoffensifs, où rien ne tenait au cœur ni à l'un ni à l'autre. Pourtant il en était ainsi. Vronskï avait commencé par se moquer des lycées de jeunes filles, qu'il trouvait inutiles. Elle les avait défendus. Il raillait, en général, l'instruction des femmes, observant que Ganna, une Anglaise qu'Anna protégeait, n'avait aucun besoin d'étudier la physique.

Cela agaçait Anna. Elle voyait là une allusion méprisante à ses propres occupations, ce qui fit qu'elle trouva et dit une phrase, pour riposter à l'offense qui lui était faite :

– Je n'espérais pas que vous vous souviendriez de mes sentiments, comme peut le faire l'homme qui aime. J'attendais tout simplement quelque délicatesse.

En effet, il avait rougi de dépit et prononcé quelques paroles désagréables. Elle ne se rappelait plus sa réplique; mais alors, sans rime ni raison, avec le désir évident de lui être désagréable, il avait dit :

– Je ne me soucie pas, en effet, de l'intérêt que vous témoignez à cette fille. Car je vois bien que ce n'est pas sincère.

La cruauté avec laquelle il détruisait ainsi le monde qu'elle se créait, avec tant d'efforts, pour supporter sa vie pénible, l'injustice avec laquelle il l'accusait de feinte et de mensonge, l'exaspérèrent.

– Je regrette beaucoup que seules les choses grossières et matérielles vous soient accessibles et vous paraissent naturelles, répondit-elle, en sortant de la pièce.

Quand, le soir, il la rejoignit, ils ne se souvenaient plus du motif de la querelle; cependant tous deux sentaient que la bataille n'était pas terminée.

De toute la journée, à présent, il n'avait pas paru à la maison, et elle se sentait si seule, si triste, qu'elle voulait oublier tout, pardonner, se réconcilier avec son amant. Elle voulait s'accuser, elle, et le justifier, lui.

« C'est moi qui suis coupable. Je suis agacée, jalouse, insensée. Je me réconcilierai avec lui. Nous partirons pour la campagne, et là-bas je serai plus calme », se dit-elle.

« Pas sincère! » se rappela-t-elle tout d'un coup. Ce qui l'offensait le plus, c'était moins le mot que l'intention blessante.

« Je sais ce qu'il a voulu dire. Il n'est pas naturel, quand on n'aime pas sa fille, d'aimer l'enfant d'une autre. Que comprend-il à l'amour maternel, à mon amour pour Serge, que je lui ai sacrifié? Oh, ce désir de me faire du mal!... Non, il aime une autre femme! Il n'en peut être autrement. »

Tout à coup, s'apercevant qu'au lieu de se calmer elle parcourait de nouveau le cercle de ses pensées et en revenait à l'irritation ancienne, elle s'épouvanta elle-même. « Est-ce donc impossible? se dit-elle. Ne puis-je pas tout prendre sur moi? Il est juste, honnête. Il m'aime, je l'aime. Un de ces jours le divorce va être prononcé... Que faut-il encore? Il faut du calme, de la confiance. Je prendrai tout sur moi. Oui, quand il va rentrer je lui dirai que j'ai été coupable, bien que cela ne soit pas, et nous partirons. »

Puis, pour ne pas penser davantage et ne pas céder à l'irritation, elle sonna et donna l'ordre d'apporter les malles pour emballer ce qu'elle devait emporter à la campagne.

A dix heures Vronskï rentra.

XXI

– Eh bien! C'était gai? demanda-t-elle en allant à sa rencontre, le visage empreint d'une expression repentante et douce.

– Comme d'habitude, répondit-il, ayant compris d'un seul regard qu'elle était en de bonnes dispositions.

Il était déjà habitué à ces changements d'humeur, et ce jour-là il en était particulièrement content, car lui-même se trouvait parfaitement bien disposé.

– Que vois-je? Ça, c'est bien! dit-il en désignant les malles dans l'antichambre.

– Oui. Il faut partir. Je suis allée me promener. Il fait si beau que j'ai eu le désir de la campagne. Rien ne nous retient, n'est-ce pas?

– Je ne désire que cela. Je reviens tout de suite et nous causerons. Je vais seulement me changer. Fais servir le thé.

Il entra dans son cabinet.

Il y avait quelque chose d'offensant dans sa façon de dire : « Ça, c'est bien », comme on dit à un enfant qui cesse d'avoir des caprices; et encore plus blessante était la contradiction entre le ton humble de Vronskï et son assurance. Aussi Anna sentit-elle le désir de la lutte se soulever en elle. Mais par un effort de volonté elle le réprima et elle se montra à Vronskï avec la même gaîté. Elle lui raconta comment elle avait passé sa journée et lui fit part de ses plans de départ.

– C'est presque une inspiration que j'ai eue, dit-elle. Pourquoi attendre ici le divorce? N'est-ce pas la même chose à la campagne? Je ne puis plus attendre! Je ne veux pas espérer, je ne veux pas entendre parler du divorce; j'ai décidé que cela n'aurait plus aucune influence dans ma vie. N'ai-je pas raison?

– Sans doute, dit-il regardant avec inquiétude le visage ému d'Anna.

– Qu'avez-vous fait là-bas? Qui y avait-il? demanda-t-elle après un court silence.

Vronskï nomma les convives.

– Le dîner était assez bon; puis il y a eu des courses de canots. Tout cela était assez gentil; mais à Moscou, il faut toujours qu'il y ait quelque chose de ridicule : une dame est venue, le professeur de natation de la reine de Suède, et elle a montré son art.

– Comment était-elle? Agée? demanda Anna en fronçant les sourcils.

– Oui. Une vieille femme laide dans un costume de natation rouge... Alors quand partons-nous?

– Quelle idée stupide! Est-ce qu'elle nage vraiment d'une façon extraordinaire? continua Anna, sans répondre.

– Oh, rien de particulier! Je suis de ton avis : c'est stupide... Alors quand penses-tu partir?

Anna secoua la tête comme pour chasser une pensée désagréable.

– Quand? Mais le plus tôt sera le mieux! Demain nous n'aurions pas le temps. Après-demain.

– Bien... Non, attends... Après-demain c'est lundi; je dois aller chez maman, fit Vronskï, gêné, car, dès qu'il eut dit qu'il devait aller chez sa mère, il sentit se fixer sur lui le regard soupçonneux d'Anna. Sa gêne confirma les soupçons de la jeune femme. Elle devint rouge et s'écarta de lui. Maintenant ce n'était plus le professeur de natation de la reine de Suède qui se présentait à elle, mais la princesse Sorokine, qui vivait à la campagne avec la comtesse Vronskï.

– Tu peux partir demain, dit-elle.

– Ce n'est pas possible. Je ne peux recevoir demain l'argent et la procuration, pour l'affaire qui m'oblige à partir.

– Dans ce cas nous ne partirons pas du tout.

– Mais pourquoi cela?

– Je ne partirai pas plus tard. Lundi ou jamais.

– Mais pourquoi? demanda Vronskï, étonné. Cela n'a aucun sens.

– Pour toi peut-être, puisque tu ne penses pas du tout à moi. Tu ne veux pas comprendre ma vie. Une seule chose m'occupe ici : Ganna, et tu dis que c'est une comédie. Tu as dit hier que je n'aime pas ma fille, que je feins d'aimer cette Anglaise et que ce n'est pas naturel. Je désirerais savoir quelle vie ici pour moi peut être naturelle?

Soudain elle se ressaisit et fut effrayée de s'être laissé aller ainsi. Elle savait qu'elle se perdait, et pourtant elle ne pouvait se retenir et ne pas lui reprocher ses torts tout en se soumettant à lui.

– Je n'ai jamais dit cela. J'ai dit seulement que je ne comprenais pas cette affection subite...

– Toi qui te glorifies de ta droiture, pourquoi ne dis-tu pas la vérité?

– Je ne me vante jamais, et ne mens pas, dit-il doucement, retenant la colère qui grondait en lui. C'est bien dommage que tu ne respectes pas...

– Ou a inventé le respect pour masquer la place vide de l'amour. Et si tu ne m'aimes plus il vaudrait mieux, il serait plus honnête de me le dire.

– Non! Ça devient insupportable! s'écria Vronskï en se levant. Il s'arrêta devant elle et ajouta lentement : Pourquoi éprouves-tu ma patience? Elle a des limites.

– Que voulez-vous dire par là? s'écria-t-elle, regardant avec effroi l'expression haineuse qui couvrait son visage et surtout ses yeux cruels et terribles.

– Je veux dire... commença-t-il. Mais il s'arrêta. Je vous demande ce que vous voulez de moi?

– Que puis-je vouloir? Je ne puis que vouloir que vous ne m'abandonniez pas, comme vous en avez le désir, dit-elle, ayant compris ce qu'il n'avait pas prononcé. Cela, je ne le veux pas; mais c'est secondaire. Je veux l'amour, et il n'existe plus. Alors tout est fini...

Et elle se dirigea vers la porte.

– Attends! Attends! s'écria Vronskï sans effacer le pli de ses sourcils, mais l'arrêtant par le bras. – De quoi s'agit-il? Je dis qu'il faut ajourner le départ à trois jours, et à cela tu réponds que je mens et ne suis pas un honnête homme.

– Oui, et je répète que l'homme qui me reproche d'avoir tout sacrifié pour moi, dit-elle se rappelant les paroles d'une querelle déjà ancienne, est pire qu'un malhonnête homme. C'est un homme sans cœur.

– Non, la patience a des bornes! s'écria-t-il, et rapidement il abandonna sa main.

« Il me hait, c'est clair », pensa-t-elle, et en silence, sans se retourner, à pas chancelants elle sortit de la pièce.

« Il aime une autre femme, c'est ce qu'il y a de plus clair », se dit-elle en rentrant chez elle. « Je veux l'amour, et il n'y en a plus. Alors tout est fini », répéta-t-elle de nouveau. « Il faut en finir... Mais comment ? » se demanda-t-elle, s'asseyant devant le miroir.

Mille pensées s'agitaient en son esprit. Où irait-elle maintenant ? Chez la tante qui l'avait élevée ? Chez Dolly, ou seule à l'étranger ? Que fait-il seul maintenant dans son cabinet ? Est-ce la querelle définitive, ou bien la réconciliation est-elle possible ? Que diraient d'elle maintenant ses anciennes relations de Pétersbourg ? Que penserait Alexis Alexandrovitch ? Ces pensées et d'autres encore, concernant ce qu'elle deviendrait après la rupture, lui venaient en tête. Mais elle ne s'y abandonnait pas entièrement.

Une seule pensée vague, indéfinissable, emplissait son âme sans qu'elle pût la saisir.

Se rappelant encore une fois Alexis Alexandrovitch, elle se souvenait de l'épisode de sa maladie, après ses couches, et de la pensée qui alors ne l'avait pas quittée, et qu'elle avait exprimée par ces paroles : « Pourquoi ne suis-je pas morte ? »

Soudain elle comprit ce qui se passait dans son âme. Oui, c'était la solution de tout. Oui, oui, mourir ! « La honte d'Alexis Alexandrovitch et de Serge, mon déshonneur : la mort couvre tout ! Mourir ! Alors il se repentira, regrettera, aimera, souffrira pour moi ! »

Elle était assise sur une chaise, ôtant et remettant les bagues de sa main gauche, se représentant vivement les divers sentiments que susciterait sa mort, et elle souriait de compassion pour elle-même.

Des pas approchèrent et la tirèrent de ses songes. Feignant d'être occupée d'arranger ses bagues, elle ne se retourna même pas.

Vronskï s'approcha d'elle et lui prenant la main dit doucement :

— Anna, partons après-demain si tu veux. Je consens à tout.

Elle se tut.

– Eh bien? fit-il.

– Tu le sais toi-même, dit-elle. N'ayant plus la force de se retenir, elle sanglota. – Lâche-moi, lâche-moi, articula-t-elle entre ses sanglots. Je partirai demain... Je ferai même plus... Qui suis-je? Une femme perdue, une pierre à ton cou... Je ne veux pas te tourmenter... Je ne le veux pas... Je te délivrerai... Tu ne m'aimes plus... Tu en aimes une autre...

Vronskï la suppliait de se calmer, lui jurant que cette jalousie n'avait aucun fondement, qu'il n'avait jamais cessé de l'aimer, qu'il l'aimait plus qu'auparavant.

– Anna, pourquoi te tourmenter et me tourmenter? dit-il en lui baisant les mains.

Son visage exprimait maintenant de la tendresse. Anna croyait bien entendre des larmes dans la voix de Vronskï et sentir sur sa main leur humidité.

Immédiatement la jalousie farouche d'Anna se transforma en une tendresse passionnée, désespérée. Elle enlaça son amant, couvrant de baisers sa tête, son cou, ses mains.

XXV

Sentant que la réconciliation était complète, Anna, dès le matin, se mit aux préparatifs du départ avec animation. Il n'était pas encore décidé s'ils partiraient le lundi ou le mardi, car la veille tous deux avaient cédé, néanmoins Anna faisait activement ses préparatifs; le fait de partir un jour plus tôt ou plus tard lui était complètement indifférent. Elle était dans sa chambre, penchée sur un coffre ouvert où elle choisissait diverses choses, quand Vronskï, déjà tout habillé, entra chez elle plus tôt qu'à l'ordinaire.

– Je vais tout de suite chez maman, dit-il. Elle peut m'envoyer l'argent par Egor, et demain je serai prêt à partir.

Elle avait beau être de bonne humeur, ce rappel du voyage qu'il avait fait à la campagne chez sa mère la froissait.

– Non, moi, je ne le serai pas, dit-elle. Et aussitôt elle pensa : « Alors il aurait pu faire comme je voulais. » Du reste, fais comme tu en avais l'intention. Va dans la salle à manger; je t'y rejoins tout de suite, je vais seulement mettre de côté ces objets inutiles, dit-elle, posant sur les bras d'Annouchka, déjà chargée de chiffons, quelques autres objets.

Vronskï mangeait son bifteck quand elle entra dans la salle à manger.

– Tu ne peux t'imaginer comme j'en ai assez de ces chambres, dit-elle en s'asseyant à côté de lui, pour prendre le café. Il n'y a rien de plus horrible que ces chambres garnies; elles n'ont ni caractère, ni âme... Cette pendule, ces rideaux, et surtout ces papiers, c'est un cauchemar... Je pense à Vosdvijenskoié comme à la terre promise. Tu n'envoies pas encore les chevaux?

– Non, ils arriveront après nous. Est-ce que tu vas quelque part?

– Oui, je voudrais aller chez Vilson. Je dois lui rapporter des robes. Alors décidément, c'est demain? fit-elle d'une voix gaie. Mais tout à coup son visage changea.

Le valet de Vronskï venait lui demander une signature pour un télégramme envoyé de Saint-Pétersbourg. Il n'y avait rien d'exceptionnel à recevoir un télégramme; mais, comme s'il eût voulu cacher quelque chose à Anna, il répondit que le reçu était dans son cabinet; puis hâtivement il s'adressa à elle :

– Demain, j'aurai tout terminé, sans faute.

– De qui, ce télégramme? demanda-t-elle sans l'écouter.

– De Stiva, répondit-il sans empressement.

– Dans ce cas pourquoi ne me l'as-tu pas montré? Quel secret peut-il y avoir entre Stiva et toi?

Vronskï rappela le valet et lui ordonna d'apporter le télégramme.

– Je n'ai pas voulu te le montrer parce que Stiva a la

manie de télégraphier. A quoi bon télégraphier, puisqu'il n'y a encore rien de décidé?

– A propos du divorce?

– Oui. Il télégraphie qu'il n'a encore rien obtenu. Ces jours-ci, on lui a promis une réponse définitive. Mais voici. Lis.

D'une main tremblante, Anna prit le télégramme et lut précisément ce que venait de dire Vronskï. Il y avait en outre ceci : « Il y a peu d'espoir, mais je ferai le possible et l'impossible. »

– Hier j'ai dit qu'il m'était parfaitement égal d'obtenir le divorce ou non, dit-elle en rougissant. Il n'était donc pas nécessaire de te cacher de moi. « De la même façon, il peut me cacher sa correspondance avec une femme », pensait-elle.

– A propos! Iachvine voulait venir ce matin avec Voïtov, dit Vronskï. Il paraît qu'il a gagné beaucoup d'argent à Pévtzov, et même plus que celui-ci ne peut payer, près de soixante mille roubles.

– Non! dit-elle, mécontente de ce changement de conversation, par lequel il lui montrait si nettement qu'il la voyait irritée. Cette nouvelle du divorce ne me touche pas au point qu'il fallait me la cacher. J'ai dit que je n'y voulais pas penser, et je désire que tu ne t'y intéresses pas plus que moi.

– Je m'y intéresse parce que j'aime les situations nettes.

– La netteté n'est pas dans la forme, mais dans l'amour, dit-elle, énervée de plus en plus, non par les paroles de Vronskï, mais par le ton froid et calme de celui-ci. Pourquoi donc désires-tu ce divorce?

« Mon Dieu, encore de l'amour! » pensa-t-il, faisant la grimace.

– Tu sais bien pourquoi. A cause de toi et des enfants que nous aurons.

– Les enfants? Nous n'en aurons plus.

– C'est dommage.

– Pour toi, c'est nécessaire à cause des enfants. Et à moi, tu ne penses pas? dit-elle, oubliant, ou n'ayant pas remarqué, qu'il avait dit : « *à cause de toi* et des enfants ».

La question des enfants l'agaçait depuis longtemps. Le désir de Vronskï d'avoir des enfants était pour elle la preuve qu'il n'attachait aucun prix à sa beauté.

– J'ai dit : pour toi, surtout pour toi, répéta-t-il, en faisant une grimace comme s'il eût ressenti une douleur. Pour toi, car je suis convaincu que la plus grande partie de ton irritation provient de l'incertitude où tu te trouves.

« Oui, voilà, maintenant il a cessé de feindre! Il montre toute la haine froide qu'il ressent pour moi », pensa-t-elle, n'écoutant pas les paroles qu'il disait, mais regardant avec horreur ce juge froid et cruel qui, à son grand agacement, la regardait dans les yeux.

– Non, ce n'est pas la raison. Et je ne comprends même pas que la cause de mon irritation, comme tu dis, puisse être de me trouver entièrement à ta merci. Quelle est ici l'incertitude de la situation? Au contraire!

– Je regrette vivement que tu ne veuilles pas comprendre, reprit-il en l'interrompant. Et continuant avec obstination à exprimer toute sa pensée. L'incertitude consiste en ce que tu me crois libre.

– Quant à cela, tu peux être tout à fait tranquille, dit-elle.

Se détournant de lui, elle se mit à prendre son café.

Elle leva la tasse en écartant le petit doigt et l'approcha de ses lèvres. Après avoir bu quelques gorgées elle regarda Vronskï. A l'expression du visage de celui-ci, elle comprit clairement que sa main, son geste, le bruit de ses lèvres l'horripilaient.

– Pour moi, peu importe ce que pense ta mère, et son désir de te marier, dit-elle posant sa tasse d'une main tremblante.

– Mais nous ne parlons pas de cela.

– Pardon. Du reste je dois te dire que pour moi une femme sans cœur, qu'elle soit vieille ou non, qu'elle soit ta mère ou une étrangère, n'est pas intéressante, et que je la méprise.

– Anna, je te prie de ne pas parler irrespectueusement de ma mère.

– Une femme qui ne sent pas en quoi consiste le bonheur et l'honneur de son fils n'a pas de cœur.

– Je te répète que tu ne dois pas parler irrespectueusement de ma mère. Je l'estime et la respecte, dit-il en élevant la voix et la regardant sévèrement.

Elle ne répondit pas. Les yeux fixés sur le visage de Vronskï et sur ses mains, elle se rappela tous les détails de la scène de réconciliation de la veille, et les caresses passionnées qu'il lui avait données. « Il aura certainement les mêmes pour d'autres femmes », se dit-elle.

– Tu n'aimes pas ta mère. Ce sont des phrases, des phrases, des phrases! dit-elle, le regard chargé de haine.

– S'il en est ainsi, alors il faut...

– Il faut prendre un parti. Et le mien est pris, dit-elle se levant pour sortir.

A ce moment entra Iachvine. Anna s'arrêta et le salua.

La tempête grondait dans son âme, elle se sentait à un tournant de sa vie, qui pouvait avoir pour elle les plus terribles conséquences; et cependant elle devait feindre devant un étranger, lequel tôt ou tard saurait tout... Domptant la tempête intérieure qui la dévastait, elle s'assit et se mit à causer avec le nouveau venu.

– Eh bien, comment vont vos affaires? Avez-vous touché votre argent? lui demanda-t-elle.

– Je ne vais pas mal. Il paraît que je ne recevrai pas tout, mais je dois partir mercredi. Et vous, quand partez-vous? demanda Iachvine, avec un clin d'œil à Vronskï. Il devinait évidemment qu'il tombait en pleine querelle.

– Après-demain, paraît-il, répondit Vronskï.

– D'ailleurs vous faites vos préparatifs depuis longtemps.

– Cette fois c'est définitif, dit Anna, fixant sur les yeux de Vronskï un regard qui lui disait clairement qu'elle ne pensait même pas à la possibilité d'une réconciliation.

– N'avez-vous pas pitié de ce malheureux Pévtzov? demanda-t-elle à Iachvine.

– Je ne me le suis jamais demandé, Anna Arkadievna.

Toute ma fortune est ici (et il désigna une poche de son habit) et en ce moment je suis riche. Mais ce soir j'irai au cercle, et peut-être en sortirai-je mendiant. Celui qui s'assoira en face de moi pour jouer n'aura qu'un désir : me laisser sans chemise. Moi j'ai le même désir en ce qui le concerne. Eh bien, nous lutterons. Voilà le plaisir.

— Si vous étiez marié, dit Anna, ce serait agréable pour votre femme!

— C'est probablement pourquoi je ne me suis pas marié et jamais n'en ai eu l'envie.

— Et Helsingfors? dit Vronskï, se mêlant à la conversation et regardant Anna qui souriait.

Elle rencontra le regard de Vronskï et son visage prit soudain une expression froide et sévère, qui voulait dire : « Ce n'est pas oublié. Rien n'est changé. »

— Êtes-vous tombé amoureux? demanda-t-elle à Iachvine.

— Oh, Seigneur Dieu! Combien de fois! Mais, vous comprenez, on peut s'asseoir devant les cartes de telle façon qu'on puisse toujours se lever quand arrive l'heure du rendez-vous. Et moi, je puis songer à l'amour, mais non pas au point de me mettre en retard pour l'heure du jeu. Voilà comment je m'arrange.

— Ce n'est pas ce que je vous demande. Je parle du présent. — Elle voulait dire *Helsingfors,* mais refusait de répéter le mot dit par Vronskï.

Voïtov, qui marchandait le trotteur, arriva. Anna se leva et sortit.

Avant de quitter la maison, Vronskï passa chez elle. Elle fit semblant de chercher quelque chose sur la table; mais, honteuse de cette feinte, elle le regarda en face, d'un air froid.

— Que voulez-vous? demanda-t-elle en français.

— Prendre le certificat de Gambetta. Je l'ai vendu, dit-il, d'un ton qui disait plus clairement que les paroles : « Je n'ai pas le temps de m'expliquer et cela n'aboutirait à rien. »

« Je ne suis nullement coupable envers elle, pensa-t-il. Si elle veut se punir elle-même, tant pis pour elle. »

Comme il allait sortir, il lui sembla qu'elle disait quelque chose. Et le cœur de Vronskï, brusquement, tressaillit de compassion.

– Qu'as-tu, Anna? demanda-t-il.

– Rien, répondit-elle froidement, étrangement.

« Alors, tant pis! » pensa-t-il de nouveau. Redevenant froid, il sortit.

En sortant, il aperçut dans la glace le visage pâle d'Anna, ses lèvres tremblantes. Il voulut s'arrêter, lui dire un mot de consolation; mais ses jambes le portèrent hors de la chambre avant qu'il eût trouvé quoi dire.

Il passa toute la journée hors de la maison. Quand il rentra, tard dans la soirée, la femme de chambre lui dit qu'Anna Arkadievna avait mal à la tête et lui demandait de ne pas entrer chez elle.

XXVI

Jamais encore une journée entière ne s'était passée en querelle. C'était la première fois, et ce n'était pas une querelle, mais l'aveu évident d'un refroidissement complet. Pouvait-on regarder une femme comme il l'avait fait quand il était entré dans la chambre pour chercher le certificat! La regarder, voir que son cœur se brisait de désespoir et passer sans mot dire, avec ce visage indifférent et calme? Ce n'était pas de la froideur envers elle, mais de la haine qu'il éprouvait parce qu'il aimait une autre femme; c'était clair.

Aux paroles cruelles qu'il avait prononcées, Anna en ajoutait d'autres, qu'il aurait sans doute voulu dire, et tout cela l'irritait de plus en plus.

« Je ne vous retiens pas, aurait pu dire Vronskï; vous pouvez partir, si vous voulez. Vous n'avez pas voulu le divorce, probablement avec la pensée de retourner tôt ou tard chez votre mari. Eh bien, retournez-y! Si vous avez besoin d'argent, je vous en donnerai. Combien de roubles vous faut-il? »

Toutes les paroles cruelles qu'aurait pu rouler dans sa tête l'homme le plus grossier, elle les attribuait à Vronskï et lui en voulait comme s'il les eût réellement prononcées. « N'est-ce pas hier encore qu'il protestait de son amour, lui, cet homme sincère et honnête? Ne me suis-je pas plusieurs fois désespérée ainsi? »

Toute cette journée, sauf durant la course chez Vilson, qui lui prit deux heures, elle se demanda si tout était fini, s'il n'y avait pas l'espoir d'une réconciliation, si elle devait partir tout de suite ou le revoir une fois encore.

Elle l'attendit toute la journée. Le soir, quand elle se retira dans sa chambre en donnant l'ordre de lui dire qu'elle avait mal à la tête, elle se disait : « S'il vient, malgré ce que lui aura dit la femme de chambre, c'est qu'il m'aime encore; sinon, tout est terminé, et je verrai ce qu'il me reste à faire. »

Le soir, elle entendit le bruit de la voiture qui s'arrêtait, le coup de sonnette, les pas, la conversation avec la femme de chambre.

Il crut ce qu'on lui disait, ne voulut rien savoir de plus et rentra chez lui. Ainsi tout était terminé. L'idée de la mort se présenta nettement à l'esprit d'Anna, comme l'unique moyen de faire revivre l'amour de Vronskï; et aussi pour le punir et pour remporter la victoire dans cette lutte que les mauvais esprits, installés dans l'âme de la jeune femme, menaient contre lui.

Maintenant, que lui importait ou non, d'aller à Vosdvijenskoié, d'obtenir ou non le divorce? Tout était inutile. Une seule chose était nécessaire : punir Vronskï.

Elle se versa sa dose habituelle d'opium, se disant toutefois qu'elle n'avait qu'à boire tout le contenu de la fiole pour mourir; cela lui parut si facile et si simple que de nouveau, avec plaisir, elle se mit à penser combien Vronskï souffrirait, aurait de remords, chérirait son souvenir, quand déjà il serait trop tard...

Couchée, les yeux ouverts, elle regardait, à la lumière d'une seule bougie qui achevait de se consumer, les corniches sculptées du plafond et l'ombre du paravent qui le couvrait; et elle se représentait vivement ce que son amant sentirait quand elle n'existerait plus et ne serait plus pour lui qu'un souvenir. « Comment ai-je pu lui dire des paroles aussi cruelles? se dira-t-il. Comment ai-je pu sortir de la pièce sans lui dire un mot? Maintenant elle n'est plus!... Elle nous a quittés pour toujours... Elle est là-bas!... »

Tout à coup l'ombre du paravent vacilla et couvrit toute la corniche, tout le plafond; d'autres ombres, en d'autres endroits, s'élancèrent à sa rencontre; pour un moment, les ombres disparurent, mais ensuite, rapidement, elles se réunirent, se confondirent et tout devint noir. « La mort! » pensa-t-elle. Et une telle horreur la saisit qu'elle mit un certain temps à comprendre où elle était; longtemps ses mains tremblantes ne purent trouver les allumettes et allumer une autre bougie à la place de celle qui s'était éteinte.

« Non, tout plutôt que la mort! Je l'aime, il m'aime! Ce n'est pas la première fois que cela arrive. Cela passera! » se disait-elle, sentant couler sur ses joues des larmes de joie causées par un retour à la vie. Pour fuir sa terreur, en toute hâte, elle se rendit dans le cabinet de Vronskï.

Il dormait, d'un sommeil profond. Elle s'approcha de lui, contempla d'en haut le visage du dormeur et longtemps le regarda. Ainsi endormi, elle l'aimait tant, qu'elle ne put retenir des larmes de tendresse; mais elle savait que s'il se fût éveillé, sûr de son droit il fixerait sur elle un regard glacial, et qu'avant de lui parler de son amour elle devrait lui prouver les torts qu'il avait envers elle. Sans l'éveiller, elle retourna dans sa chambre; après une seconde gorgée d'opium, vers le matin elle s'endormit d'un sommeil lourd, incomplet, sans perdre conscience de son existence.

Le matin, le terrible cauchemar qui était revenu si souvent dans ses rêves, même avant sa liaison avec Vronskï, l'assaillit de nouveau et l'éveilla. Un petit vieux à la barbe embroussaillée farfouillait dans de la ferraille en marmonnant des mots français dépourvus de sens; et, comme toujours dans ce cauchemar (ce qui l'épouvantait particulièrement), elle sentait que ce petit moujik ne faisait aucune attention à elle et continuait sur elle son horrible besogne. Elle s'éveilla, couverte d'une sueur froide.

Quand elle se leva, la journée de la veille passa devant elle comme un brouillard. « Il y a eu une dispute, pensa-t-elle. Il s'est passé ce qui est arrivé déjà plusieurs fois... J'ai dit que j'avais mal à la tête et il n'est pas entré chez moi... Demain, nous partons; il faut le voir et se préparer au départ. »

Ayant appris qu'il était dans son cabinet, elle alla chez lui. En traversant le salon, elle entendit une voiture s'arrêter devant le perron. Elle regarda par la fenêtre et aperçut une voiture à la portière de laquelle se montrait une jeune fille en chapeau mauve. La jeune fille donna un ordre au valet, qui sonna. Puis ce furent des pourparlers dans l'antichambre; quelqu'un monta; à côté du salon, elle entendit les pas de Vronskï. Rapidement il descendit l'escalier. Anna s'approcha de nouveau de la fenêtre : « Le voilà, se dit-elle, il est sorti sur le perron, sans chapeau; il s'approche de la voiture... La jeune fille au chapeau mauve lui remet un billet... Vronskï, en souriant, lui dit quelque chose... »

La voiture s'éloigna. Il remonta l'escalier. Le brouillard qui voilait l'âme d'Anna tout à coup se dissipa. Les sentiments de la veille de nouveau travaillèrent douloureusement son cœur malade. Maintenant elle ne pouvait comprendre comment elle avait pu s'humilier à passer toute la journée avec lui, chez lui!

Elle alla le rejoindre pour lui faire part de sa décision.

– C'est madame Sorokine avec sa fille. Elles sont venues m'apporter l'argent et les papiers, de la part de maman; hier, je n'avais pas pu la voir. Comment va ta tête? Mieux? dit-il tranquillement, ne voulant ni voir ni comprendre l'expression sombre et solennelle qu'elle avait installée sur son visage.

Debout au milieu de la chambre, elle le regardait fixement, silencieusement. Il lui jeta un coup d'œil, fronça les sourcils et continua de lire la lettre.

Elle se détourna et lentement se dirigea vers la porte.

Il pouvait encore la faire revenir, mais elle allait sortir et il se taisait toujours. On n'entendait que le froissement de la feuille de papier retournée.

– A propos, dit-il comme elle franchissait le seuil, nous partons demain? C'est définitif?

– Vous, mais pas moi, dit-elle en se retournant vers lui.

– Anna! C'est impossible de vivre ainsi!

– Vous, mais pas moi, répéta-t-elle.

– Cela devient insupportable!

– Vous vous en repentirez, dit-elle. Et elle sortit.

Effrayé de l'expression de désespoir qui avait accompagné ces paroles, il fit un mouvement pour s'élancer derrière elle. Mais il se retint, se rassit, et serrant les dents, fronça les sourcils. Cette menace stupide l'irritait. « J'ai essayé tout, pensa-t-il; il ne me reste plus qu'un moyen : l'indifférence. » Il se prépara à aller en ville, puis chez sa mère, qui devait lui donner une signature pour la procuration.

Anna entendit le bruit des pas de Vronskï dans son cabinet et dans la salle à manger. Près du salon, il s'arrêta, mais ne vint pas vers elle. Il donna seulement l'ordre d'envoyer le trotteur à Voïtov. Ensuite elle entendit la voiture s'approcher et la porte s'ouvrir. Vronskï sortit. Tout à coup, il rentra dans le vestibule; quelqu'un courait en haut. C'était le valet de pied qui venait chercher les gants de son maître, qu'il avait oubliés.

Elle s'approcha de la fenêtre. Elle vit Vronskï prendre ses gants sans regarder, puis toucher le dos du cocher en lui indiquant quelque chose. Ensuite, sans jeter un regard vers la fenêtre, il s'assit dans la voiture, prenant sa pose habituelle : les jambes croisées. Mettant ses gants, il disparut au tournant de la rue.

XXVII

« Parti?... Tout est terminé! » se dit Anna, debout près de la fenêtre. Aussitôt, les impressions des ténèbres et du rêve horrible se confondirent de nouveau en elle, emplissant son cœur d'une terreur glaciale.

« Non, c'est impossible! » s'écria-t-elle. Elle traversa la chambre et sonna violemment.

Maintenant elle avait une telle peur de rester seule que, sans attendre l'arrivée du domestique, elle alla à sa rencontre.

– Madame, monsieur a ordonné de vous dire que si vous voulez sortir, la voiture reviendra dans un instant.

– Bon. Attendez. Je dois écrire tout de suite un mot. Envoyez Mikhaïlo porter ce billet aux écuries... Le plus vite possible.

Elle s'assit et écrivit :

« Je suis coupable. Reviens à la maison. Il faut que nous nous expliquions. Au nom de Dieu, viens, j'ai peur! »

Elle cacheta le billet et le remit au domestique.

Celui-ci parti, elle eut de nouveau peur de rester seule. C'est pourquoi elle se rendit dans la chambre des enfants.

« Ce n'est pas ça!... Ce n'est pas lui! Où sont ses yeux bleus, son sourire charmant et timide? » telle fut sa première pensée quand, au lieu de Serge, elle aperçut sa petite fille, grassouillette et rouge, sous ses cheveux noirs bouclés.

Dans le chaos de ses pensées, elle s'était attendue à trouver Serge dans la chambre des enfants!

La fillette, assise près d'une table, frappait obstinément celle-ci avec un bouchon. Ses petits yeux noirs comme des cassis se fixèrent niaisement sur sa mère.

Ayant répondu à l'Anglaise qu'elle se portait très bien, et qu'elle partait le lendemain pour la campagne, Anna s'assit près de la fillette et se mit à faire tourner devant elle le bouchon.

Mais le rire haut et sonore de l'enfant, le mouvement de ses sourcils, lui rappelèrent si vivement Vronskï, qu'en retenant ses sanglots elle se leva et partit.

« Est-ce que tout est terminé?... Non, c'est impossible! pensa-t-elle. Il reviendra. Mais comment m'expliquera-t-il ce sourire, cette animation que je lui ai vue après sa conversation avec elle? Si même il ne me les explique pas, je croirai tout ce qu'il me dira... Car si je ne le croyais pas, il ne me resterait qu'une chose à faire. Et je ne le veux pas. »

Elle regarda la pendule. Douze minutes s'étaient écoulées :

« Maintenant il a déjà reçu mon billet... Il revient... Il n'y a plus longtemps à attendre... Dix minutes... Mais s'il ne vient pas?... Non, c'est impossible... Il ne faut pas qu'il me trouve les yeux en larmes; je vais me les laver. Oui, oui, mais suis-je peignée ou non? » Elle ne se le rappelait pas. Elle tâta ses cheveux avec la main : « Oui, je me suis coiffée. Mais quand? Je ne m'en souviens pas du tout. »

Ne se fiant pas à ses mains, elle s'approcha du miroir pour voir si en effet elle était coiffée ou non. Elle était coiffée et ne pouvait se rappeler quand elle avait fait cela. « Qui est-ce? » se demanda-t-elle, voyant dans le miroir un visage fiévreux aux yeux étrangement brillants et pleins d'effroi. « Oui, c'est moi », comprit-elle soudain; se regardant toute, elle sentit tout à coup les baisers de Vronskï et ses épaules tressaillirent. Elle porta la main à ses lèvres et la baisa. « Quoi? Est-ce que je deviens folle? » Elle alla dans sa chambre à coucher, voir ce que faisait Annouchka.

– Annouchka, dit-elle, s'arrêtant devant la femme de chambre sans savoir que lui dire...

– Vous voulez aller chez Daria Alexandrovna? dit Annouchka, comme si elle eût compris.

– Chez Daria Alexandrovna? Oui, j'irai. « Quinze minutes pour aller; quinze pour revenir... Ensuite il sera là tout de suite. »

Elle tira sa montre et regarda l'heure. « Comment a-t-il pu partir, me laissant dans cet état? Comment peut-il vivre sans être réconcilié avec moi? »

Elle s'approcha de la fenêtre et se mit à regarder dans la rue. D'après elle, il aurait pu être déjà de retour. Mais avait-elle bien calculé? De nouveau elle se rappela quand il était parti et compta les minutes.

Comme elle s'approchait de la grande pendule pour vérifier sa montre, une voiture s'arrêta devant le perron. Elle regarda à la fenêtre et reconnut la voiture de Vronskï, mais personne ne montait l'escalier; en bas on entendait des voix. C'était l'envoyé qui était revenu avec la voiture.

Elle descendit à la rencontre de ce domestique.

– On n'a pas trouvé le comte. Il était déjà parti pour le chemin de fer de Nijni-Novgorod.

– Qu'as-tu? Qu'y a-t-il?... dit-elle, s'adressant à Mikhaïlo qui, rouge et gai, lui rendait son billet.

« Il ne l'a donc pas reçu! » pensa-t-elle.

– Va avec le même billet à la campagne chez la comtesse Vronskï. Tu connais l'endroit?... Et rapporte-moi aussitôt la réponse.

« Et moi, que vais-je faire pendant tout ce temps? » pensa-t-elle. « Oui, j'irai chez Dolly, c'est vrai. Autrement je deviendrais folle. Mais je puis encore télégraphier. »

Elle rédigea une dépêche : « J'ai besoin de vous parler: Venez tout de suite. »

Après avoir remis le télégramme, elle alla faire sa toilette. Déjà habillée, en chapeau, elle regarda de nouveau dans les yeux la calme Annouchka. Les bons petits yeux gris révélaient un chagrin réel.

– Annouchka, ma chère, que dois-je faire? articula Anna à travers ses sanglots en s'affaissant dans un fauteuil.

– Pourquoi vous inquiéter, Anna Arkadievna?... Cela arrive... Allez, distrayez-vous! dit la femme de chambre.

– Oui, j'irai, dit Anna se ressaisissant et se levant. Si le télégramme arrive en mon absence, qu'on l'envoie immédiatement chez Daria Alexandrovna... Non, je reviendrai moi-même.

« Il ne faut pas y penser. Il faut faire quelque chose, principalement quitter cette maison », se dit-elle, écoutant avec horreur les battements désordonnés de son cœur. Elle sortit rapidement et monta en voiture.

— Où aller? demanda Pierre avant de monter sur le siège.

— A Znamenka, chez Oblonskï.

XXVIII

LE TEMPS était clair. Une pluie fine était tombée toute la matinée et depuis peu le ciel s'était dégagé. Les toits de fer, les dalles des trottoirs, les pavés, les roues, le cuir, le bronze et l'acier des voitures, tout cela brillait lumineusement au soleil de mai. Il était trois heures, l'heure où la rue est le plus animée.

Dans un coin de la voiture confortable aux ressorts très doux, qu'emportaient rapidement les chevaux gris, Anna, au bruit incessant des roues, et sous les diverses impressions qui se succédaient rapidement au grand air, analysait les événements des derniers jours, et voyait sa situation tout autrement qu'à la maison. Maintenant l'idée de la mort ne lui paraissait plus si terrible, ni si nette; et la mort elle-même ne lui semblait plus inévitable.

Maintenant elle se reprochait l'humiliation où elle était tombée. « Je le supplie de me pardonner. Je me suis soumise à lui. Je me suis reconnue coupable. Pourquoi? Est-ce que je ne puis vivre sans lui? »

Sans répondre à cette dernière question, elle se mit à lire les enseignes : *« Bureau et dépôt », « Dentiste »*...

« Oui, je raconterai tout à Dolly. Elle n'aime pas Vronskï. Ce sera pénible, mais je lui dirai tout. Elle m'aime et je suivrai son conseil... Je ne me soumettrai pas à lui, je ne lui permettrai pas de me régenter... »

« Philippov, Boulangerie »... « On dit que ce Philippov

expédie du pain à Pétersbourg. L'eau de Moscou est si bonne... Et les puits de Mitichtchi, et les crêpes... »

Les souvenirs d'Anna étaient lointains. Elle avait dix-sept ans, elle était allée chez sa tante au couvent de la Trinité, on y allait encore à cheval. « Était-ce bien moi, avec ces mains rouges? Que de choses qui me paraissaient alors belles, inaccessibles, me paraissent maintenant misérables! Tandis que d'autres, qui me semblaient si simples alors, me sont maintenant à jamais inaccessibles!... Qui m'aurait dit à cette époque que je pourrais m'abaisser à subir une telle humiliation? Comme il sera fier et content en recevant mon billet! Mais je lui ferai voir!... Que cette couleur sent donc mauvais! Qu'ont-ils à peindre et à bâtir sans cesse! » – « *Modes et coiffures* », lisait-elle au passage. Un homme la salua. C'était le mari d'Annouchka. « Nos parasites! » pensa-t-elle, se rappelant l'expression de Vronskï. – « Nos », pourquoi « nos »?... C'est terrible, qu'on ne puisse arracher de soi le passé! On ne peut l'arracher, mais on peut l'oublier... Et je l'oublierai! »

Elle se rappela son passé avec Alexis Alexandrovitch, et comment elle l'avait effacé de sa mémoire.

« Dolly pensera que je quitte un second mari et par conséquent me donnera sûrement tort... Est-ce que je désire avoir raison? Je ne puis pas! » se dit-elle, et elle voulut pleurer. Mais aussitôt elle se demanda à quoi pouvaient sourire deux jeunes filles qui passaient : « A l'amour, sans doute! Elles ne savent pas combien c'est dur et humiliant... Les boulevards, les enfants... Trois garçons courent et jouent aux chevaux... Serge!... Et je perdrai tout!... Je ne le retrouverai pas... Oui, je perdrai tout si Alexis ne revient pas... Il a peut-être manqué le train... Peut-être est-il déjà de retour... Ah! tu veux de nouveau l'humiliation! » se dit-elle à elle-même. « Non, j'arriverai chez Dolly et je lui dirai franchement : « Je suis malheureuse et je le mérite... Néanmoins, je suis malheureuse, aide-moi... » Ces chevaux, cette voiture!... Je me méprise moi-même dans cette voiture. Tout cela, c'est à lui... Mais je ne le verrai plus. »

S'imaginant les paroles qu'elle dirait à Dolly, et comme se tenaillant à plaisir le cœur, Anna monta l'escalier.

– Y a-t-il quelqu'un? demanda-t-elle dans l'antichambre.

– Catherine Alexandrovna Lévine, répondit le valet.

« Kitty! Cette même Kitty, dont Vronskï a été amoureux! pensa Anna. Celle qu'il se rappelle avec amour. Il regrette de ne pas l'avoir épousée; tandis que pour moi il n'a que de la haine et le regret de s'être lié. »

Au moment de l'arrivée d'Anna, les deux sœurs étaient en conférence au sujet de l'allaitement de l'enfant. Dolly sortit seule recevoir la visiteuse qui venait interrompre ce colloque.

– Tu n'es pas encore partie? Je voulais aller chez toi, dit-elle. J'ai reçu aujourd'hui une lettre de Stiva.

– Nous aussi, nous avons reçu un télégramme, dit Anna, regardant autour d'elle si elle voyait Kitty.

– Il écrit qu'il n'a pas compris ce que voulait Alexis Alexandrovitch. Mais il ne partira pas sans une réponse.

– Je croyais que tu avais quelqu'un... Peut-on lire la lettre?

– Oui, Kitty est chez moi, dit Dolly, gênée. Elle est restée dans la chambre des enfants... Elle a été très malade.

– Je l'ai entendu dire... Peut-on lire la lettre?

– Je te l'apporte... Mais il ne refuse pas... Au contraire, Stiva a de l'espoir, dit Dolly s'arrêtant dans la porte.

– Je n'espère pas et je ne désire rien, dit Anna.

« Quoi! Est-ce que Kitty trouve humiliant pour elle de me rencontrer? se demanda Anna, restée seule. ...Peut-être a-t-elle raison... Mais ce n'est pas à elle, qui fut amoureuse de Vronskï, de me le montrer... Je sais que, dans ma situation, aucune femme honnête ne peut me recevoir... Je sais que dès le premier moment je lui ai sacrifié tout... Et voilà la récompense! Oh! comme je le hais! Je le hais! Et pourquoi suis-je venue ici? C'est encore pis, c'est encore plus pénible! »

Dans la pièce voisine, les deux sœurs causaient. « Que dirai-je maintenant à Dolly? A quoi bon réjouir Kitty par mon malheur et me mettre sous sa protection? Non... d'ailleurs Dolly ne comprend rien, et puis je n'ai rien à lui dire... Je serais seulement contente de voir Kitty et de lui montrer comme je méprise tout et tous, combien tout m'est égal. »

Dolly revint, apportant la lettre. Anna la lut et la rendit sans mot dire.

– Je savais tout cela, dit-elle, et cela ne m'intéresse nullement.

– Mais pourquoi? Au contraire, j'ai de l'espoir, dit Dolly, regardant Anna avec curiosité... Jamais elle ne l'avait vue dans cet état étrange, ainsi irritée. – Quand pars-tu? demanda-t-elle.

Anna cligna les yeux, regardant devant elle, et ne répondit pas.

– Qu'est-ce donc? Kitty me fuit-elle? demanda Anna regardant la porte et rougissant.

– Quelle idée! Elle nourrit, et cela ne va pas... Je lui ai donné des conseils... Elle est très heureuse... Elle va venir tout de suite, dit Dolly maladroitement, ne sachant pas mentir. La voici.

Ayant appris qu'Anna était en visite, Kitty avait voulu se tenir à l'écart; mais Dolly l'avait persuadée. Rassemblant ses forces, la jeune femme se montra, s'approcha d'Anna en rougissant et lui tendit la main.

– Je suis très heureuse, dit-elle d'une voix tremblante.

Kitty était gênée de la lutte qui se déroulait en elle, entre le sentiment d'hostilité qu'elle éprouvait pour cette mauvaise femme et le désir de lui être indulgente. Dès qu'elle vit le visage beau et sympathique d'Anna, toute hostilité disparut.

– Je n'aurais pas été étonnée que vous ne vouliez pas vous rencontrer avec moi; je suis habituée à tout. Vous avez été malade? Oui, on voit que vous avez changé, dit Anna.

Kitty sentait qu'Anna la regardait hostilement. Elle se l'expliquait par la situation fausse où se trouvait cette malheureuse, autrefois sa protectrice. Elle en eut pitié.

Elles causèrent de la maladie de l'enfant, de Stiva; mais, évidemment, rien n'intéressait Anna.

– J'étais venue te dire adieu, dit-elle en se levant.

– Quand partez-vous?

Anna, sans répondre, s'adressa à Kitty.

– Je suis très heureuse de vous avoir vue, dit-elle avec un sourire... J'ai tant entendu parler de vous, de tous côtés, même par votre mari... Il est venu me voir et m'a beaucoup plu, ajouta-t-elle, avec une mauvaise intention évidente. Où est-il?

– Il est allé à la campagne, répondit Kitty en rougissant.

– Saluez-le de ma part. N'y manquez pas.

– Certainement, répondit vivement Kitty, en la regardant avec bienveillance.

– Alors, au revoir, Dolly.

Elle embrassa Dolly, serra la main de Kitty et sortit vivement.

– Elle est toujours aussi charmeuse... Elle est très belle, dit Kitty restée seule avec sa sœur... Mais il y a en elle quelque chose de triste, d'effroyablement triste!

– Aujourd'hui, je lui trouve un air anormal, dit Dolly. En l'accompagnant dans l'antichambre, il m'a semblé qu'elle allait pleurer.

XXIX

Anna remonta en voiture dans un état d'esprit encore pire qu'à son départ de chez elle. A toutes ses autres souffrances s'ajoutait un sentiment d'offense. Elle était répudiée; elle avait clairement senti cela dans sa rencontre avec Kitty.

– Où faut-il aller? A la maison? demanda Pierre.

– Oui, à la maison, répondit-elle sans même y penser.

« Comme elles m'ont regardée! Comme un phénomène terrible, incompréhensible et curieux... De quoi peuvent-ils causer avec tant d'animation? » pensa-t-elle en regardant deux passants. « Peut-on raconter à un autre être ce que l'on sent? Je voulais parler à Dolly et j'ai bien fait de ne rien dire... Comme elle se serait réjouie de mon malheur! Elle dissimulerait ce sentiment, mais au fond elle serait heureuse de me voir punie pour les plaisirs qu'elle m'enviait... Kitty serait encore plus contente, j'en ai la conviction! Elle sait que j'ai été plus qu'aimable avec son mari... et elle est jalouse; elle me hait. Plus encore, elle me méprise... A ses yeux, je suis une femme immorale. Si j'étais véritablement telle, j'aurais pu me faire courtiser par son mari... Si je voulais... et je le voulais... Et celui-ci, pourquoi est-il content de lui? » se demanda-t-elle en regardant un monsieur gros et rouge, qui passait en voiture, et qui, la prenant pour une de ses connaissances, soulevait un huit reflets au-dessus de sa calvitie, puis s'apercevait qu'il s'était trompé. « Il pensait me connaître et il me connaît aussi peu que n'importe qui... Je ne me connais pas moi-même... Je connais mes appétits, comme disent les Français. Ainsi ceux-là veulent de ces mauvaises glaces. Cette envie-là, ils la connaissent sûrement! » pensa-t-elle en regardant deux garçons qui venaient d'arrêter un marchand de glaces, lequel enlevait de dessus sa tête le seau à glaces et essuyait du coin d'une serviette son visage en sueur. « Tous, nous voulons quelque chose de doux et de parfumé. Il n'y a pas de bonbons, alors ils prennent de ces sales glaces... Et Kitty, c'est la même chose : faute de Vronskï, elle a pris Lévine. Et elle m'envie, et elle me hait. Et tous nous nous haïssons les uns les autres : moi, Kitty; Kitty, moi. Voilà la vérité!... Tutkine, COIFFEUR, JE ME FAIS COIFFER PAR Tutkine... Je lui dirai cela quand il viendra », pensa-t-elle, et elle sourit. Mais à ce moment elle se rappela qu'elle n'avait personne à qui raconter des choses drôles. « Et il n'y a rien de drôle, rien de gai!... Tout est vilain... On sonne pour la messe... et ce marchand, avec quel soin il fait le signe de croix! Comme s'il avait peur de laisser choir quelque chose... Pourquoi ces églises, ces sonneries et ces mensonges?... Seulement pour cacher que nous nous haïssons les uns les autres... Comme ce cocher vocifère avec colère!... Iachvine dit :

« Il veut me laisser sans chemise; et moi, je désire la même chose », la vérité est là tout entière! »

Ces pensées, qui l'absorbaient au point qu'elle en oubliait sa propre situation, l'accompagnèrent jusqu'au seuil de sa demeure. En apercevant le suisse qui sortait à sa rencontre, elle se rappela qu'elle avait envoyé un billet et un télégramme.

– Y a-t-il une réponse? demanda-t-elle.

– Je vais voir, répondit le suisse. Jetant un regard sur son bureau il y trouva un télégramme qu'il tendit à sa maîtresse.

« Je ne puis venir avant dix heures, Vronskï », lut-elle.

– L'envoyé est-il de retour?

– Non, madame, répondit le suisse.

« S'il en est ainsi, je sais ce qu'il me reste à faire. » Sentant la colère la gagner, en même temps que le besoin de la vengeance, elle courut à l'étage. « J'irai moi-même le trouver. Avant de partir pour toujours, je lui dirai tout. Je n'ai jamais haï personne autant que je hais cet homme! » pensa-t-elle. Voyant un chapeau dans l'antichambre elle frissonna de dégoût. Elle ne calculait pas que le télégramme de Vronskï était la réponse à son télégramme, et qu'il n'avait pas encore reçu son billet. Elle se le représentait causant tranquillement avec sa mère et mademoiselle Sorokine, et content de penser qu'elle souffrait, elle, Anna. « Oui, il faut partir au plus vite! » se dit-elle, ne sachant où aller. Elle voulait s'enfuir le plus vite possible des sentiments qui l'assaillaient dans cette maison maudite. Les domestiques, les murs, les meubles, tout provoquait en elle de la répugnance, de la colère, et l'oppressait comme un fardeau.

« Oui, il faut aller à la gare. S'il n'y est pas, aller le trouver et lui faire voir... »

Anna regarda dans un journal les horaires des trains. Il y avait un train le soir à 8 heures 2.

« J'ai le temps », se dit-elle; elle donna l'ordre d'atteler d'autres chevaux et prépara dans son sac de voyage les objets nécessaires pour quelques jours d'absence. Elle savait qu'elle ne reviendrait plus dans cette maison. Vaguement, parmi les plans qui lui venaient en tête, elle avait décidé qu'après ce qui se passerait à la gare ou chez la comtesse, elle irait par le train de Nijni-Novgorod jusqu'à la première ville et qu'elle resterait là.

Le dîner était servi. Elle s'approcha de la table, aspira l'odeur du pain, du fromage, mais n'en éprouvant que du dégoût, elle ordonna de faire avancer la voiture et sortit.

La maison projetait déjà son ombre à travers la rue; la soirée était claire, encore chaude du soleil couchant. Annouchka qui accompagnait Anna avec les objets de voyage, Pierre, qui les rangeaient dans la voiture, le cocher, évidemment tous agaçaient la jeune femme par leurs paroles et par leurs mouvements.

— Je n'ai pas besoin de toi, Pierre.

— Et qui donc prendra le billet?

— Bon, comme tu voudras. Cela ne fait rien, dit-elle avec dépit.

Pierre monta sur le siège et donna le signal du départ pour la gare.

XXX

« LA VOILÀ de nouveau! De nouveau je comprends tout! » se dit Anna, aussitôt que la voiture se fut ébranlée, cahotant sur les pavés pointus. Et de nouveau les impressions se succédèrent en elle à toute vitesse.

« Ainsi à quoi pensais-je si bien, en dernier lieu?... Tutkine, COIFFEUR?... Non, pas ça! Ah! ce que disait Iachvine : la lutte pour la vie, la haine, c'est la seule chose qui lie les hommes... Non, c'est en vain que vous partez! » dit-elle, s'adressant mentalement à une compagnie, dans une voiture à quatre chevaux, qui devait aller en pique-nique à la campagne. « ... Et le chien que vous emmenez ne vous aidera pas... Vous ne vous enfuirez pas de vous-mêmes. »

Jetant un coup d'œil du côté où regardait Pierre, elle aperçut un ouvrier d'usine, ivre mort, la tête vacillante et qu'un gardien emmenait.

« Voilà le moyen le plus rapide, se dit-elle. Le comte Vronskï et moi nous n'avons pas trouvé ce plaisir, bien que nous ayons beaucoup attendu... » Anna considérait ses relations avec Vronskï sous un aspect nouveau :

« Qu'a-t-il cherché en moi? Moins l'amour que la satisfaction de sa vanité. » Elle se rappelait ses paroles, et l'expression de son visage qui, les premiers temps de leur liaison, était celle d'un chien de chasse obéissant. « Oui, c'était bien le triomphe de la vanité. Sans doute, y avait-il aussi de l'amour, mais en grande partie ce n'était que l'orgueil de la victoire... Il se vantait d'avoir fait ma conquête. Maintenant c'est passé... Il n'y a pas de quoi être fier... Ce n'est pas la fierté, c'est la honte... Il a pris de moi ce qu'il pouvait; maintenant, je ne lui suis plus nécessaire; je suis un fardeau pour lui; il tâche de n'être pas malhonnête envers moi. Hier il a eu un lapsus : s'il désire le divorce et le mariage, c'est pour brûler ses vaisseaux. Il m'aime, mais comment? THE ZEST IS GONE... Celui-ci veut étonner tout le monde, et il est très content de lui », pensa-t-elle en voyant un employé qui passait sur un cheval de manège. « Alexis ne tient plus à moi... Si je le quitte, au fond de son âme il en sera ravi. »

Ce n'était pas une supposition : elle voyait maintenant la chose clairement, dans cette lumière crue qui lui révélait le sens de la vie et des liaisons humaines.

« Mon amour devient de plus en plus passionné, de plus en plus exigeant, et le sien s'attiédit de jour en jour : voilà pourquoi il faut nous séparer... Il n'y a point de remède... Pour moi, il est tout, et j'exige qu'il se donne à moi de plus en plus... Lui, au contraire, désire de plus en plus s'éloigner de moi... Avant notre liaison, nous allions à la rencontre l'un de l'autre; maintenant chacun va de son côté... Et il n'y a rien à faire...

Il me dit que je suis jalouse d'une façon insensée, et je me suis dit moi-même que je le suis sottement, mais ce n'est pas vrai, je ne suis pas jalouse... Je suis malheureuse. Mais... »

Elle ferma la bouche, suffoquée par l'émotion que faisait naître en elle une pensée qui lui vint, et elle changea de place dans la voiture.

« Si je pouvais être autre chose que sa maîtresse, qui aime passionnément ses caresses! Mais je ne puis et ne veux être rien d'autre... Par ce désir, j'excite son dégoût et sa haine... Et il n'en peut être autrement... Ne sais-je pas qu'il ne me trompait pas en disant qu'il n'a point en vue mademoiselle Sorokine, qu'il n'est pas amoureux de Kitty, qu'il ne me trahira pas?... Je sais tout cela, mais cela ne me soulage pas. S'il est bon et tendre pour moi *par devoir,* sans m'aimer, c'est alors pour moi mille fois pis que sa colère!... Quel enfer!... C'est pourtant la réalité, depuis longtemps il ne m'aime plus... Et là où finit l'amour commence la haine... Ces rues, je ne les connais pas du tout... Ce sont des collines quelconques, et toujours des maisons et des maisons... Et dans les maisons toujours des gens et des gens... Il y en a sans fin, et tous se haïssent les uns les autres... Admettons que j'obtienne ce que je veux pour être heureuse. Soit, j'obtiens le divorce, Alexis Alexandrovitch me rend Serge et j'épouse Vronskï... »

A ce moment elle se rappela Alexis Alexandrovitch avec une intensité particulière, elle le vit comme vivant devant elle, avec ses yeux doux et éteints, ses mains blanches aux veines bleues; elle entendit les intonations de sa voix, les craquements de ses doigts. Au souvenir du sentiment qui avait existé entre eux et qui aussi s'appelait l'amour, elle tressaillit d'horreur.

« J'obtiens donc le divorce et deviens la femme de Vronskï... Et après? Est-ce que Kitty ne me regardera plus comme elle l'a fait aujourd'hui? Si. Et Serge? Cessera-t-il d'interroger ou de réfléchir au sujet de mes deux maris? Entre moi et Vronskï, quel nouveau sentiment trouverai-je? Puis-je compter maintenant, non pas sur le bonheur, puis-je espérer seulement ne pas souffrir? Non, non! » se répondait-elle sans la moindre hésitation. « C'est impossible! C'est la vie qui nous sépare; je fais son malheur et lui le mien, et on ne peut nous changer ni l'un ni l'autre... Toutes les tentatives ont été faites... la vis est desserrée... Tiens! une mendiante avec un enfant... Elle pense sans doute que j'ai pitié d'elle... Est-ce que nous tous ne sommes pas abandonnés dans le monde?... Pour seulement se haïr, et ensuite se tourmenter et faire souffrir les autres... Voici des écoliers... Et Serge? Je croyais aussi que je l'aimais et je m'attendrissais sur cet amour; cependant j'ai vécu sans lui, j'ai changé son amour contre un autre, et je ne me suis pas plainte de ce changement tant que je fus satisfaite de cet autre amour... » Avec dégoût elle se rappela ce qu'elle nommait cet autre amour, et la clarté avec laquelle elle voyait maintenant sa propre vie et celle des autres la réjouissait. « Ainsi je me vois, moi, et Pierre, et le cocher Théodore, et ce marchand et tous ces hommes qui vivent là-bas sur la Volga où les attirent toutes ces affiches... » On arrivait à la Gare de Nijni-Novgorod, où des employés accouraient à la rencontre de la voiture.

– Faut-il prendre un billet pour Obiralovka? demanda Pierre.

Elle avait totalement oublié pour où et pourquoi elle voulait partir; il fallut un réel effort pour comprendre cette question.

– Oui, dit-elle en tendant sa bourse. Prenant à la main son petit sac rouge, elle descendit de voiture.

Entrant avec la foule dans la salle d'attente des premières classes, elle se remémora peu à peu tous les détails de sa situation et les solutions entre lesquelles elle hésitait. Et de nouveau, tantôt l'espoir, tantôt le désespoir, torturèrent son cœur angoissé, qui battait confusément. Assise sur le divan en étoile, en attendant le train, elle regardait avec dégoût ceux qui entraient et sortaient; elle s'imaginait arrivant à la gare, lui écrivant un billet, et réfléchissait à ce qu'elle écrirait. Tantôt elle se représentait Vronskï se plaignant à sa mère (sans comprendre les souffrances d'Anna) de sa situation; ou elle s'imaginait entrant dans la pièce et ce qu'elle lui dirait. Tantôt elle pensait que la vie pourrait encore être heureuse, elle sentait avec quelles souffrances elle l'aimait et le haïssait et son cœur battait avec violence.

XXXI

La sonnette retentit. Des jeunes gens fort communs, laids et effrontés, marchaient d'un pas pressé, en observant l'effet qu'ils produisaient. Pierre, en livrée et guêtré, traversa la salle, l'air stupide, et s'approcha d'Anna pour l'accompagner jusqu'au wagon. Sur le quai, des hommes qui causaient avec bruit se turent quand elle passa devant eux; l'un d'eux chuchota quelque chose aux autres, à son sujet, visiblement, et c'était sans doute quelque grossièreté.

Anna gravit le haut marchepied et s'assit seule dans un coupé, sur un canapé à ressorts tout taché, qui jadis avait été blanc. Elle posa son sac à côté d'elle.

Pierre, avec un sourire stupide, leva en signe d'adieu sa casquette galonnée. Un conducteur ferma la portière.

Une dame très laide, portant une tournure (Anna en pensée déshabillait cette femme et demeurait épouvantée de sa laideur) et une fillette au rire faux coururent sur le quai.

– Chez Catherine Andréievna! Tout est chez elle, ma tante, cria la fillette.

« Même la fillette est déformée et grimacière! » pensa Anna.

Pour ne voir personne, elle se leva et s'assit à l'autre portière du compartiment.

Un moujik sale, coiffé d'un bonnet d'où s'échappaient des cheveux embroussaillés, se trouvait au-dessous de la portière, et se penchait vers les roues du wagon. « Ce vilain moujik ne m'est pas inconnu », pensa Anna. Aussitôt elle se rappela son rêve. Tremblante de peur, elle revint à la portière donnant sur le quai.

Le conducteur ouvrit la porte, laissant passer un monsieur et une dame.

– Vous voulez sortir, madame? demanda-t-il.

Anna ne répondit rien. Le conducteur et les personnes qui entraient ne remarquèrent pas, sous le voile, l'expression d'horreur qui s'était gravée sur son visage. Elle retourna dans son coin et s'assit. Le couple s'assit en face, examinant attentivement mais discrètement sa toilette. Ces gens horripilaient Anna. Le mari lui demanda l'autorisation de fumer; non qu'il eût précisément le désir de fumer, mais pour engager la conversation. Ayant reçu un assentiment, il se mit à causer avec sa femme, en français, bien qu'il en eût encore moins besoin que de fumer. Il disait des choses insignifiantes, rien que pour qu'Anna l'entendît.

Anna voyait clairement que tous deux éprouvaient l'un pour l'autre du dégoût et de la haine. Comment ne pas haïr de telles gens misérables!

On sonna pour la deuxième fois; il se fit aussitôt un grand mouvement de gens et de bagages; les cris et les rires redoublèrent.

Anna sentait profondément que personne en ce monde n'a lieu de se réjouir, et c'est pourquoi ce spectacle l'irrita jusqu'à la souffrance. Elle voulait se boucher les oreilles pour ne rien entendre. Enfin on sonna pour la troisième fois; on entendit un coup de sifflet, le cri de la locomotive, puis le grincement de la chaîne... Le mari se signa.

« Il serait intéressant de savoir ce qu'il pense en faisant cela », se dit Anna, le regardant méchamment.

Son regard, dépassant sa voisine, examina par la portière les personnes qui sur le quai accompagnaient le train et avaient l'air d'aller à reculons.

Avec des bruits réguliers aux jointures des rails, le wagon où était assise Anna roulait devant le quai, dépassait le mur de pierre, le sémaphore, et d'autres wagons. Les roues, avec un bruit léger, grinçaient sur les rails. Les portières reflétaient un clair soleil couchant; une légère brise gonflait les rideaux. Sous l'influence de l'air frais, Anna se remit à penser, oubliant ses compagnons de voyage.

« Où en étais-je?... Oui... je me disais que je ne puis trouver de situation dans laquelle la vie ne soit pas une souffrance; que nous tous sommes nés pour souffrir; que nous le savons et inventons le moyen de nous tromper. Mais quand on voit la vérité, que faut-il donc faire? »

— La raison est donnée à l'homme pour se débarrasser de ce qui le tourmente, prononça en français la dame, évidemment très contente d'elle et faisant claquer sa langue.

Ces paroles paraissaient répondre à la pensée d'Anna.

« Se débarrasser de ce qui le tourmente », se dit Anna. Regardant le mari à la face rubiconde et sa femme malingre, elle comprit que cette femme se croyait une incomprise, que son mari entretenait en elle cette opinion, et qu'il la trompait. Anna croyait découvrir toute leur histoire et tous les coins de leur âme; mais il n'y avait là rien d'intéressant.

« Oui, cela me tourmente, et la raison nous est donnée pour nous débarrasser... Alors il faut se débarrasser! Pourquoi ne pas éteindre la lumière quand il n'y a plus rien à regarder, quand tout ce qu'il y a à voir est vilain?... Mais comment faire?... Pourquoi ce conducteur court-il? Pourquoi tous ces jeunes gens, dans l'autre wagon, rient-ils? Tout est faux, tout est mensonge, tromperie. Tout est mal!... »

Le train stoppa à la gare d'arrivée. Anna sortit, traversa la foule des voyageurs, s'écarta d'eux comme de pestiférés. Elle s'arrêta sur le quai, tâchant de se rappeler pourquoi elle était venue là et ce qu'elle avait l'intention de faire. Tout ce qui auparavant lui avait semblé possible était maintenant très difficile à concevoir, au milieu de cette foule bruyante de gens affreux qui ne la laissaient pas tranquille. Tantôt c'étaient des commissionnaires qui accouraient vers elle, lui proposant leurs services; tantôt des jeunes gens qui, frappant des talons sur le quai et causant à haute voix, la dévisageaient; tantôt un flot qui venait à sa rencontre ne s'écartait pas pour la laisser passer.

Se rappelant qu'au cas où il n'y aurait pas de réponse elle avait décidé d'aller plus loin, elle arrêta un des commissionnaires et lui demanda s'il n'y avait pas à la gare un cocher avec un billet pour le comte Vronskï :

– Le comte Vronskï? Il y a un moment, quelqu'un est venu de sa part. Quelqu'un qui allait à la rencontre de la princesse Sorokine et de sa fille. Comment est ce cocher?

Cependant, le cocher Mikhaïlo, rouge, gai, dans un élégant costume bleu orné d'une chaîne de montre, évidemment fier d'avoir si bien exécuté sa commission, s'approchait d'elle et lui tendait le billet. Elle le décacheta et son cœur se serra avant même de l'avoir lu.

« Je regrette beaucoup que le billet ne m'ait pas trouvé. Je rentrerai à dix heures », écrivait Vronskï, d'une écriture négligée...

« Je m'y attendais! » se dit-elle avec un méchant sourire.

– Bien, retourne à la maison, dit-elle doucement à Mikhaïlo. Elle parlait doucement, car son cœur battant trop vite l'empêchait de respirer.

« Non, je ne te laisserai pas me torturer! », pensa-t-elle, adressant une menace non à lui ni à elle-même, mais à l'objet de ses tourments. Et, suivant le quai, elle atteignit la gare.

Deux femmes de chambre qui arrivaient sur le quai tournèrent la tête pour l'examiner, et firent à haute voix une réflexion sur sa toilette : « Des vraies », dirent-elles, parlant des dentelles d'Anna. Comme d'habitude, les jeunes gens l'agaçaient, en la dévisageant. Ils passaient devant elle avec de grands rires en parlant avec affectation.

Le chef de gare la croisa et lui demanda si elle partait.

Un garçon, marchand de kvass, ne la quittait pas des yeux. « Mon Dieu, où dois-je aller? » pensa-t-elle, tout en s'éloignant de la gare.

Au bout du quai elle s'arrêta. Des dames, des enfants, un

monsieur à lunettes, qui riait très fort, cessèrent de causer et examinèrent la jeune femme passant près d'eux.

Elle hâta le pas.

Un train de marchandises arrivait. Le quai tremblait, si bien qu'Anna se croyait elle-même dans le train. Soudain, se rappelant l'homme qui avait été écrasé, le jour de sa première rencontre avec Vronskï, elle comprit ce qu'elle devait faire.

D'un pas rapide et léger, elle descendit les marches qui menaient au réservoir, contre la voie, et elle s'arrêta près du train qui passait.

Elle regarda le bas des wagons, les moyeux et les rayons, les hautes roues de fonte du premier wagon qui roulait lentement; du regard, elle tâcha de déterminer le milieu de l'espace compris entre les roues de devant et celles de derrière, et de calculer le moment où ce milieu serait en face d'elle.

« A cet endroit », se dit-elle, regardant l'ombre du wagon, et le sable mêlé de charbon qui couvrait les traverses. « Là, en ce point milieu, ainsi je le punirai, et je me délivrerai de tous et de moi-même. »

Elle voulut se jeter sous le premier wagon dont le milieu était devant elle, mais le sac rouge qu'elle dégagea de sa main la retarda; le milieu du wagon était passé. Il fallait attendre le suivant. Un sentiment semblable à celui qu'elle éprouvait au moment d'entrer au bain la saisit, et elle se signa. Le geste habituel du signe de croix éveilla en son âme une foule de souvenirs d'enfance et de jeunesse; et les ténèbres qui enveloppaient sa mémoire se déchirèrent; un instant, la vie se présenta à elle avec toutes les joies lumineuses du passé. Mais elle ne quittait pas des yeux les roues du second wagon qui s'avançait. Et quand le milieu fut juste en face d'elle, elle jeta son sac rouge, enfonça sa tête dans ses épaules et s'élança sous la roue; puis, d'un léger mouvement, comme si elle eût voulu se relever aussitôt, elle tomba à genoux. Terrifiée de ce qu'elle venait de faire, elle pensa : « Où suis-je? Qu'ai-je fait! Pourquoi? »

Elle voulut se relever, s'échapper, mais une masse énorme et impitoyable lui frappa la tête et la traîna sur le dos.

« Seigneur Dieu, pardonnez-moi tout! » pensa-t-elle, comprenant l'impossibilité de la lutte.

Le petit moujik, en marmottant, martelait la ferraille. Et la lumière qui éclairait Anna, – lisant le livre empli de misères, de tromperies, de souffrances et de mal, – brilla d'un éclat plus vif que jamais, illumina tout ce qui auparavant n'était que ténèbres, puis commença de faiblir et s'éteignit pour toujours.

HUITIÈME PARTIE

I

Près de deux mois s'étaient écoulés. On était au milieu de l'été, il faisait très chaud, et Serge Ivanovitch s'était enfin décidé à quitter Moscou. Plusieurs événements avaient, en ce temps-là, traversé sa vie.

Depuis un an, il avait terminé son livre *Essai sur les bases et les formes des Constitutions en Europe et en Russie,* fruit d'un travail de six années. Quelques chapitres de cet ouvrage ainsi que l'introduction avaient paru dans des périodiques; d'autres fragments avaient été lus par Serge Ivanovitch à diverses personnes de son milieu; de sorte que les idées contenues dans cette œuvre n'étaient plus d'une nouveauté absolue pour le public. Cependant, Serge Ivanovitch avait pensé que la publication de son livre aurait un certain retentissement dans la société, et, qu'en tout cas, il en serait beaucoup parlé dans les milieux savants.

Donc l'ouvrage, après un travail très sérieux, très profond, avait été édité l'année précédente et mis en dépôt chez les libraires.

Serge Ivanovitch ne demandait à personne leur avis sur ce livre; lui-même répondait sans empressement et feignait l'indifférence quand ses amis le questionnaient au sujet du sort fait à l'ouvrage, dont il ne s'informait même pas chez les libraires; cependant, il surveillait avec une grande attention l'impression que ses idées produiraient dans la société et dans les milieux intellectuels. Mais une semaine se passa, une deuxième, une troisième; et dans la société, nulle impression ne se manifestait. Les amis de Serge Ivanovitch, les spécialistes et les savants, lui parlaient parfois du livre, apparemment par politesse. Quant à ses autres connaissances, elles ne s'intéressaient aucunement à cette savante étude et n'y faisaient même pas allusion devant lui; enfin, dans la société, occupée alors de tout autre chose, c'était l'indifférence la plus complète. Dans la littérature, également; pendant un mois, il n'y eut pas un seul mot sur le livre.

Serge Ivanovitch supputait minutieusement le temps qu'il fallait à ses confrères pour rédiger une critique; mais un mois se passa, puis un autre, et toujours le silence. Seul le *Scarabée du Nord,* dans un feuilleton humoristique sur le chanteur Drabante, qui avait perdu la voix, glissa quelques mots dédaigneux sur l'ouvrage de Koznichev; c'était la preuve que cet essai était depuis longtemps regardé par tous comme quelque chose de ridicule.

Enfin le troisième mois, dans une revue sérieuse, parut un article critique. Serge Ivanovitch connaissait l'auteur de cet article. Il l'avait rencontré une fois chez Goloubtkov.

C'était un feuilletoniste très jeune, malade; très débrouillard, mais très peu instruit; et timide dans ses relations personnelles.

Malgré son parfait mépris pour l'auteur de l'article, Serge Ivanovitch se mit à lire celui-ci avec la plus grande attention. C'était un pur éreintement. Evidemment, le feuilletoniste avait pris l'ouvrage à contresens; mais il avait choisi ses citations si habilement, que, pour quiconque n'avait pas lu le livre (et, de toute évidence, peu de personnes l'avaient lu), il était clair que tout l'ouvrage n'était rien de plus qu'une enfilade de mots emphatiques employés mal à propos (ce qu'indiquaient des points d'interrogation), et que l'auteur dudit ouvrage ne pouvait être qu'un homme parfaitement ignorant. L'article était si spirituel que Serge Ivanovitch lui-même n'eût pas désavoué ce genre d'esprit. C'était là surtout ce qu'il y avait de terrible. Serge Ivanovitch mettait tant de bonne foi à examiner les raisonnements du critique, qu'il ne s'arrêtait pas un instant aux fautes et aux erreurs ridicules. Mais malgré lui, il se rappelait, jusqu'aux moindres détails, sa rencontre avec l'auteur de l'article et la conversation qu'ils avaient eue ensemble.

« Ne l'ai-je point offensé alors? » se demanda Serge Ivanovitch. Ce jour-là, il avait rectifié un propos du jeune homme, propos qui montrait son ignorance. Serge Ivanovitch eut ainsi l'explication des tendances de l'article.

Ensuite, ce fut de nouveau un silence de mort sur l'ouvrage, tant dans la littérature que dans la société. Serge Ivanovitch comprit que son œuvre, le travail de six années, composée avec tant d'amour et tant d'efforts, ne laisserait aucune trace.

La situation de Serge Ivanovitch était surtout pénible du fait qu'ayant terminé son livre, il ne savait plus que faire pour occuper son temps.

Intelligent, instruit, sain, actif, il se trouvait sans occupation. Les conversations dans les salons, les assemblées, les comités, partout où on pouvait causer, le retenaient quelque peu. Mais, habitant la ville depuis longtemps, il ne se permettait pas – comme faisait son frère, inexpérimenté, quand il venait à Moscou – de donner tout son temps à ces conversations; et il lui restait encore beaucoup de loisirs à occuper et de forces intellectuelles à dépenser.

Heureusement pour lui, il eut alors, pour se tirer de l'ennui que lui causait l'insuccès de son livre, un nouveau sujet de réflexion. Après les questions relatives aux allogènes, aux amis d'Amérique, à la famine de Samara, à l'exposition, au spiritisme – la question slave (auparavant à peine soupçonnée par la société) venait de se poser à celle-ci, dans toute sa gravité; et à cette question, Serge Ivanovitch se consacra tout entier.

Dans le milieu auquel il appartenait, on ne parlait en ce temps-là que de la guerre turco-serbe; on n'écrivait que sur ce sujet. Tout ce que fait d'ordinaire la foule oisive, pour tuer le temps, se faisait maintenant au profit des Slaves : bals; concerts, dîners, allumettes, toilettes des dames, bière, restaurants, tout témoignait de la sympathie nationale pour les Slaves.

Serge Ivanovitch était, sur bien des points, en désaccord avec ce qu'on disait ou écrivait à cet égard. Il constatait que la question slave était devenue un de ces sports mondains qui, toujours se remplaçant l'un par l'autre, servent à occuper l'attention de la société mondaine. Il voyait que beaucoup en faisaient une affaire lucrative, ou un moyen de servir leur ambition. Il convenait que les journaux publiaient là-dessus beaucoup de choses inutiles et exagérées, dans le seul dessein d'attirer l'attention du public et, pour chacun, de crier plus fort que les autres. Dans ce mouvement général de l'opinion, il remarquait que c'étaient les malchanceux et les mécontents, qui allaient de l'avant et criaient plus fort que les autres : des chefs d'armée sans armées, des ministres sans ministères, des journalistes sans journaux, des chefs de partis sans partisans.

Il voyait tout ce qu'il y avait dans ce mouvement de léger et de ridicule; mais il y voyait aussi un enthousiasme très vif, toujours croissant, qui réunissait toutes les classes de la société et auquel on ne pouvait refuser sa sympathie.

Le massacre de coreligionnaires infortunés, les frères slaves, avait suscité de la compassion pour les victimes et de l'indignation contre les oppresseurs; l'héroïsme des Serbes et des Monténégrins, qui luttaient pour une grande cause, fit naître dans tout le peuple le désir de venir en aide à ces frères, non pas seulement par des paroles, mais par des actes.

Il y avait là-dedans pour Serge Ivanovitch, un autre phénomène heureux : c'était la manifestation d'une opinion publique.

La société avait, d'une façon très nette, exprimé son désir. L'âme du peuple avait trouvé son expression, comme disait Serge Ivanovitch; et plus il s'occupait de cette œuvre, plus elle lui semblait appelée à devenir considérable et à faire époque.

Il s'y consacrait tout entier et ainsi il oubliait son livre. Tout son temps était maintenant employé; si bien qu'il n'arrivait pas à répondre à toutes les lettres qu'on lui adressait et à toutes les questions qu'on lui posait.

Ayant ainsi travaillé tout le printemps et une partie de

l'été, ce ne fut qu'en juillet qu'il se prépara à aller à la campagne chez son frère. Il allait se reposer deux semaines au sein du peuple, dans le fond de la campagne, jouir du spectacle que donnait un soulèvement de l'esprit populaire, auquel il croyait absolument, de même que tous les habitants des capitales et des villes.

Katavassov, qui depuis longtemps songeait à remplir la promesse qu'il avait faite à Lévine de lui rendre visite, partit avec Serge Ivanovitch.

II

SERGE IVANOVITCH et Katavassov venaient d'arriver à la Gare de Koursk, ce jour-là particulièrement animée. Descendus de voiture, ils cherchaient du regard le domestique chargé de leurs bagages, lorsque parurent quatre voitures de volontaires. Des dames étaient venues les attendre avec des bouquets. Suivies de la foule, elles pénétrèrent dans la gare.

Une de ces dames, en sortant de la salle, s'adressa à Serge Ivanovitch :

— Vous aussi, vous êtes venu les saluer? demanda-t-elle en français.

— Non, je vais en voyage, princesse. Je vais me reposer chez mon frère. Et vous, vous êtes toujours là pour les recevoir? dit Serge Ivanovitch avec un sourire imperceptible.

— On ne peut faire autrement, répondit la princesse. N'est-ce pas que, de chez vous, sont partis huit cents volontaires? Malvinski ne me croyait pas quand je le lui ai dit.

— Plus de huit cents. Si l'on compte ceux qui ne sont pas partis directement de Moscou, on dépasse le millier, dit Serge Ivanovitch.

— C'est ce que je disais! fit la dame joyeusement. Est-ce vrai aussi qu'on a déjà récolté plus d'un million?

– A peu près, princesse.

– Que dites-vous des dépêches d'aujourd'hui? On a de nouveau écrasé les Turcs!

– Oui, j'ai lu, répondit Serge Ivanovitch.

En effet, les nouvelles reçues par le télégraphe confirmaient que, trois jours durant, les Turcs, vaincus sur tous les points, avaient battu en retraite et qu'on s'attendait pour le lendemain à une bataille décisive.

– A propos, savez-vous qu'ici un jeune homme très gentil a voulu qu'on l'inscrive? Je ne sais pourquoi l'on a fait des difficultés. Je voulais vous en parler. Je le connais. Écrivez donc, je vous prie, un mot de recommandation pour lui. Il est envoyé par la comtesse Lydie Ivanovna.

Ayant entendu les détails que donnait la princesse sur le jeune homme qui voulait s'engager comme volontaire, Serge Ivanovitch, passant dans le salon de première classe, écrivit un mot de recommandation à qui de droit et le remit à la princesse.

– Vous savez, le comte Vronskï... Très connu... Il part par ce train-ci, dit la princesse avec un sourire triomphant et expressif. Serge Ivanovitch venait lui remettre le billet.

– J'avais entendu dire qu'il partait, mais j'ignorais quand. Par ce train?

– Je l'ai vu, il est ici. Sa mère seule l'accompagne... En somme, c'est ce qu'il avait de mieux à faire.

– Oui, sans doute.

Pendant qu'ils causaient, la foule passait devant eux, envahissant le buffet. Ils s'y rendirent aussi. Un monsieur, la coupe à la main, faisait, d'une voix forte, un discours aux volontaires.

« Servir... la religion, l'humanité, nos frères!... » disait ce monsieur, enflant la voix de plus en plus.

« Moscou vous bénit pour cette grande œuvre. Vivat! » conclut-il d'une voix forte et émue. Et tous répétèrent : Vivat!

Une nouvelle cohue fit irruption dans la salle et faillit renverser la princesse.

– Eh bien, princesse, qu'en dites-vous? demanda Stépan Arkadiévitch qui, avec un sourire de joie rayonnante, surgit tout à coup du milieu de la foule. N'est-ce pas qu'il a bien parlé, et chaleureusement? Bravo! Ah, Serge Ivanovitch!... Si vous prononciez aussi quelques paroles d'encouragement? Vous savez si bien! ajouta-t-il avec un sourire affectueux, respectueux et prudent, en pressant légèrement le bras de Serge Ivanovitch.

– Non, je pars à l'instant.

– Où allez-vous?

– A la campagne, chez mon frère.

– Alors vous y verrez ma femme. Je lui ai écrit, mais vous la verrez avant que la lettre n'arrive. Dites-lui, je vous prie, que vous m'avez vu et que tout est *all right*. Elle comprendra. D'ailleurs, soyez aimable, ajoutez que je suis nommé membre de la commission... Cela suffit, elle comprendra. Vous savez... LES PETITES MISÈRES DE LA VIE HUMAINE... dit-il, s'adressant à la princesse, comme pour s'excuser. – La Miagkaïa, pas Lise, mais Bibiche, envoie mille fusils et douze sœurs de charité. Je vous l'ai dit, n'est-ce pas?

– Oui, j'ai entendu dire cela, répondit Koznichev.

– C'est dommage que vous partiez! reprit Stépan Arkadiévitch. Demain nous offrons un dîner à deux des nôtres qui partent : Dimer-Bartiantzkï, de Pétersbourg, et Vesslovskï Gricha. Il s'est marié récemment. En voilà un gaillard! N'est-ce pas, princesse?

La princesse, sans répondre, regarda Koznichev. Mais le fait que Serge Ivanovitch et la princesse désiraient être débarrassés de lui ne gênait nullement Stépan Arkadiévitch. En souriant il regardait tantôt la plume du chapeau de la princesse, tantôt de côté, comme s'il eût attendu quelque chose. Apercevant une dame qui circulait avec une aumônière, il l'appela et lui remit un billet de cinq roubles.

– Je ne puis rester indifférent à ces troncs, tant que j'ai de l'argent sur moi, dit-il. Et que dites-vous des nouvelles d'aujourd'hui?... Les braves Monténégrins!

– Que dites-vous! s'exclama-t-il, apprenant par la princesse que Vronskï partait par ce train. Une seconde, le visage de Stépan Arkadiévitch exprima la tristesse. Aussitôt, il écarta ses interlocuteurs et entra, d'un pas mal assuré, dans la salle où se trouvait Vronskï. Oubliant les sanglots désespérés qu'il avait poussés sur le cadavre de sa sœur, Oblonskï ne voyait plus en Vronskï que le héros et le vieux camarade.

– Malgré tous ses défauts, on ne peut lui en vouloir, dit la princesse à Serge Ivanovitch, dès que Stépan Arkadiévitch se fut éloigné d'eux. Voilà un caractère vraiment russe, vraiment slave! Seulement je crains qu'il soit désagréable à Vronskï de le voir. Vous avez beau dire, le sort de cet homme me touche. Vous causerez avec lui en route?

– Oui, peut-être, si j'en ai l'occasion.

– Je ne l'ai jamais aimé, mais ceci rachète beaucoup de choses. Non seulement il part, mais il conduit à ses frais un escadron.

– Oui, j'ai entendu dire...

La sonnette retentit. Tous se dirigèrent vers la sortie.

– Le voici! fit la princesse.

Vronskï, vêtu d'un long manteau et coiffé d'un chapeau noir à large bord, marchait en donnant le bras à sa mère. Oblonskï se tenait à côté de lui et causait avec animation. Vronskï, les sourcils froncés, regardait devant lui, comme s'il n'eût pas entendu ce que disait Stépan Arkadiévitch.

Probablement sur l'indication d'Oblonskï, il se tourna du côté de la princesse et de Serge Ivanovitch et souleva silencieusement son chapeau. Son visage vieilli, douloureux, semblait pétrifié.

Vronskï laissa d'abord passer sa mère, puis disparut lui-même dans un compartiment du train. Sur le quai retentirent les cris de *Dieu protège le tsar,* puis des *hourra!* des *vivats!* Un des volontaires, un grand jeune homme à la poitrine creuse, saluait en agitant au-dessus de sa tête son bonnet de castor et un bouquet. Derrière lui se montraient, saluant aussi, deux officiers, et un homme âgé, à longue barbe, coiffé d'un chapeau crasseux.

III

APRÈS avoir pris congé de la princesse, Serge Ivanovitch, avec Katavassov qui l'avait rejoint, monta en wagon. Et le train s'ébranla.

A la gare de Tzaritzino, il fut accueilli par un excellent chœur de jeunes gens qui chanta : « Gloire! » De nouveau, les volontaires se montrèrent aux portières et saluèrent; mais Serge Ivanovitch ne faisait plus attention à eux.

Il s'était déjà tellement occupé de ces hommes qu'il en connaissait le type et n'y trouvait plus guère d'intérêt. Katavassov qui, au contraire, à cause de ses travaux scientifiques, n'avait pas eu le loisir d'observer les volontaires, s'intéressait beaucoup à eux et interrogeait Serge Ivanovitch à leur sujet.

Serge Ivanovitch lui conseilla de passer en deuxième classe et de causer personnellement avec eux. A la station suivante, Katavassov suivit ce conseil. Il changea de wagon et fit connaissance avec des volontaires. Ils étaient assis dans un coin et causaient à haute voix, sachant fixée sur eux l'attention des voyageurs, ainsi que de Katavassov qui venait d'entrer. Le grand jeune homme à la poitrine creuse parlait plus fort que les autres. Il paraissait ivre et racontait une certaine histoire qui était arrivée dans son institut. En face de lui se trouvait un officier, plus tout jeune, en uniforme de la garde autrichienne. En souriant il écoutait le narrateur, l'interrompant parfois. Un troisième, en uniforme d'artilleur, était assis près d'eux sur une valise; un quatrième dormait. Engageant la conversation avec le jeune homme, Katavassov apprit que c'était un riche marchand de Moscou, maintenant ruiné, qui à vingt-deux ans avait déjà dilapidé une grande fortune. Veule et maladif, il ne plut guère à Katavassov. Évidemment ce garçon était convaincu, surtout maintenant, après avoir bu, qu'il accomplissait un acte héroïque, mais il s'en vantait de la façon la plus désagréable. Un autre, officier en retraite, fit également sur Katavassov une impression fâcheuse. On voyait que c'était un homme qui avait essayé de tout. Il avait été employé de chemin de fer, gérant, organisateur de fabriques; et il parlait de tout sans aucune nécessité, en employant mal à propos des termes scientifiques.

Le troisième, l'artilleur, au contraire, était très sympathique. Ce jeune homme modeste et doux s'inclinait manifestement devant la science de l'officier de la garde en retraite et devant l'héroïque sacrifice du marchand; il ne parlait pas de lui-même. Quand Katavassov lui demanda ce qui le poussait à partir pour la Serbie, il répondit avec modestie :

– Bah, tout le monde part! Il faut bien aller aider les Serbes. Ils sont à plaindre.

– Surtout, il y a peu d'artilleurs là-bas.

– Je n'ai pas servi longtemps dans l'artillerie. Peut-être me détachera-t-on au génie ou dans la cavalerie.

– Pourquoi dans le génie, alors qu'on a surtout besoin d'artilleurs? demanda Katavassov, calculant, d'après l'âge de l'artilleur, que celui-ci devait avoir déjà un grade assez élevé.

– Je n'ai pas servi longtemps dans l'artillerie. J'ai démissionné comme sous-officier, dit-il.

Et il se mit à expliquer pourquoi il n'avait pas passé l'examen d'officier.

L'ensemble fit sur Katavassov une impression défavorable. Quand les volontaires descendirent à la station suivante pour boire, Katavassov voulut causer avec quelqu'un, afin de contrôler cette impression.

Un vieillard en manteau militaire s'était arrêté en passant, pour écouter la conversation de Katavassov avec les volontaires. Dès qu'ils furent seuls, Katavassov s'adressa à cet inconnu :

– Quelle variété de situations sociales, parmi tous ces hommes qui vont là-bas! Katavassov souhaitait vaguement exprimer son opinion et, en même temps, voulait faire parler le vieillard.

Celui-ci était un militaire qui avait fait deux campagnes.

Il savait ce que c'était qu'un soldat; et d'après leur extérieur, d'après leurs conversations, comme d'après la bravoure qu'ils apportaient à vider des bouteilles en route, il tenait ceux-ci pour de mauvais soldats. De plus, habitant un chef-lieu de district, il ne put s'empêcher de raconter que là s'était fait inscrire comme volontaire un ivrogne doublé d'un voleur dont personne ne voulait comme ouvrier. Cependant sentant qu'en raison de l'opinion actuelle de la société il était dangereux d'exprimer une opinion contraire, et surtout de critiquer les volontaires, il regarda Katavassov à la dérobée.

— Bah, là-bas ces gens sont nécessaires! dit-il en riant des yeux. Et ils se mirent à parler des dernières nouvelles de la guerre. Tous deux s'étonnaient qu'une bataille fût attendue pour le lendemain, alors que les dépêches donnaient les Turcs pour battus sur tous les points. C'est ainsi que tous deux se séparèrent sans exprimer leur pensée.

Katavassov revint dans son compartiment et — manquant de sincérité, malgré lui — il fit part à Serge Ivanovitch de ses observations, d'après lesquelles il résultait que les volontaires étaient de braves garçons.

A l'arrêt dans une ville, de nouveau des chants et des acclamations accueillirent les volontaires. De nouveau, parmi les quêteurs et les quêteuses, les dames de province offraient des bouquets aux volontaires et les suivaient au buffet. Mais ces manifestations étaient beaucoup plus modérées qu'à Moscou.

IV

PENDANT l'arrêt au chef-lieu de province, Serge Ivanovitch n'alla pas au buffet mais se mit à faire les cent pas sur le quai. Passant devant le compartiment de Vronskï, il remarqua que les stores étaient baissés; mais, la deuxième fois, il aperçut près de la fenêtre la vieille comtesse qui l'appela.

– Comme vous le voyez, je l'accompagne jusqu'à Koursk, dit-elle.

– Oui, j'ai entendu... dit Serge Ivanovitch s'arrêtant près de la portière. Quel beau trait de caractère de sa part! ajouta-t-il, ayant vu que Vronskï n'était pas dans le wagon.

– Après son malheur, que pouvait-il donc faire?

– Quel terrible événement! fit Serge Ivanovitch.

– Ah, combien ai-je été éprouvée! Mais entrez donc... Oui, combien ai-je été éprouvée! répéta-t-elle quand Serge Ivanovitch se fut assis près d'elle sur la banquette. On ne peut se l'imaginer! Pendant six semaines il n'a adressé la parole à personne; il ne mangeait que quand je l'en suppliais; et pas une minute on ne pouvait le laisser seul. Nous lui avons caché tout ce avec quoi il aurait pu se tuer. Nous habitons l'entresol, mais sait-on jamais? Vous savez qu'une fois déjà il avait voulu se tuer à cause de cette femme! – Les sourcils de la vieille dame se froncèrent, à ce souvenir. – Oui, elle a fini comme devait finir une femme pareille! Même sa mort, elle l'a choisie vilaine et lâche.

– Il ne nous appartient pas de juger, comtesse, dit Serge Ivanovitch avec un soupir. Mais je comprends que ce doit être pénible pour vous.

– Ah, ne m'en parlez pas! J'étais chez moi, à la campagne, mon fils était venu me voir... On apporte un billet... Il remet la réponse à l'envoyé... Nous ne savions pas qu'elle était ici, à la gare... Le soir, dès que je fus montée dans ma chambre, ma Mary me raconta qu'à la gare une dame s'était jetée sous le train. Je ne sais pourquoi, mais ça me donna un coup! Je compris aussitôt que c'était elle. Ma première parole fut pour dire de ne pas en parler à mon fils; mais il le savait déjà. Son cocher se trouvait là-bas et avait tout vu. Quand j'accourus dans sa chambre il était terrible à voir. Il ne prononça pas une parole et partit. Je ne sais pas ce qui se passa à la gare, mais on l'en ramena comme mort... Je ne l'aurais pas reconnu... Prostration complète, dit le docteur... Ensuite ce fut presque de la fureur... Ah, que dire! fit la comtesse avec un geste de la main. Quel moment terrible!...Non, vous avez beau dire, c'était une mauvaise femme. Et que signifie cette passion désespérée?... Tout cela pour prouver quoi?... Qu'a-t-elle prouvé... Elle s'est perdue et a fait le malheur de deux honnêtes hommes : son mari et mon malheureux fils.

— Qu'a fait le mari? demanda Serge Ivanovitch.

— Il a pris la petite fille, car Alexis, les premiers temps, consentait à tout. Maintenant il est tourmenté d'avoir donné sa fille à un étranger, mais il ne peut reprendre sa parole. Karénine est venu aux funérailles. Nous avons tâché qu'il ne se rencontrât pas avec Alexis. En somme pour lui, le mari, tout était plus facile : cette mort le déliait. Mais mon pauvre fils s'était donné entièrement à cette femme. Il avait tout abandonné : moi, sa carrière; et malgré cela elle n'a pas eu pitié de lui, et s'est plu à l'accabler jusqu'au bout. Non, vous aurez beau dire, sa mort même est la mort d'une vilaine femme, sans religion! Que Dieu me pardonne, mais je ne puis m'empêcher de haïr son souvenir, en voyant le malheur de mon fils.

— Mais maintenant, comment va-t-il?

— Dieu a eu pitié de nous... Cette guerre de Serbie... Je suis une vieille femme, je n'y comprends rien, mais pour lui, c'est la main de Dieu... Sans doute, pour moi, sa mère, c'est terrible; et surtout on dit que ce n'est pas très bien vu à Pétersbourg. Mais que faire?... C'est la seule chose qui pût le remettre... Iachvine, son ami, après avoir perdu tout ce qu'il possédait, s'est décidé aussi à partir pour la Serbie. Il est venu trouver Alexis et l'a convaincu. Maintenant cela l'occupe. Je vous en prie, causez avec lui. Je voudrais tant le distraire. Il est si triste! Par surcroît il a mal aux dents. Il sera très heureux de vous voir. Je vous en prie, parlez-lui. Il se promène de ce côté-là.

Serge Ivanovitch témoigna d'un vif désir de voir Vronskï et passa de l'autre côté du train.

V

Dans l'ombre oblique du soir, projetée par des sacs jetés sur le quai, Vronskï, vêtu d'un long pardessus, le chapeau enfoncé sur les yeux et les mains dans les poches, marchait comme une bête en cage, faisant rapidement demi-tour tous les vingt pas.

Serge Ivanovitch crut remarquer, en s'approchant, que Vronskï le voyait sans en avoir l'air.

Cela importait peu à Serge Ivanovitch. Il était au-dessus de tout compte personnel avec Vronskï. En ce moment, celui-ci lui apparaissait comme un personnage important, accomplissant une grande œuvre, et Koznichev estimait de son devoir de l'encourager et de l'approuver.

Vronskï s'arrêta, le reconnut, et faisant quelques pas à sa rencontre lui serra fortement la main.

– Peut-être n'aviez-vous pas le désir de me rencontrer, dit Serge Ivanovitch. Mais ne puis-je pas vous être utile?

– Il n'y a personne dont la rencontre puisse m'être moins désagréable que la vôtre, dit Vronskï... Excusez-moi, dans la vie il n'y a rien de vraiment agréable.

– Je comprends, et j'ai voulu vous proposer mes services, dit Serge Ivanovitch, les yeux fixés sur le visage crispé de Vronskï. N'avez-vous pas besoin d'une lettre d'introduction pour Ristitch ou pour Milan?

– Oh non, répondit Vronskï, comme s'il eût à peine compris. Si cela ne vous fait rien, marchons ensemble. Dans le wagon, on étouffe... Une lettre? Non, je vous remercie. Pour mourir, on n'a pas besoin de recommandations. Avec les Turcs, du moins, dit-il en souriant des lèvres, tandis que ses yeux gardaient leur expression sévère et douloureuse.

– Cependant il vous serait peut-être plus facile d'entrer en relation, – chose quand même nécessaire – avec un homme averti. D'ailleurs, comme il vous plaira. J'ai été heureux en apprenant votre décision. On a dit tant de choses sur les volontaires qu'un homme comme vous les relève dans l'estime publique.

– Comme homme, dit Vronskï, je conviens parce que la vie n'a pas de valeur pour moi. Quant à l'énergie physique j'en ai assez pour m'introduire dans un carré, le disperser ou mourir. Cela, je le sais. Je suis heureux d'avoir trouvé une cause à laquelle je puisse donner ma vie, cette vie dont je n'ai que faire et qui me pèse... Elle sera au moins utile à quelqu'un. – Il eut un mouvement d'impatience de la mâchoire, causé par le mal de dents qui l'empêchait de s'exprimer comme il le voulait.

– Vous surmonterez tout cela, je vous le prédis ! dit Serge Ivanovitch, touché. Délivrer ses frères du joug, c'est un but digne de la mort et de la vie. Que Dieu vous donne le succès extérieur et la paix intérieure ! ajouta-t-il en lui tendant la main.

Vronskï serra fortement la main tendue de Serge Ivanovitch.

– Oui, comme soldat je peux encore être bon à quelque chose. Mais comme homme je suis fini, prononça-t-il lentement.

Le mal de dents, qui emplissait sa bouche de salive, l'empêchait de parler. Il se tut, en regardant les roues d'un tender qui s'avançait lentement sur les rails.

Et tout d'un coup, un autre mal, intérieur, le força à oublier momentanément son mal de dents. A la vue du tender et des rails, et sous l'influence de la conversation qu'il venait d'avoir avec une personne qu'il n'avait pas revue depuis son malheur, il se la rappela tout d'un coup, *elle ;* ou plutôt ce qui restait d'elle, quand, comme un fou, il était accouru à la gare. Sur la table du corps de garde, était étalé sans pudeur, aux yeux des étrangers, le corps ensanglanté, encore tout imprégné de la vie qui l'avait récemment abandonné. La tête, qui n'avait pas été touchée, était renversée en arrière dans ses lourdes tresses ; les cheveux frisés sur les tempes encadraient le délicieux visage ; la bouche était entrouverte ; l'expression étrange, plaintive, qui était arrêtée sur les lèvres d'Anna, donnait un aspect terrible aux yeux grands ouverts, comme si elle eût voulu dire à Vronskï qu'il se repentirait, terrible menace qu'elle avait proférée naguère au cours d'une querelle.

Et il tâchait de se la rappeler, telle qu'elle avait été lors de leur première rencontre. Dans une gare, aussi; mais combien alors elle était mystérieuse, charmante, aimante, cherchant et donnant le bonheur, si éloignée de cette attitude cruellement vengeresse sous laquelle elle lui apparaissait à son dernier moment. Il s'efforçait de retrouver dans sa mémoire les meilleurs moments qu'il avait passés avec Anna; mais ces souvenirs étaient empoisonnés pour toujours. Il ne se rappelait que la menace triomphante, aujourd'hui accomplie, d'un remords inutile, mais ineffaçable. Vronskï ne sentait plus le mal de dents, et des sanglots contractaient son visage. Ils passèrent deux fois devant les sacs, en silence. Puis enfin, se maîtrisant, il s'adressa calmement à Serge Ivanovitch :

– Il n'y a pas eu de nouvelles dépêches depuis celles d'hier? Oui, les Turcs sont battus pour la troisième fois, mais on attend pour demain la bataille décisive.

Après avoir parlé de la proclamation de Milan, qui devenait roi des Serbes, et des conséquences probables qu'entraînerait cet événement, à la deuxième sonnerie ils se séparèrent, chacun regagnant son compartiment.

VI

Ne sachant pas exactement quand il pourrait quitter Moscou, Serge Ivanovitch n'avait pas télégraphié à son frère de venir l'attendre à la gare.

Lévine n'était pas à la maison quand, vers midi, dans un tarentass loué à la gare, Katavassov et Koznichev, tout noirs de poussière, s'arrêtèrent devant le perron de la maison de Pokrovskoié.

Kitty, assise sur le balcon en compagnie de son père et de sa sœur, reconnut son beau-frère et courut à sa rencontre.

– N'avez-vous pas honte de ne pas prévenir? dit-elle en tendant la main à Serge Ivanovitch et en lui présentant son front.

– Nous sommes très bien arrivés et ne vous avons pas dérangés, répondit Serge Ivanovitch. Je suis si couvert de poussière que j'ai peur de toucher quelqu'un. J'avais tant d'occupations qu'il m'était difficile de savoir au juste quand je pourrais quitter Moscou. Et chez vous, rien de nouveau? demanda-t-il en souriant. Vous jouissez du bonheur, loin du mouvement, dans votre doux refuge. Et notre ami Feodor Vassilievitch que voici est enfin venu!

– Mais je ne suis pas nègre! Je vais me laver et je ressemblerai alors à un homme blanc, dit Katavassov, avec sa façon habituelle de plaisanter, en tendant la main. Il montrait, dans un sourire, des dents d'autant plus éblouissantes que son visage était plus noir.

– Constantin sera très heureux. Il est allé dans les champs. Il ne tardera pas à rentrer.

– Alors il s'occupe toujours à faire valoir? s'écria Katavassov. Nous autres, en ville, nous ne voyons rien en dehors de la guerre serbe. Comment notre ami la considère-t-il? Probablement, pas comme tout le monde.

– Oh si, comme tout le monde! répondit Kitty un peu confuse, en regardant Serge Ivanovitch... Je vais l'envoyer chercher. Nous avons un hôte, notre père, qui est arrivé récemment de l'étranger.

Kitty donna l'ordre d'aller chercher Lévine, et conduisit ses hôtes, l'un dans le cabinet de travail, l'autre dans la chambre à coucher de Dolly, pour qu'ils pussent se débarrasser de la poussière dont ils étaient couverts; puis elle commanda le déjeuner, heureuse de se mouvoir librement après la longue immobilité que lui avait imposée sa grossesse. Elle revint ensuite sur le balcon.

– Ce sont Serge Ivanovitch et Katavassov, le professeur, dit-elle.

– C'est bien dur de voyager par une pareille chaleur! dit le prince.

– Non, père, il est charmant, et Kostia l'aime beaucoup, reprit Kitty en souriant, et en manière de prière, car elle avait saisi une expression railleuse sur le visage de son père.

– Mais je n'ai rien...

– Va les trouver, ma chérie, dit Kitty à sa sœur, et occupe-les. Ils ont vu Stiva à la gare; il se porte très bien. Moi, je cours chez Mitia. Je ne lui ai pas donné le sein depuis le thé. Il doit être éveillé, et probablement il crie.

Sentant la montée du lait, elle se rendit en toute hâte à la chambre d'enfant.

Elle n'avait pas à deviner (son lien avec l'enfant n'était pas encore rompu), elle savait d'une façon certaine, par le mouvement du lait, que l'enfant avait besoin de nourriture.

Avant même d'arriver à la chambre, elle savait que l'enfant criait. Elle l'entendit et pressa le pas. Mais plus elle se hâtait, plus il criait. Sa voix était bonne et forte, mais affamée et impatiente.

– Crie-t-il depuis longtemps? demanda Kitty, s'asseyant vivement et se préparant à donner le sein. – Donnez-le-moi vite. Ah, nounou, que vous êtes ennuyeuse! Vous attacherez le bonnet après.

L'enfant suffoquait à force de crier.

– Mais c'est impossible, petite mère, dit Agafia Mikhaïlovna, qui se tenait presque toujours dans la chambre de l'enfant. Il faut que tout soit en ordre... Aou! aou! chantait-elle à l'enfant sans faire attention à la mère.

La bonne apporta l'enfant à sa mère. Agafia Mikhaïlovna le suivait, le visage tout épanoui de tendresse.

– Il reconnaît! Il reconnaît! Je vous jure, Catherine Alexandrovna, qu'il m'a reconnue! disait Agafia Mikhaïlovna, criant plus fort que l'enfant.

Mais Kitty ne l'écoutait pas. Son impatience augmentait comme celle de son fils. Par suite de sa trop grande impatience, l'enfant ne trouvait pas assez vite ce qu'il cherchait et se fâchait.

Enfin, après un cri désespéré et un clappement des lèvres,

tout s'arrangea; aussitôt la mère et l'enfant se sentirent calmes et tous deux se turent.

– Le pauvre petit, il est tout en sueur, chuchota Kitty en touchant l'enfant. Pourquoi pensez-vous qu'il reconnaît? ajouta-t-elle, en regardant les yeux de l'enfant, qui lui semblaient déjà rusés, ses joues qui se gonflaient d'une façon particulière, sa petite main à la paume rouge avec laquelle il traçait des gestes circulaires. – Ce n'est pas possible, s'il reconnaissait quelqu'un ce serait moi, dit Kitty en réponse à l'affirmation d'Agafia Mikhaïlovna. Et elle sourit.

Elle sourit, car tout en disant que le bébé ne pouvait reconnaître personne, elle sentait par toute son âme que non seulement il reconnaissait Agafia Mikhaïlovna, mais qu'il savait et comprenait beaucoup de choses dont personne ne se doutait, choses qu'elle-même n'avait commencé à connaître et à comprendre que grâce à lui.

Pour Agafia Mikhaïlovna, pour la bonne, pour le grand-père, même pour le père, Mitia était un être vivant qui n'exigeait que des soins matériels. Mais pour sa mère c'était depuis longtemps un être moral, avec lequel elle avait une foule de rapports moraux.

– Quand il s'éveillera, Dieu permettra et vous verrez vous-même. Dès que je fais ce geste, il s'épanouit, ce petit pigeon; il s'éclaire comme le jour, disait Agafia Mikhaïlovna.

– Bon, bon, nous verrons, chuchota Kitty. Maintenant, allez; il s'endort.

VII

Agafia Mikhaïlovna sortit sur la pointe des pieds; la bonne baissa le store, chassa les mouches de dessous les rideaux de mousseline du berceau, puis une guêpe qui se débattait contre les vitres de la fenêtre. Enfin elle s'assit près de la mère et de l'enfant, agitant autour d'eux une branche de bouleau.

– Quelle chaleur! Quelle chaleur! Que Dieu nous envoie donc de la pluie! dit la bonne.

– Oui, oui, chut... fit seulement Kitty, se balançant doucement et serrant tendrement la petite main qui semblait entourée d'un fil et que Mitia agitait toujours faiblement, tantôt ouvrant, tantôt fermant les yeux.

Cette petite main troublait Kitty. Elle voulait la baiser, mais elle craignait d'éveiller l'enfant. Enfin la petite main cessa de se mouvoir et les yeux se fermèrent; mais de temps en temps, tout en continuant à téter, l'enfant soulevant ses longs cils regardait sa mère avec des yeux qui, dans le demi-jour, paraissaient noirs et humides. La bonne avait cessé d'agiter la branche et somnolait. D'en haut, arrivaient les éclats de voix du vieux prince et le rire sonore de Katavassov.

« Ils causent sans moi, pensa Kitty. C'est tout de même dommage que Kostia ne soit pas là! Il a dû probablement retourner voir ses abeilles. C'est ennuyeux, qu'il y aille si souvent! Cependant j'en suis contente, car cela le distrait. Il est maintenant plus gai, en meilleur état qu'au printemps. Il était si sombre, si triste que je craignais pour lui. Et qu'il est drôle! » fit-elle en souriant.

Elle savait que ce qui tourmentait son mari, c'était de manquer de foi. Si quelqu'un lui avait demandé ce qu'il adviendrait de son mari incroyant, dans la vie future, elle n'aurait pu admettre qu'il serait damné, bien que convaincue qu'en dehors de la foi il n'y a pas de salut; mais comme elle aimait au-dessus de tout la personne morale de son mari, c'était en souriant qu'elle pensait à son incrédulité, trouvant au fond qu'il était drôle.

« Pourquoi lit-il sans cesse toute cette philosophie? se demanda-t-elle. Si tout cela est écrit dans les livres, il peut le trouver par lui-même, et s'il n'y a là que des mensonges, à quoi bon les lire? Il dit lui-même qu'il voudrait croire. Alors pourquoi ne croit-il pas? Probablement parce qu'il réfléchit trop;

et il réfléchit trop à cause de son isolement. Toujours seul, seul! Avec nous, il ne peut parler de tout. Je crois que ces hôtes lui seront agréables, surtout Katavassov. Il aime à discuter avec cet ami-là. » Elle réfléchit à ce qui serait le mieux : de faire coucher Katavassov et Serge Ivanovitch dans la même chambre, ou séparément. Et soudain, il lui vint en tête une idée, qui la fit trembler d'émotion; Mitia en fut même dérangé et, de ce fait, la regarda sévèrement. « Je crois que la blanchisseuse n'a pas rapporté le linge et qu'il n'y a plus de linge de lit. Si je n'y veille pas, Agafia Mikhaïlovna donnera à Serge Ivanovitch des draps qui ont servi. » A cette seule pensée, le sang monta au visage de Kitty.

« Oui, je donnerai des ordres! » décida-t-elle. Puis, revenant à ses premières pensées, elle se rappela qu'elle n'avait pas achevé un raisonnement, et se mit à chercher lequel. « Oui!... Kostia incrédule! » se rappela-t-elle avec un sourire... « Eh bien, incrédule! Mieux vaut qu'il le soit de cette façon que pareil à madame Sthal, ou telle que je voulais être à l'étranger. Non, du moins il ne mentira pas! »

Un trait récent, qui témoignait de la bonté de son mari, lui revint à l'esprit. Deux semaines auparavant, ils avaient reçu de Stépan Arkadiévitch une lettre repentante, adressée à Dolly. Oblonskï suppliait sa femme de lui sauver l'honneur, de vendre sa propriété pour liquider leurs dettes. Dolly était au désespoir; elle haïssait son mari, le méprisait et le plaignait; elle décidait de divorcer, puis elle y renonçait; elle consentait enfin à vendre une partie de sa propriété. Kitty se rappelait, avec un sourire d'attendrissement, la gêne de son mari, ses gaucheries, ses hésitations, quand enfin il eut trouvé le seul moyen de venir en aide à Dolly et qu'il proposa à sa femme de donner à la sœur de celle-ci une partie de son domaine, ce à quoi elle-même n'avait pas pensé.

« Est-ce donc là un incrédule? Avec son cœur! Avec cette peur d'attrister même un enfant!... Tout pour les autres, rien pour lui!... Serge Ivanovitch pense qu'il est du devoir de Kostia d'être son intendant. Et de même, sa sœur... Maintenant Dolly, avec ses enfants, s'est rangée sous sa tutelle... Puis tous ces paysans, qui viennent chaque jour chez lui, comme s'il était obligé de les secourir... Oui, oui, sois seulement comme ton père! » dit-elle en donnant Mitia à la bonne et lui baisant les joues.

VIII

Depuis que Lévine, à la vue de son frère aîné qui agonisait, avait abordé les questions de la vie et de la mort, à travers ce qu'il appelait ses nouvelles convictions, – lesquelles, peu à peu et comme à son insu, entre vingt à trente-quatre ans, avaient remplacé ses croyances d'enfant et d'adolescent – il était épouvanté moins par la mort que par la vie. Il ignorait d'où elle vient, quel est son but et ce qu'elle est. L'organisme, sa destruction, l'éternité de la matière, la loi de la conservation de l'énergie, l'évolution, tels étaient les mots qui remplaçaient sa foi ancienne. Ces mots, et les idées qui s'y rattachaient, convenaient à l'élaboration d'une conception intellectuelle; mais, pour la vie, ils ne donnaient rien. Lévine se sentait donc dans la situation d'un homme qui a changé sa pelisse chaude contre un vêtement de mousseline et qui, à la première gelée, s'aperçoit, non par le raisonnement, mais par tout son être, qu'il est nu et qu'infailliblement il mourra de froid.

Depuis ce moment, bien que ne s'en rendant pas compte et continuant à vivre comme auparavant, Lévine ne cessait de ressentir cette crainte coupée par son ignorance. En outre, il se rendait vaguement compte que ce qu'il appelait ses convictions était non seulement de l'ignorance, mais une orientation de l'esprit qui lui rendait impossible l'acquisition des connaissances dont il avait besoin.

Au début de son mariage, les nouvelles joies et les nouveaux devoirs avaient étouffé complètement ces pensées. Mais après les couches de sa femme, Lévine, vivant à Moscou dans l'oisiveté, s'était mis à penser de plus en plus souvent et de plus en plus fortement certaine chose qui lui semblait péremptoire.

Il s'était dit : « Si je n'admets pas la réponse que donne le christianisme aux questions que ma vie pose à chaque instant, quelles réponses admettrai-je? » Et dans tout l'arsenal de ses convictions, il n'avait pas trouvé même un semblant de réponse.

Il était dans la situation d'un homme qui viendrait chercher de quoi manger dans un magasin de jouets ou d'armes.

Malgré lui, et sans le savoir, il cherchait maintenant dans chaque livre, dans chaque conversation, dans chaque individu, un rapport quelconque avec ce problème et avec sa solution.

Ce qui le surprenait et le troublait le plus, c'était que la plupart des hommes de son milieu et de son âge, après avoir remplacé, comme lui, leur ancienne croyance par de nouvelles convictions, ne considéraient nullement cela comme un malheur et paraissaient parfaitement contents et tranquilles. De sorte que, en dehors de la question principale, d'autres interrogations se posaient douloureusement à Lévine : Ces gens étaient-ils sincères?... Mentaient-ils?... Ou peut-être comprenaient-ils autrement que lui, plus clairement que lui, les réponses que la science donne aux questions qui le préoccupaient? Il étudiait soigneusement les opinions de ces hommes, et les livres qui donnent ces réponses.

La seule certitude qu'il eût acquise depuis cette inquiétude l'habitait, c'était qu'il se trompait en supposant, d'après ses souvenirs du milieu universitaire, que la religion avait fini son temps et qu'elle n'existait plus. Tous les honnêtes gens, tous ses proches, croyaient : le vieux prince, Lvov qui lui plaisait tant, Serge Ivanovitch, et toutes les femmes. Sa femme croyait; lui, dans son enfance, avait cru ce que croient les quatre-vingt-dix-neuf centièmes du peuple russe, ce peuple dont la vie lui inspirait le plus grand respect.

Un autre résultat était qu'après avoir lu beaucoup de livres il s'était convaincu que les hommes partageant les mêmes convictions que lui ne pensaient rien d'autre. Sans rien s'expliquer, ils laissaient de côté les questions sans les réponses desquelles il sentait qu'ils ne pouvaient vivre; ils tâchaient d'en résoudre qui ne pouvaient nullement les intéresser; celles, par exemple, du développement des organismes, de l'explication mécanique de l'âme, etc.

En outre, pendant les couches de sa femme, il s'était produit quelque chose d'extraordinaire pour lui. Lui, l'incroyant, s'était mis à prier; et tandis qu'il avait prié, il avait cru. Mais, ces instants passés, il n'avait pu revivre le sentiment éprouvé à cette minute.

Il ne pouvait admettre qu'alors il avait été dans le vrai et que maintenant il se trompait; car, dès qu'il commençait à y penser avec calme, tout tombait en poussière; et il ne pouvait admettre que c'était présentement qu'il était dans l'erreur, car il tenait à ses convictions nouvelles, et s'il les eût considérées comme un signe de faiblesse, il les eût certainement répudiées. Il était en désaccord douloureux avec lui-même et tendait toutes ses forces morales pour sortir de cet état.

IX

Ces idées le tourmentaient, tantôt plus, tantôt moins, mais ne l'abandonnaient jamais. Il lisait et pensait; et plus il lisait et pensait, plus il se sentait loin du but.

Les derniers temps, à Moscou et à la campagne, se convainquant qu'il ne trouverait pas de réponses chez les matérialistes, il s'était mis à lire et relire Platon, Spinosa, Kant, Schelling, Hegel, Schopenhauer, philosophes qui n'expliquent pas la vie au point de vue matériel.

Ces pensées lui paraissaient fertiles quand il lisait ou imaginait des objections contre d'autres doctrines, surtout contre les doctrines matérialistes; mais dès qu'il lisait ou imaginait des réponses aux questions, alors il se produisait toujours le même phénomène : suivant la définition admise de termes vagues comme *l'esprit, la volonté, la liberté, la substance,* tombant dans ce piège des mots que lui tendaient les philosophes ou qu'il se tendait lui-même, il commençait à comprendre quelque chose. Mais il suffisait d'oublier la marche artificielle de la pensée, il suffisait de retrouver les pensées qui l'avaient satisfait quand il avait été en contact direct avec la vie pour que soudain toute cette construction artificielle s'écroulât comme un château de cartes; il apparaissait clairement que tout n'était fondé que sur des mots entremêlés, sans lien avec ce quelque chose, plus important dans la vie que la raison.

Un moment, en lisant Schopenhauer, il y remplaça *la volonté* par *l'amour*; et cette nouvelle philosophie, pour deux jours, tant qu'il ne s'en écarta pas, le consola. Mais elle s'écroula aussi, quand il la regarda du haut de la vie. C'était aussi un vêtement de mousseline qui ne réchauffait pas.

Serge Ivanovitch lui avait conseillé d'étudier les œuvres théologiques de Komiakov. Lévine lut le deuxième volume de ces œuvres. Malgré l'élégance et l'esprit d'un ton polémique, qui d'abord le repoussa, il fut frappé de l'exposé relatif à la doctrine du Christ. La première idée qui le frappa, ce fut que la compréhension des vérités divines n'est pas donnée à l'homme, mais à la réunion des hommes unis par l'amour, à l'Église. Il se réjouissait à la pensée qu'il était plus facile de croire en l'Église existante, qui embrasse toutes les croyances des hommes, qui a Dieu à sa tête, et qui, par cela, est sainte et infaillible, et d'accepter d'elle la croyance en Dieu, en la création, en la chute, la rédemption, que de commencer par ce Dieu lointain, mystérieux, Dieu créateur, etc.

Mais après avoir lu une histoire de l'Église faite par un écrivain catholique, et une histoire de l'Église faite par un écrivain orthodoxe, il remarqua que les deux Églises, infaillibles par essence, se niaient l'une l'autre; aussitôt Lévine fut désappointé par la doctrine de Komiakov sur l'Église, et cette construction tomba en poussière comme la construction philosophique.

Tout ce printemps, Lévine vécut dans le trouble moral et traversa des moments terribles. « Si j'ignore ce que je suis, et pourquoi je suis, je ne peux pas vivre; si je ne puis pas le savoir, alors je ne peux pas vivre », se disait-il.

« Dans un temps infini, dans l'infinité de la matière, dans l'espace infini, paraît une petite bulle organique. Cette bulle se soutient, éclate... Cette bulle, c'est moi. »

C'était l'erreur torturante; mais c'était l'unique, le dernier résultat du travail séculaire de la pensée humaine poussée dans cette direction.

C'était la dernière croyance sur laquelle étaient bâties, presque dans toutes les branches, les recherches de la pensée humaine. C'était la conviction dominante, et Lévine, entre toutes les autres explications, l'avait adoptée, comme la plus claire, sans même s'apercevoir quand ni comment.

Or non seulement ce n'était pas la vérité, mais c'était une duperie cruelle, à laquelle se livrait une certaine force, une force méchante, repoussante, à laquelle on ne pouvait point se soumettre. Il fallait se débarrasser de cette force, et la délivrance était entre les mains de chacun. Il fallait briser cette dépendance du mal et il n'y avait qu'un moyen : la mort. A plusieurs reprises, Lévine, chef de famille heureux, bien portant, avait été si près du suicide qu'il détournait les yeux quand il voyait une corde, de peur de se pendre, et qu'il évitait de se promener avec un fusil, dont il eût pu se servir contre lui-même.

Mais il ne se suicida pas et continua de vivre.

X

Quand Lévine se demandait ce qu'il était et pourquoi il vivait, il ne trouvait pas de réponse et s'en désespérait. Au contraire, quand il cessait de s'interroger, il paraissait savoir ce qu'il était, pourquoi il vivait, parce qu'il agissait, vivait résolument et d'une façon précise. Même, les derniers temps, il vivait d'une vie beaucoup plus intense et plus réglée qu'auparavant.

Au commencement de juin, dès son retour à la campagne, il avait repris ses occupations habituelles. L'exploitation du domaine, les relations de Lévine avec les paysans et les voisins, les affaires de sa sœur et de son frère, qui étaient entre ses mains, ses rapports avec sa femme et avec les parents de celle-ci, les soucis causés par l'enfant, une nouvelle passion pour les abeilles, née ce printemps-là, occupaient tout son temps.

Il s'adonnait à ces occupations, mais non en les justifiant comme autrefois, par des considérations générales; au contraire, maintenant, désenchanté d'un côté par l'insuccès de ses anciennes entreprises visant à l'utilité générale, trop absorbé, de l'autre côté par ses idées et par le grand nombre des obligations qu'il assumait de toutes parts, il avait abandonné complètement ses considérations sur le bien public et il s'adonnait à toutes ces occupations uniquement parce qu'il ne pouvait faire autrement.

Autrefois (cela avait commencé presque dans l'enfance et avait augmenté sans cesse, jusqu'à l'âge mûr), quand il avait essayé de faire quelque chose qui fût un bien pour tous, pour l'humanité, pour la Russie, pour tout un village, il avait remarqué que la pensée lui en était agréable, mais que l'acte même lui laissait une incertitude. Il n'était jamais sûr que l'acte fût vraiment nécessaire, et l'utilité de cet acte, qui lui paraissait d'abord très grande, diminuait peu à peu et se réduisait à zéro.

Depuis son mariage, il vivait d'une façon beaucoup plus égoïste; s'il n'éprouvait plus aucune joie à la pensée de l'activité qu'il menait, en revanche il la sentait nécessaire, il constatait que tout allait bien mieux et devenait de plus en plus parfait.

Maintenant, malgré lui, il s'attachait de plus en plus à la terre, à la manière de la herse : de sorte qu'il ne pouvait en sortir sans renverser la terre. Pour sa famille, il lui était nécessaire de vivre comme avaient vécu son père et son grand-père; les enfants devaient bénéficier des mêmes conditions d'instruction et d'éducation. C'était aussi nécessaire que de dîner quand on a faim; pour cela, il fallait que le dîner fût préparé; il fallait donc faire valoir Pokrovskoïé de façon à en tirer un revenu. De même qu'il était indiscutable qu'il fallait payer ses dettes, il fallait conserver son patrimoine dans le même état pour que le fils de Lévine, le recevant en héritage, pût dire merci à son père, comme Lévine l'avait dit à son grand-père pour tout ce que celui-ci avait planté et bâti. Pour obtenir ce résultat, il ne fallait pas louer la terre, mais la faire valoir soi-même, s'occuper du bétail, fumer les champs, planter les forêts.

Lévine ne pouvait pas ne point s'occuper des affaires de Serge Ivanovitch, de celles de sa sœur, de celles de tous les paysans qui venaient lui demander conseil; de même qu'on ne peut jeter l'enfant qu'on tient sur les bras.

Il lui fallait songer au confort de sa belle-sœur et des enfants, de sa femme et de son fils; et il ne pouvait se dispenser de rester avec eux au moins une petite partie de la journée.

Tout cela, avec la chasse, et sa nouvelle passion pour les abeilles, remplissait la vie de Lévine, cette vie à laquelle il ne trouvait aucun sens dès qu'il y réfléchissait. Mais outre que Lévine savait indubitablement ce qu'il lui fallait faire, il savait également comment le faire et quelle occupation était plus importante que les autres.

Il savait qu'il fallait louer les ouvriers le moins cher possible, mais qu'il ne fallait pas les lier par des avances d'argent, afin de les payer moins cher qu'ils ne valaient, bien que ce fût très avantageux. Pendant la disette, on pouvait vendre le blé aux paysans, bien qu'on eût pitié d'eux; mais alors il fallait fermer l'auberge et le débit de boissons, malgré le gain qu'on en tirait. Il fallait être impitoyable pour la coupe de bois, mais on ne pouvait exiger une amende pour le bétail qui venait paître sur la terre du maître; les gardes étaient mécontents, les paysans s'enhardissaient, néanmoins on ne pouvait retenir le bétail capturé dans ces conditions.

A Pierre, qui payait à un usurier dix pour cent par mois, il fallait prêter de l'argent pour le tirer de ce piège, mais on ne pouvait faire grâce de la redevance aux paysans mauvais payeurs. On ne pouvait passer au régisseur le fait que le champ n'était pas fauché et que l'herbe était perdue; mais il fallait s'abstenir de faucher quatre-vingts *déciatines* sur lesquelles était planté un jeune bois. On ne pouvait pas admettre qu'un ouvrier abandonnât le travail pour aller chez lui voir son père mort – quelque part qu'on prît à sa peine, – et il fallait lui décompter les heures perdues; mais il était impossible de ne pas payer le vieux domestique qui n'était plus bon à rien.

Lévine savait aussi qu'en rentrant à la maison il devait avant tout aller saluer sa femme qu'il savait inquiète ou mécontente, et laisser les paysans qui l'attendaient depuis trois heures l'attendre encore un moment; mais, malgré tout le plaisir qu'il aurait eu ensuite à installer un essaim, il savait qu'il devait se priver de ce plaisir, laisser le vieux le faire sans lui, et aller aux paysans qui se trouvaient là.

Agissait-il bien ou mal, il l'ignorait; et non seulement il n'essayait pas de se le prouver, mais il évitait toute conversation ou discussion sur ce point. Les raisonnements l'induisaient à douter de tout, et l'empêchaient de voir ce qu'il fallait faire ou non. Au contraire, quand il ne pensait pas, mais vivait, il sentait en son âme la présence d'un juge infaillible qui décidait lequel, de deux actes, était possible ou souhaitable; et aussitôt qu'il agissait comme il fallait, il en était intimement averti.

Il vivait ainsi, ne sachant pas, et incapable de savoir, ce qu'il était, pourquoi il vivait; et souffrant à un tel point de cette ignorance qu'il songeait au suicide; ce qui ne l'empêchait pas d'ordonner très ponctuellement sa vie.

XI

Serge Ivanovitch était arrivé à Pokrovskoïé alors que Lévine était dans ses plus mauvais jours.

C'était l'époque où il y avait le plus à faire, l'époque où, chez tous les travailleurs, dans tout le peuple, se manifeste une suractivité qui ne se présente dans aucune autre condition de la vie et qui serait hautement appréciée si les hommes qui tendent ainsi leurs forces l'appréciaient eux-mêmes, si elle ne se renouvelait pas chaque année et si les conséquences n'en étaient pas si simples. Faucher et couper le blé et le seigle, veiller aux semailles d'automne, paraît simple et ordinaire, mais pour le faire, il faut que, du plus vieux au plus jeune, tous les gens de la campagne, pendant trois ou quatre semaines, travaillent sans répit, trois fois plus que de coutume, en se nourrissant de *kvass,* d'ail et de pain noir; il faut battre le blé et transporter les gerbes, souvent pendant toute la nuit, et ne dormir que deux ou trois heures par jour. Et chaque année cela se fait dans toute la Russie.

Vivant la plupart du temps à la campagne et en intimité avec le peuple, Lévine, à l'époque du travail, se sentait toujours gagné par cette suractivité.

Dès le matin, il allait assister à la première semaille de seigle ou d'avoine; il rentrait à la maison pour le lever de sa femme et de sa belle-sœur, il prenait avec elles son café, puis s'en allait à pied au village où on devait mettre en marche la nouvelle machine à battre.

Tout ce jour, Lévine, bien que causant avec le régisseur et avec les paysans, et, à la maison, avec sa femme, avec Dolly, les enfants, son beau-père, ne pensait qu'à la chose qui, malgré les soucis de l'exploitation, le préoccupait sans cesse; il cherchait une réponse à ses questions : « Que suis-je? Où suis-je? Pourquoi suis-je? »

Debout au milieu de la grange nouvellement construite, Lévine regardait par la porte ouverte, tantôt la poussière sèche et amère du blé qu'on battait, qui s'élevait et retombait sur l'herbe éclairée par le soleil chaud, et sur la paille fraîche, qu'on venait de sortir de la grange, tantôt les hirondelles au ventre blanc qui, en sifflant, s'installaient sous le toit, tantôt les paysans qui travaillaient dans la grange sombre et pleine de poussière; et ses idées étaient singulières.

« Pourquoi tout cela se fait-il? pensait-il. Pourquoi suis-je ici et les fais-je travailler? Pourquoi tous se remuent-ils et tâchent-ils de me montrer leur zèle? Pourquoi s'éreinte-t-elle ainsi, cette vieille Matrionia, que je connais bien (je l'ai soignée, en effet; pendant l'incendie, une machine était tombée sur elle)? » Il regardait une femme maigre, les pieds nus et noircis, qui allait et venait en remuant les grains avec un râteau.

« Elle s'est guérie, mais demain ou dans dix ans on l'ensevelira et il ne restera rien d'elle. Pas plus que de cette jolie fille en jupe rouge qui, d'un mouvement si gracieux, sépare le grain de la paille. On l'ensevelira aussi... Et ce hongre bai... Et ce sera très bientôt, se dit-il, les yeux sur une jument pleine, qui faisait tourner la grande roue de la machine, en reniflant... On l'ensevelira; ainsi que Feodor, l'ouvrier, avec sa barbe pleine de balle et sa chemise déchirée à l'épaule; il s'esquinte sur sa machine, commande aux femmes et, d'une main leste, arrange la courroie du volant... Surtout, ce n'est pas eux seuls qu'on ensevelira, mais moi aussi. Et il ne restera rien de moi. Alors pourquoi? »

En même temps qu'il pensait cela, il mesurait, montre en main, la quantité de grain battue en une heure. Il avait besoin de le savoir, pour pouvoir, sur cette base, fixer la tâche du lendemain.

« Bientôt une heure, et on n'a commencé que la troisième meule! » pensa Lévine. Il s'approcha de l'ouvrier et, criant fort pour surmonter le bruit de la machine, il lui ordonna de modérer le mouvement.

– C'est trop à la fois, Feodor! Tu vois bien qu'il y a des arrêts. Il faut modérer.

Feodor, noir de la poussière collée à son visage en sueur, cria quelque chose, en réponse, sans faire ce que Lévine demandait.

Lévine s'approcha de la machine, écarta Feodor, et se mit à introduire le blé lui-même.

Il travailla avec l'ouvrier jusqu'à l'heure du repas; puis ils sortirent tous deux de la grange et, s'arrêtant près d'une meule jaune de seigle, se mirent à causer.

L'ouvrier était d'un village lointain, où Lévine, autrefois, avait distribué sa terre, sur le principe de l'artel. Maintenant, il l'affermait.

Lévine parla avec Feodor de cette terre et lui demanda si, pour l'année suivante, Platon, un paysan riche et honnête de ce même village, ne la prendrait pas.

– C'est trop cher. Platon n'y trouverait pas son compte, Constantin Dmitritch, répondit le paysan, en arrachant des brindilles d'herbe accrochées à sa poitrine en sueur.

– Mais comment Kirilov s'arrange-t-il?

– Mituka? (Feodor désigna ainsi avec mépris le paysan qui affermait la terre). Lui, Constantin Dmitritch, il s'arrange toujours. Il presse les ouvriers, et ainsi il a son compte. Il n'aura pas pitié d'un chrétien. Mais l'oncle Focanitch (il appelait ainsi le vieux Platon), est-ce qu'il écorchera jamais un homme? Tantôt il prête, tantôt il fait grâce d'une dette. C'est un homme!

– Mais pourquoi, lui, remet-il les dettes?

– Voyez-vous, ce sont des hommes différents. L'un ne vit que pour son ventre; tandis que Focanitch est un vieillard juste, il vit pour son âme; il craint Dieu.

– Comment, il craint Dieu? Comment, il vit pour son âme? s'écria Lévine.

– C'est connu, selon la vérité, selon Dieu. Tous les hommes ne sont pas pareils. Ainsi vous, par exemple, vous non plus, vous ne ferez pas de mal à un homme...

– Oui, oui, au revoir, prononça Lévine, suffoquant d'émotion. Se détournant, il prit son bâton et se dirigea rapidement vers la maison.

Quand il avait entendu le paysan dire que Focanitch vivait pour son âme, selon la vérité et selon Dieu, des pensées vagues mais importantes avaient surgi en foule dans l'âme de Lévine. Toutes, tendant au même but, tourbillonnaient dans son esprit, l'aveuglant de leur clarté.

XII

LÉVINE, marchant à grands pas sur la grand-route, suivait ses pensées (il ne pouvait encore les bien analyser), et dans un état d'âme qui, jusqu'alors, n'avait jamais été le sien.

Les paroles prononcées par le paysan avaient été pour son âme l'étincelle électrique, transformant et unissant d'un coup les pensées faibles et dispersées qui toujours l'avaient préoccupé, et qui, inconsciemment, l'avaient tourmenté au moment même où il avait parlé à Feodor de l'affermage de la terre. Il ressentait quelque chose de nouveau, qu'il examinait avec plaisir, ne sachant pas encore ce que c'était.

« Il ne faut pas vivre pour ses propres besoins, mais pour Dieu... Pour quel Dieu? Et que peut-on dire de plus absurde que ce que dit Feodor? Il dit qu'il ne faut pas vivre pour ses besoins, c'est-à-dire qu'il ne faut pas vivre pour ce que nous comprenons, pour ce qui nous attire, pour ce que nous désirons, qu'il faut vivre pour quelque chose d'incompréhensible, pour un Dieu que personne ne peut ni comprendre, ni définir. Eh quoi, n'ai-je point compris ces paroles absurdes de Feodor? Les ayant comprises, ai-je douté de leur vérité? Les ai-je trouvées stupides, vagues, imprécises?

« Non, je les ai comprises! Je les ai comprises exactement

comme il les comprend. Rien dans la vie ne m'a jamais paru aussi clair. Je n'en ai jamais douté et n'en puis douter. Et je ne suis pas le seul à comprendre cela, tous le comprennent, et tous sont d'accord.

« J'ai réclamé des miracles; j'ai regretté de ne pas en voir, pour me convaincre. Le miracle matériel me séduisait. Or voici le miracle, le seul possible, qui toujours exista, qui m'entoure de toutes parts et que je ne remarque pas! Feodor dit que Kirilov vit pour son ventre. C'est compréhensible et raisonnable. Nous tous, tous les êtres raisonnables, ne pouvons vivre pour autre chose. Mais, tout d'un coup, ce même Feodor dit que c'est mal de vivre pour son ventre, qu'il faut vivre pour la vérité, pour Dieu; et, à la première allusion, je le comprends! Moi et des millions de gens qui ont vécu depuis des siècles, qui vivent maintenant, les paysans, les pauvres d'esprit et les sages, ceux qui ont pensé et écrit sur cette question, tous, dans leur langue vague, disent la même chose, tous sont d'accord sur ce seul point : pourquoi il faut vivre, et ce qui est bien dans la vie. Avec tous les hommes, je n'ai qu'une seule connaissance ferme, indiscutable et claire, qui ne peut être expliquée par la raison, qui est en dehors d'elle, qui n'a aucune cause et ne peut avoir aucune conséquence.

« Si le bien a une raison, il cesse d'être le bien. S'il a pour conséquence la récompense, ce n'est pas non plus le bien. Le bien n'existe qu'en dehors de la chaîne des causes et des conséquences.

« Je le sais, et nous tous le savons.

« Que peut-il y avoir de plus miraculeux?

« Ai-je trouvé la solution de tout? Est-ce que maintenant sont terminées toutes mes souffrances? » se demandait Lévine, marchant sur la route poudreuse. Il ne ressentait ni la chaleur ni la fatigue; il éprouvait une sorte de soulagement, comme après une longue souffrance.

Ce sentiment était si joyeux qu'il lui paraissait incroyable. Étouffant d'émotion, et n'ayant pas la force d'aller plus loin, il quitta la route, entra dans le bois et s'assit à l'ombre des ormes sur l'herbe non fauchée. Il découvrit sa tête en sueur et s'allongea, accoudé sur l'herbe grasse de la forêt.

« Oui, il faut s'expliquer et comprendre! » pensa-t-il, en regardant attentivement l'herbe non froissée qui s'étalait devant lui et en suivant les mouvements d'un petit insecte vert qui montait sur la tige d'une herbe et que gênait dans sa marche une petite feuille.

« Qu'ai-je découvert? » se demanda-t-il, en enlevant la petite feuille qui gênait l'insecte et en approchant une autre tige d'herbe pour que la bestiole pût y passer : « Qu'est-ce qui me réjouit? Qu'ai-je découvert? Rien! Je n'ai appris que ce que je connaissais. J'ai compris cette force qui n'est pas dans le passé seul, qui m'a donné la vie. Je me suis délivré de la tromperie et j'ai reconnu le maître.

« Auparavant, je disais que dans mon corps, dans le corps de cette herbe, de cet insecte (il n'a pas voulu aller sur l'autre herbe, a déployé ses élytres et s'est envolé), se font, d'après les lois chimiques, physiques, physiologiques, des échanges de matière. Mais chez nous tous, comme chez les ormes et dans les nuages, etc., se produit l'évolution. L'évolution de quoi? Pourquoi? L'évolution infinie et la lutte pour la vie?... Comme si ce pouvait être une direction déterminée, et la lutte dans l'infini! Et moi qui m'étonnais que, malgré la grande tension de la pensée dans cette voie, le sens de la vie ne me soit pas révélé, non plus que le sens de mes mobiles et de mes aspirations! Maintenant je connais le sens de ma vie : Vivre pour Dieu, pour l'âme! Ce sens, malgré toute sa clarté, est mystérieux, miraculeux. C'est aussi le sens de tout ce qui existe... Oui, l'orgueil! » se dit-il en se couchant sur le ventre et se mettant à nouer des tiges d'herbe, en prenant garde de ne pas les casser. « Non seulement l'orgueil de la raison, mais sa stupidité! Et surtout sa ruse... La tromperie de la raison », répéta-t-il.

Rapidement il se remémora la marche de sa pensée, pendant ces deux dernières années. Le point de départ était sans doute la pensée de la mort, qu'avait fait naître en lui la vue de son frère préféré, désespérément frappé.

Pour la première fois, Lévine avait alors compris que pour chacun, comme pour lui, il n'y avait dans l'avenir que la souffrance, le mal, et l'oubli éternel; et il avait décidé qu'on ne pouvait vivre ainsi et qu'il fallait, ou s'expliquer sa vie de façon telle qu'elle n'apparaisse plus comme la farce cruelle d'on ne sait quel démon, ou se tuer.

Cependant il n'avait fait ni l'un ni l'autre; il avait continué à vivre, à penser, à sentir. Même à cette époque il s'était marié, éprouvant beaucoup de joies; et il était heureux dès qu'il ne pensait plus au sens de la vie.

Que signifiait donc cela? Cela signifiait qu'il vivait bien et pensait mal. Il vivait (sans même le savoir) par ces vérités morales, sucées avec le lait de sa mère; et il pensait en dehors de ces vérités, les évitant soigneusement.

Maintenant, il était clair pour lui qu'il ne pouvait vivre qu'au sein des croyances dans lesquelles il avait été élevé.

« Que sais-je, et comment vivrais-je, si je n'avais pas ces croyances, si je ne savais pas qu'il faut vivre pour Dieu, et non pour ses propres besoins? Je pillerais, je mentirais, je tuerais. Rien de ce qui fait la joie principale de ma vie n'existerait pour moi. »

Malgré les plus grands efforts d'imagination, il ne pouvait se représenter la créature bestiale qu'il aurait été, s'il n'avait pas su pourquoi il vivait.

« J'ai cherché la réponse à ma question, réponse que ma pensée ne pouvait donner. Elle n'est pas compatible avec la question. C'est la vie elle-même qui m'a donné la réponse, dans ma connaissance de ce qui est bien et de ce qui est mal. Cette connaissance, je ne l'ai acquise de rien ni de personne, elle me fut donnée, comme à tout le monde. Elle me fut donnée, car il m'était impossible de l'acquérir.

« Où l'ai-je prise? Est-ce par la raison que je suis arrivé à la pensée qu'il faut aimer son prochain, ne pas le tuer? On me l'a dit quand j'étais enfant; je l'ai cru joyeusement, parce qu'on m'a assuré que cette vérité se trouvait inscrite dans mon âme. Et qui l'a découverte? Non, pas la raison! La raison a découvert la lutte pour l'existence; elle me commande au contraire d'écraser tout ce qui entrave la satisfaction de mes désirs. Telle est la conclusion de la raison. Mais la raison ne pouvait découvrir qu'il convient d'aimer son prochain, parce que cela est déraisonnable.

XIII

Lévine se souvint alors d'une scène qui s'était récemment déroulée entre Dolly et ses enfants. Les enfants, restés seuls, avaient imaginé de faire cuire des framboises sur une bougie et de se lancer du lait, comme d'une fontaine, dans la bouche. La mère les surprit. En présence de Lévine, elle se mit à leur exposer quel grand travail coûtait aux grandes personnes ce qu'ils détruisaient ainsi, ajoutant que s'ils cassaient les tasses ils n'en auraient plus pour prendre le thé, et que s'ils gaspillaient le lait ils n'auraient plus rien à manger et mourraient de faim.

Lévine fut frappé de la méfiante réserve avec laquelle les enfants avaient accueilli ces paroles. Ils étaient seulement attristés de voir interrompu un jeu aussi intéressant; quant à ce que disait leur mère, ils n'en croyaient pas un mot. En effet, ils étaient incapables d'estimer la valeur des choses dont ils jouissaient; il leur était donc impossible d'établir un rapport entre ce qu'ils détruisaient et ce dont ils vivaient. « Tout cela, c'est pareil, ont-ils pensé. Il n'y a rien d'intéressant ni d'important dans ce que nous faisions. Manger ou boire, cela s'est toujours fait et se fera toujours. Nous n'avons pas pensé à cela, puisque cela existe. Nous voulions trouver quelque chose de nouveau. Alors nous avons imaginé de mettre des framboises dans une tasse et de les cuire sur la bougie, de nous verser du lait comme d'une fontaine. Il n'y a pas de mal à ça, pas plus que de boire dans la tasse. »

« Est-ce que je ne fais pas la même chose, en cherchant

par la raison le sens des forces de la nature et de la vie de l'homme? » se reprit à penser Lévine?

« Et n'est-ce pas la même chose que font toutes les théories philosophiques, en amenant l'homme par une voie de la pensée qui lui est étrangère, à la connaissance de ce qu'il sait depuis longtemps, et qu'il sait si sûrement que sans cela il ne pourrait vivre? Est-ce qu'on ne voit pas clairement, dans le développement de la théorie de chaque philosophe, qu'il connaît d'avance, aussi indiscutablement que le paysan Feodor, le sens principal de la vie? Par la voie spirituelle, il veut simplement retourner à ce qui est connu de tous.

« Si on laissait les enfants, seuls, pourvoir à leurs besoins, laver la vaisselle, traire le lait, etc., est-ce qu'ils s'amuseraient? Ils mourraient de faim. Laissez-nous avec nos passions, avec nos pensées, sans la conception d'un Dieu unique et créateur, ou sans l'idée de ce qui est bien, sans explication du mal. Construisez quelque chose sans ces conceptions!... Nous ne pouvons que détruire, parce que, moralement, nous sommes rassasiés, comme les enfants!

« D'où me vient cette connaissance joyeuse qui m'est commune avec les paysans, qui seule me donne le calme de l'âme?

« D'où me vient-elle?

« Moi, qui ai été élevé dans l'idée de Dieu, élevé en chrétien, moi dont la vie est pleine de ces biens moraux que le christianisme m'a donnés, qui vis de ces biens, comme les enfants, sans le comprendre, je les détruis, c'est-à-dire que je veux détruire ce qui fait ma vie. Et aussitôt qu'arrive un moment important de la vie, comme les enfants quand ils ont froid et faim, je vais à Dieu, et encore, comme les enfants que les mères réprimandent pour leurs méfaits, je sens que ces jeux d'enfants ne comptent pas.

« Ce que je sais, je ne le sais pas par la raison. Cela m'est donné, révélé; je le sais par le cœur, par la foi en ces vérités essentielles que l'Église enseigne.

« L'Église! l'Église! » se répéta Lévine. Il se tourna de

l'autre côté et, appuyé sur les bras, se mit à regarder, au loin, le troupeau qui descendait de l'autre côté de la rivière.

« Mais puis-je croire en tout ce que l'Église enseigne? » se demanda-t-il, cherchant et inventant tout ce qui pouvait détruire le calme dont il jouissait. Il se remémora les dogmes de l'Église qui toujours lui avaient paru les plus étranges et les plus séduisants.

« La création? Par quoi l'expliquerais-je? Par rien!... Le diable et le péché? Et le mal, par quoi l'expliquerais-je? Le rédempteur?... Mais je ne sais et ne puis savoir rien, rien, sauf ce qui a été révélé à moi et à tous. »

Il lui sembla qu'il n'y avait pas un seul dogme de l'Église qui compromît l'essentiel : la foi en Dieu, au bien, comme l'unique fin de l'homme.

Chaque croyance de l'Église permettait à l'homme de remplacer ses besoins par le service de la vérité; chacune de ces croyances, non seulement ne violait pas la vérité mais était nécessaire pour que s'accomplît ce miracle essentiel, qui se manifeste toujours sur la terre et qui consiste en ce qu'il est possible à chacun – à des millions de gens les plus divers, sages ou innocents, enfants ou vieillards, à tous, au paysan, à Lvov, à Kitty, aux mendiants et aux rois, – de comprendre indiscutablement la même chose, de former cette vie de l'âme pour laquelle seule il faut vivre et qui seule nous donne joie et paix.

Couché sur le dos, Lévine regardait maintenant le ciel haut, sans nuages.

«.Est-ce que je ne sais pas que c'est un espace infini et non point une voûte ronde? Néanmoins j'aurai beau cligner les yeux et tendre ma vue, je ne puis voir autrement le ciel que sphérique et limité; et malgré ma connaissance de l'espace infini, j'ai indiscutablement raison quand je vois la voûte bleue limitée; j'ai davantage raison que lorsque je cherche à voir au-delà. »

Lévine avait cessé de penser. Il semblait écouter des voix mystérieuses, conversant entre elles joyeusement et passionnément.

« Est-ce la foi? » se demanda-t-il, n'osant croire à son bonheur.

« Mon Dieu, je te remercie », s'écria-t-il, en refoulant les sanglots qui se levaient dans sa poitrine et en essuyant les larmes qui emplissaient ses yeux.

XIV

Lévine, devant lui, aperçut le troupeau; puis il vit son cabriolet, attelé de Veronoï, et le cocher, qui, s'approchant du troupeau, disait quelques mots au berger. Ensuite, déjà tout près de lui, il entendit le bruit des roues et l'ébrouement du cheval. Mais absorbé dans ses pensées, il ne se demanda pas pourquoi le cocher venait à sa rencontre.

Il ne s'en rendit compte que quand ce domestique, arrivé près de lui, lui dit :

– Madame m'a envoyé. Votre frère est arrivé avec un monsieur.

Lévine s'assit dans le cabriolet et prit les guides. Comme se réveillant, il mit longtemps à se ressaisir. Il regardait tantôt le cheval au cou blanc d'écume, tantôt le cocher Ivan, assis près de lui; il se rappelait qu'il attendait son frère, que sa femme s'inquiétait sans doute de sa longue absence, et il tâchait de deviner quel était l'ami qui accompagnait Serge Ivanovitch.

Son frère, sa femme, l'ami inconnu, maintenant se présentaient à lui autrement qu'auparavant. Il lui semblait que désormais ses rapports avec tous seraient autres.

« De mon frère, à moi, il n'y aura plus cette indifférence qui exista toujours entre nous; il n'y aura plus de discussions. Avec Kitty, il n'y aura plus de querelles; avec l'ami, quel qu'il soi, je serai doux et bon; avec tous les autres, avec Ivan, tout se passera autrement. »

Serrant les guides du cheval, qui reniflait d'impatience et

voulait partir, Lévine se tourna vers Ivan. Celui-ci, ne sachant que faire de ses mains inoccupées, tirait sur sa blouse gonflée. Lévine cherchait un prétexte pour engager la conversation. Il voulut dire à Ivan qu'il avait eu tort de serrer ainsi les harnais; mais c'eût été un reproche et Lévine voulait converser amicalement avec le cocher. Pourtant rien d'autre ne lui venait en tête.

– Veuillez prendre à droite, monsieur. C'est un tronc, dit le cocher, en tirant sur les guides que tenait Lévine.

– Je t'en prie, ne me touche pas et ne me donne pas de leçons, dit Lévine, agacé par cette intervention du cocher.

Comme toujours en pareil cas, il fut pris d'un vif dépit; et aussitôt, avec tristesse, il constata combien il s'était trompé en croyant que son nouvel état d'âme resterait inaltéré au contact de la réalité.

A un quart de *verste* de la maison, Lévine aperçut Gricha et Tania qui couraient à sa rencontre.

– Oncle Kostia, voilà maman qui vient, et grand-père, et Serge Ivanovitch, et encore quelqu'un! dirent-ils en montant dans le cabriolet.

– Qui?

– Un monsieur terrible, qui remue tout le temps les bras. Tiens, comme ça! répondit Tania, imitant Katavassov.

– Est-il vieux ou jeune? demanda en riant Lévine, à qui la mimique de Tania rappelait en effet quelqu'un.

« Si c'est lui, ce n'est pas un homme désagréable », pensa Lévine.

Au tournant de la route, Lévine aperçut ceux qui venaient à sa rencontre et reconnut Katavassov, en chapeau de paille, qui marchait en agitant vraiment les bras comme l'avait représenté Tania.

Katavassov aimait beaucoup à parler philosophie; il en parlait en naturaliste, qui ne s'en est jamais occupé; et à Moscou, Lévine, à son dernier séjour, avait souvent discuté avec lui. La première chose que se rappela Lévine, après avoir reconnu le visiteur, ce fut une de ces conversations, dans laquelle Katavassov se croyait sûr d'avoir remporté la victoire. « Non, désormais je ne discuterai pas. Et pour rien au monde je n'exposerai mes idées à la légère », pensa Lévine.

Il descendit de cabriolet, salua son frère et Katavassov, puis demanda où était sa femme.

– Elle est allée avec Mitia à Kolok (c'était le bois attenant à la maison). Elle a voulu l'installer là-bas, car dans la maison il fait trop chaud, dit Dolly.

Lévine avait toujours déconseillé à sa femme de porter l'enfant dans le bois, car il trouvait cela dangereux; cette nouvelle lui était donc désagréable.

– Elle se déplace avec lui d'un endroit à l'autre, dit en souriant le vieux prince. Je lui ai conseillé de le porter à la cave.

– Elle voulait aller au rucher. Elle te croyait là. Nous y allions, dit Dolly.

– Eh bien, que fais-tu? demanda Serge Ivanovitch qui, s'écartant des autres, marchait à côté de son frère.

– Bah! rien de particulier!... Je fais comme toujours... Je m'occupe à faire valoir, répondit Lévine. Et toi? Es-tu venu pour longtemps? Il y a si longtemps que nous t'attendons.

– Pour deux semaines. Il y a trop à faire à Moscou!

A ces mots les regards des deux frères se rencontrèrent; et Lévine, malgré son désir, en ce moment particulièrement fort, d'entretenir avec son frère des relations amicales et surtout simples, eut peine à le regarder en face. Il baissa les yeux. Il ne savait que dire. Voulant être agréable à Serge Ivanovitch et le distraire des controverses sur la guerre serbe et sur la question slave, auxquelles il faisait allusion en parlant de ses occupations à Moscou, Lévine se mit à lui parler de son livre.

– Eh bien, y a-t-il eu des critiques sur ton ouvrage? demanda-t-il.

Serge Ivanovitch sourit :

– Personne ne s'occupe de cela, et moi moins que les autres, dit-il. Regardez, Daria Alexandrovna, il va pleuvoir, ajouta-t-il, en désignant les nuages blancs qui se montraient au-dessus de la cime des arbres.

Ces paroles suffirent pour que reparût ce sentiment, non pas d'hostilité, mais de froideur, qui existait entre les deux frères et que Lévine eût tant désiré voir disparaître.

Lévine s'approcha de Katavassov.

– Comme vous avez bien fait de venir! dit-il.

– Il y a longtemps que j'en avais le désir. Maintenant nous causerons, nous nous verrons. Avez-vous terminé Spencer?

– Non, répondit Lévine. D'ailleurs je n'en ai plus besoin.

– Comment cela? C'est intéressant. Pourquoi?

– J'ai acquis la certitude que je ne trouverais ni chez lui, ni chez ses semblables, la solution des problèmes qui m'intéressent. Maintenant...

Mais l'expression froide et gênée du visage de Katavassov frappa Lévine. Il eut un tel regret de troubler la sérénité de son visiteur que, se rappelant ses intentions, il s'arrêta.

– D'ailleurs nous en parlerons, ajouta-t-il. Si vous voulez aller au rucher, par ici, par ce sentier, dit-il s'adressant à tous.

Un sentier étroit menait à une clairière non fauchée, couverte d'un côté d'herbe claire, où poussaient, de-ci, de-là, des buissons d'aubépine. Lévine fit asseoir ses hôtes dans l'ombre épaisse et fraîche des jeunes arbustes, sur un banc installé pour les personnes qui avaient peur des abeilles, et lui-même alla chercher, pour les enfants et pour les grandes personnes, du pain, des concombres et du miel frais.

En tâchant de faire le moins possible de mouvements brusques, et en écartant les abeilles qui volaient devant lui de plus en plus fréquemment, il arriva par le sentier jusqu'à l'isba. A l'entrée, une abeille bourdonnante s'empêtra dans sa barbe; avec précaution, il l'en délivra.

Dans le vestibule sombre il prit, le long du mur, son masque accroché à un clou, le mit, et, les mains dans les poches, pénétra dans l'enclos où, en rangées régulières, s'échelonnaient toutes les vieilles ruches qu'il connaissait si bien, chacune avec son histoire; et à côté, de nouvelles, installées seulement cette année-là. Devant les ruches bourdonnaient des abeilles; les mâles tournoyaient sur place, et parmi eux les ouvrières allaient et venaient, apportant le miel.

On entendait des sons divers, ininterrompus, émis tantôt par les abeilles, occupées à quelque tâche et volant rapidement. tantôt par les mâles oisifs, tantôt par les abeilles gardiennes troublées qui, l'aiguillon prêt, défendaient leur domaine.

De l'autre côté de l'enclos, un vieillard menuisait. Il n'avait pas vu Lénine. Celui-ci, sans l'appeler, s'arrêta au milieu des ruches.

Il était content de l'occasion qu'il avait de rester seul, pour se remettre de la réalité qui déjà avait eu le temps d'obscurcir son état d'âme. Il se rappela qu'il avait réussi à se fâcher contre Ivan, à battre froid à son frère, à causer légèrement avec Katavassov.

« N'était-ce que l'impression d'une minute, destinée à passer sans laisser de trace? » Mais au même moment, il retrouva son état d'âme et sentit avec joie qu'en lui s'accomplissait quelque chose de nouveau et d'important. La réalité n'avait voilé cette quiétude d'âme que momentanément, et elle était intacte en lui.

De même que les abeilles qui tournoyaient autour de lui, le menaçant et le distrayant, le privaient du calme physique, le forçaient de se garder, de même les soucis, l'assaillant au moment où il s'installait dans le cabriolet, l'avaient privé du calme moral; mais ce n'était également que momentané. De même que, malgré les abeilles, sa force corporelle était sauve, de même la force morale qu'il avait recréée en lui demeurait intacte.

XV

— Sais-tu, Kostia, avec qui Serge Ivanovitch a fait le voyage en venant ici? dit Dolly, après avoir donné aux enfants des concombres et du miel. — Avec Vronskï. Il va en Serbie.

– Et même il ne part pas tout seul. Il conduit à ses frais tout un escadron, ajouta Katavassov

– Ça lui va, dit Lévine. Est-ce qu'il y a toujours des volontaires qui partent? demanda-t-il, en jetant un regard sur Serge Ivanovitch.

Celui-ci ne répondit point; avec son couteau, doucement il essayait de faire sortir de la tasse de miel une abeille vivante qui s'y trouvait prise.

– Bien sûr! Si vous aviez vu ce qui se passait hier à la gare! dit Katavassov, en croquant un morceau de concombre.

– Comment faut-il comprendre cela? Expliquez-le-moi, au nom du Christ. Serge Ivanovitch, où vont tous ces volontaires, contre qui se battent-ils? demanda le vieux prince, continuant une conversation qu'ils avaient commencée en l'absence de Lévine.

– Contre les Turcs, répondit Serge Ivanovitch avec un sourire tranquille, en délivrant l'abeille noire de miel et la mettant avec son couteau sur une feuille d'arbuste.

– Qui donc a déclaré la guerre aux Turcs? Ragozov? La comtesse Lydie Ivanovna avec madame Sthal?

– Personne n'a déclaré la guerre. Mais les hommes compatissent aux souffrances de leur prochain et désirent leur porter secours, dit Serge Ivanovitch.

– Mais le prince ne parle pas de secours, intervint Lévine, défendant son beau-père. Il parle de la guerre. Le prince dit que les particuliers ne peuvent prendre part à la guerre sans l'autorisation du gouvernement.

– Kostia, regarde, une abeille! Vraiment nous allons être piqués, dit Dolly, chassant une guêpe.

– Ce n'est pas une abeille, c'est une guêpe, dit Lévine.

– Eh bien, quelle est votre théorie? demanda Katavassov, avec un sourire, à Lévine, le provoquant à la discussion. Pourquoi les particuliers n'ont-ils pas le droit de partir?

– Ma théorie est la suivante : la guerre, d'une part, est une œuvre si bestiale, si cruelle, si terrible, que pas un seul individu, je ne dis pas même un seul chrétien, ne doit prendre la responsabilité de la commencer. Le gouvernement seul le peut, s'il y est provoqué, s'il y est amené inévitablement. D'autre part, d'après la science et le bon sens, dans les affaires d'État, surtout dans la guerre, les citoyens abdiquent leur volonté personnelle...

Serge Ivanovitch et Katavassov, ayant des objections toutes prêtes, se mirent à parler en même temps.

– C'est précisément là le hic, mon cher. Que faire, quand le gouvernement n'accomplit pas la volonté des citoyens? Alors c'est la société qui déclare sa volonté, dit Katavassov.

Serge Ivanovitch, évidemment, n'approuvait pas cette objection. Il fronça les sourcils et prit la question d'un autre côté :

– C'est en vain que tu poses la question ainsi. Ici il n'y a pas déclaration de guerre, mais tout simplement l'expression du sentiment humain, chrétien. On tue nos frères, nos coreligionnaires. Admettons même que ce ne soient pas des frères, pas des coreligionnaires, mais tout simplement des enfants, des femmes, des vieillards. Le sentiment se révolte, les Russes accourent pour venir en aide à ces infortunés et faire cesser ces horreurs. Imagine-toi que dans la rue tu voies un homme ivre frapper une femme ou un enfant; je pense que tu ne demanderas pas d'abord si la guerre est déclarée, ou non, tu te jetteras sur le bourreau et défendras la victime.

– Mais je ne le tuerais pas, objecta Lévine.

– Si, tu le tuerais.

– Je ne sais pas. Si je voyais cela, je m'abandonnerais sans doute à un mouvement impulsif; cela, je ne puis le savoir d'avance. Mais il n'y a pas, il ne peut y avoir un pareil sentiment impulsif, causé par l'oppression des Slaves.

– Pour toi, peut-être, mais pour les autres il existe, dit Serge Ivanovitch, mécontent et fronçant les sourcils. Dans le peuple vivent des traditions relatives aux orthodoxes qui subissent le joug des impies. Le peuple ayant appris que ses frères souffrent, commence à se faire entendre.

– Peut-être, répondit évasivement Lévine. Mais je ne vois pas cela. Je suis peuple moi-même et je ne sens rien de pareil.

– Ainsi moi, dit le prince, j'ai vécu à l'étranger, j'ai lu les journaux, et j'avoue qu'avant d'apprendre les horreurs bulgares je ne comprenais nullement pourquoi soudain tous les Russes s'étaient mis à aimer les frère slaves, n'éprouvant moi-même pour eux aucun amour. J'étais très triste. Je me croyais un monstre ou j'attribuais à Carlsbad cette mauvaise influence. Mais en rentrant en Russie, je me suis tranquillisé, ayant vu qu'il y a beaucoup de gens comme moi qui s'intéressent à la Russie, non aux frères slaves. Par exemple Constantin.

– Les opinions personnelles ne signifient rien ici, dit Serge Ivanovitch. Il n'y a pas d'opinions personnelles quand toute la Russie, tout le peuple, a exprimé sa volonté.

– Excusez-moi, mais je ne vois pas cela. Le peuple ignore tout, dit le prince.

– Non, père, il sait. Et le dimanche, à l'église? intervint Dolly... Donne-moi la serviette, dit-elle à un vieux paysan qui, en souriant, regardait les enfants. Ce n'est pas possible que tous...

– Quoi, dimanche, à l'église!... On a ordonné au prêtre de lire quelque chose; il a lu. Les paroissiens n'ont rien compris; ils soupiraient, comme à chaque sermon, continua le prince. Ensuite on leur a dit qu'on allait faire une quête pour une œuvre sainte; ils ont tiré leur kopek et l'ont donné. Mais pourquoi? Ils l'ignorent.

– Le peuple ne peut ignorer ces choses. En lui vit toujours la conscience de ses destinées; et, à certaines occasions, comme aujourd'hui, cette conscience se révèle au peuple, prononça affirmativement Serge Ivanovitch en regardant le vieux paysan.

Celui-ci, un beau vieillard à la barbe et à l'épaisse chevelure argentées, se tenait immobile, une tasse de miel à la main, et regardait ses maîtres affectueusement, tranquillement, du haut de sa grande taille, sans comprendre ce qu'ils disaient et sans désirer comprendre.

– C'est ça, en effet! répondit-il aux paroles de Serge Ivanovitch, en hochant gravement la tête.

– Voilà, interroge-le! Il ne sait et ne pense rien, dit

Lévine. Mikhaïlitch, as-tu entendu parler de la guerre?... Tu sais, ce qu'on a lu à l'église?... Qu'en penses-tu? Devons-nous faire la guerre pour les chrétiens?

– Que pouvons-nous penser? Alexandre Nicolaievitch, notre empereur, a pensé pour nous, comme il pensera dans toutes les affaires. Il sait mieux que nous... Faut-il apporter encore du pain pour les enfants? dit-il, s'adressant à Daria Alexandrovitch, et regardant Gricha qui terminait sa croûte.

– Je n'ai pas besoin d'interroger, dit Serge Ivanovitch. Nous avons vu et voyons des centaines et des centaines d'hommes quitter tout pour collaborer à l'œuvre de justice; ils arrivent de tous les côtés de la Russie, en exprimant clairement leur dessein et leur pensée. Ils nous apportent leur obole ou partent eux-mêmes, disant nettement pourquoi. Est-ce que cela ne signifie rien?

– Selon moi, cela signifie, dit Lévine qui commençait à s'échauffer, que parmi quatre-vingts millions d'individus il s'en trouve toujours des centaines, même des dizaines de mille, qui ont perdu leur situation, ne sont bons à rien et sont prêts à se joindre à la bande de Pougatchev, à Kiva, en Serbie...

– Moi je te dis que ce ne sont pas des centaines de propres à rien, mais les meilleurs représentants du peuple, repartit Serge Ivanovitch, avec une violente irritation, comme s'il eût dépensé ses derniers arguments. Et les quêtes?... Là, c'est déjà tout le peuple, c'est une façon claire d'exprimer sa volonté...

– Le mot peuple est bien vague! dit Lévine. Les scribes de village, les maîtres d'école et, parmi les paysans, un sur mille peut-être, savent de quoi il s'agit. Les autres, quatre-vingts millions, comme Mikhaïlitch, non seulement n'expriment pas leur volonté, mais ne savent même pas à quel propos il leur faut exprimer une volonté. Quel droit avons-nous donc de dire que c'est la volonté du peuple?

XVI

Très expert en dialectique, Serge Ivanovitch, sans répondre directement, transporta la conversation sur un autre sujet.

– Si tu veux, par la voie mathématique, reconnaître l'esprit du peuple, c'est évidemment très difficile. Le suffrage universel n'est pas encore introduit chez nous, et ne peut y être introduit car il n'exprime pas la volonté du peuple. Mais pour connaître cet esprit il y a d'autres voies. On le sent dans l'atmosphère, on le sent par le cœur. Je ne parle pas de ces courants profonds qui se sont formés dans la mer stagnante du peuple et que chaque homme non prévenu décèle clairement. Regarde la société, au sens étroit du mot. Les groupes les plus divers du monde intellectuel, si hostiles auparavant, se sont fondus en un seul. Toute divergence disparaît, tous les organes de la presse disent la même chose, tous se sentent pris par une force élémentaire qui les pousse dans la même direction.

– Ça, c'est vrai, tous les journaux disent la même chose, dit le prince. Et ils disent à tel point la même chose qu'ils ressemblent aux grenouilles avant l'orage. C'est à cause d'eux qu'on n'entend rien.

– Grenouilles ou non, moi je n'édite pas de journaux et ne veux pas les défendre, mais je parle de l'unité de la pensée dans le monde intellectuel, dit Serge Ivanovitch s'adressant à son frère.

Lévine voulut répondre, mais le vieux prince l'interrompit.

– Sur cette unité de pensée on peut dire encore autre chose, commença-t-il. J'ai un gendre, Stépan Arkadiévitch, que vous connaissez. Il vient d'obtenir une place de membre du comité de la commission de... je ne me rappelle plus bien quoi. Il n'y a rien à faire dans ce comité – allons, Dolly, ce n'est pas un secret! – mais il y a 8 000 roubles d'appointements à la clé. Essayez de demander à mon gendre si c'est un organisme utile, il vous prouvera que cette commission est tout ce qu'il y a de plus nécessaire. Et c'est un homme sincère. Mais il est difficile de ne pas croire en l'utilité de 8 000 roubles.

– Oui, Daria Alexandrovna, il m'a demandé de vous dire qu'il a obtenu cette place, dit Serge Ivanovitch, mécontent, car il supposait que le prince parlait mal à propos.

– L'unité de pensée des journaux, c'est la même chose. On me l'a expliqué : dès que la guerre éclate, les bénéfices des journaux doublent. Alors, comment ne considéreraient-ils pas que la destinée du peuple, des Slaves, et... et tout le reste!...

– Je n'aime pas beaucoup les journaux, mais ce que vous dites n'est pas juste, dit Serge Ivanovitch.

– Je ne ferai qu'une objection, continua le prince. Alphonse Karr a très bien expliqué le fait, avant la guerre avec la Prusse : « Vous trouvez que la guerre est nécessaire? Très bien. Que celui qui est pour la guerre entre dans une légion spéciale, qui marchera à l'attaque avant tous, devant tous! »

– Les directeurs de journaux seront bons, dans cet emploi! fit Katavassov avec un gros rire. Il se représentait les directeurs de lui connus, marchant à l'attaque.

– Ils s'enfuiront, dit Dolly. Ils ne feront que gêner.

– S'ils s'enfuient, alors par-derrière, avec la mitraille, on lancera les Cosaques, le fouet levé, dit le prince.

– Oui, mais c'est une plaisanterie, et une mauvaise plaisanterie, objecta Serge Ivanovitch.

– Je ne vois pas que ce soit une plaisanterie..., commença Lévine.

Serge Ivanovitch l'interrompit :

– Chaque membre de la société est appelé à accomplir une certaine besogne, suivant ses moyens. Les hommes de la pensée remplissent leur tâche en exprimant l'opinion publique. L'expression unanime et complète de l'opinion publique fait le mérite de la presse; et cela, de nos jours, constitue un phénomène très heureux. Il y a vingt ans, nous nous haïssions; mais maintenant on entend la voix du peuple russe. Il est prêt à se lever comme un seul homme, à se sacrifier pour ses frères opprimés. C'est un grand pas et un signe de force.

– Non seulement à se sacrifier, mais à tuer les Turcs? demanda timidement Lévine. Le peuple fait des sacrifices, il est prêt à en faire pour son âme, non pour le meurtre, ajouta-t-il, liant malgré lui la conversation aux idées qui l'obsédaient.

– Comment, pour son âme? Un naturaliste a peine à comprendre cette expression. Qu'est-ce que l'âme? fit Katavassov en souriant.

– Ah, vous le savez bien!

– Je vous jure que je n'en ai pas la moindre idée, dit Katavassov, riant bruyamment.

– « Ce n'est pas la paix que je vous ai apportée, mais la guerre », a dit le Christ, objecta de son côté Serge Ivanovitch, citant ce passage de l'Évangile, qui embarrassait tant Lévine, comme la chose la plus simple, la plus compréhensible.

– C'est ça, c'est vrai! prononça le vieillard qui se trouvait près d'eux, répondant à un regard qui était tombé sur lui par hasard.

– Mon cher, vous êtes battu, battu à plate couture! s'écria gaiement Katavassov.

Lévine rougit de dépit, non parce qu'il était battu, mais parce qu'il n'avait pas su se retenir, et s'était laissé aller à discuter.

« Non, je ne puis discuter avec eux, pensa-t-il. Ils ont un bouclier impénétrable, et moi, je suis nu. »

Il voyait qu'il lui était impossible de convaincre son frère et Katavassov, et encore moins de se rendre à leurs raisons. Ce qu'ils soutenaient, c'était ce même orgueil de l'esprit qui avait failli le perdre. Il ne pouvait admettre que des dizaines d'hommes, parmi lesquels était son frère, eussent le droit, se fondant sur les racontars de quelques centaines de volontaires bavards, venus de la capitale, de dire qu'eux-mêmes et les journaux exprimaient la volonté et la pensée du peuple, se manifestant par la vengeance et par le meurtre. Il ne pouvait en convenir, car il ne voyait point de telles idées dans le peuple au milieu duquel il vivait et ne les trouvait pas en soi (il ne pouvait se considérer autrement que comme une partie du peuple russe); et surtout il ne savait pas et ne pouvait savoir en quoi consistait le bien général, mais il savait indubitablement que ce bien ne pouvait s'atteindre que par l'accomplissement strict de la loi du bien, qui est révélée à chacun. C'est pourquoi il ne pouvait désirer la guerre, ni la prôner à n'importe quelle fin d'ordre général. Il disait, avec Mikhaïlitch et le peuple, qui exprimait sa pensée dans la tradition de l'appel des Variag : « Possédez et gouvernez-nous; avec joie nous vous promettons soumission entière. Tout le travail, toutes les humiliations, tous les sacrifices, nous incomberont. Mais nous n'auront pas à juger ni à décider. »

« Et maintenant, s'il faut en croire Serge Ivanovitch, le peuple renoncerait à ce droit acheté si cher? » pensa Lévine.

Il voulait encore objecter que, si l'opinion publique est un juge infaillible, il fallait admettre que la révolution, la commune, étaient choses aussi légitimes que le mouvement en faveur des Slaves. Mais c'étaient des idées qui ne pouvaient rien trancher. Une seule chose paraissait indiscutable, c'était qu'en ce moment la discussion irritait Serge Ivanovitch et que, par conséquent, il était mauvais de discuter. Lévine se tut, et, attirant l'attention de ses amis sur les nuages qui s'étaient amoncelés, il déclara qu'il serait prudent de rentrer à la maison.

XVII

Le prince et Serge Ivanovitch partirent en cabriolet. Le reste de la compagnie à pied, hâtant le pas.

Le nuage, tantôt plus clair, tantôt plus sombre, s'avançait

si rapidement qu'il fallut presque se mettre à courir, pour arriver avant la pluie. D'autres nuages, noirs comme une fumée charbonneuse, couraient dans le ciel avec une rapidité extraordinaire. Il restait encore deux cents pas à faire pour atteindre la maison. Le vent se levait et, d'une seconde à l'autre, l'averse pouvait tomber.

Les enfants, avec des cris aigus, effarés et joyeux, couraient devant. Daria Alexandrovna s'était mise aussi à courir sans perdre de vue les enfants. Les hommes marchaient à grands pas, retenant leurs chapeaux. Ils arrivaient près du perron quand une large goutte de pluie frappa le bord de la gouttière. Les enfants, et derrière eux les grandes personnes, causant gaîment, allèrent se mettre à l'abri sous l'auvent.

– Où est Catherine Alexandrovna? demanda Lévine à Agafia Mikhaïlovna qu'il rencontra dans l'antichambre. La vieille bonne allait partir au-devant d'eux avec un plaid et des châles.

– Nous pensions qu'elle était avec vous, répondit-elle.

– Et Mitia?

– Probablement à Kolok. Et la bonne est avec eux.

Lévine saisit le plaid et s'élança. Pendant ce court espace de temps, les nuages avaient déjà recouvert le soleil et il faisait sombre comme pendant une éclipse. Le vent semblait y mettre de l'acharnement, arrêtant Lévine, arrachant les inflorescences et les feuilles des tilleuls et dénudant les branches claires des bouleaux, qu'il inclinait tous ensemble. Des femmes, poussant des cris aigus, traversaient le jardin et couraient s'abriter sous l'auvent du pavillon des domestiques. Au loin, le voile blanc de l'averse couvrait déjà la forêt et la moitié des champs et s'avançait rapidement vers Kolok. L'air était imprégné de l'odeur de la pluie, qui s'écrasait en petites gouttes.

La tête penchée en avant, luttant contre le vent qui accrochait son plaid, Lévine en courant s'approchait de Kolok. Déjà il apercevait quelque chose de blanc derrière le chêne, quand soudain, tout s'empourpra. La terre s'enflamma sous ses pieds et au-dessus de sa tête craqua la voûte du ciel.

Entrouvrant des yeux aveuglés, Lévine, à travers le rideau épais de la pluie qui le séparait maintenant de Kolok, remarqua tout d'abord avec épouvante, au milieu du bois, le sommet vert d'un chêne, dont l'aspect était changé. « A-t-il été foudroyé? » A peine avait-il eu le temps de penser cela, que le sommet du chêne disparaissait, tandis que le craquement d'un grand arbre retentissait dans la forêt.

La lumière de l'éclair, le bruit du tonnerre, la sensation de son corps devenu froid, tout soudain se confondit pour Lévine en une seule impression d'horreur.

– Mon Dieu! Mon Dieu! Pourvu que ce ne soit pas sur eux! s'écria-t-il.

La prière, qu'il faisait ainsi pour que les êtres chers n'eussent pas été tués par un chêne déjà tombé, avait beau être insensée, il ne pouvait faire rien de mieux que de la répéter.

A l'endroit où elles avaient l'habitude de se tenir, il ne les trouva pas. Elles étaient à l'autre bout du bois, sous un vieux tilleul, et l'appelaient. Deux personnes en robes sombres (auparavant claires) se penchaient sur quelque chose. C'étaient Kitty et la bonne. La pluie avait cessé, le temps commençait à s'éclaircir; Lévine arriva près d'elles. Le bas de la jupe de la bonne était sec, mais la robe de Kitty, toute trempée, lui collait au corps. Bien que la pluie eût cessé, elles se tenaient toujours dans la position qu'elles avaient au moment où avait éclaté l'orage. Toutes deux étaient debout, inclinées sur la petite voiture à capote verte.

– Vous êtes vivantes! Saines et sauves! Dieu soit loué! prononça-t-il, accourant vers elles, en clapotant dans l'eau qui emplissait ses bottes.

Le visage rouge et mouillé de Kitty était tourné vers lui, et souriait timidement sous son chapeau déformé.

– Comment n'as-tu pas honte? Je ne comprends pas qu'on puisse être si imprudente, dit-il avec dépit à sa femme.

– Je te jure que ce n'est pas ma faute. Nous voulions nous en aller, quand le petit s'est mis à pleurer; il a fallu le changer. Nous allions justement... s'excusait Kitty.

Mitia, sain et sauf, dormait.

– Eh bien, Dieu soit loué! Je ne sais pas ce que je dis.

On ramassa les langes mouillés, la bonne tira l'enfant de la voiture et le prit dans ses bras. Lévine marchait près de sa femme, lui serrant tendrement la main et s'excusant de son emportement.

XVIII

Pendant toute la journée, Lévine, distrait par les conversations les plus diverses auxquelles il ne prenait part qu'extérieurement, malgré le désenchantement qu'il venait d'éprouver, ne cessait d'écouter joyeusement le débordement de son cœur.

Après la pluie, il fit trop humide pour qu'on allât se promener. En outre, des nuages d'orage ne quittaient pas l'horizon, allant tantôt ici, tantôt là, accompagnés de tonnerre, et s'obscurcissant sous les bords du ciel. Toute la société passa le reste de la journée à la maison. On ne discutait plus; au contraire! Après le dîner tous étaient d'excellente humeur. Katavassov, d'abord, égaya les dames par ses plaisanteries originales, qui plaisaient toujours beaucoup la première fois qu'on le voyait. Mais ensuite, poussé par Serge Ivanovitch, il raconta les observations très intéressantes qu'il avait faites sur la diversité des caractères, et même des physionomies, chez les mâles et les femelles des mouches, et sur leur genre de vie.

Serge Ivanovitch était également très gai. Pendant le thé, à la demande de son frère il exposa son opinion sur l'avenir de la question d'Orient, et le fit d'une façon si simple et si charmante que tous s'oubliaient à l'écouter. Seule Kitty ne put demeurer jusqu'au bout. On l'appela pour baigner Mitia.

Quelques minutes après le départ de Kitty, on appela aussi Lévine dans la chambre d'enfants.

Il laissa son thé, regrettant de manquer une conversation intéressante et inquiet en même temps, car on ne l'appelait dans la chambre d'enfants que dans les cas très importants.

Il n'avait pas entendu jusqu'au bout comment Serge Ivanovitch expliquait que les quarante millions de Slaves, enfin délivrés, devraient, unis à la Russie, commencer une nouvelle période de l'histoire; il s'intéressait vivement au fait et y pensait, bien qu'il fût anxieux de savoir pourquoi on le demandait.

Aussitôt sorti du salon et seul, il se rappela ses pensées du matin; et toutes ces considérations sur l'importance de l'élément slave dans l'histoire universelle lui parurent si minces, en comparaison de ce qui se passait dans son âme, qu'il oublia tout cela momentanément et retrouva son état d'esprit d'alors. Il ne se rappelait plus, comme auparavant, toute la marche de sa pensée (ce n'était pas nécessaire). Il se transporta d'un coup dans ce sentiment qui le guidait, qui était lié à ses pensées, et il découvrait dans son âme ce sentiment encore plus fort et plus net qu'auparavant. Maintenant, il ne ressentait plus ce qu'il avait éprouvé jadis, quand il avait inventé des consolations pour accéder au vrai sentiment. Maintenant, au contraire, le sentiment de la joie et de la tranquillité était plus vivant que jamais, et la pensée ne parvenait pas à le suivre.

Il traversa la terrasse et regarda deux étoiles qui paraissaient dans le ciel déjà sombre. Soudain, il se souvint : « Oui, en regardant le ciel, j'ai pensé que la voûte que je vois n'est pas un mensonge, et je n'ai pas achevé ma pensée; je me suis caché quelque chose, pensa-t-il. Quoi qu'il en soit, il ne peut y avoir d'objection. Il faut réfléchir et tout s'expliquera! »

Comme il entrait dans la chambre d'enfants, il se rappela ce qu'il s'était caché à lui-même. C'était cette pensée : si la preuve principale de la divinité réside dans la révélation de ce qui est bien, alors pourquoi cette révélation se borne-t-elle à l'église chrétienne seule? Quel rapport cette révélation a-t-elle avec les croyances des Bouddhistes, des Mahométans, qui eux aussi confessent et font le bien? Il crut trouver la réponse à cette question, mais il n'eut pas le temps de la formuler.

Kitty, les manches retroussées, se trouvait près de la baignoire, dans laquelle barbotait l'enfant. Entendant venir son mari, elle tourna vers lui son visage et l'appela d'un sourire. D'une main, elle soutenait le corps grassouillet de l'enfant, allongé sur le dos, et de l'autre pressait sur lui une éponge.

– Regarde, regarde! dit-elle, quand son mari s'approcha d'elle. Agafia Mikhaïlovna a raison. Il reconnaît!...

L'événement, c'était que Mitia, pour la première fois, paraissait reconnaître les siens. Aussitôt que Lévine fut là, on recommença l'expérience, qui réussit complètement. La cuisinière, appelée tout exprès, se pencha vers l'enfant. Il fronça les sourcils et secoua la tête d'un air mécontent. Kitty à son tour se pencha vers lui. Il s'éclaira d'un sourire, appuya ses petites mains contre l'éponge, fit des lèvres un claquement si joyeux que non seulement Kitty et la bonne, mais Lévine, furent dans l'admiration.

On retira l'enfant du bain; on le rinça, l'enveloppa d'une serviette, l'essuya; puis après qu'il eut poussé des cris perçants, on le donna à sa mère.

– Enfin, je suis heureuse que tu commences à l'aimer, dit Kitty à son mari, quand elle se fut assise à sa place habituelle, tranquillement, l'enfant contre sa poitrine. Je suis très heureuse. Je commençais à être triste, parce que tu disais que tu ne sentais rien pour lui...

– Ai-je dit cela? J'ai dit seulement que j'étais déçu.

– Comment? En quoi?

– Pas déçu de lui, mais du sentiment. Je m'attendais à plus. J'attendais l'éclosion en moi d'un sentiment nouveau, agréable, une sorte de surprise. Et tout d'un coup, au lieu de cela, le dégoût, la pitié...

Elle l'écoutait attentivement, le regardant par-dessus l'enfant, en remettant à ses doigts fins les bagues qu'elle avait enlevées pour laver Mitia.

– Et surtout, c'était de la peur, de la pitié, plutôt que du plaisir. Aujourd'hui, après la frayeur que j'ai eue pendant l'orage, j'ai compris combien je l'aime.

Kitty s'illumina d'un sourire.

– Tu as eu grand-peur? dit-elle. Moi aussi, mais je m'en rends mieux compte maintenant que c'est passé. J'irai voir le chêne... Comme il est charmant, Katavassov! Et en général, toute cette journée a été si agréable! Tu es si gentil avec Serge Ivanovitch quand tu veux... Eh bien, va les retrouver. Après le bain, il fait toujours très chaud ici. Toute cette vapeur...

XIX

En sortant de la chambre, Lévine, quand il se retrouva seul, de nouveau, se rappela la pensée qui, lui semblait-il, renfermait quelque chose de vague.

Au lieu d'aller au salon, d'où arrivaient des voix, il s'arrêta sur la terrasse et, accoudé à la rampe, regarda le ciel. Au midi, où il regardait, il faisait tout à fait sombre et il n'y avait pas de nuages. Ils étaient du côté opposé. Des éclairs brillaient et on entendait le grondement lointain du tonnerre.

Lévine écoutait les gouttes d'eau qui tombaient des tilleuls du jardin à intervalles réguliers et regardait le triangle d'étoiles qu'il connaissait, et la voie lactée, bifurquée, qui le traversait. A chaque éclair, non seulement la voie lactée, mais les étoiles, disparaissaient momentanément pour reparaître aux mêmes endroits, comme jetées par une main habile.

« Qu'est-ce qui m'arrête? » se demanda Lévine, qui sentait d'avance que la réponse, encore inconnue, à cette question était prête dans son âme. « Oui, la seule manifestation évidemment indiscutable de la divinité réside dans les lois du bien, données au monde par la révélation, et que je sens en moi, que je reconnais, m'unissant ainsi, bon gré mal gré, aux autres hommes, dans cette société de croyants qu'on appelle l'Église. Eh bien, et les juifs? Les mahométans, les confucianistes, les bouddhistes?... Que sont-ils? » C'était la question dangereuse. « Est-ce que ces centaines, ces millions d'hommes, sont privés du bonheur suprême sans lequel la vie n'a pas de sens? »

Il devint pensif, mais aussitôt se ressaisit.

« Qu'est-ce que je demande là? Je m'occupe du rapport de toutes les croyances, les plus variées de l'humanité, avec la divinité. Je m'occupe de la manifestation générale de Dieu, pour tout le monde, avec toutes ses taches nébuleuses. Que fais-je? A moi personnellement, à mon cœur, est révélée indiscutablement une connaissance, incompréhensible par la raison; et moi je veux la connaître par la raison et l'exprimer par des paroles! »

« Est-ce que je ne sais pas que les étoiles ne se déplacent pas? » Il regardait un astre clair, brillant, qui déjà avait changé de place, relativement à la branche la plus élevée d'un bouleau. « Mais, en observant le mouvement des étoiles, je ne puis me représenter la rotation de la terre et j'ai raison en disant que les étoiles se déplacent.

« Est-ce que les astronomes pourraient comprendre et calculer quelque chose, s'ils tenaient compte de tous les divers mouvements compliqués de la terre? Toutes leurs conclusions extraordinaires, au sujet de la distance, de la pesanteur, du mouvement, des perturbations terrestres, ne sont fondées que sur le mouvement invisible des astres autour de la terre immobile. C'est ce même mouvement qui est maintenant devant moi, qui fut tel pour des millions de gens, durant des siècles, qui fut et sera toujours le même et peut toujours être contrôlé. De même que sont stériles et incertaines les conclusions des astronomes, qui ne sont pas fondées sur l'observation du ciel, visible entre un méridien et un parallèle, de même seraient stériles et incertaines mes conclusions qui ne seraient point fondées sur cette compréhension du bien, qui fut et sera toujours le même pour tous, qui m'a été révélée par le christianisme et qui toujours peut être contrôlée dans mon âme. Quant à la question des autres croyances et de leur rapport envers la divinité, je n'ai le droit ni de la poser, ni de la résoudre. »

– Ah, tu es encore là? dit tout à coup Kitty qui, par le même chemin, se rendait au salon. – Quoi? Es-tu contrarié par quelque chose? lui demanda-t-elle, le regardant attentivement à la clarté des étoiles.

Mais elle n'aurait pu le bien voir si un éclair, qui de nouveau éteignit les étoiles, n'eût éclairé son visage.

Elle l'examina alors attentivement, et le voyant calme et joyeux, elle lui sourit.

« Elle comprend, pensa-t-il. Elle sait à quoi je pense. Faut-il le lui dire ou non?... Oui, je le lui dirai. » Mais au même moment elle se mit à parler.

– Tiens, Kostia, rends-moi un service, dit-elle. Va dans la chambre du coin, et regarde si on a tout préparé pour Serge Ivanovitch. Si on a placé le nouveau lavabo.

– Bien, j'y vais, dit Lévine, se redressant et l'embrassant.

« Non, il ne faut rien dire, pensa-t-il quand elle se fut éloignée. C'est un mystère nécessaire, important pour moi seul et inexprimable par des paroles.

« Ce nouveau sentiment, de même que le sentiment paternel, ne m'a pas changé, ne m'a pas rendu heureux, ne m'a pas éclairé d'un coup, ainsi que je l'avais cru; il n'y eut aussi aucune surprise. La foi, le manque de foi, je ne sais ce que c'est; mais ce sentiment est entré imperceptiblement dans mon âme, par la souffrance, et s'y est installé solidement.

« Je me fâcherai encore contre le cocher Ivan; je continuerai à discuter bien ou mal à propos; il y aura toujours le même mur entre les profondeurs de mon âme et les autres, même ma femme; je l'accuserai de la même façon pour une crainte qui m'a effleuré, et je le regretterai; je continuerai à ne pas comprendre par la raison pourquoi je prie, mais je prierai quand même. Cependant, maintenant ma vie, toute ma vie, indépendamment de tout ce qui peut m'arriver à n'importe quel moment, non seulement n'est plus dénuée de sens comme autrefois, mais a acquis un sens indiscutable, celui du bien que j'y puis faire entrer. »

COMMENTAIRES

I

UNE ŒUVRE ENRACINÉE

Décrivant à son frère un voyage en chemin de fer particulièrement pénible et désagréable, Tchékhov écrivait : « En somme, une sale nuit! Mon unique consolation fut cette chère et bonne Anna dont la pensée m'a occupé durant tout le voyage. » Voilà une réaction toute naturelle pour un Russe cultivé qui entretient avec les héros de sa littérature, mais plus spécialement, peut-être, avec ceux de Tolstoï, des rapports personnels, intimes. « Cette chère et bonne Anna. » Inutile d'ajouter le nom de famille, chacun sait qu'il s'agit de l'attachante et délicieuse Anna Karénine. L'association d'idées semble normale : un train, une gare, c'est là que le sort d'Anna se noue et se dénoue tragiquement. Si pour Tchékhov et tant de lecteurs russes Anna est une amie, le public français est, lui, beaucoup plus éloigné d'elle. Il n'a lu le roman qu'en traduction, – une traduction, si bonne soit-elle, n'est jamais qu'une copie, – sans doute a-t-il aussi vu des illustrations, des films qui n'ont servi, en faussant son regard, qu'à défigurer le merveilleux original. A la différence des Anglais qui ont pu y trouver une certaine parenté avec leur « roman familial » traditionnel, dont Tolstoï était lui-même très friand, les Français y ont vu surtout un roman d'amour, un « roman d'adultère » (ce qu'il était dans sa toute première version) ou, au mieux, un roman à la française dans le goût de Flaubert et de Stendhal. C'est ainsi que S. de Pierrelée écrit en 1911 : « A vrai dire, c'est un roman comme il y en a beaucoup dans la littérature française. Il ne faut pas oublier que Tolstoï a été sous l'influence de notre peuple et entretenait des relations d'amitié avec nos écrivains. Voilà pourquoi *Anna Karénine,* dans un certain sens, fait penser à *Madame Bovary.* »

Ce jugement est juste en partie; la parenté d'*Anna Karénine* avec la littérature occidentale existe et c'est elle que le lecteur étranger distingue d'abord. Mais la constatation de ces liens génétiques plus ou moins ténus, liée à l'exotisme de la matière, risque de lui cacher ce qui distingue essentiellement cette œuvre de la tradition romanesque occidentale, cette originalité que l'écrivain russe n'a dégagée qu'au prix d'une longue lutte contre les influences étrangères.

Pour montrer au lecteur contemporain toute la richesse de ce roman inégalé, il faudrait en quelque sorte le restaurer comme on fait d'un tableau abîmé par le temps et les hommes. Il faudrait aider ceux qui sont privés de la saveur de l'original à trouver un regard aussi russe que possible, à comprendre ce qu'est en vérité ce « charme slave » tant galvaudé.

De tous les romanciers russes, c'est bien Tolstoï qui a su le mieux peindre ce qu'il conviendrait d'appeler *le charme russe.* A l'inverse des personnages de Dostoïevski, souvent presque désincarnés, les siens sont des êtres de chair. Certes, ils connaissent tourments et passions, mais ils n'en sont jamais défigurés. Ils ne sont pas grimaçants, ils demeurent naturels, vrais, charnels dans leur détresse comme dans leur bonheur. Ce ne sont pas des « types », chacun d'entre eux est une « personne » : c'est le plus souvent par leur prénom que les appelle Tolstoï, soulignant ainsi le caractère unique de chacun, nous les rendant plus proches. Le prince André, Pierre, Natacha dans *Guerre et Paix*; Anna, Kitty, Dolly, Stiva. Et si Lévine est appelé ici par son nom de famille, c'est aussi parce que l'auteur a forgé son nom sur son propre prénom « Lev », Léon en russe.

Ces hommes, ces femmes ont en commun d'être, malgré une éducation anglaise alors à la mode, profondément russes, — aussi russes que le sont quelque cinquante ans plus tôt, Eugène Onéguine et Tatiana Larine, dont l'appartenance à la haute société ne fait pas des Occidentaux purs et simples, des étrangers dans leur propre pays. Ne nous y trompons pas : ces salons moscovites et pétersbourgeois « à l'occidentale » sont la Russie. Ils ont pris à l'Occident certaines de ses manières, de ses modes, de ses idées, mais ce vaccin occidental que Pierre le Grand a inoculé à son pays a donné quelque chose d'original et d'unique : *la civilisation russe* et l' « idée russe » d'avant la révolution de 1917, vers lesquelles se tourne aujourd'hui avec intérêt une partie de notre « Intelligentsia » occidentale; de même, certains Soviétiques, Soljénitsyne en particulier, scrutent avec curiosité ce passé dont ils ont été brutalement isolés et où ils sentent obscurément que leur monde doit plonger ses racines. Les héros du *Pavillon des Cancéreux* ne lisent-ils pas Tolstoï avec passion? Et n'est-ce pas Tolstoï que va contempler un personnage d'*Août 1914* à Iasnaïa Poliana?

Par son roman, Tolstoï nous fait pénétrer au cœur même de quelques familles typiquement russes, les Chtcherbatski par exemple, qui vivent tantôt à Moscou ou à Pétersbourg, tantôt sur leurs terres.

Mais ce n'est pas non plus une « Russie en lapti », une Russie à la couleur locale agressive que nous décrit le romancier quand il nous transporte à la campagne avec ses héros. Cependant, qui oubliera jamais les tableaux de la fenaison, ces paysannes qui reviennent du travail en chantant, portant avec elles comme un immense flot de vitalité et de beauté!

C'est bien le parfum authentique de la Russie que nous sentons ici. Une Russie sans accoutrements typiques, ni accessoires pour le touriste. Nous voyons naître, vivre et mourir des êtres de chair; nous les voyons qui souffrent et se réjouissent, qui cherchent la Vérité ou s'en détournent. Et cela, d'une manière inimitablement russe : brouillonne, à la fois naïve, spontanée et pudique, peut-être légèrement primitive à nos yeux d'Occidentaux, mais sans l'ombre d'une coquetterie intellectuelle, et d'une profondeur touchante.

Ne serait-ce pas plutôt cela le *charme russe?*

Quant aux « lapti », aux « isbas », aux « moujiks », au thé pris autour d'un « samovar », certes, il en sera question ici, car ce sont des éléments importants de la vie russe au XIXe siècle, mais Tolstoï ne réduit point à ces particularités, pour nous bizarres la spécifité des hommes et des milieux qu'il décrit. La peinture qu'il nous en fait est empreinte de « russité » naturelle.

II

LE DÉFI DE L'ÉPOQUE

Il faut savoir qu'à l'époque où il composait son roman, dans les années 70, nombreux étaient en Russie les intellectuels qui s'attendrissaient sur le peuple russe en qui ils voyaient la « Russie éternelle. » Il y avait les Slavophiles de tout poil. Il y avait le mouvement populiste, qui battait son plein. On « allait dans le peuple », selon l'expression consacrée. On voulait le connaître, apporter un soulagement à sa misère, lui donner la Culture. On se faisait médecin de village ou maître d'école.

Il n'est pas ici question de juger de l'importance de ces mouvements, ni de leur rôle dans l'histoire de la Russie, mais seulement de situer Tolstoï par rapport à ce bouillonnement de la société russe. Qu'a-t-il à dire? A quel « camp » appartient-il?

C'est que, justement, Tolstoï refuse de perdre sa liberté en adhérant à un parti quel qu'il soit, il déteste « chanter en chœur » et ne veut pas se mêler aux batailles intellectuelles. « Un poète, s'il est poète, ne peut pas ne pas être libre... Exposé aux coups de feu, on ne peut construire; il faut aller là où on peut construire[1]. » Cet endroit « où on peut construire », ce paradis tolstoïen, c'est le peuple au-devant duquel il ne veut pas marcher en se mettant au pas des Slavophiles ou des Populistes, mais au sein duquel il veut se plonger de façon naturelle.

« Le retour au peuple des Slavophiles et un authentique retour au peuple sont deux choses aussi différentes que l'éther pharmaceutique et l'éther universel, source de chaleur et de lumière. J'ai horreur de ces principes et de ces règles de vie qu'on répète en chœur comme des comptines, de toutes ces communes, de tous ces « frères slaves » qui ont quelque chose de si peu naturel; j'aime simplement ce qui est net, clair et beau, et mesuré. Et tout cela, je le trouve dans la poésie, dans la langue, dans la vie du peuple — alors que chez nous, je vois tout le contraire[1]. »

Sa réponse il la donnera en écrivant *Anna Karénine*, qui, dans une large mesure, est un roman polémique. En attendant l'inspiration, il se retranche démonstrativement dans son domaine de Iasnaïa Poliana, boudant journaux et revues, journalistes et littérateurs. « L'activité journalistique est un bordel intellectuel », écrit-il à Mechtcherski, rédacteur du *Citoyen* qui lui a demandé sa collaboration[2]. « Cette année, je ne reçois pas

1. Lettre à Strakhov, mars 1872.
2. Automne 1871.

une revue, pas un journal et je trouve cela très sain » écrit-il au poète Fet le 4 février 1870. Et encore : « Dieu merci, cet été, je suis bête à manger du foin. Je travaille, je scie du bois, je bêche, je fauche et je ne pense ni à l'horrible littérature, ni aux littérateurs. » A Strakhov il conseille d'abandonner « la tour de l'imbécile littérature ». Bref, c'est la version tolstoïenne, paradoxale, de l'isolement dans la tour d'ivoire.

En vérité, Léon Nicolaïevitch est de méchante humeur pendant la période qui précède et annonce *Anna Karénine*. D'une part, il a été piqué au vif par certaines critiques de *Guerre et Paix* (1869), d'autre part, comme nombre d'écrivains de sa génération, il se trouve un peu en marge des mouvements de pensée qui agitent les intellectuels russes des années 70.

Pourtant, il n'a pas dit son dernier mot. Tous ces gens prétendent connaître le peuple russe? Il va leur montrer, lui, le comte Tolstoï, qu'ils ne savent rien; ils croient tout connaître de la pédagogie qui convient à son peuple? Il va leur prouver qu'il est plus fort qu'eux en la matière! Et de composer son fameux *Alphabet*! Et d'enseigner les petits moujiks de son district! Et de polémiquer avec les pédagogues professionnels, sans grand succès d'ailleurs. C'est délibérément qu'il tourne le dos à l'Intelligentsia pour pouvoir se tremper *naturellement* dans la vie russe, sans tenir compte des théories et des principes slavophiles ou populistes. C'est ce qui explique en partie l'authentique russité des personnages de ce roman en gestation, qu'ils soient princes ou moujiks : en quête de l'homme russe véritable, Tolstoï guidé par son génie découvre la vérité universelle de l'homme.

Cette mauvaise humeur du grand homme s'explique surtout par le fait qu'il se trouve, en 1870, dans une période de « creative interlude » selon l'expression de E. Simmons. Le cordon ombilical entre *Guerre et Paix* et son créateur n'est pas vraiment coupé. Ces « interludes » l'épuisent. C'est d'un désespoir proche de la folie que témoigne le journal intime de son épouse (décembre 1870).

Car Tolstoï est persuadé que le monde a besoin de son œuvre : « Quoi que je fasse, je suis toujours persuadé que du haut de ces pyramides quarante siècles me contemplent et que le monde périra si je m'arrête », écrit-il à sa tante Alexandrine.

Or, le voici arrêté. Il s'essaie à un roman sur l'époque de Pierre le Grand, persuadé, confie-t-il à Strakhov, que « là se trouve le véritable nœud de la vie russe ». Cette recherche du « nœud de la vie russe » se changera en une quête du « nœud de la vie » tout court. Du roman historique abandonné, Tolstoï passera au « roman familial ».

Le 19 mars 1873, Sophie Tolstoï note dans son journal : « Hier soir, Léon m'a dit soudain : « J'ai écrit deux petites « pages, et pas mauvaises à ce qu'il me semble. » Croyant que c'était une nouvelle tentative d'écrire sur l'époque de Pierre le Grand, je n'y ai pas prêté grande attention. Mais j'ai appris ensuite qu'il avait commencé à écrire un roman sur la vie privée, de notre temps. Le sujet : une femme infidèle et tout le drame qui en résulte. »

Ce n'est pas un hasard si Tolstoï passe du roman historique au roman « familial ». Toute sa vie, il cherchera à comprendre le mystère du comportement humain, à découvrir le secret du « véritable nœud de la vie ». *Guerre et Paix* n'était déjà plus uniquement un roman historique, voilà que s'opère un nouveau glissement vers le roman familial.

Il y a deux moyens de connaître l'homme, pense-t-il : ou bien à travers son époque et l'histoire, ou bien, carrément, dans le noyau de la famille, individuellement. La vraie vie des hommes suit son cours indépendamment de l'histoire. *Dans son fondement, la vie ne change pas.* Voilà, sans doute, ce qui explique que les personnages de Tolstoï nous semblent aussi proches qu'à ses contemporains.

III

LES SECRETS DE LA NAISSANCE

L'histoire de la composition d'*Anna Karénine* est très révélatrice des tourments, des contradictions, des rêves de l'auteur. Avant d'aborder la lutte du romancier avec ses personnages, c'est-à-dire le travail qui absorbera Tolstoï de 1873 à 1877, voyons ce qui a pu le pousser à créer *Anna Karénine.*

Dès 1870 lui apparaît le visage de cette femme « mariée de la haute société, qui se serait perdue », femme, « digne de pitié et non coupable », note Sophie Tolstoï dans son journal. Sans doute y a-t-il, par-derrière, cet autre visage entrevu dans un salon de Toula, qui l'avait frappé par sa beauté et par sa race, celui de Marie Hartung, la fille de Pouchkine. Il y a aussi, en janvier 1872, la mort tragique d'Anna Pirogova, la maîtresse de son voisin, Bibikov. Jalouse de son amant infidèle, elle se jette sous les roues d'un train de marchandises à la gare de Iassinki, non loin de Iasnaïa Poliana. Tolstoï s'y rend pour voir le corps déchiqueté de la malheureuse. Il est à la fois bouleversé et fasciné[1].

Il y a surtout des lectures, d'importantes lectures. Entre autres, celle de *La Soumission de la Femme* de Stuart Mill qui, parue en traduction en 1869, provoque un remous considérable dans la société russe. La préface de Mikhaïlovski va entraîner avec le critique Strakhov une violente polémique, suivie avec passion par notre ermite.

Strakhov estime que les droits politiques sont bons « pour les vieilles filles asexuées » ou pour les femmes âgées qui ont achevé leur tâche d'éducatrice. Il reproche à Stuart Mill de n'avoir pas parlé de l'amour conjugal. N'était ce problème, celui de l'émancipation de la femme ne se poserait pas. « Les relations entre les deux sexes, ces relations mystérieuses qui ont tant d'importance, sont la source de la plus haute félicité et des plus grands tourments. Incarnation de toute beauté et de toute laideur, elles sont *le véritable nœud de la vie*[2]. »

On croirait lire Tolstoï lui-même! Ce dernier est ravi par l'article de celui qu'il n'a pas encore la joie de connaître personnellement. Il le « signe des deux mains »! Le 19 mars 1870, il écrit à Strakhov une lettre enthousiaste. Toutefois, il est en désaccord avec lui sur un point : « Il n'y a pas de femmes asexuées. » Celles qui n'ont pas trouvé à se marier, plutôt que de chercher des métiers d'hommes, peuvent être « sages-femmes, bonnes d'enfants, économes ou prostituées ». Prostituées! En 1870, l'auteur de *Résurrection* (1899) est donc favorable à la prostitution! « Il me semble que cette classe de

1. Sans doute la personnalité de la comtesse Sophie Tolstoï, la femme du poète Alexis Constantinovitch, exercera-t-elle quelque influence sur lui au moment où il fixera définitivement le caractère d'Anna.
2. Article paru dans la revue *L'Aurore* en 1870, n° 2.

femmes est *indispensable* pour la famille, étant donné les formes compliquées qu'a prises actuellement la vie. » La famille, poursuit-il dans cette lettre qu'il n'envoya jamais, ne peut subsister « sans l'aide des Madeleine » que dans une société primitive ou à la campagne. L'agriculteur, marié jeune, et qui ne quitte jamais son foyer, peut, lui, demeurer fidèle à sa femme.

Il est évident que cette opinion ne sera que passagère. Elle s'explique, de fait, par l'influence d'autres lectures du moment, celle de Schopenhauer, en particulier de son ouvrage *Le monde comme volonté et comme représentation,* dont les chapitres « La métaphysique de l'amour » et « La vie de l'espèce » avaient vivement intéressé Tolstoï. L'homme peut tromper sa femme, alors que la nature de la femme lui enjoint de rester fidèle. Les prostituées sont rendues nécessaires par la ridicule monogamie européenne qui suppose l'égalité entre l'homme et la femme. Telle est la morale conjugale de Schopenhauer.

Dans le chapitre sur « La vie de l'espèce », Schopenhauer exprime des idées plus belles, qui influenceront plus profondément Tolstoï. Le philosophe allemand y souligne l'importance de l'amour sexuel qui élève l'homme-individu, cet homme représentant la volonté de l'espèce. L'amour est donc l'influence de l'homme sur les siècles à venir. Voilà sur quoi repose toute la poésie de l'amour. D'ailleurs, l'amour n'est-il pas un thème éternel, sans lequel aucune pièce ne tient, thème jamais épuisé?

En 1872, c'est l'ouvrage de Dumas fils, *L'Homme-Femme,* qui transportera d'allégresse notre auteur décidément très préoccupé par la vie du couple. Dans *L'Homme-Femme* Dumas traite d'un problème qui obsède le bourgeois français après la guerre de 1870 : comment traiter une femme infidèle? Faut-il la tuer ou lui pardonner? Dumas penche pour le meurtre, thèse qu'il illustre dans sa pièce *La Femme de Claude.*

Ce qui plaît à Tolstoï, ce n'est pas la solution (radicale!) préconisée par Dumas fils. Certes non. Elle lui déplaît même. Il y répondra, d'ailleurs, par l'épigraphe d'*Anna Karénine :* « A moi la vengeance et la rétribution », tirée de la Bible, et dont nous parlerons plus loin. Ce qui plaît à Tolstoï, c'est que l'écrivain français ne chante pas comme les autres – entendons surtout les intellectuels russes – la sempiternelle ritournelle des droits de la femme, de sa situation sociale et juridique. Voici enfin quelqu'un qui parle de vie conjugale, de famille, de rapports entre hommes et femmes! Car ce « véritable nœud de la vie », selon l'heureuse expression de Strakhov, qu'adoptera pour toujours Tolstoï, n'est-il pas « une lutte terrible, éternelle, quotidienne, incessante, d'autant plus atroce que les combattants commencent par s'adorer, du moins à ce qu'ils croient »? L'essentiel de la vie est donc cette lutte entre les principes masculin et féminin.

Ces diverses idées, exprimées par Schopenhauer, Strakhov, Dumas fils, séduisent Tolstoï. Non qu'elles soient une découverte pour lui, mais précisément parce qu'elles trouvent en cet homme qui toute sa vie sera tourmenté par le démon de cette chair qu'il sublimera parfois, mais parfois rejettera avec dégoût –, des résonances très profondes. Il conviendrait de parler ici de coïncidences plutôt que d'influences. Tolstoï n'avait-il pas dès 1859 abordé ce sujet dans *Le Bonheur conjugal,* qui peut être considéré comme la première étape vers *Anna Karénine,* alors que l'épilogue de *Guerre et Paix* serait la seconde?

Tel est le fond de lectures, de réflexions, d'événements, de visages entrevus ou rêvés sur lequel sera bâtie *Anna Karénine.*

C'est sous l'impulsion du « divin Pouchkine » comme il l'appelle dans une lettre à Strakhov, devenu décidément son confident, que Tolstoï se met brusquement à l'ouvrage. Un soir, le 18 mars 1873, il relit avec passion, « pour la septième fois », les récits de Bielkine. Frappé par un fragment, un projet de roman qui commence par la phrase « Les invités s'étaient réunis dans la villa... », séduit par le dynamisme de la prose pouchkinienne et cette manière abrupte, directe, rapide de vous plonger dès la première phrase dans l'action, Tolstoï éprouve le besoin impérieux de se mettre à l'ouvrage. Toutes les forces inconscientes dont son âme est grosse et qui le tourmentaient jusque-là se mettent à circuler allégrement dans les veines de l'artiste. « Malgré moi, sans que je connusse moi-même mon but et ce qu'il en adviendrait, j'avais imaginé les personnages, les événements, j'ai continué, puis, bien entendu, j'ai modifié et, soudain, tout cela s'est enchaîné avec tant de beauté abrupte qu'il en est sorti un roman, vivant, passionné, achevé. J'en suis très content et il sera prêt dans quinze jours. » Ce roman, « le premier de ma vie », comme il dit, sera terminé non point quinze jours, mais quatre ans plus tard.

Tolstoï oubliait ce qu'il était lui-même, il oubliait qu'il ne pourrait résister à la tentation de déverser dans le roman le flot des problèmes qui le travaillaient depuis 1870 et de répondre, par la même occasion, à ces intellectuels qui l'agaçaient prodigieusement avec leur émancipation de la femme et leur « narodnost ».

La comparaison des premiers brouillons d'*Anna Karénine* avec le fragment pouchkinien fait ressortir des correspondances de situation et de vocabulaire étonnantes. Certes, d'après les cinq variantes que nous possédons (Archives du Musée Tolstoï à Moscou), nous voyons que l'élaboration du roman qui, au début, s'annonçait facile, heureuse — fait absolument inhabituel pour Tolstoï qui engendrait dans la douleur —, deviendra une véritable lutte, presque un corps à corps entre le moraliste entêté et l'artiste compliqué, contradictoire, infiniment riche et multiple.

Il n'y a guère que trois personnages dans les premières versions : la femme, le mari et l'amant. Tout commence par la soirée chez Betsy où celle qui s'appellera tour à tour Tatiana, Anastasie ou « Nana » (!) choquera les invités par sa conduite indécente avec Gaguine (Balachev et enfin Vronski). Tolstoï s'applique à souligner la vulgarité de son héroïne, sa toilette au décolleté intentionnellement exagéré, son manque de réserve et de pudeur : « ...son bras nu appuyé au velours de son fauteuil, elle était si penchée que son épaule sortait de sa robe; elle parlait au diplomate d'une voix haute, avec une hardiesse joyeuse, de sujets qu'il ne fût venu à l'idée de personne d'aborder dans un salon ». Elle rit haut, elle a des gestes inconvenants, prend son collier dans sa bouche et regarde les hommes avec des yeux d'allumeuse. En un mot, *she is not a lady,* comme auraient dit les Russes de son milieu. Comme pour mieux dégoûter le lecteur, lui montrer le mal du doigt, le romancier lui refuse jusqu'à la beauté physique, il lui accorde uniquement ce que nous appelons aujourd'hui « le sex-appeal ». « Un front bas, très bas, de petits yeux, des lèvres épaisses et un nez à la forme disgracieuse... Trop grosse. Grosse au point qu'un peu plus, elle en eût été laide. »

Qui reconnaîtrait ici Anna? Elle, toute de grâce, de beauté et de distinction subtiles!

Quant au mari, M. Stavrovitch, puis Pouchkine et enfin Karénine, il est doux, humble, pieux. Son cœur, pénétré d'amour authentique pour son épouse, lui donne une perspicacité dont sera totalement dépourvu le haut fonctionnaire ironique, figé dans un immobilisme stérile face au « gouffre » de la « vie réelle », à « l'abîme » qu'est pour lui l'âme d'Anna. Dans les premières versions, le mari est seul à comprendre ce que signifie l'éclat soudain des yeux de cette pauvre Nana. « C'était le diable qui s'emparait de son âme », écrit l'auteur. Nous apprenons que ces « humeurs diaboliques » lui venaient souvent avant même qu'elle eût rencontré Gaguine. L'époux compatissant tentait en vain de l'aider à les surmonter, « elles passaient d'elles-mêmes et la plupart du temps avec des larmes ».

De cette malheureuse, presque nymphomane, point de traces dans la version définitive. Nous y faisons la connaissance d'une jeune femme saine, équilibrée, douée d'une finesse psychologique toute féminine, capable, par son amour des êtres, de les comprendre, de les aider. Seul indice d'un équilibre instable, cette « animation retenue », ce « débordement de quelque chose » dans le regard dont elle s'efforce « d'atténuer le feu ».

Les mots « diable », « diabolique », « démon » reviennent constamment dans les premiers brouillons où l'un des chapitres avait pour titre « Le diable », un autre « Une maîtresse femme! ». Nana est véritablement une possédée.

De ce diabolisme on peut retrouver ici et là dans l'œuvre achevée quelques traits estompés : ainsi, au bal, Anna apparaît soudain comme une belle fleur maléfique « dans sa robe noire si simple ». Le sourire de ses lèvres rouges, son animation qui n'est plus « retenue » exercent une fascination aussi bien sur Vronskï que sur la petite Kitty, écrasée par la puissance de ce charme « terrible et cruel ». « Oui, il y a en elle quelque chose d'étrange, de fascinant et de *diabolique* » se dit Kitty. Le lendemain, Anna parle à Dolly de ses « skeletons », de ses désirs refoulés; ce qui fait sourire sa belle-sœur : « Quels « skeletons » peux-tu avoir? Dans ton âme, tout est si pur. » Le sourire « joyeux » d'Anna, consciente de ce mal qu'elle est capable de retenir ou de laisser échapper, a, lui aussi, quelque chose d'inquiétant : « Il évoque les reflets d'un incendie », de même que l'éclat sombre de ses propres yeux qu'elle voit dans l'ombre de la chambre conjugale, semble l'envoûter elle-même.

Pour qui connaît les premières esquisses, où ce « diabolisme » s'exprime sans nuances, ni subtilité, ces quelques traces sont frappantes par leur finesse. On ne peut s'empêcher d'admirer le travail d'épuration, de recréation du romancier qui n'en laissera que quelques touches, quelques couleurs, quelques symboles.

Mais au départ, c'est l'œil impitoyable du moraliste qui scrute ce visage de femme. De toute évidence, elle lui répugne : « Une femme dégoûtante! » note-t-il. Et c'est son mari, « le saint », qu'il enrichit de qualités morales exceptionnelles. Il accorde le divorce que Karénine refusera. D'après l'un des plans, « il traîne ensuite une vie misérable et meurt ». Toute la pitié du lecteur va, évidemment, à ce martyr qui « porte sa croix » et dont l'épouse n'inspire que répulsion.

Mais Tolstoï, qui n'est pas satisfait de son travail, cherche une autre solution. Il s'acharne contre Nana qu'il n'a pas assez punie : c'est elle qui, après avoir épousé Gaguine en secondes noces, mourra en se jetant dans la Néva. L'auteur répond ici à la thèse de Dumas fils : inutile de tuer la femme infidèle, la loi naturelle et sacrée qu'elle a enfreinte la poussera à se détruire elle-même.

De ceci il restera quelque chose de superficiel dans la version définitive, car le suicide d'Anna, précédé d'une lente agonie psychique, déclenchée partiellement par sa bouleversante entrevue avec son fils, semble avoir de multiples motifs que le moraliste ne voit pas, mais dont le psychologue a su nous montrer tous les dédales.

Le cadre de cette étude ne nous permet pas d'analyser en profondeur la transformation que subiront les antagonistes du drame. Notons simplement que pour le lecteur des différents brouillons, le personnage de Karénine prend un relief considérable. Car Tolstoï n'oubliera pas la « sainteté » de M. Stavrovitch, devenue hypocrisie chez Karénine. Elle serait très intéressante à étudier dans la version définitive. Inversement, les défauts de Nana deviennent chez Anna des qualités : source d'eau vive, elle est d'une spontanéité non-conformiste. C'est par haine du mensonge qu'elle ose refuser une liaison mondaine discrète, tout à fait admise par la société où elle vit. Comme Lévine, elle a le dégoût de ce qui n'est pas authentique et pur et se débat pour « déchirer la toile araignée de mensonge » tissée par son époux très chrétien.

A force de travailler et de retravailler, de « labourer », de raturer ici, d'ajouter là, de « se rétracter », de « reprendre dix foix, vingt fois le même passage », Tolstoï aboutit à un résultat probablement tout à fait inattendu pour lui-même! Que s'est-il donc passé? Pourquoi ce changement d'attitude du romancier à l'égard de ses personnages?

Il s'explique principalement par l'apparition d'un nouveau héros, Lévine, qui, dès la troisième variante, « n'est pas un homme comme les autres » et dont la figure ne fait que grandir jusqu'à la cinquième variante où le roman commençait par une exposition de bestiaux au jardin zoologique de Moscou. Lévine y apparaît très semblable à ce qu'il sera dans la version définitive. Ainsi, le centre de gravité du roman s'est déplacé. Avec ce nouveau personnage, Tolstoï change de direction et introduit d'autres thèmes qui lui sont chers, par exemple, celui de l'opposition entre la vie pure de la campagne et celle, pervertie, de la ville. Voilà qui devait rabaisser le personnage de Karénine, en faire un typique fonctionnaire bureaucrate. Anna, en conséquence, devenait la figure tragique du roman, la victime.

A son projet initial Tolstoï reviendra dans *La Sonate à Kreutzer* où il condamne l'amour charnel et, plus tard encore, dans la nouvelle *Le Diable* où la femme est une incarnation du mal.

Par l'intermédiaire de Lévine qui va devenir son porte-parole, exprimer ses tourments et ses rêves, Tolstoï sort donc des limites étroites du roman d'adultère et donne à son ouvrage la multiplicité des plans que nous lui connaissons.

Rien d'étonnant à ce que son héroïne le gêne, l'ennuie, qu'il la trouve « odieuse, abjecte », car ce qu'il voudrait faire à présent, c'est parler de lui-même ou encore s'occuper à des travaux utiles : agriculture, pédagogie populaire. « Il m'est impossible de m'arracher à des êtres vivants pour m'occuper de créatures imaginaires », écrit-il en 1874. A un certain moment il renonce presque à écrire son roman, tant lui déplaît son héroïne. « Je veux abandonner mon roman tant il me déplaît. » Viennent des ennuis d'argent. Août 1874 : « Je me remets à l'ennuyeuse et vulgaire *Anna Karénine* et prie Dieu qu'Il me donne la force de m'en débarrasser au plus vite. »

Sans doute faut-il chercher ailleurs la raison de ce dégoût : le roman d'amour le plus subtil de l'ouvrage n'est pas encore commencé. L'art est « un labyrinthe infini d'enchaînements » selon l'expression si profonde de Tolstoï. Dans *Anna Karénine,* de multiples petits fils psychologiques rattachent les personnages les uns aux autres. Celui qui va lier l'auteur à son héroïne va se nouer. Tolstoï, qui s'acharnait contre Anna, sera, sans qu'on sache exactement à quelle étape de son dur labeur, séduit par celle qu'il repoussait. Le moraliste cède le pas à l'artiste. Anna va fasciner son créateur et lui permettre de mieux comprendre toute la complexité de son âme féminine. C'est avec des yeux aimants qu'il la verra : belle, vraie, sincère, bonne, avec cet immense élan de vitalité, ce besoin d'un amour authentique. « L'amour », dit-elle à Vronskï, « l'amour... », repéta-t-elle lentement, comme si elle se parlait à elle-même. Et, sa dentelle enfin libérée, elle dit tout à coup en le regardant bien en face : « Si ce mot me déplaît, c'est qu'il a pour moi un sens beaucoup plus profond que vous ne pouvez l'imaginer. » (Chap. VII, deuxième partie.) Lévine qui ne rencontre Anna qu'une fois, dans la septième partie du roman, saura d'emblée comprendre ses souffrances : « Pauvre et charmante femme!... Oui,... c'est une femme tout à fait remarquable. La séduction qu'elle exerce ne tient pas seulement à son esprit : on sent qu'elle a un cœur. Elle me fait de la peine! » En mars 1876, dans une lettre à sa tante Alexandrine, Tolstoï s'avoue presque vaincu : « *Mon* Anna m'embête comme la pluie. Je ne cesse de m'en occuper comme d'une pupille qui s'avère avoir mauvais caractère; mais qu'on ne m'en dise pas de mal, ou alors avec « ménagement[1] » : *je l'ai tout de même adoptée.* »

Chose étrange, Tolstoï revient à la toute première vision qu'il avait eue de son héroïne en 1870, avec, en plus, un regard d'amoureux. Intuition de l'artiste qui a eu raison du moraliste! Mais la lutte entre les deux faces de ce « Janus au double visage », comme l'appelle Sophie Laffitte (*Tolstoï et ses Contemporains,* préface), laissera sur le roman des taches indélébiles. D'où les contradictions, la complexité et la vérité des personnages « plus vraïs que la vie ».

Aux périodes de doute, d'arrêt, d'agacement succèdent celles où « animé, absorbé, il écrivait chaque jour un chapitre

1. En français dans le texte.

entier ». Le voilà qui, enfin, travaille dans la fièvre et la joie! Rajouts et ratures noircissent ses manuscrits, que la comtesse, selon son habitude, recopie avec dévotion et patience. « Les tréteaux » sans lesquels il ne peut travailler et ne fait que gâcher son matériel « ont poussé », explique-t-il au poète Fet, « et je retrousse mes manches ». Vieillard, en 1902, il évoque cette période de création puissante, à la fois joyeuse et douloureuse, dans une conversation qu'il a avec l'écrivain Elpatievski; celui-ci nous la rapporte dans ses souvenirs : « Quel âge avez-vous? » me demanda-t-il. Je lui répondis que j'avais quarante-huit ans. A mon grand étonnement, son visage se fit soudain sérieux, austère même. Il me jeta un regard pénétrant, par en dessous, et – je ne puis trouver d'autre mot – envieux; puis, se détournant, il grommela : « Quarante-huit ans!... la « meilleure période de mon travail... Jamais je n'ai aussi bien « travaillé! » Puis il ajouta plus bas, comme s'il s'adressait plus à lui-même qu'à moi : « J'écrivais *Anna Karénine*. »

IV

« ANNA KARÉNINE », LA CRITIQUE, LE PUBLIC

La publication du roman sera plus qu'un événement littéraire. Étalée sur trois ans, de 1875 à 1877[1], elle tient en haleine les lecteurs russes qui se jettent avec voracité sur chaque numéro de la revue *Le Messager russe* du « réactionnaire » Katkov. Le suspens sera plus grand encore lorsque la publication sera interrompue pendant quelques mois, en 1875, « l'auteur étant épuisé ». « Les journaux annoncent la parution de chaque partie d'*Anna Karénine* avec autant de hâte, en parlent avec autant d'ardeur que d'une nouvelle bataille ou d'une nouvelle déclaration de Bismarck », écrit Strakhov qui tient Tolstoï au courant de tous les échos moscovites. Pétersbourg

1. *Anna Karénine* paraîtra en trois volumes en 1878. Tolstoï aura retouché le roman, aidé de Strakhov qui en conserva pieusement le manuscrit, confié plus tard à la Bibliothèque de Saint-Pétersbourg.

n'est pas moins ému : « Tout nouveau chapitre d'*Anna Karénine*, écrit Alexandrine Tolstoï, met la société sens dessus dessous. Les commentaires, l'enthousiasme, les discussions, les débats n'ont pas de fin, comme s'il s'agissait d'une affaire touchant chacun personnellement et intimement. » Au fur et à mesure que le roman progresse, l'enchantement va croissant. « La publication de février (1876) met tout le monde au comble de l'enthousiasme... c'est tout bonnement un cri de plaisir. On dirait que vous nourrissez des affamés[1] ». Le public est d'autant plus curieux que certaines scènes le choquent : l'auscultation de Kitty par le jeune médecin pédant, le chapitre où Anna, qui s'est donnée à Vronski, se traîne à ses pieds, pleurant sa propre chute. « On vous taxe de cynisme, écrit Strakhov, mais ceux qui ont un peu plus d'esprit sont enthousiasmés. » Et en 1877, faisant allusion aux chapitres de la sixième partie où le romancier décrit l'été chez les jeunes Lévine : « Savez-vous bien que pas une partie d'*Anna Karénine* n'a eu autant de succès que celle-ci? Vos admirateurs n'ont pas pleuré cette fois, ils ne se sont pas extasiés : ils ne trouvaient pas de mots pour exprimer toute la finesse, le charme et l'art de ces scènes idylliques... C'est en vérité un succès fou, incroyable. Il n'y a que Pouchkine et Gogol qu'on ait lus ainsi, en se ruant sur chaque page et dédaignant tout ce qui est écrit par les autres. » Au comble de la félicité, Fet s'écrie : « Mais quelle insolence artistique, la description de l'accouchement! Depuis la création du monde personne n'a fait cela et personne ne le fera jamais. Les idiots crieront au réalisme à la Flaubert, alors que tout ceci est idéal. J'ai sursauté lorsque j'en suis arrivé aux deux ouvertures sur le monde spirituel, le Nirvâna. Ces deux fenêtres visibles et éternellement mystérieuses : la naissance et la mort. »

Cependant, certains ne se mêlent pas à l'allégresse générale. Tourguéniev, « ce spécialiste de l'amour et des femmes », comme l'appelle ironiquement Strakhov, n'aime pas *Anna Karénine*. « Malgré des pages vraiment très belles ...tout cela sent l'aigre, Moscou, l'encens, les vieilles filles, le slavophilisme, la caste nobiliaire. » Quant à Nekrassov, il se moque ouvertement :

> Tu as enfin prouvé, Tolstoï, avec talent
> Qu'une femme ne doit fauter

1. Lettre de Strakhov.

Ni avec chambellan,
Ni avec officier,
Si elle a mari et enfant !

Tkatchev n'est pas moins méchant qui trouve *Anna Karénine* « vide de sens » et propose à Tolstoï d'écrire un roman sur les amours de Lévine et de sa vache !

Quand on considère la littérature russe des années 70-80, on peut se demander si ce « roman d'amour » n'était pas anachronique, démodé ? Car enfin, que lisait-on à l'époque ? *Les Possédés* (1871), *Le Journal d'un Écrivain* (1876) de Dostoïevski ; *Les Femmes russes*[1] (1872), *Pour qui fait-il bon vivre en Russie ?* de Nekrassov. Autant d'ouvrages où il est question non de « famille », mais de « patrie ». A ce propos, Saltykov-Chtchedrine[2] notait très justement que le roman moderne avait perdu tout lien avec le traditionnel roman familial. La famille, « cet élément chaud et douillet... qui donnait son contenu au roman, s'évanouit à vue d'œil. Le drame exige à présent d'autres motifs. Il naît quelque part dans l'espace et c'est là qu'il s'achève... Le roman de l'homme contemporain se résout dans la rue, sur la voie publique, *partout, sauf au foyer.* » Voilà qui règle le sort d'*Anna Karénine* qui, de fait, sera le dernier roman familial de la littérature russe. Mais anachronique, ce roman ne l'était pas !

Le romancier ne cède-t-il pas à tout propos la plume à l'essayiste ? Tous les problèmes discutés dans les salons de l'époque trouvent ici leur écho : les difficultés du propriétaire foncier après l'abolition du servage et les réformes de 1861, l'éducation des enfants, le mysticisme du prédicateur anglais Redstock si fort prisé dans la haute société pétersbourgeoise[3], le mouvement de soutien aux Serbes, les frères slaves, dans la « guerre sainte » contre les Turcs[4], l'émancipation de la femme,

1. Il s'agit des épouses héroïques des décabristes qui suivirent leurs maris jusqu'en Sibérie où ils avaient été exilés après la célèbre révolte de 1825, très sévèrement réprimée par Nicolas Ier.

2. *Ces messieurs de Tachkent.*

3. Dans *Le Journal d'un écrivain* Dostoïevski fait écho à Tolstoï et parle de cette mode avec indignation.

4. Dostoïevski condamne la huitième partie d'*Anna Karénine,* composée, écrit-il, uniquement pour ridiculiser ce que lui-même et tous les Slavophiles trouvaient sublime. Le rédacteur du *Messager russe,* Katkov, refusera pour les mêmes raisons de publier la fin du roman dont il se contentera de donner un bref résumé ! Tolstoï la fera publier à part.

non seulement âprement discutée, mais surtout magistralement illustrée par le sort de ses différentes héroïnes, sans oublier la crise de la noblesse russe de l'époque[1]. N'y a-t-il pas au centre du roman l'homme russe nouveau, Lévine, qui représente la noblesse authentique, opposé au mondain courtisan qu'est Vronski et surtout à Oblonski, l'aristocrate qui s'abaisse devant un marchand et se vend à un banquier juif? « Des Lévine, il y en a des masses en Russie, écrit Dostoïevski, ils sont presque aussi nombreux que les Oblonski. » La réaction de ces personnages aux problèmes sociaux est typique de ce temps, maladroite et brouillonne, en un mot, « russe », comme dit avec attendrissement Dostoïevski.

Comment s'étonner que le public ait pris tant à cœur ce roman? C'est de lui qu'il s'agit, lui qui est représenté avec ses qualités et ses travers. C'était bien, en effet, « une affaire touchant chacun personnellement et intimement »! « Pour sûr, écrit Fet, pour sûr, tout le monde sent que ce roman est comme un jugement sévère, mais intègre porté sur notre mode de vie... Ils devinent qu'un œil est posé sur eux qui est autrement armé que leurs petites mirettes à la myopie congénitale. Ce qui leur semble indubitablement honorable, bon, souhaitable, élégant, désirable est en fait stupide, grossier, insensé et comique. »

Les premières émotions passées, la critique posera le problème essentiel du roman, celui de la culpabilité et du jugement que l'épigraphe « A moi la vengeance et la rétribution », choisie par Tolstoï rend extrêmement complexe.

N'y avait-il pas, en effet, une incompatibilité entre ces paroles terribles d'un Dieu biblique vengeur et l'analyse de l'âme d'Anna, toute en nuances, ambiguë, profonde et vraie dans ses contradictions mêmes?

Ces paroles du Deutéronome[2] sont placées par saint Paul dans un contexte chrétien. Prêchant miséricorde, charité et amour, l'apôtre[3] écrit : « Ne rendez à personne le mal pour le mal... s'il est possible, autant que cela dépend de vous, soyez en paix avec tous les hommes. Ne vous vengez point vous-mêmes, bien-aimés, mais laissez agir la colère; car il est écrit :

1. « Une chose est certaine pour nous : la noblesse traverse présentement une crise », écrit A. V. Romanovitch-Slavatinski dans la préface de sa thèse publiée en 1870 sur *La noblesse en Russie, du début du XVIIIe siècle jusqu'à l'abolition du servage*. Cité par B. Eichenbaum dans son ouvrage : *Léon Tolstoï, les années 70*, p. 100.
2. XXXVII, 36.
3. Épître aux Romains, XII, 17-19.

« A moi la vengeance, à moi la rétribution, dit le seigneur. » Dans l'épître aux Hébreux, ces mêmes paroles, citées à nouveau, mettent l'accent non point sur le devoir de laisser à Dieu seul le droit de jugement que n'ont pas les hommes, mais sur la colère divine qui s'abattra sur celui « *qui aura outragé l'Esprit de grâce*. Car nous connaissons Celui qui a dit : « A moi la vengeance, à moi la rétribution »... C'est une chose terrible que de tomber entre les mains du Dieu vivant. »

Nous voyons que ces paroles, selon leur source, peuvent avoir des résonances différentes. Voilà qui en rend l'interprétation plus difficile. D'où Tolstoï a-t-il tiré son épigraphe[1]? Prêche-t-il la miséricorde humaine? Prévient-il contre la colère divine? L'un et l'autre, peut-être.

C'est en tout cas de l'Épître aux Romains que Dostoïevski s'inspirera pour sa critique fort louangeuse d'*Anna Karénine*, dont il fait un roman plus dostoïevskien que tolstoïen. Voici ce qu'il écrit dans le *Journal d'un écrivain* : « Le juge humain doit savoir qu'il n'est pas lui-même un juge péremptoire puisqu'il n'est rien qu'un pécheur comme les autres » et qu'il ne saurait sans absurdité prétendre juger à moins de recourir à l'unique moyen qu'il ait de comprendre, la charité, l'amour.

Qu'y a-t-il d'étonnant à ce que le criminaliste qu'il est, interprête ainsi le roman? Quoi d'étonnant à ce qu'il y voit une analyse du mal en soi, du péché?

« Le mal se cache en l'humanité plus profondément que ne le supposent les médecins-socialistes; quel que soit le régime social, impossible d'éviter le mal; l'âme humaine demeure ce qu'elle est; c'est d'elle que découlent l'anomalie et le péché... Les lois de l'esprit humain sont si peu connues de la science, tellement imprécises et mystérieuses qu'il n'y a pas et ne peut y avoir encore de médecins, ni même de juges définitifs, mais il y a Celui qui dit : « A moi la vengeance et la rétribution. » Seul, Il connaît dans sa totalité le mystère de ce monde et la fin dernière de l'homme. Quant à l'homme, il ne peut prétendre décider quoi que ce soit du haut de son orgueilleuse infaillibilité. Les temps n'en sont pas encore venus. »

Malheureusement, tel n'était pas l'avis de Tolstoï qui souscrivit à l'interprétation, combien moins subtile, du critique

1. L'excellent critique soviétique B. Eichenbaum pense que Tolstoï aurait trouvé ces paroles de l'Écriture citées par Schopenhauer sans références exactes! (*Léon Tolstoï, les années 70*, Léningrad 1960.)

Gromeka. Dans un article, paru en 1883, ce dernier explique qu'à tout péché il n'y a pas miséricorde; qu'Anna est punie comme elle le mérite, « qu'on ne peut faire fi de l'opinion publique. Car, *même si elle n'est pas juste,* elle n'en demeure pas moins la condition indispensable à la tranquillité et à la liberté. Une guerre ouverte avec elle ne peut qu'empoisonner, envenimer et refroidir le sentiment le plus brûlant ».

Le brave homme avait un certain bon sens et Tolstoï a certes montré un peu de cela aussi dans son roman! « Il a expliqué ce que j'avais mis *inconsciemment* dans l'œuvre », s'exclama-t-il, ravi. « Un excellent article! Voilà enfin *Anna Karénine* expliquée! » Il semble que le grand romancier était peu apte à juger de ce qu'il y avait dans son *inconscient* dix ans auparavant! Car enfin, cette société et ses lois qui châtient, ne les avait-il pas déchirées à belles dents? Mais les contradictions de Tolstoï ne sont pas pour nous surprendre. Ne sont-elles pas l'expression de sa vitalité, de ce désir de cerner la matière de toutes parts? Par ailleurs, plus les années passent, plus le moraliste se raidit, reniant l'artiste.

En 1907, Veressaïev se penche à son tour sur ce problème, que Gromeka avait simplifié à souhait, nous donnant une interprétation originale, profonde et très moderne. Tout le malheur d'Anna, pense-t-il, vient d'un manque de foi en la vie, cette énergie belle et claire dans son essence où il ne tient qu'à l'homme de puiser le bonheur. Anna a tout quitté pour chercher l'amour vivant et vrai qu'elle n'avait pas connu auprès de Karénine. Si elle s'était abandonnée à cette force de bonheur, « une vie nouvelle et pure se serait ouverte à elle. Mais *Anna a eu peur,* horriblement peur d'être condamnée par les hommes, peur de perdre sa situation dans le monde. Et son sentiment, pur et profond, a été sali par le mensonge, s'est changé en une jouissance interdite, s'est fait mesquin et trouble. Anna n'était plus qu'amante, comme elle n'avait été que mère auparavant ». Veressaïev appelle cela le péché contre « la vivante vie », contre cette « force » de bonheur qu'il y a en nous, force qui, si elle est trahie par une foi qui se meurt, se retourne contre l'homme et le tue.

« Oui, c'est astucieux, très astucieux, dira Tolstoï songeur, mais je dois répéter que j'ai choisi cette épigraphe, comme je l'ai déjà expliqué, pour exprimer l'idée que le mal fait par l'homme a pour conséquence toute la misère qui lui vient non des hommes mais de Dieu. Anna en fait l'expérience. Oui, je m'en souviens, c'est bien cela que j'ai voulu exprimer. »

Heureusement pour nous, Tolstoï n'a pas écrit dans son roman que ce qu'il « avait voulu exprimer »! Le « labyrinthe infini » de l'art l'a entraîné vers des hauteurs psychologiques qui le dépassaient. L'épigraphe apparaît très tôt dans l'élaboration du roman, mais l'âpre lutte entre le psychologue et le moraliste aboutira à la victoire des forces lumineuses qui guident l'artiste inconscient. Le critique Aldanov[1] avait raison de dire : « Devant nous des souffrances réelles, brûlantes, authentiques, mais de coupables point... » Si, en définitive, le lecteur néglige l'épigraphe, ignore même jusqu'à certaines allusions très nettes de l'auteur aux sacro-saintes lois de la société, à qui la faute, sinon au génie tolstoïen?

Aujourd'hui, quand nous lisons cet admirable ouvrage, nous voyons dans l'héroïne une femme qui pourrait être notre contemporaine; lentement détruite, non par le Dieu vengeur, non par la société persécutrice, elle meurt asphyxiée, elle meurt de n'avoir pas su trouver l'amour véritable qui se nourrit de *la foi en l'Autre*. Si nous perdons cette foi, nous détruisons par là même l'amour. Nous « outrageons » en quelque sorte « l'Esprit de grâce », selon l'expression de saint Paul dans l'épître aux Hébreux. C'est ainsi que dans le merveilleux conte russe de *La Princesse Grenouille,* il s'en faut de peu que le prince Ivan, en perdant cette foi, ne tue son amour.

Sans amour vrai nous étouffons, le sol se dérobe sous nos pieds et nous finissons par tomber, affamés, épuisés, comme Anna, que cet amour défaillant soit l'Éros ou l'Agapê.

V

« ANNA KARÉNINE » ET TOLSTOÏ

Aucun des romans de Tolstoï n'est aussi autobiographique que celui-ci. « Lévine, c'est toi, Léon, le talent en moins », remarque la perspicace épouse de l'auteur. Tous les contemporains reconnurent sans peine Léon Nicolaïevitch dans ce

1. Aldanov, *Zagadka Tolstogo (L'Énigme de Tolstoï),* Berlin, 1923.

héros bourru, charmant, « pas comme les autres ». Ne lui prête-t-il pas, en effet, les événements les plus importants de sa propre vie? Ses lectures, ses idées, ses vues sur le rôle du propriétaire foncier, ses rapports avec le paysan russe envers qui il refuse d'avoir une attitude intellectuelle, avec qui il a un contact réel, physique et spirituel? Et cette instabilité, ce goût de l'introspection, ces doutes éternels, ce sont les siens. Et toutes ces défaillances malgré un constant désir de s'améliorer!

« Non... tu ne deviendras pas un autre, tu resteras ce que tu as toujours été, avec tes doutes, ton perpétuel mécontentement de toi-même, tes vaines tentatives de réforme, tes rechutes, ton éternelle attente d'un bonheur qui se dérobe et n'est point fait pour toi. » (Première partie, chap. XXVI.)

De cela on trouve un perpétuel écho dans les journaux intimes que Tolstoï tiendra presque toute sa vie. Toutes les idées exprimées par Lévine en paroles, en actes, dans sa façon de vivre sont celles de l'auteur : la condamnation de la civilisation pervertie de la ville, héritage de Rousseau, l'idéalisation de la vie simple à la campagne où l'homme peut réfléchir en puisant dans les forces cosmiques la sève dont il a besoin, les rêves de bonheur conjugal dans la demeure ancestrale. Et le couple Lévine-Kitty? La déclaration d'amour par le truchement des lettres initiales de chaque mot, le journal intime que Lévine confie à la malheureuse Kitty, la cérémonie du mariage, sans oublier l'épisode de la chemise introuvable qui causera le retard du fiancé à l'église! — Tolstoï n'a rien inventé. Il a transposé, recréé des souvenirs personnels dont il a fait un merveilleux poème. On peut même se demander dans quelle mesure il n'a pas, quinze ans plus tard, réalisé en l'idéalisant dans un rêve poétique ce qu'il aurait souhaité être ou faire quinze ans plus tôt.

On sait qu'à l'époque où il compose *Anna Karénine,* ses relations avec sa femme — qui devaient devenir dramatiques sur la fin de sa vie — commençaient à se détériorer. En 1870, malade, cette mère de nombreux enfants aurait refusé d'en avoir d'autres et Tolstoï aurait même songé au divorce. « Quelque chose s'était cassé entre nous et je pris conscience de ma solitude. » Le journal intime de la comtesse confirme l'existence de ce malaise entre les époux. « Quelque chose est passé entre nous, comme une ombre qui nous a séparés... Depuis l'hiver dernier, où Liovotchka et moi étions si malades, quelque chose s'est brisé dans notre vie. Je sais qu'en moi s'est brisée cette foi solide dans le bonheur et la vie qui m'habitait auparavant. »

Quelle déchirante distance il y aurait alors entre le rêve et la réalité !

Quant à la douloureuse quête de la vérité, la crise intellectuelle et spirituelle que traverse Lévine, Tolstoï la vit à l'époque même où il travaille sur *Anna Karénine*. Les esquisses philosophiques non publiées et la correspondance de cette période attestent qu'il n'a pas ici « transposé » et « poétisé » mais que son ouvrage romanesque lui sert, sinon de journal intime, du moins de mise au point dans le désordre et les souffrances où il se débat.

« Raconter comment d'un état de désespoir total je suis parvenu à me faire une idée du sens de la vie, aussi bien de la partie que j'ai déjà vécue, de sa source, que de celle qui me reste à vivre et de sa fin, – constitue le but et le contenu de ce que j'écris. » (*Pourquoi j'écris ?* Projet d'article, 1875.)

Et encore : « Je voudrais pénétrer le mystère du sens de la vie que j'ai vécue et celui, plus grand encore, de ce qui m'attend là-bas, en cet endroit où, malgré moi, j'aspire à aller. »

Dans ses lettres à Strakhov, au poète Fet, à sa tante Alexandrine, Tolstoï aborde ces problèmes qui l'ont ébranlé plus profondément, semble-t-il, que son jeune héros, Lévine, si l'on en juge par *Confession* (1881).

La mort à laquelle il « aspire »? Elle le terrorisait et le fascinait tout à la fois ! Non seulement Tolstoï assiste, comme Lévine, à la mort de son frère en 1860, mais il a de la mort une expérience beaucoup plus intime, lorsque, en 1869, durant la fameuse *nuit d'Arzamas*, « elle » fond brusquement sur son âme et l'étreint et le suffoque, le soumettant à une effrayante agonie spirituelle. Le bref instant de *ténèbres* que connaît Anna, lorsque, « couchée, les yeux ouverts » et songeant à sa mort qui punirait son amant, elle se trouve soudain plongée dans l'obscurité, n'est qu'un pâle reflet de ce qu'éprouva cette nuit-là Léon Nicolaïevitch dans la petite auberge d'Arzamas où il était descendu au cours d'un voyage. Il racontera cette expérience d'une manière saisissante dans *Le Journal d'un Fou*, primitivement intitulé « *Le Journal d'un homme* qui n'est pas fou ».

A l'époque où il écrit *Anna Karénine*, la mort entre dans la paisible maison de Iasnaïa Poliana : en 1873, le petit Pétia est emporté par le croup en trois jours; tante Toinette qui avait servi de mère à Tolstoï s'éteint doucement, puis c'est le tour de la tante Ergolskaïa, venue finir ses jours chez les Tolstoï. En 1875, le petit Nicolas, atteint d'hydrocéphalie, meurt après d'atroces souffrances. En novembre, c'est le tour d'une petite fille née avant terme. Les jours de la mère sont en danger. « Terreur, effroi, mort, gaieté des enfants, nourriture, agitation vaine, médecins, imposture, mort, effroi... » écrit-il à Fet sans rien exagérer de l'atmosphère atroce qui règne dans son foyer. Puis à son frère : « Il est temps de mourir ! », paroles qui, dans la bouche du solide Lévine, font sourire!

La mort pénétrera dans le roman. Tel un leitmotiv, elle planera dès le début sur Anna qu'elle ne lâchera pas : symboles, allégories, présages, cauchemars... Effrayante de réalisme morbide pour l'homme qu'est Lévine, elle apparaîtra, grande et sainte, tel un sacrement aux yeux de Kitty que sa nature de femme a initiée aux mystères indissolubles de la naissance et de la mort.

Ce thème marquera toute l'œuvre de Tolstoï. Il exprime son angoisse profonde teintée d'une immense curiosité. Celle dont on se détourne avec horreur, il la palpera, l'auscultera, la flairera sa vie durant. « Il semblait parfois, écrit Gorki dans ses souvenirs sur Tolstoï, que ce vieux magicien jouait avec la mort, lui faisait mille coquetteries, comme pour essayer de la tromper. « Je n'ai pas peur de toi, je t'aime, je t'attends. » Et d'y plonger ses petits yeux perçants : « Comment donc es-tu?
« Et qu'y a-t-il après toi, là-bas? M'anéantiras-tu complète-
« ment ou s'il continuera de vivre quelque chose de moi? »

Conséquence de cette appréhension de la mort, de cette angoisse métaphysique? — le mot religion revient de plus en plus souvent sous sa plume. Cependant, philosophes et théologiens le déçoivent. Ce n'est pas dans les raisonnements qu'il voit le moyen de saisir le mystère de la vie et de la mort. Une soif immense de foi le tenaille. Mais une religion dont on lui expliquerait les dogmes le rebute. « Personne, écrit-il en 1876 à la très orthodoxe Alexandrine, ne m'a jamais mieux parlé de la foi que Bobrinski. Il est irréfutable parce qu'il ne prouve rien. Il dit qu'il croit, simplement, et on sent qu'il est plus heureux que ceux qui n'ont pas sa foi. On sent surtout que le bonheur de sa foi ne peut être atteint par un effort de la pensée, mais uniquement par un miracle. C'est cela justement que je désire... Je sais que plus je penserai, moins je pourrai croire et que, si je viens à la foi, ce sera par un miracle... Ce qui est évident, c'est que je pense sans cesse aux problèmes du sens de la vie et de la mort... que de toutes les forces de mon âme, je désire trouver une solution aux problèmes qui me tourmentent et ne la trouve pas dans la philosophie... mais que je puisse croire me paraît impossible. »

Ce miracle que Tolstoï souhaitait pour lui-même viendra inonder Lévine de lumière à la fin du roman. La démarche spirituelle du personnage ressemble à celle de son géniteur; et la conversion de Lévine paraît aussi fragile, aussi peu définitive que celle de Tolstoï à l'époque. Mais l'auteur n'aurait-il pas uni dans l'âme de Lévine deux périodes très dissemblables de sa propre existence? D'où une certaine invraisemblance dans le pessimisme de Lévine, que hante la tentation du suicide avant sa conversion, alors qu'il vit les plus belles années de sa vie conjugale. Son angoisse métaphysique, ses pensées amères semblent exagérées, alors qu'elles s'expliquent fort bien dans *Confession,* où elles sont reprises presque mot pour mot, mais à la première personne, par un homme vieillissant qui a traversé une crise combien plus bouleversante que celle de son héros. Entre l'homme de trente-quatre ans et celui de quarante-huit, la distance est grande!

Comparant *Guerre et Paix* à *Anna Karénine,* le critique Léontiev remarquait très justement que si le premier roman était « plus objectif dans l'intention de l'auteur, son objectivité était très subjective ». Quant à *Anna Karénine,* « c'est une œuvre plus subjective parce que plus proche de l'auteur, de son temps, de son milieu, à cause du héros principal, Lévine, mais *la subjectivité s'y est objectivée* pour atteindre au plus haut degré de perfection ».

Tolstoï ne reprend-il pas jusqu'à quatre fois l'épisode de la confession prénuptiale de Lévine afin, dit-il, qu'on ne sache pas quel parti prend l'auteur, celui du pénitent ou celui du prêtre? Il avoue, du reste, qu'il est du côté du prêtre. « J'ai remarqué qu'une œuvre, un récit, ne font de l'effet que lorsqu'on ne peut distinguer à qui va la sympathie de l'auteur, explique-t-il au prince Obolenski, venu le voir à Iasnaïa Poliana dans les années 70. C'est donc consciemment que Léon Nicolaïevitch s'efforce d'objectiver sa subjectivité, de ne pas faire simplement de Lévine son propre portrait.

« Lévine, c'est toi, Léon, *le talent en moins.* » Justement, Tolstoï sans le talent peut-il être Tolstoï?

En suivant les couloirs du « labyrinthe » compliqué qu'est ce roman autobiographique, on pourrait psychanalyser Tolstoï à travers ses personnages, mais c'est une tâche qu'il vaut mieux laisser aux initiés! Lévine n'est qu'une importante galerie de ce « labyrinthe », il ne peut à lui seul, comme on l'a trop souvent dit, représenter l'auteur. C'est dans l'ensemble de l'œuvre que Tolstoï apparaît tout entier, avec ses multiples contradictions et aux différentes étapes de sa vie. C'est moins dans ses personnages que dans sa démarche même d'écrivain qu'il faut le chercher, dans ses contradictions, sa partialité, ses passions ou sa froideur implacable, dans la distance ou l'intimité qu'il met entre lui et ses « créatures imaginaires », comme il les appelle dans ses moments de doute et d'agacement.

Il y a des ouvrages où le moraliste têtu, le pédagogue un peu borné qu'il y avait en lui, étouffent son énergie créatrice. Mais dans *Anna Karénine,* il leur échappe. Arpentant, tel un dieu païen, son univers, son paradis terrestre, il prétend dominer les « créatures imaginaires » dont il croit tenir la destinée entre ses mains impitoyables, mais soudain, par la grâce de l'art, le voilà qui s'esquive. Ainsi, le Dieu unique crée l'homme à Son image et à Sa ressemblance pour l'abandonner à sa liberté. Dans *Anna Karénine* Tolstoï n'est si totalement exempt de ses petitesses, si complètement présent que parce qu'il renonce à contraindre sa création. Mais c'est peut-être sa création, animée par la force grandiose de son génie, qui lui échappe?

Conservateur et contestataire tout ensemble, tel nous apparaît Léon Nicolaïevitch dans sa vie comme dans son œuvre, indissolublement liées. Paradoxal? Certes. Mais pour qui veut à toutes forces connaître les arcanes de la nature humaine, « toute pensée exprimée n'est-elle pas mensonge »? comme dit le poète Tiouttchev dont l'influence fut grande sur Tolstoï qui voyait en lui le premier poète de Russie. Et ne faut-il pas chercher ailleurs et encore ailleurs?

« Quand on a vécu longtemps comme moi, quarante-cinq ans de vie consciente, on comprend combien toutes les adaptations à la vie sont impossibles et fausses. Il n'y a rien de *stable* dans la vie. C'est comme si on essayait de s'adapter à l'eau qui coule. Tout, les êtres, les familles, les sociétés, tout fond et change de forme comme les nuages. A peine s'est-on habitué à un état de la société qu'il n'existe plus et s'est mué en autre chose. »

Ce que Tolstoï notait dans son journal en 1892 est aussi vrai en 1972 et, peut-être, plus évident encore : « Il n'y a rien de stable dans la vie... toutes les adaptations à la vie sont impossibles et fausses... » Ce ne sont point les paroles d'un inadapté mais celles d'un être qui trouve l'équilibre par le mouvement, d'un être qui, dans son art comme dans sa vie quotidienne, s'est débattu dans une perpétuelle quête de la Vérité, de l'Harmonie et du Bien.

VI

QUELQUES TEXTES MÉMORABLES

« L'anxiété continuelle, l'effort, la lutte, les renoncements – voilà les conditions indispensables dans lesquelles tout homme doit vivre, sans songer à y échapper ne fût-ce qu'un instant. Seuls, la bonne anxiété, la lutte et l'effort fondés sur l'amour sont ce qu'on appelle le bonheur. Non point le bonheur, d'ailleurs, c'est un mot stupide! Point le bonheur : on est bien, tout simplement. Quant à la mauvaise anxiété, fondée sur l'amour de soi, c'est le malheur. Voilà, sous une forme condensée, les changements qui se sont produits ces derniers temps dans ma façon de voir la vie. Je ne peux m'empêcher de rire quand je me rappelle ce que je pensais, – qui est aussi, me semble-t-il, ce que vous pensez toujours, – qu'il est possible de s'organiser un petit monde heureux, où l'on pourrait, tranquillement, sans erreurs, sans remords, sans embrouilles, vivre sa petite vie, en ne faisant, tout doucettement, rigoureusement rien que des choses bonnes. J'en ris. Ce n'est pas possible, grand-mère! Pas plus qu'on ne peut se bien porter, quand on ne bouge pas, quand on ne fait pas d'exercice. *Pour bien vivre, il faut se lancer, s'égarer, se débattre, se tromper, commencer et abandonner, recommencer et abandonner de nouveau, et lutter éternellement et se priver*. Quant à la tranquillité – c'est de la bassesse. C'est pour cela que le mauvais côté de notre âme aspire à la tranquillité! Sans pressentir qu'à l'obtenir, nous perdrions tout ce qu'il y a de beau en nous, non pas de cette beauté humaine, mais de celle qui nous vient de *là-bas.* » (Lettre à Alexandrine Tolstoï, octobre 1857).

« Grand-mère! Le printemps est là!
« Il est doux aux bonnes âmes de vivre sur terre, même quand elles sont comme moi! Dans la nature, dans l'air, partout – l'espoir, l'avenir, un avenir délicieux.
« Parfois on se leurre, on s'imagine que cet avenir de bonheur n'est pas seulement pour la nature, qu'on en aura aussi sa part. On est bien alors. C'est l'état où je suis à présent et, poussé par l'égoïsme qui m'est propre, je me hâte de vous parler de sujets qui n'intéressent que moi. Je sais fort bien, quand j'y regarde de plus près, que je ne suis qu'une vieille patate en robe de chambre, gelée, pourrie, et qui plus est, baignant dans la sauce! Mais le printemps agit si bien sur moi que je me surprends en flagrant délit de rêves : je suis une plante sur le point de germer, maintenant, en même temps que les autres, une plante qui va pousser, simple, paisible, joyeuse, à la lumière du Bon Dieu.
« A cette occasion il se fait un tel ouvrage à l'intérieur de moi, une telle propreté, un tel ordre que personne, s'il n'a rien éprouvé de tel, ne peut se le représenter. Foin de toutes les vieilleries, foin des convenances, de la paresse, de l'égoïsme, des vices, des attachements embrouillés et confus, de tous les regrets et même du remords! Foin de tout cela! Place à la fleur extraordinaire qui gonfle ses bourgeons et poussera avec le printemps! Je me rappelle avec tristesse toutes les fois que j'ai déjà fait cela en vain, comme une cuisinière le samedi, – pourtant, je ne puis m'empêcher d'accueillir avec joie mon rêve trompeur et je me prends quelquefois à croire sérieusement à un épanouissement nouveau que j'attends. (Lettre à Alexandrine Tolstoï, Iasnaïa Poliana, avril 1858.)

« Mon idée était la suivante : trois êtres meurent – une dame, un paysan, un arbre. La dame est pitoyable et mauvaise parce qu'elle a menti toute sa vie et qu'elle ment encore devant la mort. Le christianisme comme elle le comprend ne résout pas pour elle le problème de la Vie et de la Mort. Pourquoi mourir quand on a envie de vivre? Aux promesses à venir du christianisme elle croit par l'imagination et par l'intelligence, mais tout son être se révolte et elle n'a qu'un apaisement faussement chrétien. Elle est misérable et méchante. Le paysan, lui, meurt tranquillement justement parce qu'il n'est pas chrétien. Sa religion est autre, quoique par habitude il ait accompli les actes du christianisme; sa religion, c'est la nature avec laquelle il a vécu. Il a de ses mains abattu des arbres, semé le seigle et fauché, tué des moutons, et des moutons lui sont nés, et des enfants lui sont nés, et ses anciens sont morts, et il connaît bien cette loi dont il ne s'est jamais détourné, comme le faisait la dame noble, et qu'il a toujours simplement, franchement regardée en face. « Une brute », dites-vous, mais qu'y a-t-il de mal à être une brute? « Une brute », c'est le bonheur et la beauté, l'harmonie avec le monde et non cette fausse note que nous constatons chez la dame. L'arbre meurt, calme, honnête et beau. Beau, parce qu'il ne ment pas, ne fait pas de manières, ne craint pas, ne regrette pas. Voilà mon idée avec laquelle vous n'êtes naturellement pas d'accord. Pourtant elle est incontestable, — cela se trouve aussi bien dans votre âme que dans la mienne. » (Lettre à Alexandrine Tolstoï, mai 1858 [A propos du récit *Les trois morts.*])

« Vous dites que nous sommes comme l'écureuil dans sa roue. Bien sûr. Mais on ne doit pas le dire, ni le penser. » (Lettre à Alexandrine Tolstoï, décembre 1874.)

« Je sais comment pense le peuple, comment pense l'enfant du peuple et je sais comment il faut lui parler; ce don ne m'est pas venu par l'opération du Saint Esprit parce que j'ai du talent (un mot stupide, absurde) mais parce que je l'ai acquis par l'amour et le labeur. » (Lettre à E. Lvov, 1876.)

« C'est alors que je fis un retour sur moi-même pour discerner ce qui se produisait en moi; et je me souvins de ces centaines de morts et de renaissances que j'avais connues. Je me souvins que je n'avais vécu que lorsque je croyais en Dieu. « Il en va aujourd'hui comme il en allait autrefois, me dis-je : connaître l'existence de Dieu suffit à me faire vivre, l'oublier, ne plus y croire — à me faire mourir. Qu'est-ce donc que ces renaissances, qu'est-ce donc que ce mourir? Puisque je ne vis plus quand je cesse de croire en l'existence de Dieu, puisque je me serais tué depuis longtemps déjà si je n'avais la confuse espérance de Le trouver. Puisque je ne vis, véritablement, que lorsque je

Le sens, lorsque je Le cherche. Mais pourquoi chercher plus loin? » – s'écria en moi une voix « Il est là. Il est ce sans quoi on ne peut vivre. *Connaître Dieu et vivre ne font qu'un. Dieu est vie.* »

« Vis en cherchant Dieu et tu ne vivras plus sans Dieu. » Et plus fort que jamais tout fut illuminé en moi et autour de moi et cette lumière ne me quitta plus. » (*Confession,* 1881.)

« La foi est la force de la vie ...Sans une foi, on ne peut pas vivre. » *(Confession.)*

« On dit : ce que peut faire un seul homme est une goutte d'eau dans la mer. Une goutte d'eau dans la mer!

« Un conte indien rapporte qu'un homme avait laissé tomber une perle dans la mer. Afin de la récupérer il prit un seau et entreprit de puiser l'eau de la mer et de la répandre sur le rivage. Il peina ainsi sans s'arrêter et le septième jour l'Esprit de la mer eut peur qu'il ne l'asséchât et il lui apporta sa perle... Le prince de ce monde s'effraiera et fera sa soumission plus vite encore que l'Esprit de la mer; mais *le mal social n'est pas une mer, c'est une fosse d'aisance puante que nous remplissons avec application de nos propres immondices.* Il suffit de revenir à soi et de comprendre ce qu'on fait, de prendre le dégoût de sa saleté pour que cette mer imaginaire soit soudain sèche, pour remettre la main sur cette perle inestimable qu'est la vie fraternelle humaine. » (*Alors, que devons-nous faire?,* 1884.)

« Notre plus grand malheur, *c'est de consommer plus que nous ne produisons;* c'est pour cela que nous sommes englués par la vie. Travailler plus qu'on ne consomme ne peut être nuisible. C'est la loi suprême. » (*Journal intime,* 14 juin 1884.)

« Si une femme sans enfants, si un homme peuvent avoir des doutes sur la voie qu'ils doivent choisir pour accomplir la volonté de Dieu, cette voie est clairement et nettement tracée pour la femme-mère. Et quand elle l'a parcourue dans l'humilité et la simplicité, quand elle parvient au faîte du bien et de la félicité qu'il est donné d'atteindre à l'être humain, elle devient, pour tous les hommes en quête du même bien qu'elle, l'étoile qui leur montrera le chemin. Seule une mère peut à l'heure de la mort dire tranquillement à Celui qui l'a envoyée en ce monde, à Celui qu'elle a servi en donnant la vie et l'éducation à des enfants qu'elle a aimés plus qu'elle-même, seule une mère qui a accompli l'office qu'on attendait d'elle, peut dire tranquillement : « *Nunc dimittis.* » Là est en effet la perfection où tendent tous les hommes, leur bien et leur félicité suprêmes. » (*Alors, que devons-nous faire?*, 1884.)

« En accomplissant les œuvres du Malin, qu'il s'agisse de la guerre, de la Justice ou de la prestation de serment, on n'a pas le droit de parler du Christ. » (*Journal intime,* 25 août 1884.)

« La recherche du bonheur, c'est ma vie. Ne pouvant posséder le bonheur, ne pas y tendre, ce n'est pas vivre. » [Lettre (en français) à Romain Rolland (1887)].

PAROLES RECUEILLIES PAR GORKI,
PUBLIÉES DANS SES « PORTRAITS LITTÉRAIRES ».

« L'homme supporte les tremblements de terre, les épidémies, les horreurs de la maladie et tous les tourments de l'âme, mais de tout temps pour lui la tragédie la plus douloureuse a été, est et sera celle de l'alcôve. »

« Par son corps la femme est plus sincère que l'homme, mais ses pensées sont mensongères. Cependant, quand elle ment, elle n'est pas dupe d'elle-même. Rousseau, lui, quand il mentait, était dupe de lui-même. »

« Moi, les femmes, je dirai ce que j'en pense vraiment, quand j'aurai un pied dans la tombe. Je le dirai, puis je sauterai dans mon cercueil et j'en rabattrai le couvercle sur moi. Bien malin alors qui saura m'attraper! »

– « Vous vous êtes beaucoup livré à la débauche dans votre jeunesse?... Moi, j'étais infatigable. »

« Le talent c'est l'amour. Celui qui aime est talentueux. Regardez les amoureux, ils ont tous du talent! »

« La musique est une prière muette de l'âme... parce qu'elle est sans paroles. Il y a dans le son plus d'âme que dans la pensée. La pensée est un porte-monnaie où il y a des pièces de cent sous, tandis que le son n'est sali par rien. Il a une pureté intérieure. »

« Ah ! mon Dieu, comme c'est bien quand l'homme est beau, comme c'est bien ! »

« Les héros? Mensonges, pure invention! Il y a tout bonnement des hommes, des hommes et rien d'autre. »

« Voyez-vous, j'aime les cyniques quand ils sont sincères. Tenez, Chestov dit : « La vérité est inutile » c'est juste! Qu'a-t-il besoin de vérité puisque de toute façon il mourra!

« Si l'homme a appris à réfléchir, quel que soit le sujet auquel il pense, c'est toujours à sa mort. C'est vrai pour tous les philosophes. Quelles vérités peut-il y avoir s'il y a la mort au bout? »

« Pourquoi ne croyez-vous pas en Dieu?

– Je n'ai pas la foi, Léon Nicolaïevitch.

– Ce n'est pas vrai. Vous êtes croyant de nature et vous ne vous passerez pas de Dieu. Vous vous en rendrez vite compte. Si vous ne croyez pas, c'est par obstination, par dépit, parce que, selon vous, le monde n'est pas fait comme il faudrait. On peut aussi ne pas croire par timidité. Cela arrive aux jeunes gens : ils idolâtrent une femme, mais ils ne veulent pas que ça se voie, ils ont peur qu'elle ne les comprenne pas, et puis, ils manquent de bravoure. *Pour la foi, c'est comme pour l'amour, il faut être brave, hardi.* Il faut se dire – « je crois » –, et tout devient parfait, tout apparaît à l'homme sous les couleurs qu'il désire, tout lui semble alors de soi-même trouver son explication, tout l'attire. Tenez, vous, vous aimez toutes sortes de choses. Eh bien, la foi, ce n'est qu'un amour renforcé : il faut aimer encore plus et l'amour se changera en foi. Quand on aime une femme, c'est toujours la plus belle et la meilleure, – chacun d'entre nous aime nécessairement la plus belle et la meilleure – eh bien, c'est la foi. Les incroyants ne peuvent pas aimer. Ils s'éprennent aujourd'hui d'une femme, demain d'une autre. Ils ont l'âme vagabonde, elle reste stérile, ce n'est pas bien. Vous, vous êtes né croyant, il ne sert à rien de faire des simagrées. Vous parlez de la beauté, – qu'est-ce que c'est, la beauté? Ce qui dépasse tout, la perfection, Dieu. »

TABLE

COMMENTAIRES

IMPRIMÉ EN FRANCE PAR BRODARD ET TAUPIN
58, rue Jean Bleuzen - Vanves - Usine de La Flèche.
LIBRAIRIE GÉNÉRALE FRANÇAISE - 6, rue Pierre-Sarrazin - 75006 Paris.
ISBN : 2 - 253 - 01105 - 3
30/0638/4